KB261180

일제 말기의 미디어와 문화정치

상허학회

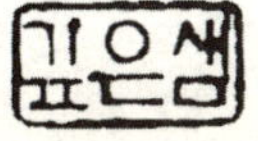

　『상허학보』 제23집의 특징은 아마도 논쟁적인 논문들이 많다는 점일 듯하다. 여러 논문들이 기존의 이해나 사실들에 대한 재해석과 수정의 필요성을 주장하고 있기 때문이다. 그런 주장을 담은 논문들이 심사를 거쳐 게재되었다는 것은 해당 논제들을 위한 토론의 장에서 어떤 새로운 목소리들이 그 나름의 정당한 자리를 얻었다는 뜻일 것이다. 이제 그 목소리들이 야기할 생산적인 소란스러움을 상상하는 기쁨은 비단 이번호 편집자들만의 것은 아니리라. 그리고 그런 소란스러움이야말로 새로운 발견과 인식의 효소일 것이며, 아직은 아니지만 바로 그러한 새로움의 현재를 통해서 비로소 미래의 어느 시점에서 완료될 진정한 새로운 변화의 사건이 이미 시작될 것이다.

　이번 호에는 모두 10편의 논문이 실렸다. 특집 논문이 4편이고, 일반 논문이 6편이다. 특집논문들은 지난 2월에 있었던 상허학회 학술세미나에서 발표되었던 것들이다. 당시 학술세미나의 주제는 "일제 말기 미디어의 장과 문화정치"였다. 흔히 '암흑기'라고 지칭됐던, 극심한 억압과 통제 때문에 문화 분야의 생산 활동이 크게 위축되었던 시기인 '일제 말기'의 문화현상들을 검토의 대상으로 삼았던 것이 지난 2월의 학술세미나였다. 홍보에 크게 신경을 쓰지 않았음에도 매우 많은 회원들이 참석하여 당시 논의의 자리를 풍성하게 했던 기억이 있다. 우리 학회의 회원뿐만 아니라 그 밖의 동학들이 보여준 관심의 열도는 현재 이루어지고 있는 한국문학연구의 지형과 관련하여 여러 가지를 생각하게 해주었다. 지난 2월의 세미나에 참여하지 못했던 회원들은 이번 호에 게재된 당시 발표논문들을 살펴봄으로써 그러한 지형과 연관된 성찰의 계기를 가질 수 있을 것이다.

차승기의 「전시체제기 기술적 이성비판」은 "중일전쟁 발발 이후, 특히 이른바 '신체제' 수립을 전후한 시기에 등장했던 과학기술 논의들을 실마리 삼아 제국 일본의 고도국방국가 건설 기획의 성격과 그에 따른 식민지 동원의 특성, 과학기술의 논의 및 실천이 갖는 문화적 의미"를 살펴보고자 한 논문이다. 차승기는 더 나아가 당시 지식인들의 전향의 윤리와 기술의 관계에 대해서도 함께 검토하고 있다. 정종현의 「사실, 과학 그리고 문학의 신생: 신체제기 한국 대중소설에 나타난 '기술적' 주체와 문학의 재편」은 "과학이 사회주의 등 이전의 시대정신을 대체하고, 문학(예술)에 대한 관념에 어떠한 영향을 끼치며 문학 개념을 재편하고 있는가, 이러한 사태가 구체적인 텍스트 상에서 어떻게 구현되고 있는가" 하는 문제를 검토한 논문이다. 정종현은 그러한 문제들을 살펴보기 위해 신체제의 출범을 전후한 시기의 신문연재소설을 중심으로 검토하였다. 이화진의 「전시기 오락담론과 이동연극」은 "이동연극이 전개되었던 1940년대 전반기가 중일전쟁 이전부터 형성되어 왔던 미디어 테크놀로지의 기반—신문과 잡지 등의 인쇄미디어부터, 라디오와 영화 등의 시청각미디어에 이르는—이 억압적인 국가 기구로 변용되는 전시 총동원기였다는 점"에 착목하여 구성한 논문이다. 이화진은 그러한 전제 아래 당시의 미디어 장과의 관계 속에서 이동연극의 문제를 고찰하였다. 윤대석의 「제의와 테크놀로지로서의 서양근대음악: 일제말기의 양악」은 "계몽적·민족적 주체창출에 대한 욕망이 일본 제국의 국민 호명과 접속하는 지점이 음악에서는 1930년대 후반의 교향악 연주회였다"는 가설에서 출발한 논문이다. 윤대석은 그러한 가설을 증명하기 위해 김관과 1940년대 전반기의 음악상황을 고찰하였다.

이번 호에 실린 일반논문들에는 시, 소설, 비평, 영화 등 다양한 영역이 망라돼 있다. 김수림의 「제국과 유럽: 삶의 장소, 초극의 장소—식민지 말기 공영권·生存圈과 그 배치, 그 기율, 그리고 조선문학」은, 그 제목의 복잡함에서도 확인되다시피, 매우 큰 기획의 논문이다. 이 논문에서 연구자는 '대도시'와 '제국'에 주목한다. 이는 "대도시와 제국은 단지 먼 것과 가까운 것의 관계가 뒤얽히는 무대일 뿐만 아니라, 그 관계를 규범화하는 기율 — 행동의 지평으로서 존재했다는 점에서 내적 기율로서의 문학, 담론 체제로서의 문학과의 공명 속에 존재했었다"는 연구자 나름의 통찰 때문이다. 이러한 통찰을 근거로 "문학, 대도시, 제국 — 세속적 삶의 영역과 세계가 관계되는 장소이자 동시에 기율인 이 세 개의 형식을" 연구자는 "공영권이라는 이름으로 좀 더 친숙한 제국의 '생존권(Lebensraum)' 개념과 '삶(Leben)의(s) 장소(raum)'이라는 근대문학의 개념 사이의 겹침을 통해 보고자 했다." 노지승의 「'나운규 영화'의 관객들 혹은 무성 영화 관객에 대한 한 연구: 식민지 시기, 관객의 변화와 나운규 영화의 의미」는 "무성영화 황금기를 표상하는 '나운규'의 상징적 지위"를 영화계라는 전체적인 장에서 일어난 관객들의 성격변화에 대한 고찰을 통해 파악하고자 한 논문이다. 연구자는 "하층민 정서에 기반한 영화들이 이른바 영화의 미학화, 예술화라는 당위에 밀리면서 소위 '고급팬'의 취향이 일반적인 표준으로 등장하게 된 시기에 나운규 영화는 힘을 잃게 된다는 현상"에 주목하였다. 강영미의 「『고려시보』와 시인 박아지(朴芽枝)」는, 남북한문학사에서 카프 계열의 농민 시인으로 알려진 박아지가 1905년 함북 명천에서 태어난 박일이 아니라, 1907년 개성에서 태어난 춘파 박재청임을 밝힌 논문이다. 뿐만 아니라 연구자는 한국문학사의 지평을 넓힐 수 있는 구체적 증거로서 『고려시보』의 중요성을 역설하고 있다. 기존의 한국문학사의 사실을 수정하고 있는 이 논문의 주장이 철저한 검증의 과정을 거쳐 확증될 수 있기를 기대한다. 김복순의 「'범주 우선성'의 문제와 최정희의 식민지 시기 소설」은 "기존의 권위 있는 담론에 기대어 안이하게 그것을 추종한 소설가"라고 규정된 최정희에 대한 새로운 조명을 시도한 논문이다. 이를 위해 김복순은 "'범주 우선성'이라는 개념을 동원하여 최정희 소설의 '젠더 범주 우선성'이 계급, 가족, 민족·국가 층위와 연관되는 방식을 천착하였다." 신형기의 「유항림과 절망의 존재론」은 유항림의 소설들에서 '절망의 존재론'을 읽어내고자 한 논문이다. 유항림의 소설에서 인물들이 겪는 절망이 "진정한 자신이 되지 못한 절망이거나 자신이 아닌 자신이 될 수 없는 절망"이라는 점에서, 그것은 '자신'에 대한 존재론적 성찰의 방법론적 매개로서 기능한다는 것이 이 논문의 요지이다. 김예림의 「'동아'라는 시뮬라크르 혹은 그 접속자들의 문화 이념: 1930년대 후반 최재서·백철의 문화론을 중심으로」은 중일전쟁기 조선 지식인의 '문화' 이념 변화 및 그 변화가 지닌 의미를 백철과 최재서를 중심으로 분석한 논문이다. 중일전쟁기에 최재서와 백철이 보여준 문화 이념의 변전은 "유럽 근대 문화를 향해 있던 지식인의 시선이 제국 일본이 제공한 탈근대적 신문화 건설이라는 상상적 영토 안에서 굴절, 변형되는 과정을 보여준다"는 것이 이 논문의 시각이다.

　　나라가 시끄럽다. 시끄러움 자체가 야기하는 짜증이 없는 바는 아니나, 그것이 살아있음의 표지, 아니 제대로 잘 살자는 욕망의 표지라는 점에서 귀하게 여겨진다. '아직도 진정한 삶이 가능한가'라는 절대적 회의 앞에서 절망하면서도 우리가 경계해야 할 것은 무관심과 허무주의일 것이다. 우리의 책읽기와 글쓰기가 삶의 진정성에 대한 무관심과 허무주의의 극복하기가 아니라면 달리 또 무엇일 수 있겠는가? 한 학기가 정리되고 있다. 좀 더 집중해서 우리 일을 할 수 있는 계절이 다가오고 있다. 문득, 20년전 이 무렵에 돌아간, 살아 있는 동안 무척이나 부지런하게 마시고 싸우고 읽고 쓰다가 돌아간 한 시인이 남긴 일기의 구절이 떠오른다.

일하자. 일하자. 두말 말고 일하자.
어서 어서 일하자. 아포리넬의
교훈처럼 개미처럼 일하자.
일하자. 일하자. 일하자. 민첩하
게 민첩하게 일하자.

2008년 6월 중순
편집위원회 識

◈ 목　차 ◈

I. 특 집

전시체제기 기술적 이성 비판

차 승 기*

목 차

1. 머리말
2. 명랑한 지성의 전망
3. 문화과학에서 자연과학으로
4. 테크네technē＝포이에시스poiesis＝휘시스physis
5. 기술적 이성의 직역봉공(職域奉公)

인간의 활동은 그 모든 방면에 있어서 기술적이다. 단지 협의에 있어서의 기술에서만이 아니라, 또한 예술에 있어서만이 아니라, 나아가 과학에 있어서도, 정치는 말할 것도 없고 도덕에 있어서도 기술적이다. …… 단지 이른바 문화가 모두 기술적일 뿐만 아니라 인간의 형성 그 자체가 기술적이다.

—미키 키요시, 『구상력의 논리』(1939년)[1]

* 성공회대 동아시아연구소 연구교수.

** 이 논문은 〈일제 말기 미디어 장과 문화정치〉를 주제로 열린 상허학회 학술대회(2008년 2월 22일)에서 발표한 논문을 수정한 것이다. 토론을 맡아 주었던 황호덕 교수는 논문의 주제와 방향에 대해 여러 측면에서 재고할 수 있는 기회와 도움을 제공해주었다. 감사의 말을 남기고 싶다.

1) 三木淸, 『三木淸全集』第8卷, 岩波書店, 1967, 256쪽.

14

1. 머리말

1920년대 말의 세계 대공황 이후, 만주사변을 일으킨 일본이 서둘러 만주국을 세우고 이른바 일만(日滿)의 엔(圓)블록을 구축함으로써 자본의 위기를 폭력적으로 해결하고자 했음은 주지의 사실이다. 그러나 이 같은 시도가 해결보다는 궁극적으로 폭력의 자기증식을 불러왔다는 것 또한 주지의 사실이다. 여타 자본주의 국가들과의 경쟁 및 마찰이 심화되어가는 가운데, 일본은 보다 안정적인 '세계'를 확보하기 위해 마침내 1937년 본격적으로 중국을 침략했다. 한편으로는, 중국의 저항과 그에 따른 전쟁의 장기화라는 '위기'의 국면에 민족들 간의 협화를 이념으로 하는 일만지(日滿支) 블록의 '동아신질서'를 구상하면서 일본 자본주의의 변혁을 꾀하는 혁신좌파들의 시도가 나타나기도 했다.[2] 하지만 '전쟁을 통한 변혁'의 기획은 쉽사리 '변혁을 위한 전쟁'의 정당화로 전환될 수 있었다. 그리하여 1939년의 제2차 세계대전 발발 이후, 내부로는 익찬(翼贊)체제에 기초한 본격적인 전체주의 체제가 수립되고 외부로는 남방까지 포괄하는 '대동아공영권' 건설을 통해 엔블록의 지역적 확대가 기획되었지만, 전쟁의 목적으로 줄곧 외쳐졌던 '동양의 영원한 평화'는 결코 도래하지 않았다.

특히 장기적인 전쟁 수행과정에서 이루어진 일본 내부의 체제 변혁은, '민족 협동체' 구상이 동아시아에서의 일본의 지배를 공고화하는 실천으로 귀착된 만큼이나, 중일전쟁기 혁신좌파들이 애초에 가졌던 의도를 무색하게 하는 것이었다. 자본의 지배를 정치적으로 제어하여 계급적 갈등을 해소하고 전체의 이익을 도모하고자 한 기획은 '고도국방국가'라는 전쟁기계를 산출하게 된 것이다. 이미 1938년 4월 〈국가총동원법〉이 제정되어 전시동원체제가 구축되기 시작하였고, 1940년 들어

---

2) 중일전쟁기 중국의 저항에 봉착한 일본의 '위기' 국면에서 혁신좌파들의 사상적 모험이 발생·전개된 양상에 대해서는 米谷匡史, 「戰時期日本の社會思想」, 『思想』, 1997. 12, 참조.

모든 정당들이 차례차례 해산하고 군부, 관료, 우익 정치인들을 중심으로 〈대정익찬회〉(10월)가 발족됨으로써 7월에 수립된 제2차 고노에(近衛)내각의 이른바 '신체제'는 모든 영역에서 전체주의적 통제를 수행하게 된다. 익찬체제를 통해 이미 불필요한 정치활동을 배제한 '신체제'는, 경제적으로는 사적인 이윤추구를 위해 경쟁하는 자본을 통제하여 전쟁 승리를 위한 국가의 목적에 종속시키고, 사상적으로는 공산주의·자유주의를 배격하며, 천황제 전체주의를 일상적으로 교육·선전하였다.

이렇듯 '전쟁 합리성'에 의해 이끌어진 일련의 일본 내 체제변화 과정은 식민지/제국 관계에도 변화를 초래하였는데, 그 변화의 지향은 단적으로 말해 '외지'를 — 그 예외성의 표지는 결코 삭제하지 않은 채 — '내지'로 실질적으로 포섭하는 데 있었다. 특히 포섭되어야 할 '외지'는 대륙진출의 발판으로서의 조선이었다. '내지'에 〈국가총동원법〉이 제정된 후 곧바로 조선에도 적용되어 같은 해 6월에 〈국민정신총동원 조선연맹〉이 결성됨으로써 식민지 동원체제의 기초를 마련하였다.3) 나아가서 이미 1936년 8월 미나미 총독이 부임해 오면서부터 줄곧 내세웠던 '내선일체'의 슬로건도 이후 육군특별지원병령(1938년), 제3차 조선교육령(1938년), 조선민사령(1939년), 징병제(1942년) 등 일련의 법제 확립과 더불어 사상적·제도적으로 더욱 강화되기 시작했다. 무엇보다도, 중일전쟁 이후 일본 제국의 지정학적 구상 속에서 대륙진출을 위한 병참기지로 설정된 조선에는, 군수산업을 중심으로 한 중화학공업 자본의 대량 유입이 본격화되는 한편, 산미증식계획과 농촌진흥운동 등 노동력을 동원하고 농업 생산성을 고도화하기 위한 일련의 시행책들이 마련되었다.

이 시기 일본이 채택한 식민지 동화 정책 및 개발 계획에 근본적인 목적이 있다면 그것은 더 많은 생산성의 동원에 다름 아닐 것이다. 생산성의 동원이란, 바꿔 말해서 단순한 인적·물적 동원의 차원을 넘어서

---

3) 〈국민정신총동원 조선연맹〉이 이후 '내지'에서의 〈대정익찬회〉 결성과 때를 맞춰 〈국민총력 조선연맹〉으로 개편되는 사정도 이 시기 식민지/제국의 긴밀한 연동관계를 보여준다.

는 자연·생명·정신·노동 등에 대한 총체적 효율성의 동원이라 하겠고, 또는 양적 동원의 차원을 넘어서는 질적 동원이라 할 수 있는 것이다. 예컨대 사상범을 사회로부터 배제·고립시키는 것이 아니라 '전향'이라는 절차를 통해 사회로 포섭하는 방식,[4] '내선일체'와 '창씨개명'을 통해 식민지인을 '국민'으로 호명하는 방식은 이 시기 지배와 동원의 특징을 예시해준다고 하겠다. 이른바 고도국방국가라는 형태로 전체 식민지/제국의 체제가 변형되어가는 과정은, 노동에 대한 자본의 포섭이 형식적인 것에서 실질적인 것으로 전환[5]되는 양상에, 나아가서 벌거벗은 생명의 공간이 정치 공간과 일치해 가는 과정[6]에 비유될 만한 것이다. 전쟁합리성의 요청에 의해 기존의 유한한 대상적 세계를 절개할 뿐만 아니라 주체/객체의 경계마저 넘어 새로운 잠재성을 현실화해내는 고도국방국가의 동원을 고도화된 기술의 동원이라고 이름 붙여도 좋을 것이다.

이 무렵 식민지/제국의 지극히 제한된 담론장에는 기술, 자연과학, 과학교육 등에 대한 논의들이 눈에 띄게 출현하고 있는데, 이는 같은 시기 식민지/제국 체제가 전시총동원체제 구축의 방향으로 재편되면서 기술의 동원이 이루어지는 과정과 맞물려 나타난 현상이라고 할 수 있겠다. 물론 식민지의 경우 기술을 둘러싼 논의에 있어 양적·질적으로 '내지'에 비견될 바가 되지 못할 뿐만 아니라, 그 논의의 방향도 기술의 동원 및 실천의 층위로 제한되는 경향이 뚜렷이 드러난다.[7] 하지만 이

---

4) 특히 중일전쟁기 이후 전향이 갖는 특징적인 양상에 대해서는 홍종욱, 「중일전쟁기 (1937~1941) 사회주의자들의 전향과 그 논리」, 서울대 석사논문, 2000. 그리고 이 시기 전쟁과 식민지/제국 체제의 질적 변화과정에서 생산된 담론장의 성격에 대해서는 차승기, 「추상과 과잉: 중일전쟁기 제국/식민지의 사상연쇄와 담론정치학」, 『상허학보』 21집, 상허학회, 2007, 참조.

5) Karl Marx, 김호균 역, 『경제학 노트』, 이론과실천사, 1988, 88-106쪽 참조.

6) Giorgio Agamben, 박진우 역, 『호모 사케르』, 새물결, 2008, 「서문」 참조.

7) 식민지 하에서의 과학기술 논의 및 그 실제에 대한 연구는 특히 1990년대 중반 이후 과학사를 전공하는 연구자들에 의해 상당히 진척되어 온 것으로 보인다. 그러나 여전히 역사적 사실의 정리가 큰 부분을 차지하고 있으며, 식민지 과학기술의 실제를 '한국근대과학(기술)사'의 일부분으로 포섭하고자 하는 목적이 과학(기술)사 서술의 관점

러한 차이 자체가 이 시기 식민지/제국 체제의 지정학적 배치가 지닌 기술적 의미를 보여준다고 하겠다. 이 글은 중일전쟁 발발 이후, 특히 이른바 '신체제' 수립을 전후한 시기에 등장했던 과학기술 논의들[8]을 실마리 삼아 제국 일본의 고도국방국가 건설 기획의 성격과 그에 따른 식민지 동원의 특성, 과학기술의 논의 및 실천이 갖는 문화적 의미, 그리고 지식인들의 전향의 윤리와 기술의 관계를 살펴보고자 한다.

2. 명랑한 지성의 전망

백철은 중일전쟁 이후의 조선 사회와 조선인의 운명을 전망하는 소설 「전망」[9]에서, 이 시기 전향자가 만들어낸 자기정당화 논리의 일단

을 결정하는 중요한 요인으로 남아 있는 듯하다. '한국근대과학(기술)사'로부터 이질적인 것을 추방하기 위해 과학기술의 점유자 및 사용자의 민족적(인종적) 귀속을 기준으로 내세우는 과학기술사의 서술 시야 속에서는 전시총동원체제의 기술 동원이 갖는 의미도 동원하는/되는 사람의 민족적(인종적) 귀속에 따라 결정된다. 예컨대 이같은 '속인주의'를 식민지 시기 과학기술사 서술의 원칙으로 제시하고 있는 연구로는 김근배, 『한국 근대 과학기술인력의 출현』, 문학과지성사, 2005, 참조.

8) 이 글에서는 특별한 경우를 제외하곤 '과학' '기술' '과학기술'이라는 서로 구별되는 개념을 같은 맥락에서 함께 사용하고자 한다. 이 시기 실제로 개념들이 엄밀한 구별 없이 혼란스럽게 사용되기도 하였거니와("당시 조선에서는 과학, 기술, 공업을 구분하지 않고 통칭해서 과학으로 인식하고 있었다" 김근배, 앞의 책, 250쪽), 특히 '기술'이라는 개념이 "일정한 목적을 달성하기 위한 모든 수속 모든 수단의 모든 종합 모든 체계"(윤규섭, 「현대기술론의 과제」, 『동아일보』, 1940. 7. 10)를 뜻하는 가장 넓은 의미에서 이해되었던 것 자체가 이 시기의 특징적인 모습을 보여주기 때문이다. '과학'의 경우엔 더욱 복잡해서, 기술 개념을 자체에 내포하는가 하면 응용으로서의 기술을 배제한 순수과학(학문)을 뜻하기도 하고 '서구문명', '맑스주의' 등의 표상으로 사용되기도 하는 등 언제나 이미 이데올로기에 오염되어 있는 개념이기 때문에, '과학'의 개념사 자체가 하나의 거대한 연구과제에 해당된다. 이 글에서는 잠정적으로 '신체제' 시기를 전후하여 나타나는 과학, 기술, 과학기술 논의에서 개념의 최대공약수를 찾아 전시체제기 지배와 동원의 성격을 고찰하기 위한 실마리로 삼고자 한다.

9) 백철, 「전망」, 『인문평론』, 1940. 1(본문에서 인용시 직접 쪽수를 표시).

을 보여주고 있다. 서술자 '나'는 사회주의자 김형오의 죽음을 "시대 하나를 전송하는"(195쪽) 의식(儀式)으로 위치지우며, 같은 맥락에서 '황군(皇軍)'에 의해 중국의 낡은 성들이 무너져가는 모습을 "낡은 것이 지나가고 새로운 건설이 오는"(219쪽) 광경으로 의미화하고 있다. 아시아적 정체성(停滯性)의 표상인 낡은 성이 붕괴된 이후 새로운 건설이 시작된다면, 김형오의 시대를 전송한 후 새롭게 맞이하는 것은 누구의 시대인가. 백철은 하나의 스테레오타입적인 해결책으로 형오의 사생아 영철이라는 소년을 제시하고 있다.

언제나 이상적인 타자에 맹목적으로 매료당할 때에만 자신의 존재 의의를 찾을 수 있는 '나'[10]는 "형오와 앉아 있는 동안에도 혼자서 가끔 지금 우리 앞에 일어난 전쟁과 동양의 미래를 생각해 보는 일이 많았지만 그때마다 형오의 얼굴을 건너다보고는 역시 이 시대에는 아무 새로운 것이 나타나지 않은 증거라고 단정해버렸다."(233-234쪽) 즉 형오의 세계가 살아 있을 때에는 '중일전쟁의 세계사적 의의'라는 것도, 서양=근대를 초극한 동양적 세계라는 것도 '나'에겐 아직 현실이 아니었다. 하지만 형오가 죽은 후 "태양과 같이 황홀"한 소년 영철의 출현 앞에서 '나'는 생의 회복과 기쁨을 깨닫는 "신비스러운 비약"(234쪽)을 경험한다. 과거의 빛이 꺼짐으로써 비로소 새로운 빛 속에 서게 된 것이다. 그렇다면 과연 영철이 지니고 있는 "이상한 광명"(248쪽)은 어디에서 오는 것이며 그것은 무엇을 연소시켜 발광하고 있는 것인가.

그 빛은 우선 "생의 약동"(234쪽)에서 오는 것으로 보인다. 형오의 자살이 가져다 준 충격으로 한 달 여 앓아누워 있던 '나'는, 미처 회복되지 않은 자신을 부축하여 뒷산으로 이끄는 소년의 손길에서 "가슴에

---

10) "그 전에는 역시 내가 너무 김형오와 가까이 생활한 때문에 가까운 데서 오는 빛깔의 반사 때문에 내 눈은 맞은편에서 오는 다른 빛깔에 대하여 시력을 잃고 있었다. 그것이 지금 형오의 존재가 내 시야에서 물러가자 그 동시에 이번은 반대편에서 오는 광채에 내 눈이 황홀해졌다."(235쪽) 이 "반대편에서 오는 광채"의 정체가 소년 영철임은 말할 것도 없다.

빽차오는 감격"을 느끼고, "내 손목을 잡은 소년의 따뜻한 피의 온기"(235쪽)에서 행복과 희망을 느낀다. 건강한 소년의 약동하는 생명력은 '나'에게 그 자체 감격적인 것이며, 그 생명력을 나눠받음으로써 '나'의 건강은 "자발적으로 회복"(236쪽)될 수 있었다.

아울러 그 빛은 소년이 가지고 있는 '새로움'의 가치에서 온다. "그 소년은 모도가 새것"(234쪽)인 것이다. 모든 것을 처음 접하는 듯이 바라보는 소년의 호기심과 열정에 가득 찬 눈은 '나'에게 "생에 대한 새로운 의미를 발견하는 생활, 보충과 창조"(236쪽)를 가질 수 있게 해 준다. 형오로 상징되는 세계를 상실한 후 절망하고 있던 '나'가 "작품을 다시 계속하고 싶은 정렬"(236쪽)을 가지게 된 것도 이 새로움의 자극이 있었기 때문이다. 이렇게 볼 때 '나'가 영철과 함께 보낸 시간이 주로 뒷산이나 냇가 등 이른바 '자연적' 환경 속에서였고, 영철의 지적 호기심과 열정이 대체로 자연적 사물 또는 자연적 현상에 집중되어 있던 것도 새로움에 대한 감각과 무관하지 않다. 이 '자연적인 것'은 마치 거기로 복귀하여 세계와의 관계를 다시 처음부터 새롭게 만들어 갈 수 있는 '본래성'의 영역인 듯이 보인다.

이렇듯 약동하는 생명력과 새로움이 세계와의 '명랑한' 관계를 가능하게 하는데, 사실 이 '명랑성'이야말로 '나'가 소년 영철에게서 발견한 빛의 정체라고 할 수 있겠다. "혼자 있으면 흔히 고독하고 어두운 것을 느끼는" '나'지만, "그와 접하면 자기도 모르게 생활이 명랑"(248쪽)해진다. 소년 영철로부터 넘쳐나는 '명랑성'의 빛에 눈멂으로써 전향자 백철 또는 '나'는 비로소 형오의 세계로부터 완전히 벗어나게 된다. 아니, 오히려 이미 형오의 세계로부터 벗어난―또는 벗어나지 않을 수 없었던―자기의 새로운 존립근거를 마련하기 위해 '명랑성'의 빛에로 눈을 돌렸다고 하는 것이 사실에 부합할 것이다.

그렇다면 이 빛은 무엇을 연소시켜 발광하고 있는가. 다시 말해 '나'가 영철에게서 발견한 약동하는 생명력과 새로움은 세계와 어떤 관계를 맺기에 명랑할 수 있는가. 그 관계의 본질은 세계를 대하는 과학적이고 실증적인 태도에 있다. 영철은 단순히 생명력으로 충만한 소년이기 때문에 빛나는 것은 아니다. 영철은 "수학(算術)과 리과(理科)"에 천부적인 재능을 가지고 학교에서 배운 것을 "실제의 물건을 가지고 일일히 실증을 해가는 그 치밀한 태도"(241쪽)를 통해 '나'가 알지 못하거나 망각해버린 세계의 잠재성을 발견해낼 수 있기 때문에 빛나는 것이다. '나'의 경탄할 만한 영철이 가지고 있는 것은 이러한 과학과 실증의 천재이며, 영철이 가지고 있지 않은 것은 미리 주어진 이데올로기다. 김형오는 "옛날의 낡은 타입의 영웅을 사모하면서 자라났는데 하나는 위대한 과학자를 목표하고 나가는 것이다. 김형오는 벌써 오늘에 올 타입이 아니고 과거를 대표한 인물이었다. 역시 이제부터는 영철군과 같은 인물이 금후의 시대를 대표한 타입이다."(251쪽)

혁명가에서 과학자로. 백철은 이데올로기적 선입견으로부터 자유로운 과학적 태도, 주관적 편견을 배제하고 호기심과 열정만으로 세계와 대면하는 태도를 새로운 시대가 요구하는 새로운 삶의 자세로 제시하면서 중일전쟁기 전향을 정당화하고 있다. 얼핏 과학에 대한 강조는, 특히 자연과학적 호기심에서 출발하는 과학적 태도에 대한 강조는 근대 초기의 계몽주의적 이성을 떠올리게 한다.[11] 그러나 계몽주의적 이성에게 과학이 그 자체 세계관적 성격을 가진 것이라면 중일전쟁기 백철의 과학에는 그러한 성격이 삭제되어 있다. 더욱이 조선의 경우 근대 초기 과학 및 과학기술은 '야만'에서 '문명'으로의 존재론적 전환을 가능하게 하는 힘으로서, 삶의 양식 전반의 서구적 개조와 관련되어 있는 이데올로기적으로 특권적인 개념이었다.[12] 이에 반해 백철의 과학은 과학적 세계관의 탁월성과도 문명론의 그림자와도 무관한, 일상 속에서 과학적 지식을 적용하고 검증하고 실천하는 '행위'이다. 백철에게 있어 과학적

---

11) 계몽주의 시대의 철학에 미친 자연과학의 영향에 대해서는 Ernst Cassirer, 박완규 역, 『계몽주의 철학』, 민음사, 1995, 63-69쪽 참조.

12) 길진숙, 「『독립신문』·『미일신문』에 수용된 '문명/야만' 담론의 의미 층위」, 『국어국문학』 136호, 국어국문학회, 2004, 참조.

세계관이란 오히려 "낡은 타입"과 관련된 것이다. 1920~1930년대의 맑스주의적 세계관을 떠올리는 과학성과는 달리 세계관으로서의 지위를 요구하지 않는, 그리고 서구적 근대에 압도당했던 패배의 역사를 상기시키지 않는 실용적인 과학성이다. 따라서 이 과학적 지성은 명랑하다.

그런데 주목해야 할 것은, 이 명랑성이 전쟁이 벌어지고 있는 '사실의 수리(受理)'[13)]와 결합하고 있다는 점이다.

> 내 앞에는 아세아의 누런 흙빛의 지도가 나타나고 다시 지도는 소년의 행렬의 광경으로 덮이여버린다. 그것은 명랑한 광경이 아닐 수 없다. 그러기에 내가 이번 전쟁에 희망을 두는 것을 생각하면 이번 사변과 직접 내가 연을 가진 것이 아니라 저 소년의 행렬을 통하여 간접으로 그것을 느낀다. 간접으로 영철군을 통하여 거기 참례하고 미래를 내다보는 것이다.(249쪽)

남경함락을 축하하는 소학교 생도들의 깃발행렬 가운데 영철이 있는 것을 보며 '나'는 명랑한 기분으로 새로운 미래를 전망한다. 그리고 "자기의 빛나는 일에 몰두"하고 있는 영철을 바라보면서 "동양의 찬란한 미래"(251쪽)를 꿈꾼다. 이 결합은 어떻게 가능할 수 있었는가. 과학적 태도는 어떻게 전쟁에 대한 긍정과 명랑하게 결합될 수 있었는가. 과학적 지성은 어떻게 일본이 선전하는 '동양의 미래'에 대한 희망과 결합될 수 있었는가.

3. 문화과학에서 자연과학으로

혁명가에서 과학자로의 주체상의 변화를 시대 전환의 의미로 제시

---

13) '질서의 세기로부터 사실의 세기로의 전환'이라는 발레리의 명제를 중일전쟁의 맥락으로 전유하여 '새로운 질서 찾기'의 윤리적 근거로 삼고 있는 백철의 글로는, 「지식계급론」, 『조선일보』, 1938. 6. 3~9; 「시대적 우연의 수리」, 『조선일보』, 1938. 12. 2~7; 「'사실'과 '신화' 뒤에 오는 이상주의의 신문학」, 『동아일보』, 1939. 1. 15~21, 등 참조.

한 작가는 백철만이 아니다. 김남천은 「길 우에서」[14] 및 『사랑의 수족
관』[15]의 토목기사 K＝김광호를 통해, 유진오는 『화상보』[16]의 식물학자
장시영을 통해 중일전쟁 이후 이른바 전향의 시대의 풍속을 보다 객관
적으로 보여준 바 있다. 요컨대 백철이 미래의 주체로서 과학자를 선택
한 행위는 단지 백철 자신 또는 '나'의 전향을 정당화하고자 하는 주관
적인 목적으로부터 비롯된 것만은 아니다. '현대의 풍속'을 포착하고자
한 김남천과 '시정 속에서 영원의 인간상을' 발견하고자 한 유진오는
직업인으로서의 기술자 및 과학자라는 형상을 통해 — '과학적 세계관'
이 아니라 — '과학기술'이 새로운 시대적 키워드로 등장하고 있는 양
상을 보다 개연성 있는 세계 속에서 보여준 바 있다.[17]

　　사실 '기술자'는 이 시기의 새로운 주체상의 하나로 주목될 만하다.
중일전쟁 이후 신문지상에는 연일 계속되는 전황보고와 함께 '기술자
부족'을 호소하는 기사들이 빈번히 등장하고 있다. 예컨대 부족한 기술
자를 유치하기 위한 회사들의 경쟁이 치열해지자, 각 기술공업학교 졸
업생들에 대한 특정 회사의 독점 행위를 방지하기 위해 총독부가 국가
총동원법에 의거 〈졸업생사용제한령〉을 발령할 정도였다.[18] 사정이 이

---

14) 김남천, 「길 우에서」, 『문장』, 1939. 7.

15) 김남천, 『사랑의 수족관』, 인문사, 1940(신문연재는 『조선일보』, 1939. 8. 1～1940. 3. 3).

16) 유진오, 『화상보』, 『동아일보』, 1939. 12. 8～1940. 5. 3.

17) 그러나 간과하지 말아야 할 것은, 김광호가 '현대 조선의 풍속'을 드러내고자 하는 과
　　정에서 포착된 인물인 반면, 장시영에는 지식인의 현실 대응에 대한 작가의 입장이 보
　　다 강하게 투영되어 있다는 점이다. 『화상보』의 '자연과학'을 식민지/제국에서의 로칼
　　리티의 문제와 결부시켜 논의한 연구로는 김성연, 「방언집과 에스페란토, 그리고 '조
　　선 생물학'」, 『한국 문학·문화/글쓰기 국제학술대회: 한국 근대문학(문화)과 로칼리
　　티』, 연세대 국어국문학과 BK21 한국 언어·문학·문화 국제인력양성 사업단, 2007.
　　12. 14, 참조.

18) 「기술졸업자 태부족, 求之不得의 비명」, 『조선일보』, 1938. 11. 17. 이 기사에 따르면,
　　1939년에 새로이 요구되는 기술자의 수는 3, 700 여명에 달하는데도 불구하고 경성고
　　등공업학교, 경성공업학교, 진남포상공학교 등 기술학교의 졸업예정자가 73명에 지나
　　지 않아 총독부가 내지 졸업생의 조선유치운동을 벌이기까지 했다. 이러한 사정은 해
　　가 바뀌어도 크게 바뀌지 않았다. 아울러 「기술졸업자 황금시대, 六千名 요구에 七百

러하므로 기술자들의 몸값이 치솟게 되고,[19] 기술전문직이 젊은이의 유망직종으로 각광을 받게 되는 것은 당연한 결과였다.[20] 물론 이렇게 기술자가 부족하게 된 데에는 중일전쟁 이후 제국 일본의 지정학적 기획 속에서 식민지 조선이 병참기지로 위치지워지고, 그에 따라 군수산업과 관련된 국책회사가 대거 조선에 진출했기 때문이다.[21] 그리고 이러한 변화에 대응하여 총독부는 기술자를 대량양성하기 위한 공업학교 확충계획을 세우게 되고, 이는 다시 기술직종에 대한 대중들의 지향과 그 직업의 사회적·경제적 지위를 강화하는 결과를 낳게 된다.[22]

　이러한 분위기 속에서 기술자 또는 과학자들의 사회적인 발언도 눈에 띄게 나타나는데, 그 한 예로 공업학교 교수, 의사, 자연과학자와 문예평론가가 함께한 '과학진흥 좌담회'[23]를 살펴보자. 이 좌담회에서 이

　八十名을 배정, 기술자 획득난으로 각종 산업에 지장」, 『동아일보』, 1939. 10. 4. 참조.

19) 예컨대 「선풍적 구인난, 명춘 졸업생 모두 賣約濟 격심한 쟁투전에 도리혀 비명, 기술교생 더욱 기고만장」, 『동아일보』, 1938. 11. 16; 「기술자 기고만장, 소회사의 비애, 삼고초려로도 모셔갈 수 없는 판」, 『조선일보』, 1938. 12. 24; 「기술자 만세! 대전공학 졸업생 七十名 전부 취직의 健步」, 『동아일보』, 1939. 3. 8 등 참조.

20) 역시 한 신문 기사에 따르면, 일본고주파중공업 주식회사가 '종업원양성소'를 설치하고 200명을 모집하자 10,000여 명이 지원하여 50대 1이라는 엄청난 경쟁률을 보여주었다. 「수험연옥의 초특기록, 고주파양성소생 二百名 모집에 지원자 一萬餘名, 과연! 기술자만능시대상」, 『조선일보』, 1939. 2. 27. 이밖에도 「학교마다 초만원, 경성공업은 六對一, 경기고여는 四對一, 역시 기술자 지망 高率」, 『동아일보』, 1939. 2. 21 등 참조.

21) 「총독부도 기술자난, 産金사무 산적정체」, 『조선일보』, 1939. 6. 3. 참조.

22) 「삼천오백명 채용에 생산되는 기술자 근 七十名, 인적 자원 증산계획 착착 진보」, 『동아일보』, 1938. 12. 5; 「직업학교를 대확충, 기술자 대량양성, 명년도에 二十萬圓 예산 계상」, 『조선일보』, 1939. 7. 5 등 참조. 특히 총독부의 기술자 양성계획은 효과적인 자원 개발을 위한 광산기술자 및 기계기술자 양성에 중점이 두어져 있었다. 한편, '내지'에서는 같은 해 국가총동원법에 의거 〈공장기술자교육령〉을 발령하여 모든 대기업에 사내기술훈련시설을 의무적으로 설치하게 하였다(Tessa Morris-Suzuki, 박영무 역, 『일본 기술의 변천』, 한승, 1998, 182쪽 참조). 중일전쟁 이후 식민지 조선에서의 총독부의 이과교육정책 및 과학기술교육기관의 확충과정에 대해서는 김근배, 앞의 책, 4부 참조.

23) 「과학에의 돌진—교육 조선의 신코스」, 『조광』, 1940. 11. 이 좌담회의 참석자는 다음과 같다. 안동혁(경성고공 교수), 최희영(경성제대병원 위생학 교실), 문인주(경성제대

루어진 전체적인 논의는 과학교육을 강화하여 과학연구와 생활의 과학화를 도모해야 한다는 주장으로 수렴될 수 있다. 이 시기 '과학기술'에 대한 관심이 급속히 대두하고 있는 현상은 경성고등공업학교 교수인 안동혁이 "인생 전체가 자연과학이 아닌가 하는, 즉 한쪽으로 치우친 느낌도 없지 않아 있"(292쪽)다고까지 말하는 대목에서도 짐작할 수 있는데, 이와 관련하여 박치우는 이렇게 말하고 있다.

> 박치우 : …… 이번의 지나사변과 또한 독일의 전승(全勝)에 자극되어 일반의 관심은 **문화과학으로부터** 자연과학에의 흥미로 변하여 가는 것 같습니다. 이것은 자극이 있으니까 비로소 관심들을 갖게 되었다는 의미에서 좋지 않을지 모르나 동기나 목적이야 어찌 되었든 시대의 기회를 타서 자연과학 방면으로 일반의 관심이 간다는 것은 파행적인 현 사회실정에 비추어 좋은 일입니다(295-296쪽, 강조는 인용자).

백철이 중일전쟁 발발 이후의 이른바 '시대적 전향'의 지향성이 김형오로부터 영철에게로 나아간다고 판단한 것과 마찬가지로, 박치우는 시국의 영향 하에 사고와 지식의 패턴이 문화과학에서 자연과학으로 이행하고 있음을 지시하면서 그 현상을 바람직한 것으로 평가하고 있다. 박치우뿐만 아니라 대부분의 좌담회 참석자들은 그동안 문화과학이 비정상적으로 중요시되어 온 현상을 문제시하면서 자연과학의 시대를 환대하고 있다. 안동혁은 "문화과학에의 편중은 오랜 병이 되어서 속히 고칠 방법을 생각"(294쪽)하지 않으면 안 된다고 주장하면서, 문화과학을 "위에 서서 통제하는 관습"(296쪽)과 연관시킨다. 경성제대병원 외과의인 문인주는 "근대의 청년들은 자연과학에 매력을 느끼고 거기에 대한 열정을 품고 있으나 자기네의 마음을 만족시킬 만한 기관이 없고 하니까 자연 거기에 무관심하게 되는 것"(294쪽)이라 말하면서,

---

병원 松井외과), 한인석(연희전문 이학교수), 서인식, 박치우, 그리고 잡지사측으로는 이갑섭(본문에서의 인용은 차승기·정종현 편, 『서인식 전집』 II, 역락, 2006에 의한 것임. 본문에서 인용시 직접 쪽수를 표시).

대부분의 잡지들에 문학적인 기사가 주를 이루고 있는 현상에 대해 비판한다. 대체로 참석자들은 교육, 매체, 연구기관 등의 확충을 통해 기초과학과 응용과학에의 연구를 활성화할 것을 입을 모아 주장한다.

　이 좌담회에서는 과학을 문화과학과 자연과학으로 분리시키고 있는데, 문화과학은 자연과학을 보다 전면에 드러내기 위해 호출된 개념에 불과한 것으로 보인다. 따라서 자연과학이 순수과학과 응용 기술과학을 모두 아우르는 개념으로서 포괄적으로 사용되는 것과 마찬가지로 문화과학의 함의 역시 지극히 불분명하다.[24] 더욱이 문화과학이 "경제니, 법과니, 상과니 하는 부문"(안동혁의 말, 296쪽)에까지 관련된 것으로 여겨질 때 문화과학의 '문화'는 상식적인 개념의 한계를 훨씬 초과한다. 그러나 중요한 것은 '문화'와 '자연'의 각각의 과학이 함축하는 내용이 아니라 그 분리가 산출하는 효과에 있다. 요컨대 '문화과학에서 자연과학으로'라는 슬로건은 사고와 지식의 패턴이 이행하고 있는 현상을 지시하는 방식을 취하면서 동시에 이성의 '특정한 사용'을 과거화하는 담론효과를 발휘한다. 그 효과에 따라, 한정된 대상을 관찰·분석하여 구체적인 지식을 획득하고, 그 지식을 다른 대상에 응용하여 결과를 산출하고, 산출된 결과를 통해 다시 대상을 관찰·분석하는 순환과정을 거침으로써 그 대상에 대한 구체적이고 완전한 지에 도달하고자 하는 노력 이외의 이성의 사용은 배제되거나 적어도 고려의 대상이 되지 않는다. 즉 '전체에 대한 염려'―자연과학적인 지식과 그것의 실천이 갖는 사회적 효과에 대한 생각까지 포함하는―는 구태의연한 것 이상이 되지 못하는 것이다.

　그러나 오해되지 말아야 할 것은, 이른바 '문화과학에서 자연과학으

---

24) 문화과학에서 자연과학에로의 전환이라는 표현이 최소한의 지시적 의미를 가지고 있다면, 문화과학의 함의는, 이전 시기 존속했던, 물질문명과 대비되는 정신적 가치, 또는 모든 인간적 산물들을 탐구하는 방법, 나아가서는 인간의 삶과 역사의 변혁을 헤아리는 사유관습에까지 유추해볼 수 있을 것이다. 1920년대 문화의 개념 및 (주로 최남선의 용어로서) 문화과학의 의미에 대해서는 김현주, 『이광수와 문화의 기획』(태학사, 2005)의 결론 부분 참조.

로'라는 이행의 표현이 말 그대로 자연과학이 문화과학을 '대체'한다는 내용을 지시하는 것이 아니라는 사실이다. 그것은 오히려 자연과학으로 표현된 실용적이고 기술적인 이성의 사용이 문화 및 문화과학을 배제적으로 '포섭'한다는 보다 심각한 전환을 지시한다. 다시 말해 문화과학을 자연과학 내부로, 또는 문화를 기술 내부로 포섭함으로써 전체가 부분 속으로 들어가게 되는 어떤 전도를 징후적으로 지시하는 것이다. 바야흐로 마르크스주의의 용어사전에서 '전체성에 대한 반성적 사유'와 동의어였던 (문화)과학은 이성의 기술적 사용 절차에 대한 반성으로 전도되어야 했고, 부르주아적 자유주의의 문맥에서 자기목적적 자율성의 영역이었던 문화(과학)는 보다 상위의 기술적 연관 속에서 유기적인 일부분으로 쇄신되어야 했던 것이다.25)

(이 좌담회의 시간의식에 따라) 이미 과거의 것이 되었음에 틀림없는 마르크스주의적 과학 개념을 고수하고자 하는 이는 서인식 정도에 불과하다.

> 서인식 : 그러나 지금까지의 경험으로 미루어 보아서 하나의 폐해라고 생각할 수 있는 것은 가령 과학 하면 과학 그것만이 고조되고 **과학적 정신**이란 측면이 무시되지 않나, 즉 과학의 실천적 측면과 합리적 측면이 경시되지 않나 하는 점입니다(293쪽, 강조는 인용자).
> ……
> 일반 사회가 생산기술에만 치중했고 지육(知育)에는 등한해서 과학지식의 몰각을 볼 수 있는데, 앞으로는 그렇게 과학지식이 매몰되지 않도록 일반과학 전체에 대한 지식을 넓히고 합리적인 사회를 형성하기에 노력해야 할 것입니다(301쪽).

서인식은 '과학적 정신'이라는 말로 사회적 관계 전체를 합리적으로 사유할 수 있는 능력을 표현하고 있는 것으로 보인다. 즉 특정한 실험

---

25) 이 이행 및 전도가 전시체제기 요구되었던 새로운 윤리의 문제와 결부되는 측면에 대해서는 5절에서 좀더 살펴보게 될 것이다.

대상에 몰두하여 그 대상의 본질을 드러내 밝히고 그로부터 쓸모 있는 것을 끄집어내는, 좁은 의미에서의 과학기술보다, 사회적 관계를 합리적으로 사고하고 변화시킬 수 있는 "전체에 대한 지식"을 요청하고 있다.26) 그러나 이러한 의미의 '과학적 정신'은 안동혁에 의해 '(자연)과학적 방면에 노력하는 정신'으로 번역27)되고 좌담회의 화제는 문화과학의 편중을 비판하는 데로 나아간다.

실로 이 시기 과학자, 기술전문가들에게 '전체에 대한 염려'는 현저하게 결핍되어 있었던 것으로 보이는데, 이는 물론 그들 개개인의 한계라기보다는 과학자 또는 기술전문가로서의 그들의 '기술적 위치'에 의해 규정되고 기대되는 태도로부터 비롯되는 문제라 하겠다. 태평양전쟁 발발 후의 한 좌담회에서, 해방 후 노벨상 수상자 후보에까지 올라갔던 인물을 포함해 '내지'에서 인정받을 만큼 실력 있는 조선의 대표적 과학자들이 과학과 현실의 관계에 대해 발언하고 있지만, 자신들의 연구가 수행되는 사회적 조건과 효과에 대한 의식은 특정한 방향에로 배타적으로 조정된다.28) 그들에게 전쟁은 과학의 진보를 돕는 드문 기회 이상으로는 의미화 되지 않는다.

  이승기 : …… 전쟁이야말로 우리에게 과학정진에 좋은 기회를 주었고 중

---

26) 서인식은 이러한 관점에서 줄곧 '과학적 정신'을 강조해 온 바 있다. 그는 "과학적 정신은 냉대받음에 불구하고 과학적 기술만은 열병에 가까운 수요를 일으키고 있"는 현상을 비판하면서 "정치의 구심적 요구에 의하여 과학의 발달이 불균등적, 파행적 상태를 계속"하고 현실을 우려하고 있다. 서인식, 「과학과 현대문화」, 『동아일보』, 1939. 3 (『서인식 전집』 I, 역락, 2006, 172쪽).

27) "안동혁: 물론 그렇습니다. 과학적, 문화적 두 방면이 결합해야만 진정한 과학문명의 달성을 바랄 수 있습니다. 그러나 이러한 결함은 우리들의 문제만이 아니라 동양 전체의 결함이라고 생각합니다. 현재에 있어서 절실히 필요성을 느끼지만 자연과학이 조선에 있어서 발달되지 못한 이유는 이 방면에 노력하는 정신이 부족하지 않은가 하는 점입니다."(293쪽)

28) 이 시기 과학(지식)과 현실의 만남은 절망적일 정도로 전쟁합리성에 의해 제약되고 있었는데, 그 가장 극단적인 양상은 생명정치의 국면에서 드러난다. 최희영, 「단종의 우생학적 비판」, 『조광』, 1941. 9, 참조.

대한 시련이라고 할 것입니다. …… 어느 나라에도 떨어지지 않으려
고 우리 과학전사들은 정진하고 있습니다.
이태규 : …… 이번 세계대전으로 말미아마 과학세계에도 외국의 것이 없
어도 창작이 가능하다고 봅니다.
박재철 : 아무래도 초년에는 좀 떨어질는지 모르겠으나 점점 시일이 지날
사록 자부심이 생기고 외국을 의존하던 것을 파기할 뿐 아니라 한걸
음 더 나아가서 세계적으로 인도해 나아간다는 각오를 가지게 될 것
입니다. 현실적으로 저서는 안 되겠다는 각오가 생기게 되면 창조에
나아가는 좋은 기회가 될 것입니다. 그러므로 이번 전쟁에 희망을
가지는 것입니다.[29]

전쟁에서 이기기 위해서는 각종 무기류는 물론 전쟁을 효과적으로
수행할 수 있는 다양한 군수물자를 모자람 없이 공급하는 것이 필수적
이다. 영국, 미국 등 이른바 자유주의 진영을 적으로 돌리고 싸우는 일
본의 전쟁은 초기부터 자원을 둘러싼 전쟁으로서의 성격을 강하게 가
지고 있었다. 그러므로 일본 제국 전체에 걸친 총후에서 전면적인 노동
력의 동원과 생산력 증강이 추진되었음은 주지의 사실이다. 그런데 한
편에서 생산력의 양적 증대가 이루어졌다면, 다른 한편에서는 부족한
자원 및 원료를 대체할 수 있는 새로운 물질의 개발이 요구되었다. 이
양 측면 모두에 과학기술자들의 노력동원이 이루어졌음은 물론인데,
특히 새로운 물질을 개발하는 작업은 과학의 진보와 발전을 위해 소망
스러운 일이었다.

새로운 물질을 개발해야 할 필요성은 기본적으로 새로운 현실로부
터 온다. 더 이상 기존의 물질과 그 쓰임새로는 도구적 연관의 세계를
운영할 수 없을 때 새로운 물질 또는 새로운 사용방법의 창안이 요청된
다. 그런 의미에서 이 새로운 현실은 대상 인식의 변화를 가져오고, 그

---

29) 「三博士座談會: 과학세계의 전망」, 『춘추』, 1942. 5, 38-39쪽. 이 좌담회에는 이승기
(교토제대 조교수, 공학박사), 이태규(교토제대 조교수, 이학박사), 박철재(교토제대 물
리학교실, 이학박사) 등이 참석하고 있다.

변화된 인식에 기초하여 새로운 물질 및 쓰임새를 발명하고 그로써 도구적 연관의 세계를 새롭게 구축한다. 요컨대 과학기술은 고정된 채 동일성을 유지하고 있는 것처럼 보이는 세계를 절개하여 그곳으로부터 무한한 개발과 이용의 잠재성을 발견하고 그것을 현실화시킴으로써 궁극적으로 새로운 세계를 형성한다. 그런데 이 시기 직접적으로 세계를 확장시켜가는 한편 기존 세계가 숨기고 있는 잠재성의 현실화를 촉발시키는 동력은 무엇보다도 전쟁이었다. 의외로 과학기술은 행동의 철학과 친연성을 갖는 것으로 보인다.

　…… 참으로 지나사변은 우리 내선인의 인식의 호리손트[Horizont－인용자]로 동아만치 크게 확대시킨 것이다. 우리의 인식을 이와 같이 확대 변화시킨 원인은 물론 일본의 대륙행진이란 사실이 철학자의 논의를 무시하고 명확히 실현되고 있는 것이다. 종래의 관상적(觀想的) 인식론이 순수 사유로 취급한 것도 세밀하게 해석하여 본다면 의욕적, 의지적 행동적 요소가 들어있을는지 차라리 이러한 요소만이 인식을 인식으로써 가능시킨다는 주장이 이러한 현상 가운데 우리의 주위를 둘러싸고 이러나는 역사적 사실이 스스로 증명한다.30)

근대적인 순수한 과학적 인식론에 따르면 명석 판명한 인식이 배제해야 할 것은 다름 아닌 주관성이다. 주관성은 인식적 오류의 모든 원천이며, 따라서 철저한 의심의 대상이 되어야 한다. 탈근대적 인식론 또는 과학철학이 등장한 이후 주관적 관심이 배제된 순수한 인식이란 존재하지 않는다는 것이 새로운 상식으로 되었지만, 그러한 인식론적 전환은 이미 생철학적 사고에 내재해 있었다. 인식은 의지와 분리되지

─────────────

30) 이건, 「과학적 인식의 신대상인 동아」, 『과학조선』, 1939. 3, 29쪽. 『과학조선』은 발명학회에 의해 1933년부터 발간된 잡지인데, '생활의 과학화와 과학의 생활화'를 표방하면서 최근의 과학이론 및 발명품을 소개하거나 과학상식을 전달하는 역할을 하다가 재정적인 문제 등으로 1936년 이후 장기간 휴간에 들어간다. 그러나 1939년 들어서 체제협력적인 인사들로 재조직된 과학지식보급회에 의해 다시 간행된다.

않는다. 아니, 의지가 있을 때에만 인식이 인식으로서 가능하다. 그러므로 논리적으로 볼 때 의지가 인식에 앞선다. 중일전쟁이라는 일본의 의지적 행동이 제국 내부에 중국을 끌어들여 새로운 현실을 개시하자 비로소 동양에 대한 새로운 인식이 가능해진 것이다. 과학기술의 입장에서 볼 때 이 새로운 현실은 다양한 실험의 가능성의 조건이자 새로운 발견 및 발명의 원천이며, 비약적인 과학 진보의 발판이 된다. 근대적 인식론에 대한 비판이 전쟁 합리화의 이데올로기가 되는 모습을 이곳에서 볼 수 있는데, 보다 전형적인 모습은 다른 곳에서 출현한 바 있다.

4. 테크네 technē=포이에시스 poiesis=휘시스 physis

일본의 권위 있는 지식인들이 태평양전쟁의 세계사적 의의를 발견하기 위해 서양과 일본의 근대를 총괄적으로 되돌아보는 모임을 가진 것이 저 유명한 '근대의 초극' 좌담회다.[31] 이 좌담회로부터 전쟁시기 일본 지식인들이 가지고 있었던 탈근대적 사유의 임계점 및 지적 협력의 다양한 양상을 발견할 수 있겠지만, 이 글의 주제와 관련하여 흥미로운 것은 시모무라 토라타로우(下村寅太郎)의 근대적 기술과 관련된 다음의 언급이다.

> 시모무라 : 기계를 만든 정신 그 자체의 성격이 문제입니다. 이것은 새로운 정신의 성격입니다. 이 정신은 근대의 우리 속에 실제로 사실로서 살아 있기 때문에 그것을 단지 싫다고 말하는 것만으로는 문제를 피하는 것에 지나지 않습니다. 이것은 단지 혼이라든지 각오만으로는 해결되지 않는다고 생각합니다. 그러한 혼은 말하자면 고매한 정신으로, 물론 그러한 정신은 우리의 깊은 곳에 필요하지만, 그러나 근

---

31) '근대의 초극' 좌담회는 『文學界』, 1942년 9월호와 10월호에 연재되었다. 이 글에서는 河上徹太郎・竹內好外, 『近代の超克』, 富山房, 1979을 참조(본문에서 인용시 직접 쪽수를 표시).

대의 초극이라는 문제에는 기계를 만든 정신과 마찬가지로 이러한
단지 고매한 정신의 초극도 문제삼아진다고 생각합니다. …… 근대
의 모랄리스트나 종교가는 말하자면 고매한 혼의 개념에 사로잡혀
있는 것은 아닐까요. 이 문제의 타개는 오히려 혼의 개념 그 자체의
전환에 있는 것은 아닐까요. 심신의 관계에 대한 새로운 형이상학이
필요하다고 생각합니다. 이것은 거대한 스케일의 문제로, 종래와 같
이 단지 혼의 내성(內省)이나 단련이라는 개인적 주관적인 방법으로
는 불가능하고 사회적 정치적 방법을 필요로 하는 것으로, 거기에는
더더욱 새로운 예지 또는 신학이 필요하다고 생각합니다(261-262쪽).

시모무라는, 근대적인 기계문명을 서양=근대에서 기원하고 그곳으
로 모조리 환원될 수 있는 실체화된 대상으로 간주하곤 일본=정신으
로 서양=기술을 초극할 수 있다고 주장하는 다른 참석자들에 이의를
제기하면서, 근대의 보편적인 전개과정 속에서 기술과 기계를 이해하
고 있다. 그러나 그의 이의제기는 다른 참석자들에게 철저히 무시되고
더 이상 논의를 구성하지 못한다.³²⁾ 사실 시모무라는 서양=근대=기계
문명을 타자화하고 그것을 초극하고자 하는 의지를 통해 구성되는 일
본=현대=정신의 주체 그 자체가 초극되어야 할 일본적 근대의 일부임
을 비판적으로 지적하고 있는 것이다. '기계를 만든 정신'을 문제삼지
않는 이들은 정신/기계(기술)의 이분법에 입각하여 정신의 편에 섬으로

---

32) 예컨대 카와카미 테츠타로우(河上徹太郞), 코바야시 히데오(小林秀雄), 하야시 후사
  오(林房雄) 등은 정신과 기계를 철저하게 가치론적으로 양분하고 있다.
  "카와카미: …… 정신이 초극할 대상에 기계문명은 없습니다. 정신에게 있어서 기계
    는 안중에 없습니다.
  코바야시: …… 혼은 기계가 싫기 때문에. 싫기 때문에 그것을 상대로 싸우는 일은
    없습니다.
  카와카미: 상대로 다루기에 부족한 것이죠.
  하야시: 기계라는 것은 하인이라고 생각합니다.……
  코바야시: 기계는 정신이 만들었지만 정신은 정신입니다. …… 기계적 정신이란 것
    은 없습니다."(261쪽)
  "카와카미: …… 기계와 싸우는 자는 채플린과 돈키호테로 충분합니다."(263쪽)

써 '근대의 초극'이 가능하다고 생각한다. 그러나 기계를 단순히 객관적인 도구로, 그것도 정신이 자유자재로 부리거나 불필요할 경우 가볍게 폐기해버릴 수 있는 도구로 여기는 이 새로운 화혼양재(和魂洋才)의 주창자들은, 자신들이 도구적 연관의 세계 속에서만 존립할 수 있다는 사실을 반성하지 못한다.

이에 반해 기술을 주체—대상의 상호구성적 관계 속에서 이해하는 입장에게 기술은 결코 중립적인 것일 수 없다. 하이데거의 말처럼 "우리가 기술을 열정적으로 긍정하건 부정하건 관계없이 우리는 어디서나 부자유스럽게 기술에 붙들려 있는 셈이다."[33] 따라서 위의 정신의 옹호자들이야말로 오히려 무방비 상태로 기계(기술)에 내맡겨져 있다고 할 수 있을 것이다. 하이데거에 따르면 기술은 "탈은폐의 한 방식"[34]이다. 본래적인 의미의 기술로서 테크네란 은폐되었던 것을 은폐되지 않은 상태로 이끌어오는데, 이렇듯 '밖으로 끌어내어 앞에 내어 놓음Her-vor-bringen'이라는 점에서 테크네는 포이에시스에 속한다. 또한 '스스로 안에서부터 솟아오름von-sich-her-Aufgehen', 즉 휘시스는 가장 높은 의미의 포이에시스인데, 이렇게 볼 때 테크네와 포이에시스와 휘시스는 모두 같은 영역에서 진리에 참여하고 있다.

하이데거에 따르면, 근대적인 기술 역시 하나의 탈은폐임에는 틀림없지만, 본래적인 기술로서의 테크네와는 달리 "도발적 요청"[35]으로 특징 지워진다. 그것은 자연을 도발적으로 닦아세워 에너지를 내놓으

---

33) Martin Heidegger, 이기상 역, 『기술과 전향』, 서광사, 1993, 15쪽. 『기술과 전향』은 제2차 세계대전 종전 후의 강의를 토대로 출간된 책이다. 하이데거의 직접적인 나치 협력은 1933~1934년에 이루어졌지만, 그의 철학의 정치성이 그 시기에만 국한되어 나타나는 것은 아니다. 특히 라쿠-라바르트에 따르면, '하이데거의 정치학'이 발견되는 것은 1933년이 아니라 오히려 그의 '단절' 혹은 '철회' 이후이며, 그 정치학은 다름 아닌 기술에 대한 논의에 근본을 두고 있다. Philippe Lacoue-Labarthe, Chris Turner, trans., *Heidegger, Art and Politics: The Fiction of the Political* (Oxford: Basil Blackwell, 1990), p. 53. 참조.

34) Martin Heidegger, 같은 책, 35쪽.

35) 같은 책, 39쪽.

라고 강요한다. 그런데 이러한 도발적 요청으로서의 근대 기술은 단순한 인간의 행위가 아니며, 오히려 인간에게까지 도발적 요청을 한다. 즉 외적 자연에 대해서만이 아니라 내적 자연에 대해서도 어떤 능력을 밖으로 끌어내어 앞에 내어 놓도록 닦달한다. 그러므로 근대 기술은 인간마저 하나의 주문요청 속에 부품화하며, 그럼으로써 탈은폐가 주문요청에 함몰되어버리는 위험이 발생한다. 하이데거는 "기술의 본질이 전혀 기술적인 것이 아니기에, 기술에 대한 본질적인 자각과 기술과의 결정적인 대결은, 한편으로는 기술의 본질과 가깝게 관련되어 있고 다른 편으로는 그것과는 근본적으로 다른, 그런 어떤 영역",[36] 즉 예술에서 일어날 수밖에 없다고 주장한다.[37]

하이데거적인 기술철학과 같은 에토스 속에서 사유하고 있다고 볼 수 있는 미키 키요시에게도 기술이란 테크네=포이에시스=휘시스의 연쇄 속에서 사유되어야 할 것이었다. 즉 그는 기술을 새로운 사물과 새로운 관계를 만들어내는 전체적인 과정으로서 이해하고 있었던 것이다. 이러한 과정 속에 있기 때문에 기술은 단순히 중립적이고 객관적인 어떤 것일 수 없었다.

> 기술가는 객관적인 자연법칙과 주관적인 목적의 종합을 추구하는 자다. …(중략)… 기술을 단지 수단이라고 생각할 경우, 목적은 뭔가 전적으로 주관적인 것이라고 생각되며, 이것에 대해 기술은 단지 객관적인 것이라고 생각된다. 그러나 목적은 단지 주관적인 것일 수 없다. 어떠한 기술도 단지 주관적인, 자의적인 목적을 만족시키는 것은 불가능하다. 단지 자의적인 목적은 자연의 법칙에 의해 부정될 것이다. 목적은 어떤 객관적인 것이 아니어서는 안 된다. 기술에 있어 주관적인 것은 객관화되고 객관적인 것은 주관화되는 것이다. [38]

---

36) 같은 책, 99쪽.

37) 이같은 하이데거적인 테크네=예술론은 나치즘의 문맥에 놓일 때 "정치는 국가의 조형예술"이라는 괴벨스의 정치=예술론과 만난다.

38) 三木清, 『技術哲學』, 『三木清全集』 第7卷, 岩波書店, 1967, 217-218쪽.

34

　기술은 주관적인 것을 객관화하고 객관적인 것을 주관화하는 과정
이기 때문에, 기술을 통해 비로소 자연의 목적을 내재화하는 것이 가능
해진다. 말하자면 기술가는 자연의 법칙과 무관하게 자율적으로 존재
할 수 있는 매개체 — 미키의 가정 속에서는 존재조차 불가능한 것이지
만 — 를 통해서는 자연에 접근할 수 없다. 끊임없이 자연의 목적을 내
재화할 때 비로소 주관적인 의도가 현실화될 수 있다. 그가 주관/객관
의 모든 분열을 뛰어넘어 새로운 '형(形)'을 만들어낼 수 있는 능력으로
서 주목했던 구상력이란 곧 기술에 다름 아니다. 그러므로 역설적이게
도 기술의 실천은 새로운 사물을 만드는 과정인 동시에 새로운 인간을
만드는 과정이 된다.39) "기술은 사물을 만듦으로써 인간을 만든다. 우
리는 사물을 만듦으로써 자기를 만들어가는 것이다. 기술은 인간형성
적 의의를 지니고 있다."40) 이곳에서 테크네=포이에시스=휘시스가 논
리적으로 완성된다. 근대적이고 기계주의적인 기술론에 대한 비판에서
출발한 기술철학은 궁극적으로 "자기가 자기를 산출"41)하는 자기제작
의 논리로 귀착한다.

　그러나 여기서 그치지 않는다. 여기서 '자기'는 단순한 개인, 즉 자
율적 존재로서 상정되는 근대적 개인과 구별된다. 기술연관 속에서 형
성되는 개인은 무엇보다도 '책임을 지는 개인'이다. 하이데거는 도구—
목적의 기술연관의 본질을 아리스토텔레스 인과론에서부터 찾고 있는
데, 그에 따르면 원인이란 그리스인들이 "다른 어떤 것에 책임을 지고
있다는 의미로서 '아이티온(αἴτιον)'"이라 칭한 것이며, 따라서 아리스

---

39) 여기서 특기할 만한 점은, 하이데거가 상정하고 있는 본래적인 의미에서의 테크네와
　　근대 기술 사이의 단절이 미키에게 없다는 것이다. 따라서 근대 기술의 '위기'를 심미
　　적으로 해결하고자 하는 구제책이 제시되지 않는 대신에, 테크네=포이에시스=휘시스
　　의 관계가 보다 현실성을 가지고 있는 듯이 논의된다. 미키의 기술이 테크네에 대해
　　"존재론적인 연속성"의 관계에 있다는 지적에 대해서는 岩崎稔, 「三木淸における「技
　　術」「動員」「空間」」, 『批評空間』 II-5, 1995, 152쪽 참조.

40) 三木淸, 앞의 책, 286쪽.

41) 岩崎稔, 앞의 글, 153쪽.

토텔레스의 네 가지 원인이란 "책임짐의 공속적(共屬的)인 방식들"[42]이다. 도구적 연관, 또는 기술연관은 곧 책임연관인 것이다. 이와 같은 맥락에서 미키는 책임의 관계를 사회적으로 확정짓는다.

　　게다가 기술은 원래 사회적인 것이며, 그 인간형성은 사회적 인간의 형성이 아니어서는 안 된다. 기술의 발달은 집단적 노동의 조직화와 결부되며, 기술이 요구하는 것은 협력 혹은 협동의 덕이다. 협동에 의해서만 기술은 효과적일 수 있다. 그리고 이 협동은 무엇보다도 책임의 윤리를 요구하고 있다. 기술에 있어 도덕은 언제나 구체적인 도덕이 아니어서는 안 된다.[43]

　기술은 단적으로 주관적인 의도나 목적에 종속되는 도구가 아니라 객관적인 목적을 내재화함으로써 새로운 주체를 형성하는 과정이며, 이때 형성된 주체는 책임의 윤리에 기초한 협동체 속에서만 존립할 수 있다. 이렇게 볼 때 기술은 사회성과 공공성을 생산해내는 근본적인 동력이 된다. 일본의 '신체제' 구상에 큰 영향을 끼쳤던 오오코우치 마사토시(大河內正敏)가 자본의 논리를 우위에 두는 기존 재벌 중심의 '자본주의 공업'을 초극하여 과학의 응용과 기술적 합리성을 조직 원리로 하는 '과학주의 공업'을 제창할 수 있었던 데에는 동일한 철학적 근거가 전제되어 있었다고 하겠다.[44] '경제신체제' 구상의 기본 취지는 사

---

42) Martin Heidegger, 앞의 책, 23쪽.

43) 三木清, 앞의 책, 286쪽. 미키 키요시의 기술철학에 대한 분석을 통해 그의 협동주의와 '동아협동체'론을 비판적으로 다룬 연구로는 岩崎稔, 앞의 글; 岩崎稔, 「ポイエーシス的メタ主体の欲望」, 『總力戰と現代化』, 山之內靖外編, 柏書房, 1995; J·ヴィクター·コシュマン, 葛西弘隆譯, 「テクノロジーの支配/支配のテクノロジー」, 『岩波講座 近代日本の文化史7 總力戰下の知と制度』, 酒井直樹外, 岩波書店, 2002, 참조.

44) 실제로 오오코우치는 이화학연구소를 운영하면서 연구소의 발명을 그대로 공업화하고 다시 그 이익을 연구자금으로 환원하는 기업조직을 기획하여 1928년에 이화학공업주식회사를 설립하였다. 이 기업형태는 군수 확대를 배경으로 하여 농촌의 과잉인구를 흡수하며 확장되어 1940년에는 회사 수 62, 공장 수 121을 헤아리는 신흥 콘체른으로 성장하였다. 中村靜谷, 『技術論論爭史』(上), 靑木書店, 1975, 53쪽; 岩崎稔, 「ポイエーシス的メタ主体の欲望」, 190쪽 참조.

익(私益)을 제한하고 국가 전체의 공익(公益)을 우선하는 효율적인 전체주의 경제 시스템을 구축하는 것이었다. 이렇게 국가의 공익이 최종 심급이 될 때, 테크네=포이에시스=휘시스의 기술연관은 전체주의적 국가의 자기재생산 이데올로기가 된다.

5. 기술적 이성의 직역봉공(職域奉公)

테크네=포이에시스=휘시스의 연쇄 속에서 기술=테크네는 가장 이상적인 형태로 상상되고 있지만, 사실 근대적인 기계 기술이 이 연쇄 속에 참여하기란 그리 단순한 일이 아니다. 수공업적 인간에게 있어 도구를 만들어내는 기술이 인간 자신을 고된 노동의 하중에서 해방시키는 자유의 원천이라 할지라도, 그것이 일단 기계의 형태로 전개·자립하여 인간과 대립하는 한 기계 기술은 오히려 인간의 손에서 기술을 앗아가는 소외의 기제가 되기 때문이다. 기계 기술은 어떻게 포이에시스=휘시스의 능력을 회복할 수 있을까. 하이데거-괴벨스의 기획 속에서 근대 기술의 문제가 예술=국가예술의 영역으로 전이되었던 것과 마찬가지로, 이 시기 '내지'와 식민지 지식인들의 비전 속에서 근대 기술의 문제는 사회구조 전환의 문제로 전치되었다. 즉 기술의 죄는 기술의 죄가 아니라 기술을 낳은 사회의 죄인 것이다.

> 기계 그 자체에 인간을 황폐케 하는 주문이 붙었을 리 없으며 물질 그 자체에 정신을 마비시킬 마약이 숨었을 리 없다. 그럼에도 불구하고 과학과 기술의 발달이 소기의 목적과는 반대의 결과를 초치하였다면 그 결함은 과학과 기술 그 자체에 있는 것이 아니고 그의 이용기구(利用機構)에 있는 것이 아닐까?[45]

> 기술의 진정한 의의와 기계의 본래 기능을 충분히 발휘시키자며는 먼점

---

45) 서인식, 앞의 글, 171-172쪽.

그것을 자유롭게 수행하도록 될 새로운 사회의 질서를 전제하여서만 가능한 것이다.[46]

종래 기술의 폐해라고 말해지는 것은 잘 생각해보면 기술 그 자체의 죄가 아니라 기술이 그 안에 놓여져 있는 사회기구의 죄인 경우가 많은 것이며, 그 폐해를 제거하기 위해선 **사회기술**에 의거하지 않으면 안 된다.[47]

현대는 주지하는 바와 같이 역사의 전형기라고 한다. 그것은 한 시대가 그의 역사적 생명을 다하게 될 제 다시 말하면 그 원리가 모든 요소를 통일하고 지휘해 오든 힘을 상실하게 될 제 그에 대신할 새로운 원리 새로운 질서를 요청하게 되는 그러한 역사적 시기를 가르친다.
따라서 이같은 전형기적 요청은 다만 정치적 경제적 또는 사회적으로뿐만 아니라 엄밀한 의미에 잇어서 사상적 문화적으로도 요청되여마지안는 하나의 실천적 요구하고 할 수 잇다. …(중략)…
이같은 전형적인 실천은 **기술을 기다려서** 비로서 수행된다. 즉 기술은 본래 실천적인 것이며 실천 없이는 생각할 수 없는 것이나 실천은 또한 기술 없이는 공허한 언변에 끝이는 것이다.[48]

근대적 기계 기술이 반문화적·반인간적 해악을 초래했다면 그 근본 원인은 근대 사회 및 근대적인 원리에 있는 것이며, 근대를 초극하여 새로운 원리에 기초한 세계를 개시한다면 기계 기술의 폐해도 인간적 기술의 소외도 사라지게 되리라는 전망을 보이고 있다.[49] 흥미로운 것은 그 해결의 시도 역시 '기술적으로' 이루어지지 않으면 안 된다는

---

46) 오종식, 「기술의 윤리」, 『동아일보』, 1940. 6. 5.
47) 三木清, 「技術と新文化」, 『科學主義工業』 1942. 1; 『三木清全集』 第7卷, 岩波書店, 1967, 325-326쪽.(강조는 인용자)
48) 윤규섭, 앞의 글, 『동아일보』, 1940. 7. 7.(강조는 인용자)
49) 이렇게 볼 때, 이들의 지향은 그 근본에 있어서 "서구적 문명*Zivilisation*의 구성부분인 테크놀로지를 독일 문화*Kultur*의 유기적인 일부분으로 전환"하고자 한 독일의 반동적 모더니스트들의 전통을 공유하고 있다고 하겠다. Jeffrey Herf, *Reactionary modernism: Technology, culture, and politics in Weimar and the Third Reich*(Cambridge: Cambridge University Press, 1984) 참조.

38

점이다. 다름 아닌 '신체제'가 바로 이러한 사회구조 전환의 '기술적 시
도'에 해당하며, 전쟁은 이 전환의 시급성을 일깨우면서 고도국방국가
로의 개조를 촉발하는 계기가 된다. 오오코우치 마사토시의 '과학주의
공업'이 구체적인 기술적 실천의 한 사례가 되겠지만, 식민지를 병참기
지로 위치지우고 제국 일본의 국토계획에 입각해 도시, 산업, 자원, 인
력 등의 배치와 이동을 수행하고자 하는 시도야말로 사회구조 전체의
전환을 가능하게 하는 거대한 기술적 실천일 것이다.50) 그리하여 국토
계획으로 대표되는 사회기술이 다양한 층위에서 폭넓게 실천될 때, 근
대적 기계 기술의 해악이 해결되는 동시에 기술이 인간 공동체 내부의
유기적 요소로 되돌아가는 '기술의 유기화'가 가능하리라고 여겨졌다.51)
　　이곳에서 기술에 의한 문화의 배제적 포섭의 의미 역시 좀더 분명해
질 것이다. 예컨대 신체제기의 최재서에게 있어 '문화주의'로 표현되는
부르주아적 자유주의의 문화 이념은 "경제에 있어서의 「영리를 위한
영리」의 무한한 추구와 마찬가지로 근대 개인주의의 일분지(一分枝)"52)
로서 인식된다. 이렇게 볼 때, 국가의 붕괴를 초래할 수 있는 자본주의
적·개인주의적 영리추구를 배제하면서 사회 시스템의 전반적 혁신이
요청되는 상황에 부응하여 근대적인 문화 이념을 극복하는 새로운 문
화이념의 형성이 요청되는 것은 당연할 것이다. 이 새로운 문화이념은
요청되는 새로운 시스템과 마찬가지로 '전체의 공익을 위한 계획·관
리·통제'를 그 본질로 하게 될 것이었다. 이미 개인주의적 폐해의 극

---

50) 이 시기 일본의 국토계획은 "국토의 총력을 종합 조정하여 전체로서의 국력을 최고
　　도로 발휘하는 데" 그 목적을 두고 있었고, 그에 따라 식민지와 남방을 포괄하는 전체
　　적인 개발계획을 수립하고자 하였다. 구체적으로 "동아공영권 계획은 일본 국토계획
　　을 낳고, 일본 국토계획은 조선 국토계획의 나아갈 방향을 운명짓고, 나아가 조선 국
　　토계획은 각 지방계획을 그 구성세포로 하는, 이곳에 일관된 계통적 계획이 수립될 때
　　비로소 초기의 목적을 달성하는 데 충분한 체제가 정비된다."(矢倉一郎, 「朝鮮國土計
　　畵論(二)」, 『朝鮮行政』, 1940. 11)
51) "기술의 유기화는 이러한 국토계획을 비롯한 다양한 사회기술의 일반적인 목표가 되
　　지 않으면 안 될 것이다."(三木淸, 앞의 글, 326쪽)
52) 최재서, 「전형기의 문화이론」, 『인문평론』, 1941. 2, 21쪽.

복이 전제된 관리와 통제이기 때문에, 국가의 문예통제는 월권적인 간섭이 아니라 오히려 "넘쳐나는 물을 하나의 방향으로 집중시키는 둑"으로 여겨지며, 따라서 "둑을 넘으려고 하다 머리를 부딪치는 어리석음을 범하는 대신 그 흐름에 따라서, 아니 그 흐름의 선두에 서서 노저어 나가는 것이 문예 본래의 사명"53)이 된다.

그리고 이러한 문학 본래의 사명을 수행하기 위해 '훈련'이 요청된다.

문학은 왜 훈련을 멸시해 왔던 것일까? 말할 것도 없이 근대문학은 독창적인 개성을 발휘하는 것이 그 사명이고, 따라서 다양하고 무정형한 개성에 어떤 속박을 가함으로써 일정한 형(型)이나 이상에 끼워 맞추는 것은 문학의 자기모독이자 타락이라고 생각되었던 것이다.

그렇다면 오늘날 문학 속에 훈련적 요소가 요청되는 까닭의 근저는 무엇일까? 문학의 목적 내지 사명은 개성의 표현이 아니라 좀더 특별한 것이라는 점이 어렴풋하게나마 자각되어 온 것이 그 근저가 되고 있는 것이다.54)

'낭만적 개성'과 구별되는 '훈련된 개성'의 문학이 추구하는 이 특별한 목적이 '국민문학'의 이념이라는 것은 다시 말할 필요도 없을 것이다. '국민문학'은 전시체제기 기술에 의해 배제적으로 포섭된 문화 및 문학에 부여된 새로운 이름이라고 하겠다.

이 같은 상황에서 기술자 주체는 단순한 직업인이 아니라 새로운 세계를 개시하는 미래의 인간형이자 책임연관으로 연결된 유기적 공동체를 위해 실천하는 윤리적 주체로서 의미화 된다. 전체 생산과정의 유기적 일부분을 담당하고 책임을 다하는 기술자 모델, 그리고 새로운 물질을 발명하거나 제한된 자원의 숨은 잠재력을 발견해내는 과학자 모델은 전체의 공익이라는 목적에 자신의 모든 능력을 떠맡기는 개인을 재생산해낸다.55) 고도국방국가를 향해 식민지/제국 체제가 변형되는 과

---

53) 최재서, 「私の頁」, 『國民文學』, 1942. 4, 36쪽.
54) 최재서, 「訓練と文學」, 『轉換期の朝鮮文學』, 인문사, 1943, 179쪽.
55) 이 시기 자유주의적 개인의 윤리를 부정하면서 등장한 '직분 윤리'에 대한 설명과 비

정에서 이루어진 지배와 동원이 자본의 실질적 포섭이나 벌거벗은 생명에 대한 정치의 배제적 포섭에 비유될 수 있는 이유는 바로 이곳에 있다고 하겠다.

책임연관으로서의 기술연관이 전면에 드러날 때 개개인은, 사회 전체의 거대한 생산/재생산 과정에서 각자 그 나름의 '직역'을 부여받고 그 자리를 책임 있게 지킴으로써 고유한 존재 가치를 획득할 수 있는 것으로 표상된다.[56] 개인의 영리추구 욕망에 기초해 움직이는 '자본주의 산업'이 아닌, 국가 전체의 더 큰 이익을 위해 가장 합리적인 방법을 함께 찾아가는 '과학주의 산업'에서는 더 이상 노동력을 상품으로 팔지 않아도 된다고 말해진다. 그리하여 타기업과의 경쟁에서 살아남기 위해 고수해야 할 자본주의적인 기술비밀주의도 더 이상 필요 없게 된다.[57] '자본'보다 (기술적인) '경영'이 중심이 되는 '신체제'에서야말로 기술의 책임연관이 은폐되지 않은 채로 드러나게 될 것이기 때문이다. 그러나 이렇게 책임연관이 드러남으로써 노동력을 상품으로 팔지 않아도 되는 대신 노동 자체가 공동체의 요구에 내맡겨지고(징용), 나아가서는 삶과 죽음의 결정권조차 공동체의 목적에로 귀속된다(징병, 우생학의 생명정치). 요컨대 서구＝근대 이후에 도래해야 한다고 말해진 새로운 원리에 기초한 세계란 생명에 대한 총체적 지배가 실현되는 세계에 다름 아니었던 것이다.

식민지의 경우 '내지'와의 거리에 의해 이러한 총체적 책임연관과

판은 서인식, 「현대가 요망하는 신윤리」, 『조선일보』, 1940. 5. 29〜6. 1(『서인식 전집』 Ⅱ, 역락, 199-206쪽 참조).

56) 이러한 맥락에서 국민 모두가 하나의 직역에 복무하도록 하는 '國民皆勞强調運動'이 전개되기도 했다. 二神直士, 「國民皆勞の意味」, 『朝鮮行政』, 1941. 11, 38쪽 참조.

57) '내지'의 기업들이 자신들의 우수한 기술을 공개하기로 한 결정은 "재래의 영리주의적인 자유경쟁에 의한 이윤본위 이윤지상의 생산태도에 대하여 나아가서는 그와 같은 생산태도의 개인주의적인 이데올로기—에 대하여 실로 絶大한 一石을" 던진 쾌거로서 찬양된다(채만식, 「문학과 전체주의: 우선 신체제 공부를」, 『삼천리』, 1941. 1, 255쪽). 그러나 채만식은 같은 글에서 '전등 끄고 자기'를 '신체제' 운동의 실천처럼 서술하면서 특유의 희화화를 잊지 않는다.

‘내맡김’의 정치에 변수가 발생할 수밖에 없었는데, 바로 이같은 이유에서 ‘내선일체’는 고도국방국가와 기술적 총체성을 구현하기 위해 해결해야 할 중요한 사회기술적 문제였다고 하겠다. 서로 다른 민족의 결합과 지양을 통한 국가 건설의 기술은 내선일체, 그리고 내선일체가 요구되는 “현실을 냉정히 파악하고 또 긍정하고 이 현실 밑에서 가능한 최대의 행복을 구하려는”58) 정치적 현실주의를 출현시키는 한편으로 그 결합 및 지양의 방식을 둘러싼 논쟁의 장을 발생시키기도 하였다.59)

　홀로코스트가 나치스 독일의 기술적 이성이 도달한 극단을 보여준다면, 내선일체론은 전시체제기 제국 일본—‘내지’와 식민지를 포함한—의 기술적 이성이 도달한 하나의 임계점으로 놓여 있다. 내선일체라는 배제적 포섭의 기술은 고도국방국가의 건설과 책임연관의 총체성 구현을 위한 것이었지만, ‘일체화’라는 슬로건 자체에 이미 분리와 차별의 표지가 각인되어 있듯이, 오히려 언제든지 총체성에 균열을 초래할 수 있는 불안한 기술이기도 하다. 그러나 제2차 대전에서의 일본의 패배와 조선의 해방에 의해 이 기술의 불안은 다시 봉인되었다. 해방 조선은 독립된 민족국가 만들기의 기획이, 패전국 일본은 패배와 전재(戰災)로부터의 부흥이라는 신화가 다시금 기술적 이성의 쇄신을 불러일으키는 정당성의 토대가 되었기 때문이다.

주제어 : 기술, 자연과학, 명랑성, 경영, 책임연관, 포섭, 전체

---

58) 인정식, 「시국유지 원탁회의」, 『삼천리』, 1939. 1, 38쪽.

59) 내선일체론이 발생시킨 논쟁적 담론장의 성격에 대해서는 차승기, 앞의 글, 참조. 식민지의 지식인들에게 있어 ‘내선일체’로 상징되는 이 시기 식민지/제국의 변화된 관계는, 제국의 총체적인 계획·관리·통제에 전술적으로 편승함으로써 식민지의 사회경제구조를 혁신할 수 있는 기회로 여겨지기도 했지만, 정책적이고 기술적인 조정을 내면화하는 결정적인 계기가 되기도 했던 것으로 보인다. 특히 이 시기 식민지 농업재편성과 관련된 인정식의 사회공학적인 비전에 대해서는 장용경, 「일제 식민지기 인정식의 전향론: 내선일체론을 통한 식민적 관계의 형성과 농업재편성론」, 『한국사론』 49호, 2003, 참조.

◆ 참고문헌

1. 기본자료

『조선일보』『동아일보』『인문평론』『문장』『조광』『삼천리』『춘추』『국민문학』
『과학조선』『조선행정』

김남천, 『사랑의 수족관』, 인문사, 1940.

최재서, 『轉換期の朝鮮文學』, 인문사, 1943.

차승기·정종현 편, 『서인식 전집』 Ⅰ·Ⅱ, 역락, 2006.

2. 연구논문

길진숙, 「『독립신문』·『믹일신문』에 수용된 '문명/야만' 담론의 의미 층위」, 『국어
국문학』 136집, 국어국문학회, 2004.

김성연, 「방언집과 에스페란토, 그리고 '조선 생물학'」, 『한국 문학·문화/글쓰기
국제학술대회: 한국 근대문학(문화)과 로칼리티』, 연세대 국어국문학과
BK21 한국 언어·문학·문화 국제인력양성 사업단, 2007. 12. 14.

장용경, 「일제 식민지기 인정식의 전향론: 내선일체론을 통한 식민적 관계의 형성
과 농업재편성론」, 『한국사론』 49호, 2003.

차승기, 「추상과 과잉: 중일전쟁기 제국/식민지의 사상연쇄와 담론정치학」, 『상허
학보』 21집, 상허학회, 2007.

岩崎稔, 「三木清における『技術』『動員』『空間』」, 『批評空間』 Ⅱ-5, 1995.

―――, 「ポイエーシス的メタ主体の欲望」, 山之內靖外編, 『總力戰と現代化』, 柏
書房, 1995.

J·ヴィクター·コシュマン, 葛西弘隆譯, 「テクノロジーの支配/支配のテクノロジ
ー」, 『岩波講座 近代日本の文化史7 總力戰下の知と制度』, 酒井直樹外,
岩波書店, 2002.

米谷匡史, 「戰時期日本の社會思想」, 『思想』, 1997. 12.

3. 단행본

김근배, 『한국 근대 과학기술인력의 출현』, 문학과지성사, 2005.

김현주, 『이광수와 문화의 기획』, 태학사, 2005.

Giorgio Agamben, 박진우 역, 『호모 사케르』, 새물결, 2008.

Martin Heidegger, 이기상 역, 『기술과 전향』, 서광사, 1993.

Jeffrey Herf, *Reactionary modernism: Technology, culture, and politics in Weimar and the Third Reich*, Cambridge: Cambridge University Press, 1984.

Philippe Lacoue-Labarthe, Chris Turner, trans., *Heidegger, Art and Politics: The Fiction of the Political*, Oxford: Basil Blackwell, 1990.

Karl Marx, 김호균 역, 『경제학 노트』, 이론과실천사, 1988.

Tessa Morris-Suzuki, 박영무 역, 『일본 기술의 변천』, 한승, 1998.

三木清, 『三木清全集』 第7卷, 第8卷, 岩波書店, 1967.

河上徹太郎・竹內好外, 『近代の超克』, 富山房, 1979.

44

◆ 국문초록

　중일전쟁 발발 이후 제국 일본은 식민지/제국 체제 전체의 변화를 염두에 둔 '신체제' 운동을 전개했는데, 그 운동의 근본적인 방향은 전쟁합리성을 구성원리로 하는 고도국방국가 건설에 맞춰져 있었다. 이 시기 '내지'는 물론 식민지에서도 (자연)과학과 기술을 둘러싼 논의가 눈에 띄게 늘어나는데, 이 글에서는 바로 '신체제' 수립을 전후한 시기에 등장했던 과학기술 논의들을 실마리 삼아 제국 일본의 고도국방국가 건설 기획의 성격과 그에 따른 식민지 동원의 특성, 과학기술의 논의 및 실천이 갖는 문화적 의미, 그리고 지식인들의 전향의 윤리와 기술의 관계를 살펴보고자 하였다.

　백철은 소설 「전망」(1940. 1)에서 중일전쟁 이후의 조선 사회와 조선인의 운명을 전망하며 새로운 시대에 부응하는 인간형의 전환을 제시하였는데, 단적으로 말해 그것은 '혁명가에서 과학자로'라는 슬로건으로 압축될 수 있는 것이었다. 백철의 도식적인 전망은 중일전쟁 발발 이후 일본의 패권이 공고화되어가는 아시아 정세를 '사실'로서 받아들이고 그 현실에 보다 효과적으로 적응하고자 하는 기술적 이성의 계산에 의한 것이지만, 사실 이 시기 과학과 기술에 대한 논의는, '서양=근대'를 초극하는 새로운 사회 원리에 대한 비전의 개진과 더불어, 그것을 보충하면서 전환기의 중요한 키워드의 하나로 등장하고 있었다. 이른바 '문화과학으로부터 자연과학으로'의 전환이 긍정되는가 하면, 과학자, 기술자들의 사회적인 발언이 늘어나기도 한다. 이는 제국의 병참기지로서 재정위된 식민지에 전쟁수행을 위한 관련 산업들이 투자되면서 기술자의 수요가 급증하고 과학기술 일반에 대한 지식 및 담론이 사회적으로 확대되는 과정과 병행하여 나타난 현상이었다.

　'신체제' 운동을 주도하던 일본의 지식인과 테크노크라트들은 '전쟁에서 건설로' '이윤에서 경영으로' 라는 슬로건 하에 사회를 국가의 목적에 따라 전체주의적으로 통일하고 효율적인 동원체제를 조직하고자 하였다. 이러한 목적의 수행은 기술적으로 이루어질 수 있다고 가정되었는데, 이러한 가정은 기술을 '테크네=포이에시스=휘시스'의 연쇄 속에서 사유할 때 성립할 수 있었다. 이 시기 유행한 역사철학적 담론들은 서구=근대 이후에 도래할 새로운 세계의 원리를 예측하곤 했는데, 그 원리의 새로움은 곧 '기술의 유기화'를 가능하게 만드는 데 있었다. 요컨대 책임연관의 총체성이 은폐되지 않은 채 드러나는 세계를 지향했던 것이다. 그러나 그 세계는 노동과 생명을 총체적으로 지배하는 세계에 지나지 않는다.

◆ SUMMARY

The Critique of Technological Reason in the Period of War Footing

Cha, Seung-Ki

After the outbreak of the Sino-Japanese War, the empire Japan made a campaign of 'the New Organization(新體制)' which has included a certain change of colonial/imperial system as a whole. This campaign focused on the construction of the high military state which based its principles of formation on the rationality of war. Then, there was a topological change of the colony in geo-politics of the empire, which was determined by the purpose of intensification of rule and mobilization. It might be called the mobilization of technology what was performed in the colony. It was the total mobilization of efficiency of nature, life, spirit, labor, which was beyond the level of personal and material mobilization.

There were discourses on (natural) science and technology in the colony as well as in the empire in this period. Taking these discourses on scientific technology as a clue, this treatise inquires into the characteristic of the project for constructing a high military state, its aspects of the mobilization of the colony, the cultural meanings of discourses and practices of scientific technology, and the relation of technology and ethics of intellectuals.

In his short-story 'Perspective'(「展望」, 1940. 1), Paek Chul(白鐵) has looked out for the society of Korea and Korean people, and presented a new type of a human living up to that period. In short, it may be symbolized in a slogan, 'from revolutionaries to scientists'. His schematic perspective has constituted by a technological reason which has accepted the situation of East Asia controlled by Japan as a 'fact' and went in for more effective adaptation in that reality. Truly, discourses on science and technology were appearing with statements on the vision of new principles which would overcome the 'West=Modern'. There were affirmations of the change 'from cultural science to natural science', and there were also social utterances of scientists and technical experts. These phenomena have come out with the processes which have enlarged the investment in military industries in the colony, increased sudden demands on technicians, and socially expanded the knowledge and discourse on scientific technology in the wartime.

Japanese intellectuals and technocrats who have taken the lead in the campaign of 'the New Organization' purposed to unify society for forming the state in a totalitarian way, and to organize the system of mobilization. It was assumed that this process could be performed technically. These presumption can be consisted only in the chain of 'technē=poiesis= physis'. The historic-philosophical discourses have used to presuppose the new order overcoming the modern in this period. It was said that newness of the order could make 'organization of technology' possible, that is the revealment of the totality of responsibility-relations. But the world that ruled by the order was nothing but the world that totally controlled labors and lives.

By inquiring into the technical processes of control and mobilization in the period of war footing, we could historically reflect the fact that the technical processes is related to the formation of human being including the side of ethics.

Keyword : technology, natural science, a buoyant disposition, business, collective responsibility, the whole

─이 논문은 2008년 3월 31일에 접수되어, 소정의 심사를 거쳐 2008년 5월 31일에 최종적으로 게재가 확정되었음.

사실, 과학 그리고 문학의 신생
− 신체제기 한국 대중소설에 나타난 '기술적' 주체와 문학의 재편

정 종 현*

목 차

1. 과학, 비(非)이데올로기적 보편의 신화
2. 과학과 젠더, 그리고 문학의 위계적 재배치
3. 반자본주의 서사 − 과학, 사회주의, 딜레탕티즘의 조우
4. 과학을 통한 식민지 지식인의 자아 성형
5. 과학의 속류화와 문학의 도구화

1. 과학, 비(非)이데올로기적 보편의 신화

1940년 신체제의 출범을 전후하여, 유진오의 『화상보』[1], 김남천의 『사랑의 수족관』[2], 이무영의 『세기의 딸』[3], 이태준의 『별은 창마다』[4]

---

* 동국대 문화학술원 연구전담조교수.

1) 유진오, 「화상보」, 『동아일보』, 1939. 12. 8~1940. 5. 3; 『화상보』, 한성도서, 1941. 여 기서는 『동아일보』판을 영인한 『원본신문연재소설전집』 3, 깊은샘, 1987을 참조.

2) 김남천, 「사랑의 수족관」, 『조선일보』, 1939. 8. 1~1940. 3. 3; 『사랑의 수족관』, 인문 사, 1940. 여기서는 단행본 『사랑의 수족관』을 참조.

3) 이무영, 「세기의 딸」, 『동아일보』, 1939. 10. 10~1940. 6. 27; 여기서는 「이무영대표작 전집』 3, 신구문화사, 1974를 참조.

4) 이태준, 「별은 창마다」, 『신시대』, 1942. 1~1943. 6; 여기서는 『이태준문학전집 13−

48

등 과학자, 기술자들을 주인공으로 등장시켜 새로운 세계관과 윤리를 제시하는 대중소설들이 등장한다. 이전 세대와 변별되는 주체성과 윤리를 과학자, 기술자가 대표하게 된 이유는 무엇인가? 가치중립적인 보편 표상으로서 과학이 대두한 까닭은 무엇인가? 또한 이러한 현상이 1940년을 기점으로 두드러지게 된 이유는 무엇인가? 이 글은 이러한 의문에서 시작되었다.

한국문학사에서 1930년대는 일본 파시즘의 팽창과 함께 점증하는 외적 강압, KAPF 해산으로 상징되는 이념의 퇴조, 중일전쟁 이후 일련의 '세계사적 전환'과 '사실의 수리' 등등의 술어로 묘사되곤 한다. KAPF의 해산과 사회주의 이념의 퇴조는 단순히 하나의 문예조직과 운동이념의 몰락이라는 차원을 넘어 지성사적 차원에서 재음미되어야 할 현상이다. 1920년대 이래 사회주의는 식민지 지식인들에게 세계와의 동시대성, 현대성의 공유 감각을 제공하는 '보편' 지식이었다.[5] 1930년대 이후 사회주의는 정치적으로 탄압받았을 뿐만 아니라, 담론장에서도 보편의 지위를 상실하고 서구적 근대성의 변종으로 특화되면서 질병으로 은유되었다.[6] 1930년대 중후반 이후 이른바 '주의자'들의 내면이 투사된 소설에서 자신들의 청춘을 기투했던 이념에 대한 절절한 미련을 읽을 수 있을지라도, 그러한 미련이 사회주의를 흘러간 유행가로 만들어버린 당대 담론의 정치학을 수락한 이후에 사회주의에 바쳐진 만가의 성격을 띠고 있다는 사실을 주목해야 한다. 지식인들은 보편의

별은 창마다』, 깊은샘, 2000을 참조.

5) 박헌호에 따르면 사회주의는 반근대 담론이면서, 동시에 "근대적 합리성과 과학성, 체계성의 산물이란 점에서 근대의 적자"라고도 할 수 있다. 박헌호, 「'계급' 개념의 근대 지식적 역학」, 『상허학보』 22집, 2008, 15쪽.

6) 사회주의를 아편으로 비유하는 것도 질병의 수사학의 변종이라 할 것이다. 채만식의 「냉동어」에서는 사회주의를 직접적으로 '아편'으로 표상하거니와, 전락한 왕년의 사회주의자 '현'이 아편중독자로 퇴폐적 생을 이어가는 최명익의 『심문』, 사회주의의 세례를 아편중독으로 은유하고 만주에서 중독을 벗어나 제국의 계몽주체로 신생하는 의사 남표를 주인공으로 하는 이기영의 『처녀지』 등에서 사회주의를 질병으로 표상하는 사례를 확인할 수 있다.

준거를 마련하기 위해 이전 시대를 풍미한 사회주의라는 '죽은 신'을 대체할 새로운 '숨은 신'을 찾아야만 했다. 이때 새로운 보편의 표상으로 등장한 것이 과학이었다.[7]

사회주의와 과학이라는 '보편' 표상의 교체는 1930년대 후반 이후 소설의 스테레오 타입이 된 인물의 세대적 배치를 통해서도 가늠해 볼 수 있다. 이를테면 '사실수리론'을 소설로 표현한 백철의 「전망」[8]에서 제시하는 세대 도식은 단적인 사례이다. 사회주의적 배경을 지닌 전락한 인텔리인 김형오와 서술자는 자기 세대의 광명을 '사실의 수리'에 둔다. 30대는 김형오처럼 자살하든가, 서술자처럼 열병을 앓은 후에 과학과 수학이라는 '사실'의 지혜 위에 성립된 신세대의 보호자나 견제의 역할을 수행한다는 것이 이 소설의 도식이다. 사회주의 이념을 자기 정체성의 근거로 상정하는 형/아버지의 구세대, 과학, 수학이라는 사실의 지혜 위에서 새로운 정체성을 구성한 동생/아들의 신세대라는 구도는 김남천의 「길우에서」의 서술자 박영찬과 'K'기사, 『사랑의 수족관』의 김광준과 김광호, 정비석의 「삼대」의 경세, 형세 형제 등을 통해서 반복적으로 재현된다. 이들 소설은 새로운 세대의 정체성의 기반으로 과학이라는 가치중립적인 새로운 보편 표상을 상정하고 있다는 공통점을 가지고 있다. 이들 소설의 주인공들은 "사람을 보아도 식물에 비겨 생각(『화상보』 장시영)"[9]하고, 하늘의 구름에서 "고대 고지꾸식 무슨 사원을 연상(『별은 창마다』 어하영)"[10]하며 "제도대 우에 '이메지'와 '이류종'을 그리면서 만주의 풍토를 느껴(『사랑의 수족관』 김광호)"[11]보는 과학적, 기술적 주체들이다. 과학적 교양에 바탕한 새로운 윤리와 세계관을

---

7) 마르크스주의자들이 자신들의 철학을 '과학'이라고 명명한다는 사실을 환기하는 것도 사회주의와 과학의 보편 표상 교체의 심리적 배경을 이해하는 데 도움이 된다.

8) 백철, 「전망」, 『인문평론』, 1940. 1.

9) 유진오, 앞의 책, 289쪽.

10) 이태준, 앞의 책, 174쪽.

11) 김남천, 앞의 책, 325쪽.

지닌 제국 청년의 명랑한 감정과 이상을 그리는 새로운 '문학'을 통해 기존의 자유주의, 개인주의에 오염된 병든 '문학'을 갱생시켜 '국민문학'으로 나아간다는 것이 '국민문학'론의 중요한 한 맥락이었다.[12] 이때 새로운 윤리, 새로운 세대들의 정체성의 핵심에 건강, 명랑, 노동, 생산 등의 덕목들이 자리하고 있으며 그것을 집약한 표상이 과학이었다.

이러한 변화는 중일전쟁 이후의 '사실수리론'과 식민지 지식인들의 방향전환이라는 흐름과 연속되어 있는 것이거니와, 특히 1940년을 전후하여 전면화되었다. 1940년은 이른바 '세계사적 전환'이라는 풍문이 현실로 가시화한 순간이었다. 1940년에는 파리 함락(1940. 6. 4), 2차 고노에(近衛) 내각의 출범과 함께 시작한 신체제로의 전환이라는 강력한 외적 충격이 있었다. 1940년 7월 22일 수립된 2차 고노에 내각은 이른바 '신체제'를 표방하며 '총력전체제'를 구축하여 제2차 세계대전으로 치닫게 된다. 고노에 내각은 1940년 7월 26일에 신내각의 기본정책을 담은 「기본국책요강」을 각의에서 결정하여, 국외에 대해서는 대남방정책을 강조하는 한편, 국내를 향해서는 신체제에 의한 정치체제의 일원화를 제창한다는 기본방침을 내걸었다. 고노에 내각이 천명한 국책요강에서 또 하나 특징적인 사항은 과학의 획기적 진흥과 생산의 합리화라는 항목을 제시하며 과학진흥을 기본정책 안으로 포함시켰다는 점이다.[13] 신체제하에서 제국일본은 황국 신민으로서의 '정신'과 함께 '과학'에 대해서 강조하였다. 과학에 대한 강조는 '통치의 테크놀로지'라는 차원에서 생산성을 향상시키고 사회와 생활을 합리화하여 효율적인 동원체제를 수립하기 위한 방편이었다. 그렇다 하더라도 신체제 출범 전후 식민지 지식인들이 과학을 강조하는 담론 속에서 근대성에 대한 지향을 유지하면서 새로운 주체성을 형성할 가능성을 엿보았다는 사실

---

12) 사회주의가 '근대'라는 보편표상의 일종이었다는 점에서, 식민지 국민문학이 질병의 은유로 표상하는 자유주의, 개인주의 등도 사회주의와 마찬가지로 전세대의 보편 표상으로 간주할 수 있다.

13) 金子淳, 『博物館の政治學』, 靑弓社, 2001, 118쪽.

을 간과해서는 안 된다. 이전까지 자신의 교양과 정체성을 구성했던 서구적 가치와 지식에 대한 반성과 청산의 요구 속에서 국가의 과학에 대한 강조는 '근대 일반'의 합리성과 로고스를 보존해 갈 수 있는 계기를 부여했다. 일례로 서인식은 「과학과 현대문화」에서 정신문화를 기술문명으로부터 구별하여 문화의 영역에서 과학과 기술을 제외하는 당대의 비합리주의, 상징주의적 사조를 비판하면서 현대의 위기의 원인을 과학과 기술에 의한 물질문명의 발달에 두는 태도를 재고할 것을 요구한다. 나아가 "합리적, 실증적 정신은 '서양의 것'이라 하여 송충(松蟲)과 같이 혐기(嫌忌)되는 반면에 그가 만들어내는 생산기술만은 생산력의 확충을 위하여 무상명령적으로 요구되고 있다. 정신은 고사하면서도 기술만은 건전한 발달을 할 수 있는가"14)라고 문제제기하며 "기술을 정신으로 인상"하자고, 즉 근대정신으로서의 과학정신의 회복을 주장하고 있다.

과학이라는 보편성의 영역은 또한 식민지인이라는 정치, 사회, 경제적 차별의 표지를 탈각하고 주체로 형성될 수 있는 매개로 간주되었다. 일반적으로 과학은 인종과 계급, 성별의 차이와 상관없이 객관적인 진리를 찾는 보편의 학문으로 간주되거니와, 이러한 과학을 통한 입신은 식민지적 현실에서 벗어나 보편적인 주체로 신생하는 과정이기도 했다. 뒤에서 보다 자세히 살펴보겠지만, 유진오의 『화상보』, 퀴리부인을 제재로 한 이무영의 『세기의 딸』은 식민지인의 왜소한 자아를 벗어나 보편적인 주체로 신생할 수 있는 계기를 과학에서 찾고 있는 작품이라고 할 것이다.

이처럼 국책에 부합하는 문학을 수행하면서도 이전의 문학 내적 동력이 모순없이 겹쳐질 수 있는 접점에 과학과 기술이라는 비이데올로기적인 가치중립의 표상이 놓여 있다.15) 1940년대의 식민지 조선의 문

---

14) 서인식, 「과학과 현대문화—특히 과학데이에 기함」, 『동아일보』, 1939. 4. 18; 여기서는 차승기 · 정종현 편, 『서인식전집』 I, 역락, 2006, 171-172쪽.
15) 1940년대를 전후한 대중소설에서 기술적 주체들이 주인공으로 등장하는 것은 당대

학자들은 무용한 이데올로기의 표상으로 전락한 사회주의라는 이념을 더 이상 고집하지 않고서도 과학이라는 비이데올로기적 보편의 신화를 취함으로써 개인과 사회에 대한 전망을 그릴 수 있었다. 과학이라는 새로운 보편 표상을 통한 전망의 구상은 식민지 문화장의 재편을 초래했다. 과학이 보편과 합리, 새로운 윤리적 준거로 등장하면서 '문학' 개념도 '과학'의 타자로서의 사회주의, 자유주의, 근대주의에 감염된 '병든' 문학과, 과학으로 표상되는 '사실'의 세례를 받은 '새로운' 문학으로 분절되었다. 이 글에서는 과학이 사회주의 등 이전의 시대정신을 대체하고, 문학(예술)에 대한 관념에 어떠한 영향을 끼치며 문학 개념을 재편하고 있는가, 이러한 사태가 구체적인 텍스트 상에서 어떻게 구현되고 있는가를 신체제의 출범을 전후한 시기의 신문연재소설을 중심으로 검토하고자 한다.

2. 과학과 젠더, 그리고 문학의 위계적 재배치

1940년대 문화장(場)은 과학이라는 준거를 기준으로 재배치된다. 문화장의 중심에 과학으로 표상되는 건강하고 합리적인 기술적 주체와 윤리가 자리하고 있다면, 그것을 중심으로 이전 세대의 이데올로기와 신념체계, 가치, 지식의 유형 등이 부정적으로 타자화된다. 과학적 주체를 통해 사회주의와 그 이데올로기에 중독된 '주의자'라는 불건강하고,

---

식민지 현실이 반영된 현상이다. 이때 식민지 조선에 대두한 기술자 집단은 대중소설이 이상화하고 있는 전문지식과 학리추구로서의 '과학' 혹은 과학자 주체가 아니라 제국 일본의 공업체제를 지탱하는 하부 기술자 집단이라는 점을 간과해서는 안 된다. 식민지 조선에 대한 일본 제국주의의 교육정책이 '내지'와 하나로 묶인 조선의 공업부문에 하층부 기술자 집단을 충원하는 기술 교육에 치중했다는 사실은 잘 알려져 있거니와, 그러한 교육에 의한 인력들이 이 시기 병참기지화하고 있던 조선의 공업화와 산업화의 근간으로 자리잡았다. 이에 대해서는 카터 J. 에커트, 「식민지 말기 조선의 총력전·공업화·사회 변화」, 『해방 전후사의 재인식』, 책세상, 2006, 참조.

퇴폐적인 사회적 병자들을 구세대로 범주화하는 세대적 배치는 그 한 사례이다. 그러나 과학이 타자화시킨 것은 사회주의만은 아니었다. 과학은 문학(예술)의 개념을 새롭게 규정, 재편하며 전세대의 문학도 타자화시켰다. 문학(예술)의 타자화를 설명하기 위해서는 이 시기 과학에 부과되었던 표상화의 방식을 이해할 필요가 있다.

이블린 폭스 켈러가 『과학과 젠더—성별과 과학에 대한 제 반성』에서 제시하고 있는 과학에 부여된 젠더적 표상은 식민지 말기의 과학자, 기술자 관련 소설에 나타난 과학 표상을 이해하는 데에도 참조할 만하다. 문화적으로 유효하게 된 대부분의 지적·창조적 노력이 역사적으로 남자들의 영역으로 간주되었다는 것은 페미니스트들의 지적이 아니라도 어렵지 않게 발견할 수 있는 사실이다. 켈러는 그 중에서도 특히나 과학적 사고가 과학자와 대중들 모두에게 남성적 사고로 간주된다고 지적한다. 켈러는 과학을 묘사하기 위해 사용하는 언어와 은유의 일상적인 표현에서 이러한 사례들을 읽어내고 있다. 우선 켈러의 다음과 같은 지적을 되새겨 보자.

> 우리가 객관적인 과학을 이보다 더 부드러운(즉 보다 주관적인) 지식의 갈래와 대립되게 '단단하다'라고 부를 때, 우리는 암암리에 성의 은유에 호소하는 것이며, 이 은유에서 '단단하다'는 물론 남성이고 '부드럽다'는 여성이다. 일반적으로 사실들은 '단단하며', 느낌들은 '부드럽다'. '여성화'는 감상적으로 됨과 동의어가 되었다. 과학적으로 혹은 객관적으로 사고하는 여자는 '남자같이' 사고하는 것이며, 이와 반대로 비합리적이고 비과학적인 주장을 하는 남자는 '여자처럼' 주장하는 것이다.[16]

켈러는 보편적 지식의 표상인 과학이 남성 젠더의 지식으로 감각된다고 지적하며 그 타자로 부드럽고, 주관적인 여성적인 은유를 제시하고 있다. 이러한 분석은 물론 서구의 학문과 과학사를 분석하며 제출된

---

16) 이블린 폭스 켈러, 민경숙·이현주 역, 『과학과 젠더—성별과 과학에 대한 제반성』, 동문선, 1996, 91쪽.

54

것이긴 하지만, 근대 동아시아에서의 과학(혹은 기술)에 대한 표상도 여기서 크게 벗어나지 않을 듯싶다. 1940년대의 기술적 주체를 주인공으로 하는 대중소설에서 이러한 감각이 어떻게 제시되고 있는지 살펴보자. 채만식은 『사랑의 수족관』에 대한 짤막한 서평에서 "조선문단의 허다한 장편들 가운데 『사랑의 수족관』의 김광호처럼 젊은 사람으로 치기가 없는 인물을 그려낸 작품은 아마도 전무했다고 해도 과언이 아닐 것이다. 『무정』의 '형식'이나 『고향』의 '김희준'은 김광호에 비하면 완연히 어린애들이다"라고 말하며 "실없는 말이지만, 그를 남편으로 맞는 여인은 만년 반석 위에 올라앉은 듯 행복과 아울러 안전한 생애를 누릴 수가 있을 것"이라 설명한 바 있다.17) 채만식의 서평에는 '과학'이라는 새로운 지반 위에 정초하고 있는 『사랑의 수족관』의 의미를 갈파하는 핵심이 있다. 교토제대 출신 토목기사 김광호는 자신의 이전 세대인 이형식, 김희준을 어린아이로 보이게 만드는 '치기가 없는 성인'이며 '만년 반석'이라는 안정(단단함)의 감각과 결부되어 있는 인물이다. 채만식이 이 소설에서 본 '치기 없는 성인의 정신'은 '사실'과 '과학적 정신'에 충실한 지력이며, '반석'이란 이러한 김광호의 기술합리적 정신에 대한 젠더적 비유와 연관되어 있다. "기술이 하나하나 자연을 정복해 가는 그 과정에 흠빡 반"18)하고 있는 김광호는 이성과 과학정신(남성적 힘)을 표상하는 기술적 주체이며, 자연이라는 여성적 대상을 인간에게 유용한 노예로 만들어가는 과학의 힘을 찬탄하고 있다.

『사랑의 수족관』에서 가치중립적이고 객관적인 과학은 건강한 윤리와 한 쌍을 이루며 김광호라는 이상적인 남성성으로 구현되거니와, 김광호라는 양각의 표상과 대쌍 관계에 있는 음각의 표상이 무엇인가를 따져봄으로써 과학을 매개로 새롭게 재배치되는 문화장의 질서를 이해할 수 있다. 이를 위해서 이 소설에서 광준, 광호, 광신으로 묘사되는

---

17) 채만식, 「김남천 저 『사랑의 수족관』 평」, 『매일신보』, 1940. 11. 19.
18) 김남천, 앞의 책, 485쪽.

정체성의 차이를 변별해 보자. 2차대전 발발 직전 "가야할 시기에 가는 것이 나는 만족하다"[19]는 말을 남긴 광준의 죽음은 사회주의를 시대정신으로 삼았던 한 세대의 몰락과 새로운 '사실'의 세계로의 전환을 상징한다. 김광준과 김광호로 대별되는 세대의 차이는 현순의 시선에 의해 극명해 지는 데, 그녀의 시선에서 김광호가 '세련', '건강', '완성'에 가까운 청년의 형상으로 포착된다면 광준은 "불건강하고 퇴폐"적인 형상으로 제시된다.[20] 이러한 인물의 대비가 사회주의와 과학이라는 배경과 결부되어 있다는 점에서 과학을 통한 사회주의의 타자화 방식을 보여주거니와, 더불어 흥미로운 대목은 김광호와 그의 동생 광신과의 대비이다. 이 소설에서는 '위대한 문호가 될 양으로 학교를 경멸하고 과학이나 기술을 멸시하고 있는'[21] 미숙한 문학지망생 광신과 과학과 기술을 중시하고 일상과 생활의 세계를 긍정하는 기술적이고 이성적인 주체인 김광호의 면모가 대비된다. 김광호라는 성숙한 정신이 파악하는 일상생활, 과학의 중요성과 문학 소년의 낭만주의적인(혹은 개인주의적인) 문학관의 병치 속에서 과학을 중심으로 한 사회주의의 타자화와 흡사한 위계적 배치가 문학과의 관계 속에서도 작동하고 있음을 엿볼 수 있다. 요컨대 이 작품은 김광호라는 남성 젠더적 기술적 주체를 중심인물(과학)로 배치하고 광준(사회주의)과 광신(근대문학)이라는 불완전한 남성성을 사회주의와 이전의 문학의 표상과 결부시키고 있다.

문학을 미숙하고, 불완전한, 혹은 병적인 남성 표상과 결부시키는 데에서 더 나아가 여성적인 것, 관능적이고 퇴폐적인 에로스로 은유하고 있는 작품으로 유진오 최초이자 유일의 장편연재소설인 『화상보』의 예를 살펴보자. 유진오는 이 작품의 연재예고에서 "사람은 어떻게 살아가야 할 것인가"[22]의 문제를 생각해 보고자 한다고 서술하고 있다. 이

---

19) 김남천, 앞의 책, 66쪽.
20) 김남천, 위의 책, 76-77쪽.
21) 김남천, 위의 책, 311쪽.
22) 『동아일보』, 1939. 11. 30.

러한 작가의 예고에는 1940년을 전후한 식민지 조선이라는 역사적 맥락에서 뿐만 아니라, 역사와 구체적인 장소를 떠나 인간의 가치 있는 삶에 대한 보편적인 가치 규준을 마련하겠다는 의도가 담겨 있다고 할 수 있다. 소설의 주인공 장시영이 '식물학'을 연구하는 자연과학도로 설정된 것은 이러한 역사와 구체적인 장소를 초월한 보편적 가치의 추구와 무관하지 않다. 『화상보』는 식민지 조선의 아마추어 식물학자 장시영과 '동양의 꾀꼬리'로 불리는 세계적인 소프라노 김경아, 그녀의 스폰서인 사업가 안상권, 실업학교 교주의 딸 이영옥 등의 엇갈리는 애정관계를 중심으로 서사가 진행된다. 이러한 연애사를 중심으로 김경아의 몰락의 서사와, 아마추어 식물학자 장시영의 제국 아카데미에의 입사라는 성공의 서사를 교차시키고 있다. 그러한 서사를 통해서 주조하고 있는 각각의 인물의 설정과 그들의 사유, 당대 제국의 '지(知)'의 불균등성과 그것을 일거에 극복하는 일종의 '로망스'적 구도 등에 주목할 필요가 있지만, 그에 대해서는 후술하기로 하고 여기서는 '과학'을 합리적 남성보편으로 표상하고 예술/문학을 에로스와 여성성의 표상으로 위계화하는 방식에 대해서만 언급하고자 한다.

이 소설은 장시영이라는 인물의 성격과 그의 성공의 서사에 크게 의지하고 있다. 한국 계몽소설의 남성주인공에서 흔히 볼 수 있는 건실함과 생활의 윤리를 체득하고 있는 장시영은 또 다른 특징을 구비하고 있다. 무엇보다 그의 건실함은 과학적 정신에 기반하고 있다. 곤궁한 생활 속에서도 조선의 '화본과' 식물 분포에 대해서 연구하는 장시영은 세계를 과학자(식물학자)의 눈과 윤리로 파악한다. 장시영은 김경아를 '생활력을 잃어버린 온실의 꽃'으로, 이영옥을 찬바람을 쏘인 '탄탄한 백일홍'23)으로 비유하며 식물학자의 세계 인식을 인간과 사회에까지 투사한다. 유진오는 '과학' 혹은 '과학적 정신'이 생리화된 장시영의 삶과 가치관을 "사람은 어떻게 살아가야 할 것인가"라는 윤리적 물음에

---

23) 유진오, 앞의 책, 289쪽.

대한 답변으로 제시하고 있다. 과학과 과학자 장시영의 성공의 서사의 대척점에 있는 영역과 인물이 '예술/문학'과 부르주아 안상권과 김경아를 중심으로 구성된 '예술가의 집'의 구성원들이다. 작가는 석탄을 구하지 못해 추운 환경에서도 실업 방면의 실제적인 교육을 수행하는 장시영이라는 과학자의 건강한 삶과 가회동의 아늑한 고급주택에서 수제마호가니 피아노가 놓인 거실에서 이루어지는 성악가, 소설가, 부르주아 속물들이 모여 벌이는 밤의 댄스 파티와 퇴폐적인 애욕으로 점철된 예술가 군상의 삶을 병치시킨다. 이를 통해 이 소설은 과학이라는 새로운 시대의 윤리를 중심에 두고 특정한 예술/문학을 비윤리적이며 전시대적인 것으로 타자화하고 있다. 안상권과의 관계가 파탄난 후 조선을 떠나 일본으로 건너간 김경아는 '닛지꾸 레코드회사 가수'이자 그 회사 사장인 오까무라와의 염문을 통해 전락한 것으로 묘사되거니와 작가는 독일 스승의 갑작스런 부름을 통해 김경아를 그러한 전락으로부터 구원해 낸다. 그러한 구원은 과학으로 표상되는 새로운 주체 장시영의 감화를 통해서 김경아가 변화했을 때 도래하는 것이다.[24] 소설에서 소프라노 경아가 대중 레코드사의 전속가수가 된 것은 일종의 타락이자 전락으로 간주된다. 이것은 고급문화/통속(대중)문화의 구별짓기와 위계화가 작동한 것이지만, 보다 주목할 것은 순수 고급음악인 성악은 '진(眞)'과 '선(善)'이라는 궁극적인 가치와 관련된 보편의 영역으로 간주되며, 이는 '과학'의 당대적 표상과 동궤의 것이라는 사실이다.[25]

---

24) 이태준의 『별은 창마다』에서는 이러한 남성젠더적 과학 표상이 보다 부각되어 드러난다. 이 소설의 전반부에서 부르주아의 영양으로 음악을 전공하는 정은, 즉 어하영이라는 과학적 주체로부터 감화를 받기 이전의 정은은 세련된 부르주아 여성의 면모를 지니고 있으며, 주익현과 어하영의 시선에 관능적인 면모가 포착되지만 서사의 말미로 가면서, 즉 과학기술적 주체로 전신하면서 이러한 관능미가 사라지고 남성화, 중성화 되어 간다.

25) 이러한 인식은 안수길의 『북향보』에서도 발견할 수 있다. 『화상보』 보다 뒤에 써진 소설이지만 동시대적 맥락을 가지고 있는 이 소설에서 '북향'의 이념을 제시한 은사의 뜻을 받든 농업 기술자 찬구가 음악을 전공하고자 하는 은사의 딸 애라를 떠나보내면서 "음악의 순수한 세계를 이해할 수 잇고 그 경지에 도달할 수 잇다면 그것은 바로

58

　‘진’과 ‘선’, 건강한 윤리의식의 거점으로서의 남성적 과학과 그 대 타항에 있는 주관적이며 타락하기 쉬운 관능성과 결부되어 있는 여성 적 문학(예술)이라는 이러한 대립항은 신체제기의 대중소설에서 반복적 으로 재현되는 것이다. 신체제기에 정립된 이전 시대의 문학에 대한 부 정적 표상화는 ‘국민문학’의 필요성을 설명하는 중요한 전제가 된다. ‘암흑기’의 대명사인 『국민문학』의 편집자 최재서가 그의 평론집 『전 환기의 조선문학』에서 제시하는 전환과 ‘국민문학’ 수립의 논리는 바 로 이전 시대의 조선의 근대문학을 질병으로 수사하는 담론의 정치학 을 보여주는 사례이다. 「문학정신의 전환」에서 최재서는 “오늘의 문학 적 위기는 제 민족이 자력으로 국민적 갱생을 꾀하지 않으면 안 될 생 활조건과, 종래의 개인주의적 문학정신이 완전히 동떨어지고 만 데서 기인”26)하는 것으로 진단한다. 그는 현대문학에 나타나는 모든 고민, 즉 ‘개성의 분열, 지성의 무력화, 퇴폐적 기분의 팽만, 반저항적 풍자의 일반적 기호, 암흑색의 우세, 주제 빈곤, 도덕 상실, 성격의 용해, 묘사 정신 이완, 비평정신 상실, 그 외에 일일이 셀 수 없는 많은 비규율성’ 을 “현대문학이 병들었음을 입증하는 일종의 열”27)로 규정하고 있다. 그것을 치유할 수 있는 방책으로 “문화의 국민화”를 제시하며 “과거의 모든 병폐와 모순을 새로운 국민적 입장에서 치료하고 해결하여 더욱 높은 문학적 수준까지 끌어올린다는 역사적 전환”28)을 주장하고 있다.

　선의 세계 진의 세계에까지 도달할 수 잇는 것”(안수길, 「북향보」, 『중국조선민족문학 대계 10−안수길』, 보고사, 2006, 415쪽)이라고 피력하는 대목은 세계에 대한 기술적, 과학적, 예술적 정신이 궁극에서 ‘진’과 ‘선’에 닿아 있다는 믿음을 배경으로 하는 것 이다. 애라가 ‘빅터축음기회사’의 전속가수로 ‘조선의 종달새’라는 예명과 함께 유행 가수가 된 것을 전락으로 묘사하는 시선 역시 ‘진’과 ‘선’의 세계, 즉 보편과 과학의 세 계로부터의 타락으로 간주하는 것이며, 이것은 신체제기 이래 조선인 지식인들의 과 학을 중심에 둔 문학과 음악, 예술에 대한 감각을 공유하는 것이라 할 것이다.

26) 최재서, 「문학정신의 전환」, 노상래 역, 『전환기의 조선문학』, 영남대 출판부, 2006, 25쪽.

27) 최재서, 위의 글, 26쪽.

28) 최재서, 위의 글, 29쪽.

'병든 현대문학'이라는 은유와 그것의 치료제로서 "문화의 국민화"를 언급하며 내세우는 근대문학의 병적 징후를 거꾸로 되새겨 보면 '과학'을 기반으로 제시하는 당대 대중소설의 인물들이 갖춘 덕목에 해당하는 것이기도 하다. 과학과의 비교를 통한 불건강성, 비규율성, 질병으로서의 근대문학의 표상과 함께 주목할 것은 이러한 근대문학이 퇴폐와 관능과 결부되어 표상된다는 점이다. 과학의 젠더적 표상에 대한 켈러의 언급을 다시 상기해보면, 주관적이고, 변덕이 심하며, 부드러운 여성성에 대한 은유는 한 걸음만 더 내딛으면 성적 방종과 퇴폐의 이미지와 결부된다는 것을 짐작하기는 어려운 일이 아니다. '에로스'의 세계는 과학의 합리성과 도덕성을 부각시키는 타자로 범주화되며, 이것이 과학주의가 사회주의를 대신하여 자본주의적 퇴폐와 관능이라는 에로스를 비판하고 치유할 수 있는 새로운 가치의 표상으로 수락될 수 있었던 까닭이었다. 또한, 그것이 사회주의, 반근대적 전통주의 등 각기 다른 문화이념과 세계관을 가진 식민지 문인들이 '과학주의'의 담론장에서 조우할 수 있었던 이유이기도 했다.

3. 반자본주의 서사 – 과학, 사회주의, 딜레탕티즘의 조우

　과학적 기술합리성이 사회주의가 표상하던 보편성을 대체했다는 것은 달리 말하자면, 사회주의를 받아들였던 왕년의 '주의자'들이 과학에서 사회주의를 대체할만한 어떤 특성을 발견했다는 뜻이다. 예를 들면, 『사랑의 수족관』의 김광호가 과연 사회주의자 김남천의 새로운 전망을 대표하는 인물인가는 논란의 여지가 있겠지만29), 이 작품에서 사회주

---

29) 김남천의 문학적 행정을 재구하면서 주체의 분열과 동요가 이 작품에서 '동양'이라는 대주체로 안착한다는 논점을 제기한 김철의 연구는 이 작품에 대해 새로운 논의의 지평을 연 측면이 있다. 김철, 「근대의 초극, 『낭비』 그리고 베네치아(Venetia)」, 『국민이라는 노예』, 삼인, 2005. 하지만, 김광호라는 주체가 과연 불안과 동요가 말끔하게 제

의자 김남천의 모랄의식이 김광호라는 기술적 주체의 윤리 의식에 투사되고 있다는 점만은 수긍할 수 있을 것이다. 김광호가 자본가의 사위가 되는 작품의 결말만을 놓고 본다면 이 작품에서 온전한 반자본주의적 태도를 읽는 것은 무리한 독해이겠지만, 자본가 이신국가(家)를 배경으로 펼쳐 보이는 부르주아의 일상에 대한 세밀한 묘사와 비판적 시선을 통해서 사회주의적 주체의 모랄 의식의 잔상을 느낄 수 있다. 김광호와 이경희는 이러한 부르주아의 모랄에서 벗어난, 생산하고 노동하는 주체로 제시되며 그들의 결연은 부르주아의 퇴폐와는 무관한 새로운 주체간의 결합으로 묘사된다.

앞장에서 살펴본 김남천의 『사랑의 수족관』과 유진오의 『화상보』의 과학/예술의 (젠더적) 대립은 다시 노동과 생산, 직업으로 표상되는 생활 세계의 건강한 윤리와 부르주아 계급의 퇴폐적 생활감각의 대립이기도 하다. 『사랑의 수족관』의 김광호는 그의 형으로 대표되는 마르크시즘을 흘러간 이념으로 간주하고 그것에 동의하진 않지만 그 세대에 대한 연민과 마르크시즘의 '과학'적 세계인식을 교양의 일부로 삼고 있는 인물이다. 동생인 중학생 광신의 퇴학건으로 상담하던 중에 담임선생 '최'가 죽은 광준의 사상을 문제삼자 김광호가 형의 세대가 모욕당하는 것을 참지 못하는 장면은 시사적이다. 그것이 비록 연민일지라도 김광호의 모랄의 기저에는 형 세대의 사상과 윤리의식이 남아 있다. 김광호는 형 세대의 특정한 가치의식과 모랄 감각에 공감하는 측면이 있으면서, 동시에 더 이상 아이디얼리즘적인 이상적 이데올로기의 세계를 추구하지 않는 직업(직분)의 윤리를 기반으로 하는 주체라는 점에서 변별된다. 자선사업을 "중대에 처한 문둥병 환자에게 고약을 붙이고 있

거되고 동양이라는 대주체로 안착했다고 말할 수 있는가는 의문이다. 현순 및 양자 등에게서 확인되는 현실에 대한 암울한 인식과 그늘 등을 염두에 둔다면 이 소설을 동요, 회의가 없는 동양이라는 대주체로의 안착으로 일괄하기는 어려울 듯하다. 모든 등장인물에 편재하는 작가, 달리 말하면 최종적으로는 등장인물 누구에게도 동조하지 않는 김남천 특유의 냉정한 거리를 감안한다면, 이 작품 역시 여전히 동요하고 분열하는 주체의 흔적이 투사되어 있는 텍스트라고 할 것이다.

는 거나 같은 것"이며 "하고 있는 이의 정의감의 주관적 만족"으로 비판하는 김광호의 마르크시즘적 교양과 "최소한도의 善이래도 안하는 것 보다 하는 것이 낫겠지오."30)라는 경희의 발화는 이러한 두 개의 세계에 편재해 있는 김남천의 의식의 상태를 보여준다. 김광호는 이경희가 제시하는 '최소한의 선'에 대한 주장에 최종적으로는 공감하면서도 그것을 분석하게 되는 자신의 사유의 배경을 다음처럼 피력한다.

　　"어딘가 나의 생각에는 형의 영향이 남아 있는 것 같아요. 그것이 무엇인지는 모르나 여하튼 자선사업이나 그런 것에 대한 냉담한 태도는 형에게서 받은 유산같이 생각됩니다. 그러나 나는 경희씨가 생각하는 것처럼 악질의 허무주의자는 아닙니다. 나는 첫째 직업엔 충실할 수 있습니다. 나의 직업에 대하연 무슨 까닭인지 모르나 그렇게 깊은 회의를 품어 본적이 없는 것 같아요. 무엇 때문에 철도를 부설하는가? 나의 지식과 기술은 무엇에 씨어지고 있는가? 그런걸 생각한적은 있습니다. 그러나 단순하게 나는 그런 생각을 털어버릴수가 있었어요. 에디슨이 전기를 발명할 때 그것이 살인기술에 이용될걸 생각하지는 않았을테고, 설사 그것을 알았다고 해도 전기의 발명을 중지하지는 않았을거다. ― 이렇게 생각한 것입니다. 그러나 기술에서 일딴 눈을 사회로 돌리면 나는 일종의 펫시미즘(비관주의)에 사로잡힙니다. 나의 주위에도 많은 인부가 들끓고 있고, 그중에는 부인네나 어린 소년들도 많이 끼어 있습니다. 직접 나와 관계를 가질때도 있습니다. 그들의 생활문제, 아이들의 교육문제…… 나는 어찌할 바를 모릅니다. 그러나 자선사업을 가치로서 인정할 만한 정신적인 원리는 그 가운데서 찾아내지 못했던 것입니다."31)

　　김광호는 자신의 '직업'에 충실함으로써 사회에서 직면하게 되는 페시미즘, 혹은 가치 판단에서 자유로울 수 있었으며, 이때의 '직업'은 실제 사회와 절연되어 있는 기술적 합리성이 투사되는 객관적 대상이자 보편타당한 자연과학 등과 등치의 관계에 있는 생활과 사실의 세계이

---

30) 김남천, 앞의 책, 171-172쪽.
31) 김남천, 위의 책, 251쪽

다. 김광호가 몰입하는 기술과 과학의 세계는 인용문에서는 '직업'이라는 말과 혼용되는데 그것은 '사회'와 대립되는 영역이다. '사회'라는 가치판단을 수행해야 하는 이데올로기의 영역과 변별되는 기술 혹은 직업은 가치판단을 중지한 채 몰두할 수 있는 대상으로 제시된다. 김광호는 과거 사회를 분석하던 과학으로서의 마르크스주의를 대신해서, 기술을 자신의 정체성의 근원으로 설정함으로써 현실이라는 이데올로기의 영역에서 벗어날 수 있었던 것이다. 가치판단을 중지하고 기술, 직업, 사실, 생활이라는 주어진 대상에 충실한 것이 곧 전체의 공익에 이바지한다는 이러한 인식은 파편적인 대상 현상에 대한 관찰과 몰입 속에서 우주 전체의 진리를 발견하는 과학적 태도와도 비견된다. 이러한 감각은 '계급적 이해를 초월한 공익의 입장이 중시되고 계급은 계급적인 것이기를 그만두고 한층 높은 전체 속에서의 직능적 질서로 되며, 뿐만 아니라 이 직능적 질서는 신분적인 것이 아니라 기능적인 것'[32]이라는 미키 키요시의 직능론, '개인의 자유를 한 개의 커다란 직업적 체제로 볼 수 있는 조합 국가 또는 직분(혹은 민족)의 전체적 의견에 종속시키는 윤리'[33]라는 서인식의 '직분의 윤리'와 맥락을 함께 하는 것이다.[34] 김광호는 직업, 생활의 세계에서 "가능한 한도내에서 최선을 다하는 것!"[35]이라고 자신의 태도에 대한 결론을 내리며 "논리가 폐기되

---

32) 三木清, 『三木清全集』 第17卷, 岩波文店, 1968; 미키 키요시, 최원식·백영서 편, 「신일본의 사상원리」, 『동아시아인의 동양 인식』, 문학과지성사, 1997, 60-61쪽.

33) 서인식, 「현대가 요망하는 신윤리」, 『조선일보』, 1940. 5. 29.

34) 나는 이 작품보다 먼저 쓰여진 「길우에서」의 K기사와 서술자 박영찬의 인식을 비교하면서 이 시기 김남천이 기술관료제적 숙달에 토대한 협동주의의 비전과 윤리를 통해 게마인샤프트와 게젤샤프트를 종합 지양하여 자본주의를 극복하는 제삼의 길에 대해 모색한 미키 키요시, 서인식의 '직분의 윤리'에 공감하면서 동시에 이 새로운 기술적 주체의 윤리가 갖는 폭력성을 예감하며 분열하고 있다는 사실을 지적한 바 있다. 정종현, 「식민지 후반기 한국문학에 나타난 동양론 연구」, 동국대 박사논문, 2005, 128-136쪽. 『사랑의 수족관』에서는 이러한 분열의 흔적이 약화되고 'K기사'의 윤리와 정체성이 전면화하고 있다.

35) 김남천, 앞의 책, 272쪽.

고 새로운 비약이 찾아오는 과정"36)이라고 명명하거니와, 가능한 현실에서 최소한도의 선이라도 행하고 자신의 '사실'에서 최선을 다한다는 것은 이러한 기술적 윤리의 맥락에서 이해되어야 한다.

김남천이 직업과 기술을 통해 사회를 대체하는 이러한 전환을 큰 거부감없이 수행할 수 있었던 한 요인은 이 직업의 윤리가 제공하는 반부르주아적 윤리의식이 지닌 사회주의적 모랄 감각과의 친연성 때문이다. 새로운 기술적 합리성과 자연과학에 기반한 김광호라는 과학적 주체는 사회에 대한 과학은 포기했지만 자본주의적 물질문명과 대립되는 모랄 의식을 지니고 있다. 김광호라는 기술합리성에 기반한 건강한 윤리적 주체의 형상이 대흥 콘체른 사장 이신국 가정의 퇴폐, 특히 은주 부인이라는 성적 방종과 관능의 감각과 대비됨으로써 뚜렷해진다는 사실을 주목해야만 한다. 이러한 대비는 『사랑의 수족관』에만 국한되는 것은 아니다. 앞서 살폈던 『화상보』에서 '예술가의 집'의 묘사는 과학을 남성젠더화하고 예술을 여성적인 것으로 은유하는 것이기도 하거니와, 동시에 안상권이라는 비도덕적인 부르주아를 중심으로 한 자본주의적 소비세계, 유한계급의 퇴폐상에 대한 비판이기도 하다. 그것은 노동하지 않고 생산하지 않는 계급에 대해 비판하는 사회주의적 윤리감각과 친연성을 가지고 있다.

사회주의자 김남천, 경향문학의 전력을 가지고 있는 유진오의 경우에서만 이러한 과학을 매개로 한 반자본주의적 태도를 엿볼 수 있는 것은 아니다. 문학사에서 반-KAPF의 대표자로 즐겨 언급되는 이태준은 『별은 창마다』에서 '생산'과 '노동'이라는 가치를 신체제의 과학주의와 결합시키고 있다. 이 소설은 이태준이 이전에 구사했던 통속적인 삼각 구도를 반복하고 있으면서도 그 안에서 제시되는 인물형과 비전이 다르다. 우선 주동적인 남녀 주인공은 모두 현대 청년들로 그들은 건강하고 세련되며, 이전의 이념과 무관한 기술적 합리성을 가진 인물로 제시

---

36) 김남천, 위의 책, 273쪽.

64

된다. 어하영은 양반 문벌에, 음악적 교양을 갖추고, 집과 건축에 대한 기술적 지식과 동양적 심미안을 가진 건축학도이다. "그 반듯하고 넓은 이마에 그의 날카로운 이지와 함께 한번 닿기만 하면 백금이라도 녹일 만한 '선량'의 온도가 들어있는 듯"하며, "그의 세련되지 않은, 비사교적인 자연 그대로의 순직한 성격이, 예전 불우들은 했으나 인생으로나 예술가로는 가장 진실했던 베토벤이나 슈베르트 같은 이의 성격의 일면을 엿보는 것 같이"37) 묘사된다. 요컨대 그는 합리성과 윤리성을 겸비하고 있을 뿐만 아니라, 반도회적인 건강성과 미적 교양을 함께 구비하고 있는 인물이다. 앞서 제시했듯이 구름에서 고대 고딕식 건축을 연상하는 하영은 세계(자연)를 기술자와 공학도의 시선으로 바라본다는 점에서 김광호나 장시영과 동궤의 새로운 인물형이다.38) 기술적 이성을 근간으로 하는 어하영은 자본주의적 물질문명과 결부된 이전 세대에 대해 비판적이며, 그 대척점에서 생산의 윤리를 강조한다. 어하영이 자신의 아버지에 대한 감상을 통해 드러내고 있는 세대적 정체성을 주목해 보자.

---

37) 이태준, 앞의 책, 114쪽.

38) 미국 콜롬비아 대학 박사 출신에 재력과 문벌을 갖춘 서재선과의 '미아이(맞선)' 이후에 이어지는 정은의 어하영에 대한 묘사, 즉 "때묻은 샤쓰에 레이디퍼스트의 서양예의엔 민첩지 못하더라도, 향락만을 찾거나 유치한 문화에 대한 불평만을 떠드리는 것이 아니라, 부족하니까 건설하고, 불만하니까 개량하려는 정열과 이상에 사는 어하영이가 반동적으로 더 우러러보였다. …… 로댕의 '생각하는 사나이'가 퍽 좋았었다! 남자라면 난 먼저, 생각하는 두뇌, 사색하는 얼굴, 노력하는 건설하는 근육과 골격, 그런 게 대뜸 연상되는 것이다! 남자에게 그런 두뇌, 그런 골격이 느껴지지 않고, 다못 향락생활에 세련된 신경질만 느껴진다면 것처럼 여자에겐 허무해 보이는 게 없다!"(이태준, 앞의책, 232-233쪽)는 이 시기 새로운 주체들에 대한 스테레오 타입을 반영하는 것이다. 역사적 맥락을 제거하고 어느 시대와 사회에 가져다 놓아도 통용될 인물형이라고 말할 수 있을 이러한 인물형의 창조는 작가들이 신체제의 이데올로기에 충실하면서도 보편적인 윤리와 가치에 충실하다는 자기 합리화를 가능하게 해준 것은 아니었을까? 달리 말하자면, 신체제기의 인물유형이란 '민족주의 계몽문학', '사회주의문학', '국민문학' 모두에 통용될 수 있는 긍정적 스테레오 타입의 인물형을 주조해 놓았다고 볼 수도 있을 터이다.

　　"그렇지만 애초부터 소위 장사란 것, 제 손으로 쌀 한톨 신 한 켤레 만
드는 생산이라면 몰라요 이건 남이 애써 땀 흘려 만든 물건들을 가지구 멀
쩡하게 덤벼들어 이윤만을 탐내는 그 장사란 것에, 난 인류로선 하등의 존
경할 무슨 정신적 가치의 일로는 아니봅니다. 또 그런 일을 허다, 어떻게
실패를 봤든, 뭐 그리 심각한 표정으루 두문불출헐 건 뭐야요? 우습다기는
아랫사람으루 불손한 일이고, 그저 빠사로프의 부자가 서로 이해 못하듯
나로선 그저 이해할 수 없다고 보는 게 옳겠죠."39)

　　상업을 경영하다 부도가 난 자본가인 아버지를 논평하며 어하영이
제시하는 세대론 및 생산에 대한 강조는 그의 새로운 정체성의 일단을
암시한다. 기술적인 이성과 과학에 토대한 새로운 주체 어하영은 '쌀
한 톨 신 한 켤레 만드는 생산', 즉 노동을 '존경할 가치'로 인식한다.
기술적 이성과 생산, 노동의 결합을 통한 정체성의 전환은 여성주인공
정은을 통해서도 구현된다.40) 성악을 전공하는 정은은 음악과 건축에
서 상통하는 생활의 진리를 깨닫고 건축을 통한 '새동리운동'을 펼치는
계몽의 주체로 변화한다. 부르주아의 영양에서 노동과 생산의 가치를
깨달은 사회사업가로, 수제 피아노에 열광하는 부호집 자제에서 기술
적 이성의 효율성을 체화한 건축가로 전환하는 정은의 변신을 가능하
게 한 매개가 어하영이라는 과학적 정신과의 조우라는 사실은 각별히
강조되어야 한다. 한성피혁 사장의 딸로 소비의 삶을 살고 있던 정은은
어하영이라는 기술적 주체와의 교류를 통해, 생산과 노동을 상징하는

---

39) 이태준, 앞의 책, 97-98쪽.

40)『별은 창마다』역시 기술적 주체인 남성주인공과 부르주아의 영양 사이의 연애를 중
　　심으로 서사가 진행된다는 점에서『사랑의 수족관』과 유사하며, 특히 기술적 주체인
　　남성 주인공의 상대 여성의 사회관, 세계관에 대한 비판 역시 흡사하다. 새롭게 등장
　　하는 직업여성들을 통해 자신의 삶을 반성하는 정은에게 "정은씨 같은 부홋댁 영양으
　　로서야 새 취미의 인형, 즉 전엔 주름잔 치마가 길구, 팔과 발목은 벌레처럼 가는 불란
　　서 인형이나 이쁜 걸루 봤다가 이번엔 치마가 가뜬해지구, 팔과 다리가 튼튼한, 좀 스
　　포티의 미가 있는 다른 인형에 흥미를 가지셨단 것과 뭐 별루 다를 수 있을까요?"라고
　　비판하는 어하영의 시각은 이경희의 자선사업에 대한 김광호의 비판과 흡사하다고 할
　　것이다.

66

효율적인 신발의 기능에서 아름다움을 느끼는 새로운 주체로 탄생한다. 이러한 사유는 예술에 대한 새로운 정의로 전이된다. 정은은 파리에서 추와 불건강, 허위만을 발견하고 전원으로 돌아와 "명랑하고 힘찬 전원의 자연과 건강과 팔과 다리로 우유를 짜고, 이삭을 줍는 전원의 근로 여성들을 그리다 죽은" 밀레를 통해서 진실과 미에 대한 기준을 전환하기에 이른다. 정은의 이러한 인식의 전환은 급기야 히틀러의 사진에서 현대 의상의 진실과 미를 발견하는 데 다다르게 된다.「장마」에서 나치스의 획일적 문화통제에 대해 통렬하게 비판하던 이태준을 기억한다면 이러한 정은의 사유와 그 사유에 대한 작가의 동조적 시선은 당혹스러운 측면이 있다. 5∼6년의 시차를 두고 완전히 전도된 이러한 인식을 당대의 강압적 시대 분위기로만 돌릴 수는 없을 것이다. 이처럼 급격하게 전도된 미관, 문화관의 변화는 당대의 문학 및 담론의 지평 자체가 바뀌었음을 의미하고, 이태준 자신도 이러한 문학과 미를 둘러싼 인식적 지형의 변환을 수락하고 있음을 방증한다.

　이러한 미관, 문화관의 변화는 돌출한 것이라기보다 이태준의 문학과 시대인식 안에서 다원적으로 혼종되어 있던 태도가 시국의 변화와 결합되어 분출한 것으로 보는 것이 타당할 것이다. 이태준이『무서록』과 이른바 사소설적 독법을 유발시키는 단편을 통해 반근대(자본)주의, 고완의 동양적 처사로서의 자아를 주조하면서, 다른 한 편으로는 계몽주의적 근대주의를 추수하였다는 것은 새삼스러운 지적이 아니다.[41] 신체제의 담론 공간 안에서 이태준은 자신의 이러한 두 가지 면모를 과학주의를 통해서 조우시키려 시도한다. 신체제의 과학주의 담론이 이태준의 문학에 끼친 영향을 이해하기 위해서는 그의 성장담을 재료로 한『사상의 월야』를 일별하는 것만으로도 충분하다. "과학이다! 현대인의 안심입명 할 길은 오직 과학의 길"[42]이라고 외치는『사상의 월야』

---

41) 필자의 판단으로는「영월영감」은 이 둘 사이의 긴장이 서사적 균형 속에서 포착되어 있는 소설이다.
42) 이태준,『사상의 월야』, 깊은샘, 2000, 203쪽.

의 결말부에서 이송빈이 동경의 달을 바라보며 전개하는 사유는 모두
과학주의에 바쳐진 헌사로 채워진다. 이 작품의 서사적 시간은 주인공
이송빈이 출생한 개화기로부터 1920년대의 일본 유학 시절까지이다.
주지하다시피 이태준이 유학하고 있었던 1920년대의 동경은 다이쇼 데
모크라시와 문화주의, 자유주의, 데카당이 유행하고 있었다.[43] 따라서
작품의 말미 수 페이지에 걸쳐서 과학주의를 부르짖는 이송빈의 사유
를 구성하는 것은 이 작품이 연재되고 있는 1940년대 신체제의 '생활
의 과학화' 담론이 틈입해 있다고 보는 것이 타당하다. 이태준은 반근
대의 처사적 정신과 계몽주의적 근대주의라는 일견 모순되어 보이는
두 가지 지향을 신체제의 과학주의를 매개로 통합시키려 시도하며, 과
학주의를 반자본주의적 계몽주의로 제시한다. 이 과정에서 공식 담론
이 허용하지 않는 딜레탕티즘적 정취를 소거하고 반근대적 태도를 반
자본주의적 공리주의로 조정하게 된다. 조선건축에 대한 어하영의 인
식은 그 사례이다.

  어하영은 동경에 있는 '메지로 문화촌'을 모델로 조선에 문화도시를
건설하려는 희망을 가지고 있으며, 서사의 마지막에서 하영과 정은은
이 이상을 실현하기 위해 만주 신경을 떠나 조선으로 향한다. 어하영이
기획하는 문화도시의 미적 이데올로기는 고완의 처사 이태준의 조선
건축 및 조선 문화에 대한 기존의 인식과는 전연 다른 것이다. "고려자
기, 경주 불국사니 허지만, 다 양반문화, 몇만분지 일인 세도 양반들의
문화였지, 일반 국민의 문화는 아니었던 거요. 자연이야 좀 좋우? 집질
터들이야 좀 좋우?"[44]라는 조선 건축문화에 대한 어하영의 비판은 고

<hr>

43) 1920년대 동경 유학 시절을 회상한 김용준에 따르면, "피차에 취미상으로 일맥상통하
   는 점이 있어 거의 날마다 내왕"이 있었으며, 이태준은 안톤 체호프, 투르게네프 등을
   읽고 김용준에게도 체호프 읽기를 권했다고 한다. 김용준, 「白痴舍와 白鬼祭」, 『조광』,
   1936. 8, 96-101쪽. 이 시기 동경은 다이쇼 데모크라시를 전후한 문화주의, 자유주의
   사조와 데카당의 사조가 범람했다. 김용준의 '백치사'를 중심으로 이태준은 동경미술
   학교의 화학생(畵學生)들과 즐겨 어울렸으며, '백치사'를 중심으로 한 그들의 모임도
   이러한 사조에 충실했다.

완의 이데올로기를 가지고 있는 이태준으로서는 파격적이다. 신체제기 과학주의를 수락하면서 이태준은 효율성에 기반한 생산과 노동의 윤리 위에 근거한 계급적 국민문화론을 주창하고 있다.[45] 처사적 고완의 미적 이데올로기를 번복하고 조선의 문화를 민중적 관점에서 해석하여 국민문화로 연결짓는 이러한 전환은 과학주의를 매개로 반자본주의적 태도를 취함으로써 가능한 것이며, 이는 이전 시대의 자신의 예술관과 미관에 대한 부정으로 연결되는 것이기도 하다. 조선문화에 대해서 양반/민중의 문화로 분화하여 사고하고 이것을 다시 국민문화로 재창출해야 한다는 어하영의 논리는 건축에서 "가장 국가적이요, 가장 생산적이요, 가장 실제적이면서 아름다운 집이요 동네"를 건설할 꿈을 피력하면서 "집을 가장 능률적이게 지어놓고 생활을 거기 맞도록 개혁"[46]하자는 결론에 도달한다.

새로운 문화적 이상을 제시하고, 기존의 인습과 생활관습을 혁신하여 새로운 표준에 맞추어 간다는 어하영의 담론은 신체제기의 "생활의 과학화" 담론의 소설적 반영이라고 할 것이다. 신체제기의 '과학'을 키워드로 하는 새로운 담론적 지형의 재편이 어떻게 심미적인 세계인식에 기반한 이태준이라는 작가적 자아의 세계관을 바꾸어 놓고 있는가는 깊이 음미할 대목이다. 그렇지만 딜레탕티즘과 계몽주의적 근대주의를 과학주의를 매개로 결합시키려는 이태준의 시도는 성공하지 못한 듯하다. 소설은 통제경제로 전환하면서 한성피혁 사장인 정은의 아버지가 치부에만 매진해왔던 인생을 반성하며 고완 취미를 즐기는 것으로 설정하면서 이전의 심미적 이데올로기를 병존시키고자 하지만, 그것은

---

44) 이태준, 앞의 책, 204-205쪽.

45) 해방 이후 이태준의 좌익에의 가담과 월북의 한 단서를 이러한 과학주의를 매개로 한 식민지 말기의 '국민문학' 혹은 국책문학에의 부응 속에서 마련된 '국민문화'론에서 찾을 수 있지 않을까. '국민문화'론이 내장하고 있는 반자본주의적 민중주의, 기능주의적 미관 등은 사실 조금만 변주하면 사회주의적 문화 실천과 결부될 수 있는 성질의 것이기도 하다.

46) 이태준, 앞의 책, 211쪽.

어하영과 정은을 통해 제시되는 국책적 계몽주의와 어긋나는 부조화를 불러일으킨다. 하영과 정은이 꿈의 도시를 실현하기 위해 조선으로 떠나는 결말 부분이 희망찬 미래의 낙관적 정조가 아니라 쓸쓸함을 주조로 한다는 점에서도 이 작품의 작위적 마무리를 짐작할 수 있다.

4. 과학을 통한 식민지 지식인의 자아 성형

중일전쟁 이후 조선 지식인의 전향 논리에는 일본의 전승을 사실로 수리하면서 새롭게 구성된 제국 질서 안에서 식민지인으로서의 차별의 표지를 벗어나 의사—제국주체로 신생하고자 하는 욕망이 투사되어 있었다. 중일전쟁 이후 근대비판과 근대 이후의 시대 원리를 모색했던 다양한 담론의 체계 안에서 조선 지식인들은 차별의 표지를 벗고 보편적인 주체로 신생할 수 있다는 가상을 체험하였다. 식민지에 대한 차별이 엄존한 현실과 보편화의 가상을 나팔소리 드높게 제창하는 제국 이데올로기에 대한 매혹 사이에서 식민지 지식인의 의식 분열은 필연적인 것이었다. 식민지 지식인들은 제국주체를 꿈꾸며 질주했고, 식민지 현실을 자각하며 분열하였다. 본 연구가 검토하고 있는 작가에 국한해서 살펴보면, 이러한 분열의 양상은 2등 국민으로서의 조선인의 위치를 서자인 호동에게 투사하고 있는 이태준의 『왕자 호동』, 아카데미즘에의 입사에 실패하는 제국대학 출신 강사 이관영의 '부재의식'과 의식의 분열을 다루고 있는 김남천의 『낭비』 등을 통해서 확인할 수 있다.[47]

과학은 이러한 분열을 경험하지 않고 보편적인 주체로의 신생이 가능한 가장 확실한 영역으로 간주되었다. 이광수가 『신시대』에 연재하다 미완으로 그친 「그들의 사랑」[48]에서 그 한 사례를 제시할 수 있다.

47) 이에 대해서는 정종현, 앞의 논문, Ⅲ-2, 3장을 참조할 것.
48) 이광수 「그들의 사랑」, 『신시대』, 1941. 1~3.

이 작품은 재조일본인 교수 니시모도 박사 일가의 가정교사인 경성제대 의학부 학생 리원구가 신실한 생활태도와 동창인 그 집 아들과의 우정에도 불구하고 박사의 딸 미치코와의 애정문제가 불거지자 피의 차이를 극복하지 못해 쫓겨나지만, 이후 경성제대를 중퇴하고 다시 K대학 이학부를 졸업 액화원료를 개발하여 이학박사가 된다는 내용을 골간으로 하는 미완의 소설이다. 소설이 완결되진 않았지만, 차별의 표지에 의한 이종족 간의 애정 장애가 과학이라는 보편성의 획득을 통해 해소되는 방향으로 서사가 진행될 것임을 짐작할 수 있다. 이처럼 과학은 인종, 젠더, 계급의 차이를 넘어서 보편성을 획득할 수 있는 표상으로 제시된다.[49]

과학에 부여된 이러한 보편의 신화를 보다 예각화하여 검토하기 위해서, 제국 아카데미에의 입사에 실패한 『낭비』와 대비하여 성공의 서사를 보여주는 유진오의 『화상보』를 다시 한 번 검토해 보자. 두 소설에서 묘사되는 성공과 실패는 이관영이 영문학을 전공하는 인문학자이고, 장시형이 식물학이라는 자연과학을 전공하고 있다는 차이에서 기인한다. 『화상보』에서 유진오는 석주명과 정태현이라는 당대의 실제 자연과학자의 이력을 조합하고,[50] 또한 경성제대 법문학부 개설 이래 최대의 수재로 꼽히면서도 제국의 아카데미즘에 자리잡지 못한 자신의 경력과 내면을 투사하여 새롭게 재구하고 있다.[51] 장시영은 고농을 중

---

49) 아카데미즘에서의 영역에서 뿐만 아니라 일반적인 사회적 직업의 영역에서도 이러한 해석이 가능하다. 가령 『사랑의 수족관』에서 송현도의 음해로 김광호가 수뢰건에 연루된 것으로 인식한 니시다 구미의 니시다 사장과 취체역 이신국이 취한 방법은 김광호를 보호하기 위해 조선건축협회의 손길이 미치지 않는 '만철'에 파견을 보내는 것이었다. 일본인 사장이 도덕성에 시비가 생긴 능력 있는 조선인 기술자를 보호하는 이유는 바로 그가 가진 과학적, 기술적 능력에 기인한다. 안수길의 「북향보」에서도 농업기술자인 찬구의 기술력과 과학적 업무능력은 만주국 현청 일본인 동료가 함께 일하자는 끊임없는 구애의 조건으로 제시되고 있다.

50) 자세한 사정은 유문선, 「파시즘의 억압과 과학주의, 그리고 정태현과 석주명」, 『문학정신』, 열음사, 1991. 6을 참조할 것.

51) 유진오는 경성제대 1회 일본인 조선인을 통틀어 수석 입학을 했으며, 졸업시에도 일

퇴한 아카데미즘의 외부에 있는 식물학자이다. 중학 시대부터 10여년간 독학으로 조선의 식물을 연구한 그가 새로 '식물속'을 발견하면 그것을 모교인 고농의 무라마쓰 교수에게 보내고 무라마쓰 박사는 다시 동경제대의 식물학의 권위 나까이 박사에게 감정과 명명을 요청한다. 그리고 이 새로운 '속'의 발견은 나까이의 이름이 붙어서 명명된다. 이러한 구도는 식민지적 '知'의 불균등한 편제를 반영하고 있다. 장시영은 스스로를 대표하지 못하는 식민지 지식을 상징하며, 식민지—제국의 지식 제도는 '나까이/무라마쓰/장시영', 즉 '도쿄제대/수원고농/민간학'으로 위계화되어 있다. 이것은 '일본/조선'의 위계이며, 일본인 사이에서도 '내지/재조일본인' 간의 위계화가 이루어지고 있다. 논문 발표를 통해 저널리즘의 주목을 받고 이어서 도쿄의 식물학회 석상에서의 주제발표가 호평을 받은 후, 수원고농의 조수(이후 교수자리가 예약된)로 취임한 장시영의 이야기는 제국의 아카데미즘에서 인정받는 성공의 서사로 귀결된다. 이러한 '지'의 편제의 불균등성, 더 나아가서는 문명론의 차원에서의 불균등성은 식민지 조선의 낙후성에서 오는 것이며, 서양의 근대를 전범으로 삼아 일본을 매개로 하여 그 근대를 따라잡아야 한다는 의식은 식민지 지식인들에게 공통되는 인식이었다. 『화상보』에서 서구 근대성을 체험한 김경아가 부산항에서부터 느꼈던 '더럽구 초라한' 조선의 인상은 당연한 것이었는지도 모른다. 문명의 편제에서 조선이라는 공간이 지닌 낙후성은 가령, 프랑스 영화 「페페·르·모코」에 대한 김경아의 다음의 발화를 통해 요약된다. "그 사진은 짓궂게두 남을 쫓아댕기네. 파리갓을 때 거기서 허더니 동경을 오니까 또 그거더니 서울은 오니까 또 그거야"52)라는 진술에는 조선이 문명의

본인 교수들은 고등문관시험을 권했으나 이를 거절하고 대학 조수로 자리잡았다(이충우, 『경성제국대학』, 다락원, 1980, 63쪽). 대학 조수와 강사 생활에도 불구하고 유진오는 결국 법학의 아카데미즘에 진입하지 못하고 조선인 전문학교의 교수로 자리잡게 된다.

52) 유진오, 앞의 책, 289쪽.

세계에서 차지하는 위치와 시간적 지체가 요약되어 있다. 과학은 문명의 지형에서 고립되고 지체된 조선의 현실이라는 장애를 넘어 일거에 보편으로 비약할 수 있는 강력한 힘을 갖고 있는 표상이다.

유진오는 과학을 매개로 한 개인의 성공을 조선 민족 전체의 차원으로 확대하고자 시도한다. 동경 식물학회에서의 성공과 동경 거리의 화려함 속에서 "나보다 나은것을보고듯고 배우고한 이상에는헛되히 그것을 찬미함에만 끄치이지말고 그것을 나자신에 관계시킴으로써 나자신도 또한 그와같이 높게되랴 노력"[53]할 것을 피력하는 겸손한 과학자 장시영의 면모는 에트랑제로서의 김경아의 뿌리없는 근대 추수와 비교되면서 자신의 고향, 즉 식민지 조선의 현실과 생활에 뿌리내린 인물로 제시된다. 사실상 당대 조선인들이 "어떻게 살아야 하는가"에 대한 해답을 쥔 인물인 장시영의 이러한 건실함, 자기 문화에 대한 연민과 의무감은 소설 속에서 '사실'과 생활에 대한 충실함과 결부된다. 유진오는 장시영을 일컬어 "소극적인 듯하나 여하한 역경에도 결코 절망치 않는 불굴의 정신, 사회 변동에 초월해 오즉 자기의 길을 걷는 인물"[54] 이라고 평했거니와 이러한 평가는 그의 소설에서는 '제로이즘'으로 피력된다. 〈사회와 개인〉이라는 단원에서 "이왕 들어선 실업방면에나 충실"하고, "제각금 제일을 허는 것이 동시에 사회전체를 위한" 일이라는 장시영의 말에 대해 학생인 조남두는 그것을 기회주의라고 공격하며 사회의 근본문제의 해결을 주장한다. 이 논쟁에서 동료교사인 기섭이 내세우는 논리가 이른바 제로이즘이다. 세상이 모두 마이너스일 때는 비례적으로 제로 자체가 플러스 일 수 있다고 '제로의 가치'를 주장하는 기섭의 철학은 '사실'의 철학을 변주한 것이다. 시영과 기섭은 "주의라는 딱지를 부치는 것은 옆에서 보는 사람 비평가의 일이지 행동하는 사람 생활자의 일은 아니"라고 판단하고 있으며 "무슨 주의든

---

53) 유진오, 위의 책, 323쪽.
54) 유진오, 「작중인물지」, 『조광』 6권 11호, 1940. 11, 198쪽.

지 그것이 단순히 개념으로 머물러 잇지 안코 사람의 육체 속에 동화
돼버리면 벌서 그는 한 개의 생활자기는 할망정 주의자는 아니다"55)라
는 결론에 다다르게 된다.

　모든 '주의'에 거리를 두고 사회적으로는 '제로'의 삶을 살지만 결국
그것이 사회적으로 플러스의 삶으로 돌아오는 삶, 그것이 소설 속 장시
영의 삶이다. 그것은 '사실'과 '생활'의 세계, 그 세계에서 자신의 최선
을 다하는 직능의 세계이며, 또한 객관적인 대상세계에 몰입하는 '과
학'의 세계이기도 하다. 그 세계는 가치중립적이면서, 결과적으로 가치
론적인 세계로 현현한다. '주의'와 이데올로기의 대척점에 있는 가치중
립적인 '사실'의 세계, 그것은 즉 과학의 다른 이름이며, 따라서 '사실'
과 '생활'의 세계에 충실한 '제로의 인간' 과학자 장시영의 생활에의
태도는 즉 과학자의 과학하는 태도, 과학적 정신과 같은 이름이다. 동
료교사 기섭이 지적하는 것처럼 장시영의 '통속소설 같은 성공'은 자연
과학이 "어느 정도 초시대적이기 때문에" 가능한 것으로 인식되며, '철
학이나 경제나 법률'의 영역에서는 불가능한 것으로 제기된다. 과학은
'혼란한 세상'에서 식민지인이 보편의 세계에 진입할 수 있었던 거의
유일한 영역이자 통로로 인식되었지만, 식민지 조선인 모두가 장시영
과 같이 성공의 가능성을 가질 수 있었던 것은 아니라는 사실이 이 소
설이 직면한 딜레마라고 할 수 있다.56) 유진오는 '노력'을 통해 제국
'學知'의 제도에 안착한 장시영의 사례를 통해서 조선인의 '국민되기'

---

55) 유진오, 앞의 책, 296쪽.

56) 퀴리부인의 일대기를 다루다가 연재가 중단된 이무영의 『세기의 딸』에서도 과학이라
　　는 보편에 대한 정열과 식민지적 현실에 대한 깊은 고뇌가 혼재되어 있는 '마리'와 폴
　　란드의 경우를 통해서 식민지 조선의 문제를 우회적으로 접근하고 있다. 이무영은 이
　　소설에서 마리의 과학적 정신과 천재성, 그리고 흙과 결부된 영속하는 민족에 대한 헌
　　신성을 묘사하면서 과학이라는 보편과 민족이라는 특수의 통일을 묘사하고자 시도하
　　지만, 연재가 중단되어 그 결말을 알 수 없다. 이 소설이 끝까지 연재되었다고 해도,
　　유진오의 『화상보』가 처했던 딜레마에서 자유롭지 못했으리라 판단된다. 라듐의 발견
　　과 노벨상 수상이라는 예외적인 천재의 입신을 어떻게 폴란드 전체 국민의 지위와 위
　　치의 변화로 연결지을 것인가?

의 성공적인 서사를 주조함으로써 이러한 딜레마를 해소하고 있다. 『화상보』의 이야기는 한 천재적 과학자의 개인적 입신의 문제가 아니라 자신의 직능에 충실함으로써 제국의 국민으로 신생할 수 있다는 국민화 이데올로기를 과학적 비전을 통해서 제시하고 있는 서사라고 할 수 있다. 유진오는 장시영이라는 인물을 통해 '과학'을 매개로 한 식민지인의 탈식민의 환타지를 그려내고 '사회변동에 상관없이 자기 길을 걸어가는' 제로의 인물을 그리면서 그것을 당대의 시대적 윤리로 제시하면서 장시영의 경로를 추수함으로써 제국의 국민으로 신생하자는 메시지를 던지고 있다. 장시영의 과학적 탐구 및 성공과 더불어 과학으로 대표되는 '사실'과 '직능'의 윤리는 식민지의 대중에게 국가와 사회체제에 자발적으로 순응하는 충량한 국민을 만들어 내는 이데올로기로 기능하였다.

5. 과학의 속류화와 문학의 도구화

신체제 출범 직후 조선 지식인들은 '국책'에 기반한 신체제의 이데올로기를 주관적으로 전유하면서, 과거 자신의 문학적 내적 논리와 신체제 이데올로기의 특정부분을 결합시키면서 조선문학/문화의 보존의 논리를 담론화하고, 조선이라는 단위의 입장에서 발화하였다.[57] 이러한 관점은 지금까지 살폈던 '과학/과학주의'에도 적용된다. 가령, 『조광』지가 마련한 「과학에의 돌진─교육조선의 신코스」라는 좌담회에는 '과학의 생활화' 혹은 '생활의 과학화'라는 국책의 이데올로기에 부응하는 측면과 그것을 통한 조선의 입장에서의 발화가 함께 드러나 있다.

---

57) 가령, 한수영이 『친일문학의 재인식─1937~1945년간의 한국소설과 식민주의』(소명출판, 2005)에서 이태준, 채만식, 박태원의 신체제기의 소설에 대해서 시도한 분석은 신체제의 이데올로기에 대한 식민지 조선 작가들의 전유의 양태에 대한 섬세한 읽기의 한 사례이다.

　　좌담을 조직한『조광』사를 대표하여 이갑섭은 중일전쟁이나, 유럽에서의 전쟁이 "국방국가 건설에 있어서 실생활의 과학화라는 점에 대하여 많은 교훈을 주었다"[58]고 언급하고 있거니와 이것은 이른바 독일의 전격작전에 의한 프랑스 파리 함락에 대해 과학기술(崇武)의 신흥세력이 자유주의와 개인주의에 기반한 '문약(文弱)'의 문화주의 세력을 이길 수 있었다는 당대 저널리즘의 분석과 맥이 닿아 있다. 이 좌담의 저변에는 이러한 당대의 세계정세가 전제되어 있으며, "어떻게 하면 과학문명을 하루바삐 달성시킬 수 있으며 동시에 어떻게 하면 과학으로 하여금 우리들의 실지 생활에 있어서 최대한의 이용가치를 나타낼 수 있을까"[59]라는 화두 위에서 논의가 진행된다. 전체적인 논지는 '생활의 과학화' 혹은 '과학의 생활화'라는 국책에 부응하는 논의들인데 그 중에서도 자연과학자들의 당대 조선에서의 과학에 대한 태도와 역사철학자들의 태도에서 미묘한 입장의 차이가 엿보이기도 한다. 이를테면 자연과학자, 이학자 그룹들이 생산기술의 향상, 과학 그 자체의 지식적 보급에 초점을 맞추고 있다면, 서인식 등의 역사철학자들은 근대적인 합리성으로서 '과학적 정신'을 강조하고 있다. 서인식은 과학이 다만 학문으로 수입되었지 생활이 과학화되지 못했다고 지적하며 여타 논자들과 마찬가지로 '생활의 과학화, 합리화'를 주장하고 있지만, 그 대안으로 '과학정신의 진흥'을 주장한다는 점에서 차이를 보인다. 여기서의 '과학정신'은 과학이라는 수입 학문, 혹은 자연과학이라는 고립된 과학의 진흥만이 아닌 근대정신 일반을 의미한다. 서인식은 과학지식의 보급에 있어서도 "과학지식은 합리적이요 실증적이라는 것을 알려줄 필요가 있는데 이것은 자연과학에 국한해서만이 아니라 전반에 亘해서 그러한 지식을 고조해야만 할 것입니다. 일반 사회가 생산기술에만 치중했고 지육(知育)에는 등한해서 과학지식의 몰각을 볼 수 있는데, 앞

---

58) 「과학에의 돌진―교육조선의 신코스」,『조광』, 1940. 11; 차승기·정종현 편,『서인식 전집』II, 역락, 2006, 290쪽.

59) 위의 좌담, 291쪽.

으로는 그렇게 과학지식이 매몰되지 않도록 일반과학 전체에 대한 지식을 넓히고 합리적인 사회를 형성하기에 노력"[60]해야 한다고 주장한다. 이처럼 일군의 조선 지식인들은 적어도 신체제 출범 직후까지 '과학의 생활화'라는 제국의 동원담론의 틈새에서 근대성, 합리성을 사회에 관철시키는 방편으로 과학정신을 강조하고 있다.

그러나 이러한 과학/과학주의가 가지고 있던 담론적 가능성은 태평양전쟁의 발발과 동원체제의 강화와 함께 도구화된다. 일례로,『국민문학』의 좌담『문예동원을 말한다』에서 최재서의 모두 발언을 들어보자. "주지하다시피, 지금 국민개로운동이 전개되고 총후의 개인생활에 일대 변혁이 초래되는 때입니다. 간단히 말하자면 전선에 있어 군대와 마찬가지로 후방에서 과학적인 기술과 노력이 동원되고 있습니다. 그리고 보면 남겨진 것은 문예방면의 지력, 다시 말해서 창조적인 지력이 남겨졌다고 인정되는 것입니다. 이 때 문예계에 있어서도 한 사람의 유휴자(遊休者) 없이, 한 사람의 낙오자 없이 전원이 일어서서 국가에 봉사하지 않으면 안 됩니다."[61] 과학적인 기술과 노력뿐만 아니라, 문예방면의 지력도 동원의 대상으로 지목된다. 신체제기 보편의 표상으로서의 과학과 과학주의의 가능성은 퇴색하고 이제 과학은 총동원체제의 효율성을 의미하게 되었으며, 문학과 예술 역시 이러한 동원을 효율화하는 도구로 전락하게 된다.『국민문학』시기 극단의 순회공연이 이러한 동원의 논리와 생산성 향상, 군진 과학[62] 등을 연결하는 레파토리들로 이루어져 있는 것은 한 사례이며, 과학적 기술적 주체가 국가의 동원이데올로기에 충실히 부응하며 과학을 통한 생산 확충을 통해 대중

---

60) 앞의 좌담, 292-293쪽.

61) 「文藝動員を語ろ」,『國民文學』, 1942. 1, 104쪽.(번역-필자)

62) 가령, 국민연극경연대회의 출품작 중 김태진 작, 안영일 연출, 극단 아랑의『행복의 계시』, 양서 작, 전창근 연출, 극단 태양의『밤마다 돋는 별』등은 의학이라는 과학지식의 동원을 중요한 테마로 하고 있다. 그 외에도 생산성의 향상과 과학을 연결짓는 국민연극을 찾는 것은 어려운 일이 아니다. 이외에도 정비석의 대중소설『청춘의 윤리』(1944) 등에서도 의사의 동원이 애정의 서사와 결부되어 제시되고 있다.

을 계도한다는 이기영의 생산소설을 통해서도 도구화의 양상을 파악할 수 있다.[63] '문약(文弱)'과 '숭무(崇武)'의 이항대립 속에 '武(혹은 기술)'를 강조하는 '국민문학'기의 역사내러티브, 지원병/학병 지원 독려의 동원담론 등에서도 과학 담론의 도구적 변형을 발견할 수 있다.[64]

지금까지 신체제기의 대중소설을 대상으로 제국의 '과학/과학주의'에 대한 담론을 전유하여 보편 주체에 도달하는 어떤 계기, 식민지적 낙후성을 극복하는 합리성의 담론으로 발화하고 있는 식민지 지식인들의 시도를 검토해 보았다. 태평양 전쟁 이후 과학을 매개로 식민지의 입장을 발화할 가능성이 사라지고 과학주의가 동원담론으로 속류화하며 문학의 도구화로 귀결되는 양상을 분절하여 묘사해 보고자 했다. 그렇다면 대다수 당대 대중들에게 이러한 과학과 과학주의는 어떻게 인식되고, 어떠한 영향을 끼쳤을까. 증명하기 어려운 이러한 의문을 풀

---

63) 과학을 통한 문학 개념의 재편은 문학 작품 안에서의 새로운 윤리의식과 세계관의 차원에서 뿐만 아니라 記述의 차원에서도 변화를 초래했다. 火野葦平의『보리와 兵丁』은 니시무라 신타로가 번역하여 신체제기 조선에서 널리 읽힌 텍스트인데 이 작품은 이러한 변화의 양상을 잘 보여준다. 중일전쟁이라는 위대하고 객관적인 사실을 그저 기술자인 작가가 기술(記述)하는 형식을 취하고 있는 전선문학『보리와 병정』은 전쟁문학으로서의 가치와 그 번역의 문제, 전쟁문학에 대한 식민지 조선의 문학자들의 인식에 끼친 영향 등 여러 가지 차원에서 중요한 텍스트이다(이에 대해서는 박광현, 「검열관 니시무라 신타로에 관한 고찰」,『한국문학연구』32집, 동국대 한국문학연구소, 2007을 참조할 것). 그렇지만 이 텍스트가 가지는 '과학'과 관련된 문학 개념의 재편에 대한 문제에도 특히 주목해야 한다. 히노는 이 작품의 서문에서 자신의 이 작품이 '소설'이 아니라고 반복하여 강조한다. 히노는 전쟁이라는 "위대한 현실"에 대하여 "아무 것도 이야기할 말을 가지지 못하였"다고 하면서도 지금 전쟁의 한 복판에서 "사실 그대로" 써 두는 것이 무엇인가 쓸모가 있지 않을까라는 생각을 피력한다. "화려하지 못하고 평범하고 지리한 종군일기"이지만 이것이 전쟁의 현실을 드러내 주는 의미 있는 작업이라는 인식이 이 서문에는 깔려 있다. 이러한 보고문학에 대한 강조는 '사실' 자체가 주는 무게감과 결부되면서, 이전의 개인주의와 자유주의에 기반한 문학을 청산하는 차원에서 의미가 부여된다고 할 것이다. 또한 과거의 문학인 '소설'은 '사실의 기록'인 수기에 그 자리를 내주며, 소설가는 위대한 사실을 기록하는 '기술자'가 된다.
64) '문/무'의 이항대립을 통한 조선사 내러티브와 식민지 말기 동원의 이데올로기에 대해서는 정종현, 「국민국가와 화랑도」,『정신문화연구』, 2006. 12를 참조할 것.

단서를 『사랑의 수족관』의 부로커 신주사(신일성)의 '히니꾸(ひにく)'를 통해서 미루어 짐작할 수 있다.

> 낡은 지역과 새로 편입된 지역과의 문화시설에 불균등이 있을게 정한 이치가 아니냐말야. 그 불균등을 없애구 일시동인, 아무런 차별이 없이 한결같이 부민에게 부민으로서의 권리를 향락시키자는게 말하자면 이 또한 국책이 된단 말일세 …… 이 도심지대에두 동경이나 대판같은 큰 도회에 비하면 우편소가 모자라지만, 신편입구역은 말할 나위도 없다는 걸세. 전보한장 치러 전차타구 오리 십리씩 나와야 되구, 서류한장 붙이려 한시간 두시간씩 걸어나와야 될바엔 경성은 무슨 경성이며, 부민의 권리는 다아 무에냐 말야? 이러구두 대도시라 할수있는가? 이러구두 어디가서 경성부민이라구 말할수 있는가?[65]

브로커 신일성은 경성부가 확장되는 행정적인 결정을 빌미로 우편소 설립계획을 수립하여 그 권리를 파는 사업 구상을 현순과 양자에게 설명하며 열변을 토하고 있다. 협잡꾼의 입에서 나온 말이라고 하기에는 묘한 울림을 가지고 있는 이러한 열변을 토하면서 신일성은 자신의 협잡을 "세밀히 계산하구 충분히 조사하구 그런 연후에야 계획을 세운" "과학적"인 사업이라고 피력한다. '과학적'이라는 어휘를 일종의 빈정거림 속에 배치한 김남천의 의도는 무엇일까. 신주사의 열변과 빈정거림이 이 소설의 해석에 결정적인 변화를 주는 것은 아니지만, 그럼에도 그것은 소설의 안정성에 묘한 균열을 부여한다. "대체 서양것은 배격한다는데 양장은 늘어가구 파마넨튼가 무엔가두 자꾸 늘어만가니 그거 어떤 심판인지 모르지 않나. 우리 좁은 생각같아선 미용원이나 양장점이나 백화점양장부를 폐쇄를 시켰으면 일은 간편할 것 같지만."[66] 등등 신주사를 통해 계속해서 이어지는 '히니꾸'는 지배 이데올로기를 뒤트는 기층대중의 언술의 편린을 간직하고 있다. 야간공습에 대비한

---

65) 김남천, 앞의 소설, 109-110쪽.
66) 김남천, 위의 책, 323쪽.

방공훈련의 중에 은주부인과 성적인 유희를 즐기면서 "불을 꺼버리는
건 방공정신에 배치되는 일이야. 공습하에서도 생업은 계속해야 돼!"[67]
라는 송현도의 언술 등은 어쩌면 한국문학에서 유래를 찾아볼 수 없는
새로운 기술적 주체성을 형상화한 김남천의 또 다른 시대에 대한 인식
이자 자조는 아니었을까. 신주사와 송현도라는 부정적 인물의 입을 통
해서 발현된 저 발화들이 뒤틀고 있는 과학과 과학주의, 국책 이데올로
기에 대한 묘한 '히니꾸'야 말로 지식인들이 자신의 전환의 거점으로
제시하는 '사실'과 '생활'의 실제 세계에서 발신하고 있는 과학, 과학주
의에 대한 당대적 진실을 전달하는 것은 아닐까.

**주제어 : 과학, 과학주의, 사실, 신체제, 과학의 생활화, 반자본주의, 동원의 테
크놀로지**

---

67) 김남천, 앞의 책, 138-139쪽.

◆ **참고문헌**

1. 기본자료

김남천, 『사랑의 수족관』, 인문사, 1940.

이광수 「그들의 사랑」, 『신시대』, 1941. 1~3.

이무영, 「세기의 딸」, 「이무영대표작전집」 3, 신구문화사, 1974.

유진오, 「화상보」, 『원본신문연재소설전집』 3, 깊은샘, 1987.

이태준, 『이태준문학전집 13-별은 창마다』, 깊은샘, 2000.

안수길, 「북향보」, 『중국조선민족문학대계 10-안수길』, 보고사, 2006.

최재서, 노상래 역, 『전환기의 조선문학』, 영남대 출판부, 2006.

2. 연구논문

김　철, 「근대의 초극, 『낭비』 그리고 베네치아(Venetia)」, 『국민이라는 노예』, 삼인, 2005.

박광현, 「검열관 니시무라 신타로에 관한 고찰」, 『한국문학연구』 32집, 2007.

유문선, 「파시즘의 억압과 과학주의, 그리고 정태현과 석주명」, 『문학정신』, 열음사, 1991. 6.

이블린 폭스 켈러, 민경숙·이현주 역, 『과학과 젠더-성별과 과학에 대한 제반성』, 동문선, 1996.

이충우, 『경성제국대학』, 다락원, 1980.

정종현, 「국민국가와 화랑도」, 『정신문화연구』, 2006. 12.

──────, 「식민지 후반기 한국문학에 나타난 동양론 연구」, 동국대 박사논문, 2005.

차승기·정종현 편, 『서인식전집』 Ⅰ·Ⅱ, 역락, 2006.

카터 J. 에커트, 「식민지 말기 조선의 총력전·공업화·사회 변화」, 『해방전후사의 재인식』, 책세상, 2006.

한수영, 『친일문학의 재인식-1937~1945년 간의 한국소설과 식민주의』, 소명출판, 2005.

金子淳, 『博物館の政治學』, 靑弓社, 2001.

◆ 국문초록

1940년 7월 22일 2차 고노에(近衛) 내각의 출범과 함께 시작된 신체제의 「기본국책요강(基本國策要綱)」은 과학의 획기적 진흥과 생산의 합리화라는 항목을 두어 과학진흥을 국가기본정책 중 하나로 제시하고 있다. 문화장(場)에서도 과학은 사회주의와 개인주의, 자유주의 등 이전의 서구적 근대라는 보편성을 대체하는 새로운 보편 표상으로 제시되었다. 신체제기의 신문연재소설들은 병적이고 에로스적인 것으로 표상되는 사회주의 이데올로기와 근대문학을 과학을 기반으로 하는 남성젠더적 기술적 주체성을 중심으로 주변화하였다. 또한 식민지의 과학엘리트를 주인공으로 삼아 과학을 통해 왜소한 식민지적 자아를 성형하고 보편적 주체성을 획득하는 과정을 서사화하였다. 그러나 이러한 성공의 서사는 개인의 차원에 국한되었으며 민족과 대중 전체가 과학을 통해 보편주체로 전환할 수는 없다는 딜레마에 직면하게 되었다. 태평양전쟁이 발발하면서 과학주의는 동원을 위한 테크놀로지로 속류화되며, 문학 역시 이러한 동원의 도구로 전환되었다.

◆ SUMMARY

Facts, Science and a New Birth of 'Literature'

 - A 'Technological' Subject and a Reorganization of 'Literature' Shown in Korean Popular Novels during the New Order Movement

Jung, Jong-Hyun

Japan's Fundamentals of National Policy issued just after the Konoe Cabinet had been launched on July 22, 1940 proclaiming the New Order Movement listed the development of technology and the rationalization of production while prioritizing technological advancement as a key policy. Serial novels in newspapers during the period became gradually marginalized with socialist ideologies and modern literature represented as pathological or erotic while the male gender-based subjectivity of technology based on science was being centralizing. The narratives where scientific elites as heroes obtained universal subjectivity by re-forming colonial selves were made. However, these narratives were limited to individual dimensions so that there was no way of avoiding dilemma that all of the nation or people couldn't turn into universal subjects through technology. As soon as the Pacific War broke out, this science-oriented policy deteriorated into technology for mobilization with literature also incorporated into one of the medium.

Keyword : science, scientism, facts, the New Order Movement, application of technology in daily lives, anti-capitalism, technology for mobilization

—이 논문은 2008년 3월 31일에 접수되어, 소정의 심사를 거쳐 2008년 5월 31일에 최종적으로 게재가 확정되었음.

전시기 오락 담론과 이동연극

이 화 진*

1. 들어가며

덜컹이는 트럭에 소도구를 싣고서 "환희를 근로자에게로!"라는 슬로건을 내걸었던 이동연극은 태평양전쟁이 격렬해지는 와중에도 멈추지 않고 계속되었다. 관변 문화단체인 조선연극협회와 조선연예협회, 그리고 이후 두 단체가 통합하여 결성한 조선연극문화협회가 조직해 파견했던 이동극단들은 1941년부터 1945년까지 대략 4년간 상상을 초월할 정도로 많은 공연을 올렸고, 도시에서는 만나기 어려울 대규모 관중을 동원했다고 알려져 있다.1) '적성국 격멸'을 위한 '총후의 자숙자계(自

---

* 연세대 강사.

1) 4년간에 걸친 이동연극의 활동에 대해 정확한 통계가 산출된 적은 없다. 다만 조선연

84

肅自戒)'를 강조하면서도 국가가 나서서 '건전명랑'한 오락을 권유하는, 언뜻 모순적으로 보이는 장면이 펼쳐진 것이다.

전쟁과 오락의 이 기묘한 어울림에 대하여, 김예림은 전시 문화 행정의 생체 정치(bio-politics)라는 측면에서 고찰한 바 있다. 김예림에 따르면, 전시기 오락이 내걸었던 '명랑성'은 자유주의적 개인주의를 국가주의로 전환하기 위한 "내적 개조의 핵심 코드"다. 오락의 보편화와 건전화를 동시에 내걸고 선택된 오락을 권유하는 방식으로, 국가 권력은 주체가 인지할 수 있는 정도로 억압하거나 규율하는 것과는 다른 생체 정치를 작동시킨다.[2] 문화를 부정적으로 통제하기만 하는 것이 아니라, 문화의 긍정적 기능(affirmative function)에 주목해 전쟁의 긴장과 일상의 이완을 적절히 조절하고 주체를 재창조(re-creation)하는 것이다. 태평양 연안의 새로운 점령지를 폭력적으로 탐식해간 제국주의 전쟁과 식민지 조선의 산간벽지에서 울린 풍악(風樂)은 전혀 별개가 아니다. 이동연극은 이러한 전시 문화 행정의 양면성을 잘 보여주는 사례일 것이다.

극문화협회가 발표한 자료를 통해 중간 경과를 확인해 볼 수 있다. 「朝鮮演劇文化協會槪要 (昭和 18年 1月 10日 現在)」에 따르면, 1943년 1월 현재 시점에서 조선연극협회의 이동극단 제1대는 조선연극문화협회로 통합되기 전까지 130개소에서 156회, 조선연극문화협회 결성 이후에는 80개소에서 103회의 공연을 해 도합 429,786명의 관객을 동원한 것으로 기록되었다. 1942년 8월 25일에 활동을 시작한 이동극단 제2대는 74개소에서 82회의 공연을 하여, 1943년 1월 현재까지 142,084명의 관객을 동원했다. 회당 평균 1,677명의 관객을 동원한 셈이다. 또한 '쇼와 17년도' 「事業經過報告書」는 1942년 7월 26일부터 1943년 3월말까지 조선연극문화협회의 이동극단 제1대가 총 415회(이중 164회는 전 연극협회 당시), 관객은 642,768명을 동원했다고 기록하고 있다. 대략 회당 1,549명을 동원한 것이다. 조선연극문화협회의 자료는 통계마다 차이가 있기는 하지만, 제주를 제외한 조선 전역에서 회당 1, 500명이 넘는 대규모 관객을 동원하는 공연 활동을 펼친 것으로 기록하고 있다. 『朝鮮演劇文化協會資料(昭和 17~18年刊)』 참조. 현재 일본 와세다대학 연극박물관 도서실에 소장되어 있는 조선연극문화협회 자료를 찬찬히 살펴볼 수 있도록 많은 도움을 준 함태영에게 지면을 빌어 고마움을 표하고 싶다. 이 자료를 기반으로 하여 조선연극문화협회의 활동에 관해 상세하게 정리한 논문으로는 김재석, 「국민연극 시기 '조선연극문화협회' 연구」(『어문론총』 40집, 한국문학언어학회, 2004. 6)을 참조할 수 있다.

2) 김예림, 「전시기 오락정책과 '문화'로서의 우생학」, 『역사비평』 73호, 2005. 겨울, 342쪽.

　일찍이 이두현, 유민영, 서연호 등은 1940년대 전반기에 활발했던 이동연극 활동에 주목하고 이를 한국공연사의 '굴욕'과 '시련'의 한 대목으로 서술했다.[3] 이들 선행 연구는 큰 틀에서 보면 '전쟁과 문화'의 관계 속에서 이동연극을 포착하되, 조선의 이동연극 활동이 독일 나치스 문화 정책을 모방한 일본이동연극연맹의 활동과 조응했다고 전제하며 서술하는 점에서도 공통적이다. 기록에 따르면, 1941년 6월에 결성된 일본이동연극연맹은 일본이 패전할 때까지 4년 간 대략 1만회의 공연을 하고, 1천 2백만 명의 관객을 동원했다.[4] 그러나 독일의 그것을 일본에서 변용할 때 이미 어떤 낙차(落差)가 작용하는 것과 마찬가지로, 흥행 사업의 규모나 조직, 기반 시설 면에서 확연한 격차를 갖고 있는 조선에서 이동연극의 의미와 기능, 실제적인 효과 등이 일본의 경우와 다름은 당연하다. 식민지라는 특수한 정치적·경제적·문화적 상황과 그 속에서 형성된 미디어 장(場)의 맥락을 고려하지 않고 '제국 일본'의 정책을 식민지의 그것으로 곧바로 환치하는 것은 삼가야 한다.

　이러한 측면에서, 식민 권력이 식민지 주민의 생산력을 동원하기 위한 선전기구였다는 이동연극의 취지만을 강조해온 기존 연구의 시각역시 재검토되어야 한다. 이 연구들은 식민 당국을 송신자로, 피식민자들을 수신자로 두고, 송신자의 의도가 수신자에게 투명하게 전달되도록 하는 매개로서 이동연극에 접근해 왔다. 그러나 이동연극이 조직된 배경에는 식민 당국의 의도가 식민지 주민들에게 투명하게 전달될 수 없도록 방해하는 여러 장애물과 식민지 내부를 채우고 있는 불균질한

---

3) 일제 말기 식민지 조선에서의 공연 상황을 고찰한 많은 연구들이 당시 일본에서 전개된 국민연극론을 참조하고 있는 것처럼, 이들의 연극사도 일본이동연극연맹의 활동을 어느 정도 참조하며 논의를 전개하고 있다. 조선에서 이동연극 활동에 대한 선행 연구로는 이두현, 『한국신극사연구』, 서울대 출판부, 1966; 유민영, 『한국근대연극사』, 단국대 출판부, 1996; 서연호, 『식민지시대의 친일극 연구』, 태학사, 1997. 등이 있다.

4) 전시기 일본의 이동연극에 관한 자세한 논의는 伊藤熹朔, 『移動演劇十講』(東京: 健文社, 昭和 17[1942]) 및 馬場辰己, 「移動演劇」, 『講座 日本の演劇 6: 近代の演劇 Ⅱ』, 勉誠社, 1996. 참조.

상황이 놓여있으며, 이러한 외부 조건은 이동연극 그 자체에도 계속 영향을 미쳐갔다. 어떠한 미디어도 투명한 전달체가 되지 않는 것처럼 이동연극도 식민 당국의 의도를 균질적으로 투사하는 장치로만 기능하지 않는 것이다. 이제, 식민 당국의 효과적인 선전 도구로서 조명해온 기존의 시각에서 한 단계 더 나아가, 이동연극을 여러 사회적 관계 망들 속에서 입체적으로 조명하려는 시도가 필요하다.

이 글은 이동연극이 전개되었던 1940년대 전반기가 중일전쟁 이전부터 형성되어 왔던 미디어 테크놀로지의 기반—신문과 잡지 등의 인쇄미디어부터, 라디오와 영화 등의 시청각미디어에 이르는—이 억압적인 국가 기구로 변용되는 전시 총동원기였다는 점에 착목해, 이 시기 미디어 장과의 관계 속에서 이동연극의 문제를 고찰하고자 한다.5) 식민지 주민의 일상에 대한 식민 권력의 감시와 통제는 시간이 흐를수록 더욱 강고해져 갔다. 그러나 식민지의 이중 언어 환경과 식민지 주민의 불균질한 문화적 경험은 식민 권력으로 통제되지 않는 단단한 외부를 만들어가고 있었다. 그 외부는 문화계 종사자와 조선인 엘리트들이 식민지기 내내 계몽 기획을 발현하고자 시도했던 '문화의 외부'이기도 하다. 전시기 억압적인 문화 상황에도 불구하고 이전보다도 더욱 다양한 미디어가 출현하고, 질적으로 다른 미디어 간의 이종 교배(hybridization of media)가 활발했던 것은, 문화의 외부를 자기 영역 안으로 끌어들이려는 식민 당국과 조선인 엘리트들, 그리고 문화계 종사자들 간의 활발한 교섭과 그 시도를 보여준다고 할 수 있다. 이 글은 식민지 상황 속에서 여러 사회적 힘들이 길항하고 교섭하며, 다양한 문화 실천이 발생

---

5) 권명아는 전시 동원 체제와 언어 공간의 재편 양상을 살피면서, "헤게모니 지배와 강제적 통제의 역할을 논할 때 이 시기 기존의 이데올로기적 기구들이 억압적 국가 기구의 성격으로 변화된다는 점"을 간과하면 안 된다고 지적한다. 기존의 미디어가 교화기구, 즉 억압적 국가 기구 형태로 변화되는 양상을 규명하는 것은 전시기 미디어의 문제를 고찰하는 데 있어 매우 중요한 문제가 될 것이다. 이에 대해서는 권명아, 「내선일체 이념의 균열로서 '언어'—전시 동원 체제하 국책의 '이념'과 현실 언어 공간의 관계를 중심으로」, 『대동문화연구』 59집, 성균관대 대동문화연구원, 2007. 참조.

한 장소로서 이동연극을 조명하는 첫걸음이 될 것이다.

2. '오락의 보편화' 담론과 이동연극

당시 이동연극 활동을 비교적 역동적으로 서술하고 있는 유민영은
농촌에 대한 "시급하고 절박한" 계몽 의지를 갖고 있던 "순진한 연극
인들이 총독부가 쳐놓은 덫에 자원해서 걸려든 것"이었다고 하면서,[6]
이동연극이 "황국신민화 세뇌공작의 선봉대로서의 역할"[7]에 불과했다
고 평가한다. 이 시기를 '암흑기'로 규정하고 출발한 초기 연구의 한계
를 고스란히 안고 있지만, 유민영이 제기한 연극인들의 자발성 문제는
역설적이게도 이동연극에 대한 새로운 접근 가능성을 열어주고 있다.
그는 이동연극이 조선 농촌의 '무지몽매한 민중'에 대한 엘리트들의 계
몽 기획을 악용한 '총독부의 음모'였다고 단정하는데, 이들이 "자원해
서 걸려든" 자발성의 동기와 그 발현 과정에 주목함으로써 이 시기 이
동연극을 중층적으로 읽어낼 수 있는 새로운 기반을 마련할 수 있을 것
이다.

당시 연극인들이 보인 자발성의 동기를 추적하기 위해 국민총력 조
선연맹(이하 총력연맹)에 문화부가 신설되고 야나베 에이자부로(矢鍋永
三郎)가 초대 문화부장으로 취임한 직후로 거슬러 올라가 보기로 한다.
조선에서 문화가 표면적으로나마 경찰 업무와 분립되고, '신체제' 아래
서 조선 문화의 재편에 대한 여러 '낙관론'들이 솟구쳤던 1941년 상반
기, 신문과 잡지에는 오락에 관한 인터뷰와 대담, 좌담회 등이 연이어
게재되었다.[8] "슬픔과 歎息으로써 살 것이 아니라 노래와 우슴으로 살

---

6) 유민영, 앞의 책, 899-900쪽.

7) 유민영, 위의 책, 916쪽.

8) 「(座談會) 文化翼賛의 半島體制: 今後文化部活動을 中心하야」, 『每日申報』 1941년
   2월 12~15일, 2월 17~21일자 연재; 「國語版特輯, 朝鮮의「文化問題」를語る座談會」,

88

것이라는 人生觀"9)을 내세운 명랑한 오락, '웃으면서 시국인식을 얻는' 건전한 오락 등이 논의되는 가운데, 고도국방국가 체제에서 "能率을 增進하고 國民에게 健實한 氣風을 助長"하는 농촌오락(혹은 '향토오락')10)에 대한 제안이 한꺼번에 쏟아져 나왔다. 재래의 씨름부터 환등 (幻燈)과 마술, 순회영화반에 이르기까지 상당히 폭넓은 의견이 제출되었는데, 이동연극도 그 중 하나였다.

1941년 2월 매일신보는 여러 문화 단체 관계자들과 총력연맹 관계자들이 참석한 '문화익찬의 반도체제' 좌담회를 개최했다.11) 이 자리에서 삼천리사의 김동환은 신설된 문화부의 중점 사업은 조선에 거주하는 "팔십만 내지인이나 삼백만 반도인 지식층"이 아니라 무려 "이천만"에 달하는 "거의 지식 없는 문맹계급"을 위한 "눈과 귀로 가르치는

『三千里』 제13권 제3호, 1941년 3월; 「總力聯盟文化部長 矢鍋永三郎·林和對談」, 『朝光』 제7권 제3호, 1941년 3월; 白鐵, 李瑞求, 安夕影, 「文化部長에 呈하는 書」, 『三千里』 제13권 제3호, 1941년 3월; 三千里社 婦人記者, 「文化領域の名士を訪ねて(1), 矢鍋文化部長を尋ねて, 農産漁村の健全娛樂を語る」, 『三千里』 제13권 제4호, 1941년 4월; 「八團體幹部は語る, 新らしを半島文化を語る」, 『三千里』 제13권 제4호, 1941년 4월; 「農村文化特輯」, 『朝光』 제7권 제4호, 1941년 4월; 「翼賛會文化部長 岸田國士·金史良對談—朝鮮文化問題について」, 『朝光』 제7권 제4호, 1941년 4월; 「鄕土藝術과 農村娛樂의 振興策」, 『三千里』 제13권 제4호, 1941년 4월; 矢鍋永三郎, 「農村文化와 農村指導: 1問1答記」, 『半島の光: 鮮文版』 제43호, 1941년 5월 등. 이외에도 전시하 조선문화와 농촌오락에 관련된 다수의 글이 이 시기에 집중적으로 발표되었다.

9) 柳光烈, 「健實한 娛樂의 建設: 農村文化問題特輯」, 『朝光』 제7권 제4호, 1941년 4월, 174쪽.

10) 柳光烈, 위의 글, 171쪽.

11) 「(座談會) 文化翼賛의 半島體制: 今後文化部活動을 中心하야」, 『每日申報』 1941년 2월 12~15일, 2월 17~21일자 연재. 좌담회에는 총력연맹 문화부장 야나베 에이자부로(矢鍋永三郎)를 비롯하여 경성제대 교수 카라시마 다케시(辛島驍), 보성전문의 교수 유진오, 경성일보 학예부장 테라다 에이(寺田暎), 영협 이사장 안종화(창씨명 安田辰雄), 연극협회장 이서구(창씨명 牧山瑞求), 삼천리사장 김동환, 문화부 위원으로 위촉된 김억, 田中初夫, 松田黎光, 매일신보측에서 상무 김동진과 학예부장 백철 등이 참석했다. 이중 일부는 「國語版特輯, 朝鮮の「文化問題」を語る座談會」, 『三千里』 제13권 제3호, 1941년 3월에 수록되었다.

바의 연극, 영화, 소설과 같은 문화운동"이어야 한다고 제안한다. 이에 대해 야나베 문화부장은 "시국 인식을 높이는 연극이라든가 영화라든가, 야담이라든가, 혹은 기타 방법으로 예컨대 그림연극(紙芝居) 따위로 농촌에 알맞도록 지금 생각 중"이라고 답변하는데, 문화부장 취임 직후 대담에서 시종 문화에는 '문외한'인 터라 그저 조선 문화인들의 협력을 바랄 뿐이라고 했던 것과 비교하면, 그 나름으로는 상당히 구체적인 안을 내놓은 셈이었다.12) 그러자 실제적인 활동을 담당하게 될 문화 단체를 대표해 조선연극협회장 이서구가 야나베의 말을 이어받는다. 그는 "농촌사람들의 교양이 되고 오락이 될 수 있"고, "국민으로서 알아두어야 할 것을 인식시키"는 구체적인 방법으로 이미 "농촌위안연극"을 준비 중이니, 당국의 협조를 당부한다고 했다.13)

　이 좌담회에는 조선 문화의 특수성이라든가 조선어 사용 문제 등 중요한 현안이 의제로 올라 있었다. 그러나 참석자들은 민감한 사안에 대해서는 복잡한 언급을 회피하거나 깊이 있는 논의를 전개하지 못했다.

----

12) 야나베 에이자부로는 조선총독부 서기관, 경상남도 내무부장, 원산 검열장, 총독부 도지부관세과장, 황해도지사, 조선식산은행두취, 한성은행취체역, 조선금융조합연합회장, 중천광업사장 등을 두루 역임해 온 관료 출신이었다. 1941년 1월 15일 총력연맹 사무실에서 있었던 임화와의 대담(「總力聯盟文化部長 矢鍋永三郎・林和對談」, 『朝光』 제7권 제3호(1941년 3월))에서 총력연맹에 문화단체들이 가맹하는 문제를 비롯해서, 문화부의 역할과 전망, 문화와 정치의 관계, 조선문화의 특수성이나 조선어 문제에 이르기까지 조선 문화의 현안들을 조목조목 묻고 제언하는 임화와 달리, 야나베는 시종 문화에는 "門外漢"이고 "別로 經履이 없는터"이며 조선 문화의 나아가야 할 방향에 대해서도 아직은 생각해 본 적이 없으니, 앞으로 각 단체 및 문화인들의 협조를 바란다고 말했다. 이 날 대담은 문화부장이 문화에 대해 아는 바가 없고 그 점에 대해 그다지 심각하게 생각하지 않을뿐더러, 그 자신의 구체적인 전망 같은 것은 아직 가지고 있지 않다는 것을 적나라하게 드러낸 자리였다. 이러한 야나베의 무관심과 무성의가 조선 문화 재편에 대한 조선인 엘리트들과 문화계 종사자들의 불안을 자극했으리라는 것은 쉽게 짐작된다. 어쩌면 이러한 불안이 조선 문화에 대한 적극적인 발언이 제출될 수 있는 매우 기묘한 '열린 공간'을 만들었던 것일지도 모른다.

13) 「國語版特輯, 朝鮮の「文化問題」を語る座談會」, 『三千里』 제13권 제3호, 1941년 3월, 40-46쪽. 앞에 언급한 매일신보 연재본과 같은 내용인데, 매일신보의 인쇄상태가 좋지 않아서 『三千里』에 실린 일본어판을 번역해 인용했다.

문화부 설립 직후, 그들 모두가 희망했다고 하는 "行政者와 文化人이 서로 一席에 모혀서 의견을 토로"[14]하고 상당한 공감을 이루는 듯한 형세는 뜻밖에도 농촌오락 문제를 거론할 때 연출되었다. "이천만 문맹"이나 "산업전사"들로 환언되는 촌사람들을 "문화의 혜택", "시국인식", "교양과 오락" 등을 제공해야 할 교화 대상으로 삼는 순간, 식민 당국과 조선인 엘리트들, 그리고 문화계 종사자들 사이 모든 이해관심의 교차점이 만들어진 것이다.

이 자리에서 야나베와 김동환, 그리고 이서구가 주고받은 오락과 문화에 대한 논의는 그 기저에 오락의 지역적·계급적 소외 혹은 오락의 불균등한 분배 문제가 놓여 있었다. 이 문제는 물론 전시기에 돌출적으로 등장한 것은 아니었다. 오락이 일부 유한계급의 향유물에 지나지 않는다는 비판은 1920년대 중후반부터 제기되었다. 그러나 조선에서 이 문제는 계급적 소외에 초점을 맞추기보다는 오락에 대한 정책의 필요성을 뒷받침하는 것으로 전개되어 갔다. 1930년대 초반 조선 사회의 건강성을 위해 건전한 오락을 사회적으로 보급해야 할 필요가 제기되는 가운데, '건전한 오락'과 '불건전한 오락'을 구분하고 '건전오락'으로 '불건전오락'을 척결하는 오락의 정화(淨化)가 오락의 대중화와 함께 논의되기 시작했다.[15] 그리고 '건전하게 노는 것'을 사회적 건강성과 관련지으며, '민중'의 일상을 '건전한' 방향으로 '지도'하려 했던 엘리트들의 계몽 기획은 중일전쟁 발발 후 식민지 주민의 일상을 '관리'

---

14) 白鐵, 「文化部長에 묻하는 書: 文化性을 尊重하라」, 『三千里』 제13권 제3호, 1941년 3월, 242쪽.

15) 이를 테면, 1931년 11월 8일자 『동아일보』에 기고한 이는, 오락의 정화와 오락의 사회화를 "모든 階級을 通하야 모든 時代를 通하야 人類社會의 一大問題"라고 보면서, 농한기 농촌사람의 흡연이나 잡담, 도박은 시간을 "虛送"하는 것으로, 카페의 등불 아래 부유하는 도시의 유한청년들에 대해서는 "無爲的 時間의 浪費로 그 生活力을 暗殺當"한다고 하면서, 오락과 사회의 건강성을 연관짓는 시각을 드러내고 있다. 「娛樂의 健全化 社會化, 民族的 元氣振作의 重要要件」, 『東亞日報』 1931년 11월 8일자 1면. 이러한 오락 담론의 변화와 성격에 대해서는 김예림, 앞의 글, 337-338쪽 참조.

하고 '통제'하려는 식민 당국의 기획과 묘한 접점을 형성하게 된다.

이동연극은 문화에서 소외된 "이천만 조선인 문맹들"에 대한 조선인 엘리트들의 계몽 기획과 생산의 효율성을 높이려는 당국의 이해가 교차하는 지점에 위치했다. 식민 당국의 입장에서 보면, "산업전사"로서 조선의 "이천만 문맹"의 중요성은 주지의 사실이지만, 기존의 선전 방식만으로는 이들의 '자발적인 참여'를 이끌어내기 어려웠다. 앞서 좌담회에서 누구보다 먼저 이 문제를 꺼냈던 김동환의 발언은 당국이 부딪친 난점을 공유하고 그 타개책을 모색해가는 과정 안에 조선인 엘리트가 위치할 수 있는 틈새를 만들고 있다. 총력연맹 문화부 신설을 즈음해 잠시 동안 열렸던 발언 공간에서, 많은 조선인 엘리트들은 김동환과 마찬가지로 "이천만 문맹"을 위한 "문화 운동"을 제안했다.[16] 엘리트들이 '민중'의 일상에 접근하려든다는 점에서는 과거 프롤레타리아 연극운동이라든가 1930년대의 '농촌계몽운동'의 방식과도 유사해 보인다. 그러나 그들이 지목하는 "이천만 문맹"이 고도국방국가의 "산업전사"로 호명될 때, 조선에서 문화운동이 갖고 있던 정치적 긴장은 은폐되고, 대신 '오락의 사회적 효용'만이 극도로 강조된다.

여기에 공연 단체 관계자들의 이해관심이 얽혀들면서 이동연극은 더욱 복잡한 의미를 내포하게 된다. 문화부 설립 전후로 결성된 공연 단체들은 신체제 아래서 '연예(演藝)'가 무엇을 할 수 있는가를 먼저 제안함으로써 단체 존립의 유효성을 증명하고자 했다.[17] "농산어촌을 방

---

16) 미야모토 마사아키(宮本正明)는 국민총력조선연맹 문화부의 설립 경위를 상세하게 살피면서, 총력연맹 문화부 신설을 둘러싸고 조선인 엘리트들이 스스로에게 어떠한 역할을 부여하고 있었는지에 대해 논의한 바 있다. 이에 대해서는 宮本正明, 「戰時期 朝鮮における「文化」問題─國民總力朝鮮聯盟文化部をめぐって」, 『年報 Ⅱ 日本現代史 第7號: 戰時下の宣傳と文化』, 東京: 現代史料出版, 2001. 참조.

17) 1940년 11월에 결성된 조선연극협회는 조선총독부가 효율적인 연극 통제를 위하여 '통제의 전진기구'로서 은밀히 계획하여 조직한 단체로 알려져 있다. 처음에는 아랑, 청춘좌, 호화선, 황금좌, 연극호, 예원좌, 노동좌, 조선성악연구회, 고협 등 9개 단체가 가입했고, 1년 후인 1941년 12월에는 모두 21개 단체로 늘어났으며, 1942년 7월에는 모두 27개 극단이 참여하고 있었다. 조선연예협회는 1941년 1월 결성 당시 악극단과

92

문하여 비상시국을 효과 있게 인식"시키고 '산업전사'를 위안하는 이동
극단 조직은 그 유효성을 보여줄 수 있는 중요한 사업이었다. 1940년
11월에 창립한 조선연극협회는 이듬해 1월 15일 이사회에서 약 10명
정도의 인원으로 극단을 조직하여 "극장도 없고 또 종래 연극단이 들
어가 보지 못한 적은 골을 찾아다니며 극장이 아닌 적은 집회소나 또
야외에서 연극을 벌여서 누구나 보고 알기도 쉽고 또 잘 즐길 수도 있
는 것을 극히 적은 요금으로 뵈이도록 하려는" 이동극단 파견을 결의
했다.[18] 1941년 1월에 결성된 조선연예협회도 이동연예대를 결성하는
데 적극적이었다. 이들은 실상 흥행 수익을 목적으로 하는 집단이었음
에도, 극장을 떠나 직접 관객을 찾아간다는 기획을 제시함으로써 상업
적 영리주의와 결별한다는 인상을 주고 싶어 했다. 단체의 자기 보존
욕구에서 비롯된 이 결의사항은 조선연극협회의 이서구와 조선연예협
회의 이철이 참석한 총력연맹 문화부 위원회 회의에서 '쇼와 16년 총
력연맹 문화부의 사업계획'으로 결정된다.[19] 순서상으로 보면 협회가
먼저 '자발적으로' 이동연극을 제안하고 총력연맹 문화부가 이를 승인
한 결과처럼 보였다. 그리고 이러한 발 빠른 움직임만큼은 일본이동연
극연맹의 그것에 결코 뒤지지 않았다.

조선연극협회는 협회에 가입하지 못해 해체될 위기에 처한 군소극
단들을 중심으로 이동극단의 단원을 모집해 1941년 가을부터 순회공연
에 나섰고, 조선연예협회는 만담가 손일평이 주도한 연예대를 1941년
5월에 처음으로 파견했다. 실상이야 어쨌든, '생산현장'으로 파견된 이
동극단들은 협회의 '자발적인 협력'을 증명해주었다. 두 단체는 1942년
7월 조선연극문화협회로 통합하고 협회 산하에 이동극단 제1대(연극협

창극단을 중심으로 야담, 만담, 나니와부시(浪花節), 쇼, 경음악, 곡예 등에 관계하는
연예단체 17개가 소속되어 있었다. 이 시기 연극통제에 대해서는 서연호, 『식민지시대
의 친일극 연구』, 태학사, 1997; 박영정, 『연극/영화 통제정책과 국가 이데올로기』, 월
인, 2007. 참조.

18) 「演劇協會 移動劇團派遣」, 『每日申報』, 1941년 1월 17일자 2면.

19) 「文化部の實踐大綱―本年度事業計劃決る」, 『京城日報』, 1941년 4월 9일자 1면.

회 이동극단의 후신, 연극 중심)와 제2대(연예협회 이동극단의 후신, 악극 중심)를 편성한다. 이후 더욱 본격적인 이동연극 활동이 전개되었다.

3. 이동연극의 발상

당시 여러 번 되풀이되었던 수사를 빌면, 이동연극은 "娛樂에 飢饉된 農山漁村에 健全明朗한 오락을 보내여 産業報國의 一策에 助"[20]하고자, "땀의 勇士들을 山間僻地로 찾아 그들에게 잃어버린 웃음을 찾아주고 굶주린 精神의 糧食을 配給하여 밝는 날의 보담 더 旺盛한 勤勞를 國家에" 바치도록 하는 것이었다. 고도국방국가 체제의 확립을 내건 신체제 하에서, 오락은 생산의 효율성을 높이기 위해 노동과 여가를 관리하려는 국가 차원의 문제로 부상했다. "단조로운 생활 속에서 무턱대고 계속 일하고" 있는 농민들부터 "아침부터 저녁까지 흙벽만 바라보고" 있는 광산의 노동자들[21]까지, "샛별이 아직 숨기도 전에 일터로 나간 그들 勇敢한 産業戰士"[22]들을 위안하는 오락이 필요하다는 것이다. 오락은 '낭비적인 도회(都會)'가 아니라 '생산현장'에 위치해야 하며, 노동의 재생산을 위해 '생산현장'에 있는 이들의 시간을 관리하고 통제하는 방법으로서 제시되고 있었다.

이 시기 오락 담론은 외견상 농촌문제에 집중된 것처럼 보인다. '낭비'와 '생산', '불건전'과 '건전'의 구도 위에서 오락이 조명되었고, '낭비'와 '생산'의 구도는 '낭비하는 도회'와 '생산하는 향토'라는 공간적·문화적 구획으로 구체화되었다. 이는 중일전쟁 이전부터 경성의

---

20) 朝鮮演劇協會理事 移動劇團團長 崔象德, 「移動劇團의 使命」,『大東亞』 제14권 제5호, 1942년 7월, 99쪽.

21) 上田龍男(綠旗聯盟講師), 「(戰時下) 娛樂の再編成: 戰時生活再編成特輯」,『朝光』 제9권 제1호, 1943년 1월, 121-128쪽.

22) 朝鮮演劇協會理事 移動劇團團長 崔象德, 「移動劇團의 使命」,『大東亞』 제14권 제5호, 1942년 7월, 99쪽.

도시화와 맞물려 공고하게 구축되었던 도시와 농촌의 이항 대립이 일종의 '역전(逆轉)'을 통해 심화된 것이라고도 할 수 있다. 도시가 서구 자본주의와 개인주의로 병든 부박한 공간이라면, 농촌은 '건강한 향토'로서 전 조선의 '생산현장'을 환유했다. 따라서 농촌의 생산력을 증진시키기 위해서는 부박한 도시오락을 농촌으로 끌어들이지 말고 농촌의 건강성을 보존하고 진흥하는 농촌오락을 권장해야 한다는 논의가 부상했다.

조선 농촌의 특수한 상황을 환기시키며 농촌오락의 필요성을 강하게 주장한 이들 중에는 손진태나 송석하와 같은 민속학자들의 목소리가 높았다. 이들은 농촌에 피로를 위안하고 신선한 활력을 줄 오락시설이 태무해서 "이상야릇한 짓과 怪常망측하고 불건전한 留聲機 소리에(다 그런 것은 않이지마는)젊은 農夫는 광이와 소를 버리고 農村을 떠나고 바다에서 도라오면 漁豊舞踊으로 떼을 漁夫는 그만 酒肆로 다라나서 문자 그대로 불건전한 쾌락을 구해"[23]온 것이라고 지적했다. 그러나 농촌에 어떤 오락을 보급할 것인지 신중하게 고민하지 않으면, 오락에 굶주린 사람들에게 "娛樂을 주려다가" 젊은이들의 이농을 부추켜 "도로혀 不樂을 주는 逆效果"[24]를 낼 우려가 있기 때문에, 토착적 '향토오락'을 정착시켜야 한다는 것이다. 손진태는 향토오락이 애향심을 부추겨 이농을 막고, 서구적 개인주의 풍조로 쇠퇴한 상호협동정신을 함양하고, 농민 정서에 윤택, 명랑, 활기를 주고, 노동에 유쾌함을 주며, 관민간의 감정을 융합하는 데로 이끌 수 있다고 주장했다.[25] 예컨대 씨름은 농촌청년들의 체위를 향상시키고 지역 공동체의 단결을 도모하는 향토오락의 전범이 될 수 있었다. 그러나 사적인 쾌락을 공

---

23) 宋錫夏, 「鄕土藝術과 農村娛樂의 振興策: 農村娛樂」, 『三千里』 제13권 4호, 1941년 4월, 228쪽.

24) 柳光烈, 앞의 글, 173쪽.

25) 孫晉泰, 「農村娛樂振興問題について」, 『錄旗』 제6권 제6호, 1941, 152-153쪽. 손진태의 '향토오락론'에 내재된 식민주의는 남근우, 「'신민족주의' 사관 재고—손진태와 식민주의」, 『정신문화연구』 105호, 2006. 겨울호.를 참조.

적인 쾌락으로 확장하는 '향토오락'의 특장은 지역 공동체의 경험에 한
정될 수밖에 없었다. 공적 쾌락의 경험이 조선 전체로, 또 '제국 일본'
전체로 확장되고, '제국'의 목소리가 전 조선의 방방곡곡으로 울려 퍼
지게 하려면, 지역 공동체를 넘어 지역과 제국 사이를 매개하는 것이
필요하다. 임화의 말을 빌면, "민중의 교화적인 일과 오락과의 결연"26)
이 이루어지게끔 '건강'하고 '명랑'하게 '시국인식'과 접촉하도록 유도
하는 매개물, 즉 교화와 오락의 미디어가 필요하다.

이동연극은 이러한 상황에서 가장 효과적인 교화와 오락의 미디어
로서 부상한 것이다. 근대문화의 총아였던 라디오나 영화가 민속학자
들의 말처럼 '부박한 도시오락'의 상징이기 때문에 배제된 것은 아니
다. 그보다는 오히려 문자 해득력과 문화적 경험에 있어서 결코 단일하
지 않은 조선의 미디어 환경 때문이었다.

문화의 경험은 지역, 성별, 연령, 계층, 교육 정도, 미디어 테크놀로
지에 대한 접근성 등 제반 여건에 따라 달라지는데, 특히 식민지 조선
에서와 같은 억압적인 이중 언어 환경, 지역과 계층에 따른 극심한 문
화적 편차 등은 문해력 외에도 여러 차등적인 기반을 형성한다. 단지
도시와 농촌, 일본어 사용자와 조선어 사용자, 글을 읽을 수 있는 자와
없는 자 정도의 차이가 아니라 여타의 근대 미디어에 대한 접근성, 즉
영화를 본 적이 있는 자와 없는 자, 라디오 방송을 들을 수 있는 자와
없는 자 등의 차이가 존재한다.

특히 1930년대 중반을 경유하면서 유성기와 라디오, 영화 등의 보급
으로 문화의 소비 대중이 창출되고, 이 각각의 미디어를 통한 통제 기
반이 점진적으로 구축되어 갔던 점에 주목해 보자. 우리는 이러한 미
디어들이 시·공간적 동시성을 바탕으로 '상상의 공동체'에 대한 감각
을 이끌어낸다고 단정하곤 하지만, 이러한 미디어들에 대한 접근이 차
단된 전 조선의 80%에 해당하는 인구에 대한 문제는 언제나 미해결의

---

26) 앞의 대담, 임화의 발언.

96

상태다. 그들은 마치 수면 아래 가라앉은 거대한 빙산의 일부처럼 그 문화적 경험이나 수준을 가늠하기 어려운 지대에 위치했다. 국어(일본어)의 외부, 교육의 외부, 도시의 외부, 미디어 테크놀로지의 외부 등 오로지 잉여의 지대에 있는 '결핍된 자들'로만 설명되어 왔을 뿐이다. 기존의 여러 연구들은 이들을 문자 해득력이 없는 '문맹(文盲)'과 동일시하는 경향이 있는데, 그 경우 인쇄미디어를 넘어서는 다양한 미디어 환경에서의 고찰이 어렵고, 미디어에 대한 차단의 정도가 다층적인 조선의 문화적 상황을 간과해버리기 쉽다. 전 조선의 80%에 해당하는 인구는 조선어나 일본어로 출판된 인쇄미디어에만 접근이 차단되어 있지 않았다. 다시 말해 그들은 근대의 미디어 테크놀로지에서 배제된 '비테크놀로지적 타자들(the non-technological others)'27)로 위치했다는 점을 주목해야 한다. 문명/문화와 야만의 구도를 환기시키는 이 불균등하고 불가해한 문화적 지반 위에서, 문화 정책의 관계자들은 교화와 선전을 위한 미디어, 그리고 미디어를 통한 문화 내지 오락의 보편화를 구상해야 했던 것이다.

　이동연극은 여러 제한적인 상황에도 유연하게 대처할 수 있는 미디어였다. 말하자면, 이동연극의 발상은 '미디어 테크놀로지 외부를 수렴하는 미디어'라는 모순어법에 기대고 있는 것이다. 주지하듯이 공연은 출판이나 영상, 방송, 음반 등과 달리 복제와 재생이 불가능하다. 바로 이러한 특성 때문에, 공연은 미디어 테크놀로지 안으로 수렴되지 못하는 사람들, 즉 아동과 여성, 촌사람, 노역자 등에 이르는 폭넓은 계층과 친연성이 있다. 총독부 경무국에서 연극을 담당했던 호시데 토시오(星出壽雄)는 "영화를 이해하지 못하고, 국어를 이해하지 못하는 연극 관

---

27) "비테크놀로지적" 타자는 원래 "비기술적인(nontechnical) 원시적 인간"이라는 루소의 개념을 출처로 삼아, 서구의 가부장적 문화가 도구적 테크놀로지와 합리성의 관점에서 "비―서구적"인 문화나 "여성적"인 담론 등에 대해 스스로를 특권화해온 것을 비판하기 위해 나온 개념이다. R. L. 러츠키, 김상민 외 역, 『하이 테크네: 포스트휴먼 시대의 예술, 디자인, 테크놀로지』, 시공사, 2004. 10, 35쪽. 참조.

람자층"과 "영화가 상연되지 않는 농촌과 어촌의 연극관람자"에 대해 연극은 영화보다도 강렬한 "감화력과 침투력"28)을 가졌다고 하면서, "문화수준이 낮은 대중의 마음에 깊이 파고드는 점"을 활용해 "국책의 방향, 시국의 인식과 더불어 조선 통치에 기여하는 방향으로 추진"하자고 말한다.29) 공연이 가진 특장을 이용해 오락에 굶주린, 혹은 문화에 대한 감상력이 뒤처진 이들, 즉 극장 및 여타의 기반 시설이나 유성기나 라디오 등의 근대 미디어 경험이 거의 부재하고, 문화를 향유할 여유가 없는 이들에게 위안과 오락, 시국 인식 등을 제공한다는 것이다.

　일본어도 조선어도 읽고 쓸 줄 모르는 조선인들은 "미술을 통해, 음악을 통해, 혹은 특수한 사람을 통해"30) 교화할 수 있다고 말했던 야나베 문화부장의 표현을 빌자면, 이동연극은 "특수한 사람"을 매개로 교화를 시도하는 '인간 미디어'였다. 베르너 파울슈티히(Werner Faulstich)의 미디어 개념처럼, 이 시기 미디어는 정보를 전달하고 확산시키는 기술적인 수단이나 도구로만 한정되지 않는다.31) 전쟁 중이라는 특정한 역사적 시기에 미디어의 범주는 정보의 저장 기능을 보유한 사회 집단과 인간, 인간이 수행하는 제도화된 사회적 역할이나 특정 행위까지도 포함했다.32) 연극이 관객을 찾아간다는 이동연극의 발상은 저장(stock)

---

28) 星出壽雄, 「朝鮮演劇の新發足: 朝鮮文化の新發足」, 『朝鮮』 통권 329호, 1942년 10월, 21-26쪽.

29) 星出壽雄, 「演劇統制の諸問題」, 『國民文學』 제2권 제1호, 京城: 人文社, 1942년 1월, 48쪽.

30) 矢鍋永三郎, 「半島の總力體制 (八) 文化の力を集中」, 『京城日報』, 1941년 1월 11일자 2면.

31) 미디어학자 베르너 파울슈티히의 인간 미디어 개념은 베르너 파울슈티히, 황대현 역, 『근대초기 매체의 역사－매체로 본 지배와 반란의 사회 문화사』, 지식의풍경, 2007, 참조.

32) 일제 말기 '민중 저항'의 형태와 다양한 양상을 포착하고자, 유언비어나 낙서, 삐라 등을 살펴본 변은진의 연구는 이 시기 미디어의 범주를 확대할 필요성을 시사한다. 변은진이 전시기 식민 권력의 통제로부터 일탈하고 '저항'하는 양상을 살피고자 주목한 유언비어나 낙서는, 특정한 역사적 국면에서 미디어 통제 외부에 생성된 대안적인 미디어로서 기능하고 있다. 전시기 유언비어나 낙서, 삐라 등에 대한 고찰은 변은진, 「일

된 정보를 유동(flow)시키며 새로 축적된 정보를 보고하는, '이동하는 신체(들)'로 연극을 재배치하는 것이었다.

전시기 미디어로서 이동연극은 두 가지 특징적 국면을 보여준다. 하나는 개인의 신체를 관리하고 통제하는 생체 권력과 미디어의 관계가 두드러지게 현상되는 점이고, 또 하나는 미디어와 미디어 사이의 이종교배(hybridization)를 통해 미디어의 공공권을 확장하는 점이다. 저장된 정보를 유동시킬 수 있는 구술성(orality)과 수행성(performance)을 갖추고 있지만 이동성(mobility)이 결여되어 있던 연극을 극장에서 해방시킴으로써, 이동연극은 라디오나 유성기 이상의 효과를 산출하리라 기대되었다. 흡사 '극장과 유성기', '극장과 라디오'가 결합된 듯한 이동연극은 전시기에 인간이 갖고 있는 정보 축적과 이동성을 극대화한 발상이었다.

4. '순연(巡演)'의 회로

이동연극에서 정보의 축적과 유동은 공연자와 공연 집단의 수행(performance)을 통해 이루어진다. 그리고 이러한 수행을 통해 공연자 집단은 그 스스로를 오락과 위안이라는 '병기(兵機)'의 운반부대로 변환해 갔다. "농산어촌을 방문해 국민오락이 결핍된 그들을 위안하고, 그들에게 국가의식을 철저하게 필승의 신념, 증산에의 의력을 주입하도록 하는" 이동극단은 "이른바 연극에 있어서 정신대(挺身隊)"[33]로서, 또 "문화를 민중 속으로 전파하는 예술정신대"로서 스스로를 자리매김했다.[34]

제 전시파시즘기(1937~45) 조선민중의 현실인식과 저항」, 고려대 박사논문, 1998, 163-175쪽 참조.

33) 『昭和十九年度 朝鮮年鑑』, 京城日報社, 1944, 529쪽.

34) 전시기 문화생산주체들이 자기 증명과 전시를 통해 프로파간다에 동원되는 방식에

이동연극은 공연을 수행하는 행위주체들이 '문화인'으로서 '직역봉
공'을 다하고 있다는 것을 증명하고 전시하는 데 매우 효과적이었다.
이동극단 대원들은 순회공연에서 얻은 새로운 정보를 유동시키는 방식
으로 그들 집단과 이동연극 자체를 더욱 가시화해 나갔는데, 이는 유동
성과 가시성을 통해 잉여의 지대로 확장하는 문화의 효과가 다시 이동
연극의 발신지인 중앙으로 수렴되도록 기능했다. 순회공연을 다녀온
이동극단의 수기나 현지통신, 위문보고, 기행문 등은 이동연극이 내장
하고 있는 이러한 재귀적인 회로를 잘 보여준다. 이 수기류의 글 역시
구연미디어와 인쇄미디어의 결합으로서 전시기 미디어의 특징인 이종
교배의 산물이다. 수기는 마치 지방 사정을 보고하는 현지통신처럼 공
연을 했던 지역의 문화적 수준과 시국 인식, 이동연극을 대하는 태도
등도 상세하게 기술하면서, 공연마다 새로운 깨달음을 얻는 것은 관중
들만이 아니라 그들 자신이기도 함을 강조한다.

　수기들은 형식적으로 몇 가지 공통 요소를 갖추고 있다. 먼저 이동
경로와 공연회수, 동원된 관객 수 등을 열거한다. 몇 명의 인원이 어느
정도의 경비로 몇 개소에서 얼마나 많은 관객을 동원하였는지를 상세
하게 기록하는데, 이는 이동연극이 최소의 인원과 비용으로 최대의 효
과를 거두고 있다는 점을 증명하기 위해서다. 총력연맹 광산연맹의 후
원으로 1941년 5월 하순부터 평안남도의 8개 광산과 평안북도의 2개
광산 등 10개의 광산부락을 순회하였던 임서방(창씨명 豊川曙方)의 보
고서에 따르면, 가수와 악사, 만담가 등을 포함해 모두 15명으로 편성
된 1대의 이동연예대는 10개 부락에서 모두 20,400명(1회 평균 2,040
명)의 관객을 동원했다. 하루 평균 경비는 75원으로, 여기에 유명한 만
담가 손일평에게 지불한 하루 15원의 출연료, 그 외 다른 배우와 악사
들에게 지급한 약간의 보수 등을 합산해 계산하면, 10개소의 공연으로

대해서는 이화진, 「'국민'처럼 연기하기: 프로파간다의 여배우들」, 『여성문학연구』, 여
성문학학회, 2007. 6; 공임순, 「재미있고 유익하게, '건전한' 취미독물 야담의 프로파간
다화」, 『민족문학사연구』 34호, 민족문학사학회, 2007. 8. 참조.

약 2천원의 적자를 보았다.[35] 주로 상업적인 흥행극계에서 활동했던 인물들로 구성되었던 이동연예대는 자신들이 어떠한 재정적 손실을 감수했는지를 보여줌으로써 연극보국에 임하는 봉사자로서 자기를 증명하고 있다. "나라에의 봉사를 각오하였기 때문에 출발 이전부터 이러한 희생은 예정했던 것"이라는 임서방의 말은 "이러한 희생"을 예정하고도 "봉사를 각오"해야 하는 맥락과 관련된다.

수기에는 이동극단 대원들이 험난한 여정에도 불구하고 얼마나 열과 성을 다하여 공연에 임하고 있는지가 빠짐없이 기록되어 있다. 대원들은 극장 시설이 없는 산간벽촌으로 바람과 비, 추위와 폭염과 싸우면서, 걸어서 혹은 요동하는 트럭을 타고 사선(死線)을 넘는 고난 끝에 마을에 도착한다. 무대는 보통 장터나 국민학교 운동장에 마을 사람들의 도움을 받아가며 가설한 것인데, 마을에 도착하자마자 시작한 가설작업은 석양이 기울 무렵에야 끝이 난다. 대원들은 그제야 허둥지둥 저녁을 먹고, 분장을 하고, 왁자지껄 떠드는 소리가 요란한 소리를 들으며, 멀리에서 몰려든 관객들의 인산인해를 짐작한다.[36] 세 시간의 공연이 끝나면, 그들은 숨을 돌릴 새도 없이 가설무대를 뜯어 다시 밤길을 걸어 또 다른 부락으로 찾아간다. 밤을 새우고 풍랑을 넘어서라도 약속한 시간까지 다음 공연지에 도착하는 것이 '연극정신'이고, '제일선의 황군장병'에게 바치는 보답이라고 그들은 적고 있다.

몇 달 간의 순회공연을 마치고 경성에 돌아온 이동극단은 수기를 쓰는 것 외에도, '초대간담회'나 '보고좌담회'에 참석해 활동을 보고하는 한편 일기를 낭독하거나 감상과 소회를 피력함으로써, 그들 스스로가 어떻게 '총후 계몽'에 "끝없는 정신의 나그네 길"을 힘차게 걷고 있는지를 보여주려고 한다.[37] 그들의 보고에서는, 경성에서 멀수록, 길이

---

35) 豊川曙方, 「鑛山へ派遣された「移動演藝隊」報告: 平南平北を廻りて」, 『三千里』 제 13권 7호, 1941년 7월, 30-32쪽.

36) 송영, 「기행: 이동극장기(1)」, 『매일신보』, 1941년 10월 10일자 4면.

37) 「농, 산, 어 궁벽촌차저 천막과 "셋트" 메고 연극정신: 이동극단보고공연전기①」, 『매

닦이지 않은 벽촌일수록 그들을 맞이하는 관중의 환영과 단원들 스스로의 감격은 더 높아진다. "현대적인 便利한 교통기관도 없고 葉麗한 劇團舞臺도 없고 甚하면 電氣의 照明조차 없"는 곳에 "汽車, 自動車 대신으로 집석이를 準備하고 네온이 빗나는 劇場대신으로 露天에 布幕이 필요하고 電燈대신으로는 광술불이 待機되"38)는 공연을 하더라도, "흙과 같이 사는 용사들에게 적으나마 기쁨을 바친 것을 생각하면 스스로 만족감"39)을 느꼈다고, 보고자들은 한결같이 이야기하고 있다. 힘겨운 여정을 장황하게 이야기할수록 순회공연에서 공연자와 관객 사이에 구성되는 공감과 합일의 경험도 극대화되고, 그 보고를 듣는 이들의 눈시울도 뜨거워진다.40)

보고자들은 또한 '산업전사'들의 노고, 생산지의 극심한 문화적 결핍, 이동극단에 대한 뜨거운 호응 등도 공통적으로 기술하고 있다. "시골 사람들은 문화와 오락에 대단히 굶주려 있기 때문"에 모두 이동극단을 따뜻하게 맞아주고, 설사 공연이 그다지 훌륭하지 않더라도 "매일 밤 초만원의 성황"41)을 이룬다. 이동극단 제1대의 일원으로 1941년 순회공연에 나섰던 송영은 처음에는 너무 떠드는 통에 공연이 도저히 진행되지 못할 듯하다가도 시간이 지날수록 사람들은 "숨소리까지 죽여가면서 눈을 뾰족하게 뜨고 귀를 한 편으로 기울였다."고 하면서, "떠들지 말라는 호통소리보다 무대 위의 전개된 연극의 힘이 크다."고 공연의 감격을 서술했다.42)

일신보』, 1942년 4월 11일자 3면.

38) 최상덕, 앞의 글.

39) 「경축의 보고 공연: 15일 夜 부민관서」, 『매일신보』, 1942년 9월 12일자.

40) 「연협 직속 '이동극단' 위로 초대 간담회」, 『매일신보』, 1941년 11월 12일자; 「연협직속 '이동극장' 경과보고회: 17일 부민관서」, 『매일신보』, 1941년 1월 19일자; 「도시생산전사들에 선물 극단 이동극장 공연」, 『每日申報』, 1942년 4월 10일자; 「농, 산, 어궁벽촌차저 천막과 "셋트" 메고 연극정신: 이동극단보고공연전기 (1)」『매일신보』, 1942년 4월 11일자 등.

41) 「國語版特輯, 朝鮮の「文化問題」を語る座談會」, 『三千里』 제13권 제3호, 1941년 3월에서 백철의 발언.

102

조선연극문화협회 이동극단 제1대의 대장을 맡았던 유장안(창씨명 柳川長安)은 실내극장에서만 공연하는 배우들은 느낄 수 없는 역동성과 생동감, 그리고 또한 엄청나게 운집한 관객들을 앞에 두고 느끼는 여배우들의 심적 부담감 등을 서술한다. 국민학교 교정에 무대를 가설하고 돌계단까지 걸터앉은 1만 7천여 관중 앞에서 공연하면서 그는 고대 그리스의 극장을 떠올리며, "기이와 호기로 눈을 빛내고 막이 변할 때마다 박수를 보내는" 관객들과 '혼연일체'가 되는 경험을 했다고 한다. 원시성과 민중성, 그리고 거기에서 발생하는 공감의 측면에서 이동연극에 접근했던 당시의 논의들처럼, 유장안도 이동연극의 경험을 고대 그리스극이나 중세의 패전트(pageant)와 유사하게 묘사하고 있다. 공연 자체에 대해서는 가벼운 희극 네 편을 엮었다는 것 외에 더 언급하지 않지만, 공연의 분위기에 대해서는 상대적으로 길게 서술하면서 연극의 내용보다 공연을 통한 공감의 효과를 강조하고 있다.

얼굴에 검댕이 묻은 광산의 노무자들부터 〈바다에 가면(海行かば)〉을 부르는 국민학교 아동까지, 이동연극대를 담당한 경찰부터 진흙탕에 빠진 트럭을 함께 건져 올리는 행인들에 이르기까지, 유장안의 현지보고는 장소를 옮길 때마다 새로 만나게 되는 사람들과의 짧은 만남을 기록하고 있다. 그의 보고서는 사람들과의 만남과 공감을 통해 자기에서 전체로 세계가 넓어지는 경험 그 자체다. 이러한 서술을 통해 이동연극이 '위로부터의 통제'로 기획되었다는 점은 은폐되고, 마치 이동연극 자체가 수평적인 이동성과 확장성을 가지고, 공적 쾌락으로서 오락을 공정하게 분배해 가는 과정인 듯 느껴지게 된다. 소수의 엘리트, 소수의 도시인이 문화를 독점하는 것이 아니라, "만민이 다 같이 웃고 즐기며 그 즐거움을 다 같이 나누어"[43] 갖는 경험으로서 이동연극 활동을 기록하고 보고하는 것이다.

<hr>

42) 송영, 「이동극장기 (2)」, 『매일신보』, 1941년 10월 14일자 4면.

43) 전창근, 「이동극장에의 멧세─지: 그 제1대의 연출을 마치고」, 『매일신보』, 1941년 9월 2일자.

유장안은 피로와 더위에 시달리면서도 다음 목적지를 향해 군가와 국민가요를 부르며 행군하는 그들 한 사람 한 사람이 "모두 용감한 문화전사(文化戰士)"라고 적고 있다. "수백수천만의 산업전사에게 기쁨과 위로를 주고, 내일에의 뛰어난 기상을 북돋우고, 사기의 고무를 위해 이로써 세계 인류의 영원한 행복과 평화에 기여하는 것"44)이 이동연극의 사명이라는 것을 다시 환기시키며, 전 국토(國土), 즉 중앙과 지방, 그리고 만주의 개척촌과 내지(內地)에 이르는 '국토'에 산재해 있는 산업전사들을 '만남'을 통해서 이어주는 것도 그들의 사명일 것이다. 공연에 대한 감응을 서술하면서, 산간벽지의 사람들을 '산업전사'로, 그들이 생산력을 재충전하도록 위문하는 이동극단을 '문화전사'로 호명하는 순간, 공연자와 관객 모두의 일상은 총력전을 수행하는 후방으로 배치된다.

5. 건전과 비속, 공모와 일탈 사이

이동연극 활동에서 무대에 올라가는 공연의 예술적 성취는 그다지 중요하지 않았다. 대부분 실내극장이 아닌 노천에서 공연되는 터라 대사 전달이 어려웠고 관람 경험이 거의 없는 관객들이 대다수였기 때문이다. 조선연극협회의 이동극단 제1대에 동행했던 극작가 송영은 이동연극의 대본에는 "듣는 장면보다 보는 장면이 더 필요" 하고, "행동이 많고, 출입이 분명하고, 사건의 굴곡이 굵고 잦은" 것, "쉽게, 간단하게, 분명하게, 인상 깊게" 창작된 것이 좋다고 말했다.45) 극적 묘사가 거칠더라도, (물리적으로나 경험적으로) 무대와 거리가 먼 관객들도 공연에 대한 흥미를 잃지 않고 내용을 잘 이해할 수 있어야 하기 때문이다.

조선연극문화협회로 통합되기 전에 조선연극협회가 파견했던 이동

---

44) 柳川長安, 「移動演劇の'現地便り'」, 『新時代』 제3권 제2호, 1943년 2월, 143쪽.
45) 송영, 「기행: 이동극장기 (5)」, 『매일신보』, 1941년 10월 16일자 4면.

104

극단의 대본은 김건, 송영, 이서구, 이운방 등이 집필한 1막 내지 2막 정도의 짤막한 '경연극(輕演劇)'들이었다.[46] '농촌극'이나 '어촌극'이라는 타이틀을 내걸고 그때마다 '생산현장'에 요구되는 시국적(時局的)인 내용을 전달하는데, 대체로 쉽고 경쾌한 분위기의 공연들이었으리라 짐작된다. 각 지방의 생산현장에 극단을 파견해 시국을 알린다는 점에서 이동연극은 일방향적인 전달체처럼 생각되기 쉽다. 그러나 미디어 테크놀로지로부터 소외된 사람들에게 이동연극이 전하는 시국은 그 발신지와 생산현장 사이의 거리를 좁히는 시도로 받아들여졌을 수도 있다. 이동극단의 프로그램은 연극 외에도 만담이라든가 야담처럼, 시국에 순발력 있게 대응할 수 있는 구연물로 구성되었다. 이동극단의 프로그램은 공연 공간의 현장성을 통해서 관객 저마다가 시국과 자기의 연관을 발견하고 동시대의 문제와 지식을 공유하는, 일종의 '참가의 환상'[47]이 형성될 수도 있었을 것이다. 이동연극에서는 시국의 내용 못지않게 시국의 전달 형식이 중요했으며, 이미 앞 장에서 확인했듯이

---

46) 1941년 조선연극협회가 이동연극의 대본으로 예정하고 있던 것은 "金健 作 방공극 「地下의 握手」 전1막, 宋影 作詩의 聲(シコウグレイコ―ル) 「掃除夫」 전1막, 宋影 作 농촌극 「遺訓」 전2막, 李瑞求 作 愛國日극본 「益母草」 전1막, 李雲芳 作 어촌극 「漁夫의 집」 전2막, 朴春崗 作 농민극 「흙에사는사람」 1막 2장, 馬太夫 作 경연극 「사위 맞는날」 2장, 新井勝夫 作 경연극 「靑春行進曲」 2장, 柳川長安 作 경연극 「元固執」 1막, 金健 作 시국극 「靑年科學者」 2막 4장" 등이다. 조선연극협회는 대본의 연출 지도를 김태진, 전창근, 유치진, 유장안 등에게 맡겼고, 1941년 8월 시연회를 마치고 가을부터 연기자 16명, 사무(世話人) 1명, 도구부 3명으로 구성된 이동극단 제1대를 '생산현장'으로 파견했다(「情報室 (우리 社會의 諸事情)」, 『三千里』 제13권 9호 , 1941년 9월, 88-89쪽). 이 중 특히 송영 작품의 상연 기록은 1941년과 1942년에 걸쳐 여러 차례 발견된다. 1941년 10월에 총력연맹 문화부는 조선연극협회 소속 극작가동호회에 대본을 의뢰한 적이 있는데, 이때 채택된 것은 〈흥부전〉과 〈만석보〉라는 작품이다. 「總力聯盟派遣移動劇場 劇本「興夫傳 萬石洑」採用」, 『每日申報』, 1941년 10월 25일자 6면.
47) 전시기 미디어와 파시즘적 공공권에서의 '참가의 환상'과 관련해서는, 佐藤卓己, 『キングの時代―國民大衆雜誌の公共性』, 岩波書店, 2002; 요네야마 리사, 연구공간 수유 +너머 '일본근대와 젠더 세미나팀' 역, 「오락・유머・근대―'모던만자이'의 웃음과 폭력」, 『확장하는 모더니티』, 요시미 순야 편, 소명출판, 2007; 권명아, 공임순의 앞의 글 등을 참조.

이동연극 활동의 효과는 공연의 내용 그 너머에 있었다.

그러나 고도국방국가의 '산업전사'들을 이동연극의 관객으로 삼는다고 하면서도, 동시에 이들을 "高級한 웃음을 갖어다 논댓자 理解하지못하는 社會層", "卑俗하지 않으면 알어듣지 못하는 社會層"[48] 이상으로는 보지 않았던 관계 당국은 '건전오락'의 권장과 '비속성'의 묵인 사이에 일어날 수 있는 충돌에 대해서는 깊이 고민하지 않은 듯하다. 시국적인 내용을 '산업전사'들에게 쉽고 경쾌하게 전달해 '잃어버린 웃음'을 되찾아준다는 '건전오락'의 범주는 실상 매우 모호한 것이었다. "가령 浪花節(나니와부시)에다 强烈한 時局的인 內容을 넣는다. 그 意圖도 좋고 意義도 있습니다만, 그것을 듣는 사람들은 勞動을 하고나서 질거히보내야할 時間에 무엇을 또 생각하지 않으면 안될터"[49]라는 임화의 말처럼, 시국성과 건전성이 오락과 매끈하게 결합되는 것은 어려웠다. 식민 당국은 단계적으로 '비속한 웃음'을 묵인하는 것이 불가피하다고 보았는데, '건전오락'의 권장과 '비속'의 묵인 사이의 충돌은 당국의 이동연극 기획이 과연 생산현장에서 관철될 수 있었는지의 문제와도 관련될 것이다.

초기에 조선연극협회가 구상하고 파견했던 이동극단은 여러 역량 있는 극작가가 대본을 제공하고 중앙에서 활동하는 연출가들이 대원들의 연출 지도를 맡았다. 연극협회의 이동극단과는 별도로 총력연맹이 현대극장 단원들을 주축으로 결성했던 이동극단도 '국민연극'의 이상에 부합하는 작품을 공연하려는 데 힘을 쏟았다. 1942년 조선연극협회 이동극단이 정비확충되어 조직된 조선연극문화협회 이동극단 제1대는 총독부 정보과 소속 촬영반이 그들의 활동을 문화영화로 촬영해 '연극보국'의 이념을 적극적으로 홍보하는가 하면, '연극보국'의 공을 인정받아 1943년에는 신태양사(전 모던일본사)가 제정한 '조선예술상'을 수

상했다.[50] 그러나 악극단이 중심이 되었던 제2대의 활동은 제1대의 활동과는 상당한 거리가 있었던 것으로 보이며, 제1대이든 제2대이든 중앙에서의 기획이 실제 순회공연 내내 계속되었다고 보기는 어렵다. 실제적이고 지속적으로 순회공연을 수행하는 것은 보통 열 명 안팎의 연기자와 사무를 맡아보는 실무자, 소도구 담당자 정도로 구성되는 이동극단 대원들인데, 이들은 중앙(경성)의 예측과는 다른 현장의 상황에도 유연하게 대처해가야 했기 때문이다.

상업적 영리주의의 온상인 극장을 떠나 노천의 가설무대를 찾아간다고 하더라도, 이동연극 참여자들이 기성 흥행회사나 흥행사들의 손을 떠나 움직인 게 아닌 이상 실제로 이들 모두가 식민 당국의 기획을 깊이 공감하고 이해하며 따랐는지 역시 회의적일 수밖에 없다. 나오에 카네타케(直江兼孟)는 이동연극의 취지와 실제 운영 사이의 괴리를 지적하며, 1943년 현재 사실상 조선에서 이동연극 활동은 성공적이지 못하다고 일갈했다. 참여자들은 이동연극의 본질도 검토하지 않은 채 일반 극장공연의 연장으로서 연극 활동에 임해온 데 불과했다고 하면서, 그는 "배우는 영웅심에 사로잡히고, 흥행자는 자선 흥행 같이 날뛰었으며, 주최자는 노무원의 능률증진을 위한 보강제로서만 취급했다. 이동연극의 가치도, 사명도, 순수성도 전혀 발견할 수 없는 결과를 초래했던 것이다."라고 평가하고 있다.[51] 이동연극 활동이 파생했던 수기나 보고 활동은 나오에의 이상처럼 이동연극을 "민중 연극의 부활"[52]로 추켜올리고, "相互扶助는 人間眞心"[53]이며, 예술은 "萬民이 共有"함[54]을 깨달았다고 하였지만, 담론과 실제 사이에는 괴리가 있을 수밖에 없었다.

---

50) 「事業經過報告書」, 『朝鮮演劇文化協會 資料』 참조.

51) 直江兼孟, 「(朝鮮に於ける) 移動演劇の問題」, 『國民文學』 제3권 제11호, 1943년 11월, 48쪽.

52) 直江兼孟, 위의 글, 47쪽.

53) 송영, 「기행: 이동극장기 (5)」, 『매일신보』, 1941년 10월 16일, 4면.

54) 전창근, 위의 글.

특히 연예 단체들의 경우 이러한 괴리는 상당했던 것으로 짐작된다.

1941년 3월에 있었던 좌담회에서 조선연예협회장인 이철은 중일전쟁 발발 후 '황군장사 위문'에 전력을 쏟아부었고, "지금까지 北支, 中支, 北滿에 몇 번이나 위문연예"차 순회공연을 했으며, 일본에서도 도쿄와 오사카 등지에서 상이군인을 위한 위안행사를 하였다고 한다.55) 조선연예협회는 1941년 1월에 설립되었으므로, 이철이 말하는 위문 활동은 그가 운영하던 조선악극단의 공연을 가리킨다. 조선악극단은 '오케 그랜드 쇼단' 시절부터 일본으로 진출해 조선의 흥행 단체로는 이례적인 성공을 거두었고, 매일신보사 북경지국 주최로 북지(北支) 공연을 마치고 돌아오는 길에는 장기간 만주 순회공연을 벌이는 등56) '위문'과 '순업'을 결합해 일본과 만주 등지로 활동 영역을 넓혀갔던 일제 말기의 대표적인 흥행 단체였다. 이철의 조선악극단이 "황군장사 위문" 활동을 명분으로 내걸었다고 하더라도, 그 활동이 영리적인 '흥행'과 전혀 무관했다고 하기는 어렵다. 오히려 '위문'을 구실로 순회공연을 보장받았다고 볼 수 있을 것이다. 이들 중 일부는 조선연예협회나 이후 조선연극문화협회 소속 이동극단으로 활동이 이어졌는데, 위문공연에 대한 태도가 과연 얼마나 달라졌을지는 알 수 없다.

같은 지면에서 그는 일본과 조선에서의 상황을 비교해 제시한다. 일본에서는 흥행 단체가 이동극단을 창단해 "1년에 몇 만원을 국가봉사비로 처음부터 다 써버릴 작정으로 희생적으로 일하고 있는"데, "조선에서 우리 같은 입장에 있는 사람은 몇 만원 같은 돈을 실제로 내놓을 수 없"으니, "평양 대구 등의 대도시에서는 순전히 '흥행'을 해서 이익을 올려 그 돈으로 원촌벽지로 가서 요는 주재소나 면이나 연맹지부에서 장소라든가 청중을 잘 모이게 해준다면", 이동연극 사업도 성공할 것이라고 제안하였다.57) 지방 도시에서 흥행을 허가해 준다면, 거기서

---

55) 「八團體幹部は語る, 新らしを半島文化を語る」, 『三千里』 제13권 제4호, 1941년 4월.
56) 梅園, 「악극계의 최고봉 조선악극단을 차저서 (그 발달과정의 한 토막)」, 『영화시대』 제1권 3호, 서울: 영화시대사, 1946. 10, 43-45쪽.

거둔 수익으로 "원촌벽지"에서 봉사하겠다는 말이다. 여기서 이철의 제안이 사업가적 이해타산에서 나온 것임을 짐작하기는 어렵지 않다. 게다가 악극, 만담, 나니와부시(浪花節), 곡예단에 이르는 여러 분야의 단체들이 소속되어 있는 조선연예협회가 마술, 촌극, 만담, 악극 등으로 가벼운 연예물을 구성해 흥행에 나선다면 상당한 수익을 거둘 수도 있었을 것이다. 이동연극의 사명이 얼마나 큰지 잘 알고 있지만, "무료공개로는 도저히 그 뒤를 댈 수 없으며 그래서는 앞길이 흐려지는지라 그 야말노 최소한도의 입장료를 받고 최대한도의 구경을 식힌다는 목표아래 경영방침"[58]을 세워야 한다는 하소연은 계속 이어졌다. 결국 어떤 경우에는 "낮에는 황군위문, 밤에는 일반공개"[59]로, 어떤 경우에는 지방에서는 위문공연을 올리고 경성에서는 '위문보고공연'을 명목으로 일반공개를 하는 방식으로 절충해 갔다. 그리하여 1940년대 전반기에는 긴박한 전황에도 불구하고 경향 각지에서 크고 작은 공연 소식이 계속 이어졌다.

1942년 11월 총력연맹의 기구가 다시 개편되면서, 짧았던 문화부의 분립 시대도 끝이 났다. 이후에는 총독부의 허가를 받은 지방 극단들 중 '연예대'나 '위문대'라는 이름을 달고 활동하는 단체들이 상당히 늘었는데, 총독부가 허가했다고 해서 엄격한 규제가 이루어졌다고 볼 수는 없는 듯하다. '연예대'나 '위문대'의 이름을 걸고 활동했던 것은 오히려 태평양연예대, 석천연예대, 조흥연예대, 남해이동연예대, 창극단 등 주로 가벼운 대중연예물을 공연하는 악극단들이었고, 이들 중에는 간혹 '위문대'의 성격과 관계없이 영리 위주의 공연을 펼쳐 무리를 빚은 단체들도 있었다. 1944년 무렵, 이러한 악극단들에 대한 강력한 통

---

57) 앞의 좌담회.

58) 朝鮮演劇協會 常務理事 金寬洙(創氏名 岸木寬), 「移動演劇隊 編成에 대하여」, 『三千里』 제13권 제3호, 1941년 3월, 177쪽.

59) 「開拓民慰問演藝隊－新京서 1, 2반 合同大公演: 來 8, 9 양일간 후생회관에서」, 『매일신보』, 1943년 9월 2일자 2면.

제의 필요성이 제기된다. 급기야 총독부 정보과는 "조선예능동원본부를 설립하고 전선의 공장, 광산, 농어촌을 순회하는 이동연극, 연예, 창극단의 위문공연을 금후 일체 통제"60)하겠다고 발표하기에 이른다.

그러나 태평양전쟁이 막바지로 치닫던 1944년 무렵에 연극과 연예단체에 대한 통제는 그다지 실효를 발휘하지 못한 듯하다. 총독부 정보과는 연예단체를 정비하면서 금희좌, 연극호, 국민좌, 보국연극대, 동아여자악극단, 반도창극단, 조선이동체육단을 해산하고, 악극대는 제일악극대와 반도가극단를 남겨두고 라미라가극단과 하나가극단(花歌劇團)은 이동연예대로 전환한다고 발표했다.61) 하지만 단체 해산 조치가 강력하게 적용되었더라도 악극단에서 이동연예대로의 전환에 큰 강제성은 없었던 것으로 보인다. 이동연예대라고 해서 경성에서의 일반 흥행이 금지된 것은 아니었기 때문에, 악극단은 계속 번성했다. 오히려 '이동연예대'라는 타이틀은 '대중'의 눈높이에서 가볍고 경쾌한 것을 무대에 올릴 수 있는 구실이 되었다.

태평양전쟁이 막바지로 치달은 1945년 6월 말에도 조선예능동원본부가 "자체의 숭고한 사명을 잊어버리고 본부와는 아무 연락도 없이 임의로 각지를 순회하며 사리사욕을 채우는 유령단체가 있어 불쾌하기 짝이 없는 현상"62)을 거론할 정도로, 이들의 흥행 활동에 대한 완전한 통제는 불가능했다. '생산현장'에 위안과 오락을 제공한다는 미명 하에 "소위 퇴폐적이요, 감상적이요, 그로틱하고, 에키조틱한 저급한 민중심리"63)가 용인되는 일탈적 공간이 마련되었다고 볼 수 있을 것이다. 생산력 동원이 긴요한 상황일수록 노동의 재생산을 위한 여흥에 주력할 수밖에 없었던 위문공연의 주최자들과 '무엇이든 이동연극만 하면 봉공(奉公)이 된다.'는 단체의 편의적인 발상이 함께 빚어낸 것인데, 식민

---

60) 「싸우는 藝能部隊: 本府에 動員本府新設」, 『매일신보』, 1944년 10월 20일자 2면.
61) 『每日申報』 1944년 1월 2일자; 『매일신보』, 1944년 5월 10일자.
62) 「위문연예단 숙청: 4단체의 경고」, 『매일신보』, 1945년 6월 27일자.
63) 龍天生, 「악극단과 대중」, 『매일신보』, 1945년 6월 10일자.

당국의 통제를 벗어나는 이러한 일탈에서 어쩌면 억압적인 지배 체제에 대한 대중문화의 전복적 실천 가능성을 읽어낼 수도 있을 것이다.

6. 나오며

지금까지 전시기 식민지 조선의 미디어 장 안에서 이동연극의 구상과 전개 과정, 그것을 둘러싼 여러 효과들을 살펴보았다. 식민지 주민을 전쟁에 동원하려는 기획에서 비롯된 이동연극은, 비록 그 명칭은 달리 해왔지만 제1공화국 수립 전후의 혼란기나 한국전쟁기, 그리고 휴전 이후에도 줄기차게 이어져 왔다. 소수의 엘리트와 도시인들이 독점한 오락을 문화에서 소외되어 온 사람들에게 제공한다는 이동연극은 문화의 긍정적 기능을 통해 대중의 일상을 통제하려는 국가적 기획의 일환이었다. 그러나 전시기의 억압적인 상황에서 출발했던 1940년대 전반기 이동연극은 그 한편에 식민 당국의 기획이 그대로 관철될 수 없는 지점들, 다시 말해 식민 당국의 문화적 기획에 대한 수동적인 반응으로 단순화할 수 없는 측면을 내포한다는 점을 주목해야 한다. 또한 이 시기 이동연극 활동이 지방문화의 부흥에 실제로 어떠한 영향을 미쳤는지, 해방 후 지방 순회공연의 양상이나 관객성과는 어떻게 관련되는지 살펴보는 것도 중요할 것이다. 이는 앞으로의 과제로 남겨둔다.

주제어 : 이동연극, 건전하고 명랑한 오락, 비테크놀로지적 타자, 이동하는 신체, 미디어의 이종 교배, 순회공연, 일탈

◆ 참고문헌

1. 기본자료

『東亞日報』『每日申報』『京城日報』『三千里』『大東亞』『朝光』『朝鮮』『國民文學』『新時代』『映畫時代』『半島の光: 鮮文版』.
『朝鮮演劇文化協會資料(昭和 17~18年刊)』, 日本 早稻田大學 坪內博士記念演劇
        博物館 소장.
伊藤熹朔, 『移動演劇十講』, 東京: 健文社, 昭和 17[1942].
『昭和十九年度 朝鮮年鑑』, 京城日報社, 1944.

2. 연구논문

공임순, 「재미있고 유익하게, '건전한' 취미독물 야담의 프로파간다화」, 『민족문학
        사연구』 34, 민족문학사학회, 2007. 8.
권명아, 「내선일체 이념의 균열로서 '언어'―전시 동원 체제하 국책의 '이념'과 현
        실 언어 공간의 관계를 중심으로」, 『대동문화연구』 59집, 성균관대 대동문
        화연구원, 2007.
김영희, 「國民總力朝鮮聯盟의 사무국 개편과 官邊團體에 대한 통제(1940. 10~
        1945. 8), 『한국근대사연구』 37집, 2006. 여름.
김예림, 「전시기 오락정책과 '문화'로서의 우생학」, 『역사비평』 73호, 2005. 겨울.
김재석, 「국민연극 시기 '조선연극문화협회' 연구」, 『어문론총』 40집, 한국문학언
        어학회, 2004. 6.
남근우, 「'신민족주의' 사관 재고―손진태와 식민주의」, 『정신문화연구』 105호,
        2006. 겨울.
변은진, 「일제 전시파시즘기(1937~45) 조선민중의 현실인식과 저항」, 고려대 박사
        논문, 1998.
이화진, 「'국민'처럼 연기하기: 프로파간다의 여배우들」, 『여성문학연구』, 여성문
        학학회, 2007. 6.
요네야마 리사, 연구공간 수유+너머 '일본근대와 젠더 세미나팀' 역, 「오락·유
        머·근대― '모던만자이'의 웃음과 폭력」, 『확장하는 모더니티』, 요시미
        순야 편, 소명출판, 2007.
馬場辰已, 「移動演劇」, 『講座 日本の演劇 6: 近代の演劇 Ⅱ』, 勉誠社, 1996.
宮本正明, 「戰時期朝鮮における「文化」問題―國民總力朝鮮聯盟文化部をめぐっ

112

て」,『年報 ∥ 日本現代史 第7號: 戰時下の宣傳と文化』, 東京: 現代史料出
版, 2001.

3. 단행본
고설봉 증언, 장원재 정리,『증언 연극사』, 진양, 1990.
박영정,『연극/영화 통제정책과 국가 이데올로기』, 월인, 2007.
서연호,『식민지시대의 친일극 연구』, 태학사, 1997.
유민영,『한국근대연극사』, 단국대 출판부, 1996.
이두현,『한국신극사연구』, 서울대 출판부, 1966(1971).
마셜 매클루언, 박정규 역,『미디어의 이해』, 커뮤니케이션북스, 2001.
R. L. 러츠키, 김상민 외 역,『하이 테크네: 포스트휴먼 시대의 예술, 디자인, 테크
　　　놀로지』, 시공사, 2004.
베르너 파울슈티히, 황대현 역,『(근대초기) 매체의 역사: 매체로 본 지배와 반란의
　　　사회 문화사』, 지식의풍경, 2007.
佐藤卓己,『キングの時代－國民大衆雜誌の公共性』, 岩波書店, 2002.

◆ 국문초록

이동연극은 문자 해득력과 문화적 경험이 계급, 성별, 지역에 따라 매우 불균질한 식민지 조선의 미디어 상황에서 교화와 선전을 위한 효과적인 미디어로 구상되었다. 연극이 가지고 있던 구술성과 수행성에 이동성을 부여함으로써, 근대 미디어 테크놀로지에 대한 접근이 차단된 계층에 오락과 위안, 시국 인식을 제공한다는 기획이었다. 식민 당국과 조선인 엘리트, 그리고 문화계 종사자들의 여러 이해 관심들이 교차하는 지점에 위치했던 이동연극은 식민지의 문화운동이 갖는 정치적 긴장을 은폐하는 한편으로, '오락의 사회적 효용'을 극도로 강조한 것이었다. 이동연극이 가지고 있는 유동성과 가시성은 수기나 현지통신, 위문보고 공연 등을 통해서 문화의 긍정적 효과를 다시 이동연극의 발신지인 중앙으로 수렴하는 재귀적인 회로로도 기능했다. 그러나 식민지의 억압적인 상황에서 출발했던 이동연극은 그 한편에 식민 당국의 기획이 그대로 관철될 수 없는 지점들을 내포하고 있었다. 1943년 이후 늘어난 이동극단들은 실상 총독부의 완전한 통제를 벗어나는 양상을 보여주는데, 이러한 일탈에서 대중문화가 가지고 있는 전복적 실천의 가능성을 읽어낼 수도 있을 것이다.

◆ SUMMARY

The Wartime Recreation Discourse and Traveling Theatre in Colonial Korea

Lee, Hwa-Jin

The traveling theatre was started in 1941 'to bring sound and gay recreation to the people', actually to mobilize productive capacity of the rural area in wartime. It was designed as a media for re-orientaion and recreation and as a flexible media under the colonial cultural condition such as the bilingual situation, serious cultural declination and so on. There were the mass of people, so called 'non-technological others' excluded from the contemporary media technology. The traveling theatre could open the circuit to collect the cultural positive effects through its mobilty and visibility. It produced not only performance but also many travel writings and reportages which could show off its activities through-out Colonial Korea, occasionally Manchuria. The position of the travel-ing theatre would be an intersection along the colonial policy, the en-lightenment project of korean elites, and the interests of korean showbiz. We can see the contradiction of the wartime recreation which excluded unsound recreation and included vulgar one, by considering the traveling theatre in colonial Korea. The increasing traveling troupes since 1943 deviated from the control of the government authorities. We can read the posibility of subversive practice of subculture in this deviation.

Keyword : traveling theatre, sound and gay recreation, non-technological others, mobile body, hybridization of media, local perfor-mance, deviation

―이 논문은 2008년 3월 31일에 접수되어, 소정의 심사를 거쳐 2008년 5월 31일에 최종적으로 게재가 확정되었음.

제의와 테크놀로지로서의 서양근대음악
- 일제말기의 양악

윤 대 석*

목 차

---

1. 제의로서의 음악회

「무정」의 마지막은 그 유명한 토의 장면으로 장식되어 있다. 이형식의 일방적인 설교에 가깝지만 일단은 토의를 통한 합의라는 형식을 취하고 있는데, 이들이 설교 혹은 토의를 통해 쉽사리 '민족을 위한 삶'에 헌신하고자 결의하는 것은 그 이전에 이들 시이에 공감대가 형성되어 있기 때문에 가능하다. 그러한 결의는 형식의 고매한 정신과 그에 대한 감응에 의해서만 가능한 것은 아니다. 오히려 경부선 기차에서 일어났던 갈등을 고려하면 형식에게 보내는 신뢰와 민족에 대한 헌신의 결의

---

* 명지대 국어국문학과 교수.

는 갑작스러운 사건처럼 보인다. 그러나 이러한 돌출적 사건은 결코 돌출적이지 않다. 그 앞에 그것을 결코 돌출적이지 않게 만드는 장치가 놓여 있기 때문이다. 삼랑진 자선 음악회가 바로 그것이다.

> 그래서 마참 부산가는 긔차가 비에 걸려서 오후까지 머물게되엇슴으로 음악회를열어 거긔서 수입된 돈으로 불상한 사람들에게 따뜻한 국밥이라도 만들어먹이고십다는뜻을 말하고, 허가와 원조하여 주기를 청하였다.[1]

「무정」에서 삼랑진 수해가 단순한 자연재해가 아니라 약한 자(민족)들이 처할 수밖에 없는 모든 고난을 의미한다면, 그러한 고난을 극복하는 인간(공)적인 방식 가운데 하나가 제사이며 음악은 그 속에서 핵심적인 자리를 차지한다. 그런 점에서 「무정」의 삼랑진 음악회는 단순한 음악회가 아니라 일종의 제사의식이라고 할 수 있다.[2] 근대 이전의 제사에서는 음악이 자연이나 신을 향해 울려 퍼졌다면, 근대소설인 「무정」에서 음악은 인간들의 내면을 파고든다. 인간들이 신이나 자연에 보내는 메시지였던, 따라서 인간을 신이나 자연과 연결시켰던 음악은 「무정」에서는 존재하지 않는다. 오히려 「무정」의 음악회는 개인들을 자연적 관계에서 떼어내어 인공적 관계로 새로이 형성시킨다. 음악공연은 좀더 넓은 일상적 사회에서 사람들이 맺고 싶은 관계를 은유적인 형태로 모델화하여 구현하는 것이다.[3] '자선음악회'라는 음악의 도구화가 그 하나의 모습이다. 음악은 순전히 인간적인 행위가 되는 것이다. 그러나 삼랑진 자선음악회가 위의 인용문에서 화자가 말하는 것처럼 단순한 자선의 도구만은 아니다. 그것은 도구라기보다는 그 자체가 고난극복의 퍼포먼스라 할 수 있다. 그런 점에서 그것은 신 혹은 자연과의

---

1) 이광수, 『무정』, 홍문당서점, 1918, 537쪽.
2) 제의로서의 음악회라는 관점은 크리스토퍼 스몰의 『뮤지킹─음악하기』(조선우·최유준 역, 효형출판, 2004)에서 빌려왔다.
3) 위의 책, 100쪽.

연결을 가지지 않은 인간들만의 제의라 할 수 있다.

> 그네는 과연 아모 힘이 업다. 자연의 폭력에 대하여서야 누구라서 능히
> 더항하리오마는 그네는 넘어도 힘이 업다. …(중략)…
> "힘을 주어야지요! 문명을 주어야지오!"4)

자연의 폭력에 저항하여 인간이 살아남기 위해서는, 그리고 강해지기 위해서는 문명이 필요하다는 것이 이광수의 생각이고, 그 문명 가운데 하나가 음악인 것이다. 음악 가운데서도 근대적인 음악, 즉 서양음악만이 문명의 이름에 값하는 것이다.

「무정」이 지향하는 인간관계는 근대적인 것이다. 그들이 연주하는 음악이 서양음악이며, 음악회의 형식이 서양의 그것이기 때문이다. 자선음악회라서 더욱 많은 돈을 모으고자 했다면 당대 조선인에게 훨씬 친숙한 조선음악을 하는 것이 더욱 효과적이었을 것이다. 그러나 그들은 그러한 음악회를 개최하지 않는다. 오히려 기생출신인 영채에게까지 서양노래를 부르게 할 정도로 철저하게 서양음악과 서양적 음악회 형식을 유지한다. 그것은 그 음악회가 자선이 목적이 아니라, 더군다나 그것이 무목적을 지향하는 예술지상주의적인 것도 아니라, 특정한 인간관계 형성, 즉 문명을 만들어내는 주체의 형성을 목적으로 하고 있음을 보여준다. 삼랑진 자선음악회는 고난의 상징적 극복을 통한 주체형성의 퍼포먼스인 것이다.

근대 음악회는 부르주아 계급이 만들어낸 형식이다. 봉건적 특권계급이나 새롭게 성장하는 노동자 계급에 대립하여 만들어낸 일종의 공공공간이 서양에서의 음악회라 할 수 있다. 그 속에서 개인은 자유롭지만 공동성을 가진 주체로 형성된다. 근대 음악회에서 청중 하나하나는 주변을 돌보지 않고 음악에만 몰두하는 고립된 존재이다. 이렇듯 연주되는 음악과 개인은 타자의 매개 없이 직접 연결되지만, 한편으로 개인

---

4) 이광수, 앞의 책, 542-544쪽.

들은 연주회의 규범이나 양식 및 음악적 취향과 감동을 나누는 집단이 된다. 이러한 공공성의 최대치는 교향악과 합창이라 할 수 있다.5) 서양의 근대 부르주아가 자기 정체성을 형성·확인하는 장소가 음악회였다고 한다면 「무정」에는 그러한 청중이 존재하지 않는다. 무정에서 그러한 정체성의 확인은 연주자 사이에서 이루어진다.

「무정」에서 청중은 오로지 계몽의 대상에 지나지 않는다. 음악회에서의 감동이, 개별적이면서도 집단적인 시민의 주체형성으로 이어지지 않고, 음악 엘리트로서의 연주자의 특권성으로 이어진다. 여기서는 근대 음악회의 특징인 연주자와 관객의 분리가 계몽의 주체와 객체의 분리로 이어지는 것이다. 관객과 분리된 가운데 독창과 독주에서 연주자들의 합창으로 이어지는 삼랑진 음악회는 연주자들로 하여금 계몽의 주체로서의 사명의식을 공동으로 가지게 하기에 충분한 제의였다고 할 수 있다. 「무정」에서 모든 갈등이 봉합되는 것은 이러한 제의를 통해서였지 이형식의 감화력 때문만은 아닌 것이다.

이것의 연장선상에서 보면 1920년대 조선사회에서 열린 청년회 주최의 각종 서양 음악회는 사람을 모으는 외면적 역할만을 한 것은 아니다. 서양 음악회는 그 속에서 조선인 엘리트가 근대적 계몽 주체로서 자기 확인을 하고 그러한 자기 확인이 주최자와 청중 사이에 공유되는 제의적 공간이었다고 할 수 있다. 「무정」에서는 없었던 그러한 청중의 창출은 근대적·민족적 주체의 창출과 일맥상통한다고 할 수 있고, 그것은 음악회 바깥과 안을 철저하게 분리함으로써만 가능했다.

2. 동원으로서의 음악회

1930년대 레코드와 라디오라는 기술의 발달과 음악교육은 서양음악

---

5) 오카다 아케오(岡田曉生), 『서양음악사―'클래식'의 황혼』, 中公新書, 2005, 109쪽.

의 대중화에 기여했다. 누구든 돈만 있으면 음악회에 가지 않고서도 서
양음악을 안방으로 끌어들일 수 있게 된 것이다. 더군다나 학교교육을
통해 서양적 음악 양식을 익힌 잠재적 청중이 다수 생겨나게 된 것도
서양음악의 보급에 보탬이 되었다고 할 수 있다. 이러한 청중의 확대는
서양음악의 대형화를 가능하게 했다. 1930년대 음악계의 화두 가운데
하나가 교향악, 교향악단이었다는 점으로도 능히 이것을 짐작할 수 있
다. 1920년대가 독주회·독창회라는 실내악을 중심으로 한 엘리트 음
악회 중심이었다면, 1930년대는 여전히 이것이 중심이면서도 교향악에
대한 꿈이 무르익어 가는 시기였다고 할 수 있다. 그러나 이러한 조선
악단(樂壇)의 꿈이 다소나마 실현되는 것은 1930년대 후반이었다.

> 시절의 선물로서 할빈교향악단의 공연같이 거리에 자자한 파문을 일으
> 킨 것은 없었다. 신문의 선전이 야단스럽고, 골목골목에는 포스터가 찬란
> 하게 나부꼈다. 사람들은 포스터 앞에 서서 그 가을의 선물에 신선한 구미
> 를 북돋우고 있었다.
> 찻집에서들 만나면, 공연의 곡목을 앞에 놓고 어중이떠중이 비판과 이
> 야기에 정신이 없었다.
> "일마의 공이 적지 않어. 서울에 교향악단이 다 오게 되었으니."
> "일마의 공두 공이지만, 시민 전반의 교양이 높아졌다는 좌증이 아닌가?"
> "아무렴, 서울이 어떤 문화도시게. 동경 다음엔 가리. 이런 때 일마의 맡
> 은 일이 중요하단 말야."6)

「벽공무한」에서 현대일보사 주최로 설정되어 있는 이 음악회는 실
제로 경성일보사 주최로 1939년 3월 26일(일요일) 7시 부민관에서 열렸
다.7) 소설에서 의미를 부여한 대로 이 음악회는 조선에서 최초로 열리

---

6) 이효석, 『전집 (5)—벽공무한』, 창미사, 1983, 223쪽.
7) 이 음악회에 관해서는 이와노 유이치(岩野裕一)의 『왕도낙토의 교향악』(音樂之友社,
  1999)을 참조. 이 음악회가 「벽공무한」이라는 소설에서 가지는 의미에 관해서는 윤대
  석, 「1940년대 '국민문학' 연구」, 서울대 박사논문, 2006을 참조.

는 본격적인 교향악단 연주회였다. 경성일보사는 이 점을 부각시켜 자사 신문인『경성일보』와 자매지인『매일신보』를 통해 대대적인 선전을 하였다.8) 연주곡목도 소설에서 묘사된 것과 실제의 연주회가 일치하고 있으며, 연주회가 성황이었다는 점도 동일하다. 입장료가 대개 1원 이하였던 다른 연주회에 비해서 4원, 3원, 2원으로 높았음에도 불구하고. 그 점에서 보면 분명 「벽공무한」에 나오는 음악회는 1939년의 실제 음악회를 재현한 것이라 할 수 있다. 그러나 이효석이 이 연주회에 관해 소설에서 의도적으로 누락시킨 것이 있다. 그것은 이 연주회가 일본 국가에 의해서 가능했다는 사실이다.

「벽공무한」에서는 조선사회의 문화적 성숙과 교양의 고조를 보여주는 것으로 묘사된 이 음악회는 실제로는 '일만방공협회'의 후원으로 가능했다. 하얼빈 교향악단의 해외 공연은 사실 경성 공연이라기보다는 일본 공연이었다. 원래는 도쿄―나고야―오사카―후쿠오카 공연을 마치고 하얼빈으로 돌아갈 예정이었으나, 급거 나가사키, 경성, 신경 공연이 추가되었다.9) 또한 이 공연은 문화 공연이라기보다 정치선전의 장이었다. 하얼빈 교향악단은 동청철도가 백계 러시아인을 중심으로 만든 교향악단으로서 당시는 만철에 소속되어 있었지만, 실질적으로는 관동군 하얼빈 특무기관의 감독을 받고 있었고, 이 공연도 또한 관동군의 주선으로 이루어졌으며 일본과 만주의 친선 및 방공 사상의 전파를 그 목적으로 했다. 정식명칭도 '일만 방공친선 예술사절단'이었다. 일만 친선, 방공 동맹, 예술, 이 세 가지 명목을 걸고 이루어진, 정치와 예술이 결합한 공연이었다고 할 수 있다.

하얼빈 교향악단의 금회 연주여행은 본 악단 전원의 중대한 책임으로서

---

8) 『경성일보』만 해도 「하얼빈 교향악단을 맞아」라는 연재칼럼을 김관, 나카네 히로시(中根宏), 오오바 유노스케(大場勇之助)의 기고로 세 차례 게재하고 「하얼빈 교향악단을 말하는 좌담회」(『경성일보』, 1939. 3. 16~20)를 열었다.
9) 이와노 유이치, 앞의 책, 154쪽.

각 인원은 만주제국 유일의 교향관현악단의 부원으로서 또 음악에 의한
방공문화의 전달자로서 우수한 연주기술을 보임과 동시에 단원의 친목, 통
제를 유지해야 하며, 널리 악계의 인기와 사회의 동정지원을 받고 있는 본
악단은 그 책임 있는 방일연주여행에서 만주제국 문화의 신수를 유감없이
발휘할 것을 희망한다.10)

  하얼빈 특무기관장의 위와 같은 훈시가 그러한 사정을 요약해서 보
여주는데, 이효석은 이러한 사실을 작품 속에서 완전히 삭제하였다. 식
민자를 무의식 속으로 추방함으로써 독자적인 조선사회라는 상상적 공
간을 구축하는 것이 한국 소설이었다는 점11)을 잘 보여주는 한 사례라
고도 볼 수 있다. 그러나 정치를 삭제함으로써 과연 예술에 달라붙어
있는 정치성이 삭제되는 것일까. 조선인을 일본국민으로 호출하기 위
해 내선일체 운동을 전개하던 일본 제국은 왜 교향악이라는 음악형식
을 그 도구로 선택했을까. 과연 이 연주회에서 볼 수 있는, 교향악이라
는 근대음악과 국민동원이라는 정치의 결합이 외면적인 것일까. 일제
말기 조선의 음악인들이 왜 국가주도의 음악동원으로 달려갔을까. 교
향악을 지향하는 1930년대 조선음악계의 욕망과 교향악을 통해 국민을
호출하려는 일본 제국의 욕망이 얼마나 어긋나고 얼마나 일치하는 것
일까. 이 글은 김관의 음악평론과 일제말기의 서양음악의 상황을 살펴
봄으로써 이 의문을 푸는 단초를 얻는 것을 목적으로 한다.

3. 작위로서의 근대음악 – 김관의 음악관

  김관은 연주 중심의 조선 음악계에 거의 유일한 전문음악 평론가였
다.12) 그의 평론은 연주 비평, 악곡 해설, 서양 음악가 소개에서부터 조

---

10) 앞의 책, 143쪽.
11) 윤대석, 「경성의 공간분할과 정신분열」, 『국어국문학』 144호, 국어국문학회, 2006. 12.

122

선악단 비평, 레코드 비평, 유행가 비평 등 다양한 부분에 이르고 있다. 그러나 그 가운데 그가 가장 주목한 것, 그리고 현재에도 가장 큰 의미를 지니는 것은 조선음악계의 현상에 대한 분석과 비판이다. 그의 진단에 따르면 조선음악계의 가장 큰 문제점은 민중과 음악 사이의 거리이다.

> 정직한 말이지만 오늘까지의 조선의 음악계는 민중의 정신적 양식이 될 예술을 제작(창조)한 일이 없고, 자칭 음악가(작곡, 연주를 포함해서)들이 서양의 음악에의 지식의 과시에 급급했을 뿐이고, 심하면 악단이란 밀폐된 '골방' 가운데서 사이비 예술과 식욕과 이득에만 몰두하고 있었던 것이다.[13]

전통음악에 고착한 민중과 서양음악을 앵무새처럼 반복하는 연주가의 분리가 조선 근대음악의 건설을 방해한다고 그는 보았다. 이러한 민중과 음악의 틈 사이를 비집고 들어온 것이 레코드와 라디오를 등에 업은 유행가였다. 1937년까지 레코드의 70~80%가 유행가 및 조선고전음악이었다는 사실이 그것을 잘 말해준다. 그러나 그렇다고 해서 민중들이 즐기는 조선의 전통음악으로 되돌아 갈 수도 없다. 그것이 "조선의 금일의 생활을 표현할 수 없는 것은 자명"[14]하기 때문이다. 또한 민중들이 즐기는 다른 음악장르인 유행가가 "대중생활의 음악적 거울"이며 "민중이 기분과 사상이 발표되는"[15] 데 그 의의가 있음에도 불구하고, 그것이 퇴폐적이고 무기력하기 때문에 근대음악 양식으로 적당하지 않다.

그에게 근대음악이란 17세기에서 20세기까지 이어지는 서양근대음악의 양식을 제외하고는 존재할 수 없었다. 그렇기 때문에 "우리가 수

---

12) 김관의 음악평론에 관해서는 신설령의 「김관의 음악평론과 식민지 근대」(동아대 박사논문, 2004) 참조.
13) 김관, 「기구상실증의 악단」, 『조선일보』, 1937. 11. 26.
14) 김관, 「음악비평의 중심문제」, 『비판』, 1939. 2.
15) 김관, 「유행가 이야기」, 『가정지우』, 1939. 6.

십 년을 선진제국의 음악작품과 음악과학을 이식하는 데 급급하고 있는 것은 필연적인 추이고, 결단이었다고"[16] 그는 생각한다. "그러면 앞으로 제일 먼저 할 일은 무엇이냐 하면 서양음악을 완전히 소화시켜야 할 노력이다. 그 다음 그 소화된 것을 기초로 하여서 새로운 조선음악을 창조하여야 될 것이다."[17] 이처럼 수입된 서양의 음악양식과 조선민중의 음악감각의 괴리현상이 조선음악계의 문제점이라고 김관은 생각하고 있었지만, 그러한 괴리의 원인이 서양 음악양식에 있다고는 조금도 생각하지 않았고, 오히려 그것을 수용하는 조선의 음악가 및 서양음악양식을 이해하지 못하는 조선의 음악현실에 원인이 있다고 생각했다.

이처럼 서양의 음악양식을 절대화하고 그에 기초하여 고유의 민족음악을 창조해야 한다는 의식은 비단 김관의 것만은 아니었다. '근대의 초극 좌담회'는 바로 그러한 문제의식 하에서 서양음악을 다루고 있다.

> 우리들이 일본의 고전을 아는 것은 그 형식에 대해서 운운하는 것이 아니라 일본의 근원적인 것에 대해서 아는 것이어서 극히 정신적인 의미이다. …(중략)…
>
> 일본적 의미에서 근대의 초극은 우리들 자신의 문화를 쌓아 올리는 일에 지나지 않는다. 그것의 직접적인 의미는 서양을 초극하는 것이지만, 더욱 건설적인 더욱 적극적인 의미는 우리들 자신의 문화 창조이다.[18]

최근의 포스트모더니즘 음악 이론에서 거론되고 있는, 7음계나 화성, 악보 시스템, 소나타 형식 같은 근대 서양음악양식에 대한 비판이나 그것의 초극은 위의 글에서 전혀 언급되고 있지 않다. 오히려 서양음악양식의 자명성을 전제하고 있다고 할 것인데, 이를 다소 도식적으로 설명하면 다음과 같다.

---

16) 김관, 「음악비평의 중심문제」, 『비판』, 1939. 2.
17) 김관, 「외국음악의 소화와 조선음악의 창조」, 『조선일보』, 1933. 7. 27.
18) 모로이 사부로(諸井三郎), 「우리들의 입장에서」, 『근대의 초극』, 富山房百科文庫, 1979, 55-57쪽

오카다는 서양예술음악을 ① 지적 엘리트 계급에 의해 지탱되고, ② 주로 이탈리아·프랑스·독일을 중심으로 발달한, ③ 종이에 설계된(작위된) 에크리처로서의 음악문화로 정의한다.[19] 일본 음악계의 근대초극론은 ③을 제외한 ①, ②에 대한 초극을 의미했음을 알 수 있다. 오히려 ③을 바탕으로 한 일본 민족음악의 수립을 근대서양음악이 초극이라고 생각했다. 김관은, 근대의 초극을 말하지 않았지만, 이와 동일한 문제의식을 가지고 있었고 그것을 '새로운 조선 음악문화'라고 불렀다. 그것을 근대라고 불러야 할지 근대의 초극이 불러야 할지는 논란이 되겠지만, 어찌 되었든 중요한 것은 그가 조선민중의 현실에 기반한 음악문화를 창출하기 위해 ①, ②를 비판하였지만, ③ 자체는 절대적인 것으로서 긍정했다는 사실이다. 그렇다면 서양근대음악에서 ③은 어떠한 의미를 지니는가.

다른 민족들의 음악적인 귀는 우리의 것보다 오히려 더 예민하게 발달했으며 확실히 덜 발달하지는 않은 듯하다. 다양한 종류의 다성 음악은 온 세계에 널리 보급되어 왔다. 많은 악기들이 협력하고 여러 파트로 노래 부르는 것은 다른 곳에도 존재해 왔다. 우리 음악의 모든 합리적인 음정들이 알려지고 계산되었다. 그러나 합리적이고 협화적인 음악, 대위법과 화성, 화성적인 3도 음정을 가진 3개의 3화음을 기본으로 하여 음의 제재를 형성하는 것, 간격에 의하여 해석되는 것이 아니라 르네상스 이후 화성에 의해 해석된 우리의 반음계와 이명동음(enharmonics), 현악 4중주를 핵심으로 하는 우리의 오케스트라와 관악기 앙상블들의 구성, 베이스 반주, 근대 음악작품의 작곡과 연주, 그로 인한 작품의 확실한 보존을 가능케 하는 기보법 체계, 소나타와 교향곡 및 오페라들, 끝으로 이 모든 것을 위한 수단이 되는 오르간·피아노·바이올린 등과 같은 우리의 주요 악기들—표제음악, 교향시, 조성과 음색의 변화 등이 다양한 음악 전통 안에서 표현 수단으로 존재해 왔음에도 불구하고, 앞에서 언급한 모든 것들은 단지 서양에서만 알려져 있다.[20]

---

19) 오카다, 앞의 책, 10-11쪽.

20) Max Weber, *The Protestant Ethic and the Spirit of Capitalism*, London: Unwin University

최초의 음악사회학자로 불리는 막스 베버의 위의 글은 서양 자본주의와 서양 음악의 양식이 동일한 원리, 즉 합리적이고 체계적인 원리에 기초해 있음을 갈파하고 있다. 그것은 치밀한 계산 하에 욕망을 조절하는 테크놀로지로서 서양음악이 기능하고 있음을 의미한다. 그것을 김관의 말로 바꾸면 "지적 기능에 대해서 방법을 가지고 작위하는 것"[21]이며 "음악은 지성적 실재를 경험하는 길"[22]이다. 모로이가 "본래 수단이어야 할 감각을 다시 제 위치에 돌리고 정신의 우위를 확립하는 것"[23]을 통해 근대를 초극해야 한다고 말할 때도, 그것은 오히려 오락성을 배제하고 19세기 중반의 서양음악의 상태를 지향함으로써, 즉 근대음악을 완성함으로써 신즉물주의, 감각주의에 기반한 20세기 서양의 현대음악을 초극하려는 것이었다. 작위로서의 근대음악, 즉 19세기 중반의 서양음악의 최고형식은 교향악과 합창이었다.

4. 국민적 주체창출 기제로서의 교향악과 합창

서양음악이 온전히 소화되지 못해 음악의 생산(작곡 및 연주)이 모방에 그치고 있고, 또한 근대음악양식을 이해할 수 있는 음악적 주체가 형성되지 못하고 있는 것이 조선음악계의 가장 큰 문제라고 본 김관은 그 두 마리 토끼를 한꺼번에 잡는 방법으로 교향악과 합창의 보급을 들었다.

우선 그에게 교향악은 음악을 생산하는 주체의 성숙도를 보여주는

Books, 1930, pp. 14-15; 마이클 캐넌, 김혜중 역, 『무지카 프라티카』, 동문선, 2001, 16쪽에서 원문 비교를 거쳐 재인용. 이 서문은 내가 가진 한국어 번역판(최근에 추가)이나 이와나미 문고의 오쓰카 히사오(大塚久雄)의 일본어 번역판에는 수록되어 있지 않다.

21) 김관, 「조선에 있어서의 음악교양의 현상」.

22) 김관, 위의 글.

23) 『근대의 초극』, 57쪽.

바로미터였다. 「교향악단 대망론」(『조선일보』, 1937. 1. 4~14) 등을 통해 교향악단이 가진 가능성에 주목한 김관에게 교향악단은 단순히 "머리 수효만을 채우"는 것은 아니었다. 그것은 "현대음악의 최고도의 곡을 연주하는 오르간(機關)이고 또는 그 나라의 그 도시의 문화의 정도가 고도하고 아닌가를 측정케하는 존재"[24]이기 때문이다. 이효석이 「벽공무한」에서 교향악단의 공연이 경성의 문화수준을 보여주는 사건이라고 말하는 것도 그것과 상통한다.

또한 조선민중이 근대음악의 주체가 되지 못하고 늘 객체에 머물러왔다고 비판해왔던 김관에게 교향악은 조선민중이 유행가의 영향으로부터 벗어나 근대음악의 주체가 되는 길을 교향악과 합창에서 발견했다.

> 내가 생각하기를 음악교양에 어떠한 질서를 주기 위하여서는 그 교육의 대부분을 요구하기는 연주회의 음악종류 가운데서도 오케스트라의 음악이 아니면 아니 될 줄 안다. …(중략)… 그렇지만 그것은 일반 민중에 대해서는 음악적 정서에 참가시키기 위하여 가장 접근하기 쉬운 형식임에는 틀림없다. 그것은 실내음악과 같이 깊고 지적인 예술적 가치를 모두가 가지고 있지는 못한다. 하지만 그것은 일반적 감정과 광범한 발전과 서술을 전달하는 데는 최대의 능력을 가지고 있는 때문이다.[25]

실내악처럼 엘리트 음악도 아니며 그렇다고 유행가처럼 저속하지도 않은, 근대시민계급의 대중음악인 교향악이 근대음악의 주체를 창출하는 데 유용하다고 김관은 생각한 것이다. 그러나 교향악이 근대음악적 주체의 창출에 그치지 않고 사회사적으로 국민적 주체의 창출로까지 이어짐을 김관은 명확하게 인식하고 있었다.

하얼빈 교향악단이 경성에서 공연하기 3일전인 1939년 4월 23일 김관은 『매일신보』와 『경성일보』에 각각 「교향악단의 대망」, 「본격적 교

---

24) 김관, 「교향악단 대망론」, 『조선일보』, 1937. 1. 4.
25) 김관, 「음악교양논의」, 『조선일보』, 1938. 10. 28.

향악단」을 싣는다. 그는 다른 기고자와는 달리 정치적 문제는 전혀 언급하지 않고 음악에 대해서만 논의한다는 점에서 이효석과 동일한 입장에 처해 있다고 할 수 있는데, 그는 이 공연에 대해 "음악사상 에포킹한 시도이며 문화상에 공헌할 바가 클 것"(『경성일보』)이라고 의미를 부여하고 있다. 이에 덧붙여 그는 아주 의미심장한 다음과 같은 발언을 남기고 있다.

> 교향악은 음악에 있어서의 표현양식으로서 가장 복잡한 사회조직을 가진 국가형태에 비할 수 있는 것이고 가장 훌륭한 사회에서는 개인의 자유가 가장 강대한 범위까지 차지할 수 있는 조직이여야 할 것과 마찬가지로 교향악단은 사회적 의식과 그 훈련 밑에서 최대의 사회와 최대의 자유를 획득할 수 있어야 한다. 그러므로 교향악단은 잡다한 개개의 악기의 구성체이면서 또한 한 개의 거대한 악기와 같은 것이다.26)(윗점-인용자)

교향곡은 연주회라는 음악의 근대적 공공공간에서 생겨난 그것의 전형적인 장르이고,27) 시민계급의 음악적 총화이다. 김관이 말하는, 교향악단에서 실현되는 "최대의 사회와 최대의 자유"는 공과 사의 결합, 주관과 객관, 의지와 형식, 넘치는 생과 자기규율 사이의 균형을 의미한다.28) 그러나 포스트모더니즘 음악론에서 보면 그것은 하나의 내러티브(드라마), 즉 기존 질서를 방해하는 어떤 것을 극복하거나 최소한 견제하기 위한 투쟁과정을 재현하고, 극복되어야 할 것이 극복된 사실을 알리는 장엄한 찬미의 장면으로 끝을 맺는 내러티브(드라마)이며, 극복하는 요소는 공격적인 남성적 존재로 재현되는 반면, 방해하고 일탈하는 요소는 매혹적인 여성적 존재로 재현되고, 이 두 요소 사이이 투쟁 과정에서 만들어지는 폭력의 수준이 보통 이상으로 높다.29) 제시부,

---

26) 김관, 「교향악단의 대망」, 『매일신보』, 1939. 4. 23.
27) 오카다, 앞의 책, 109쪽.
28) 위의 책, 128쪽.
29) 스몰, 앞의 책, 362-363쪽. 이것은 베토벤의 「5번 교향곡」에 대한 언급이나 스몰에 따

전개부, 재현부로 구성되는 소나타 형식이 주제의 제시에서 시작하여 대립을 거쳐 화해로 끝맺는다면 이것을 주체의 변증법적 전개라고도 할 수 있을 것이다.

음악과 정치의 관계에 대해서는 논란의 여지가 있으므로 이쯤에서 그치기로 하겠는데, 중요한 것은 김관이 교향악단을 주체(최대의 자유)와 조직(최대의 사회)의 결합으로 보았고, 그것을 국가에 비유했다는 사실이다. 그는 교향악과 교향악단의 조직원리가 근대사회의 조직원리와 내면적 관련을 맺고 있음을 명확히 인식했던 것이다. 그러나 모든 것이 조직에 귀착된다는 전체주의적인 유기체론과 이것이 다름은 기억해 둘 필요가 있다.

조선에서 근대적 음악주체를 만드는 두 번째 방법은 "씸포니 오케스트라의 설립과 병행되야서 동일한 집합적 연주형태로서 합창단"[30]이다. 그는 다른 글에서도 "압흐로는 코러스 가튼 것을 만드러서 집단적으로 계몽운동이 필요하지 안흘가요?"[31]라고 말한다. 합창은 다른 도구가 필요 없이 맨몸으로 할 수 있는 간편한 근대음악의 수용방법이며 집단성을 띠고 있어 사회적 훈련으로도 훌륭하게 기능한다는 것이 김관의 생각이다. 독일에서 합창운동이 교양시민층의 창출에 기여했음은 이미 밝혀져 있다.[32] 19세기 독일에서 페르아인(Verein) 활동은 합창을 통해 교양을 실천함으로써 공동체 내부에 동질적인 주체를 만드는 것이 목적이었다. 얼핏 보아 내셔널리즘과 관계가 없어 보이는 차원에서 음악에 의해 내셔널한 의식의 토대가 마련되었던 것이다.[33]

르면 소나타 형식을 가진 대다수의 교향곡이 이러한 변증법을 가지고 있다고 한다. 심지어 매클러리라는 여성 음악평론가는 베토벤의 「9번 교향곡」을 "잔인한 강간과 그것을 수행했다는 기쁨이 비길 데 없이 결합되어 …… 마침내 베토벤은…… 곡을 죽을 때까지 몽둥이로 내쳐 강압적으로 끝맺는다"라고 한다(니콜라스 쿡, 장호연 역, 『음악이란 무엇인가』, 동문선, 2004, 134쪽).

30) 김관, 「교향악단 대망론」, 1937. 1. 14.

31) 김관·김영환, 「악단 이중주―새로운 조선음악의 창조」, 『조선일보』, 1937. 7. 23.

32) 미야모토 나오미(宮本直美), 『교양의 역사사회학』, 岩波書店, 2006, 참조.

지금까지 보아온 것처럼 교향악과 합창은 서양에서 근대적 주체의 창출과 긴밀한 연관을 가지고 진행되어 왔다. 김관은 교향악과 합창을 통해 조선에 뿌리를 내린 독자적 근대음악을 창출하고자 했다34). 그에게 근대음악은 조선전통음악도 아니고 유행가도 아닌 서양 근대음악이었다. 그는 유행가나 조선전통음악이 민중의 삶의 반영이고 민중의 사상인 점을 인정했지만, 그것의 "속악한 속성"(「기구상실증의 악단」)을 배제하고자 했다. 또한 그것은 "역사적인 자연성을 가진 하나의 부여된 사회제도고 그 사회적 제도가 대중의 의식에 대해서 안이쾌적인 경우"35)이기 때문에 "지적이해의 빈약성의 표본"(「조선에 있어서의 음악교양의 현상」)에 불과했다. 음악은 무엇보다도 "지성적 실재를 경험하는 길"이었던 것이고 그것을 보장해주는 것은 서양 근대음악 이외에는 없었다. 생산과 향수의 측면에서 근대음악의 주체를 형성하는 가장 좋은 통로는 합창과 교향악이었고, 그것은 근대적 주체의 창출에, 나아가 국민적 주체의 창출에 이어지는 것이었다. 이러한 조선근대음악 수립을 향한 김관의 꿈은 1939년에 이르면 일본제국의 국민호출·국민동원의 욕망과 접속되기에 이른다.

5. 1940년 전반기 서양음악의 상황

교향악단은 국가의 비유이며, 이러한 교향악단이 가능하기 위해서는 "위정당국의 원조와 보호"(「교향악단의 대망」)라고 했던 김관이 국가의 음악통제에 가담하는 것은 어느 정도 자연스러워 보인다. 김관이 소망했던 교향악단, 합창운동, 유행가 통제가 모두 중일전쟁 이후 실현되기

---

33) 앞의 책, 12쪽.
34) 교향악과 합창은 다른 음악가들도 조선악단에 반드시 필요한 것이라는 인식을 가졌다. 그러나 그들에게는 김관처럼 조선적 근대음악에 대한 사고는 결여되어 있었다.
35) 김관, 「유행가의 제문제」, 『조광』, 1937. 11.

130

때문이다.

　　과거의 전쟁이 음악문화의 발달을 저해한다고 했고, 기실 그렇기는 했지만 우리가 당면한 신동아건설을 위한 사변처리와 병(竝)되면서 영위되는 새로운 음악건설에의 의욕과 운동은 도리어 사변 전에 꿈도 못 꾸었던 광대한 음악보급과 그 수준을 높이기 위한, 즉 음악문화의 발달을 촉진케 하고 있음을 본다. 과거의 우리들의 음악적 근거는 서구음악에 의존함으로써 존재했었고, 그렇게 하지 않고서는 ‘음악 해’ 갈수 없을 만큼 빈약도 했었다. 그러나 맹목적인 추종과 무의미한 모방에서 떠난 오늘날에 있어서는 물론 아직도 전도가 요원하다고 하겠지만 새로운 지경에 들어선 것만 사실이다.36)

　　현제명은 1943년의 음악계를 되돌아보는 가운데 “오늘날처럼 음악이 동기를 받고 요망되고 중요시된 적은 일찍이 없었다고 생각한다”37)라고 했는데, 이는 아주 과장된 것은 아니었다. 서양음악의 최대 적이었던 유행가는 전쟁 이후 70%나 격감되었다. “레코드, 라디오, 토키의 저널리즘”의 악영향,38) 즉 “상업주의적 아나키”39)를 일소하기를 원했던 김관은 물론, 서양음악가들에게 이는 반가운 일이 아닐 수 없었다.

　　라디오는 어떤가. 사변 이후로 오락음악 시간이 군가물로 바뀌었다는 것은 레코드계에 있어서나 마찬가지로 당연한 일이다. 현제명, 박경희, 이종태, 이승학, 안보승 등 제씨가 지도하는 군가공부의 반향은 레코드의 전파력 이상으로 거리에서 속악한 속성(俗聲)을 방출시켰고……40)

---

36) 김관, 「동아의 신정세와 음악문화의 재출발」, 『매일신보』, 1940. 7. 7.
37) 현제명, 「악단일년」, 『녹기』, 1943. 12. 원문에서는 동의(動議)라고 되어 있으나 동기 (動機)의 오기로 보인다.
38) 김관, 「음악교양논의」, 1938. 10. 28.
39) 김관, 「국민·문화·음악」, 『매일신보』, 1941. 7. 23.
40) 김관, 「기구상실증의 악단」, 『조선일보』, 1937. 11. 26.

김관은 여기에서 한 걸음 더 나아가, 유행가의 퇴폐적인 가사는 격감했지만, 그 퇴폐적인 선율은 그대로 남아 있음을 지적할 정도였다. 유행가는 민중과의 밀착성 및 그에 대한 선전성 때문에 가장 큰 통제의 대상이 되었다. 그러나 1940년대 전반기 서양음악의 경우 음악가는 통제되고 동원되었고 작곡 부분이나 영미 음악의 연주에서는 통제를 받았으나 서양음악 자체는 통제되지 않았다. 오히려 건전음악의 보급, 동맹국(독일, 오스트리아, 이탈리아)과의 우호라는 명목 하에 더욱 더 많은 연주기회와 후원을 얻을 수 있었다. 서양 음악가는 '후생음악'이라는 명목 하에 각종 시국관련 음악회에 동원되었지만, 시국관련 음악회가 열리는 회수가 많아짐에 비례하여 서양음악을 연주할 수 있는 기회는 더욱 늘어났다. 그 사례로 1942년 6월 11일 오후 7시, 매일신보사 주최로 부민관 대강당에서 열린 경성후생실내악단 제1회 공연의 레퍼토리를 보기로 하자.

제 1 부
1. 실내악(경성후생실내악단): 천국과 지옥(오펜바하)
2. 테너독창(이인범): 남진용아의 歌(古關裕而), 오직 한사람(크로디오), 별은 반짝이다(푸치니, 「토스카」)
3. 소프라노 독창(김천애): 그리운 살던 집, 노래에 살고 사랑에 살고(푸치니, 「토스카」)
4. 피아노 독주(이인형): 담시(쇼팽)
5. 합창(경성방송혼성합창단): 대일본의 노래(동경음악학교), 승방의 노래(보헤미아 민요), 봄(케루비니)

제 2 부
1. 실내악(경성후생실내악단): 물방아의 노래, 헝가리무곡 5번(브람스)
2. 소프라노 독창(김천애): 애국의 꽃(古關裕而), 봉선화(홍난파), 엔헨의 영창(베버, 「마탄의 사수」)
3. 테너독창(이인범): 황성의 달(瀧廉太郎), 마레기아(토스티)
4. 바이올린 독주(김생려): 무용환상곡(헤리오)

132

5. 이중창과 합창(김천애 · 이인범 · 경성방송혼성합창단): 「춘희」 중(베르디)[41]

  위의 레퍼토리로 음악통제 실태의 한 측면이 드러날 것이다. 그것은 국민으로의 호명과 전쟁동원이라는 정치적 측면과 건전음악의 명목하의 서양음악의 보급이라는 문화적 측면을 모두 가지고 있었다고 할 수 있다. 이러한 현상은 전황이 불리해진 1943년 이후에도 달라지지 않았다. 일례로 1945년 4월 11일의 경성교향관현악단의 프로그램은 서양음악 일색(롯시니 「세빌리아의 이발사」, 하이든 「시계 교향곡」, 비제 「칼멘조곡」, 베토벤 「에그몬트 서곡」)이었다. 이것은 음악통제가 다음과 같은 기준에서 이루어졌기 때문이었다.

  정보국에서는 지난 13일 미영음악에 대한 취체를 강화하야 레코드 연주의 정지와 자발적 제출, 또는 강제회수에 의한 적성음악 추방령을 내려 문화면으로부터 미영사상의 격멸에 진출하였는데 그후 정보국으로 이에 대한 수만흔 질문이 드러오므로 이노우에 제5부 제3과장은 17일 밤 "미영음악은 전부 무엇이든 금지하는 것이 아니다"라고 그 취지를 설명하였다.
  금지의 대상은 재즈와 외국어로 노래한 외국에서 수입한 레코드를 위주하는 것으로 민요가튼 것이나 국어로 노래되여 충분히 소화되고 국민의 감정에 스며들어 잇는 곡목, 예를 들면 「형광」, 「안락한 가정」, 「늦여름의 장미」 등은 금지하지 안으므로 오해가 업기를 바란다.[42]

  1940년대 음악통제의 주도권은 확실히 서양음악이 쥐고 있었다. 악계의 통제와 일원화, 음악문화의 신장 · 발전, 음악가의 자질 향상을 도모하고 사회의 모든 층에 건전한 음악을 침투시키고자 하는 목적으로 1941년 1월 25일 만들어진 '조선음악협회'는 방악부, 조선악부, 양악부, 교육음악부, 경음악부로 구성되어 있었지만, 일본음악을 의미하는 '방

---

41) 『매일신보』, 1942. 6. 10.
42) 「일률로 금지는 안는다」, 『매일신보』, 1943. 1. 19.

악(邦樂)'은 조선의 특수성 때문에 사회적으로 침투되지 못했고, 아악을 주로 하는 조선악부는 몇 번의 음악회를 가졌으나 보호의 측면을 넘어서지 못하였다. 더군다나 전쟁에 도움이 되는 음감교육이라는 명목 하에 음악교육마저 서양음계의 교육이 주류가 됨으로써 서양음악의 주도권이 더욱더 명확해진다.

국민으로의 호명과 근대음악적 주체의 수립은 동일한 것의 다른 표현이라고 볼 수 없을까. 김관이 꿈꾸었던 근대음악의 꿈은 사실상 1940년대 음악통제 하에서 실현되었다. 완전한 교향악단은 아니지만 경성 후생실내악단, 경성교향관현악단 등으로 어느 정도로 관현악을 조선에서 들을 수 있게 되었으며, 국민개창운동43)으로 합창운동이 활발하게 일어났다. 서양음악은 국민을 호명하는 테크놀로지로 기능했으며, 연주회는 국민임을 재확인하는 제의로서 기능했다. 수용자, 즉 청중의 측면에서 보면 그들이 모두 국민으로 호명되지는 않았겠지만 서양 근대음악에 그러한 성격이 원천적으로 포함되어 있음은 부정하기 어렵다. 그것은 이광수가 사용하려 했던, 그리고 이효석이 무의식속에 봉인하려 했던 음악의 사회적·정치적 기능이었다.

주제어 : 김관, 제의, 동원, 작위, 교향악, 합창

---

43) 국민개창운동은 해방 이후에도 국민의 호명에 사용되었다. 6·25 직후(「국민개창운동 추진회 신발족」, 『동아일보』, 1954. 8. 29), 그리고 61년 군사 쿠데타 직후(「국민개창운동의 방향」, 『동아일보』, 1961. 7. 23)에 국민개창운동이 일어났음은 시사적이다.

◆ 참고문헌

1. 기본자료
『매일신보』『동아일보』『조선일보』『京城日報』『비판』『가정지우』.
이광수, 『무정』, 홍문당서점, 1918.
이효석, 『이효석전집 5―벽공무한』, 창미사, 1983.

2. 연구논문
신설령, 「김관의 음악평론과 식민지근대」, 동아대 박사논문, 2004.
윤대석, 「1940년대 '국민문학' 연구」, 서울대 박사논문, 2006.
―――, 「경성의 공간분할과 정신분열」, 『국어국문학』 144호, 국어국문학회, 2006.
        12.

3. 단행본
스몰, 크리스토퍼, 조선우·최유준 역, 『뮤지킹―음악하기』, 효형출판, 2004.
캐넌 마이클, 김혜중 역, 『무지카 프라티카』, 동문선, 2001.
쿡 니콜라스, 장호연 역, 『음악이란 무엇인가』, 동문선, 2004.
岩野裕一, 『王道樂土の交響樂』, 東京: 音樂之友社, 1999.
岡田曉生, 『西洋音樂史』, 東京: 中公新書, 2005.
宮本直美, 『敎養の歷史社會學』, 東京: 岩波書店, 2006.
『近代の超克』, 東京: 富山房百科文庫, 1979.

◆ 국문초록

이광수의 「무정」에서 음악회는 단순한 자선의 도구가 아니라 민족적 고난을 극복하는 퍼포먼스를 통해 연주자들이 계몽적 주체로 자신을 발견하는 장이었다는 점에서 제의적 기능을 가진다. 이효석의 「벽공무한」에서 음악회는 조선사회의 문화적 수준을 보여주는, 즉 시민적 정체성 형성의 증거로서 드러난다. 그러나 그것은 일본 제국의 국민 호명·동원을 무의식으로 억압함으로써 가능했다. 계몽적·민족적 주체창출에 대한 욕망이 일본 제국의 국민 호명과 접속하는 지점이 음악에서는 1930년대 후반의 교향악 연주회였다고 할 수 있다. 이 논문은 그러한 가설을 증명하기 위해 김관과 1940년대 전반기의 음악상황을 살펴본다.

김관은 서양음악의 양식을 절대적인 것으로 파악하고 그것을 바탕으로 조선민족음악을 구성하려 하였다. 그는 서양음악을 작위로 파악했는데, 그것은 치밀한 계산 하에 욕망을 조절하는 테크놀로지로서 서양음악을 의미했다. 그러한 서양음악의 최고치는 교향악과 합창이었다. 교향악은 주관과 객관, 의지와 형식, 넘치는 생과 자기규율 사이의 균형을 의미하는 것이었으며 작위로서의 서양음악을 가장 잘 표현하는 것이었다. 이런 점에서 근대 음악적 주체를 창출하는 가장 적절한 수단으로서 김관은 교향악과 합창의 보급을 주장했다. 교향악과 합창은 근대 음악적 주체의 창출에만 기여하는 것은 아니고 근대적 주체 창출로도 이어진다. 교향악단의 조직원리는 근대사회의 조직원리와 내면적인 연관성을 가지고 있었던 것이다.

이러한 근대 음악적 주체 및 근대적 주체의 창출은 교향악을 매개로 하여 일본 제국의 국민 호명·동원과 접속한다. 그 접점은 교향악과 합창운동이었다. 김관은 교향악을 국가조직에 비유함으로써 이러한 접속을 논리화했다. 이것은 서양근대음악의 양식 자체에 테크놀로지로서의 기능이 있고 서양근대음악회 자체에 제의적 기능이 있기 때문에 가능한 것이었다. 1940년대 전반기의 음악 상황은 이 점을 잘 보여주는데, 이 시기 서양근대음악은 일본 제국의 통제와 동원의 선두에 서서 그것을 주도하기에 이른다.

◆ SUMMARY

The Location of the Classical Music Oriented from Europe in Chosun as Ritual and Technology

Yun, Dae-Seok

In 'Mujung'(1917), Lee Kwangsu's novel, concert of the classical music oriented from Europe was not only tools of charity but also the place in which the performer finds him(/her)self as a subject of enlightenment through nationalistic performance. In that meaning concert was national ritual. In 'Pyokkongmuhan'(1940), Lee Hyoseok's novel, concert of the classical music oriented from Europe was not only the indication of Chosun's cultural maturity but also the instrument of calling as Japanese nation.

Kim Kwan recognized the form of European classical music as irresistible and he was willing to construct Chosun's modern music on this form. He found artificiality in European classical music. Kim said that symphony and chorus must be spreaded in Chosun for that reason. The artificiality of symphony is connected to forming national subject.

In this point the Kim Kwan's desire for constructing modern music in Chosun connected to the Japanese colonial power which wanted to change Chosun's people to Japanese nation. In that reason, the classical music oriented from Europe and its musician had the initiative of controlling music in Chosun under second world war. It was the realization of Lee Kwangsu's dream and the dark side of Lee Hyosuk's dream for cultural maturity in Chosun.

Keyword : Kim Kwan, Ritual, Call, Artificiality, Symphony, Chorus

─이 논문은 2008년 3월 31일에 접수되어, 소정의 심사를 거쳐 2008년 5월 31일에 최종적으로 게재가 확정되었음.

II. 일반논문

제국과 유럽: 삶의 장소, 초극의 장소
─ 식민지 말기 공영권·生存圈과 그 배치, 그 기율, 그리고 조선문학

김 수 림*

목 차

재산과 소유는 전술적 영역에 속하는 것이다. 수집가는 전술적 본능을 지닌 사람들이다. 그들은 경험을 통해, 언제 그들이 어떤 낯선 도시를 정복해야 하고, 아무리 적은 골동품 가게라도 그것이 성곽이 되며, 아무리 외진 곳에 있는 문방구라도 그것이 결정적인 위치를 차지할 수 있다는 사실을 아는 것이다. 책을 정복하기 위해 나선 나의 행진 속에서 얼마나 많은 도시들이 그 본연의 모습을 드러내었던가?

─ 발터 벤야민[1]

---

* 고려대 국어국문학과 박사과정 수료.
** 이 연구에 참여한 연구자는 '2단계 BK21 고려대 한국어문학교육연구단'의 지원비를 받았음.

1. 소비와 主權: 京城이라는 이름의 세계지도와 식민성의 초극

1) 코스모폴리스와 주권
— 식민지 대도시 문학의 역설과 모더니즘

식민지에 있어서 '도시문학', '모더니즘 문학' 혹은 '대도시의 근대문학'이란 어떠한 조건 위에 서있었던 것일까? 상품, 화폐, 기호, 코스튬과 지식들로 이루어진 자본주의의 우주적(universal) 흐름 속에서 '분산적 자연성으로서의 민족적 특수성'(헤겔)을, 혹은 지우고, 혹은 배제하고, 혹은 뒤섞는 구체적인 장소로서의 비서구 사회의 대도시는 어떠한 문학적 기술 가능성들을 약속하는 것일까? 근대화가 비서구 지역의 서구화를 의미할 때, 즉 자연·전통·유기체성 등으로부터 비자연·작위·비유기체성 등으로의 이행을 의미할 때, 근대화(=서구화)는 자연적 요소들과 비자연적 요소들 사이에 가로놓인 불연속성을, 반드시 해결되어야만 하는 필연적인 과제로서 제기한다. 아마도, 이 불연속성의 해결이 결단을 요구할 때 근대화 도정에 있는 한 사회에 있어서 결정·주권을 둘러 싼 문제가 그 고유한 영역을 드러낼 것이다. 이 불연속성이 자신의 구체적 공간과 위상을 획득하는 것이 대도시—코스모폴리스였다.

헤겔의 정의를 따르자면, "각종의 세계사적 민족 그 자신이 가지고 있는 특수적인 원리는 곧 그 민족의 자연규정성이다. 그리고 이 자연성이라고 하는 의상을 한 정신의 특수적인 각 형태는 분산적인 형태를 취한다. 왜냐하면 분산성이야말로 자연성의 형식이기 때문이다."2) 이 민족적 특수성은 "인류의 전체로서의 보편성"인 "국가"에 비해 지엽적인 계기에 불과하다.

---

1) 발터 벤야민, 반성완 역, 「나의 서재 공개」, 『발터 벤야민의 문예이론』, 민음사, 1983, 34쪽.
2) G. W. F. 헤겔, 김종호 역, 『역사철학강의』, 삼성출판사, 1982, 167쪽.

헤겔에게 있어서 '분산적 자연성으로서의 민족적 특수성'으로부터 비자연적인 보편적 형태로의 이행은 '인류의 전체로서의 보편성'인 '국가'에 의해서 가능해지는 것이었다. 바꾸어 말해, 자연에서 작위로의 이행의 불연속성이 대도시라는 공간·위상을 가지고 나타난다면, 결정의 가능성은 국가라는 위상을 통해 나타난다. 국가 혹은 주권이 부재하는, 즉 결정이 부재하는 식민지의 대도시는 (자연-비자연의 불연속성에 대한) 주권의 고유한 영역을 환기하면서 동시에 그것을 결정의 형태로 해결할 수 없다. 자연과 작위를 둘러싼 이 불연속성과 불연속성에 대한 결정이 불가능하다는 것이 비-서구 식민지의 '도시 문학'이 지닌 역사적인 조건의 역설을 표시하고 있다. 식민지의 도시란 여전히 자연적 삶이 펼쳐지는 '삶의 장소'이면서 동시에 자본주의의 운동이 가져온 비자연적·비유기체적인 요소와 관계들을 통해서만 가시화되는 공간이며, 근대 문학으로서의 도시문학은 이것을 일관되고 통합적으로 기술할 수 있어야 한다. 그러나 식민지의 도시문학은 그러한 총체적 기술 가능성을 스스로 결정할 수 없다. 혹은 그러한 결정의 근거를 자기 내부에 가지고 있지 않다.3)

    A, 어듸서오나?
    B, 응 멕시코서 오네
       멕시코는 北米에잇습니다.
    B, 자네는 어듸서오나?
    A, 저녁먹고나서 심심하기에 『모나코』로 해서 『모록고』에 갓다가 『하와이』로 洋酒나 한잔마실가하고 가는길일세.4)

---

3) 김항은 「벤야민의 문턱: 댄디와 주권」(『현대비평과 이론』 23호, 2005. 7)에서 벤야민과 칼 슈미트의 공명을 검토하며 벤야민의 예술론·도시론(『파사쥬론(passagen werke)』과 「중앙공원」, 「보들레르의 몇 가지 모티브에 대해서」 등)과 법·신학·정치론 사이의 연관을 추적함으로써 양자가 함께 뒤얽힌 문제 영역이 있음을 환기시키고 있다. 이 글의 문제의식은 세계, 대도시(코스모폴리스), 국가의 상호 관련을 결정과 시스템·테크놀로지의 문제로 다루는 작업에 자극과 영감을 제공했다.
4) 李瑞求, 「新版 京城地圖」, 『中央』, 1935. 5, 27쪽.

中央』1935년 5월호의 「新版 京城地圖」라는 제명의 기사에서 무료한 경성의 조선청년들이 나누는 일상 대화는 이렇게 서술되어 있다. "『쳇페린』의 航空船으로도 린드뻭의 飛行機로도 하로밤에 世界一周는 못하"지만 "그러나 우리서울사람들은 밤마다 떼를지어 世界一周의 途程에 오릅니다. 얼마나 明朗한 이야기겟습니까"라고 묻고 있으되 답을 이미 구한 허무맹랑한 언설이 "一夜에 世界一周"라는 제하에 펼쳐진다. "歐羅巴의 모나코에서 어느틈에 地中海를 건너 亞弗利加 모록코에를 갓다가 印度洋을 건너 朝鮮에 온것도 奇蹟以上이겟는데 또 將次 太平洋을 건너 『하와이』로 술을마시러간다니 이런 기매킬수작"을 행하는 경성의 조선 청년들의 세계일주의 마술이란 실상 "카페"와 "茶집"의 商號 사이 — 세계 대도시의 고유명을 차용한 상호가 진열된 경성 시내를 배회하는 것에 불과했다. "모나코는 竹添町에잇고 하와이는 仁寺洞에잇고 모록코는 멕시코와함께 鐘路通二町目에잇고 『제네바』와 聖林은 明治町에잇"는 까닭에 "新版 京城地圖"는 세계지도와 겹쳐질 수 있게 된다.

여기에서 기호들이 배치된 시스템으로서의 '지도'는 식민지 도시 경성을 기초하는 근본적인 규정력을 발휘한다. 기호들을 배치하는 시스템이자 기율인 지도는 거리와 장소들 — 다케조에마치(竹添町, 오늘날의 충정로)나 메이지마치(明治町, 오늘날의 명동)를 기호화하고 분류하고 위치시킴으로써 그러한 기호 요소들의 집합으로서 전체를 분절하고 완성한다. 경성지도가 이렇듯 고유한 지명들의 기호 배치로서 출현하는 것과 마찬가지로 세계지도 역시 국가와 도시들의 고유명으로 채워진 완결된 기호 체계로 나타난다는 점에서 일치한다. 그러나 그 둘이 겹쳐지기 위해서는 약간의 마술이 필요하다. 상품의 이름, 상점의 이름 — 이것은 고유명이면서 동시에 알레고리인데, 그 복화술적인 이중성을 통해서 세계 도시는 "경성지도" 안에 등록되고 경성 내부에 속한 공간이 된다. 세계 도시가 등록되는 공간 — "경성지도"는 '등록된 것'(세계 도시의 이름)과 '등록의 메카니즘 그 자체'(경성의 유흥가와 상호와 지도)

를 '전시'함으로써 문자 그대로 코스모폴리스로 재탄생했다. 이 기호의 마술, 알레고리의 복마전을 통해서 도시지도와 세계지도라는 두 개의 상이한 지도—기호 배치는 얼마간 연동하고 공명했다. 그리고 보다 많게는 그러한 연동과 공명을 전시할 수 있었다. 이것을 통해서 식민지의 중심 도시는 사사로이 세계라는 무한에 근접한다는 가상을 소비할 수 있었다.

이서구가 묘사하고 있는 경성은 말하자면 매일 만국박람회가 펼쳐지는 공간이다. 세계도시들이 거주하는 대도시 경성. 그런데 그 거주의 방식은 세계도시들을 포함시킴으로써 증식을 거듭하는 대도시의 '확장'이었을까, 아니면 세계(도시들)에 의한 식민지 도시의 '점령'이었을까. 상품과 고유명과 의상과 같은 '세계의 파편들'이 전시되고, 또 그것들이 군림하는 식민 도시 경성은 이러한 질문을 불러일으키게 만드는 공간이었다.

이 질문에 즉각적인 답변을 제출하는 대신에, 순진하며 말 그대로 "명랑"하기까지 한 이 기호 유희의 공간으로서 경성을 등장시키는 담론과 상상력에 깃든 징후를 우선 살펴보기로 하자. 우선 이 이국적인 고유명들의 전시장에서 국가의 이름은 생략되거나 부차적인 것이 된다. 전세계에 분산된 도시의 이름만이 유통의 단위가 되며 거기에 깃든 차이와 특수성으로서의 내셔널리티가 환기된다. 그 반면, 네이션=스테이트 그 자체는 소환되지 않는다.5) 이 세계—도시의 이름이 알레고리로서 전시되어 성좌를 이루고 그 성좌가 곧 세계를 환기시킬 때, 바꾸어 말해 국가를 생략한 채, 분산적 차이들이 세계라는 집합을 구성하는 가능성을 표상할 때, 세계는 흡사 主權性(sovereignty)의 문제로부터 면제

---

5) 위에 거명된 이름 중에서 아마도 "멕시코"와 "모록코"의 경우를 예외로 해야 하겠지만, 그 예외성은 무한히 연장 가능한 도시명의 행렬 속으로 빨려 들어가면서 그 예외성이 희석되어 버리는 것 또한 사실이다. 한편, 뒤에 언급하겠지만 고유명이 자국어에 대해 내적이며 동시에 외적인 관계를 가지기 때문에 네이션으로부터 멀어진다는 측면 또한 고려할 수 있다.

144

된 채 이국적인 공간들, 즉 각각의 차이 지워진 도시들을 전시하는 박람회로서 출현한다.

국가와 주권의 문제가 괄호 속에 봉인된 세계의 일주—그 순진한 외양과는 달리 이것은 엄청난 마술적 효과를 불러온다. 이 마술적 효과는 단지 식민지 조선의 경성이 지닌 식민성(주권과 결정의 부재)을 생략하는 것에 국한되지 않는다. 이 세계가 이미 주권과 식민성의 문제에서 해소된 공간으로서 나타나기 때문이다. 주권성의 문제가 봉인됨으로써, 온 세계의 식민성이 해소된 것이다. 바꾸어 말하면, 세계 그 자체가 결정이 없음에 의해 기초된 공간으로서 나타난다. 따라서 국가와 국가의 관계, 그 사이에 존재하는 위계, 식민과 피식민에 대해 판단을 정지한 채 이루어지는 경성에서의 유희는 세계가 식민성의 문제에서 해방된 사건에 수반되는 귀결로서 식민성을 초극할 수 있게 된다. 이제 순진한 향유가 가능해질 것이고, 도시와 도시들이 점점이 이어져 완결되는 세계는 향유의 공간이 될 것이다. 누가 결정하는가, 누가 지배하는가, 누가 지배 받는가, 서구의 공간은 어디이며 비서구의 공간은 어디인가. 그리고 무엇보다 식민(성)이란 무엇인가, 주권이란 무엇인가 하는 질문을 해소시켜버림으로써 도시명의 '아케이드'로서의 세계는 가능해졌다. 「신판 경성지도」는 '결정할 수 없음'이라는 식민지 대도시의 역사적 조건을 (세계의 본래적인) '결정의 부재'로 대치시켜 버렸다. 그 안에서 주권과 결정에 대한 이와 같은 질문들의 고유한 영역은, 비로소 드러나지만 곧바로 효력을 상실해버린다. 바로 이렇게 '세계화된 세계'에서 순진하고, 명랑하며 백치스러워 보이기까지 한 방식으로 하룻밤에 "세계일주"를 벌이는 기호의 유희는 전개된 것이었다. 그리고 거기에서 식민―주권의 문제를 해소하는 힘이야 말로 명랑성의 정체라고할 수 있다. 그 명랑한 이야기는, 식민지라는 상황에서 비롯된 국가적배치를 묻지 않는 공간으로 경성을 묘사했고 그에 의해서 세계―도시들 혹은 도시들의 세계라는 대열에 "京城"―'경성'이기도 하고 '케이죠'이기도 한―이라는 이중성의 공간을 등록시켰다.

이제 "京城"의 경우에 있어서, 세계(cosmos)와 도시(polis)가 겹쳐지는 코스모폴리스 고유의 현상이 과연 '확장'인가 '점령'인가 하는 질문에 대해 엄밀하게 대답한다면, '점령'이었다고 말할 수 밖에 없을 것이다. 왜냐하면, 식민지 근대성과 식민지 근대문학에 대한 연구들이 정당성을 구해온 바처럼 "京城"이라는 공간을 작위적으로 결정하는 힘의 근거는 제국 일본이 소유하고 있었기 때문이다. 그러나 그에 못지않게, 근대 대도시의 공간이 주권의 고유한 문제 영역을 암시하는 동시에 결정—주권의 문제가 효력을 상실하도록 만드는 잠재력을 지니고 있음을, 코스모폴리스와 세계를 연결하는 텍스트가 보여주고 있다면 그 근거를 함께 생각해볼 필요가 있다.

1917—太陽이 逃亡간 해
世界의 우리들은 8月 20日 地球發電報를 作成하엿다

第1의 同志는 뉴욕 사크라멘트 等地에서 數十層死塔에 爆彈洗禮를 주엇스며
第2의 同志는 휜랜드에서 殺人者 米國의 商品에 對한 非買同盟을 組織하엿고
第3의 同志는 코—펜하—견에 아메리카 犯罪者의 大使館을 襲擊하엿스며
第4의 同志는 「암스텔담」宮殿을 破壞하고 軍隊의 銃끗헤 목숨을 던젓고
第5의 同志는 巴里에서 數百名警官을 ××하고 다라낫스며
제6의 同志는 모쓰코바에서 熾熱한 第3인터내슈낼의 命令下에서 大示威運動을 일으키엇고
第7의 同志는 도—교에서 ××者의 大使館에 脅迫狀을 던지고 갓스며
第8의 同志는 스위스에서 지구의 强盜 國際聯盟本部를 襲擊하엿다(그째의 그놈들은 한 장의 二百兩짜리 琉璃窓이 쌔여진 것을 歎息하엿다 — 눈물은 廉價다)
오 지금 世界의 到處에서 우리들의 同志는 그놈들의 暴壓과 ××에 얼마나 壯烈히 싸화가고 잇는가
그러나

> 人類의 犯罪者
> 歷史의 屠殺者인
> 아메리카―쑤르죠아의 政府는
> 사랑하는 우리의 同志
> 世界無産者의 最大의 동모
> 삭코, 반제스틔의 목숨을 빼어섯다
> 電氣로―
> 　(푸로레타리아―트의 發電하는 電氣로)
> 　　　 ― 林和, 「曇―1927―「작코」・「반제스틔」의 命日에」 일부

　1927년 8월 23일 강도 살인의 누명을 쓰고 미국 정부의 사법 권력에 의해 사형당한 사코(Nicolas Sacco)와 반제티(Bartolomeo Vanzetti)의 사건을, 임화는 1년 뒤의 시점(1928. 8. 28)에 카프 최초이자 유일의 기관지였던 『예술운동』에 발표하였다. 이 시에서 세계 각처의 "우리" "푸로레타리아―트" "동지"들이 행동을 벌이는 장소는 국가가 아니라 도시로 표시된다. 임화가 제출한 프롤레타리아 국제주의의 시적 표현 속에서 세계 각지의 추상적 범주로서의 노동자 계급이 구체적 장소를 획득하는 것은 대도시이다. "人類의 犯罪者/ 歷史의 屠殺者인/ 아메리카―쑤르죠아의 政府"만이 노동자 계급의 敵인 국가로서 출현한다. 이 대도시의 연결과 집합을 통해서 세계가 환기되고, 국가를 대신해서 도시가 세계를 구성하게 된다. 세계는 작위로 가득하지만 작위의 근거는 보이지 않는 공간, 즉 국가의 존재가 괄호 쳐진 공업 대도시들의 비유기적인 연결을 통해 환기된다. 그 세계는 대도시의 알레고리로 이루어졌으며, 결정의 근거는 부재한다.

　김윤식은 이 작품에 대해서 "이렇게 임화가 썼을 때, 실상 그는 프롤레타리아 시를 쓴 것이 아니라 최신형 모더니즘(미래파)의 시작을 감행한 것"이었으며 "김기림과 동갑이지만 〈기상도〉(1936), 〈태양의 풍속〉(1939)보다 훨씬 먼저인 1927년에 그와 거의 방불한 효과를 노린 수법을 사용할 줄 알았으며, 그보다 두 해 후배인 보성중학 출신인 이

상의 〈오감도〉(1934)보다 무려 7년이나 앞서 그러한 수법을 사용했던 것이다"라고 평한 바 있다.6) 임화가 「우리 옵바와 화로」를 쓰기 전의 습작 정도로 평가되는 작품과 김기림, 이상의 문제작을 동일한 수준에서 견주고 있는 김윤식의 파격적인 비평은 이 작품이 암시하고 있는 문제적인 영역을 불명료한 형태로나마 지시하고 있다. 임화가 이렇게 썼을 때,(김윤식이 보았던 것과는 정반대로) 실상 그는 프롤레타리아 시를 쓰기 위해서 모더니즘·미래파적인 시작을 감행할 수밖에 없었던 것이 아닐까? 좀 더 정확히 말해서, 임화는 국가의 경계를 초과한 계급으로서 프롤레타리아를 묘사하기 위해, 그리고 바로 그 계급─'대도시의 인구'에 의해서 세계를 환기하고 그 세계 속에 조선의 노동자 계급을 위치시키기 위해서 다다와 모더니즘의 언어를 취할 수밖에 없었던 것이 아닐까? 즉 본격적인 공업화 이전의 경성에서 '프롤레타리아 국제주의'에 부합하는 作詩의 가능성이란, 근대적인 서정시나 산문시의 형태로는 일관되고 유기적인 서술이 불가능하다. 그것을 가능케 할 일관성의 토대─즉 식민지 대도시가 지닌 불연속성을 해결할 결정의 근거를 경성은 가지고 있지 않았기 때문이다. 그 때 적합한 것, 아니 감행할 수밖에 없는 것이 문학과 예술의 19세기적 문법을 내외에서 해체하는 방법, 즉 사물·언어·세계의 비유기적 배치를 하나의 표준 상태로 만드는 도시 모더니즘, 곧 미래파와 다다의 테크놀러지라고 할 수 있다. 그 테크놀러지는 작위성과 비유기체성을 방법적으로 전시하며, 대도시가 암시하는 결정─주권의 문제의 효력을 지워버린다.

---

6) 김윤식, 『임화 연구』, 문학사상사, 1989, 116-122쪽 참조.

2) 코스모폴리스로서 경성을 상상한다는 것
― 향유의 테크놀러지와 시스템으로서의 서구와 대도시

　세계지도를 압축하면서 또 세계지도로 확장해 나아가는 "경성지도"
는 서구 혹은 유럽적인 것을 피상적으로 모방하거나 욕망하지 않는다.
근대화는 전지구적 차원에서 언제나 비서구 사회의 서구화 과정으로서
나타났다. 근대성의 기원=서구=유럽을 직접적으로 욕망하고 모방하
는 한에서 그 주체는 언제나 식민지라는 자리에 있게 된다. 기원을 닮
고자 하는 욕망은 욕망하는 주체를 그 기원으로부터 욕망에 비례하는
만큼 더 멀고, 더 낮은 자리로 전락시킨다. 그것은 서구·서양의 욕망
이 아니다. 그렇다면 서구의 욕망, 서구의 만족은 어떠한 것인가? 사카
이 나오키는 이렇게 요약하고 있다. "서양은 타자에 의한 인지에 결코
만족하지 않는다. 그것은 자기 이미지를 끊임없이 변화시키기 위해 항
상 타자에 접근하려는 충동에 이끌리며 계속 대문자 타자(Other)와의
상호작용 속에서 자기 자신을 찾는다. 서양은 인지되는 것으로는 결코
만족하지 않고 타자를 인지하길 원한다. 그러한 인지의 수용자이기보
다 공급자이고자 하는 것이다. 요컨대 서양은 그 아래에 특수를 포괄하
는 보편의 계기를 대표해야하는 것이다."7) 에드워드 사이드에서 사카
이 나오키에 이르기까지 반복되는 보편자로서의 서구라는 개념은 단순
히 비서구 사회의 식민화를 정당화하는 이데올로기가 아니라 서구가
자신을 체계적인 시스템으로서 구축하는 테크놀러지라는 것을 이야기
하고 있다. 거기에는 지배뿐만 아니라 향유의 기율과 즐거운 지식이 존
재한다. 그런데 그 보편적 시스템을 통해 '세계의 유럽화'가 구축된다
는 것, 비서구의 식민지가 서구를 시스템으로 수용한다는 것은 과연 무
엇인가?
　「新版 京城地圖」는 서양을 욕망하되 서구 그 자체를 직접 욕망하지

---

7) 사카이 나오키(酒井直樹), 후지이 다케시 역, 『번역과 주체』, 이산, 2005, 261쪽.

않는다. 즉 그것은 '특수한 차이들의 분산인 비서구 세계'에 대해 '보편성으로서의 서구'가 취하는 '관계'를 욕망한다. 비서구 사회에 대해 서구가 취하는 '관계'의 성격은 만국공법 체계 내에서 주권국가들에 대해 주권국가가 맺는 관계와는 다르다. 이국적인 특수성들로 구성된 세계가 있고, 그것을 향유하는 서구가 있다. 서구가 아니라 서구의 향유를 모방하는 것, 그것이 식민지라는 제한된 규정으로부터 벗어나 세계라는 지평으로의 도약을 가능케 하며 무엇보다도 서구라는 근원의 우월성—그 위력, 그 활력에 일치해가는 길을 만든다. 그렇다면 그 '관계'란 어떠한 것인가? 그것은 분산적 차이들의 비유기적 연관을 통어하는 보편적 시스템에 다름 아니다. 바로 이런 의미에서 비서구 사회의 서구화 과정으로서의 근대화 혹은 '세계의 유럽화'라는 차원에서 서구는 지구상의 특정한 지역만을 의미하지 않는다. 그것은 근대화 과정 속의 사회가 지닌 자연과 작위, 유기체성과 비유기체성의 불연속적인 배치에 부여된 규칙들의 체계, 시스템의 테크놀러지 자체라고 보아야 한다. 그런데 사이드에서 사카이 나오키에 이르기까지 이점은 줄곧 암시되어 왔지만 거기에는 누락된, 끝까지 전개되지 않은 부분이 있었다. 즉, 자연과 작위 혹은 작위와 작위의 비유기적 배치에 부여된 '규칙·시스템·테크놀러지로서의 서구'가 바로 그러한 관계를 결정하는 고유한 영역—다름 아닌 주권의 기능을 대신한다는 것, 즉 결정의 공백·부재를 메우며 그에 따라 주권을 둘러싼 문제 영역을 무효화했다는 점이 고려되지 않아왔던 것이다.[8] 이점을 고려하지 않고, 단지 서구가 보편의 계기를 대표하고자 한다던가, 오리엔트를 타자화하는 동시에 스스로를 구성한다던가 하는 해석은 비서구의 식민지가 스스로를 구성하는

---

8) 테크놀러지·시스템·기율로서의 보편적 서구(그리고 그것이 구체적 장소를 획득한 대도시)라는 개념이 주권의 고유한 영역(세속 국가)을 대신하는 방식은 이 자리에서 논의하는 것은 불가능하다. 다만 국가의 통치성이 미시 규율 권력과 접합하면서 스스로의 형체를 지우며 일상으로 스며드는 과정 또한 시스템으로서의 대도시라는 근대 공간이 시스템으로서의 국가를 대체한다는 것, 그 과정에서 결정의 부재를 감춘다는 맥락에서 고려해볼 필요가 있다는 것을 언급해두기로 한다.

기율로서 오리엔탈리즘을 자기화하는 이유를 충분히 설명할 수 없다.

테크놀러지의 시스템으로서의 보편적 서구는 자연—작위, 작위—작위의 비유기적인 배치를 '결정하는 대신에' 규칙성을 부여한다. 바로 그런 의미에서 시스템으로서의 서구가 장소를 획득하는 것은 유럽 대륙 혹은 아메리카 대륙이 아니라 대도시가 아닐까? 세계 각지의 코스모폴리스들이 공명할 수 있다는 것, 세계가 그 코스모폴리스들의 집합으로서 환기될 수 있다는 것은 대도시가 장소를 가지는 동시에 장소를 규율하는 시스템 자체이기 때문이 아닐까? 「신판 경성지도」나 임화의 시가 국가를 제외하고 세계를 구성할 수 있었던 것은 테크놀러지의 시스템으로서의 대도시가 결정의 시스템으로서의 국가(의 부재)를 대체할 수 있는 고유한 잠재력의 동선을 보여주는 것이 아니었을까?

가령 가라타니 고진은 국가가 공동체적 공간(=정주 공간)인 것에 비해 도시는 사회적 공간(=교통공간)이라고 규정하면서 도시가 국가 외부에 놓여있다고 말한다. 그에 따르면, "도시는 국가(공동체) 내부에 있는 것처럼 보이지만—사실 국가는 도시를 포섭한다—본질적으로는 국가 외부에 있다. 도시는 바다=사막이다."[9] 대도시가 결정이 부재하는 공간이라는 점에서 정주적 공간이 아니며 국가의 통치성 내부로 완전히 환원시킬 수 없다는 것은 동의할 수 있지만, 그 때문에 곧 도시가 국가의 절대적인 외부에 있다고 말하기는 어렵다. 적어도 근대의 대도시는 결정의 문제를 환기하면서 그것을 결정의 시스템인 국가와는 다른 방식—기술과 기율의 시스템으로서 해결하는 공간이며, 그것을 통해 국가의 존재나 국가의 부재에 역설적으로 관계하기 때문이다.

서구의 욕망을 욕망하는 것, 서구의 향유를 모방하는 것—그것은 의심할 나위 없이 서구 혹은 근대를 무의식화하고, 서구를 매개하는 제

---

9) 柄谷行人, 권기돈 역, 『탐구』 2, 새물결, 1998, 253쪽. 한 편, 다음 장에서 언급할 고유명과 랑그 혹은 국가 공통어와의 관계에 있어서, 고유명이 랑그의 내부에 있으면서 외부에 있다라고 보는 가라타니의 생각은 도시가 국가의 내부에 있는 것처럼 보이지만 외부에 있다라는 생각과 상응한다.

국 일본이라는 거대한 기계를 투명하고 자연적인 미디어로 삼는 것이었다. 그러나 더 중요한 것은 그러한 욕망과 모방이 서구가 지리적 공간을 지닌 문명으로서 뿐만 아니라 하나의 테크놀러지이며 시스템으로서 체득하는 방식이었다는 점이다. 그 시스템(으로서의 보편적 서구)의 장소는 대도시였고, 따라서 결정적인 것은 바로 그 대도시를 획득하는 것이었다. 그런 의미에서, 「신판 경성지도」에서 특기할만한 점은 서구의 향유를 모방하는 방식들이 지나치게 과잉되어 있어서 그러한 무의식이 겉으로 드러나 있다는 것이며 제국이라는 미디어—시스템의 자연화가 노골적인 풍경으로 드러난다는 점이다. 즉 여기에는 시스템의 뼈대가 이미 겉으로 드러나 있다.

"모나코"와 "헐리우드"가 머무는 경성의 주소는 다케조에마치(竹添町)나 메이지마치(明治町)와 같은 일본식 명명에 의해 이미 점령되어 있다. 다만 여기에 드러나지 않은 것은 "모록코"나 "제네바"라는 이름의 카페 안에서 경성 청년들이 만나는 여급들의 이름이 대부분 "千津子(지쓰꼬)", "마리꼬", "아이꼬", "미네꼬", "유키꼬"[10]와 같은 것이었다는 것, 그리고 카페가 처음 들어온 남촌의 내지인 지역과 종로 일대 북촌의 선인 지역 사이에 일종의 내적 국경이 존재했었다는 사실이다.[11] 이서구는 이것을 언급하지 않는 대신에 경성의 카페 문화를 경험하지 못한 지방의 누군가를 향해 대도시의 자극과 그 위험을 계몽한다.

경성의 카페문화라는 향유의 시스템에 무지한 지방의 조선인의 반대편에 '국제 스파이'가 있다. 「신판 경성지도」의 서술자는 하룻밤에 세계일주를 하는 경성의 조선인 청년들의 이야기를 "萬一 國際 스파이가 이 소리를 옆에서 들엇다면 그의 心臟은 반듯이 破裂되엇슬것"[12]이

---

10) 이 이름들은 綠眼鏡, 「카페 女給 언파레—드」, 『別乾坤』 57호, 1932. 11. 1, 32-37쪽에 소개된 경성 시내 유명 카페 여급들의 것이다.

11) 이에 대해서는 경성을 분할하는 내적 국경을 신체적 장소의 감각과 이중언어의 문학·소설의 문제로 분석하고 있는 황호덕, 「경성지리지, 이중언어의 장소론—채만식의 「종로의 주민」과 식민 도시의 (언어)감각」, 『대동문화연구』 51집, 성균관대 대동문화연구원, 2005를 참조.

152

며 제네바가 실은 明治町에 있음을 알게 되는 순간 "여기에서 뒤를 딸
으든 國際스파이 K十四號의 悲鳴이 한번크게 들렸스리라고 생각해 주
십시요"라고 당부한다. 경성에서 벌어지는 하룻밤의 세계일주를 서구
의 인간, 세계적이고 보편적인 인간은 어떻게 여길 것인가? 이러한 질
문 속에 존재하는 무의식으로서의 서구는 "국제스파이"라는 실제의 형
상으로서 「신판 경성지도」라는 텍스트의 표층에 등장하고 있다. 그런
데 오히려 그는 코스모폴리스의 세계성이라는 것이 기호의 테크놀러지
와 시스템성에 있다는 것을 모른다. 자본주의적 대도시가 고유명·상
품·지리 등의 비유기적인 관계에 조작 가능성을 제공하는 시스템이라
는 것을, "國際스파이 K十四號"는 조선 지방의 촌놈만큼이나 모른다.
오히려 그것을 체득하고 있는 것은 경성의 조선인 청년들이다.

　이렇게 겉으로 무의식을 드러내는 「신판 경성지도」라는 글을 구성
하는 기율은, 무의식(문자·시스템·배치)을 겉으로 드러낸다는 점에서
만화적이며, 그 비유기적인 배치를 통해 세계를 재구성한다는 점에서
해체적이다.

　식민지 경성의 조선 청년들은, 자연에 의거하여 세계에 자신을 세울
수도 없고(그 때 그는 특수성을 대변할 뿐이며 세계사적 보편성과 서구
의 향유에 이를 수 없다), 결정에 근거하여 국제법 체계 내의 시민이 될
수도 없다(그때 그는 주권·결정의 부재라는 조건을 마주해야한다). 이
이중구속으로부터 테크놀러지의 시스템으로서의 서구와 대도시는 경
성의 청년들을 해방시켜주는 동시에 식민성을 초극할 수 있다는 가상,
보편적이고 세계적인 존재가 될 수 있다는 가상을 제공했다.

　중요한 것은 이러한 이중구속으로부터의 초극이 적어도 언어유희의
차원에서나마 이루어질 수 있었던 가능성은 역사적 양식으로서의 '근
대 문학'이 아니라 그 본령으로부터 벗어난 형태를 빌려서야 비로소 그
장소를 찾았다는 점이다. 이러한 관찰이 조선의 '근대 문학'이라는 역

---

12) 이서구, 같은 글, 113쪽.

사적이고 지역적인 실천에 대해서 어떤 조명을 비추어 주는 것인가. 이하의 서술과 관련해서 제안하고자 하는 바는 이러하다. 즉, '근대 문학'이 인간의 삶이 이루어지는 경험적 세계의 구체적인 문제들을 다루는 것이라고 할 때, 그 기율은 삶의 윤곽을 구성하는 공간의 배치를 조직하는 방식과 특질에 의해 제한될 수밖에 없다. 다소 극단적일지도 모르지만, "모록코"와 "제네바"가 자연적·역사적·정치적 의미에서 조선인의 '삶의 장소'로 체험되지 않는 단지 異國인 한에서 그것을 서술하는 문자들은 '근대 문학'의 기율로부터 멀어질 수밖에 없다. 즉, 경험적 감각의 통일성에 이를 수 없는 '삶의 파편'과 '세계의 파편'으로서 기술될 수밖에 없다. 이것은 거꾸로 말하면, 식민지 도시 경성을 세계의 공간으로 서술하기 위해서, 경성과 세계도시와의 공명을 문자화하고 서구의 향유를 모방하기 위해서는 '근대 문학'의 기율을 이완시키거나 벗어나는 방식 — 언어와 사물을 비유기적으로 연결하는 시스템이 요청되었다는 것과도 같다.

2. 러시아의 알레고리를 소유한다는 것
– 식민지 말기의 지정학과 러시아 여성의 고유명 – 알레고리의 화행론

단독성(singularity)의 결정(結晶, 決定)으로서의 고유명(proper names)은 차이의 체계에 의해서 설명되지 않는다. 즉 그것은 다른 단어들의 통사적 조합 — 記述로 환원되지 않는다. 따라서 고유명은 한 언어 내부에 있으면서 그 언어가 지닌 공시적 체계, 랑그, 문법의 차원에 대해 외재적이다. 가라타니 고진은 고유명의 이러한 단독성을 번역의 차원에서 번역의 불가능성으로서 풀어서 이야기한다. "고유명은 언어의 일부이며 언어의 내부에 있다. 그러나 그것은 언어에 대해 외부적이다. ……고유명은 외국어뿐만 아니라 모국어에서도 번역될 수 없다. 즉 그것은 하나의 차이 체계(랑그)로 흡수되지 않는다. 이런 의미에서 고유명은 언어 속에서 외부성으로 존재한다."[13] 국가의 공통어에 의해 완벽히 포획되지 않는 고유명의 이러한 외재성 때문에 "모나코", "모록코", "제네바", "하와이" 등의 도시명은 국가를 건너뛴 채 세계를 구성하는 단위의 일부가 될 수 있는 것일까?

분명히 국어 혹은 내셔널리티는 단독성으로서 존재하는 고유명을 설명할 수 없다. 그러나 고유명이 한 언어 내부에 존재하는 한에 있어서 그 이름을 드러내는 문자 체계, 문자를 선택하고 결합하는 관습과 규칙, 의미를 부여하는 가치 판단 등에 의해서 고유명은 그것이 속한 자국의 언어의 제약을 통과해 나타난다. 그리고 하나의 고유명을 단독성의 차원에서 파악하지 않고, 그것이 소속된 바, 그것이 대표하는 바를 통해 알고자 할 때, 고유명에 관계했던 언어의 제약은 특정한 내셔널리티의 증거로서 읽힐 것이다. 여기에서 한 이름에 작용하는 언어상의 제약이란 관습이다. 이 관습은 통사적 기술로서 설명할 수 없다. 또한 이 관습이 어떻게 형성되었는가를 따지는 것, 그리고 관습 안에서 그 결정의 근거를 적시하는 것 역시 불가능에 가깝다. 하나의 고유명은 어디로부터 오는가? 고유명의 성립에 관습이 작용하는 것은 분명하지만 그것 역시 고유명의 근거를 말해주지는 않는다. 요컨대 이 관습은 결정이 부재하는 체계다. 하지만 동시에 그것은 결정의 부재로 인한 결여를 채우려는 방향으로 작용한다.

나는 여기에서 고유명 전체가 아니라 개인의 이름, 좀 더 세부적으로 '러시아-여성-의-이름'이 식민지 시기의 조선 문학에서 사용되었던 화용론적 맥락에 대한 가설을 검토해보려고 한다. '로자', '나아자', '카츄샤', '아샤' 그리고 '나타샤' — 이것은 고유한 이름이며 러시아, 혹은 슬라브 민족 여성의 이름이다. 이 이름들로부터 국적과 민족·인종·젠더 그리고 특정한 미적 자질을 연상해낼 수 있는 한에서, 이 이름들은 그러한 연상의 지표가 될 수 있으며, 따라서 손쉽게 알레

---

13) 가라타니 코오진, 권기돈 역, 『탐구』 2, 새물결, 1998, 39쪽.

고리로 호환될 가능성을 지니고 있다. 이것이 어떻게 가능한가? 바꾸어 말하면, 이것이 가능하다는 것은 무엇을 말해주는가?

알레고리란 이미 완성되어 있고 따라서 미리 주어진 기호이며 그것을 해석, 사용, 교환할 수 있는 가능성은 그것을 둘러싼 관습과 코드를 소유하는 것으로부터 비롯된다. 언어 기호에 있어서는 시니피에와 시니피앙, 알레고리에 있어서는 문자적 의미와 알레고리적 의미라는 두 가지 차원이 있고, 양자 사이의 연결은 관습적 관계에 의존한다.14) 시니피에/시니피앙, 문자적 의미/알레고리적 의미 사이의 호환은 관습이라는 코드에 의존한 (내적) 번역의 형식이다. 하나의 고유한 인명으로부터 내셔널리티와 성별을 읽어낼 수 있었다는 것은 이미 그것을 순수한 차이의 결정으로서 읽는 것을 멈추고 그것을 둘러싼 고유의 관습을 독자의 이해 범위 안에 포획하기 시작했다는 것을 의미한다. 그것은 다시 말해 '카츄샤'나 '나타샤'를 둘러싼 관습이 독자의 관습의 범위의 일부—넓은 의미의 '생활권' 혹은 '공영권'의 일부로서 속하게 되었거나, (알레고리의) 소비자의 '생존권' 혹은 '공영권'의 범위 안에 '카츄샤'나 '나타샤'와 같은 고유명이 안착할 수 있는 관습과 그 장소가 마련되었다는 말과도 같다.

'카츄샤'와 '나타샤'는 톨스토이의 작품 『부활』과 『전쟁과 평화』에 각각 등장하는 여성 인물의 이름이다. 조선의 러시아 문학번역의 초기에 있어서 톨스토이는 중요한 교가의 역할을 수행했었다. "日本近代文學에서 明治는 투르게네프, 大正은 톨스토이, 昭和는 도스토예프스키라고 하리만치 러시아文學과의 相關性을 가지고 있"15)었고, 한국 근대 문학 초기의 러시아 문학은 물론 외국 문학 번역에 있어서 톨스토이에 대한 소개와 번역은 적지 않은 비중을 차지하고 있었다. "1909년에 소개된 톨스토이를 선두로 1910년대에 우리나라에 소개된 러시아 문인

---

14) 프랑코 모레티, 조형준 역, 『근대의 서사시』, 새물결, 2001, 130쪽 참조.

15) 구인환, 「이광수 소설에 수용된 톨스토이」, 『국어교육』 32집, 한국어교육학회, 1978, 11쪽.

156

으로는 솔로구프, 끄르일로프, 뚜르게네프, 안드레프, 미하일 알치바세
프, 도스또예프스키였으며, 1920년대에 들어서는 약 196명의 러시아 문
인들이 소개되었다. …… 이중 1920년대에 소개된 19세기 문인으로는
톨스토이가 63회, 뚜르게네프가 34회, 도스또예프스키가 28회, 고골리
22회, 푸쉬킨 20회, 체홉 14회로 나타난다."16) 특히 톨스토이의 소개·
번역에 있어서는 최남선과 그가 주관했던 『소년』의 선구적 역할이 다
대했다. 일역본을 거친 중역을 통해서 「사랑의 勝戰」, 「祖孫三代」, 「어
룬과 아해」, 「한 사람이 얼마나 쌍이 잇서야 하나」, 「茶館」, 「너의 니
웃」 모두 여섯 편의 작품이 『소년』 지면에 번역되었고, 『청춘』에서도
이러한 작업은 이어졌다.17) 이 밖에도 1920년대 중반 문필 활동을 시작
한 임화는 「無産階級을 主題로한 世界的作家와 그 作品」, 「無産階級
을 主題로한 世界的作家와 그 作品의 續」 등의 연재물을 조선일보에
기고했는데, 이를 통해서 그는 "꼴키"와 "쩌스토이프스키—", "쏀라스
코·이바네쓰" 등 프롤레타리아 문학의 前史에 해당하는 근대 러시
아·동부유럽권 작가들을 소개했다.18)

앞서 러시아 문학의 번역이 톨스토이를 시발점으로 삼아 이루어졌
다고 했지만, 이것을 뒤집어 보면 "카츄샤'와 '나타샤'라는 고유명이
조선어/한국어 문헌 기록의 일부로서 처음 도입되고 자리 잡게 된 것은
'러시아—문학—번역', 그 중에서도 톨스토이의 번역을 통해서였다', 고
말하는 것도 가능할 것이다. 톨스토이의 『부활』은 『카츄—샤』라는 제

---

16) 김병철, 『한국 근대 서양문학 이입사 연구』, 을유문화사, 1989, 697쪽(문석우, 「러시아
　　사실주의 문학의 수용과 그 한국적 변용」, 『세계문화비교연구』 1집, 세계문학비교학
　　회, 1996, 300쪽에서 재인용).
17) 이와 관련해서는 정선태, 「번역과 근대 소설 문체의 발견」, 『대동문화연구』 48집, 성
　　균관대 대동문화연구원, 2004, 참조.
18) 임화, 「無産階級을 主題로한 世界的作家와 그 作品」, 『조선일보』, 1926. 12. 1~1926.
　　12. 4.
　　──, 「無産階級을 主題로한 世界的作家와 그 作品의 續」, 『조선일보』, 1927. 1. 2
　　1~1927. 2. 8.

명으로 바뀌어 '토월회'나 '극연좌'에 의해 1920대와 1930년대 후반에 이르기까지 공연 무대에 올려졌다. 톨스토이가 러시아—문학의, 『부활』이 톨스토이—문학의 알레고리였다면, 『카츄—샤』는 『부활』의 알레고리로서 취급되었던 셈이다. 이러한 알레고리화의 과정은 '카츄—샤'라는 언어 기호가 '러시아—여성—의—이름'이게끔 인지하게 만드는 관습이 조선이 소유한 문화적 앎의 영역, 언어적 관습의 영역 속으로 스며든 과정인 동시에, '카츄—샤'라는 이름을 조선적인 맥락 속에서 알레고리화함으로써, 즉 자체의 관습적 맥락 속에서 통용되는 단위로 삼음으로써 현지화(localization)했던 것이라고도 할 수 있다.그러나 이 이름은 이국적인 기호로서 번역이라는 통로를 통해 조선의 번역 문학, 공연, 오락에 속하는 코드로서 관습화되었지만 조선문학 내부로 침투된 것은 아니었다.

식민지 시기 전반에 걸쳐서 러시아라는 지정학적 공간은 적어도 세 가지 정도의 맥락을 통해서 반도 조선에 작용했다고 말할 수 있다. 우선 서구 근대 문학의 번역·수용이라는 맥락에서 러시아—문학은 이미 세계문학의 지형에 진입한 선진적인 특수성으로서 보편적 가치가 입증된 근대성의 구체적 형태였다. 둘째로, 러시아 혁명 이후 최초의 공산주의 국가로서의 대표성을 지니고 세계 각국의 사회주의 혁명을 촉진·수출하는 원천으로서, 러시아=소비에트라는 특수한 지정학적 공간은 국제적 위상을 확보하며 세계로 연결되었다. 셋째, 러일전쟁(1904~1905) 이후 반도와 만주 지역의 영토를 둘러싸고 대립·경쟁하는 국가이자 사회주의라는 제국의 내적 위험 요소를 제공하는 동시에 일본에 대해 서구 유럽 열강을 대표하는 敵國으로서의 러시아라는 장소가 존재했다.

어느 경우에나 '러시아라는 장소'는 조선 반도에 육박해오면서도 공간적으로 분리되어 있는 異國이었고, 근대와 짝지어진 서구/서양이라는 지정학적 공간과의 친연성을 통해서, 서구의 형상·서구의 장소로서 조선과 차이 지워져 왔다. 그런데 1930년대 후반에 이르러 러시아라는 장소는 문득 조선 문학의 일부로 삽입되었다. 좀 더 정확히 말하자

158

면 '러시아-여성-의-이름'이 번역 문학이 아닌 조선 문학의 일부로서 기록되기 시작했고 그 이름들이 본래 속한 장소가 조선 문학이 지닌 공간적 범위의 한 구석을 차지하기 시작했다. 혹은 조선문학이 이 '러시아-여성-의-이름'을 展示하고 또 호명하기 시작했다, 고도 바꾸어 말할 수 있다. 정진업의 단편 소설 「카츄-샤에게」(『문장』 제1권 제4집, 1939. 5)에서는 스스로를 "카츄-샤"라고 이름 지은 여인을 향해 반복적으로 호명되는 "카츄-샤"라는 이름이, 이효석의 장편 소설 『碧空無限』(博文書館, 1941)에서는 "나아자"와 "에미랴"라는 이름(그리고 실제 러시아 여성 인물, 그들의 말과 외양)이 호명되고 전시되었다. 오장환의 「고향이 잇어서」(『조광』, 1940. 12), 김광균의 「눈 오는 밤의 시」(『여성』, 1940. 5), 그리고 백석의 「나와 나타샤와 힌당나귀」(『여성』 3권 3호, 1938. 3)에서는 "나타샤"라는 이름이 반복하여 출현했다. 중일전쟁의 발발(1937. 7) 이후 전시 총동원체제를 통해 제국과 '제국의 지방인 조선'의 재편이 진행되는 시기에 이와 같은 현상이 집중되었던 까닭은 어디에서 찾을 수 있을까? 또는, 이 이름들이 조선문학 내부에서 알레고리로서 전시되고 호명되고 소비될 수 있었던 근거는 무엇이었던가. 이 호명, 이 호출이라는 형태의 발화에 수반된 상황과 행위는 무엇이었던가 물음으로써 문학 연구·비평이 역사의 화행론적 분석이 되는 순간이 여기에 있지 않을까. 그렇게 함으로써 또한 식민지 조선에 있어서 근대문학의 역사적 본질의 파편을 살펴볼 기회를 마련할 수 있는 것이 아닐까.

3. 하얼빈이라는 이름의 폐허와 『세계사의 철학』
— 「心紋」(1939)과 유럽, 러시아, 제국 일본의 비식별역으로서의 하얼빈

발표 당시 적지 않은 반향을 일으켰던 최명익의 소설 「心紋」(『문장』,

1939. 6)에는 "「할빈」"(하얼빈)의 풍경을 묘사하는 가운데에 충격적인
어휘가 전면에 등장한다.

> 높은 천정, 찬란한 샨데리아, 거울같은 마루바닥 희황한 파노마라, 그속
> 에서 음악의 물결을 헴치는 무희들, 이렇게 내눈이 어느듯 높아진 탓인지,
> 如玉이가 있는 캬바레는 너무도 초라한것이었다. 사오명밖에 안되는 뺀드
> 의 소란한 째즈와 구두바닥에 즈벅거리는 술냄새로 머리가 앞었다. 이구석
> 저구석에 서너패 손님이 있을뿐 텡부인듯한 홀 저편 모롱이네는 십여명
> 땐서들이 뭉켜있었다. 그중에는 호복을 입은것도 있고, 기모노를 걸친 백
> 인게집애도 있었다.19)

> 거리 맞은 집 유리창은 좀기운 햇볕에 눈부시었다. 고기 비늘문의로 까
> 라놓은 화강석 보도에 매마른 구두발 소리가 소란하고 불리는 몬지조차
> 금싸랙이 같이 반짝이는 째인 햇볕속을 붉고 파란 원색옷의 양녀들이 오
> 고간다.
>
> — 「심문」: 17

"기모노를 걸친 백인게집애"와 "붉고 파란 원색옷의 양녀들". 러시
아 혹은 슬라브계—백인—여성이 틀림없을 "땐서"와 행인들의 형상에,
수동적이고 관조적이며 무심하게 횡으로 흘러가는 관찰자의 언어—시
선이 멈추자 (젠더·인종·계급의 차원에서) 수직적 위계를 출현시키는
단어가 거리낌 없이 돌출한다. 이렇듯 부자연스러운 언어 배치, 그러나
자연스러운 발화. 「심문」의 하얼빈 풍경에서 튀어나온 이 그로테스크
한 명명법은 그 이전, 그 이후 어느 시점에서도 찾아보기 힘든 표현으
로서, 언어와 지정하저 변동이 뒤얽힘으로써 생긴 무늬를 보여순다.
앞서 러시아라는 지정학적 공간이 식민지 조선과 조선문학에 관계
했던 맥락을 세 가지로 거칠게 요약한 바 있지만, 그중에서도 1930년대
이후 중일전쟁 이전까지 두드러졌던 것은 사회주의의 메카로서의 소비

---

19) 최명익, 「심문」, 『문장』, 1939. 6, 15쪽. 이후부터(「심문」: 쪽수)의 형태로 인용한다.

에트=러시아였던 듯하다. 이 시기 동안 러시아 문학은 '소비에트 러시아'라는 주권국의 고유한 이름으로서 세계문학의 틀 속에 편성되어 소개되었다. 외국문학의 번역·소개가 세계적 대문호에 대한 개별적 접근이 아닌, '세계문단' 혹은 '세계문학'이라는 차원에서 직역과 전문성을 강조하며 개별 국가를 단위로 삼는 접근으로 바뀌는 것은 1930년대 '해외문학파'의 활동을 통해서 현저해졌다. 민족문학과 세계문학이라는 배치가 보편화된 것은 이 시기였으며, "러시아 문학은 '노서아문학', '노문단'으로 불리다가 1930년대에 들어서 함대훈에 의해 처음으로 '쏘베-트'라는 명칭으로 소개된다(함대훈, 「이월혁명 이후 소베-트 문학의 경향」, 『동아일보』, 1930. 11. 1~9)."[20] 그런데 여기에서 눈여겨 볼 만 한 차이는, 「해외문단총관」(『신동아』, 1931. 11. 1~1932. 1. 1), 「세계문학운동의 신경향」(『혜성』, 1932. 2. 15), 「세계문단총관」(『동아일보』, 1933. 6. 18), 「건설기의 민족문학」(『동아일보』, 1935. 1. 5~3. 23), 「신춘 세계문단 총관」(『조선일보』, 1935. 1. 1~12) 등의, 서구 각국의 문학의 성격과 동향을 소개하면서 '세계문학'을 개념화했던 1930년대의 각종 특집물에서 발견되는 단절에 있다. 여기에서 내가 말하는 단절이란 '세계문학'에 대한 지도 작성에 있어서 "소베-트", "노서아", "싸베트" 등으로 명칭은 고정되지 않았지만 거의 빠지지 않았던 '소비에트 러시아 문학'에 대한 언급이 중일 전쟁 이후의 특집물에서는 행방불명되었다는 점에 근거한 것이다.[21]

1930년대 후반, 그러니까 중일전쟁 이후에 들어서자 식민지 조선에서 작성된 '세계문학 지도'에서 소비에트로서의 러시아가 사라지는 것과 동시에 '러시아-여성-의-이름'이 알레고리로서 조선문학의 언어적 실험 혹은 관습의 일부가 되었다. 그리고 "양녀"라던가 "백인게집애"와 같이 눈 앞의 서양-여성을 낮잡아 지칭하는 언어가 조선어 내

---

20) 서은주, 「1930년대 외국문학 수용의 좌표 세계 민족, 문학」, 『민족문학사연구』 28집, 민족문학사학회, 2005, 45-50쪽 참조.
21) 이와 관련해서는 서은주, 앞의 논문, 46-47쪽에 기록된 문헌 조사 내용을 참고하였다.

부에서 출현했다. 이렇듯 별개이면서 서로 기묘한 대비를 이루는 문헌적, 문학적 현상을 통해서 말할 수 있는 것은 무엇인가.

　말하자면, "양녀"라던가 "백인게집애"라는 명명에는 폭력과 폐허, 그리고 역전이 가로놓여있다. 이 무렵, 소비에트 러시아라는 명칭은 중일전쟁 이후 제국 일본의 법이 금지하는 어휘였다. 출판법에 의거해 "천황의 존엄을 모독하는 기사를 게재하고 계급성의 고조와 소비에트 러시아를 찬미하고 반전사상을 부추긴다"는 이유로 이루어졌던 검열문서가 명시하여 지적했던 것은 사회주의라는 사상이 국가와 법의 외부에 있다는 사실 뿐만이 아니라, '소비에트 러시아(ソヴィエト ロシア)'라는 고유명과 '소비에트'라는 국가가 지닌 외재성이다.22)

　물론 1930년대 말 이후의 '소비에트 러시아'라는 국가의 외재성은 일의적이지 않았다. 그것은 식민지에 세계주의를 전파하는 코민테른 본부가 위치한 단일 국가 이상의 것이기도 했고, 만주 지역의 패권을 위협하는 일본 제국의 경쟁국 혹은 잠재적 적국이기도 했지만, 「일소불가침조약」(1941)을 통해 중립국이 된 것이기도 했다. 그리고 교토 학파가 이해한 것처럼 독일과 불가침조약을 맺고 세계대전 속에서 근대적 주권국가와는 다른 새로운 세력'권'으로서 세계를 분할하는 소비에트 '연방'이라는 '광역권(großraum)', '생존권(Lebensraum)'이기도 했다. 심지어 '소비에트 러시아'라는 고유명이 과연 조선 반도와 조선문학에 있어서 근본적인 외부로서 존재했다고도 말하기 어려운 부분이 존재했다.23)

---

22) 『朝鮮出版警察月報』 제114～123호, 경성지법검사국, 1938. 2, 33쪽.

23) 예컨대 1930년 초 볼셰비키화 논의에 있어서 권환은 "조선 프롤레타리아트와 일본 프롤레타리아트의 연대적 관계를 명확하게 하는 작품. 프롤레타리아트의 국제적 연대심을 환기하는 작품"이라는 표현으로 국제주의를 거론한 바 있다(권환, 「조선 예술운동의 당면한 구체적 과정」(『중외일보』, 1930. 9. 1). 이것과 비교되는 일본 프롤레타리아 작가동맹 중앙위원회의 『芸術大衆化に關する決議』(『戰旗』, 1930. 7)의 10개 제재에서는 동일한 문제에 대해 "식민지 프롤레타리아트와 국내 프롤레타리아트의 연대를 분명히 하는 작품, 프롤레타리아트의 국제적 연대심을 불러일으키는 작품"이라는 답을 제시했다. 이에 대해서는 유문선, 「카프 작가와 프롤레타리아 국제주의」(『민족문학사연구』 24집, 민족문학사학회, 2004, 347-348쪽)를 참조·재인용. 한 편 이 논문은 카

다만 간과해서는 안 될 점은 제국 일본과 조선 반도 내에서 소비에트라는 고유명의 제거가 외부성을 견인하는 가능성의 근본적인 토대를 파괴시켰다는 점이다. '러시아—여성'이 "양녀"나 "백인게집애"라는 조선어로 언어화될 때, 혹은 그들의 고유한 이름이 조선 외부와 제국령 바깥의 유럽을 알레고리화하는 것이 될 때, 바로 그 조선어의 테두리 안의 언어에서 파괴된 채 나타나는 것, 폐허로서 출현하는 것은 '소비에트'가 소거된 '소비에트 러시아'라는 국가의 외재성에 다름 아니다. 그 외재성을 상실한 것은 러시아가 아니라 조선어와 조선문학이었다.

물론 「심문」이나 여타 하얼빈·만주 배경의 문학에서 등장했던 러시아인은 상당수가 '白系露人(백계로인, はっけいろじん)'으로서 소비에트라는 국가의 외부에 놓인 존재들이었다. 그런 점에서 이들은 러시아 혁명(1917) 이후 반혁명적인 귀족·지주·부르주아 계급과 그 지지 세력으로서, 붉은 색으로 상징되는 볼셰비키에 대해 反—볼셰비키라는 점에서 '백계'로 속칭되며 만주, 상하이, 일본, 미국 그리고 조선 등지로 흩어져 망명 생활을 했다. 그러나 극단적으로 이야기해서 정치적 망명 또한 개인이 국가와 맺는 관계성의 형식이다. 이들을 '백계로인'이라고 제한해서 말하는 대신에 (혹은 정반대로 모든 범주를 무효화한 채 앞에 나타난 존재로서 대하는 대신에) "양녀"·"백인게집애"라고 지시하거나 고유명으로 호칭하며 러시아라는 내셔널리티의 알레고리 혹은 유럽의 알레고리로서 삼는 것은 그 지시, 그 호칭 속에서 그들이 국가에 대해 갖는 관계성을 제거하는 것이다. 그 관계성이 파괴될 때, 알레고리화 되는 내셔널리티는 국가로서의 함의가 제거된 채 민족됨만이 남게 된다. 또한 중요한 것은 그들을 다루는 조선, 조선문학 내부에서도 그 이질성의 외적이고 실제적인 근거가 파괴되었다는 점이다. 그 결

프 관련 텍스트에서 '국제적 연대'가 중국과 기타 식민지의 경우를 소홀히 다루거나 배제하는 가운데에 조선과 일본의 관계 속에서 다루어지고 있다는 지적을 하고 있다. 프롤레타리아 문학이 국제적 연대라는 강령과 가능성을 언어화하는 순간에도 제국의 생존권과 식민—피식민의 관계는 제약을 부여하고 있었다.

과 기모노를 입은 하얼빈의 백계 러시아 여성은 유럽의 지방이 되거나, 러시아를 환기하거나, 제국 일본의 지배를 확인 시켜주는 알레고리 어느 쪽도 가리킬 수 있는 존재가 되었다. 바꾸어 말하면 이들이 생활하는 하얼빈이라는 대도시는 그 공간적 위상을 결정할 수 없는 (혹은 결정이 의미없는) '비식별역'으로서 나타났다고 할 수 있다.

이것이 日滿支라는 공간축을 연결하는 제국의 '비유기적 신체'로서 조선 반도가 기능함으로써 조선어 안에서 전개된 사태였다는 점을 새삼 강조해두어야 하겠다. 지금 '소비에트 러시아'로 읽은 "양녀"라는 관계성의 폐허는 조선어 내부의 폐허이며, 이것은 다시 카프 해산 (1935. 5)과 중일전쟁 이후 전시총동원체제의 가동, 징병제와 더불어 강화된 내선일체 및 국민화의 과정과 더불어 마르크스주의의 괴멸과 전향이라는 조선 문학 내부의 폐허와 겹쳐져 있었다. 왜냐하면 카프의 해산계 제출이란 사회주의 운동의 탄압과 실패 그리고 전향뿐만이 아니라 조선·조선문학·조선어 내에 외부성을 도입하는 통로로서 존재했던 '소비에트 러시아'라는 외부성이 파괴되는 것 또한 의미했기 때문이다. 「심문」에서 하얼빈이라는 공간이 "양녀"·"백인게집애"와 더불어 아편중독자로 몰락한 사회주의 지도자 "玄赫"의 모습을 통해 드러나는 것은 우연이라고만 하기에는 너무나 공교롭다.

'소비에트'라는 고유명의 금지와 파괴가 주권국가로서의 '소비에트 러시아'와 코민테른에 의한 세계주의의 금지·파괴와 겹쳐졌다는 말은, 그러한 사태 안에 조선과 일본 제국이 자신의 외부를 외부로서 마주하는 관계성에 파괴적인 변화가 도래했다는 것을 뜻한다. 제국 말기의 사상적 경향을 특징적으로 보여주었던 근대 초극의 담론, 그 중에서도 교토학파의 담론은 이러한 관계성의 파국에 '초극'이라는 다른 명칭을 붙였다. 가령 1942년의 시점에서 세계대전의 세계사적 전환의 의의를 논하는 가운데에 러일전쟁은 이렇게 회고되고 있었다.

러일 전쟁은 말할 필요도 없이 러시아의 멈출 줄 모르는 동아시아 진출

164

을 우리 일본이 국운을 걸고 저지한 행동이었다. …… 따라서 이 전쟁은 세계사적으로 중요한 의의를 갖는 사건이라고 해야 한다. 러일 전쟁은 먼저 아시아의 섬나라 일본이 유럽의 강대국을 물리친 사건이었으며, 메이지 유신 이래 유럽에 대한 일본의 저항력이 강화되었다는 사실을 보여주는 사건이었다. 유럽에 대한 아시아의 저항 세력이라는 일본의 지위는 침범할 수 없다는 사실이 입증되어, 그때까지 강한 저항을 겪은 일이 없었던 세계의 유럽화라는 추세는 커다란 반대에 부딪히게 되었다. 러일 전쟁은 세계의 유럽화를 불가능하게 만든, 실로 일대의 사건이라 할 수 있다.(인용자 강조) 바꾸어 말하면 근대 유럽사의 근본 추세를 분명히 부정하기 시작한 최대의 사건인 셈이다.24)

근대화가 비—서구 사회의 서구화 혹은 인용된 고야마의 술어로 하자면 "세계의 유럽화"라는 세계사적 진행을 뜻한다면, "세계의 유럽화"를 저지한다는 것은 '세계'와 '유럽'의 등가성을 파괴하고 서구와 근대, 非서구와 전근대를 짝짓는 세계(사)의 인식을 새롭게 해야 한다는 당위를 불러냈다. 그런 의미에서 러일전쟁에는 "대부분의 東亞를 유럽에의 내재화로부터 해방하고, 세계의 근대 유럽적 질서를 변경시키는 적극적인 의의가 잠재되어 있다"25)고 고오야마는 적고있다. 일본적인 것으로의 회귀나 '八紘一宇'·'대동아공영권'이라는 슬로건을 통해서 일본과 동양의 독자성을 주장하는 것은 서구·유럽의 보편성에 흠집을 내고, 더 나아가서는 기존의 동서의 위계를 파괴하고 세계 질서를 재건한다는 맥락 속에서 사유되었다. 따라서 러일전쟁의 결과가 "세계의 유럽화를 불가능하게 만"들었다는 인식이 역사철학적 과장에 근거한 것이라고 해도, 아시아 제민족을 "유럽으로의 내재화"로부터 해방시켰다는 생각은 거꾸로 유럽을 상대화시켰다는 것, 곧 '유럽의 지방화'라는 관점을 가능하게 한 것이라고도 말할 수 있다. 서양을 대표하는 러시

____

24) 고오야마 이와오(高山岩男), 花澤秀文 編, 『世界史の哲學』, こぶし書房, 2001, 374-375쪽(岩波書店, 昭和 17(1942))의 원문을 참조하여 히로마쓰 와타루(廣松涉), 김항 역, 『근대초극론』(민음사, 2003, 61쪽)의 번역을 재인용 하였다.
25) 고오야마 이와오, 앞의 책, 375쪽.

아와 동양을 대표하는 일본의 전쟁에서 세계의 유럽화라는 진행이 정지되었고 세계사적 전환—근대의 초극이 조짐을 보이기 시작했다는 논리와 언어로 말한다면 러시아가 물리쳐진 전장, 그로부터 획득해낸 영토—즉 만주로부터 '유럽의 지방화'는 현실화되었다고 해야 할 것이다. 1932년 만주국의 성립과 함께 제국의 군대는 하얼빈에 진주했다. 세계의 한 부분에 불과한 것으로 드러난 유럽(을 대표한다고 가정된 러시아 영토)은 제국 일본이 주도하는 '공영권'의 일부가 되었다. 말하자면 고야마가 해석하는 러일전쟁의 의의로부터 볼 때 세계사 전개의 방향이 정말로 뒤바뀌었던 것이다.

4. 그로테스크 근대초극론
– 테크놀러지의 시스템–기계로서의 세계, 제국, 하얼빈

「심문」에서 몰락한 사회주의자 "현혁"이 광인처럼 만주 지리를 거꾸로 뒤집어 말하는 대목은 이러한 세계사의 전환·동서의 역전의 논리를 떠올리지 않을 수 없게 한다.

> 玄은 담에 부처놓은 낡은 만주지도 앞에가서
> 「지도를 이렇게 부처놓고 보면 송화강이 이렇게 동북으로 치흐른다기보다 오호쓰구 바닷물이 黑龍江으로 흘러들어와서 한갈래는 松花江이되여 滿洲로 흘러나려와 이렇게 여러줄기로 갈리고 갈려서 나중에는 지도에 그릴수도 없을만치 적은 도랑이 되고만다면 어떻습니까, 재미나잖아요?」
> —「심문」: 41

제국이나 제국의 광역권이 지리적 시스템이라고 한다면, 이 시스템의 근본을 규정하는 방향성·운동성을 나타내고 있다는 점에서 이 아편중독자의 비전은 허황하다고만 할 수 없는 것이다. 「심문」의 주관적 서술자인 "金明一"은 현혁의 이러한 말을 중독자의 "객설"로 취급하며

"이야기가 더욱 창망할 것을 미리부터 염려하"(「심문」: 41)지만, 실상 그 자신이야말로 동에서 서로 광역권을 넓혀간 제국이 제공한 이동성 (mobility)을 자신의 능력으로 맞바꾸고 있다. 제국 일본이 '세계의 유럽화'의 진행을 역전시킨 영토 확장의 힘을 여행과 구경의 형태로 향유하는 김명일은, 자신의 적대적 타자인 아편쟁이 사회주의자 현혁을 자신과는 반대로 하얼빈이라는 공간에 고착된 존재로서 묘파한다.

> 그남자는 꽤 버서진 이마로 더욱 길고 여웨보이는 창백한 얼굴이 석고 상같이 굳어서 있다가 다탄 담배를 부벼끄고 이러나 좁은 방안을 거닐기 시작한다. <u>검푸른 무명 호복이 파리한 어깨에서 발뒤꿈치까지 일직선으로 흘러서 더 수척하고 기러만 보이는 그체격은, 더욱더 지터가는 방안의 어두움을 한몸에 휘감은듯하였다. 그보다도 어두움이 길게 엉기고 뭉치어서 내눈앞에 흐느적 거리는 것 같이도 생각되는 것이다.</u>
>
> — 「심문」: 24

"햇슥한 유령같은 얼굴"(「심문」: 23)을 한 채 "검푸른 무명 호복"을 입은 현혁의 검은 형상은 방안의 어두움과 뒤섞여 있다. 그가 머무는 하얼빈의 거처와 비유기적 신체로서 연결되는 그의 형상은 비인간화되어 있다. 그 연결은 "좁은 방안"에서 더 나아가서 아편과 "모루히네" (몰핀)가 일상적으로 섭취되는 하얼빈의 음산한 공간으로까지 뻗어간다. 현혁은 이 제국의 도시에 고착되어 있다. 그가 아편중독자라는 사실은 이 고착을 또 다른 차원에서 이해하게 만드는데, 왜냐하면 만주라는 공간은 제국의 아편 정책이 아편 소비지역으로 특화한 곳이기 때문이다. 제국 일본은 아편 흡연습관이 거의 없는 조선에 대해서는 엄금정책을 취하는 대신 재배 생산지로 삼은 반면, 대만·관동주·만주 지역에서는 "일반인에게는 아편의 흡연을 엄금하나 중독에 빠진 자에 한해 치료상 흡연을 허가하는" 점금주의 정책을 취했다. 그런 가운데에 실시된 아편전매정책은 막대한 세입을 가져다 주었다.26) 아편 재배·운수·판매의 동선은 제국의 광역권 전체를 횡단했다. 아편중독자가 된

다는 것은 일본 외부의 영토들을 비유기적 신체로서 연결하는 제국-
기계의 기생적인 일부가 된다는 것을 의미한다. 중일전쟁 이후, '전향
의 계절'에 쓰인 숱한 텍스트들에서 사회주의=아편, 사회주의자=아편
중독자의 비유가 그토록 자주 발견되는 이유를 이러한 맥락에서 이해
할 수도 있을 것이다. 전향한 혹은 몰락한 마르크스주의자들은 이동성
을 상실한 비유기적 신체로서 제국-기계의 어느 마디에 동화되어 버
린 것이다.

한편, "아직도 로서아 사람과 유태인이 많이 살"(「심문」: 21)고 있는
하얼빈이라는 제국의 '共榮圈'·'生存圈'(Lebensraum)에서 그곳에 살고
있는 러시아-여성들이 전시되는 모습을 무심하게, 무감각하게 향유하
는 김명일은 젠더적 위계를 끌어들여 "양녀"나 "백인게집애"와 같은 조
선어로 그들의 삶을 전시함으로써 우월한 위치를 누린다. 무엇보다 중요
한 것은 조선어로 이들―러시아와 유럽의 파편을 알레고리화하기 위해
서 언어의 주체가 자신의 생존권 바깥으로 나가지 않아도 된다는 것이다.

호복과 기모노를 입은 "백인게집애", 역시 호복 차림을 연상시키는
"붉고 파란 원색옷의 양녀"는 '오족협화'의 오족(화족, 조선족, 만주족,
몽골족, 한족)에 속하지 않은 외국인으로 존재했다. 여급이거나 캬바레
의 댄서인 그들의 삶(Leben)은 제국의 국민으로서의 삶이 아니었지만,
그 생(Leben)의(s) 장소(raum)는 외국이 아니라 제국의 생존권(Lebensraum)
에 속해 있었다. 이러한 조건 속에서 성적 매력을 통화 가치로 바꿈으
로서 이어지는 하얼빈의 "양녀"들의 생은 상품으로서의 생이며, 러시아
라는 내셔널리티와 유럽이라는 '지역성'을 나타내는 알레고리로 파편
화 된 생이다.

이 성적인 상품의 생 또한, 아편중독자와 마찬가지로 제국이라는 시
스템 속에서 결절로서 편성된 것이었다. 만주사변과 만주국 건국 이후
1930년대를 통해 私娼의 혐의 속에서 여급의 숫자는 급증하였는데, 이

---

26) 이에 대해서는 박강, 『중일전쟁과 아편』, 지식산업사, 1995를 참조.

168

것은 전쟁 체제에 따른 군수 산업과 군사 이동 문제에 원인을 두고 있었다.27) 1931~1945년까지의 이른바 '15년 전쟁' 기간 동안 매춘은 증가했고 경제 호황을 보였던 만주는 그 주요 공간이었다. 28) 그들은 제국의 통화 흐름(円 블록)과 군사적 동선(만주사변과 중일전쟁 그리고 '만철'), 그리고 '공간사상(Raumgedanke)'29)에 입각한 역사철학적 비전 (대동아공영권)이 뒤엉킨 제국이라는 지리적 시스템의 비유기적 신체로서 종속된 존재들이었다. 제국은 화폐, 테크놀러지와 전쟁, 근대 주권국가를 초과하는 생존권이라는 이념 속에서 인간의 자연적 생명을 하나의 마디로 결절시켰고, 제국의 생명—생존이라는 자연권을 내세우며 폭력을 정당하게 소유하는 시스템으로서의 제국에 기생하도록 만들었다. "양녀들"의 비국민적인 삶의 장소인 하얼빈은, 그들이 조명 아래에서 춤을 추거나 시중을 들지 않는 순간에도 상품으로서의 생이 전시되는 진열대이며 아케이드였다. 여기에서 '상품을 판다는 도약' 이전에 '상품이 된다는 도약'이 존재한다. 그것은 제국이라는 시스템의 생명이 필요로 하는 하나의 부품 조각으로서 인간의 자연적 생명을 넘겨주는 것을 의미한다. 이 상품으로의 도약 속에는 제국—자본—전쟁—기술—대도시의 시스템이 자연적 생명의 근본적 조건이 되어버렸다는 사실이 새겨져 있다. 호복을 입은 "양녀들"의 자연적 삶을 상품으로서의 삶으로 결절시키는 힘, 결절시킨 위치는 제국이라는 시스템 위에서 이루어진다. 이 시스템은 그들에게 하나의 주소를 부여하는데 상품에게 주소=집을 주는 곳―戰線의 후방에서 유럽을 "內在化"하게 된 제국의 생존권, 하얼빈이 바로 그곳이다.

　"상품은 상품의 인간화라는 극치를 창녀에게서 이루고 있다." 그리

<hr>

27) 서지영, 「식민지 근대 유흥 풍속과 여성 섹슈얼리티」, 『사회와역사』 65권, 한국사학회, 2004. 5, 153-154쪽 참조.

28) 손정목, 『일제 강점기 도시 사회상 연구』, 일지사, 501-502쪽(서지영, 앞의 논문, 154에서 재인용).

29) 칼 슈미트, 김효전·박배근 역, 「광역 대 보편주의」, 『입장과 개념들』, 세종출판사, 2001, 427쪽.

고 "상품을 센티멘털한 방식으로 인간화하려는 것과 동시적으로 존재한 시민적인 시도"는 "마치 인간에게처럼 상품에게도 집을 주려고 하는 것이다."[30] 하얼빈의 백계 러시아인들은 그들의 '집이 없는(있던) 곳'=소비에트 러시아라는 외부의 장소를 환기시키지 않고, 그들의 '집이 있는 곳'=하얼빈=유럽을 "내재화"한 제국의 범위를 증거하는 알레고리가 된다. 이 알레고리는 기념비적인 전리품이다. 거듭 잊어서는 안 되는 사실은, 그것이 조선어·조선문학 내에서 알레고리로서 성립했다는 것이다. 그것을 향유하는 것은 제국이라는 지리적 시스템의 핵심을 나누어 가짐으로써 가능하다. 혹은 역설적으로, 향유할 수 있다는 것이 '이미' 그 핵심을 나누어 가지고 있다는 감각으로 치환되는 것이기도 하다. 그 핵심을 나누어가진다는 것은 어떤 것인가? 의미심장하게도 김명일에게는 주소가 없다.

> 어느덧 국경이 가까워, 이동경찰이 차표와 명함을 요구한다. 「金明一」이라는 단 석자만 백인 내명함을받아든 경찰은 우선이런 무의미한 명함을 내놓는 나를 경멸할밖에 없다는 눈치로 직업과 주소와 「할빈」은 웨 가느냐고 무르며 수첩을 꺼내들었다. 그리고 나의 무직업을 염려하고 또 일정한 주소가 없다니 체면에 그럴법이 있느냐는 듯이 뒤캐여 묻는바람에, 나는 미술학교를 졸업했으니 화가랄밖에없고, 재작년에 상처하고 하나뿐인 딸이 지난 봄에 여학교 기숙사로 입사하자 살림을 헤치고는 이리저리 여관생활을 하는중이라고. 그러나 지금 가는 「할빈」에는 옛친구 李君이 착실한 실업가로 성공하였으므로 나도 그를 배와 일정한 직업과 주소를 갖게될지 모른다고 무슨 큰 포부를 지닌 듯이 그 자리를 꾸어 맬밖에 없었다. 그러나 이런 내말이 전연 거짓이랄수도 없는 것이다.
>
> — 「심문」: 5

이 막연한 변명 뒤에 국경 검문의 결과는 단 한 줄로 정리된다. "무사이 세관을 치르고 국경을 넘은 나는 식당으로 갔다."(「심문」: 6) 주소

---

30) 발터 벤야민, 차봉희 편역, 「중앙공원」, 『현대사회와 예술』, 문학과지성사, 1980, 114쪽.

도 직업도 없이 이름 "단 석자만 백인 명함"으로 국경을 "무사이" 통과하는 "김명일"이라는 조선식 이름을 가진 남자는 대체 누구인가. 하얼빈은 그가 "일정한 직업과 주소를 갖게될지 모"르는 곳, 그러한 말이 "전연 거짓이랄수도 없는 것"이 되는 공간이다. "김명일"은 하얼빈이 생활의 공간이 될 수 있다는 논리를 그곳에 접근할 수 있는 근거로 삼지만, 그곳이 어떻게 생활이 가능한 공간일 수 있느냐고 되묻는다면 하얼빈이 그에게 '멀지 않은 곳'―'닿을 수 있는 곳'이라는 논리로 밖에는 대답할 수 없을 것이다. 이 순환논법 속에서 하얼빈은 이미 나의 생활의 범위=생존권 안에 있는 공간이며 그 안에서의 이동은 자연화 된다. 그러한 "나"는 "일정한 주소가 없"음으로 규정되는 인간이 아니라, '주소가 필요 없는' 인간, 이동성을 통해 규정되는 인간, 로컬리티로 규정되지 않는 인간, 보편적인 인간이다. 그러한 이동성과 보편성은 물론 제국의 테크놀러지(만철)가 가능케 한 이동성, 유럽을 내재화한 제국(생존권)이 가져온 가능성으로서의 보편성이다. "나"는 제국이라는 시스템에 종속된 자가 아니라 그 시스템을 이용할 수 있는 자―신민이다. 만주국에서의 조선인의 존재는 범죄자, 공산분자, 민족 박해와 비적의 노림감 등 복잡한 양상을 지니고 있었지만, 법적으로 그들은 일본인의 하위범주로 취급되기도 했었다.31) 김명일이 어느 쪽이었는지는 굳이 말할 필요가 없을 것이다.

한국영화사에서 첫 번째 '협력영화'로 기억되는 『군용열차』(1938)에서 주인공 "점용"이 제국의 국민이 되고자하는 욕망은 기계·기차(만철)가 되기를 꿈꾸는 신체를 통해 출현한다. 그러나 "김명일"에게는 자신의 자연적 생명―신체를 제국이라는 기계와 작위적으로 겹쳐놓을 필요조차 없다.32) 이미, 그에게 '만철'은 자신의 생존권 안을 오고가는 자

---

31) 1935년에 만주국정부가 조사한 인구 양식에는 '내지인'과 '선인'의 두 하위 범주로 '일본인'의 범주를 구성되어있다. 이를 비롯해 만주에서의 조선인의 존재 양상과 이미지에 대해서 한석정, 『만주국 건국의 재해석』, 동아대 출판부, 1999, 164-167쪽 참조.

32) 협력영화로서의 『군용열차』와 '기계(기차)가 된 신체'를 꿈꾸는 조선인 기관사에 대

극적인 도구—"일종의 모험이라는 착각을 느낄 수 있고, 그것이 착각인 바에야 안심하고 그런 「스릴」을 행락할 수 있는 것"(「심문」: 4)에 불과하다. 『군용열차』의 "점용"에게 식민지의 초극=제국의 국민이 될 수 있는 가능성은 제국이라는 기계, 제국이라는 시스템이 요구하는 직업을 가지는 것, 그리고 제국의 테크놀러지-기계에 자신의 신체를 적극적으로 결합시키는 것을 통해서만 가능했다. 그것은 하얼빈의 백계 러시아 "양녀들"의 신체-자연적 생명이 제국의 시스템을 구성하며 기생하는 부품 조각이 되는 것과 같이 사물화되는 프로세스를 떠올리게 하는 '초과'의 성격을 가지고 있다. 하지만 "천생 소비자인"(「심문」: 14) 김명일에게 그러한 극단적 수단은 불필요하다. 제국의 생존권을 활보하는 그는 이미, 조선인에게 주어진 식민성을 초극했다.

그러한 그가 하얼빈에서 "에로 그로"한 것으로서 "양녀들"이라는 상품·알레고리를 향유한다는 것은 자신의 삶의 공간과 일치하는 제국의 생존권 내에서, 그 외부를 환기하지 않고도 '유럽이라는 지방'의 파편을 접촉할 수 있다는 것을 의미한다. 멀리 있는(혹은 멀리 있던) 유럽이 멀지 않은 것, '나'의 삶의 공간 안에서 흔하게 접할 수 있는 것으로서 나타난다. "사물들을 공간적으로 그리고 인간적으로 보다 더 가까이 접근시키려는 것 Näherbringen은 현재 대중의 강렬한 성향"[33]일 뿐만 아

한 분석은 이영재, 「토키 시대의 침묵, 카메라 혹은 역사의 소실점」(상허학회, 『상허학회 2008년도 전국학술대회 자료집』, 2008. 2. 22)을 참조할 것. 『군용열차』에서는 빈번한 기차 등장 신에도 불구하고, 기차에서 바라다보는 풍경 쇼트, 열차 운전수인 점용의 시점 쇼트는 나타나지 않는다. 대신에 물신숭배적으로 기계로서의 기차가 지닌 질감과 물질적 존재감·기계적 움직임을 묘사하는 쇼트와 기차를 모는 점용의 클로즈업 쇼트를 배분함으로써 기차와 점용을 연결하는 효과를 만들어낸다(이영재, 앞의 논문, 17-18쪽 참조). 반면에 「심문」의 첫 장면은 정반대로 빠른 속도로 이동하는 하얼빈 행 기차 안에서 내다보는 풍경의 효과에 대한 묘사로 시작된다. 김명일에게 기차는 스릴을 느끼는 도구에 불과하다. 그는 기관으로서의 기계가 아니라 시스템으로서의 기계에 다가가려는 자이다.

33) 발터 벤야민, 차봉희 편역, 「기술복제시대의 예술작품」, 『현대사회와 예술』, 문학과지성사, 1980, 54쪽.

니라 대도시와 제국의 생존권의 강렬한 성향이다. 「심문」에서의 하얼
빈은 유럽의 아우라가 파괴된 공간이다. 유럽의 아우라가 파괴된 폐허
에서, 「신판 경성지도」에서처럼 기호 조작을 통해서만 가능했던 세계
로의 도약이, '삶의 공간' 안에서 경험적 감각을 통일하는 근대문학의
기율을 통해서도 가능한 것이 된다. 앞서 "양녀들"이 등장하는 장면을
길지만 다시 인용해보겠다.

> 여옥이는 내가 기억하는 그몸매의 선을 그대로 내비치우듯이 달라붙은
> 초록빛 호복을 입고 붉은 강의자에 파묻히 듯이 앉아서 여러놓은 창틀우
> 에 팔굽이를 세운 손끝에 담배를 피워드렀다. 짧은 호복 소매밖의 그손목
> 은 가늘고 시드러서 한가닥 황촉을 세운듯하고 고손끝의 물드린 손톱은
> 홍옥같이 빛나는 것이다. 그런손끝에서 피어오르는 담배연기를 바라볼뿐
> 나는 별로 할말이 없이 묵묵이 앉어 있었다. 여옥이도 무슨 생각에 잠기는
> 모양이었다. 본시 그런 여옥인줄 아는 나라 실례랄 것도 없이 나는 나대로
> 창밖을 내다보고 있었다. 거리 맞은 집 유리창은 좀기운 햇볕에 눈부시었
> 다. 고기 비늘문의로 까라놓은 화강석 보도에 때마른 구두발 소리가 소란
> 하고 불리는 몬지조차 금싸락이 같이 반짝이는 째인 햇볕속을 붉고 파란
> 원색옷의 양녀들이 오고간다. 높은 건축의 골자구니라 그런지, 걸싼 양녀
> 들은 헴치는 열대어나 금붕어같이 메츠럽고 민첩하다.
>
> — 「심문」: 17

자신의 옛 여자였던 여옥이 하얼빈에서 머무는 거처에서, 김명일은
지금 눈 앞에 있는 여옥의 호복 바로 밑에 있는, 과거 조선에서 그가
알고, 보고, 만질 수 있었던 그녀의 나신을 떠올려낸다. "여러놓은 창틀
우에" 놓인 여옥의 손, 그 손에 쥐어진 담배, 담배 연기를 따라 창 밖의
길거리로 자연스럽게 옮겨가는 시선은 반대편 건물 유리창에 반사된
햇빛 때문에 시선을 아래로 피한다. 시선은 다시 "붉고 파란 원색 옷의
양녀들"의 "열대어나 금붕어같이 메츠럽고 민첩"한 움직임을 따라 이
동한다.

이러한 과정의 묘사는 어떠한 의도나 의지도 없이 이루어진다. 그럼

에도 이 묘사는 지각과 기억이 매끄럽게 교차시키는 흐름을 만들고, 그 것을 언어화하는 서술자의 일관성을 드러내어 준다. 그러나 이것은 행 동의 일관성이 아니라 反動—반작용 가운데에 솟아난 일관성이다. 즉 이 일관성의 근거는 수동적인 서술자의 내부에 있지 않다. 이 일관성의 한 매듭에 기억 속의 그 몸매를 가리기보다는 출현하게 만드는 차이나 드레스 차림의 여옥이 있고, 다른 한 쪽에 똑같이 호복을 입은 "양녀 들"의 물고기와 같은 몸놀림이 있다. 말하자면 서술자인 김명일의 감각 기관과 기억과 언어의 결합 속에서 조선인 여자의 육체와 러시아 여자 들의 육체는 연결되어 있다. 하얼빈의 여옥의 육체는 과거 조선의 여옥 의 육체의 연장으로, 러시아 "양녀들"의 육체는 하얼빈의 여옥이 지닌 육체의 연장으로 나타난다. 이 세 개의 육체 사이에 똑같은 의복이 '반 복'된다. 호복—패션이라는 무기물의 체계이자 비유기적 신체. "패션 은 유기적인 것과 모순된다. 그것은 살아 있는 육체를 무기물의 세계와 교차시킨다. 살아있는 존재 속에서 주검의 권리를 인정하는 것이다. 무 기물적인 것에서 섹스어필을 느끼는 페티시즘이야말로 패션의 생명의 핵심이다. 상품 숭배는 이 페티시즘이 자신에게 봉사하도록 만든다."[34] 이 "호복"이라는 비유기적 신체가 "내가 기억하는 그몸매의 선을 그대 로 내비치우"는 여옥의 육체—삶을 보여주며, 그것이 과거의 형태와 일치한다는 것을 확인시켜준다. 그리고 그 육체를 비유기적인 사물의 반복적 배치 속에 위치시킨다. 김명일에게 러시아 여자들의 벌거벗은 육체들은 패션이라는 비유기적 신체를 매개로 삼아, 조선 여자의 육체 와 연결된 배치물로 나타나며, 따라서 "나"의 삶의 공간, 접촉의 테두 리, 언어와 지각의 테두리 안에 놓인다. 그것은 이국적인 것, 유럽의 것 이지만 '닿을 수 있는 것'—곧, '멀지 않은 것'이다.

　유럽이라는 지방의 자연성(러시아 여자의 육체)은 세속적 경험을 묘 사하는 조선 문학의 언어로 쓰여질 수 있게 된다. 그저 실내로부터 제

---

34) 발터 벤야민, 조형준 역, 『아케이드 프로젝트』 1, 새물결, 2005, 101쪽.

국의 생존권 안의 도시를 내다보며 자극을 수용하고 반응하고 그것을 문학적 서술로 전환하는 것만으로 "양녀들"은 만질 수 있는 것, 세속적인 경험으로 묘사할 수 있는 것, 현실적인 것이 된다.

패션은 무엇이 현재적인 것인가, 무엇이 현실적인 것인가에 대한 감각과 근원적으로 닿아있다. 다만 패션의 현재성은 그것이 효력을 상실한 순간에 가장 두드러지게 된다. 붉고 파란 원색의 비유기적 신체로서의 호복이 나타내는 현실적인 것은 무엇인가. 바꾸어 말해, 하얼빈에서 무엇이 물러나는 순간 "붉고 파란 원색 옷"과 "기모노 차림"의 패션이 지녔던 현실성이 드러나게 되는가. 제국의 지배, 제국의 자본 그리고 제국이라는 삶의 장소.

'세계의 유럽화'를 세계의 지정학적 배치를 중심으로 삼는 '공간사상'의 관점에서 근대화의 본질적인 국면이라고 한다면, 그것과 정반대로 유럽의 알레고리를 삶의 공간—생존권 내에서 소유할 수 있게 된 여기에서 '근대의 초극'은 세계사적 사건이기 이전에, 서양과 동양ㆍ"양녀들"과 제국 전쟁 기계가 뒤엉킨 그로테스크한 스펙타클로서 펼쳐진다. 「심문」의 하얼빈은 이러한 자극—1930년대의 유행어인 "에로 그로"를 통해서 연상되는 공간35)이었고, 자극이 만연하기에 멀리 있는 것이 멀리 있는 것으로 나타나지 않는 곳, 그로 인한 충격 효과가 더 이상 폭력적 본성을 드러내지 않고 쇼크가 표준상태가 되어버린 대도시였다. 자극(그로테스크)과 수동성(감수성)과 무감각함(충격 효과의 표준상태)—이것이 「심문」을 관통하는 모티프이다. 이 모티프들을 관통하며 일관되게 이루어지는 경험적 세계의 묘사는, 앞서 말한대로, 행동과 그 기율의 일관성이 아니라 反動에서 비롯된 일관성이다. 외부의 물적 토대와 연동함이 없이 그 일관성은 불가능하다. 그러한 외적 근거야 말로 이 소설의 진정한 주인공이다. 그렇다면 주인공은? 제국이다. 보다

---

35) 하얼빈에서 여옥을 만난 김명일은 함께 시내로 나서는 길을 "「할빈」으로 연상하는 에로 그로의 이국적 행락과 소비기관이 집중되었다는 「가다야스카」를 거쳐 송화강부두로 나갔다"(「심문」: 21-22쪽)라고 서술하고 있다.

정확하게는 조선문학이 하나의 기율로서 받아들인 제국과 그 생존권
(Lebensraum)=삶(Leben)의 공간(raum)의 겹쳐진 시스템으로서의 제국의
대도시이다. 인간은 행동하지 않는다. 행동하는 것은 시스템으로서의
제국-기계, 도시-기계이다. 인간은 그 시스템의 기율에 반응하고 따
를 뿐이다. 이 시스템(제국과 대도시 혹은 대도시와 겹쳐진 제국)에는
기이하게도 초월적인 부분이 없다. 왜냐하면 그곳은 결정이 없는, 결정
이 무의미한 공간―즉, 시스템과 테크놀러지가 지배하는 공간이기 때
문이다. 따라서 행동하는 인간이 없는 이 공간에는 운명의 선고 또한
없다. 이 시기에 비평가와 문학사가로서 활동했던 임화는 이러한 동시
대의 공기를 직관적으로 파악하고 있었다. 일련의 장편소설론을 전개
하면서 임화는 그가 "세태소설"이라고 칭한 생활의 기계적인 묘사가
인물을 대신하여 주인공이 되고 있는 현상이 대도시와 테크놀러지의
지배의 확대의 결과임을 직감하면서, 묘사기법=테크놀로지에 근거한
소설 "그것은 技術만에 文化다. 기술만에 문화란 주지와 같이 공예다"
라고 적었다. 반면에 그에게 있어서

> 　인간은 생의 현실에 있어서 부단히 여건을 초월하고 구속을 타파하나
> 여건은 존재의 현실에 있어 부단히 인간을 비초월적인 것 현실적인 것으
> 로서 지배해간다.
> 　생은 언제나 이러한 투쟁이다. 인간의 생애라는 것은 이러한 투쟁의 내
> 적체험이고 주체적인 표현이다. 그 결과가 운명이라고 말할 수가 있다.
> 　이 運命의 表現을 위하여 小說은 많은 人物들 가운데서 主要한 一人을
> 혹은 幾人을 택하게 된다.
> 　그러므로 모든 소설이 主人公을 짓는 것은 當然한 일일뿐 外라 決定的
> 인 일이다.[36]

그러나 테크놀로지의 시스템으로서의 제국과 대도시의 생존권이 세
계와 일상적인 삶의 장소를 뒤섞어버린 곳에서, 그 시스템의 기율을 통

---

36) 林和, 「最近 小說의 主人公」, 『문장』 7호, 1939. 9, 154쪽.

176

해 記述의 총체성과 일관성의 技術적 근거를 구하는 문학 언어 속에는 자신의 행동을 결정하는 인간도, 인간의 삶을 결정하는 운명도 없다. 즉 인간도 운명도 없다는 말은 이 세계에 결정이 없다는 말과도 같다. "인간을 만나고 싶다는 것은 현대 독자에 슬픈 염원이다"[37]라는 임화의 말은 단순히 이 세계에 19세기적인 본격소설의 능동적 인간형과 근대적 리얼리즘의 복권이 필요하다는 말이 아니다. 임화가 인간과 운명을 동시에 요청했다는 점에서 이 말은, 이 세계는 결정·주권이 부재하는 세계이며 그것이야말로 이 세계의 불행이며 슬픔이라는 말이라고 이해해야만 한다.[38]

초월적인 외부를 배제하고, 그 자체로 세계를 구성하는 제국—대도시라는 기율·기계·시스템을 통해서 조선문학은 '근대문학'에 있어서 세계가 어떠한 것인지 조금 맛보았고, 그 미량의 감각으로 근대의 초극과 식민지의 초극이 동시에 도래했다는 듯이 이 소설은 쓰여져 있다. '세계'라는 오늘날의 어휘에 어원적으로 대응하는 라틴어 Mundus는 신적인 질서를 포함하는 영역이라는 뜻과 인간적 생활이 영위되는 장소로서의 세속적 공간이라는 서로 다른 의미를 포함하고 있었다. Mundus라는 말에 깃들어 있는 초월적 차원(신적인 질서)과 자연적 삶과 역사적·정치적 삶(세속적 공간)을 제국은 모두 회수해간다. 그 가운데에 엿보인 식민지의 초극과 근대의 초극에 약간의 가능성, 그보다 약간 더 적은 현실성이 있었을지라도, 달성된 것이 아니라 얻은 것이었고, 그 대가로서 하얼빈의 조선인은 세계를 상실했다.

주제어 : 제국, 유럽, 초극, 장소, 세계사의 철학

---

37) 임화, 같은 글, 161쪽.
38) 이러한 맥락에서 1930년대 후반기의 임화와 '신의 폭력'을 요청하면서 그것을 주권적인 것이라고 말했던 벤야민 사이의 동시대성을 읽어 보는 일 역시 흥미로울 것이다.

◆ **참고문헌**

1. 기본자료

綠眼鏡, 「카페 女給 언파레ー드」, 『別乾坤』 57호, 1932. 11. 1.

李瑞求, 「新版 京城地圖」, 『中央』, 朝鮮中央日報社, 1935. 5.

林　和, 「最近 小說의 主人公」, 『文章』 7호, 1939. 9.

최명익, 「心紋」, 『文章』, 1939. 6. 15.

『朝鮮出版警察月報』 제114호~제123호, 경성지법검사국, 1938. 2.

2. 논문

구인환, 「이광수 소설에 수용된 톨스토이」, 『국어교육』 32집, 한국어교육학회,
　　　1978.

김　항, 「벤야민의 문턱: 댄디와 주권」, 『현대비평과 이론』 23호, 2005. 7.

서은주, 「1930년대 외국문학 수용의 좌표 세계 민족, 문학」, 『민족문학사연구』 28
　　　집, 민족문학사학회, 2005.

서지영, 「식민지 근대 유흥 풍속과 여성 섹슈얼리티」, 『사회와역사』 65권, 한국사
　　　학회, 2004. 5.

유문선, 「카프 작가와 프롤레타리아 국제주의」, 『민족문학사연구』 24집, 민족문학
　　　사학회, 2004.

이영재, 「토키 시대의 침묵, 카메라 혹은 역사의 소실점」, 『일제말기 미디어 장과
　　　문화정지』(전국학술대회 자료집), 상허학회, 2008. 2. 22.

정선태, 「번역과 근대 소설 문체의 발견」, 『대동문화연구』 48집, 성균관대 대동문
　　　화연구원, 2004.

황호덕, 「경성지리지, 이중언어의 장소론―채만식의 「종로의 주민」과 식민 도시의
　　　(언어)감각」, 『대동문화연구』 51집, 성균관대 대동문화연구원, 2005.

3. 단행본

김병철, 『한국 근대 서양문학 이입사 연구』, 을유문화사, 1989.

김윤식, 『임화 연구』, 문학사상사, 1989.

박　강, 『중일전쟁과 아편』, 지식산업사, 1995.

손정목, 『일제 강점기 도시 사회상 연구』, 일지사, 1996.

한석정, 『만주국 건국의 재해석』, 동아대 출판부, 1999.

가라타니 고진(柄谷行人), 권기돈 역, 『탐구』 2, 새물결, 1998.
사카이 나오키(酒井直樹), 후지이 다케시 역, 『번역과 주체』, 이산, 2005.
히로마쓰 와타루(廣松涉), 김항 역, 『근대초극론』, 민음사, 2003.
G. W. F. 헤겔, 김종호 역 , 『역사철학강의』, 삼성출판사, 1982.
발터 벤야민, 조형준 역, 『아케이드 프로젝트』 1, 새물결, 2005.
─────────, 차봉희 편역, 『현대사회와 예술』, 문학과지성사, 1980.
칼 슈미트, 김효전·박배근 역, 「광역 대 보편주의」, 『입장과 개념들』, 세종출판사,
    2001.
프랑코 모레티, 조형준 역, 『근대의 서사시』, 2001, 새물결.
高山岩男, 花澤秀文 編, 『世界史の哲學』, こぶし書房((岩波書店, 昭和 17(1942)),
    2001.

◆ **국문초록**

  지정학적 관점에서 근대화는 '세계의 유럽화'로 언급되어왔다. 그런 점에서 자본주의, 서구적 근대 그리고 제국화 되어 가는 일본과 더불어 찾아온 식민지라는 상황은 하나의 세속적인 생활 영역이 더 이상 안정된 세계로서, 혹은 기존의 완결된 세계의 일부로서 존재하기가 불가능한 조건으로서 말해 볼 수 있다. 자본주의화 되어가는 식민지의 공간은, 한 편으로는 삶의 세부에 다양한 형태로 침투해 들어오는 외부 세계와의 관계 속에 놓이게 된다. 다른 한 편으로는 지금 여기의 세속적 삶의 현장, 그곳에 개입하는 외재성, 그리고 그 모두를 아우르는 전체로서 환기되는 세계와의 관계 속에도 놓인다.

  경험적 삶의 공간을 다루면서 일관된 기율로 다루면서 세계의 전체상을 포착, 구성하려는 모험은 '근대 문학'의 핵심이면서 동시에 '식민지 조선의 근대 문학'의 중대한 과제였다. 내가 비중을 두었던 것은 그러한 이념이 실현되었는가를 측량하는 것이 아니라, 그러한 이념의 사용을 통해 빚어졌던 사태들의 역사성을 파악하는 것이다. 근대문학의 이념은, 그것이 서구에 있어서 근대문학의 형성과정이 지닌 역사와는 다른 차원에서 극명한 역사성을 비—서구 지역의 식민지인 조선이라는 문맥에서 지니고 있었다고 볼 수 있을지 모른다.

  문학과 더불어, (세속적) 삶의 공간과 인간적 삶이 영위되는 광범위한 영역으로서 환기되는 동시대적 세계가 뒤얽히는 공간으로서 이 논문은 대도시와 제국을 주목했다. 대도시와 제국은 단지 먼 것과 가까운 것의 관계가 뒤얽히는 무대일 뿐만 아니라, 그 관계를 규범화하는 기율 — 행동의 지평으로서 존재했다는 점에서 내적 기율로서의 문학, 담론 체제로서의 문학과의 공명 속에 존재했었다. 문학, 대도시, 제국 — 세속적 삶의 영역과 세계가 관계되는 장소이자 동시에 기율인 이 세 개의 형식을 나는 공영권이라는 이름으로 좀 더 친숙한 제국의 '생존권(Lebensraum)' 개념과 '삶(Leben)의(s) 장소(raum)'이라는 근대 문학의 개념 사이의 겹침을 통해 보고자 했다.

  이서구의 「신판 경성지도」라는 텍스트는 직접적으로 식민지 도시 경성을 "모나코", "모록고", "하와이"를 거느린 세계주의적 공간으로서 기호화하고 있다. 그 가운데에 경성의 조선 청년들이 서구의 향유를 모방하는 것이 가능해지는 전략적 장소로서 대도시 경성은 담론화되었고 '식민지의 초극'이 기도되었다. 하지만 서구가 누리는 것, 서구가 행하는 것을 모방하는 이러한 방식은 그것이 향유의 대상

으로 삼고 있는 세계의 도시들이 식민지 조선 청년들의 '삶의 장소'가 아닌 한에
서 경험적 세계의 통일된 구성을 시도하는 근대 문학의 기율로서는 서술될 수 없
었다. 따라서 그것은 언어적 파편 — 고유명과 고유명을 통한 알레고리의 조작으
로서 출현했다.

　중일전쟁(1937. 7) 이후 조선문학 내부에서 알레고리로서 적지않게 출현하는
러시아 여성의 고유명은 이러한 맥락에서 하나의 징후라고 볼 수 있다. 징집령의
실시와 더불어 내선일체가 가속화되는 이 시기에 敵과 我를 나누는 가운데에 강
제된 제국 일본 내부의 동일화 움직임과 그 결과의 하나인 사상 전향 속에서 '소
비에트 러시아'라는 국가에 대한 언급은 금기시 되었다. 조선 반도가 日滿支를 연
결하는 제국 일본의 '지체'이자 '지방'이기를 요구받던 이 시기는, '근대의 초극'
을 논했던 일본의 철학자들에 의해 제국 일본이 러시아 영토의 일부를 제국령으
로 포섭하며 '세계의 유럽화'라는 세계사적 흐름을 역전시킨 것으로, 즉 제국 일
본이 세계사적 주체로서 두각을 나타냈다고 운위된 시기였던 동시에, 제국령 내
의 조선에서 '소비에트 러시아'라는 외재성이 소거되어버린 시기 — 즉 조선이 세
계화된 (혹은 세계화되었다고 언급된) 제국의 내부에 사로잡힌 시기이기도 했다.

　최명익의 「심문」은 하얼빈이라는 제국령이 된 러시아의 영토에서 백계 러시아
여성들을 "양녀", "백인게집애"와 같은 조선어로 지칭하며 유럽과 러시아의 알레
고리로서 등장시켰다. 「심문」의 주관적 서술자인 '김명일'은 댄서 혹은 카페 여급
인 이들을 "양녀", "백인게집애"와 같은 조선어로 알레고리화하며 우월감을 획득
하는데, 그것은 '근대(＝세계의 유럽화)의 초극'이라는 명제 하에 세계대전 중의
제국 일본이 유럽에 대해 획득했던 자신감과 불가분하다. 중요한 것은 유럽과의
역학 관계의 변화를 통해 취득한 제국의 세계성·보편성이, 제국의 '생존권'인 하
얼빈에 간 조선인에게 멀리 있었던 유럽(혹은 유럽의 알레고리로서의 러시아)과
세계를 자신의 '삶의 장소' 내에서 접촉하고 일관되게 기술할 수 있는 가능성으로
나타났다는 점이다. 세계와 삶의 장소를 경험적 감각의 통일성 — 근대 문학의 기
율에 의해 기술하는 것이 가능해졌고, 그 가능성은 제국의 '생존권'과 식민지인의
'삶의 장소'가 겹쳐짐으로써 이루어졌다. 이것은 멀리 있는 것을 가까이 접근시키
는 제국(도시)의 기율과 식민지 근대 문학의 역사적 욕망이 공명함으로써 실현되
었다. 그러한 의미에서, 근대를 넘어섰다고 생각했던 제국과 식민지 조선에서 제
국이라는 시스템으로 일체화해간 조선인 — 근대의 초극과 식민성의 초극이라는
두 가지 명제가 「심문」에서 그로테스크하게 결합되어있다.

◆ **SUMMARY**

Empire and Europe: A Place of Life, A Place of Overcoming
– 'Lebensraum' of the Late Empire Japan and its *Agencement*, its Discipline, and Chosun Literature

Kim, Su-Rim

In a geopolitic view, modernization has been referred to a westernization of the world. In the very exact sense, the colonial situation of Chosun, which came along with capitalism, western modernity, and empire japan, meant a conditon that is worldy living places can't be a stable world or a part of old completed world. In a way of Capitalism, the colonial place had to be in a relation with infiltrating outer world. Otherwise, It also faced the world as now-here living places, infiltrating exteriority, and the world itself which includes whole others.

It was a ideal end of the modern literature that managing experitential living place in a consistent discipline. It was also the historical task of the colonial Chosun modern literature. I've intended not to measure how those ideal ends had attained, but to grasp the historicity of those pragmatic uses. It can be said that he ends of modern literature had substantial historicity when it was located in the colonial Chosun as a context.

This Paper had focused on modern metropolis and empire in addition to the literature, in which worldly living places and the contemporary world were mixed. metropolis and empire are not only a place that relation between the far and the close became mixed-up, but the ground as disciplining of those relations and discipline itself. That became a reason for the literature, as a inner discipline and a discourse system, had resonant with those two places. In this study, I tried to grasp these three form of place and discipline—The literature, metropolis, empire—, which related living world and the world, in a overlapping of the imperial concept of 'Habitat(Lebensraum)' with 'place(raum) of(s) living(leben)', the concept of modern literature.

Lee, Seo Ku's 「New Kyoungseong Map」 made colonial city Kyoungseong as a sign of global, universal place which included Monaco, Morroco, and Hawaii and etc. At the meantime, metropolis Kyoungseong became a strategic place where the youth of Chosun could imitate a juissance of the western. It was a way of trying to transcending coloniality of Chosun. But It couldn't be successful to describe in a discipline of modern literature, as long as world-citys—the objects of imitated juissance were far from the living place of the colonial youth. Therefore, it appeared as fragments, allegorys through form of exhibited proper names.

Just after The Second Sino-Japan War(1937. 7), many Russian women's name had appeared in Chosun Literature as allegory, and it was a symptom in this sense. along with the conscription Empire Japan forced identification of inner territories and one of its result was a conversion of marxism to nationalism. Along with it, mentioning Soviet-Russia was also forbidden. This period was that Chosun Peninsula were compelled to be a part of Japan-Manchu-Sino connection of 'Lebensraum', and meanwhile, Kyoto school who referred 'The Transcendence of Modern' claimed that Empire Japan, that defeated former russia and stoped the 'westernization of the world', became a subject of the world history. This very historic moment the colonial Chosun located in inner Empire Japan lost the Soviet Russia as a exteriority and captured.

Choi, Myoungik's 「Sim-mun(A pattern of Mind)」 exhibited white russian women, who settled in harbin, calling in a Chosun word which can translated into contemporary english as "western chick", "white chick" and made them as allegory of Europe and Russia. The Narrator of 「Simmun」, Kim, Myoung-Il took superiority over 'western chick', which is inseparable from superiority of Empire Japan over Europe under the thesis of 'The Transcendence of Modern' during the Second World War. What important is that Empire Japan's globality, university from overtaking Europe(or the westernized world) brought a possibility to the colonial elite in harbin. For him, It was a possibility to contact and consistently describe far western world(otherwise russia as a allegory of Europe) and the world in a own 'place of life'. For overlapping of Empire Japan's 'Lebensraum' and colony's 'place of life', It had became possible to describe the world and 'place of life' in a unification of experiential sense, in other word, discipline of modern literature. In this sense, the empire who thought that it was overcoming modern world (the westernized world) and the colony elite who unified himself to Empire Japan from colonial Chosun, are combined with in a grothesque way in 「Sim-mun」.

Keyword : Lebensraum, großraum, place of life, the world, westerniza-
tion, empire, metropolis, allegory, proper name, discipline,
colonial modernity, harbin, non-organic body

—이 논문은 2008년 3월 31일에 접수되어, 소정의 심사를 거쳐 2008년 5월 31일에 최종적으로 게재가 확정되었음.

'나운규 영화'의 관객들 혹은 무성 영화 관객에 대한 한 연구
— 식민지 시기, 관객의 변화와 나운규 영화의 의미

노 지 승*

목 차

1. '나운규 영화' 와 1920년대 대중

1926년 12월 최승일이 「라듸오·스폿트·키네마」란 글에서 "사실상 映畵는 小說을 征服하엿다"라는, 조선에서는 약간은 섣부른 선언을 하였을 때 그의 이러한 선언은 두 달 전 단성사에서 개봉한 영화 〈아리랑〉이 있었기에 가능했다. 그리고 영화 〈아리랑〉의 성공에는 '10전'이

———————————————

* 서원대 전문연구원.

** 이 논문은 2005년 정부재원(교육인적자원부 학술연구조성사업비)으로 한국학술진흥재단의 지원을 받아 연구되었음(KRF-2005-079-GS0011).

라는 비교적 헐값으로 활동사진을 볼 수 있었기에 가능했던 수효의 폭발적인 관객들이 있었다. 최승일은 10전이라는 입장료가 영화제작비에 비해 터무니없다고 생각하면서도 '몰려든 새로운 팬'의 존재를 반가워하고 있다.

> 내가 어렷슬 적에 돈 십전을 내이고 구경해 본 적이 잇지마는 요즈막와서 상설관에서 십전밧는다는 것은 아마도 이 지구 우에 조선밧게 업스리라. 그러나 엇잿든 잘한 일이다. 다른 것―모든 예술보다도 가장 민중과 갓가올 의미를 가진 영화조차 일반 민중의게서 작고 멀어간다는 것은 좀 섭섭한 일이니까. 십전 바들제 몰키어드러온 새로 팬! 그들이 정말 영화의 팬인 것을 짐작해야만 될 것이다. …(인용자 중략)… 그러나 여기에 한 개의 획시대적 산물이 잇스니 그것은 아리랑―아리랑―이 그것이다.[1]

영화 〈아리랑〉의 성공은 그동안 최초의 상영 당시에서 출발해서 오랜 기간, 신화로서 각색되어 전해진 측면을 부정할 수 없다. 〈아리랑〉에 몰려온 관객들에 대해 당시 단성사 선전부장이었던 이구영이 회고한 바대로 〈아리랑〉의 광고지가 압수당했고 그 소식이 삽시간에 쫙 퍼져 극장문이 부서지도록 관객이 쇄도했다는 증언[2]은 거짓은 아니겠지만 전단지를 직접 제작한 선전부장으로서 그 당시의 감격을 극적으로 윤색한 것으로 보인다.

성공적인 관객동원은 영화 〈아리랑〉과 그 영화의 감독, 주연, 각색을 담당했던 나운규라는 천재 영화인의 출현 그리고 일본 식민통치에 대한 민중적 저항을 의미할 수도 있겠지만, 이러한 낭만적인 접근을 배제한다면 어떤 사회적 조건이 낳은 필연이다. 그 조건 가운데 하나는 조선 영화에 기꺼이 입장료를 지불할 수 있는 잠재적인 관객들의 부각이다. 아리랑이 상영될 당시 '10전'이란 입장료는 1920년대 중반 극장가에 있어서 최저의 입장료였다.[3] 10전의 입장료는 당시의 임금노

---

1) 승일, 「라듸어·스폿트·키네마」, 『별건곤』, 1926. 12, 108쪽.
2) 김성춘·복혜숙·이구영 편, 『한국영화사를 위한 증언록』, 소도, 2003, 279쪽.

동자의 일당과 견주어 보았을 때 일당을 받고 일하는 노동자들에게도 영화관을 출입할 수 있는 정도의 것이었다. 조선인 공장 노동자 남성은 1929년경 약 1원의 일당을, 여성 노동자들은 약 59전의 임금을 받고 있었던 현실에서[4] 10전 정도의 유흥비는 자주는 아니지만 능히 지출할 수 있는 정도로 여겨진다.

이러한 도시 하층민 관객들의 존재가 1920년대 중반의 홍행을 가능하게 하는 조건 중의 하나이다. 이러한 다수의 조선인 관객의 존재가 '조선 영화'에 대한 요구를 불러일으켰다고 해도 과언이 아니다. 임화가 「조선영화론」(『춘추』, 1941. 11)에서 지적했듯, 영화가 들어온 이래 1920년대까지 관람의 역사만 있을 뿐 아직 생산의 역사는 시작되고 있지 않고 있었다. 이러한 사정에서 조선의 영화인들이 조선 영화계에 대한 사명감과 창작열을 갖고 제작에 임할 수도 있겠지만 영화 자체가 무엇보다 자본의 회수를 요구하는 '산업'이니 만큼, 무엇보다도 '조선 영화'에 대한 수요가 예상되지 않고는 최소 3천 원 가량의 제작비가 드는 무성영화 제작에 뛰어들 수 없다. 즉 외국(서구) 영화가 20여 년 동안 영화 관람의 주류를 차지하고 있는 상황에서 조선인 배우가 조선을 배경으로 한 조선 영화를 보러 올 수 있는 관객들이 전제되어야 하는 것이다.

이렇게 조선인 배우와 조선의 이야기를 스크린에서 보고 싶어하는 잠재적인 관객이 영화 〈아리랑〉이 개봉되었을 때 극장문이 부서져라

---

3) 1910년대에 비해 1920년대 중반은 입장료가 매우 저렴해진 시기였다. 당시의 개봉관에서 특등석 30원에서 20원과 10원의 차등적인 입장료를 받고 있었는데 이러한 입장료는 1900년대, 1910년대 극장들에 비해 물가상승률을 고려하면 매우 낮아진 것이다. 1900년대 원각사, 협률사, 장안사 등의 경우, 특별상등 1원에서 15원으로 차별화되어 있었고 1910년대 경성고등연예관, 대정관, 우미관의 경우 각 극장마다 편차가 있지만 대개 1원부터 20전까지 차등화 되어 있었다. 1900대에서 1910년대에 이르는 입장료 변화 추이에 대해서는 여선정, 「무성영화시대 식민도시 서울의 영화관람성 연구」, 중앙대 석사논문, 1999, 9-11쪽을 참조.
4) 조기준 외, 『일제하의 민족생활사』, 민중서관, 1971, 437쪽.

188

쇄도했던 그들이었던 것으로 짐작된다. 이들 관객들은 경제 자본에서
도 중간 계급(middle class) 이하이기도 했지만 무엇보다도 문화 자본의
측면에서 '高度의 旣成藝術에 因緣 없는 愚昧한 衆生' 즉 새로운 근
대 문화에서 소외된 사람들로 확인된다.5) 당시의 영화 관객이 중산층
에서 도시의 하층 계급(lower class)으로 이동하고 있다는 사실을 배경으
로 조선 영화는 이들 계급의 정서를 적극 반영하고 있었던 것으로 보
인다. 1920년대 초반까지 금전적, 시간적 여유를 가진 이들 중간 계급
(middle class)의 오락 소비는 절대적이었다. 그러나 1920년대 중반, 이
구영의 말을 빌면 '입때까지 民衆 生活에 色彩를 띄우고 잇는 이들은
中産階級의 사람들이었으나' '최근에 이르러 그들의 勢力이 退潮하고
農民, 勞動者에게로 그 中心 勢力이 推移'6)되었다는 사실에서 특히
영화의 소비자로서의 하층계급이 부각되고 있음을 알 수 있다. 이들이
'조선 영화'를 보고 싶어한 반면, 상대적으로 세련되고 고급한 취향을
가진 지식인이나 학생들에게 '조선영화'는 진지한 감상의 대상이라기
보다는 하나의 무관심한 '실험'에 불과했다.7) 조선 영화와 외국 영화
(일본 영화 포함)로 나누어진 이러한 관객 취향의 분화와 이원화는 식
민지시기를 지나 한국 영화 황금기인 1960년대까지 지속되는 현상이

---

5) 나운규 영화의 관객에 대해서는 『조광』, 1939. 2월호에 실린 오영진의 「朝鮮映畵의 時
  相−朝鮮映畵論抄」를 참고할 수 있다. 오영진은 나운규 영화 중 〈개화당이문〉(1932)
  이전의 영화들을 두고 '高度의 旣成藝術에 因緣 없는 愚昧한 衆生'에게 마음의 양식
  을 주고 있다고 평함(209쪽)으로써 1930년대 이전에 만들어진 나운규 영화가 저급한
  관객을 대상으로 했다는 점에서 한계가 있다고 지적하고 있다.
6) 이구영, 「민중오락과 영화극」, 『신민』, 1926. 10. 124쪽.
7) 이러한 사실은 1920년대 초반부터 후반까지 제작된 조선 영화를 보고 글을 남긴 사
  람들은 대개가 영화감독이나 제작자 등 조선 영화계 내부 인사들이라는 점에서 확인
  된다. 초기의 영화 비평이 거의 영화감독에 의한 것임은 우연이 아니다. 조선 영화 제
  작과 관련이 없는 여타의 지식층들은 영화를 보고 글을 남기려는 시도를 거의 하지 않
  았는데 이는 '조선 영화'의 존재 자체에 대한 강한 무관심에서 기인한다. 그러나 이러
  한 무관심은 어디까지나 '조선영화'에 대해서였고 '서구 영화'에는 마니아층을 형성하
  기까지 하였다. 지식인들의 영화 체험에 관한 글은 곳곳에서 발견되지만 거의가 서구
  영화에 대한 글이다.

기도 하다.

이들 하층 계급이 새로운 소비 주체로서 모습을 드러낸 것은 이미 1923년에 제작된, 일본인 감독 하야가와(早川)의 〈춘향전〉에서였다. 8일 동안 1만 명의 관객을 동원한[8] 이 영화로 인해 조선 영화 제작의 상업성에 대한 기대감은 커져갔고 이러한 기대감은 서양인의 얼굴이 아닌 조선인의 얼굴을, 그리고 서양의 풍경이 아닌, 조선의 풍경을 스크린에서 보고 싶어했고 조선적인 이야기를 듣고 싶어했던 ‘관객’들이 있었기에 가능했다. 이러한 요구를 재빨리 읽어낸 일본인 하야가와는 이들 하층민들에게까지 가장 친숙한 서사(narrative)인 고전소설 〈춘향전〉을 영화로 만들게 되었고 그 결과 한동안 초기 조선 영화의 주류는 〈장화홍련전〉이나 〈심청전〉같은 고전 소설의 영화화로 이루어진다.[9] 이러한 상황에서 1926년 〈아리랑〉은 조선의 ‘현재’ 농촌을 폭로한 충격적인 영화였다. 고전 소설의 영화화가 줄 수 없었던 충격을 〈아리랑〉에서 발견한 ‘조선의 하층민 관객’들은 ‘나운규 영화’에 대한 팬덤(fandom)을 형성시켜 나갔고 그 결과 나운규는 자신의 이름을 걸고 영화를 만드는 최초의 조선인이 되었다.

이러한 현상들은 시기적으로 〈아리랑〉(1926)부터 ‘나운규프로덕션’이 해체(1929)되기 이전으로 조선 무성영화의 황금기이자 무성영화관객의 전성기로 불리는 시절에 나타난다. 영화사적으로는 조선에서 ‘토

---

8) 최초의 춘향영화로서 일본인 감독 하야가와의 〈춘향전〉이 제작된 것은 1923년 8월부터이고(「영화극으로 화한 춘향전」, 『매일신보』, 1923. 8. 24) 조선인들에게 개봉된 것은 하야가와가 조선극장을 인수한 1924년 가을부터이다. 앞서 언급한 이구영의 증언에 따르면 조선극장에서 개봉한 〈춘향전〉은 8일 동안 관객 1만 명을 기록할 정도로 최초의 조선영화로는 대성공이었다. 당시의 상영이 일요일 2회, 평일 1회임을 염두에 둘 때 1회에 일천 명 이상 들어왔다는 계산이 된다. 당시의 조선극장의 좌석이 8백여 개 정도이므로 입견(立見)이라 불리는 입석까지 합하면 8일 동안 일만 명의 관객이 봤다는 이구영의 증언(김성춘·복혜숙·이구영 편, 『한국영화사를 위한 증언록』, 소도, 2003, 참조)은 매우 정확한 것이라 할 수 있다.

9) 조선 영화에 대해 갖는 관객들의 기대와 요구에 대해서는 노지승, 「초기 조선 영화에서의 ‘민족’의 의미」, 『현대소설연구』 36집, 한국현대소설학회, 2007. 12, 참조.

190

키'의 물결이 본격적으로 일기 직전이며 한편으로는 1930년을 전후로 영화관이 불황을 맞기 이전이다. 무성영화 황금기를 표상하는 '나운규'의 상징적 지위는 그리 오래가지 못한다. 1920년대 말부터 나운규와 그의 영화는 궁지에 몰리기 시작하지만 이 또한 나운규 일개인의 무능이나 타락한 사생활10) 혹은 단순히 관객들의 기대를 저버려서만은 아니다. 무엇보다도 그 원인은 영화계라는 전체적인 장의 문제에서 볼 때 나운규 몰락의 시작과 결과는 무성영화의 관객 혹은 일련의 나운규 영화의 흥행을 가능하게 했던 하층민 취향의 주변화와 맞물리는 현상 속에서 파악되어야 한다. 하층민 정서에 기반한 영화들이 이른바 영화의 미학화, 예술화라는 당위에 밀리면서 소위 '고급팬'의 취향이 일반적인 표준으로 등장하게 된 시기에 나운규 영화는 힘을 잃게 된다는 현상에 주목하지 않을 수 없는 것이다.

그 과정을 본 논문은 다음과 같은 구성을 통해 보여줄 예정이다. 2장에서 텍스트의 내적 조건, 즉 나운규 영화의 서사적 전략을 분석함으로써 관객들에게 어떤 체험을 줄 수 있었는가를 다룬다.11) 영화 〈아리랑〉을 보고 '통곡하고 흐느꼈다는' 관객들의 반응12)에서도 알 수 있듯이 나운규 영화 텍스트와 자신의 상황을 동일시하는 팬덤(fandom)은 '나운규 영화'를 통해 자신의 사회적 정체성과 사회적 체험들을 의미화 하는 계기를 가졌던 것으로도 이해되기13) 때문이다.

---

10) 구성원들과 나운규와의 불화로 나운규 프로덕션이 해체된 것에 대해서 수입의 대부분을 나운규의 연인인 '유신방'의 사치에 들어갔기 때문이라 여기는 증언들은 여기에 속한다.

11) 물론 '나운규 영화'의 관객 소구 전략이 단지 서사 분석만으로 해결이 되지 않는다는 사실은 자명하다. 그러나 식민지 시기의 영화들이 거의 대부분 소실되어 있는 상황에서 영화의 서사 분석을 통해 그 전략을 '일부'이지만 밝혀낼 수 있을 것이다.

12) 〈아리랑〉(1926)을 본 관객들의 반응에 대해서는 서은숙 외 『남기고 싶은 이야기들』(신일선 편, 중앙일보사, 1973)에서 확인할 수 있다.

13) 종속문화와 지배문화의 핵심적인 차이는 종속 문화가 '기능적'이라는 사실에 있다. '기능적' 특성이란 팬들이 종속 문화를 통해 자신들의 사회적 정체성과 체험을 의미화 한 뒤 강한 사회적 행동을 보이거나 아니면 보상적인 환상 수준에 만족하게 되는 특성

3장과 4장은 영화계 변화와 조응되는 나운규 영화의 변화와 함께 고급팬들의 취향이 어떻게 조선 영화의 일반적, 보편적 기준이 되는가에 대해 다룰 것이다. 그 과정에서 1930년대부터 본격적으로 활성화된 영화 비평은 '조선 영화'의 정체성을 오락이 아닌 예술에 두었고 그 결과 하층민 취향의 요소들은 고급팬들의 취향으로 전유되거나 사라질 처지에 놓이게 되었으며 '나운규 영화'가 더 이상 가능하지 않았던 것도 이러한 '변화' 때문이었음이 드러날 것이다.

2. 나운규 영화의 서사 전략과 '하층민' 관객구성

나운규의 스타덤을 적극적으로 활용한 영화들은 1920년대 후반에서 1930년대 초에 주로 제작, 상영되었다. 〈아리랑〉의 성공 이후 나운규는 일본인 요도(淀虎 藏)가 설립한 '조선키네마주식회사'에서 〈풍운아〉(1926), 〈야서〉(1927), 〈금붕어〉(1927)에 연출과 주연을 맡게 되고 자신의 이름을 내건 '나운규 프로덕션'에서 〈잘 있거라〉(1927), 〈옥녀〉(1928), 〈두만강 건너서(사랑을 찾아서)〉(1928), 〈사나이〉(1928), 〈벙어리 삼룡〉(1929) 등을 만들게 된다.[14] '나운규 프로덕션' 시절 영화들에 대한 평

을 의미한다. John Fiske, 손병우 역, 「팬덤의 문화경제학」, 『문화, 일상, 대중—문화에 관한 8개의 탐구』, 한나래, 1996, 193쪽.

14) 나운규가 연출과 주연을 맡은 영화들의 필모그라피는 다음과 같다. 이 목록은 김갑의 편저, 『춘사 나운규 전집—그 생애와 예술』(집문당, 2001)과 김종욱 편저, 『춘사 나운규 전작집』(국학자료원, 2002)을 토대로 작성되었다. 나운규가 조연으로 등장한 영화와 연쇄극은 제외되었고 제작하다 중단된 영화도 이 표에서는 제외되었다. *표는 주연과 감독을 겸한 것.

제 목	개봉 시기	제작사	내용 및 장르	비 고
아리랑*	1926. 10	조선키네마주식회사	농촌 배경, 농민의 수난과 저항	희대의 흥행
풍운아*	1926. 12	조선키네마주식회사	도시, 멜로, 활극	아리랑의 여세몰이

야서*	1927. 4	조선키네마주식회사	도시, 활극	흥행실패
금붕어*	1927. 7	조선키네마주식회사	도시, 중산층 부부, 멜로	흥행실패
잘 있거라*	1927. 10	나운규프로덕션1회	도시빈민, 활극	흥행성공
옥녀*	1928. 1	나운규프로덕션	옥녀를 두고 다툰 형제의 치정극, 멜로	흥행실패
두만강 건너서*	1928. 4	나운규프로덕션	국경을 넘는 빈민들 활극, 암시적 민족주의	간도 로케이션 요도 제작비 출자
사나이*	1928. 11	나운규프로덕션	영웅의 활약	유신방 데뷔. 혹평
벙어리 삼룡*	1929. 1	나운규 프로덕션	나도향 소설 원작	카프 평론가 맹 비판
이후 나운규 프로덕션 해체(1929. 4), 임수호의 제안으로 나운규 지방 순회공연				
아리랑 그 후 이야기*	1930. 2	원방각사 (박정현 출자회사)	출옥한 영진, 다시 살인 후 체포	흥행성공 '아리랑' 논쟁으로 비화
철인도*	1930. 4	원방각사	도시 빈민, 액션, 개심 하게 된 깡패	서광제, 나운규 논쟁
금강한*	1931. 3	원산만 프로덕션 (일본인회사)	순진한 청년과 그의 누이가 실연함으로써 일 어나는 비극	흥행실패
남편은 경비 대로	1931. 5	원산만프로덕션		조선총독부 경 무국 후원, 전국 무료상영
개화당 이문*	1932. 6	유신키네마사 1회	갑신정변 소재, 활극	나운규, 재기시도
임자 없는 나룻배	1932. 9	유신키네마사	뱃사공의 살인과 방화	흥행 대성공, 이규환 연출
종로	1933. 10	대구영화촬영소	사랑에 실패한 청년이 돈을 벌다 돈으로 망함	나운규 주연, 각 색, 원작, 감독 은 양철
7번통 사건*	1934. 11	현성완 프로덕션	활극, 아편소굴 배경	나운규 주연 각본, 감독
무화과*	1935. 6	조선키네마사 (현성완 설립)	예술가 청년들의 사랑	원작 라보엠
강 건너 마을	1935. 9	한양영화주식회사	농촌, 빈민, 착취	나운규 감독

가는 흥행에 비해 그다지 우호적인 것만은 아니었다. 특히 〈잘 있거라〉, 〈사나이〉와 〈벙어리 삼룡〉의 경우에 가장 신랄했는데 정조를 잃어버렸음을 비관하여 자살한 여성의 행동을 두고 '보수적이고 봉건적'이라는 평가한다든가[15] '삼룡'이 주인에게 반항하지 않음으로써 끝내 '자본가의 주구'가 된 영화라는 평가[16]는 특히 막시즘적 관점에서 혹평을 받았음을 알 수 있게 한다.

농촌 혹은 도시의 하층민이 등장하는 그의 영화가 부자와 빈자 사이의 계급적 갈등을 주된 테마로 삼게 되고 이에 맑시즘 비평가들의 주의를 끌게 된 것은 당연한 결과라 할 수 있다. 그러나 나운규 영화는 소재와 플롯 상에서 이들의 주의를 끌었지만 끝내는 그들이 걸었던 기대를 저버린 영화라고 할 수 있다. 맑시즘 비평가들이 원하는 계급 갈등의 해결 방식을 보여주지 않았을 뿐더러 그의 영화가 기반으로 하고 있는 감성이란 애초에 이러한 조직적이고 의식적인 계급투쟁으로 이어질 수 있는 것이 아니라 자연발생적인 분노에 가깝기 때문이다. 또한 이들 비평가들이 영화를 '오락'이 아닌, '예술'로서 접근하고 있었다는 사실도 간과될 수 없는데 이러한 관점은 영화 제작자들의 자세뿐만 아니라 영화를 보는 관객들의 태도까지도 문제 삼을 수 있는 것이기도 했다. 1920년대 후반, 맑시즘 비평가들의 이러한 관점에 대해 관객은 물론 비

그림자*	1935. 9	조선키네마사	계모에 대한 복수	大奇怪 冒險 復讐편
아리랑 3편*	1936. 2	한양영화주식회사	미친 오빠 영진, 누이 영희, 영희를 못살게 구는 태준	토키
오몽녀	1937. 1	조선영화주식회사 경성촬영소 제3회작	이태준 소설 원작	최후의 역작으로 평가, 토키

15) 尹曉峰, 「조선영화는 발전하는가－'사나이'를 본 감상」, 『조선지광』, 1928. 11·12(합병호), 89쪽.

16) S生, 「試寫室－故 瑫香 羅彬氏의 原作 '벙어리 삼룡이'를 보고서」, 『조선일보』, 1929. 1. 20; 徐光霽, 「조선영화소평－벙어리 삼룡」, 『조선일보』, 1929. 1. 29.

194

평가 모두가 동의하고 있었던 것은 아닌 것으로 보인다. 꼭 나운규 영화를 지칭하지는 않았지만 당시의 영화 비평이 지나치게 소수의 '인텔리겐치아'의 기준에 맞춰져 있어 영화를 '숭고한 예술'로 본 나머지 '정작 영화를 향락하는 대중과는 거리가 있다'는 지적은17) 영화에 대한 이들 비평가들의 기대가 부당함을 꼬집고 있다고 할 수 있다.

예술이면서 오락이라는 영화의 이원적 정체성에서 보면 나운규 영화는 확실히 오락물 혹은 볼거리(spectacle)에 더 가깝다. 동정심, 질투, 연민, 선망, 탐욕 등의 여러 이질적인 감정적 요소들을 버라이어티처럼 보여주면서 이를 하나의 텍스트로 봉합했다는 점에서이고18) 다른 한편으로는 나운규가 스스로 강조하다시피 〈아리랑〉의 경우, 조선에 수입된 활극 영화에서나 볼 수 있었던 '빠른 템포와 스피드'라는 활극적인 요소를 혁신적으로 활용하고 있다는 점이다.19)

이러한 스타일 상의 특징과 더불어 나운규 영화가 하층민 관객을 소구할 수 있는 주요 서사적 전략으로 ① 환상(phantasy), ② 남성 영웅 ③ 인격화된 반근대성을 들 수 있다. 이러한 전략들은 각각 독립되어 있다기보다는 서로 긴밀한 관련을 맺고 있는데 특히 '환상'과 '영웅'의 등장은 나운규 영화에서의 '반근대성'이라는 메시지를 구성하고 있다고

---

17) 심훈, 「영화비평에 대하야」, 『별건곤』, 1928. 2, 148쪽.

18) 이러한 의미에서 벤 싱어(Ben Singer)가 제안한 '양식으로서의 멜로드라마'라는 개념으로서 영화 〈아리랑〉을 분석한 주창규의 논문은 〈아리랑〉에 등장하는 페이소스, 동정심, 질투, 연민, 선망, 탐욕, 원망, 정욕 등의 수많은 정서가 겹쳐짐으로써 벤 싱어의 다섯 가지 형상의 '클러스터'로서의 멜로드라마 개념에 〈아리랑〉이 부합된다고 주장하고 있다. 주창규, 「무성영화 〈아리랑〉의 탈식민성에 대한 접근」, 『정신문화연구』 106호, 한국정신문화연구원, 2007. 봄호, 200-203쪽.

19) '빠른 템포와 스피드'라는 〈아리랑〉 새로움은 나운규가「'아리랑'을 만들 때－조선영화감독 고심담」(『조선영화』, 1936. 11)에서 자평한 것이기도 하다. 그러나 한편으로 〈아리랑〉은 이러한 활극(액션영화)적 요소로만 환원되지 않는 여러 이질적인 요소들을 통합함으로써 다층적이고 효율적인 장르적 효과를 가지고 있기도 하다. 이를 두고 신파와 활극의 두 가지 요소가 결합되어 있다고도 표현할 수 있을 것이다. 〈아리랑〉의 활극적 요소에 대해서는 이정하, 「나운규의 〈아리랑〉(1926)의 재구성－〈아리랑〉의 활극적 효과 혹은 효과의 생산」(『영화연구』 26집, 한국영화학회, 2005)을 참조하였다.

할 수 있다.

1) 환상(phantasy)—타자들의 언어

나운규의 출세작 〈아리랑〉은 잘 알려진 바대로, 철학을 공부하다 광인이 된 영진, 그의 친구 현구, 영진의 여동생 영희로 이루어진 선한 인물들과 그리고 영희 부친의 빚을 미끼로 영희를 넘보는 마름 오기호의 대립관계가 갈등의 중심을 이루고 있다. 이 영화에서 가장 충격적인 사건은 광인인 영진이 영희를 겁탈하려는 오기호를 낫으로 찍어 죽인 후 제정신으로 돌아오는 것이다. 영진이 이러한 과격한 행위를 하는 데 있어서 악인인 오기호를 볼 때마다 보게 되는 '환상'은 행위의 강한 동기를 부여하는 역할을 한다.

다음의 인용문은 영화소설 〈아리랑〉[20] 중에서 광인 영진이 보는 환상을 묘사한 부분이다. 영진의 환상에는 '인디안 상인' '나그네(영진)' 그리고 '두 남녀(현구와 영희)'가 등장하는데 사막에서 물을 달라는 나그네에게 인디안 상인은 '악마처럼' 그를 발길로 차버린다. 이어 등장하는 현구와 영희 역시 인디안 상인에게 물을 달라고 애원하지만 그는 물을 미끼로 영희에게 '남자를 버리고 자신을 쫓아오라는' 제안을 한다. 영희는 인디안 상인의 제안에 응하고 이 광경을 본 나그네는 분노하여 격투 끝에 인디안 상인을 살해한다.

　T '이 약한 계집애야 네가 사랑하는 그 사나이에게도 가거라. 아니 가면 죽인다.'
　영진이(* 환상속 나그네—인용자)는 그리고 두 사람더러 끼어 안으라고 이상스러이 이르는 것이다. 두 사람은 어쩔 줄 모르다가 둘이 껴안으려 할

---

20) 현재 무성영화 〈아리랑〉의 대본은 남아있지 않다. 〈아리랑〉의 내용을 재구성한 가장 오래된 텍스트는 1929년 박문서관에서 발행된 영화소설 『아리랑』이다. 이 영화소설은 나운규가 아니라 문일(文一)이 썼고 머리말에서 그는 단성사 변사 서상필의 도움을 받아 〈아리랑〉을 영화소설로 고쳤다고 말하고 있다.

196

때 영진이는 또 현구를 가리키며 소리 지른다.
　T '불쌍한 젊은이여, 그 계집애를 껴안아라. 그리고 네가 살아 있는 동안 놓지를 말아라' 현구는 어쩔 수 없이 영희를 껴안는다. 영진이는 또 명령을 한다.
　T '그리고 너희들의 세상으로 가거라.'
　미친 영진이는 이렇게 하여 놓고 웃으면서 저쪽 담으로 넘어갔다. 현구와 영희는 겨우 정신을 차렸다.[21]

　〈아리랑〉의 이 환상(phantasy) 속에 등장하는 인물―인디안 상인, 나그네, 두 남녀―은 각각 현실에서는 오기호, 영진, 현구와 영희에 대응된다. 인디안 상인의 물은 오기호가 등에 업은 지주의 금력을 의미하며 물을 가진 상인의 제안에 영희는 굴복하게 되고 이에 분개한 나그네가 상인을 살해하게 되는 것이다. 이러한 환상이 주는 충격은 환상 자체의 삽입에 있지 않다. 그것이 환상으로 끝나지 않고 현실의 사건으로 재현된다는 것 즉 실재/비실재의 경계를 허물어 버리는 데 환상 삽입의 효과가 있다. 환상을 본 광인 영진은 실제로 오기호를 낫으로 찍어 죽임으로써 제정신으로 돌아오고 일본 순사에게 잡혀가게 된다. 영진의 환상은 현실의 상황을 은유한 것으로, 환각적인 것 즉 비실재이지만 환상의 경계를 넘어서 현실(실재)에 강한 영향력을 행사하고 있다. 즉 영진의 환상은 내부에 잠재되어 있던 억압과 분노를 은유하면서 현실 사건의 필연성이 되고 있는 것이다. 이러한 환상은 사실적인 것(모방적인 것)으로는 표현될 수 없는 타자―이 영화에서는 억눌린 하층민―들의 언어를 생산해내고 이 언어를 통해 현실을 전복하고 있다는 점에서 특징적이라 할 수 있다.[22]

---

21) 김수남 편, 『조선시나리오 선집』 1, 집문당, 2003, 63쪽. 이 책에 실린 〈아리랑〉은 각주 21에서 언급한 문일의 영화소설을 수록하고 있다.

22) 로즈메리 잭슨(Rosemary Jackson)은 19세기 환상 문학에 대한 토도로프의 언급을 인용하면서 환상성이 19세기 사실주의의 범주에 대한 부정으로서만 개념화될 수 있는 영역을 끌어들이고 있다고 말한다. '가능함'에 대한 '불가능함', '실재'에 대한 '비실재' 즉 환상성은 실재적인 것의 부르주아적 범주라는 것을 공격하고 전도하는 데 의미 있다.

한편으로는 오기호를 살해한 후 영진이 제정신으로 돌아오고 순사에게 체포되어 가는 모습은 타자의 언어에 기반한 전복적인 행위가 공권력에 의해 좌절당했음을 보여준다. 오히려 그의 전복적인 행위는 그가 ‘광인’이었을 때 가능했던 것이고 제정신으로 돌아왔을 때는 이렇다 할 저항도 하지 못하고 범법자로서 다른 등장인물은 물론, 관객에게까지 ‘눈물’을 호소하는 신파적 인물이 되어 버린다. 영진의 이러한 변화는 그 자체로 하층민들의 패배의식을 드러낸다고 할 수 있는데 영진의 저항(살인) 자체가 ‘순사’로 표상되는 공권력의 시선에서 보면 범법(犯法)으로 비추어지면서 그들의 무기력함, 무능함이 다시 한번 환기되기 때문이다. 그러나 하층민들의 패배의식을 확인하는 순간 영진은 희생당한 영웅의 모습으로 변화되어 비장함마저 풍기게 된다. 이제는 ‘광인’이 아닌, 농민들을 리드할 수 있는 ‘지식인 최영진’이 되어버린다. 비록 순사에게 끌려가는 처지이지만 “여러분이 우시는 것을 보면 나는 견딜 수가 없습니다. 내가 늘 불렀다는 노래를 부르면서 기쁘게 작별합시다”23) 라고 ‘아리랑’을 부르기를 권하는 영진은 관객의 감정마저 리드할 수 있게 되는 것이다. 〈아리랑〉에서 하층민의 분노를 ‘시각적’으로 드러내었던 환상의 몽타주는 나운규의 다른 영화에서는 더 이상 발견되지 않으며 이후 나운규 영화는 저항보다는 패배의식과 영웅성을 동시에 강조하는 서사에 주력하게 된다.

2) 패배한 남성 영웅과 불행한 여성들

나운규 영화에서 많은 비중을 차지하는 영화는 도시 혹은 농촌을 배경으로 한 활극(活劇)이다. 등장인물들의 갈등이 격투로 이어지고, 많은 경우 극적인 상황에서 살인이 일어나는 나운규의 영화에서 가장 두

환상성은 바로 부정적 관계성negative relationality을 구성하게 되는 것이다. R. Jackson, 서강여성문학연구회 역, 『환상성─전복의 문학』, 문학동네, 2001, 40쪽.
23) 김수남 편, 앞의 책, 70쪽.

198

드러지는 캐릭터는 강한 정신력과 육체가 겸비된 '영웅'이다. 〈아리랑〉의 여세를 몰아 흥행에 성공한 〈풍운아〉에 이르러서는 배우 '나운규'의 스타성과 뗄 수 없는 관련을 맺고 있는 영웅형 남성이 등장한다. 〈아리랑〉에서 영진을 맡은 나운규는 상영 당시 선이 굵고 강경하여 '더글러스 패어뱅스(Douglas Fairbanks)'와 같은 인상을 준다는 평을 받은 바 있다.24) 헐리우드에서 씩씩하고 원기 왕성한 남성스러움을 상징했던 패어뱅스의 이미지25)가 나운규에 겹쳐짐을 지적한 것인데 이것은 결과적으로는 나운규의 연기가 나아갈 방향성을 정확하게 예언한 바가 되었다.

　〈풍운아〉는 〈아리랑〉의 서사보다 훨씬 복잡한 구조를 하고 있으며 배우 나운규의 영웅주의가 '니콜라이 박'이라는 캐릭터를 통해 강하게 부각되어 있다. 26) 나운규가 맡은 '니콜라이 박'은 러시아와 독일 그리고 해삼위(海蔘葳)와 상해를 떠돌다 온 부랑자이다. 무일푼의 신세로 조선에 들어와 비록 주린 배를 움켜쥐고 남의 집에 배달 온 우유를 훔쳐 먹으려고도 했지만 그는 그저 평범한 부랑자가 아니다. 그는 세탁소를 차려 가난한 고학생들의 자활을 돕고 성적인 위기에 빠진 두 명의 여성─기생인 혜옥과 안재덕의 첩 영자를 구원할 정도로 강한 정신력과 육체를 소유하고 있는 인물이다. 〈풍운아〉에서 '니콜라이 박'은 이들이 얽혀 있는 문제를 두 층위에서 해결하고 있는데 하나는 남성들 간의 관계에서이고 다른 하나는 남성과 여성 사이의 관계에서이다. 전

---

24) 김을한, 「'아리랑' 조선 키네마 작─영화평」, 『동아일보』, 1926. 10. 7.

25) Ed. by Geoffrey Nowell-Smith, 김경식 외 역, *The Oxford history of world Cinema*(『옥스퍼드 세계 영화사』), 열린책들, 2005, 90쪽 무성 영화 시기 최고의 스타였던 패어뱅스는 1926년 이전에 〈마스크 오브 조로〉(1920), 〈삼총사〉(1921), 〈로빈 후드〉(1922), 〈바그다드의 도적〉(1924) 등 주로 모험 서사극에 출현하여 특유의 남성성을 과시했다.

26) 〈풍운아〉는 두 개의 삼각관계로 이루어져 있다. 안재덕─혜옥─창호와 안재덕─영자─니콜라이 박의 관계가 그것이다. 이 두 개의 삼각관계에서 타락한 부호인 안재덕은 영자를 첩으로 거느리고 있으면서 창호의 연인인 기생 혜옥을 또다시 첩으로 들이려는 부도덕한 인물이다. 니콜라이 박은 혜옥의 가난한 연인인 창호를 돕고 안재덕의 첩 영자의 연모의 대상이 됨으로써 타락한 인물인 안재덕과 대립하는 인물이다.

자에서는 다른 남성과의 의리가, 후자에서는 가부장으로서 여성에게 갖는 책무감이 강조된다.

'니콜라이 박'은 세탁소를 차려, 혜옥의 애인인 창호와 그의 고학생 친구들의 자활을 돕는 남성 공동체를 형성함은 물론, 혜옥과 창호의 사랑을 적극적으로 도우려는 인물이다. '니콜라이 박'의 이러한 행위는 한편으로는 창호에 대한 의리를, 한편으로는 부모의 빚에 팔려 기생이 된 혜옥에 대한 연민을 그 동기로 하고 있는데 이들과의 관계에서 '니콜라이 박'은 부재하는 아버지 자리를 메우는 가부장의 자리로 자리매김 된다. 〈아리랑〉의 '영진' 역시 친구인 '현구'와의 우정과 여동생인 '영희'에 대한 책무감이 '오기호'를 살해하게 된 동기였던 것과 마찬가지다. '니콜라이 박'이나 '영진'은 모두, 무능하고 그래서 때로는 악인이 되기까지 하는 부모를 대신해서 '누이' 혹은 '누이 같은 여성'을 보호하려는 책무감을 갖게 된다는 면에서 동일하다. 〈아리랑〉의 '영희'가 아버지의 빚으로 인해 오기호에게 강간당할 뻔 했고 〈풍운아〉의 혜옥 역시 어미의 빚 때문에 기생이 되고 재덕의 첩으로 팔려갈 위기에 놓여 있었던 것이다. 이들 '하층민' 남성들의 누이는 항상 경제적 약점으로 인해 타락한 부호, 색마들의 욕정에 노출되어 있고 그들로부터 누이를 지키는 것에 이들 '하층민' 남성들의 가부장으로서의 사명이 부과된다.

이들 남성들은 남성 공동체의 의리를 바탕으로 하여 이러한 성적 위기에 처한 여성을 구원함으로써 능동적이고 강인한 남성으로의 거듭남을 시도하게 되지만 이러한 해결 방식은 탈법적이고 불법적인 방식(살인)이라는 점에서 이들은 패배한 영웅, 한계에 부딪친 영웅임을 면치 못한다. 〈아리랑〉의 영진이 살인죄로 순사에게 끌려가는 것도 그러했지만 〈풍운아〉의 '니콜라이 박'이 자신이 지키려고 했던 '영자'가 결국은 죽게 되자 낙심하여 다시 봉천(奉天)행 열차를 타게 된 것이라든지, 〈잘 있거라〉(1927)의 경호가 정송과 순녀의 사랑을 지켜주려다가 누명을 쓰고 감옥에 다녀온 뒤 이들의 원수를 죽이고 자신도 죽고 마는 모습들은 바로 패배한 남성 영웅들의 모습이다.

이러한 패배한 영웅으로서의 '하층민' 남성 캐릭터는 당시 관객들 중에서도 하층민 남성 관객들의 동일시를 불러일으킬 수 있는 인물이다. 그러나 나운규 영화가 이와 동시에 돈에 팔려가는 '누이'들을 묘사함으로써 실제로 이러한 사연을 안고 팔려간 '기생'들이나 '소실'들에게 카타르시스를 안겨 주었음을 물론이다. 관객으로서 이들 '불행한 여성'들의 존재는 조선 영화 변사들의 회고담에서 거의 매번 확인된다.27) 나운규의 〈아리랑〉을 비롯한 일련의 영화들과 〈춘향전〉이나 〈심청전〉, 〈장화홍련전〉과 같은 고난을 겪는 여성을 중심에 둔 영화들은 여학생이나 신여성들과는 달리, 근대에 있어서 철저히 타자였던 이들을 적극적으로 끌어들일 수 있는 서사를 담고 있다는 점에서 공통적이다. 그러나 기생이나 소실들처럼 타자화된 여성들의 영화 체험은 종종 영화인들에게 멸시와 조롱 혹은 가십의 대상이 되었고 건전하고 진지한 관객으로서 인정받지 못했던 것도 사실이다.

한편, 비평가들은 나운규 영화의 이러한 서사적 전략을 다른 방식으로 읽어내었다. 특히 나운규 영화들을 맑시즘적 관점에서 바라보는 많은 비평가들은 '봉건적', '보수적'이라고 비난하거나 혹은 '검열' 때문에 전위적이며 정치적인 행위를 하지 못하고 다만 범법 행위에 그치고 있는 것에 안타까워하고 있었다.28) 특히 이러한 비난은 나운규 영화가 특유의 활극적인 요소를 잃어가고 이전에는 부수적인 문제로 다뤄졌던 남녀의 애정 문제를 확대하여 부각시키면서 강하게 제기되었다. 〈옥녀〉(1928), 〈사나이〉(1928), 〈벙어리 삼룡〉(1929)가 바로 그것인데29) 나

---

27) 당시의 무성 영화 관객들 중에서 가장 적극적인 부류는 바로 이러한 '불행한 여자'들이었다. 당시 무성 영화 시대에 최고의 스타인 '변사'들의 회고담에 항상 기생과 부잣집 소실(첩)과의 연애가 등장하는 것을 보아서 무성 영화의 가장 적극적인 관객이라고 할 수 있다. 이를 확인할 수 있는 대표적인 글로는 서상필, 성동호 등의 변사들이 참여한, 「활동사진 변사 좌담회」(『조광』, 1938. 4)을 들 수 있다.

28) 유광열, 「〈잘 있거라〉 一篇은 무엇을 보혀주는가?」, 『조선일보』, 1927. 11. 9~11. 11. 중 11일자.

운규 스스로도 이 영화들의 '실패'에 나름대로 자성하고 대응했지만[30] 1930년대에 들어서 영화 산업의 환경이 급격히 바뀌면서 나운규는 이 러한 자성을 영화적 변신에 충분히 활용할 기회를 잃게 된다.

3) 반근대성 – '돈'에 대한 인격적 혐오

〈풍운아〉의 '니콜라이 박'은 계급적 불평등의 문제를 스스로의 빈곤 을 통해 강하게 체험하고 '돈'으로 표상되는 자본주의에 대해서도 강력 하게 저항하는 인물이다. 영자의 시신을 끌어안고 울부짖으며 니콜라 이 박의 다음과 같이 강렬한 대사를 내뱉는다.

> 이 돈에 목마른 인간들아! 이제는 나에게는 더럽고도 더러운 돈은 소용 이 없다. 자 돈에 목마른 인간들아, 어서들 가져가거라![31]

'니콜라이 박'의 이러한 강렬한 외침은 '돈'으로 표상되는 자본주의 와 왜곡된 근대성에 강한 저항으로 읽힐 여지가 있으며 이 영화의 감 성이 자본주의 사회에서 강한 박탈감을 느끼는 하층민의 그것에 기초 하고 있다는 사실을 잘 보여준다. 〈풍운아〉의 뒤를 이은 〈야서(野鼠)〉

---

29) 이 세 편의 영화에서 두드러진 특징은 남녀 애정 문제가 부각됨과 동시에 남성 영웅 이 실종되었다는 사실이다. 〈옥녀〉의 경우는 한 여자를 사이에 둔 형제의 갈등을 그렸 고, 〈사나이〉에서의 태식 역시 '갓자'라는 여성을 사이에 둔 삼각관계에 얽혀 있는 평 범한 인물로 그려진다. 〈벙어리 삼룡〉의 경우 주인집 아들에게 일방적으로 학대당하 는 삼룡이 등장한다. 이들 남성 인물들은 모두 이전의 영화에 등장하던 영웅과는 거리 가 멀다.

30) 나운규의 1937년 회고(「名優 羅雲奎氏 〈아리랑〉 등 自作全部를 말함」, 『삼천리』, 1937. 1)에 따르면 그는 〈옥녀〉와 〈사나이〉, 〈벙어리 삼룡〉 등을 실패한 작품이라고 언급하고 있다. 특히 〈옥녀〉가 단성사에서 개봉된 첫날 관객 틈에서 보고는 낙망하여 두문불출 끝에 간도 이주를 다룬 〈두만강을 건너서(사랑을 찾아서)〉의 시나리오를 쓰 게 되었다고 말하고 있다.

31) 김수남 편, 앞의 책, 191쪽. 역시 이 책에 수록된 〈풍운아〉도 영화대본이 아니라 〈아 리랑〉과 마찬가지로 1930년 박문서관에서 나온 문일의 영화소설 〈풍운아〉이다.

(1927)도 굶주리면서도 저항 의지를 가진 하층민을 '쥐'로 비유함으로써 강렬함을 얻고 있다.

나운규 영화의 서사는 '돈'으로 표상되는 자본주의와 근대에 대한 하층민들의 강한 저항을 보이기는 하지만 이러한 저항은 카프 계열의 비평가들이 기대하는 것처럼 정치적이고 의식적인 전복에 이르지는 못한다. 여기에는 물론 '검열' 때문이기도 하지만 영웅들의 등장과 패배는 하층민들의 분노를 표현함과 동시에 그들의 열패감을 위로하는 기능에 맞춰져 있기 때문이다. 나운규 영화의 영웅은 일반적으로 대중소설에서 나타나는 권력을 가진 '슈퍼맨'적인 영웅32)과는 다르다. 나운규 영화의 영웅들은 용감하고 대범하지만 이들의 행위는 스스로를 파멸시키거나 스스로의 무능함을 확인하는 계기가 되는 것이 특징적이다. 〈아리랑〉의 영진이 순사에게 끌려갔다면 〈풍운아〉의 '니콜라이 박'은 한계에 부딪쳐 다시 만주로 떠나고 〈잘 있거라〉의 경호는 격투 끝에 죽고 만다. 이들은 실제 하층민 남성들이 충분히 동일시할 수 있는 수준의 영웅으로, 이들의 저항의 계기조차 커다란 대의가 아니라 여성을 지키고 다른 남성과의 의리를 지킨다는 매우 평범한 수준의 것이다. 평범함에 기초한 비범성, 그리고 패배가 이들 영웅에 대한 하층민 남성들의 동일시를 강화시키는 효과를 가지게 되는 것은 이 때문이다.

이러한 의미에서 '돈'에 대한 거부감 혹은 반근대성은 이러한 남성 나르시시즘의 효과적인 전략을 구사한다. 그 전략이란 스스로를 약자, 타자로 만든 자본주의에 대한 강렬한 혐오를 인격적인 증오로 바꾸어

---

32) 대중소설에서의 '영웅'의 출현과 그 성격에 대해서는 움베르토 에코(U. Eco)의 논의를 참조해 볼 수 있다. 대중들이 느끼는 사회적 모순을 해결하는 주체는 민중 계급에 혹해 있지 않다. 사회적 모순의 해결은 기존의 사회와 법률에 반하는 것이므로 권력을 갖지 않은 민중보다는 헤게모니 계급에 속해 있는 자들에 의해서이다. 다만 헤게모니 계급 중에서도 더 큰 차원에서의 정의를 예상하는 심판자들이 바로 그들이다. 이들은 겉보기에 파괴적인 결정을 정당화시킬 수 있을 정도로 특별한 힘과 카리스마적인 힘을 가져야 한다. 이들이 바로 대중소설에서 등장하는 '슈퍼맨'의 존재이다. U. Eco, 김운찬 역, 『대중의 슈퍼맨』, 열린책들, 1994, 122-123쪽.

내는 것이다. '돈'은 더러운 것이므로 그 돈을 소유한 많은 부호들은 도덕적으로 부당하다. 그 부당함의 증거는 돈 없는 하층계급의 누이와 딸들을 성적으로 약탈하려는 시도이다. 이들에 맞서 승리하게 될 가능성도 희박하다. 처음부터 부의 불균등함이라는 부당한 상황에서 출발한 것이기 때문이다. 오히려 이들 영웅이 승리하게 된다면 그 영웅들과 일반적인 하층민 남성들 간의 심리적 괴리만을 강조하게 될 것이다. 그들은 떠나거나 죽음으로써 하층민 남성들의 완벽한 동일시를 이룰 수 있게 된다. 나운규가 〈아리랑〉에서 표현하려고 했던 민족 정서를 두고 '우리의 고유한 기상은 남성적이었다.'[33]고 말한 것은 우연이 아니었던 것이다. 이러한 의미에서 나운규 영화의 반근대성은 공권력에 의해 제압당하는 남성을 묘사함으로써 검열을 통과함은 물론, 하층민 남성의 나르시시즘이라는 심리적 쾌락을 주는 것이기도 하다. 그러나 이러한 서사는 1930년부터 영화의 생산, 소비 환경이 변화됨에 따라 다른 방식으로 의미화 될 운명에 처한다.

3. 고급 관객의 등장과 무성 영화 관객의 타자화

나운규는 1928년경부터 1930년까지 영화평자들의 혹은 세간의 혹평에 시달리기 시작했다. 그것은 2장에서 언급했듯이 초기 영화에서의 저항적이며 액티브한 요소들이 점차 퇴색하고 애정과 치정 사건을 중심으로 영화의 서사가 꾸려지는 것에 이유가 있기도 했지만 한편으로는 〈잘 있거라〉에서부터 〈벙어리 삼룡〉까지를 제작한 '나운규 프로덕션'의 운영 방식과 나운규의 사생활에서 기인하는 것도 있었다.[34] 그

---

33) 나운규, 「〈아리랑〉과 사회와 나」, 『삼천리』, 1930. 7, 53쪽.

34) 안석영, 「妖花 柳芳香의 出現으로 難航을 시작한 朝鮮映畵」, 『조선일보』, 1940. 2. 16. 특히 연인이 된 기생 출신의 여배우 유신방(유방향)과의 관계가 문제가 되면서 그녀의 사치가 나운규 프로덕션의 재정 상태를 악화시킨다는 소문이 돌아 아예 유신방

러나 이러한 사적(私的)인 이유보다 나운규 몰락에는 1929부터 시작된 영화계의 불황이 그 배경으로 놓여있다고 할 수 있다. 상설과의 하등석은 최하 10원으로 영화를 볼 수 있었지만 관객이 늘기는커녕 상설관의 의자는 텅 비게 되었던 것이다. 이에 단성사, 조선극장, 우미관 등의 상설관들은 고육지책으로 영화가 아닌 연극을 함으로써 눈앞의 적자를 면해 보려고 했다.

조선 영화계의 압길—그야말로 캄캄하다. 고양이 눈알과 가틔 표현되는 그 압길을 누가 안다고 하랴. 단성사, 우미관, 조선극장 어느 극장에서 일류 상설관다운 고급팬의 신임을 밧을만한 경영을 해보앗는지 생각하면 기가 막힐 일이다. …(중략)… 상설관에서는 연극을 넛는다 이것은 연극을 위하야서도 답답한 일이고 영화를 위해서도 답답한 일이다. 십분이나 이십분 벼혀서 중간에 유모 한 〈레뷰〉를 보힌다는 것은 별 문제이다. 연극 반, 사진 반의 비빔밥을 맨든다든지 활동사진 이십일 연극 이십일의 절둑바리를 맨든다는 것은 양자의 권위와 성장과 존재를 위시하야 아울러 조상할 일이다.[35]

흥행계의 문제—순회극단의 경성방문이 언제나 한산한 상설관의 의자를 휘청거리게 할 뿐 그러나 압흐로 각 상설관이 솔선하야 외국 영화를 중심으로 흥행전을 개시될 터이니 1931년의 흥행계 역시 한 장관을 이룰울 모양갓다.[36]

'레뷰'나 '무대극' 등을 올림으로써 관객 수용의 폭을 넓히려는 시도가 눈에 띠지만 이 역시도 잠깐의 시도였던 듯하게 보인다. 오히려 상설관들은 순회극단의 방문으로 빼앗긴 저급한 관객 대신 외국 영화를 적극적으로 상영함으로써 고급 관객을 타켓으로 삼게 되었다. 이러한 관객의 이동과 프로그램의 재편은 갑작스런 현상이다. 영화인 심훈이

을 모든 원인의 근본으로 치부하는 악의적인 평가로 이어지기로 했다.

35) 이서구, 「흥행계 만담—1929年과 1930年」, 『조선일보』, 1930. 1. 1.

36) 미상, 「1932年의 조선 영화계 및 흥행계는 어듸로 하나」, 『조선일보』, 1931. 1. 1.

'병신 자식에게다 큰 기대와 희망을 부치는 가엾은 어미의 마음처럼'[37] 수준 낮은 조선 영화를 두고 황금시대라 자찬하는 영화계에 일갈을 했던 때가 불과 2년 전이었다.

나운규가 자신의 독립 프로덕션인 '나운규 프로덕션'을 해체(1929. 4)하고 흥행업자 임수호의 제안으로 지방 순회공연을 떠난 것은 윤봉춘에 따르면 바로 이즈음 1929년 12월부터였고 그 결과 지방에서는 대단한 성공을 거두었다.[38] 〈잘 있거라〉, 〈사랑을 찾아서(두만강 건너서)〉, 〈야서〉 등의 작품을 들고 약 5개월의 순회공연을 한 결과 경성에서의 불황을 만회할 수 있을 정도로 지방에서는 아직 인기가 식지 않고 있음을 확인할 수 있다. 그러나 이러한 현상은 한편으로는 나운규식의 무성영화가 경성과 같은 대도시에서 이미 매력을 잃고 있음을 방증하기도 한다. 나운규 스스로도 1936년경의 발언이지만 두 층위의 관객－변화한 관객과 변화하지 않은 관객이 서로 공존하고 있으며 이 각각 다른 층위의 관객 취향 사이에서 영화 제작자들이 난관에 봉착해 있음을 언급하고 있다.[39]

나운규의 이러한 발언은 토키 영화인 〈아리랑 3편〉(1936)을 개봉한 직후에 〈아리랑〉 시리즈에 대한 나름대로의 자평(自評) 차원에서 이루어진 것이다. 변화한 관객과 변화하지 않은 관객 사이에서 나운규 영화는 '변화하지 않은 관객'을 선택한 것처럼 보이지만 이미 관객들은 빠르게 '변화하고' 있었다. 나운규 스스로도 재기하기 위해 자신의 특기를 잘 살린 활극을 중심으로 끊임없이 영화를 만들었고 출세작 〈아리랑〉 후편도 두 편이나 제작했으며 투자자도 지속적으로 확보할 수 있었지만 반짝 성공만 가능했을 뿐, 〈아리랑〉의 영광을 재현할 수는

---

37) 심훈, 「조선영화계의 현재와 장래」, 『조선일보』, 1928. 1. 1.

38) 윤봉춘, 「나운규 일대기」, 『영화연극』, 1939. 11. 12쪽.

39) 나운규 , 「'아리랑을 만들 때－朝鮮映畵監督苦心談」, 『조선영화』 창간호, 1936. 1(김종욱 편, 『한국영화총서 (상)』, 국학자료원, 2002의 333-336쪽에 전재되어 있는 글에서 인용).

없었다. 더욱 그를 위축하게 만든 것은 〈아리랑 그 후〉(1930)에 쏟아진 카프계 비평가들의 혹독한 공격이다. '아리랑' 속편 논쟁은 조선일보와 중외일보를 넘나들면서 〈아리랑 그후〉의 촬영기사 이필우와 비평가 서광제가 논쟁을 하였고 이어 감독인 나운규와 윤기정이 중외일보에서 논쟁함으로써 이루어졌는데 이필우와 서광제 논쟁의 경우 '무식한 광견' '××사의 주구'라는 인신 공격성 발언으로까지 격화되었다. 이들 논쟁의 핵심에는 누가 진정한 '민중'의 편인가 하는 것이다. 다음은 서광제의 공격에 흥분한 이필우의 글 중 일부이다.

> 우리들은 너희들보다 더 민중의 친우란 말이다. 너희들 앞에서 내가 지사라고 떠들 그런 어리석은 사람은 아니다만 이렇게 남을 잡아먹고 더구나 동족끼리 피를 빨아먹는 역사의 피를 받은 못된 버릇으로 남을 죽여버리려고 악을 쓰는 너희들 자신의 피부터 시험해 보아라. 그 속에 누구에게든지 보여도 부끄럽지 아니할만한 피가 몇방울이나 나겠느냐. 왜 팔을 걷고 나와서 작품을 만들지 못하느냐. …(중략)… 우리들의 작품을 손꼽아 기다리는 많은 동지들에게 귀엽고 그리운 형제들에게 얼른 보이려고 제작한다. 무식한 광견아! 짖으려거든 많이 짖어라. 우리는 누구보다도 조선 영화계를 사랑하는 사람이요, 민중의 친우이다.[40]

이러한 논쟁이 시작되게 된 계기를 보면 이 논쟁은 거창한 차원의 민중 개념이나 유물사관, 혹은 계급 이론에 관련된 것이라기보다는 '영화'라는 대중 장르의 고급화 문제와 관련되어 있음이 문제적이다. 서광제가 문제 삼은 대목은 〈아리랑 그 후〉가 상영되고 난 뒤 에필로그에 있어서 영사막을 올리고 기생을 6, 7인을 등장시켜 '아리랑'을 합창하며 춤을 추는 연출을 보인 것에 대한 것이다. 이 장면은 영화 텍스트의 일부가 아니라 상영이 끝난 뒤 일종의 퍼포먼스를 보인 것인데 나운규가 직접 등장하여 기생과 춤을 추며 아리랑 노래를 부르게 한 것이 그

---

40) 李弼雨, 「映畫界를 論하는 妄想輩들에게 — 製作者로서의 一言」, 『중외일보』, 1930. 3. 23~24 중 24일자.

(서광제)에게 꼴불견으로 보였던 것이다. 나운규의 이러한 퍼포먼스는 인간 나운규가 무대 위로 나와 '아리랑'을 불러 예전 영화 〈아리랑〉이 주던 감격을 관객들에게 상기하려고 했던 의도로 보이며 그가 지방 순회공연을 다니며 익숙해진 방식을 경성의 상영관에서 보였던 것이다. 이전에도 영화 〈금붕어〉에서 영화에 출현했던 배우가 상영이 시작되기 전 직접 무대에 나와 프롤로그를 실연(實演)함으로써 관객의 흥미를 끈 적은 있었지만41) 〈아리랑 그 후〉의 이러한 에필로그는 나운규 스스로가 전작(前作) 〈아리랑〉의 성공에 아직도 도취되어 있는 태도를 그대로 보여주었기 때문에 문제가 되었다. 또 다른 측면으로는 다른 사람도 아닌 '기생'과 엉덩춤, 어깨춤을 춘 것이 매우 질 낮게 보였고 영화 자체에 자신 없음을 드러내는 것으로 보였던 것이다. 이 점에 대해서는 윤기정도 동시에 신랄하게 지적한 바가 있다.42) 이에 대해 나운규는 그들은 배우로서 무대에 선 것이며 그들의 신분을 들먹이는 것은 부당하다고 점잖게 응수하면서 결국 '대중'이 자기 영화의 심판관이 될 것이라고 장담했다.43)

　이와 같은 '아리랑' 속편을 두고 벌인 언쟁에서 감지되는 것은 나운규가 여전히 자신의 영화를 지지해 주는 '대중'의 존재를 믿고 있지만 그 기반이 예전에 비해 매우 취약해졌음을 스스로도 어느 정도 인정하고 있다는 점이다. 카프계 비평가들이 이들 '대중'을 '프롤레타리아'라고 호명해내어도 진정한 '민중' 혹은 '대중'은 자신(나운규)의 편이며 자신이 여전히 그들의 감수성을 대변하고 있다고는 하지만 자신의 영화에 대한 뚜렷한 확신이 점차 줄어듦을 내보이고 있는 것이다.

　그렇다면 1930년대 초, 나운규 영화가 점차 자신감을 잃어갔던 것은

---

41) 「영화계 최초의 실험―금붕어의 '프로―로그' 연출」, 『중외일보』, 1927. 7. 3.

42) 윤기정, 「조선영화의 제작경향―일반 제작자에게 고함」, 『중외일보』, 1930. 5. 6～12 중 7일자.

43) 나운규, 「현실을 망각한 영화평자들에게 답함」, 『중외일보』, 1930. 5. 13, 16, 18, 19 중 14일자.

무엇 때문인가. 그것은 영화의 고급화라는, 미학 상의, 감성 상의, 취향 상의 시대적 요청에 그의 무성 영화가 직면해 있었다는 데서 찾을 수 있다. 처음 〈아리랑〉(1926)이 나왔을 때 '衰退해가는 農村 背景으로 논밭 팔아 子息을 공부시켰지만 그 아들이 狂人이 돌아 온 현실'[44]을 그리는 것만으로도 그 어떠한 설명이 필요 없는 감동을 주었지만 이러한 하층민을 다룬 소재들은 불과 몇 년 사이에 긴장감이 떨어지게 되었다. 또한 근대 교육을 받은 도시의 청년들에게 나운규 영화는 그다지 흥미를 끌 수 있는 것도 아니었다. 다음의 인용문은 그러한 저간의 사정을 말해 주고 있다.

> 아마 그 時節에 「아리랑」을 못본 사람은 별로 업서슬 것이다. 보지 못한 사람이라도 「아리랑」의 내용은 다 알고 잇섯다. 그 만큼 「아리랑」은 일반 대중에게 알여젓고 또 일반 대중은 「아리랑」으로 하야 活動寫眞이란 것이 어떠한 것인 것을 알게 되엿다.
>
> 그 후도 羅雲奎를 中心으로 하야 한동안 映畫運動이 活潑히 展開되엇고 이 機運에 乘 하야 한동안 東西에서 「名畫」들이 盛히 輸入되엿스나 그러나 一般 大衆은 그다지 映畫를 보지 안엇다. 映畫팬이란 特殊한 一部隊가 잇섯슬 뿐이다.
>
> 그런데 不過 十年 남직한 사히에 젊은 사람의 거의 全部가 『映畫靑年』, 『映畫少女』가 되여잇다. 이가튼 事實은 朝鮮의 社會文化 現象으로서 매우 興味잇는 일이라고 생각한다.[45]

1939년경에 써진 이 글은 나운규의 〈아리랑〉로 대표되는 10년 전의 상황과 현재를 구별하고 있다. 10년 전의 관객 구성은 소수의 마니아가 있었을 뿐 일반 대중은 그다지 영화를 보지 않았다. 오히려 〈아리랑〉의 관객동원은 특별한 현상으로 취급될 수 있을 정도이다. 그러나 10년 후 그 사이 젊은이들 거의가 '영화청년' '영화소녀'라고 표현될

---

44) 抱氷, 「신영화 〈아리랑〉을 보고」, 『매일신보』, 1926. 10. 10.
45) 안동수, 「영화수감」, 『영화연극』 창간호, 1939. 1, 44-45쪽.

수 있을 정도로 영화 마니아들이 되었다는 것이다. 이 글에서 구분되는 것은 ‘일반 대중’이라고 지칭된 일군의 관객들과 ‘영화청년, 영화소녀’로 지칭된 고급 관객들이다. 전자는 마니아라기보다는 불특정한 다수이며 후자는 스스로의 정체성을 영화와 결부 짓는, 의식적이고 고급한 취향의 젊은이들이다. 특히 이러한 고급 취향의 젊은이들은 30년대부터 부각되기 시작했는데 ‘high and noble’을 지향점으로 한 이들은 ‘해설자(변사)’가 쓸데없는 말을 지껄일 때는 무섭게 그들을 노려보는 감시자이며 영화감독, 배우의 이름을 외우고 신문이나 잡지에 실린 비평을 정독함으로써 영화 자체에 대한 앎을 과시하는 ‘현대의 모던 고급 팬’들이기도 했다.46)

　10년 전 영화 마니아들이 소수를 이룰 당시, 〈아리랑〉과 같은 성공적인 관객 동원은 이들 마니아들의 취향을 반영하는 것이 아니라 ‘일반 대중’의 취향에 근거해야 한다. 당시 식자층이 두텁지 못한 식민지 조선 사회의 상황에서, 불특정한 다수로서 ‘일반대중’을 동원할 수 있는 취향이란 일부 마니아들의 취향보다 훨씬 하향 조정되어야만 가능하다. 즉 도시의 하층민들이나 여염집 아낙네들을 관객으로 동원할 수 있는 것이어야 하는 것이다. ‘안동수’라는 위 인용문의 필자도 보통학교 4, 5학년 시절 〈아리랑〉을 어머니와 이모 그리고 이웃의 부인들을 따라 영화관에서 본 체험을 이야기하고 있는데 요즘말로 표현하면 ‘입소문’을 탄 결과라고 할 수 있다.

　이러한 ‘취향(taste)’의 문제는 곧 ‘수준(level)’의 문제로 번져나갈 수 있음은 물론이다. 무성영화의 경우 ‘수준’의 문제는 영화 자체의 수준이기도 했지만 곧잘 ‘변사’의 수준의 문제로 비화되곤 했는데 무성영화

---

46) 스크린 빨쥐, 「고급 영화 팬이 되는 秘訣十則」, 『별건곤』, 1930. 6, 118-121쪽 외국의 토키 영화가 조선에 막 들어올 당시에 쓰인 이 글은 소위 ‘고급팬’이라 하는 이들을 회화화하는 하고 있는 글이다. 그러나 이 글은 한편으로는 이러한 ‘고급팬’들의 취향이 1930년대에서 점차 영화 생산과 소비에 있어서 ‘표준’이 되고 있음을 반어적으로 확인하게 한다.

의 경우 변사의 연행에 따라 영화 감상이 크게 좌우되는 시스템을 지니
고 있었기 때문이다. 변사들의 연행을 '고급한' 팬들이 본격적으로 문
제 삼기 시작한 것은 1920년대 후반부터이다.

> 좀 무리한 주문일지 몰으나 관중의 대부분이 학생이요 학생들은 적어도
> 초등정도 이상의 영어지식은 가졋기 때문에 해설자도 간단한 회화자막 씀
> 은 알어 볼만큼 공부를 하여야 할 것이 아닌가? 제명(題名)이나 배우들의
> 일흠을 얼토당토 안케 불르는 것은 고사하고 …(인용자 중략)… 영화는 날
> 로 완성의 시기로 들어간다. 그런데 조선의 해설자는 십년 전(前)과 후(後)
> 가 꼭 가티 아모 향상이 업는 것은 넘어나 섭섭한 일이다. 일개의 해성자
> 로 나스랴이면 남창적(男娼的) 인기에만 포니(抱抳)할 것이 아니라 문학적
> 으로 영화를 감상할 눈이 생겨야 할 것은 물론이어니와 과학적으로 공부
> 를 하여야 할 것이다.[47]

이러한 근대적 지식이 부족한 변사들에 대한 이러한 일갈은 변사들
과 아울러 그들에게 열광하는 관객들에 대한 비판과도 맞물려 있다. 심
훈이 변사들에게 '남창적(男娼的) 인기'에 만족하지 말고 공부를 하라
고 주문했을 때 염두에 둔 변사들의 팬은 기생이거나 혹은 하층민 여성
임이 짐작된다. 변사들이 일정한 여성팬을 몰고 다녔고 그 여성팬들의
대부분이 기생이었다는 사실은 영화의 미학화, 예술화를 꿈꾸는 심훈
같은 '지식인 관객'에게는 척결의 대상일 수 있다. 아울러 변사들의 근
대적 지식이 턱없이 부족하다는 것도 영화를 단순한 대중적 오락거리
에서 '예술'로 변모시키려는 이들에게 비판의 대상이 되는 것도 자명하
다. 변사들은 대중적 인기와 반비례하여 일간지상에서 종종 조롱의 대
상이 되곤 했는데 유명변사 서상호가 마약에 빠져 마침내 절도죄로 유
치장에 구금되었다는 기사[48]나 변사들의 시험 문제에 포복절도할 답안
이 나왔다는 기사[49]는 변사들의 퇴폐성과 무교양을 공공연한 웃음거리

---

47) 심훈, 「관중의 한 사람으로 해설자 제군에게」, 『조선일보』, 1928. 11. 18.
48) 미상, 「허영의 말로」, 『동아일보』, 1926. 10. 7.

로 만드는 데 일조했다.

이러한 변사에 대한 조롱은 비단 변사들의 각성을 촉구하는 차원이라기보다는 변사의 도움을 받아 저급한 수준에서 관람하는 ‘관객’들을 타자화하는 것으로도 읽힌다. 나운규가 〈아리랑 그 후〉의 상영이 끝난 뒤 무대 위에 등장해서 기생들과 춤을 추며 ‘아리랑’을 불렀다는 사실이 비평가들에게 꼴불견을 보인 것은 이러한 행위가 수준 낮은 무성 영화 관객에게 어필하고 있는 것임을 누구보다도 잘 간파하고 있었기 때문이다.

그렇다면 결과적으로 영화계가 불황을 겪은 1930년대 초 이후 상설관들의 선택은 어떠했던 것인가. 상설관들은 토키를 선택함으로써 변사들을 주변화시켰고 그래서 도시의 젊은이들 의 감각을 일반적인 취향으로 받아들였다. 조선극장이 제일 먼저 발성 영화 상영에 맞는 시설을 갖추고 적극적으로 수입영화 위주의 프로그램을 짰으며 뒤이어 단성사도 이어 자극을 받고 발성 영화를 상영하기 시작했다. 이러한 변화는 모두 ‘觀客의 趣味가 猛烈하게 發聲映畵 방면으로 쓸니는 것을 看取하고’[50] 내린 결단이었던 것으로 비춰진다. 이렇듯 주요 상설관들이 발성 영화를 지향하게 됨으로써 무성영화는 이제는 삼류적인 취향이 되어 버리는 것이다. 상설관들이 발성 영화 시설을 갖추기 시작하면서부터 무질서한 관객들이 악다구니하고 변사들이 그럴싸하게 둘러대며 설명하는 옛날 무성 영화를 그리워하는[51] 시절이 오기까지는 불과 5, 6년의 시간이 흘렀을 뿐이다. 단성사 사주 박정현에 의하면 ‘관객의 전부가 놀랄 만큼 달라져 교양 있고 취미를 가진 중류 이상’[52]으로 교체된 것도 이러한 상설관들의 변화와 맞물려 있다.

---

49) 미상, 「活寫 辯士 試驗에 기상천외 답안」, 『동아일보』, 1929. 4. 3.

50) 「朝鮮劇場이냐, 團成社냐?-서울 長安의 수십만 觀客을 爭奪하는 劇場의 爭覇戰은?」, 『삼천리』, 1932. 4, 51쪽.

51) 夏蘇, 「映畵街 白面像」, 『조광』, 1937. 12.

52) 「映畵팬의 今昔談-團成社主 朴晶鉉 氏 訪問記」, 『중앙』, 1 936. 4, 173쪽.

나운규 영화도 이러한 '대세' 속에서 변모하지 않으면 안 되는 상황에 놓이게 된다. 그것은 자본을 동원하여 발성영화를 찍기만 하면 되는 것이 아니라 그의 영화가 기반하고 있는 하층민 감성을 완전히 다른 것으로 변모해야 하는 차원에 있었다. 그가 주연한 〈임자 없는 나룻배〉와 마지막 영화 〈오몽녀〉는 그러한 변신이 성공한 축에 든다고 할 수 있다. 그리고 이러한 변신에 대한 호평은 '농촌 하층민 서사'를 '고급팬'의 욕망 속에서 전유하는 지식인 비평가들의 담론 속에서 발견된다.

4. '고급팬'에 의한 하층민 서사의 전유

나운규가 당면하고 있던 과제는 하층민적인 것을 지식인이 이해 가능한 방식으로 바꾸는 것으로 표현될 수 있다. 나운규 영화에 대한 지식인들의 비판은 나운규 프로덕션 시절에 만든 작품들에 대한 카프 계열 비평가들의 비판에서부터 비롯되기는 하지만 1930년대부터는 다른 차원의 생산과 소비 환경이 나운규 영화의 변신을 재촉했던 것으로 보인다.

1930년대 중반 이후 조선에도 최초의 토키 영화 〈춘향전〉(1935)이 제작된 이후 토키는 조선 영화가 나아갈 시대적인 대세였다. 이는 기술적이고 미학적인 수준에서 야기되는 문제도 문제려니와 최소 1만 원 이상 소요되는 토키 제작은 지방에 상설관이 많지 않은 관계로 흑자를 장담할 수 없는 모험이었다.[53] 조선에는 토키가 나오기 이전부터 만성적인 자본 부족의 시달려 오히려 기술적, 미학적 문제보다 자본의 문

---

53) 앞의 글, 같은 쪽. 단성사 사주 박정현에 따르면 토키 제작에 최소 1만원이 든다. 박정현은 단성사에서 35년에 개봉한 조선 최초의 토키인 〈춘향전〉의 경우 5일 동안 4천원의 흑자를 냈지만 지방의 상설관이 많지 않은 관계로 토키의 제작 자체는 모험일 수밖에 없다고 말하고 있다.

제가 더 컸던 것으로 보인다. 54) 또 한편으로는 이미 만들어진 영화에
서는 녹음 상의 문제도 문제였지만 배우들의 익숙하지 않은 대사 처리,
토키에 맞는 전문적인 음악가의 부재, 감독의 연출상의 문제도 있었다.
무성 영화가 제작된 지도 10여년 정도밖에 되지 않는 상황에서 조선의
무성 영화는 이미 시대에 뒤처진 것이 되어버렸고 개봉관들은 문화 소
비에 돈을 쓸 수 있는 ‘고급팬’들을 끌기 위해 토키 영화 상영에 맞는
고급화 전략을 구사했다. 이러한 상황에서 ‘저급팬’들은 ‘알기 쉬운 연
극에로 가 버리고’ ‘고급팬들은 외국 토키’로 가버리는 관객의 이원화
혹은 부재 현상이 심각해지고 있었다.

> 再來의 無聲映畫 時代의 辯士의 熱辯에 陶醉당하던 一般 低級 大衆팬
> 은 보고 듣기에 알기 쉬운 演劇에로 가 버리고 고급팬은 外國 토−키에
> 侵蝕되어 朝鮮映畫의 無聲판 같은 것은 눈도 떠보지 않고 토−키로 나오
> 면 가보고들 한다. 朝鮮의 映畫人의 完全한 싸이렌트의 受業도 맛치기 전
> 에 經濟的 問題 때문에 토키라는 巨物에 막다들었을 때 누구나 落望을 안
> 이하였을 리가 없다.55)

이러한 총체적인 문제에 시달렸던 조선 영화계로서는 가장 시급하
면서도 단시일 내 해결할 수 있다고 믿어지는 취향의 고급화는 바로 영
화 서사(敍事)의 제고(提高)이다. 1930년대 초부터 이러한 반성이 행해
지고 있음을 알 수 있는데, 소작인의 딸, 악덕지주의 아들 그리고 소작
인 딸의 애인이라는 농촌을 배경으로 한, 구태의연한 농촌 배경의 서사
를 비판하면서 조선 영화 발전을 위해서 ‘원작과 각색’에 주력할 것을
주문하기도 했던 것이다.56) ‘여성’을 가운데 두고 선량한 농촌 사람들

---

54) 李圭煥, 「朝鮮映畫界의 新記錄」, 『신동아』, 1933. 1, 26쪽. 영화감독 이규환은 조선
　　영화계에서 가장 시급한 문제로 ‘자본가의 출현’을 꼽고 있으며 이 다급한 문제가 해
　　결되어야 비로소 영화의 기술적이고 미학적인 문제를 해결할 수 있다고 말하고 있다.
55) 서광제, 「영화의 원작문제−영화소설 기타에 관하야」, 『조광』, 1937. 7, 322쪽.
56) 河淸, 「조선영화의 발전」, 『매일신보』, 1930, 11. 26~12. 2 중 29일자.

214

과 악덕한 도시인들 사이의 갈등을 만들어내는 구도는 스스로를 '농촌' 사람들과 동일시하는 하층민 관객들의 정서에는 부합했겠지만 도시의 고급한 관객들의 그것에는 진부한 단순 논리에 지나지 않았던 것이다.

영화의 서사에 대한 반성은 비단 토키 시대에 들어서 처음 제기된 것은 아니지만 토키 시대에 더욱 절박한 문제로 부각되었다. 영화의 서사를 제고하는 구체적인 방안으로서 '문학성'은 매우 의미 있게 부각되었다. 저급한 스토리 대신 문학성 있는 영화 시나리오를 써야한다든지[57] 전문적인 시나리오 라이터(writer)가 없는 현실 속에서 조선 영화가 취할 길은 문학 작품의 영화화이며,[58] 일본 내지에서 순문학의 영화화가 번성하고 있듯이 조선에서도 영화만의 표현기법을 살려 문학이 가지는 심리를 충분히 묘사해야 한다는 생각[59] 등은 영화 고유의 형식을 잘 살려 문학적인 요소를 영화의 내러티브로 받아들여야 한다는 주장으로 압축될 수 있다. 모두 인정하다시피, 영화가 문학과는 다른 표현 방법을 가진다는 것에는 이의가 없다. 다만, 영화가 문학에 일정부분 기댈 수밖에 없거나 영화 속의 문학적 요소들—시나리오나 심리로 표현되는—에서 '문학적인 것'을 가져옴으로써 조선 영화의 수준을 향상시킬 수 있다는 생각에서는 동일하다.

이 주장들에서 실제로 그 '문학적인 것'이 무엇인지는 명확하게 밝히고 있지 않다. 다만 '심리'라는 말 정도로 표현되고 있는데 '나운규 영화'가 기본적으로 빠른 사건 전개와 강렬한 액션을 바탕으로 하는 '활극'을 기본 장르로 삼고 있다는 점에서 보면 분명 '나운규 영화'는 '문학적인 것'과는 배치되는 지점에 있다고 할 수 있다. 나운규는 이규환의 〈임자 없는 나룻배〉에서 이전에 보였던 연기 스타일을 바꿈으로써 이러한 '문학적인 것'에 가깝게 다가갔다. '심리'를 바탕으로 한 '문학적인 요소'는 이규환이 감독하고 나운규가 주연한 〈임자 없는 나룻

---

57) 李雲谷, 「씨나리오론」, 『조광』, 1937. 1. 1.
58) 全庸吉, 「문학에 있어 영화의 독립성」, 『사해공론』, 1938. 7.
59) 申敬均, 「최근영화계의 신경향」, 『조광』, 1936. 9, 271쪽.

배〉의 스타일에 영향을 주고 있었던 것으로 보인다. 〈임자 없는 나룻배〉는 나운규가 재기를 노린 영화 중에서 가장 성공작으로 평가될 수 있는데 이는 동적인 나운규의 연기가 '정적'으로 바뀌어 버린 때문이기도 하다. '감독 이규환의 통제를 받아' '이규환의 감독술이 재래의 나운규의 모션을 바꾸어'[60] 버렸다는 평가나 '일편의 서정시와도 같은 감을 주는 〈임자 없는 나루―ㅅ배〉라는 그 제목 그대로 이 작품은 최후의 씬(살인과 화재―인용자)을 제외하고는 전부가 정적으로 되어 있다'[61]라는 평가를 통해 〈임자 없는 나룻배〉는 하층민의 삶을, 활극적인 요소를 제외하고 내향적이고 정적인 분위기에서 묘사하고 있음을 알 수 있다.

필름이 존재하지 않는 상황에서 영화에 대한 평만으로 그 영화를 의미화하는 것은 분명 오류가 있을 수 있지만 위의 평들은 당시의 관객들(특히 고급한 관객)에게 〈임자 없는 나룻배〉가 어떤 인상으로 다가왔는지를 알 수 있게 한다. 결국 나운규의 변신은 이전 영화의 스타일을 버렸을 때 가능했던 것인데 이전의 영화가 거칠고 남성적이며 때로는 저항적이기까지 했다면 주연으로서 참여한 이 영화에 있어서는 이러한 특성들이 사라졌고 이러한 변화는 '고급화'라는 시대적 요청에 의해 정당화될 수 있는 측면을 가지고 있다.

〈임자 없는 나룻배〉에 대한 이상의 평들은 1930년대 후반으로 가면, 〈나그네〉(1938)와 1926년의 〈아리랑〉과 함께 조선 영화의 계보를 마련하는 것으로 확대된다. 조선 영화의 계보는 한편으로는 '조선적인 것' 혹은 '향토색'의 발견이라는 기획 아래에서 '농촌'을 곧 민족적인 공간으로 의미화하려는 욕망과[62] 또 다른 한편으로는 만성적인 자본 부족

---

60) 김유영, 「조선영화평―〈임자 없는 나룻배〉」, 『조선일보』, 1932. 10. 6.

61) 松岳山人, 「〈임자 없는 나룻배〉―試寫를 보고」, 『매일신보』, 1931. 9. 14(상)~15(하) 중 15일자.

62) 이화진, 「식민지 영화의 내셔널리티와 '향토색'―1930년대 후반 조선 영화 담론 연구」, 『상허학보』 13집, 상허학회, 2004, 참조. 이화진은 이 논문에서 1930년대 후반의 영화 담론을 대상으로 '농촌'이 어떻게 민족 공동체의 본원적 공간으로 상상되었는가

을 면치 못하던 상황에서 '조선의 향토색'을 해외로 수출함으로써 대안을 마련하려 했던 시대적 요청에서 구성되었다.63) 〈아리랑〉-〈임자 없는 나룻배〉-〈나그네〉라는 계보가 완성되는 순간은 농촌의 하층민 서사가 애초 그 수용의 기반으로 삼았던 하층민 관객의 정서보다는 지식인들의 요청과 욕망에 더욱 부합하는 것으로서 전유되는 순간이기도 하다.

나운규는 이러한 흐름 속에서 〈종로〉(1933)나 〈7번통 사건〉(1934)과 같은 도시 뒷골목을 배경으로 한 활극을 주연, 감독하지만 별다른 주목을 받지 못했다. 그가 지식인 평자들의 주목을 받은 것은 최후의 영화 〈오몽녀〉(1937)이다. '저급한 취미의 팬-나씨가 흥행중심으로 삼던 그 대상들을 버리고 조금 앞선 영화제작자로서의 용단을 보였다'64) '과거 수다한 나씨의 영화 중에서 볼 수 없는 감독만의 길에 들어서다'65) 등의 평은 분명 호평이기는 하지만 이러한 호평은 〈아리랑〉을 제외한 이전의 모든 영화를 '저급하고' '무모하고' '야만적인' 것으로 치부하는 평가와 맞바꾼 것이다. 나운규의 무성영화 시절은 '조선 정세가 불리하고 문화적으로 뒤지어' 그저 '저급에서 저급으로 흘러간' 상태에서 '밥을 어더 먹기 위해 활동사진을 만든' 시절로 평가되었고66) '과장이 심하고 무모하고 야만하기까지 하던' 그는 '기적에 가깝게' 〈오몽녀〉에서 '맬쑥한 시네아스트'로 등장했다고 평가되었다.67)

를 밝히고 있는데 그 과정에서 〈아리랑〉에서 〈임자 없는 나룻배〉 그리고 〈나그네〉를 잇는 정전의 설정이 '조선적인 것'을 '농촌'이라는 로컬에서 발견함으로써 후진적인 조선 영화의 미학에 나름의 의미를 부여하려는 욕망에서 비롯되었다고 설명하고 있다.

63) 강성률, 「1930년대 로칼 칼라 담론 연구」, 『영화연구』 32호, 한국영화학회, 2007. 이 논문은 1930년대 후반 재정적으로 열악한 조선 영화계의 상황 속에서 조선적인 것 혹은 조선 정서가 '로컬 칼라'로서 어떻게 해외 수출의 전략이 되었는가를 추적하고 있다. 이러한 과정 속에서 한국 영화의 정체성이 조선적 로컬 칼라를 바탕으로 한 〈아리랑〉〈임자 없는 나룻배〉〈나그네〉의 계보를 잇고 있음을 밝히고 있다.

64) 안석영, 「영화비평-나운규의 작품 오몽녀 (상)」, 『조선일보』, 1937. 1. 20.

65) 안석영, 「영화비평-나운규의 작품 오몽녀 (하)」, 『조선일보』, 1937. 1. 22.

66) 서광제, 「고 나운규씨의 생애와 예술」, 『조광』, 1937. 10, 314쪽.

〈오몽녀〉를 찍기 전, 1930년대에 들어서 나운규가 영화를 만들기는 했지만 그가 제작사와 불화를 자주 겪을 때마다 피난하듯이 ‘극단생활’을 하게 되었고 그로 인해 나운규가 몰락한 변사들과 마찬가지로 무성영화 시절을 상징하는 비운의 스타로 마감할 것 같은 위기의 상황에서라면68) 분명 훌륭한 변신이다. 그러나 그가 피난처럼 극단에 들어가 공연을 하거나 연쇄극을 제작하게 된 데에는 영화 평자들의 혹독한 평 이외에도 저급한 취향을 가진 것으로 타자화된 관객들의 존재가 있었다. 나운규가 관객으로부터 마음 편하게 그의 존재를 확인할 수 있었던 곳은 영화관이 아니라 ‘극단’이었다는 사실로부터 이를 짐작할 수 있다.

비슷한 시기에 나운규의 죽음처럼 무성영화의 감성이 완전히 주변화되었음을 상징적으로 보여주는 사건은 바로 당대의 최고 변사 서상호의 죽음이다. 1938년 8월 몰핀 중독자인 서상호는 우미관 한구석에서 죽은 채로 발견되었는데 서상호의 일생을 다룬 『조광』 1938년 1월호의 「人氣辯士 徐相昊 事件의 顚末」은 짐작대로 ‘토키’가 생기고 관객들의 ‘의식이 노파지면서’ 실직을 하게 되자 아편 값을 대기 위해 지방으로 가 고용계약을 하고 그도 여의치 않아 전당질과 구걸을 하게 된 서상호의 몰락 과정을 자세히 그리고 있다. 나운규가 사후(死後) 〈아리랑〉의 연출자로서 ‘조선영화계’의 선구자로 평가되었던 것과는 달리 서상호의 죽음에 대한 영화인들의 태도는 냉소적이었고 그의 행

---

67) 林鬱川, 「조선영화감독소묘」, 『조광』, 1937. 5, 316쪽.

68) 南宮春, 「 나운규군의 걸어온 길—그는 장차 어대로 가려는가?」, 『영화조선』, 1936. 9, 101-104쪽. 나운규가 마지막 작품 〈오몽녀〉를 찍기 전에 쓰인 이 글에 따르면 나운규는 30년대에 들어서 관객들에게 실망을 주고 이기적인 성격 탓에 자주 제작사와 불화를 일으켰고 그럴 때마다 피난처럼 극단에 들어가서 연쇄극을 만들거나 공연을 하며 지내곤 했다. 〈금강한〉에서 색마 역으로 나와 관객의 욕을 먹고 난 직후, 〈종로〉를 찍어 관객의 염증을 사게 된 후, 〈아리랑 3편〉를 제작한 한양영화사와 불화를 겪은 후 나운규는 극단으로 들어갔던 것이다. 이 글이 쓰일 당시 나운규는 건강마저 악화되어 몰락한 변사들과 마찬가지로 무성영화 시절을 상징하는 비운의 스타로 기억될 위기에 처해있었던 것을 알 수 있다.

218

적은 우스꽝스럽게 그려졌다. 이 글에 의하면 서상호는 몰핀 중독뿐만
아니라 전성기에는 안하무인의 태도로 장안의 기생들과 강렬한 애욕
생활을 즐기며 무수한 여성팬들을 몰고 다닌 전력만으로도 세간의 손
가락질을 받을 만했다. 변사에 대한 이러한 폄하는 3장에서 언급했다
시피 무성 영화 시기에 전성기를 구가하던 변사가 무성 영화의 저급화
의 주범으로 지적되었다는 사실에서 기인한다. 영화인 가운데 그 누구
도 무성영화의 팬들의 존재를 긍정적으로 생각하지 않기 때문에 신문
이나 잡지를 중심으로 한 공론장은 이 저급한 관객들에 대해 다루지 않
는다. 분명 1930년대에 들어서 관객의 수준은 일정부분 높아졌던 것만
은 사실인 듯하다. 그러나 그 '수준(level)'은 분명 나운규의 〈아리랑〉에
열광하던 관객들의 하층민적 감성을 포기했을 때 높아진 것이었고 또
한 아직 지방의 관객들은 '토키'에 익숙하지 않아 토키 영화 자체의 수
익성이 불분명하다는 점에서 그다지 경제적이지 않은 변화이기도 했다.
69) 이러한 상황에서 〈오몽녀〉는 영화계 인사들에게 분명 퇴물이 될 뻔
한 나운규의 성공적인 유작(遺作)이기는 했지만 나운규는 그 변신을 이
어 나가지 못하고 이 영화를 끝으로 불귀의 몸이 되고 말았다.

5. 결론 – 식민지 시기 관객의 변화와 그 의미

모든 문화적 소통 구조가 그러하지만 특히 영화는 생산과 소비에 있
어서 '관객'의 존재가 큰 영향력을 행사하는 산업이자 예술이며 오락이
기도 하다. 식민지 조선에 있어서 '조선 영화'의 제작은 '관객'과의 소
통이라는 측면에서 몇 가지 특수한 상황을 겪었다. 첫째는 이미 서구
영화의 체험이 20년 이상 계속된 상황, 그리고 서구의 영화들이 약간의

---

69) 강홍식·김유영·김인규 외, 「영화인좌담회」, 『영화조선』, 1936. 9, 52쪽. 이 좌담회에
　　따르면 '토키'는 시대적인 대세이기는 했지만 수익이 불안정하다는 단점이 있는데 특
　　히 지방에서는 토키가 그다지 인기를 얻지 못했다는 사실을 알 수 있다.

시차는 있지만 동시기에 조선에 들어와 있는 상황에서 단시일 내에 서구 영화를 능가 혹은 필적할 수 있는 조선 영화는 거의 불가능했다. 조선 영화를 만들더라도 가급적 기술적이고 미학적인 문제는 묻지 말고 '봐주어야 하는' 상황에서 조선 영화는 '저급'이라는 꼬리표를 달고 다닐 운명에 있었다. 이 문제는 관객들 중에서 주로 '고급한' 심미안을 가진 집단들에 의해 제기되며 그 결과 이들에 의해 '조선 영화'가 무시되거나 외면 당하다는 결과를 가져왔다.

두 번째는 조선 영화를 '원하는' 잠재적인 관객들이 실제의 관객이 될 수 있도록 하는 조건들을 갖춘 영화가 주로 '하층민'들의 정서를 반영했다는 사실이다. 실질적으로 조선영화의 수요는 이들 '하층민(lower class)'를 중심으로 구성되었고 조선 영화는 이들 잠재적인 관객의 성향을 의식적, 무의식적으로 반영할 수밖에 없었다. 여기에서 '하층민'에는 최소한의 생계가 어려운 세궁민(細窮民)은 그 범위에서 제외되며 경제 자본의 측면보다는 문화 자본의 측면에서 새로운 근대 문화와 교육에서 상대적으로 소외된 이들을 가리킨다고 할 수 있다. 1920년대 중반, 문화 소비가 저변을 넓히게 되는 데에는 계층적으로 중류층 이하의 소비자를 끌어들였기 때문에 가능했는데 특히 영화에서는 고전 소설과 하층민 정서를 반영한 서사를 영화로 만듦으로써 가능했다.

세 번째는 1930년대에 들어서서 본격적으로 발성 영화(토키) 시대가 시작되고 나서 영화의 생산과 소비에 소요되는 비용이 상대적으로 높아졌으며 외지(일본, 독일 등)에서 영화를 배우고 온 신세대 감독이 등장하고 높아진 지적 인프라로 인해 영화 비평이 활성화됨에 따라 영화를 오락거리로서보다는 예술로서 그 위상을 확고히 하려는 시도가 생겨났다. 여기에는 도시의 젊은 영화 마니아들의 존재가 뒷받침되었고 1920년대 중후반, 그리고 1930년대 초반까지 무성영화 황금시대를 이끌던 하층민의 감성은 저급한 것으로 주변화되었다. 1920년대에도 '고급한' 영화 마니아는 존재했지만 이들의 취향(taste)이 조선 영화의 표준으로 일반화되기 시작한 것은 1930년대 후반에 이르러서이다.

이러한 조선 영화계의 특수성에서 '나운규 영화'의 영광과 변화 그리고 추락은 무성 영화의 하층민 관객과 그들의 감성이 겪은 과정과 동일하다. 〈아리랑〉(1926)을 통해 하층민 감성은 액티브한 나름의 미학을 가졌다면 〈임자 없는 나룻배〉(1932)에서는 정적(靜的)으로 순화된 하층민 감성을 그리고 〈오몽녀〉(1937)에 이르러서는 고급팬들의 취향에 맞는 '농촌'을 재현하게 되었던 것이다.

주제어 : 나운규, 환상, 영웅, 반근대성, 무성영화, 발성영화, 하층민, 고급팬, 관객, 취향, 감성

◆ 참고문헌

1. 기본 자료

『조선일보』『동아일보』『매일신보』『중외일보』『별건곤』『삼천리』『조광』『중앙』
『영화조선』『영화연극』『사해공론』『신동아』『조선지광』.
김갑의 편, 『춘사 나운규 전집-그 생애와 예술』, 집문당, 2001.
김수남 편, 『조선시나리오 선집』1, 집문당, 2003.
김종욱 편, 『춘사 나운규 전작집』, 국학자료원, 2002.
김종욱 편, 『한국영화총서』상·하, 국학자료원, 2002.

2. 연구논문

강성률, 「1930년대 로칼 칼라 담론 연구」, 『영화연구』 32호, 한국영화학회, 2007.
노지승, 「초기 조선 영화에서의 '민족'의 의미」, 『현대소설연구』 36집, 한국현대소
        설학회, 2007. 12.
여선정, 「무성영화시대 식민도시 서울의 영화관람성 연구」, 중앙대 석사논문, 1999.
이정하, 「나운규의 〈아리랑〉(1926)의 재구성-〈아리랑〉의 활극적 효과 혹은 효과
        의 생산」, 『영화연구』 26집, 한국영화학회, 2005.
이화진, 「식민지 영화의 내셔널리티와 '향토색'-1930년대 후반 조선 영화 담론
        연구」, 『상허학보』 13집, 상허학회, 2004.
주창규, 「무성영화 〈아리랑〉의 탈식민성에 대한 접근」, 『정신문화연구』 106호, 한
        국정신문화연구원, 2007. 봄호.

3. 단행본

김성춘·복혜숙·이구영 편, 『한국영화사를 위한 증언록』, 소도, 2003.
서은숙 외, 『남기고 싶은 이야기들』, 중앙일보사, 1973.
조기준 외, 『일제하의 민족생활사』, 민중서관, 1971.
Eco, U., 김운찬 역, 『대중의 슈퍼맨』, 열린책들, 1994.
Jackson, R., 서강여성문학연구회 역, 『환상성-전복의 문학』, 문학동네, 2001.
Nowell-Smith, Geoffrey, ed., 김경식 외 역, *The Oxford history of world Cinema*(『옥스퍼
        드 세계 영화사』), 열린책들, 2005.
Fiske, John, 손병우 역, 「팬덤의 문화경제학」, 『문화, 일상, 대중-문화에 관한 8개
        의 탐구』, 한나래, 1996.

◆ 국문초록

나운규의 스타성을 적극적으로 활용한 '나운규 영화'는 조선 무성 영화의 한 흐름을 잘 보여주는 영화이다. 1920년대 초부터 제작되기 시작한 조선의 극영화는 대부분 고전 소설에서 스토리를 차용해 오던 상황에서 1926년 〈아리랑〉은 조선의 '현재' 농촌을 폭로한 충격적인 영화였다. 고전 소설의 영화화가 줄 수 없었던 충격을 〈아리랑〉에서 발견한 하층민 관객들은 '나운규 영화'에 대한 팬덤(fandom)을 형성시켜 나갔고 그 결과 나운규는 자신의 이름을 걸고 영화를 만드는 최초의 조선인이 되었다. 한편으로 당시의 영화 관객이 중산층에서 도시의 하층 계급(lower class)으로 이동하고 있다는 사실을 배경으로 '나운규 영화'는 이들 계급의 정서를 적극 반영하고 있었던 것이다.

하층 계급의 취향과 감성은 나운규 영화에서 서사적으로 몇 가지의 전략을 가지고 있다. 첫째는 영화 〈아리랑〉에서 특징적으로 보였던 환상의 몽타쥬이다. 환상은 사실적인 것(모방적인 것)으로는 표현될 수 없는 타자—이 영화에서는 억눌린 하층민—들의 언어를 생산해내고 이 언어를 통해 현실을 전복하고 있다는 점에서 특징적이라 할 수 있다. 두 번째로는 남성 공동체의 의리를 바탕으로 하여 이러한 성적 위기에 처한 여성을 구원함으로써 능동적이고 강인한 남성 영웅의 모습을 그리는 데 있다.

1930년 초에 시작된 발성 영화의 바람과 영화관의 불황은 나운규 영화에게 하나의 시련이자 변화의 기회이기도 했다. 조선극장, 단성사, 우미관 등의 상설관들이 발성영화를 위한 고급화 전략을 사용함으로써 나운규 영화가 기반하고 있던 하층민의 감성은 주변화되고 도시의 고급팬들의 취향과 감성이 조선 영화의 표준으로 자리잡기 시작한다. 나운규 영화에 대한 카프계 비평가들의 비판과 논쟁은 나운규 영화를 더욱 위축되게 만들었고 1930년대 후반에 이르러 영화의 고급화, 예술화라는 대세 속에서 이전의 나운규 영화가 자주 사용했던 서사적 전략들은 진부하고 낡은 것으로 담론화되었다. 이러한 흐름 속에서 나운규는 〈임자 없는 나룻배〉에서 거칠고 남성적인 연기 스타일을 정적인 것으로 변화시켰고 말년작 〈오몽녀〉에서는 고급팬들의 취향에 맞는 농촌을 재현함으로써 '저급의 취향을 버리고' '말쑥한 시네아스트'가 되었다고 평가받는다. 그러나 이러한 평가들은 무성 영화가 기반하고 있던 하층민 정서가 주변화되었고 '고급화'라는 대세 속에서 초기 무성 영화의 역동성이 희석되거나 사라져가고 있음을 증명하고 있는 것이다.

◆ SUMMARY

The Study on the Spectators of the Silent Films such as the Na Yun-Kyoo(羅雲奎)'s Films

– The Study on the Change of Spectatorship and the Meaning of the Na Yun-kyoo's Films from the Late 1920s to the Late 1930s

Roh, Ji-Seung

The 'Na Yun-Kyoo(羅雲奎)'s films', directed by Na Yun-Kyoo or starring him, represent the silent films of Chosun. In the early 1920s, 〈Arirang(아리랑)〉(1926), directed by him, was the surprising film because it straightforwardly revealed the poverty of contemporary agricultural villages. The lower classes became the important spectators of 'Na Yun-Kyoo's films'. Therefore, the chief spectator of the film moved from the middle classes to the lower classes. From this point of view, 'Na Yun-Kyoo films' reflect the emotion of the people of the lower classes.

His films feature the taste and sensibility of the lower class-fantasy, heroes who rescue the women from the sexual assault and the hatred against the rich. The fantasy, heroism and the hatred against the rich are harmoniously integrated by the anti-modernity or anti-capitalism.

However, the sound films, from the early 1930s, made him suffer from the bitters of life but it also provided a chance to improve himself. The first-run theaters in seoul targeted the high level spectators like an intellectual, students or people of the middle and high classes. The sensibility of the lower class, the foundation of his films, became to be neglected in the name of the improving the quality or artistry. Therefore, his films produced in 1930s got the stick of the critics and Na Yun-Kyoo could not but change his acting and directing style. In 〈A ferry boat that has no owner (임자 없는 나룻배)〉, he acted the part of the old

224

boatman in the static style. In his last film, 〈Oh Mong-neo (오몽녀)〉, he was regarded as the smart cineaste. However, despite of his change and the critics' appraisement, his films made in 1930s seem to lack the dynamics seen in his silent films.

Keyword ：Na Yun-Kyoo(羅雲奎), fantasy, hero, anti-modernity, silent film, sound film, lower class, high level fan, spectator, taste, sensibility

—이 논문은 2008년 3월 31일에 접수되어, 소정의 심사를 거쳐 2008년 5월 31일에 최종적으로 게재가 확정되었음.

『고려시보』와 시인 박아지(朴芽枝)

강 영 미*

목 차

1. 박아지(朴芽枝)는 누구인가
2. 박아지는 춘파 박재청이다
3. 생명의 근원인 땅을 노래하다
4. 귀향하여 붓을 꺽다
5. 결론

1. 박아지(朴芽枝)는 누구인가

시인 박아지는 남한문학사에서는 식민지 시대 카프에서 활동하며 농촌과 농민의 문제에 관심을 둔 시인으로 알려졌고, 북한문학사에서는 진실하고 소박한 감정으로 간명하고 아담한 운율로 시를 쓴 시인으로 비교적 높이 평가되고 있다. 남한에서 박아지의 작품은[1] 시선집 『횃

---

* 고려대 강사.

[1] 박아지의 등단작은 「흰나라」, 『습작시대』(1927. 2. 1)와 「농부의 선물」, 『조선문단』 (1927. 3)로 보는 견해가 대세이다(김용직, 김재홍, 이명재, 『북한문학사』 등). 이보다 앞서 박아지가 박세영, 이찬 등과 함께 소년 잡지 『별나라』에 편집 동인으로 참여하면서 문학 활동을 시작하였다는 설도 있고, 1927년 2월 『동아일보』에 소설 「눈 뜰 때까지」를 발표하면서 등단했다는 기록도 있다. 김윤식은 박아지가 1919년 상해독립신문에 시작품을 발표했다고 기술하고 있다(김윤식, 『시야 너 어디 있느냐』, 나남, 1988,

226

불』과 자선 시집인 『심화』(1946) 그리고 1930~40년대에 발간된 각종 신문과 잡지를 통해 접할 수 있으며,[2] 북한에서 발간한 1920년대 시선과 1930년대 시선[3] 그리고 문학사와 문학백과사전에 기술된 내용을 통해서도 확인할 수 있다. 남북한, 각종 신문과 잡지에 산재되어 있는 박아지의 작품을 모으면 서정시(서사시, 극시 포함)는 100여 편, 시조는 430여 편 정도 된다. 이 중 남북한 문학사에 박아지의 작품으로 알려진 것은 극히 일부이며, 작품의 목록도 서로 다르다. 남북한 시사에서 모두 언급되는 작품이 있는가 하면 한쪽 시사에서는 누락된 작품도 있고 양쪽에서 모두 누락된 작품도 있다. 『고려시보』에 실린 작품이 세 번째 경우이다.

　　『고려시보(高麗時報)』[4]는 개성 지역의 공진항, 마태영, 박재청 등 창간 동인 10명[5]이 모여 개성 시민의 대표적 보도기관을 자임하며 1933년 4월 15일부터 1941년 4월 16까지 월 2회씩 발간한 종합지이다. 개성 지역 유지들과 그 후손들이 만든 『고려시보』는 고려의 역사적 유물

　　107쪽). 이들은 모두 등단 작품의 제목만 밝히고 있을 뿐, 작품 원문은 제시하지 않았다. 때문에 박아지의 공식적인 등단작은 『동아일보』(1927. 1. 6)에 발표한 「어머니시여」로 보는 것이 타당해 보인다. 「어머니시여」는 필명 박아지로 발표한 작품이고, 『동아일보』의 '현상당선시'로 공식적으로 선정되었으며, 원문까지 확인할 수 있기 때문이다. 더군다나 '현상당선시'로 선정된 결과가 1926년 12월 31일자에 미리 발표된 점으로 미루어 보면, 박아지가 이 작품을 창작한 시기는 1927년 이전으로 볼 수 있다.

2) 연구자의 관심사에 따라 주제별로 편찬한 『카프시전집』 1・2(시대평론, 1988)와 『한국의 농민시』(고려원, 1933) 혹은, 『해방기시작품자료전집』(서경문화사, 1991) 등에서도 박아지의 작품을 확인할 수 있다.

3) 류희정 편, 『현대조선문학선집 15: 1920년대 시선 (3)』, 문예출판사, 1992. 12. 30.
류희정 편, 『현대조선문학선집 26: 1930년대 시선 (1)』, 문학예술출판사, 2004. 3. 5.

4) 현재 대학 도서관에 보관된 『고려시보』는 박광현이 1979년 1월 자신의 아버지 박재청(박아지, 춘파)의 글을 발췌하여 비매품으로 만든 개인 문집의 복사본이다. 이 개인 문집을 모 출판사에서 타블로이트판 1책으로 재발간하여 판매하고 있다. 『고려시보』 원본은 현재 개성시민회에서 보관하고 있다.

5) 『고려시보』의 편집 동인 10명은 김학형, 김재은, 고한승, 공진항, 이선근, 김영희, 박일봉, 김봉하, 박재청, 마태영이다.

을 보고하고 개성의 향토 문화를 계발하여, 개성 지역민들이 고려의 후예라는 정체성을 강조하고, 당시 개성과 관련된 각종 글과 문예물을 발표한 매체이다. 이곳에는 박아지의 이름으로 발표된 6편의 서정시와 430여 수의 시조, 소설, 수필, 기행문 그리고 이기영, 한설야, 임학수, 엄흥섭 등의 글이 수록되어 있다. 이들은 모두 카프 비해소파 계열의 문인들로, 해방 후에는 문학건설동맹에서 함께 활동하다가 월북을 한 공통점을 보인다.

따라서 본 논문에서는『고려시보』소재 박아지의 글을 토대로 다음과 같은 사실을 밝히고자 한다. 첫째, 그동안 학계에 잘못 알려진 박아지의 전기적 이력을 올바로 정정하여, 시인 박아지는 1905년 함북 명천의 가난한 농가에서 태어난 박일(朴一)이 아니라 1907년 황해도 개성의 부유한 집안에서 태어난 박재청(朴在淸)임을 밝힐 것이다. 둘째,『고려시보』에서 춘파, 봄물결, 박아지, 박재청의 필명으로 활동한 인물은 모두 동일인으로, 이곳에서 활동한 춘파 박재청이 카프에서 활동한 시인 박아지임을 밝힐 것이다. 이를 통해 그동안 남북한 시사에서 누락되어 온 박아지의 작품을 보완하고자 한다. 셋째, 개성과 별 연고가 없는 이기영, 한설야, 임학수, 엄흥섭 등이『고려시보』에 글을 싣게 된 데에는 박아지와 관련이 있음을 밝힐 것이다. 박아지를 포함한 이들은 카프 해소를 반대하였으며, 1945년에는 문학건설동맹을 결성하고 이후 모두 월북한 공통점을 보이기 때문이다. 위 세 가지 사항을 통해,『고려시보』는 개성지역의 지방지였을 뿐만 아니라, 카프 해소 이후부터 해방이 되기까지 카프 계열의 문인들이 활동한 지면이기도 했다는 점을 밝힐 것이다.

2. 박아지는 춘파 박재청이다

카프 계열의 농민 시인으로 알려진 박아지는 개성에서 인삼 경작을

228

하던 부유한 집안에서 1907년에 태어나 『고려시보』(1933~1941)의 동
인이자 주필로 활동한 춘파(春波) 박재청(朴在淸)과 동일 인물이다. 박
아지의 본명이 박재청인 근거는 세 가지 측면에서 제시할 수 있다. 첫
째, 개성에서 박아지와 유년 시절을 함께 보낸 죽마고우 김진원이 박재
청의 아호를 박아지라고 기술하고 있으며, 박재청의 아들 역시 아버지
의 필명을 박아지로 기억하고 있다.

① 박재청 氏의 雅號는 春波 또는 朴芽枝라 하였다. 필자와는 幼年時
節부터 同門修學하던 竹馬故友이며 소꿉동무였다.[6]

② 1932년 경에는 孔鎭恒 氏가 主幹하던 松都의 유일한 지방지『高麗
時報』同人會의 한사람으로서 크게 활약하였다. 그 특유의 재치있는 文句
와 珠玉 같은 文章으로 漢詩, 時調, 散文, 隨筆에 이르기까지 많은 寄稿를
했다. 일제 말엽 이 신문이 폐간될 때까지 신문 편집에 그의 젊음을 불태
웠다.[7]

③ 나의 아버지(朴在淸)는 춘파(春波)라는 호를 즐겨 쓰셨으며 박아지
(朴芽枝)란 필명도 자주 쓰셔서 많은 사람들로부터 재미있는 이름이라는
말을 들으셨다.[8]

④ 한문고서를 항상 옆에 하셨고 방에는 옛 책들이 가득하였던 기억이
난다. 글과 시를 많이 쓰셨으며 우리나라 문예의 선구지인 개벽(開闢)에도
글을 실으셨다는 말을 들었고 1927년 동아일보 신춘문예에 시가(詩歌)에
도 입선한 바 있으시다.[9]

---

6) 김진원, 「松都에 있을 竹馬故友 朴在淸 兄을 想起하며」,『송도』 47호, 1992. 9, 16쪽.
7) 김진원, 앞의 글, 17쪽.
8) 박광현, 「잊을 수 없는 나의 아버지, 어머니」,『송도』 19호, 1988. 1, 39쪽.
9) 박광현,『고리고개에서 추리골까지』, 세기문화사, 2005. 2, 219쪽.『개벽』에 춘파라는
   필명으로 왕성하게 활동한 이는 春坡 박재청이 아니라, 春坡 박달성이다. 박재청과 박
   달성의 호는 음만 같고 한자는 다르다.

①은 당시 개성에서 박재청과 유년시절을 함께 보낸 벗 소죽 김진원의 진술이다. 그는 박재청과 유년시절을 함께 했을 뿐만 아니라 ②에서 보듯 박재청이 『고려시보』에서 활동할 당시도 생생하게 기억한다. 때문에 박재청의 이력을 비교적 소상히 알고 있다. ③은 박재청의 아들 박광현의 진술로 그 역시 아버지 박재청의 필명을 박아지로 기억하고 있으며, ④에서는 주변 사람들과 북에 있는 친지의 말을 통해 박재청이 『개벽』과 『동아일보』 등에 글을 발표한 사실이 있음을 밝히고 있다. 그의 말대로, 개벽사에서 발간한 『별건곤』(34호, 1930. 11. 1)에는 박재청의 이름으로 발표한 「開城府의 現情勢」라는 글이 실려 있으며, 『동아일보』 1927년 1월 6일자에는 '현상 당선시'로 선정된 박아지의 「어머니시여」[10]가 수록되어 있다. 박아지의 공식적인 등단작인 「어머니시여」는 남한 시단에는 알려진 바 없으나, 북한시사에서는 박아지의 작품으로 기록되어 있다.[11] 이 시는 북한시사에서 활동한 박아지가 춘파 박재청임을 증명하는 결정적 근거이다.

둘째, 박재청은 춘파, 봄물결, 박아지 등의 이름으로 『고려시보』에 작품을 게재하였다. 박재청이 박아지와 동일인인 근거는 박아지라는 필명으로 수록된 작품이 몇 개월 후에 다시 춘파 박재청의 이름으로 재수록된 데서 확보하였다. 박재청은 당시 『고려시보』의 주필[12]이었기 때문에, 다른 사람이 박아지의 이름으로 작품을 재수록했을 가능성은 희박하다.

---

10) 북에 있는 박재청의 둘째 아들 박성현은 남에 있는 동생 박광현에게 아버지의 작품이 『동아일보』 1927년 1월 6일자에 실려 있으니 확인해 보라고 하였다고 한다. 하여 박광현은 박아지의 등단작 「어머니시여」를 찾아 그의 개인 문집인 『고리고개에서 추리골까지』(세기문화사, 2005. 2)에 수록해 놓았다.

11) 류희정 편, 『현대조선문학선집 15: 1920년대 시선 (3)』, 문예출판사, 1992. 12. 30, 232-233쪽.

12) 양정필, 「1930년대 개성 지역 신진 엘리트 연구―『고려시보』 동인의 사회문화운동을 중심으로」, 『역사와 현실』 63집, 한국역사연구회, 2007, 201쪽.

230

① 못 먹어 죽는 사람 廉恥란 무엇인고
  化翁의 굽은 心思 말할 배도 없거니와
  제 소위 신사라는 者의 체면 云云 웃워라
                              － 朴芽枝, 「假面」(1937. 3. 1)

② 못 먹어 죽는 사람 廉恥란 무엇인고
  化翁의 굽은 心思 말할 배도 없거니와
  제 所謂 紳士라는 者의 體面 云云 우숴라
                              － 春波, 「僞裝紳士」(1938. 1. 16)

　①은 박아지의 이름으로 발표한 「가면」의 일부이고, ②는 춘파의 이름으로 발표한 「위장신사」의 일부이다. 10개월의 차이를 두고 발표한 시조이지만, 한글과 한자 표기만 다를 뿐 내용은 거의 동일하다. 화자는 '가면'과 '위장신사'라는 제목을 통해 현실을 외면한 채 형식만을 중시하는 가식적 인물을 풍자하고 있다.13) 아사지경에 처한 사람에게 염치를 찾기 어려운 형국에서, 허리 굽은 노인의 배고픔은 이루 말할 나위가 없다. 그런데 소위 "신사"라는 자는 체면을 운운한다. 그러한 허위의식이 우습다는 내용이다. 필명 박아지로 발표한 시조 「大興山城遊_下南門」14) 역시 춘파가 쓴 기행문 「大興山城遊記(五)」15)에 제목까지 동일하게 삽입되어 있다.
　박재청이 박아지와 동일인인 근거는 『고려시보』 발행 4주년을 기념하여 쓴 연작시조 「高麗時報와 關係員一同의 新春群像」을 박아지가 쓴 데서도 찾을 수 있다.

---

13) 이러한 내용의 시조가 두 편 이어지는데 이 내용 역시 거의 동일하게 반복되고 있다. 또한 박아지의 시조 중에는 내용과 형식의 괴리에 대해 비판적으로 언급한 시조가 상당수(장례예식이나 양력/음력설에 대한 비판적 언급) 있다.
14) 南門을 넘어들며 天魔聖居 바라보니/ 千峯엔 구름인데 萬壑엔 안개로다/ 山城이 景槪 좋단 말 果然 틀림없고(朴芽枝, 「大興山城遊_下南門」, 1936. 3. 16).
15) 南門을 넘어 들며 天摩 聖居 바라보니/ 千峰엔 구름인데 萬壑엔 안개로다/ 山城이 景槪 좋단 말 果然 틀님없고나(春波, 「大興山城遊記(五)」 中 삽입시조, 1937. 12. 16).

山谷에 적은 시내 뉘라서 웃을소냐
몬의고 몬의여서 大洋을 일우나니
高麗報 <u>그의</u> 머리도 적은 내에 있느니라

― 「小溪 金正浩 氏」

홰ㅅ불아 너는 어이 간 곧마다 빛나느니
時報란 燈盞 속에 四年이나 밝아있어
高麗報 六萬의 앞길에 前衛 되야 주누나

― 「炬火 孔鎭恒 氏」

봄 물결 뛰여 건너 諸兄을 쫓었노라
기나긴 四個星霜 울흔 적이 많았노라
앞날도 채찍 들고서 高麗報를 몰리라

― 「春波 朴在淸 氏」

위에 인용한 시조는 박아지가 소계 김정호(小溪 金正浩), 거화 공진항(炬火 孔鎭恒) 그리고 춘파 박재청(春波 朴在淸)을 소개한 부분이다. 小溪 金正浩는 '적은 시내'로, 炬火 孔鎭恒은 '횃불'로, 春波 朴在淸은 '봄물결'로 풀어서 '고려보'를 운영하겠다는 내용을 구성하였다. 김정호는 3인칭 대명사 '그'로 소개하고, 공진항은 2인칭 대명사 '너'로 지칭하고, 박재청은 1인칭 주어와 함께 쓰이는 어미 '-노라'로 소개하였다. 춘파 박재청을 소개할 때, 어미 '-노라'를 썼다는 것은 박재청이 이 시조를 쓴 박아지 자신임을 뜻한다. 겸양의 의미로 자신을 마지막에 소개하는 관습에 비추어 볼 때, 20명의 인물16) 중 박재청을 마지막에 소개

---

16) 소계 김정호(小溪 金正浩), 신재 박봉진(愼齋 朴鳳鎭), 빙허 박상유(憑虛 朴尙裕), 몽초 최선익(夢初 崔善益), 거화 공진항(炬火 孔鎭恒), 하성 이선근(霞城 李瑄根), 김구 김병하(金龜 金秉河), 남춘 홍이표(南春 洪利杓), 청농 김학형(靑儂 金鶴炯), 범사초 김재은(凡斯超 金在殷), 청년 이윤수(靑年 李允秀), 춘포 이세환(春圃 李世煥), 적봉 하규항(赤峰 河奎抗), 포빙 고한승(抱氷 高漢承), 아관 진호섭(我觀 秦豪燮), 송은 김영의(松隱 金永義), 일봉 박일봉(一峯 朴一奉), 소죽 김진원(小竹 金鎭元), 마공 마태영(馬公 馬泰榮), 춘파 박재청(春波 朴在淸).

하고 시조를 마무리한 점 역시 이 시조를 쓴 박아지가 춘파 박재청을 의미하는 근거로 볼 수 있다. 만약 박아지가 『고려시보』에 깊이 관여하지 않았다면, 『고려시보』와 관련된 이들의 면면을 알 수 없었을 터이고, 이를 바탕으로 한 23수의 시조[17]를 쓰기는 어려웠을 것으로 보인다.

셋째, 『고려시보』에 박아지의 이름으로 발표한 서정시 「흥」(1936. 2. 1)은 1946년 우리문학사에서 발간한 박아지의 자선 시집 『심화』에 「불휴」라는 제목으로 재수록된다. 이는 『고려시보』에서 활동한 박아지가 카프 계열에서 활동한 박아지와 동일인임을 의미하는 결정적 근거이다.

一
피와 땀으로 아로삭인 선배들의 자취를 흙발로 밟고 섰는 벗님네도 있소
흙은 비바람에 씩기려니 땅깊이 슴여든 피야 기리 빛날것을— 탄하여 무엇하오
봄 볕에 연연한 새쌌을 지즐려 깔고
앉은 선배도 있는양 하오
참된삶을 마음한 쌌이라면 천만구비 휘돌아 서라도 푸르러지렸(?)만은—

二
十年客窓 외로운 등불아래 千里고향을 그리는 마음보다
평생에 품은뜻을 이루지 못한 시름이야 어느 그지 있겠소
옷잡히고 술받어서 시름을 잊자하며 뜻을 맺어 사괸벗들!
먼저 이운양 山村에 외떨어진 날찾을이 뉘있겠소
「나무도 병이드니 정자라고 쉬리없다」란 松江의 설음이오
그래도 앞길이 멀은양 아직이루지 못함을 탄식할줄도 모르는 나를 스스로 비웃었소

三
감장새 적다하고 비웃는 대봉새여! 누리의 가없음에 비긴 그대 어떠하오

---

17) 23수로 구성된 연시조의 앞 네 수는 서사에 해당하는 내용이고 나머지 20수는 각각의 인물을 소개하는 내용이다.

국화는 서리를 지내서야 季節을 안다니
피는듯 이우는 꽃들과 봄을 가치할이 있겠소(끝)
　　　　　　　　　－「홍」(『고려시보』, 1936. 2. 1)

　후배들은 선배들의 업적을 흙발로 짓밟고 있고, 선배들은 후배들의 새싹을 지즐려 밟고 있다. 선후배가 조화롭게 어울리지 못하는 형국이다. 이러한 상태에서도 화자는, 선배들의 피와 땀의 자취는 길이길이 빛나고(1~2행), 참된 삶을 꿈꾸는 후배들의 뜻은 반드시 이루어지기(3~5행) 바란다. 그러나 이러한 바람은 쉬 이루어질 것 같지 않다. 이를 화자 자신은 잘 알고 있다. ‘－있소’, ‘탄하여 무엇하오’ 말줄임표로 종결되는 ‘푸르러지렸만은－’을 통해 전달되는 어조로 느낄 수 있다. 이러한 어조 때문에 1연은 자신의 마음을 다스리고 추스르는 화자의 독백으로 들린다.

　현재 화자는 “평생에 품은 뜻을 이루지 못”한 “시름”에 빠져서 “뜻을 맺어 사귄 벗들”과 떨어진 채 십리객창에서 외롭게 지낸다. 이러한 처지를 화자는 송강의 시조18)에 빗대어 표현한다. 송강은 “나무도 병이 드니 정자라고 쉬 리 없다”는 문장으로, 나무가 무성할 때는 오가는 사람들이 많이들 와서 쉬지만, 잎이 지고 가지가 꺾인 후에는 새조차 앉지 않는다는 내용으로, 자신이 시골에 파묻혀 지내던 당시의 인정세태를 한탄하였다. 이러한 내용의 송강 시조에 빗대어 화자는 자신 역시 송강처럼 외따로 떨어져 있음을 환기한다. 그러나 송강과 달리 화자는 그러한 처지를 탄식하지 않는다. 자신이 마음속에 품은 꿈은 아직 이루지 못한 것일 뿐이지 꿈 자체가 사라진 것은 아니라고 생각하기 때문이다. “국화는 서리를 지내서야 季節을” 알게 되는 것처럼, 화자 역시 지금 당장은 고난을 견뎌야 할 때이지 아직은 탄식할 때가 아니라며 자신

---

18) “나모도 병이 드니 亭子라도 쉬리 업다/ 豪華히 셔신 제는 오리 가리 다 쉬더니/ 닙 디고 가지 것근 후는 새도 아니 안는다” 심재완, 『역대시조전서』, 세종문화사, 1972, 153쪽(441번 시조); 정재호·장정수, 『송강가사』, 신구문화사, 2006, 323쪽.

234

을 추스르고 있다. 이러한 시상의 전개 방식은 1935년 11월에 신동아에 발표한 「독보추야」에도 동일하게 나타난다. 어조까지 동일하다.

> 『재조는 높것만은 뜻을한번 못펴누나』는 杜少陵의 탄식이오.
> 詩人文士의 쓸쓸한모양 예—나 이제나 다름이없오.
> 세상이 하마아니 알어준다 한할줄 없는뜻 내어이 모르겠오.
> 내 옐길만 탐탐히예면 용용한 가람이 내내흘러 끊임없음을 부러할리 있겠오.
>
> — 「독보추야」 부분

두보는 살아 있을 당시 세상의 인정을 받지 못했다. 때문에 "재조는 높것만은 뜻을 한번 못 펴누나"라며 자신을 알아주지 않는 세상을 한탄했다. 두보처럼 화자 역시 지금 당장은 현실에서 제 역할을 하지 못하고 있다. 과거의 두보나 현재의 화자나 모두 "詩人文士"를 알아주지 않는 세상 때문에 "쓸쓸한 모양"으로 지내고 있다. 이러한 형국은 "예—나 이제나 다름이 없"다. 그러나 화자는 송강의 시조와 두보의 말을 인용하여 시상을 전개하면서도, 인정세태를 탓한 송강이나 세상을 탓한 두보와 달리 세상 탓은 하지 않겠다고 다짐한다. 자신이 갈 길만 간다면, "용용한 가람이 내내흘러 끊임없음을 부러"워할 이유가 없다고 생각하기 때문이다. 송강이나 두보처럼 화자 역시 지금은 세상의 중심에서 벗어나 있어 뜻을 펴지 못하고 있지만, 그들과 달리 화자에게는 앞으로 다가올 미래가 있다. 때문에 내 갈 길만 간다면 남이나 세상을 탓할 이유가 없다고 생각한 것이다. 이처럼 송강과 두보의 말을 인용하여 시상을 전개하는 방식은 『고려시보』에 발표한 「흥」이나 신동아에 발표한 「독보추야」에서나 동일하게 나타난다. 이런 점으로 보건대도, 「흥」, 「불휴」, 「독보추야」를 쓴 시인은 동일인이라 할 수 있다.

지금 세상은 대봉새가 크기가 작다는 이유로 감장새를 비웃는 형국이지만, 가없는 누리에 비하면 대봉새 역시 한갓 작은 새에 불과하다. 그리고 국화는 서리를 지나서야 그 진가를 드러낸다. 화자 역시 개성에서 외따로 지내는 자신을 감장새에 의탁하여, 서리의 시기를 견딘다면 자신도 그 진가를 드러낼 것이라며 자신을 위로한다. 그리고 세상이 자신의 진가를 알게 될 때까지 지금 당장 커 보이는 대봉새나 화려해 보이는 꽃들과는 함께 하지 않겠다고 다짐한다. 이렇게 본다면 이 시의 제목 「흥」은 자신에 대한 자괴감의 표현이자 뜻을 달리한 이들을 향한 조소이며 변절한 이들보다 심리적 우위를 점하고 있는 화자의 내적 자신감이라 할 수 있다. 그런데 박아지는 이러한 내용의 시를 「불휴」로 재수록하면서 자신의 뜻이 이루어질 미래에 대한 의지를 표방한 1연만을 따로 떼 내어 2연으로 확장하여 재구성하였다.

> 피와 땀으로 아로사긴 <u>先輩들의 자취</u>
> 흙발로 밟고섯는 벗님네도 있소
> 흙은 비바람에 씻기려니
> 땅속에 스며든 피야 기리 빛날것을─
> 탄하여 무엇하오.
>
> 봄볕에 연연한 <u>새쌌</u>
> 지즐려 깔고 앉은 先輩도 있는냥하오
> 참된 삶을 마음한 쌌이라면
> <u>묵묵히 힘을 길러</u>
> 천만구비 휘돌아서라도 <u>푸르러질것 아니오.</u>
>
> — 「不休」, 『심화』

가장 먼저 눈에 띄는 점은 줄글 형태로 쓴 1연의 내용을 2연으로 나누어 배치하여, 각 연의 첫 행에 서술하려는 대상을 소개한 점이다. 첫 행은 목적어를 생략한 채 "선배들의 자취"와 "새싹"이라는 체언형으로 힘 있게 마무리함으로써 화자가 강조하려는 선후배의 존재를 강조하고 마지막 행도 '푸르러질 것 아니오'라는 확신을 담은 종결어미로 마무리하고 있다. 또 다른 변화는 2연 4행에 "묵묵히 힘을 길러"라는 구절을 새로 삽입한 것이다. 이 구절을 삽입함으로써 지금은 묵묵히 힘을 길러

236

야 할 때임을 강조하고 있다. 지금 당장은 눈에 띄지 않더라도 쉬지 말
고 힘을 길러야 한다는 화자의 의식이 시의 제목을 「불휴」라고 하는 정
하는 데 작용한 것으로 보인다.

『심화』는 1946년 시인 박아지가 자선(自選)하여 우리문학사에서 발
간한 시집이다. 시집 서문에도 밝혔듯이 이 시집에 실린 시는 박아지
자신이 가려 뽑은 것이므로, 다른 이의 작품을 자신의 작품으로 오인하
고 시집에 끼워 넣었을 가능성은 없다. 우리문학사는 카프 계열의 문인
들이 운영한 출판사이고, 시집 발간인 홍구는 박아지와 함께 문학건설
동맹에서 활동한 문인이다. 박아지가 시집『심화』의 서문에 "이 시집이
세상에 나오도록 주선하여 주신 畏友 洪九兄"19)에게 감사의 뜻을 표한
것으로 보면, 『고려시보』에서 활동한 박아지는 카프에서 활동한 시인
박아지와 동일인임을 알 수 있다. 이상의 점으로 미루어 볼 때, 『고려
시보』에서 활동한 박아지는 춘파 박재청이고, 춘파 박재청은 카프의 농
민시인으로 알려진 시인 박아지임이 분명하다.

3. 생명의 근원인 땅을 노래하다

『고려시보』에 수록된 작품 중 농촌의 풍류를 주제로 한 시조는 춘
파, 봄물결, 박아지의 이름으로 발표되었다. 필명은 다르지만 작품의 경
향은 유사하다. 박재청의 호 춘파(春波)는 봄물결이라는 뜻이다. 그러므
로 봄물결로 발표한 첫 번째 시조는 박재청의 작품이라 볼 수 있다.

> 흐림(曇)도 좋찬거늘 비조차 나리단말가
> 蓼杻盤 몽아 놓랴 이리저리 헤매다가
> 얄궂은 하날을 울얼어 눈 흙이는 내 마음
> 　　　　　　　　　− 봄물결, 「괴로운 내 마음」 부분(1933. 11. 16)

---

19) 박아지, 『心火』, 우리문학사, 1946, 2쪽.

　　날씨가 흐려 걱정인데 비까지 내려 마음이 조급해진 화자는 피를 피
해 인삼대를 모아 놓으려고 허둥거린다. 정신없이 우왕좌왕하는 자신
의 모습을 깨달은 화자는 잠시 행동을 멈추고 하늘을 향해 눈을 흘긴
다. 행동은 익살스럽지만, 혹여 인삼 농사가 잘못 될까 염려하는 마음
이 잘 나타나고 있다. 작품 끝에 적힌 '비바람에 呻吟하며 白蔘製造場
에서 十, 二三日'이라는 기록은 인삼 경작을 해 온 박재청 집안의 이력
을 알려준다.[20) 두 번째는 춘파의 시조이다.

　　　　푸르른 저 뜰에는 송아지 누어 잇고
　　　　쪽빛 하날에는 흰 구름 떠도는데
　　　　한 마리 한가한 황세는 그 사이로 날더라

　　　　이 조(粟)는 파릇파릇 줄기 줄기 玉箸이오
　　　　저 보리 누릇누릇 송이 송이 黃金이라
　　　　農民의 一萬 깁븜이 저 들판에 잇구려

　　　　窓 밖 들판 속에 기슴 매는 저 아가씨
　　　　풀폭이 보일 때마다 눈물지며 뽑는구나
　　　　저 풀도 젊은이인지라 안타가워 우는지
　　　　　　　　　　－ 春波, 「不朝峴－長湍道中」(1933. 7. 1)

　　이 연시조는 원근법에 따라 시상이 전개된다. 1연은 푸르른 뜰에 누
워 있는 송아지와 쪽빛 하늘에 떠도는 흰구름 사이로 하늘을 나는 황새
의 모습을 원경으로 제시한 후, 2연은 파릇파릇한 조와 누릇누릇한 보
리가 무르익어가는 논밭의 풍경을 제시하고 이것이 곧 "농민의 一萬
깁븜"이라고 서술한다. 3연은 창밖으로 내다보이는, 들판에서 풀을 뽑
아내는 아가씨의 모습을 근경으로 제시한다. 이처럼 농촌의 밝고 건강

---

20) 박광현의 집안은 할아버지, 아버지 대대로 인삼 경작을 해왔다고 한다. 박광현, 앞의
　　책, 71쪽과 191쪽.

한, 생명력으로 충만한 기운은 시조뿐만 아니라 서정시 「유월의 노래」
에도 나타난다. 이 시는 박아지의 이름으로 발표되었다.

六月이라네 六月이라네
앵도붉고 살구익는六月이라네
숲에는 새소리 하늘에도 종다리
풀을뜯는송아지 『엄매』울 때
기슴매던 머슴애 휘ㅅ파람부네
한가한듯 구름이 허공에 날 때
누른보리 덩다라 물결을치네
이웃집처자를 꿈속에안따
집벼개놓고나온 나많은총각
공연한 화푸리 할곳이없어
장대기 휘둘으며 새떼만쫓네
모파란 논바닥엔 황새가 한쌍
시내가 白楊가지 가치도 한쌍
동네총각얼굴을 남모래보다
얼굴붉게 뛰처온 과년한처녀
까닭모를 한숨을 구저취면서
먼산을 바라보며 생각깊었네
— 박아지, 「六月의 노래」(『고려시보』, 1935. 6. 16)

　　앵두와 살구가 익는 생명력 넘치는 6월, 새소리와 종다리 울음소리
로 가득 찬 하늘 아래, 송아지는 한가로이 풀을 뜯고 있으며, 풀을 매던
총각은 기분 좋게 휘파람을 불고 있다. 자연과 인간이 하나 된 생동감
넘치는 기운에 누런 보리도 덩달아 물결을 친다. 무르익은 봄기운에 황
새와 까치 역시 한 쌍을 이루어 봄기운을 만끽한다. 그러나 마음속에
이웃집 처자를 품은 나이 많은 총각은 엉뚱하게 새떼만 쫓고 있고, 과
년한 처녀는 동네 총각의 얼굴을 훔쳐보며 한숨만 쉬고 있다. 짝을 이
루지 못한 처녀총각의 모습이 한 쌍을 이룬 새들의 모습과 익살스레 대
조되어 생명력으로 충만한 자연 속의 한 장면으로 제시되고 있다. 봄물

결, 춘판, 박아지의 이름으로 발표한 위 세 편의 시는 모두 농사와 관련된 농민들의 일상, 생명력으로 가득한 농촌의 풍경을 담고 있다. 자연과 땅이 생명의 근원이며, 인간의 자연의 일부라고 생각하는 경향은 박아지가 『고려시보』에 발표한 시편에만 나타나는 것이 아니다. 그가 필명 박아지로 본격적으로 창작 활동을 시작하던 무렵부터 나타나고 있었다. 초창기에도 박아지는 황혼녘, 하루의 농사일을 마치고 귀가하는 농민들에게서 조상들의 땀 냄새를 맡고, 피 속에 흐르는 귀한 흙냄새를 맡았다.

> 한넷날 할아버지로붙어 물려 받은 이선물을
> 우리는 언제나 언제나 닛지않고 귀해합니다.
> 석양알에 유난히빛나는 내—ㅅ물의흐름과같이
> 우리의 피—ㅅ속에 귀한흙냄새가 흐르고있는 이 선물을……
>
> 장엄한 적막에 잠들고있는 이넓은 벌판우에
> 평화한깃븜과 경건한마음이 떠돌고있는석양이면
> 우리는 호미를엇개에 걸고
> 꾸밈없는 오막살이에 돌아듭니다
> 우리에게 다시없이 친근한땅을 잠시 떠나서……
>
> 할아버지의 땀냄새가 흙냄새와 같이 고요히떠도는듯한땅!
> 안개에쌓여 그윽히울려오는 저므는종소리—
> 맑은한울에 가없이 떠도라가는 예조리(雲雀)소리까지도
> 우리 농부만이 받을수있는 아름다운선물입니다.
> — 박아지, 「농부의 선물」(『조선문단』, 1927. 3)

조상들의 땀 냄새가 고스란히 배인 땅, 맑은 하늘을 떠도는 종다리까지도 모두 조상들이 우리에게 전해준 귀한 선물이다. 화자는 석양 아래 빛나는 냇물의 흐름 속에, 장엄한 적막에 뒤덮인 넓은 벌판 위에, 안개에 싸여 그윽히 들려오는 종소리까지도 모두 조상들로부터 물려받은

소중한 선물이라고 생각한다. 이 시에는 땅과 하늘과 인간이 모두 하나
가 되는 유기체적 인식이, 땅과 생명과 모성이 하나라는 생명에 대한
소중한 인식이 잘 드러나 있다. 이처럼 농촌과 농민, 그리고 생명과 모
성에 대한 인식은 박아지의 시에 지속되는 일관된 흐름이었다. 이러한
경향은 그가 시 창작을 하던 초기부터 개성에서 『고려시보』 활동을 하
던 때도 변치 않던 경향이었다.

4. 귀향하여 붓을 꺽다

박아지는 1933년 무렵 개성에 머문다. 그가 이 무렵 고향 개성에 머
물렀음은 1934년에 발표한 아래의 시를 통해 알 수 있다.

내가 고향에도라온것이 잘못이라고
하로 바삐 도라오라니
아니오 그것은 그릇된생각이우
그곳에서 헐벗고 굶주려서 견딜수업다고
설마 고향이야 그보담도 나을테지— 하던 생각
그생각이 잘못된것이였수

…(중략)…

봄날의 고향은사지를 녹일듯이짜뜻하고
풀싹은 파릇파릇
꽃봉오리는 방긋이
옛날에 아버지가갈든 보리밭머리에
종다리의 한가한울음이 아직도새롭고
만은밭은 임자를 밧구고
호미에는녹이쓰럿수

…(중략)…

이것은나의 고향뿐이 아니우
이것을 보고 헛되이 탄식하며
살곳을 차저 쩌나겟다는 많은사람들 그것도 그릇된생각 안이겟수
그대여 나는 쩌날수 업소
이광경을 보고 참아 내몸만피할수는업수
　　　　　　　－ 박아지, 「나는쩌날수업소」 부분(『형상』, 1934. 3)

　　1934년 즈음 화자는 고향으로 돌아왔다. 이에 대해 사람들은 잘못된 선택을 했다며 "하루 바삐 도라오라"고 한다. 하지만 화자는 그곳으로 돌아갈 생각이 없다. 화자가 한때 그곳에 머물렀던 것은 헐벗고 굶주리던 사람들을 위한 것이었는데, 막상 고향에 와보니 고향에도 헐벗고 굶주린 사람들이 있었다. 예전에 아버지가 갈던 보리밭에는, 봄이 되면 여전히 풀잎이 피어나고 새싹이 돋고 종다리가 울지만, 농사지을 땅의 주인은 바뀌었고 호미는 녹슨 지 오래되었다. 땅을 잃은 사람들은 "살 곳을 차저 쩌나"지만, 이제 막 고향으로 되돌아온 화자는 "이광경을 보고 참아 내몸만피"하지는 못한다. 하여 화자는 이곳에서 10년간의 인고의 세월을 보낸 후, 해방을 맞는다. 그 감격은 아래의 시에 나타나 있다.

붓을 꺽이고 호미를 잡어
오늘이 있기를 기다리며 기다리며
어둠속에서 빛을 차즈려
묵묵히 다만 묵묵히
忍苦와 땀으로 아로삭인 十年!
　　　　　　　－「蟄伏」 부분(1945. 12)

　　위의 시는 1945년 12월에 『예술운동』 창간호에 실린 「蟄伏」이라는 시의 부분이다. 해방의 감격을 노래한 내용인데, 이 시에는 지난 10년

간 붓을 꺽고 호미를 잡으며 어둠 속에서 묵묵히 인고와 땀의 세월을 보낸 화자의 고백이 담겨 있다. 붓을 꺽은 10년간은 박아지가 고향 개성에서 농사를 지으며 『고려시보』활동을 한 시기이다. 박아지는 카프 조직 해체 후 정신적 육체적으로 상처받은 상태로 고향 개성으로 돌아와 해방이 되기까지의 10년간을 보냈음을 알 수 있다. 그에게 개성은 상처받은 상태로 돌아온 고향이자, 그 상처를 치유한 회생의 공간이었다. 이곳에서 그는 명산 명승지를 찾아다니면 온천으로 하며 상처받은 몸과 마음을 치유하고 있었다. 그가 몸과 마음을 치유하며, 시 창작을 접고 어둠 속에서 10년간 기다린 것은 조국의 해방이었다. 따라서 박아지가 『고려시보』(1933~1941)에 실은 대부분의 글은 그가 인고와 땀으로 아로새긴, 자신의 마음을 다스리는 주문인 셈이다. 이 시기에 그가 창작한 작품에 개인적인 내용과 개성 지역에 대한 내용이 많은 것은 이 때문이다.

1933년 고향에 내려와서 1945년 해방이 되기까지의 10년간 박아지는, 어둠 속에서 빛을 찾기 위해 붓 대신 호미를 잡았고, 어둠 속에서 묵묵히 지내는 화자를 비웃는 무리들과 어울리지 않고 외따로 지내고 있었다. 그가 고향 개성에서 『고려시보』활동에 주력하던 10년간의 시기는 '큰 뜻을 품었던 어떤 일'로부터 잠시 물러나 있던 때로 추정된다. 이 시기의 작품에는 주로, 뜻을 함께 했으나 지금은 갈 길이 달라진 벗들에 대한 안타까움, 끝까지 함께 하지 못한 벗들에 대한 죄책감과 미안함, 화자 자신의 깊은 뜻을 알아주지 않는 세태에 대한 비판 그러나 끝내 화자의 깊은 뜻이 이루어질 것이라는 미래에 대한 불안한 확신으로 가득 찬 내용이 나타난다. 고향 개성으로 돌아올 당시 박아지는 이미 육체적 정신적으로 지친 상태였다. 때문에 그는 정신적 육체적으로 지친 상태를 회복하는 것이 관건이었다. 이 시기의 시조에 명승지를 관람하고 온천을 하며 몸과 마음을 추스르는 내용이 많은 것은 이 때문이었다. 물리적으로 편하게 여행을 하고 온천을 하면서도 그의 마음 한 켠에는 늘 불편함이 자리잡고 있었다. "철창"에 간힌 동료들 때문이었다.

> 치위는 바늘같이 몸 속에 쑤셔들고
> 바람은 칼날처럼 살결을 어이는데
> <u>감방</u> 속 싸늘한 속에 그대 어이 자는가
>
> 옷도 벗었으니 덮개인들 두터우랴
> <u>鐵窓</u>에 쏘는 바람 오즉이나 괴로우랴
> 이 겨울 기나긴 밤에 그대 어이 견디는가
> 　　　　─ 春波, 「平山溫泉留 雜詠片片─憶友」(1936. 1. 1)

박아지는 평산 온천에 머물며 감방 속에 갇힌 동지를 떠올린다. 따뜻한 물에 몸을 담고 있어도 뼈 속으로 추위가 느껴지는데, 하물며 싸늘한 감방에 갇힌 채 철창 사이로 부는 바람을 온 몸으로 받는 벗들의 추위는 어떠하겠는가. 감옥에서 추위를 견디고 있을 벗을 생각하면 따뜻한 곳에 있어도 화자의 마음은 늘 불편했다. 하여, 벗들과 함께 하지 못한 괴로움이 양심의 강박으로 작용하여 시조의 표면에 감옥과 철창이라는 시어로 돌출되어 나타난 것이다. 그래서인지 『고려시보』에 수록된 박아지의 시조에는 극도의 분노와 억울함, 눈에 보이는 가치만을 좇아 뜻을 바꾼 벗들에 대한 서운함, 감옥에 갇힌 벗들에 대한 미안함, 삶의 목표를 잃은 자신에 대한 회한의 감정이 복합적으로 얽혀 있는 것을 발견할 수 있다. 개성의 유복한 집안에서 나고 자랐으며 개성 지역 엘리트들과 함께 『고려시보』의 동인이자 주필로 활동하던 박아지의 시조에 "감방"과 "철창"이라는 단어가 낯설게 나타난 맥락은 「獨步秋夜」를 통해 살필 수 있다.

> 기러기는 은하를따라 南으로 가없이 울어예고
> 나의맘은 南朝鮮(全州, 馬山)에 적막한 벗들을 더듬어 시름하오.
> 　　　　─ 「獨步秋夜」(『신동아』, 1935. 11)

시 「독보추야」는 화자가 전주와 마산에 있는 적막한 벗들을 떠올리

는 내용이다. 남조선이라는 단어 안에 괄호까지 해서 구체적인 지명을 노출하여 벗들이 전주와 남원에 수감되어 있음을 밝힌다. 1934년은 카프가 해산된 해이다. 카프가 해산된 간접적 계기는 신건설사 사건[21] 때문이었다. 이 사건이 일어날 당시 검거 열풍을 피한 박아지는 개성에 외따로 지내면서 구속된 벗들에 대해 미안함을 느끼고 있었다. 그가 『고려시보』에서 활동하던 시기는, 1931년과 1934년 두 차례에 걸친 카프 검거 사건, 특히 1934년 신건설사 사건으로 카프 맹원들이 수감되는 시기와 맞물리기 때문이다. 두 차례에 이어진 카프계 문인들의 검거 선풍으로 조직 활동이 여의치 않게 되어 박아지는 진정한 봄날이 올 것이라는 신념을 바탕으로 고향 개성에 칩거하면서 외로움과 고립감 속에서 지낸 듯하다. 카프 조직이 해체되어 한때나마 뜻을 함께 했던 벗들과 흩어지게 되자 화자는 한때 품었던 꿈과 포부마저 다 부질없다는 생각을 하기에 이른다.

未知의 무엇을 마음속에 그리면서
鬱憤에 타는 가슴 冷情히 식히자니
또 한번 空想이였음 다 밝게야 알았네

그적이던 붓대도 아낌없이 꺾어 두고

---

21) 카프 조직의 산하 극단인 신건설은 1934년 초봄 전주 지방에서 공연을 하게 되는데, 이때 뿌린 선전 전단 문구의 불온성이 문제가 되어 관련자가 일본 경찰에 검거 당하는 사건이 발생한다. 1934년 5월부터 카프의 간부들이 검거되기 시작하여, 1934년 6월 30일에는 함흥에서 한설야가 검거되었고, 8월 26일에는 이기영과 송영이 검거되었다. 당시 일본 경찰은 이 사건과 관련된 피의자들을 1934년 5월부터 8개월 정도 구금하여, 수십 명의 피의자들이 반년의 세월을 옥중에서 보내게 된다. 이후 일본 경찰은 1935년 1월 25일 신건설사 관련 사건 일체를 전주 지방 법원 검사국으로 송치한다. 이 과정에서 이기영, 한설야, 윤기정, 송영, 이갑기 등 23명이 기소되어 그 중 박영희, 이기영, 한설야, 윤기정 등 4명이 실형을 선고받았으나 이후 항소심에서 집행유예로 풀려나게 된다. 정찬영, 「카프 해산과 전향 논리의 의미」, 『현대문학이론연구』 13집, 현대문학이론학회, 2000, 313-314쪽; 권영민, 「카프 제2차 검거 사건의 전말, 공판 기록 최초 공개」, 『문학사상』, 1998. 6, 41-43쪽.

눈 감고 귀 막고 입도 封코 누었거니
어이타 哀詩의 토막은 머리 속에 이는가

多情한 달에게도 情 잃은 지 오랬노라
빛나는 해ㅅ빛에도 빛 잃은 지 오랬노라
싱싱한 여름 그늘 속에도 따쓰함을 몰라라

앞으로 앞으로 내뻗히든 이 마음도
마약에 마비된가 찾을 곧 바이 없네
애꾸지 生死 모를 몸덩이 좁은 방에 누었노라

크나큰 抱負도 하나둘 아니여껀
지난 날 돌아보니 틔도 쌌도 다 없고나
내 마음 내 속이였나니 怨恨 없이 잠들가
— 春波, 「眠不得」(1935. 6. 16)

  적막한 밤, 방안에 홀로 누운 화자는 울분에 타는 가슴을 달빛에 냉
랭히 식힌다. 지난 일을 차분히 회상하며, 생사를 알 수 없는 작은 몸덩
이를 좁은 방안에 뉘여 둔다. 그리고 생각한다. 앞으로 내뻗치던 마음
도 찾을 길 없고, 한둘이 아니었던 크나큰 포부도 모두 다 사라졌다. 이
제는 울분과 분노, 삶의 의욕까지 다 사라져버렸다. 이제 남은 것은 원
한 없이 잠들기를 바라는 것뿐이다. 화자는 세상과 절연한 채 절필 선
언을 하며 그 어떤 희망이나 기대도 갖지 않는다. 때문에 다정스런 달
을 보고도 아무런 감흥이 일지 않고, 빛나는 햇살을 보고도 태양을 찬
란함을 느끼지 못한다. 한때 품었던 꿈이 흔적도 없이 사라진 데서 비
롯된 상실감 속에서 화자는 부대끼고 있다. 시조의 표면에 나타나지는
않지만, 박아지는 큰 뜻을 품고 그 뜻을 이루기 위해 노력하는 과정에
서 좌절을 겪고 그로 인해 마음의 상처를 입었던 듯하다. 자조적인 자
기 인식과 세상에 대한 패배의식, 뜻을 바꾼 벗들에 대한 서운함, 감옥
에 갇힌 벗들에 대한 미안함 그리고 포부를 갖고 앞으로 향하던 마음이

사라져 의기소침해진 모습이 나타나는 것은 이 때문이다.

그런데 1937년 이후, 『고려시보』에는 개성과 별다른 연고가 없는 한설야,[22] 이기영(『성화』, 1937~),[23] 엄흥섭(『수평선』, 1938~),[24] 임학수, 채만식, 김광균의 글이 수록되기 시작한다. 이들 중 이기영, 한설야, 엄흥섭, 임학수는 카프 비해소파 계열에서 활동하였고, 임학수를 제외하고는 해방 직후에 문학동맹에 소속되었던 문인들이다. 이들은 카프가 해소된 후에는 『고려시보』를 통해 관계를 맺었고, 해방 이후에는 문맹의 기관지인 『예술연맹』(1945)을 발행하였다. 『예술연맹』에는 박아지의 시 「침복」, 「청년」, 박아지가 작사하고 김순남이 작곡한 「농민가」의 가사와 악보가 수록되어 있다. 이런 점들로 미루어, 박아지를 비롯한 이들 문인들은 1927년 무렵[25]부터 카프 해체를 전후로 한 시기, 해방 후 월북을 하기까지 지속적으로 관계를 맺어온 것으로 보인다. 만약 카프시인 박아지와 『고려시보』에서 활동한 박아지가 다른 인물이었다면 카프 문인들이 이에 대해 언급하거나, 그 둘을 구분하려 했을 터인데 그런 자료는 찾을 수 없었다. 이 역시 동명이인의 또 다른 박아지가 존재했다고 보기 어려운 이유이다.

5. 결론

본 논문에서는 카프 계열의 농민 시인으로 알려진 박아지의 본명이 기존의 문학사에서 알려진 박일이 아니라, 1907년 개성에서 태어나 춘

---

22) 한설야는 조선프롤레타리아 예술연맹(1945. 9. 30)의 위원장이었다. 김윤식, 「해방공간에서의 권향과 향파」, 『문학수첩』, 2006년 겨울호, 443-444쪽.

23) 이기영의 연재 소설 「聖火」는 『고려시보』 59호(13회)~67호에 실려 있다.

24) 엄흥섭의 연재 소설 「수평선」은 『고려시보』 75호(1회)~108호(완)에 실려 있다.

25) 인천 지역에서 1927년 2월 1일에 창간되어 4호까지 발간된 『습작시대』에서 박아지와 엄흥섭이 활동한 흔적을 찾을 수 있다. 이희환, 「근대문학의 기항지 인천」, 『민족문학사연구』 15호, 민족문학사학회, 1999, 235-237쪽.

파, 봄물결 등의 필명으로 『고려시보』에서 활동한 춘파 박재청임을 밝혔다. 1907년 개성에서 태어난 박재청이 박아지인 근거는 지인과 가족들의 기억, 『고려시보』에 발표한 작품과 다른 매체에 발표한 작품과의 상관성 그리고 『고려시보』에 글을 발표한 다른 카프 계열 문인들과의 관계를 통해 살필 수 있었다. 이 과정을 통해 그동안 남북한 시사에서 알려진 박아지에 전기적 이력이 잘못된 것임을 밝히고 올바른 전기적 이력을 제시하였다.

1926년 2월 3일과 8일의 동아일보에는 '개성 춘파'의 이름으로 투고한 「바다」와 「나의 마음」이라는 시 두 편과 이에 대해 춘원이 평을 한 기사가 실려 있다. 1926년 12월 31일자 동아일보 기사에는 '현상당선시'에 선정된 '동경 박아지'의 이름이 있고 1927년 1월 6일자에는 박아지의 시 「어머니시여」가 수록되어 있다. 1928년 12월에 발간된 『신생』에는 박아지의 이름으로 발표한 「새 날의 약속」이라는 작품이 실렸는데, 작품의 말미에 '1927년, 於東京'이라고 기록되어 있다. 이 세 가지 정보로 미루어보면, 박재청은 1926년까지 개성에 머물렀으며, 1927년 전후에 동경에 체류하면서 카프 계열의 문인들과 교유한 것으로 보인다. 이 즈음 박재청은 박아지라는 필명으로 발표한 「어머니시여」를 통해 공식적으로 등단하는 절차를 거친다. 이후 그는 『동아일보』, 『조선일보』, 『중외일보』 등의 신문과 『조선지광』, 『동광』, 『신시단』, 『조선문학』, 『형상』, 『문예창조』, 『신동아』, 『풍림』, 『별나라』, 『예술운동』, 『예술』, 『건설』, 『신문학』, 『인민』 등의 잡지에 박아지라는 필명으로 왕성하게 글을 발표한 것으로 보인다.

박아지는 1934년 신건설사 사건을 계기로 카프가 해산된 이후에는 고향 개성에서 『고려시보』 활동을 하며 지낸 것으로 추정된다. 이 시기에 그는 『고려시보』에 6편의 서정시와 430여 수의 시조를 발표했지만, 이를 창작물로 인정하지 않았다. 그는 1946년에 발간한 자선 시집 『심화』의 서문에서, 지난 10년간은 칩거를 하면서 절필을 하였다고 기술해 놓았다. 그가 절필을 하며 칩거하면서 보낸 이 시기는 고향 개성에서『고려시보』동인이자 주필로 활동하며 430여 수의 시조를 창작하던 때였다.26) 박아지는 카프 시인으로서는 드물게 430여 수의 시조를 창작했다. 그에게 시조는 자신의 내면과 정황을 드러내고, 형식과 내용이 괴리된 풍속을 비판하고, 양력설과 음력설을 두 번씩 쇠는 풍속에 대한 불편한 심기를 드러내는 개인적 양식이었다. 때문에 그는 아버지의 이야기, 집안의 인삼 농사 이야기, 상처받는 내면을 드러낸 시조를 창작물이라고 인정하지 않은 듯하다. 그러나 시조에는 카프가 해소되는 과정에서 박아지가 어떠한 측면에서 상처를 받고 괴로워했는지, 무엇 때문에 고민했는지 짐작할 수 있는 내용이 수록되어 있다. 때문에『고려시보』에 수록된 서정시, 시조, 수필은 시인 박아지의 전기적 이력을 살피는 데 유효한 자료로 활용할 수 있다. 그가 이곳에 발표한 한시, 시조, 서정시, 수필, 기행문, 소설 등의 다양한 문예물과 시변소론 등은 박아지를 카프 계열의 '농민시인'으로만 한정하던 시각에서 벗어나게 하는 근거자료로도 활용할 수 있다.

본 논문을 쓰면서 마저 해결하지 못한 문제가 두 가지 있다. 첫째는 그동안 남북한 시단에서는 시인 박아지를 1905년에 함북 명천에서 태어나 일본 동양대학을 중퇴한 박일이라고 서술해온 이유를 밝히지 못한 것이다. 박아지를 박일이라고 기술한 구체적인 근거 자료뿐만 아니라, 어떠한 맥락과 정황 속에서 기존의 연구자들이 시인 박아지의 본명을 박일이라고 서술해 왔는지 밝히지 못한 아쉬움이 남는다. 둘째는 현재 박재청의 가족들이 알고 있는 박아지의 전기적 이력과 북한 시단에서 기록한 시인 박아지의 전기적 기록이 다른 이유를 밝히지 못한 점이

---

26) 후반기로 갈수록『고려시보』에서 박아지의 글은 찾아보기 어렵다. 그가『고려시보』에 마지막으로 발표한 글은「庚辰頌」이라는 시조인데, 내용이 좀 특이(?)하다. 이후『고려시보』에 박아지의 글은 더 이상 나타나지 않는다. "쫓겨가는 저 토끼 구멍으로 깊이 숨고/ 푸른 용 구름타고 나는듯이 오는구나/ 새해야 ?災있으랴 雨順風調 하리라// 大陸에 뛰는 皇軍 聖戰도 壯커니와/ 銃?後에 一億國民 報國勤勞 喜尙쿠나/ 皇?는 二千六百回 記念年을 맞더라//새해에 바라노라 國泰平 民安足을/ 또다시 믿으노라 蔣正?權의 落日秋風/ 日章旗 亞細亞全洲 平和롭게 날니라"(「庚辰頌」).

다. 가족들의 증언에 의하면 춘파 박재청은 1907년에 태어나 1953년 6월 8일에 생을 마감[27]했다고 하는데, 북한시사에서는 시인 박아지가 1959년 6월 26일 생을 마감했다고 기술하고 있다.[28] 박아지가 생을 마감한 해에 대해 가족과 북한시사의 기록이 다른 데에는 뭔가 또 다른 복잡한 요인이 자리 잡고 있는 듯하다.

주제어 :『고려시보』, 박아지, 춘파 박재청, 시조, 카프 해소, 신건설사 사건, 전기적 이력

---

27) "아버님(春波 朴在淸)은 1953년에 너무나 일찍 타계하셨고, 어머님은 1987년에, 큰 형님(正鉉)은 1994년에 한 많은 생을 마치셨다고 알려 왔다." 박광현, 앞의 책, 252쪽.

28) 북한의 문학사전에서는 박아지의 시 「종다리」는 1957년 창작('종다리' 항목, 543쪽)되었고, 시집 『종다리』는 1959년 7월에 발간되었다('박아지' 항목)고 기술하고 있다. '박아지' 항목, 사회과학연구원 주체문학연구소 편, 『문학예술사전』 중, 과학백과사전출판사, 1991; 이명재의 『북한문학사전』(국학자료원, 1995, 474쪽)에도 동일한 내용이 기술되어 있다.

250

◆ 참고문헌

1. 기본자료
『고려시보』『동아일보』『조선일보』.

2. 논문
권영민, 「극단 신건설 사건으로 촉발된 카프 제2차 사건의 전말, 공판기록 최초공
　　　　개」, 『문학사상』, 1998. 6.
김용직, 「박아지」, 『한국현대경향시의 형성전개』, 국학자료원, 2002.
김윤식, 「해방공간에서의 권향과 향파」, 『문학수첩』, 2006년 겨울호.
김재용, 『민족문학운동의 역사와 이론』 2, 한길사, 1996.
김재홍, 「농민시의 선구자, 박아지 (상·하)」, 『한국문학』, 1989, 12.
김진원, 「松都에 있을 竹馬故友 朴在淸 兄을 想起하며」, 『송도』 47호, 1992. 9.
류희정 편, 『현대조선문학선집 15: 1920년대 시선 (3)』, 문예출판사, 1992. 12. 30.
─────, 『현대조선문학선집 26: 1930년대 시선 (1)』, 문학예술출판사, 2004. 3. 5.
박광현, 「잊을 수 없는 나의 아버지, 어머니」, 『송도』 19호, 1988. 1.
─────, 『고리고개에서 추리골까지』, 세기문화사, 2005. 2.
박종원·류만, 『조선문학개관』 Ⅱ, 인동, 1988.
사회과학원문학연구소, 『조선문학사』(1926~1945), 열사람, 1988.
사회과학원문학연구소, 『조선문학통사』-현대문학편, 인동, 1988.
사회과학연구원 주체문학연구소 편, 『문학예술사전』 中, 과학백과사전출판사, 1991.
양정필, 「1930년대 개성지역 신진 엘리트 연구-『고려시보』 동인의 사회문화운동
　　　　을 중심으로」, 『역사와 현실』 63집, 한국역사연구회, 2007.
이명재, 『북한문학사전』, 국학자료원, 1995.
이희환, 「근대문학의 기항지 인천」, 『민족문학사연구』 15호, 민족문학사학회, 1999.
정찬영, 「카프 해산과 전향 논리의 의미」, 『현대문학이론연구』 13집, 현대문학이론
　　　　학회, 2000.

◆ 국문초록

남북한문학사에서 카프 계열의 농민 시인으로 알려진 박아지는 1905년 함북 명천에서 태어난 박일이 아니라, 1907년 개성에서 태어난 춘파 박재청이다. 그는 개성의 지역 신문『고려시보』에 춘파, 봄물결, 박아지, 박재청 등의 필명으로 활동하면서 6편의 서정시와 430여 수의 시조를 발표하였다. 이 작품을 통해 개성에서 인삼 농사를 짓던 박아지 집안의 이력과 카프가 해체된 후 고향 개성에 머물던 박아지의 내면 풍경을 살필 수 있다.『고려시보』에는 박아지뿐만 아니라, 카프 비해소파 계열의 문인들이자 해방 직후 조선문학건설동맹에서 함께 활동하다 월북한 이기영, 한설야, 엄흥섭의 연재소설이 수록되어 있다. 이들이『고려시보』에 발표한 작품은 남북한 문학사에 알려진 바 없는 새로운 작품이다. 이들은 1934년 신건설사 사건을 계기로 카프가 해산된 후『고려시보』에 글을 발표하다가 해방 이후 문맹을 결성하고 월북을 한 공통점을 보인다. 이 점에서 볼 때 개성에서 발간한『고려시보』(1933~1941)는 개성의 지역신문일 뿐만 아니라, 카프 비해소파 계열의 문인들이 카프 해소 후 활동하던 매체였다고 볼 수 있다.

◆ SUMMARY

Koryoshibo and Poet Park, Ajee

Kang, Young-Mi

In Literary History of South and North Korea, Park Ajee who has been known as peasant poet in KAPF was Chunpa Park Jaecheong born in Gaesung in 1907, not Park Il born in Myeon Cheon, Hamgyeongbuk-do in 1905. He published 6 lyrics and about 430 sijos in the *Koryoshibo*, the local newspaper of Gaesung, working such pen names as Chunpa, Bommulgyeol, Park Ajee and Park Jaecheong. Through these works, we can take a good look at his family career, farming ginseng in Gaesung and Park, Ajee's inner views staying in his hometown Gaesung after dissolving KAPF. In the Koryoshibo there were stories published serially not only by Park Ajee but by Lee Giyoung, Han Seolya and Eom Heung-seop who were literary men of an non-dissolution faction in KAPF, after liberation, worked together and went to the North. Their series published in the Koryoshibo were maiden works which weren't found in Literary History of South and North Korea. After dissolving KAPF for the Shingeonseolsa event, they seem to have some things in common. They published novels in the *Koryoshibo*, formed literary alliance after liberation, and then went to the North.From this point, the *Koryoshibo* published in Gaesung from 1933 to 1941 was a medium for literary men of an non-dissolution faction in KAPF as well as for the local newspaper of Gaesung.

Keyword : *Koryoshibo*, Park Ajee, Chunpa Park Jae Cheong, dissolving KAPF, the shingeonselsa event, biographical history

─이 논문은 2008년 3월 31일에 접수되어, 소정의 심사를 거쳐 2008년 5월 31일에 최종적으로 게재가 확정되었음.

'범주 우선성'의 문제와 최정희의 식민지 시기 소설

김 복 순*

목 차

1. '여인문예가 크럽' 논쟁과 범주 우선성의 문제
2. 젠더 범주 우선성의 작동 층위와 방식
3. 맺는말

1. '여인문예가 크럽' 논쟁과 범주 우선성의 문제

최정희는 1932년 송계월과 한 차례 논쟁을 벌인다. 계급성과 여성성의 연관에 관한 것으로서, 『동광』 1932년 1월 '新女性 新年 新信號'란 특집에서 최정희는 "남성 본위의 사회에서 자유평등을 맘으로만 웨치는 우리 여성들을 위하야 싸워보겟다는 것이 주요임무"라고 하면서, 그 방법으로 목적의식을 가진 단 몇 사람이라도 '여인문예가크럽'을 결성하자고 제안한다. 덧붙여 "여류문인이 점차적으로 진출하야 한 조직체 밑에서 진정한 여성을 위한 기관지라도 발행했으면 한다"고 강조하였다.[1]

이에 대해 송계월은 "최정희의 '선언'이 있은 이후 요즘 2·3인의 동무들 사이에도 농후한 열정을 갖고 전파되어 가고 있다"면서 우려를

---

* 명지대 교수.

[1] 최정희, 「신흥여성의 기관지 발행」, 『동광』, 1932. 1, 72-73쪽.

나타낸 후, 금일의 역사적 현실성과 관련하여 진보적 의의를 가지는 것은 남성 대 여성의 성적 관계에 있는 것이 아니고 부르주아 계급 대 프롤레타리아 계급이라는 계급적 관계에 있다고 반박하였다. 송계월은 더 나아가 최정희의 그와 같은 견해는 "반동적 행동의 한 형태"라고 일축하면서[2]

> 우리들은 當然히 女性의 特殊性이라는것을 充分히是認해야된다. …… 그러나 眞正한 意味에서 女性의 特殊性을 考慮한다는것은 그나라에서 履行되고잇는 正當한大衆運動과 密接한 組織的 關聯밋헤서야 그것을 是認하게 되는것이라고 나는말하여둔다. …… 다만女性의特殊性이라는 것만을 獨自的으로 생각하여 그것을 一般大衆運動과 아무關聯업시孤立식히려는 行動이 잇다면 그것은 斷然히排斥해야 할 行動…… 君의 提議를볼째에 너무도 藝術運動의意識이 曖昧한 것을 섭섭히 생각하는 바…… 君이 無産婦人運動의實踐的意義에잇서 아무 意識的發展을 엿볼 수가 업는것이 쏘한 섭섭한 생각…… 君의 自身의 變態的 提議에 대하야 두 번 反省이 잇기를 바라는 바이다.[3]

라고 촉구하였다.[4] 이 논쟁은 단 한 차례밖에 전개되지 않은 것으로 파

---

2) 송계월, 「여인문예가 크룹 문제—최정희군의 '선언'과 관련하야」, 『신여성』, 1932. 3, 39쪽.

3) 위의 글, 39-40쪽.

4) 이 논쟁 이후 최정희와 송계월은 서로 화해하지 못한 채 송계월이 죽게 된다. 최정희는 애도사에서 "…… 너는 나에게 대한 오해만은 풀지 못했으리라. …… 계월이가 완쾌하여 서울에 오면 서로 화해할 때 잇겠지…… 정당치 못한 모 잡지의 꼬십과 S 남자의 간교로 해서…… 친햇든 사이가 멀어진 후…… 나는 다만 무조건으로 너를 용서한다. …… 3년 전 늦은 가을 밤이엇구나 단 둘이 남산공원 송림사이를 거닐지 안엇느냐…… 너는 "애야 웨 그러케 굳세지 못하냐. 우리의 압길은 멀고 할 일은 태산갓지 않으냐"고 해서 나의 덜된 애수성을 말살시키지 안엇느냐."(『신가정』 1933. 7, 25-28쪽)
   여기서 3년 전이라 함은 송계월이 1930년 1월 4일 경성여자상업학교 대표로 만세운동을 주도한 행위로 1930년 3월 19일 공판을 거쳐 실형을 언도받은 후 3일만에 풀려나서, 1931년 4월 개벽사 기자로 근무하기 전까지의 사이인 것으로 파악된다. 송계월의 약력은 김연숙, 「사회주의 사상의 수용과 여성작가의 정체성」, 『어문연구』 128집,

악되지만 계급－젠더 범주를 둘러싸고 일어난 일종의 노선 투쟁, 방법 투쟁5) 및 '정체성 권력'(power of identity) 투쟁으로 이해된다. 최정희는 젠더 범주를 작동시켜 '진정한 여성을 위한' '쟁점을 다루는 새로운 방식'을 제안하고 있으며, 송계월은 젠더보다 계급 범주를 작동시켜 이를 비판하고 있는 것이다.

위 논쟁과 관련하여 우리는 다음과 같은 문제를 제기할 수 있다. 먼저 범주 설정 및 적용에 있어 특정 범주만이 작동한다고 보는 '범주 중심성'이 온당한가 하는 점이다. 특정 범주만을 분석 틀로 잡는 범주 중심성은 다양한 부분들을 사상시켜 실체에 대한 온당한 해석을 방해한다. 즉 중층적으로 구성되어 있는 현실의 구체성을 사상시킬 수 있다. 예를 들어 민족주의 담론은, 범주 중심성에 입각하여, 민족이라는 단일 범주에 집착함으로써 민족 범주 외의 젠더, 계급 등 다양한 요소들과 그것들이 상호 작동하는 측면을 분석해 내지 못하고 단선론적·목적론적 이해에 머물게 하였다. 그 결과 여성억압과 성차별의 문제는 부차적이거나 중요하지 않은 것으로 지적되었다. 계급·젠더 등을 독립변수로 보지 못할 때 여성문제를 민족문제로 보편화 하는 오류가 발생하며, 여성의 특수한 경험은 부정되고, 여성 내부의 차이도 무화된다.6)

범주 중심성은 '차이'뿐 아니라 자기부정의 계기도 포착하기 어렵게 만든다. 본고는 이러한 오류를 제거하기 위해 '범주 우선성'이라는 개념을 동원하고자 한다. 범주 우선성이란 우선적으로 작동하는 범주와 부차적으로 작동하는 범주를 함께 검토하는 방법이다. 범주란 어떤 대

한국어문교육연구회, 2005. 가을호, 333-358쪽에서 재구성한 것을 참고하였다.

5) 이러한 대립은 해방 및 전후의 여성문인조직 결성과 관련하여서도 지속되는 문제라 할 수 있다. 이에 대해서는 후속 논문에서 상세히 고찰할 것이다.

6) 이러한 시각은 민족주의 뿐 아니라 제국주의도 고정된 범주로 이해하는 폐쇄성을 면치 못한다. 일본 제국주의가 내셔널리즘의 발전인 동시에 부정(마루야마 마사오)이듯이 민족주의도 그 내부에 자기부정의 계기가 배태되고 심화되는 모순과정일 수 있다. 고마고메 다케시, 오성철 외 역, 『식민지제국 일본의 문화통합』, 역사비평사, 2008, 17-46쪽 참조.

상을 설명, 분석하는 '방법'인데, 구체적인 사회 현실은 민족·계급·젠더 등의 특정 범주 하에서만 작동하는 것이 아니기 때문에 특정 범주 중심성은 온당한 '방법'이 되기 어렵다. 범주 우선성이란 여러 범주 가운데 특정 범주가 우선적 가치체계 또는 우선적 담론체계로 운동하며 작동하는 것을 뜻한다. 범주 우선성 개념을 도입할 경우 어떤 범주도 배제되지 않는 가운데 핵심 범주를 밝힐 수 있으며, 핵심 범주 또한 고정화 된 것이 아니고 유동적인 것으로 파악한다. 또 범주들의 상호 협상, 배제, 길항, 충돌의 지점을 각 단계별로 분리하여 접근케 해주는 장점도 있다.

이러한 관점에서 위 논쟁을 살펴볼 때 '계급 중심성'의 틀이 온당한가 지적할 수 있다. 또 계급성과 여성성이 이분법적·대립적인가, 여성성의 층위에서도 여성성과 모성이 이분법적·대립적인가 하는 점을 지적할 수 있다.

본고에서는 범주 중심적 분석틀을 거짓문제제기(pseudo-problem)라 규정하고, 최정희의 소설이 이러한 '범주 중심성'을 해체하고 새로운 여성성을 추구하는 일종의 모색의 장이라는 관점에서 검토하고자 한다. 최정희의 새로운 여성성은 여성 욕망의 발현과 연관되어 있으며, 젠더 범주의 우선성이 다른 범주와 상호 협상, 길항하는 과정을 폭넓게 제시한다는 점에서 문제적이다.

이러한 측면은 당대의 다른 작가들과 차별화되는 지점이기도 하다. 당대의 송계월뿐 아니라 기존 연구자들은 계급성과 여성성, 여성성과 모성을 이분법적으로 분리하여 대립적으로 파악하였다. 이럴 경우 최정희의 소설은 단순히 '여류' 소설 또는 용서받을 수 없는 '친일'소설에 머물고 만다. 뿐만 아니라 이러한 시각은 최정희 소설의 내적 연속성을 일관성 있게 해석하지 못하는 중차대한 오류까지 발생시킨다.

그간 최정희의 소설은 식민지시기로 한정할 때 3기로 나누어, ① 초기 경향작 ②「흉가」 이후의 여성성을 드러낸 작품들 ③ 친일소설로 분류되었으나 어느 연구자도 최정희 소설의 내적 연속성은 분석해 내지 못하였다. 그 결과 ‘아마추어리즘의 승리’ 또는 ‘기존의 권위에 안이하게 추종하는’ 비주체적, 반민족적인 것으로 치부되었으며, 친일소설의 경우도 군국주의 모성으로 단순화되어 반민족적이고 반여성적이라 비판되었다.7) 이러한 연구에서는 자신의 잣대에 맞는 작품들만 연구의 대상으로 취급하고, 그렇지 않은 작품들은 제외시키는 ‘비연구자적 태도’도 목도되었다. 계급 문제를 중시하는 연구자는 「흉가」 이후의 여성적 소설들 또는 일제 말기의 친일소설은 다루지 않았으며, 친일 소설 연구자는 그 전 단계의 작품은 부정적 인용사례로만 언급하였다.

　하지만 최정희 소설은 식민지 시기뿐 아니라 해방 이후까지도 내적 연속성을 유지하고 있으며, 여성젠더의 근대성 및 방식을 제시하고 있어 흥미롭다. 본고는 식민지 시기의 작품을 대상으로, 최정희 소설의 내적 연속성이 무엇인가를 추적하는 동시에 최정희 소설이 계급, 가족, 민족·국가 범주와 조우하면서 드러내는 의미망을 검토해 보고자 한다. 이 과정은 최정희 소설이 여타 프로소설을 지양·결별하는 방법을 확인시켜 준다.

　최정희 소설의 내적 연속성을 ‘젠더 범주 우선성’으로 파악하고 그것이 다른 범주와 연관되는 방식을 천착하면서, 각 층위에서의 범주 우

---

7) 최정희(1906~1990)에 대한 연구는 세 가지로 크게 나누어진다. 첫 번째는 경향적 작가·동반자 작가로 분류하면서 초기작 및 해방 직후의 작품을 들어 ‘남성적인 작가’로 분류하는 시각이며, 두 번째는 “여류다운 체취에 감싸인 신비로운 여성성의 산물” “여성의식의 순수결정체”로 평가하면서 여류다움의 대명사로 규정하는 시각이다. 세 번째는 매우 부정적인 시각으로, 특히 1940년 전후 군국의 어머니를 다룬 친일작품을 중심으로 언급하면서 “기존의 권위있는 진술에 기대어 쉽게 해결해 버리는 안이한 결말 맺기의 결과”로 보는 관점이다. 첫 번째의 글로는 유수춘, 「조선현대문예사조론」, 『조선일보』, 1933. 1. 3~5; 김팔봉, 「조선문학의 현재의 수준」, 『신동아』, 1934. 1; 서정자, 「최정희 소설 연구」 1, 『한국 여성소설과 비평』, 푸른사상, 2001, 359-392쪽이 대표적이다. 두 번째의 글로는 김윤식, 「인형의식의 파멸」, 『한국문학사논고』, 법문사, 1973, 246쪽; 이재선, 『한국현대소설사』, 홍성사, 1979, 441쪽; 심진경, 「최정희 문학의 여성성－여성작가로 산다는 것」, 『한국근대문학연구』 제7권 1호, 한국근대문학회, 2006, 93-120쪽이 대표적이다. 세 번째로는 이상경, 「일제 말기의 여성 동원과 ‘군국의 어머니’」, 『페미니즘연구』 2호, 2002, 225쪽이 대표적이다.

선성의 연관관계가 최정희 소설 및 여성소설사의 맥락에서 어떻게 전통을 형성하는지 검토해 볼 것이다. 또한 이 과정에서 식민주의적 주체구성과 젠더, 그리고 계급－민족－국가 범주와의 연관을 검토하여 각 범주의 복합적 요소가 상호작용하는 양상을 분석할 것이다.

본고는 또한 최정희 소설을 통해 여성의 인식방법 및 여성 경험이 지적 범주로 편입되는 과정, 여성의 계몽적 주체로의 부상 및 황민화 방식－젠더와의 연관성도 짚어 볼 것이다. 이 과정에서 '여성'이라는 차이 및 '여성 내 차이'가 식민주의에 대응하는 방식으로서, 여성성의 규정에 대한 새로운 해석이 도출될 것이다.

2. 젠더 범주 우선성의 작동 층위와 방식

1) 계급 층위: 연애 욕망의 긍정적 발현 및 '즐거운 당위'로서의 계급운동

최정희에 대한 오해 중 최대는 초기에는 계급성을 드러내다가, 1930년대 중반의 「흉가」 이후 국내정세가 바뀌자 '여류' 작가로 변모(전향)하며, 일제 말기에는 친일을 하는 등 주견없이 대세에 따라 이리저리 변신하기에 급급하였다는 것이다. 하지만 다양한 욕망이 복합적으로 작용하는 '구체적 여성'이란 측면에서 보면 세 시기의 소설은 내적 연속성이 있다.

최정희의 소설은 초기[8]의 프로소설[9]에서부터 여성의 성적 욕망을

____

8) 여기서 '초기'라 함은 신건설사 사건(전주사건)으로 투옥되기 이전을 의미한다. 출옥한 후 최정희는 자신의 등단작을 원래 등단작인 「정당한 스파이」를 폐기하고 「흉가」로 수정한다. 최정희, 「문학적 자서」, 『젊은 날의 증언』, 육민사, 1963, 12-13쪽.

9) 프로소설로 분류되는 초기작으로는 「정당한 스파이」(『삼천리』, 1931. 10), 「니나의 세 토막 이야기」(『신여성』, 1931. 12), 「명일의 식대」(『시대공론』, 1932. 1), 「룸펜의 신경선」(『영화시대』, 1932. 3), 「푸른 지평의 쌍곡」(『삼천리』, 1932. 5), 「비정도시(『만국부

배제하지 않는다.[10] 이는 최정희가 동반자작가 또는 경향작가로 불렸
던 박화성, 임순득[11] 및 다른 남성 작가와 차별화되는 지점이다.

────────

인』, 1932. 10), 「남포ᄉ등」(『문학타임즈』, 1933. 2), 「젊은 어머니」(『신가정』, 1933. 3), 「토마토철학」(『동아일보』, 1933. 7. 23), 「다난보」(매일신보』, 1933. 10. 10〜11. 23), 「가버린 미례」(『중앙』, 1934. 2), 「성좌」(『형상』, 1934. 2)의 12편이 있으며, 수필·소설로 장르 처리되어 있는 「아름다운 비극」(『신여성』, 1932. 8)도 꽁트로 넣을 수 있지만 작품경향은 두 번째 계열에 속한다.

10) 여성 욕망의 발현은 최정희의 이력에서도 확인된다. 최정희는 문학보다 연극을 먼저 시작했으며, 학업도 연극적 지향을 더 강하게 드러내는 방식으로 전개하였다. 유부남인 김유영을 사랑하게 된 것도 자신의 욕망(사랑과 연극)을 따라 행해진 것이어서 자신의 욕망에 충실했던 사람이라 할 수 있다. 보통학교를 마치고 서울로 올라오게 된 것도 친구였던 천금이를 따라 나선 것이며(「나의 여학생 시절」, 『젊은 날의 증언』, 20쪽), 중앙보육학교에 진학한 것도 그 학교에 가면 ‘노래와 춤을 한꺼번에 배울 수 있겠다는 생각에서였다’(「중앙보육시절」, 『젊은 날의 증언』, 23쪽). 당시 중앙보육은 시시껄렁하게 인식이 되어서 숙명을 졸업하고 중앙보육엘 간다는 일은 생각조차 할 수 없었던 때였다. 최정희는 음악도 좋아하고 운동도 즐겼으며, 영화를 보고 와서는 여배우의 흉내도 내보았다. 최정희가 첫 번째 남편 김유영을 만나 결혼하게 된 것도 「쌍곡선」이란 동아일보 당선 시나리오를 영화화하기 위해 김유영이 감독으로 내정되어 있을 때 영화를 하고 싶은 최정희가 영화촬영소 문앞에서 기웃기웃하다가 이루어졌다고 한다(김옥엽, 「최정희와 김유영」, 『연애결혼 비화 특집』, 『신여성』, 1933. 1, 100-102쪽). 최정희는 이처럼 욕망을 몸소 드러내고 찾아보려는 강한 선택 의지를 갖고 있는 여성이었다.

11) 이상경은 임순득의 소설을 ‘민족현실을 재발견하면서 민족의 해방과 여성의 해방을 함께 추구하는 길로 나아’간 식민지 최대의 여성작가로 극찬(이상경, 「식민지에서의 여성과 민족의 문제」, 『실천문학』, 2003. 봄, 54-82쪽)하고 있으나, 필자가 보기에 임순득의 소설은 구체성의 측면에서 문제가 많다.

   임순득의 주인공은 거의 ‘독신’으로서, 구체적인 현실(남성)과 관계를 맺고 있지 않다. 따라서 연애 등의 개인적·사회적 사건에 연루될 기회를 미리 차단해 놓고 있다. 임순득 소설의 여주인공들은 따라서 사변적이고 현학적이며 관념성을 띠는 경향이 있다. 서양 철학자들과 그들의 문구를 연달아 인용하는 여주인공들은 거의 치기에 가까울 정도이다. 또 애정과 관련하여서는 거의 석녀형에 가깝다고 할 수 있다. 성적 욕망을 거세한 여성의 삶이 자율적인 것인가에 대해서는 좀더 섬세하게 고찰해야 할 것 같다. 연애나 이성관계, 가정 내 살림살이 말고도 여성들의 독립적인 삶의 영역이 있음을 표명할 수는 있다. 임순득이 여성들의 독립적인 삶의 영역, 여성의 자율성의 한 사례를 보여주는 것일 수는 있지만, 다른 사회적 단위와 소통하지 않고 독신으로서 마치 무인도에 사는 것처럼 고립된 경우를 두고 사회적 관계를 온당하게 형상화한 것이라

여성의 욕망은 프로소설에서부터 군국의 어머니로 넘어가는 1940
년 전후에도 지속적으로 전경화 되어 있다[12)는 점에서 최정희 소설을
1934년(또는 1937년) 이전과 이후로 단순하게 분리하여 이해하는 태도
는 수정되어야 한다.

최정희의 초기 프로소설은 비록 작가에 의해 버림받고 폐기처분되
었지만,[13) 계급투쟁 운동이라는 대의에 개인의 연애를 종속시키거나
말살시키지 않고, 계급운동과 남녀의 애정 문제(여성의 욕망)를 연관시
키고 있어 이채롭다. 프로소설은 대부분 애정 욕망을 계급 범주와 충돌
하는 것으로 인식하였지 긍정적 발현의 대상으로 언급하지 못하였다.
충돌 결과 애정문제는 배제되거나 단순한 남녀관계로 환원되었고 '연

말하기는 어렵다.

「일요일」의 경우 애인관계는 성립되어 있으나 남자가 투옥된 상황으로, 남녀는 서로
분리되어 있다. 여기서도 사회(남성)와의 대화는 전혀 제시되지 않고, 여주인공의 행동
만 일방적으로 제시되어 있다. 일요일에 여주인공의 하숙에 들른 친구들도 '대화'라기
보다 일방적으로 놀러 가자는 제의를 하고 거절당한 후 돌아 갈 뿐이다. 이는 소통이
없는 것이지 '신념'을 지키는 것이라 보기 어렵다.

「대모」의 '나'는 다른 사람과의 현실에서의 일상적 섞임이 없기 때문에 친한 친구와
함께 있어도 곧 할 '말이 없어져 버린다.' 「대모」의 나는 일상과의 섞임을 일종의 '타
협하지 않겠다'는 것으로 받아들인다. 애정관계에 있어서도 '과거의 애정관계에 대해
언제까지나 소중하고 아련한 생각을 품는 포즈가 여자 스스로를 비참하게 하는 것'이
라고 말하면서 '여자의 생활을 고집하려 하지 않는다'고 비판적으로 말한다.

「달밤의 대화」의 순희는 발을 잘못 디뎌 넘어질 뻔 했을 때 순동이란 소년이 내민 손
을 잡으며 손에 이상스러운 가슴의 고동을 느끼고, 늑대가 나타나면 어쩌냐는 말에 순
동이 작대기로 때려서 지켜 주겠다고 하자 인생이란 것이 정말 아름답다는 생각에 눈
물이 넘친다. 결국 기차 타려던 것을 포기하고 순동을 서울로 끌어 올려 친구인 K에게
야학을 권하겠다고 다짐한다. 임순득은 평론에서 최정희 소설의 여주인공들의 애정관
계가 감상적이고 의존적이라 비난했지만, 자신의 소설 속에서는 동년배도 아닌 소년
과 감상적인 애정류를 느끼면서 '다른 사람은 감상이라고 비웃을지 모른다(229쪽)'고
적고 있다. 임순득 소설에 대하여는 후속 논문에서 상세히 고찰하기로 하겠다.

12) 「밤차」(『가정지우』, 1940. 4~6)가 이에 해당한다.

13) 이런 이유로 초기소설은 서정자의 연구가 있을 뿐 거의 논의되지 못하였다. 작품목록
　도 완성되지 않아, 서정자도 「니나의 세 토막 이야기」, 「룸펜의 신경선」, 「푸른 지평의
　쌍곡」, 「비정도시」, 「성좌」 등 5편은 검토하지 못하였다.

애 욕망' 자체로 제시되지 못하였다. 즉 애정 문제는 계급문제에 전유되었다. 계급성과 여성성을 대립적으로 보면서, 지나치게 계급성을 강조함으로써 여성성을 무시하거나 계급투쟁을 도식적으로 그린 당대의 경향소설14)에 반해 최정희의 소설에서는 계급성이 남녀의 연애 문제와 얽혀 있을 뿐 아니라, 여성의 욕망이 계급성과 결합되는 독특한 방식을 제시한다.

「정당한 스파이」와 「푸른 지평의 쌍곡」,15) 「룸펜의 신경선」 등 초기작에서부터 남성들은 투철한 투쟁의식이 있는 인물로 등장16)하는 반면 여성들은 감정이 풍부히 살아있는 인물로, 계급운동 속에서도 남성과 사랑을 느끼고 싶어 하는 인물로 등장한다.

여성의 연애 욕망은 계급운동 및 조직운동의 매개로 작용한다. 더 중요한 것은 계급운동이 '당위'로서만이 아니라 '즐거움'을 주는 대상으로 그려져 있다는 점이다. 계급운동은 역사적 필연성 속에서 '고통' 가운데 '의무적'으로 해야 하는 것이 아니라 '연애와 더불어 즐겁게 성취하는 것'이다. 이 '즐거운 당위' 개념은 최정희 소설의 최대의 인식적 발견이자, 최정희 소설의 최대의 강점이다. 이 개념 속에는 자발성과 주체성이 역사적 필연성과 함께 녹아 있기 때문이다. 이성적으로 이념성에 제약되지 않고 감성까지 포섭하여 '운동'에 대한 인식적 질곡을 해체한다는 점에서도 새롭게 평가해야 한다. 기실 프로소설의 도식성은 바로 이 '이성' '이념성'이라는 질곡과 직접적으로 관련되기 때문이다.17)

---

14) 김팔봉, 「구각에서의 탈출─조선의 여성작가 제시에게」, 『신가정』, 1935. 1, 78쪽.

15) 이 소설은 백철의 『신문학사조사』에서 제목이 잘못 소개된 후(백철, 『신문학사조사』(현대편), 백양당, 1947, 338쪽) 연구자들이 반복적으로 범하는 오류 중 하나이다. 『삼천리』, 1932. 6에 실린 작품명은 「푸른 지평의 쌍곡」이다.

16) 당시 여성들이 사회주의 사상을 수용하는 계기는 오빠, 애인, 남편 등 남성을 통해서였는데, 이를 비주체적 또는 무매개적이라 보기 어렵다. 이러한 관계는 당시의 여성들이 처한 상황과 관련한 현실이었다. 김연숙, 앞의 글, 339쪽.

17) 프로소설과 최정희 소설의 차이는 1980년대 민주화 운동과 2008년의 촛불시위의 차

「정당한 스파이」와 「푸른 지평의 쌍곡」이 성적 욕망이 비교적 덜 드러났다면, 「비정도시」, 「젊은 어머니」 연작, 「성좌」에서는 성적 욕망이 강하게 표출되면서 계급운동을 매개하는 장치로 활용된다.

「정당한 스파이」는 최정희의 등단작이다. 여주인공 '나'는 맑시스트 FE의 여자이지만 스파이로 의심받는다. 그 이유는 구체적으로 언급되어 있지 않지만, 'FE 등이 계획하는 일에 권태라고 할가 하여튼 시원치 못한 늣김이 잇'기 때문이다. 이러한 느낌은 계급투쟁에 대한 이견이 있음을 확인시켜 주는 바, 송계월과의 논쟁을 연상시키는데, 스파이로 오인받는 요인이기도 하다.

주지하다시피 스파이란 조직의 불안정성 및 조직 내부의 문란 또는 조직의 경계가 문란해지는 공포 및 위기감과 관련되며, 그 조직 내부의 강제적 강화와 재정립의 필연성을 정당화하는 기제로 활용된다. 그런데 남성이 아닌 '여성'을 스파이로 지목함으로써 조직내에서 여성의 정체성을 배제하려는 시선과 관련된다. 즉 여성을 정치적 주체로 인정하기보다 사회혼란 또는 조직혼란의 주체로 인식하는 것으로서, 이때 여성의 정치적 주체성은 부정된다. 「정당한 스파이」는 스파이로 오인받는 '내'가 일종의 이중 스파이가 되어 자신의 정체성을 회복하고 정치적 주체인 '강한 여성'으로 거듭나면서 맑시스트 애인 FE로부터도 사랑받게 된다는 내용이다. 즉 '나'는 조직 내에서의 정치적 약자로서, 권력 박탈·애인 박탈이라는 공포의 위기에서 벗어나 정치적 주체로 부상하면서 계급성을 인정받고 동시에 애인으로서도 그 위치를 확고히 굳힌다는 줄거리이다.

이 모든 위기는 역설적이게도 '나'가 여성성을 발휘함으로써 해소된다. 이 소설은 정치적 약자인 여성의 새로운 주체구성 방식은 바로 여성성, 즉 젠더 범주라고 말한다. 박화성 소설에서처럼 남성적 여성이 되거나, 여성성을 포기하는 것이 아니라 여성성을 확보함으로써라고

이와도 같다.

강조한다.

「비정도시」는 노동운동에 투신한 박훈과 그의 동지 주리애의 관계를 제시한다. 주리애는 박훈과의 사랑을 확인하고 싶어한다. 박훈은 애인이라 생각하기보다 동지로 생각하는 반면 주리애는 애인으로, 사랑하는 마음을 정신적 육체적으로 나누고 싶어한다. "동지간에는 애정문제를 전혀 써나야 한단 말슴입니가?"[18]라고 항변하지만, "사랑에 대한 문데는 멋해후에 숙데로 줍시다."라는 박훈의 말에 주리애는 그때까지 참기로 한다. 경리직을 맡고 있는 주리애는 그 몇 해를 앞당기기 위해 회사가 적자라는 사장의 부도덕한 변명에 반년 총결산 총계표를 증거로 내놓으며 사장을 물리치고 계급투쟁에서 승리하며 애정 욕망을 성취한다.

「푸른 지평의 쌍곡」에서는 철공장에 다니는 '나'(옥희)가 부르주아 계급인 정수를 만나 사랑을 느끼면서 가슴 설레는 풍경, 그가 선물로 준 옷과 핸드백을 들고 흡족해 한다. 계급성의 미약함으로 제시하기보다 여성의 욕망을 섬세하게 보여 주는 동시에 자기반성을 위한 각성 장치로 그리고 있다.

위 소설들에서 젠더 범주 우선성은 애정 욕망을 '계급성의 부재'로 간주하지 않는 방법임이 드러난다. 또 여성성과 계급성이 이분법적으로 처리되지 않으며, 성적 욕망(여성성)이 계급성에 전유되지도 않는다. 여성의 연애 욕망을 긍정적으로 발현해 보여줌으로써 등장인물들은 이념적 도식성으로부터 벗어나 구체성과 현실성을 부여 받는다. '푸른 지평의 쌍곡'이란 제목도 계급성과 여성성이 두 개의 곡선임을 강조하는 것이다.

「젊은 어머니」 연작도 이와 유사하다. 「젊은 어머니」는 박화성, 송계월, 최정희, 강경애, 김자혜 다섯 명의 작가가 릴레이 형식으로 쓴 연작소설이다. 1933년 잡지 『신가정』이 창간되면서 여류 작가 기획을 시

---

18) 최정희, 「비정도시」, 『만국부인』, 1932. 10, 63쪽.

264

도한 것인데, 이는 당시 여류작가군이 '집단성'을 확보하였음을 확인시
키는 동시에, 조선사회의 새로운 건설을 미혼 여성(딸)이 아닌 '어머니'
라는 대상으로 새롭게 확대 설정하고자 하는 의도를 드러낸다. 1920년
대와 프로소설 초기에는 신여성 또는 미혼여성인 딸들을 대상으로 하
여 '딸의 서사'를 제시했다면, 이 특집은 어머니를 건설의 대상으로 재
편하면서 '어머니의 서사'를 제시한다. 즉 사회의 기초로서 '가정'(가족
관계)에 주목하면서 남편 부재 상황의 어머니를 제시하여 사상적 투쟁
에 동참하도록 기획하여 '강한 여성' '강한 어머니'로 거듭나게 한다는
내용이다. 나혜석의 「경희」처럼 어머니가 딸의 신여성 기획에 참여[19]
하는, 즉 세대 간을 대상으로 한 기획이 아니라 어머니 자체를 대상으
로 하고 있다는 점에서 획기적인 전환을 보여 준다.

아들 둘을 둔 현우희는 계급운동 하는 남편이 죽었다는 소식을 듣는
다. 소설 내용은 그 후 요리집을 경영하며 생계를 담당하던 현우희가
겪는 세 남자와의 갈등을 중심으로 전개된다. 결국 현우희가 지배인인
민상(남편과 계급운동 동지)을 사랑하게 되고, 민상이 체포된 후 사랑
과 일상 사이에서 고민하다가 사랑으로 인해 계급적 각성에 이르게 된
다는 줄거리이다. 현우희의 계급적 각성 과정은 다소 거칠기는 하지만,
어머니인 여성이 사적 영역에서 사회적·역사적인 국면과 연관되는 방
식을 보여 준다는 점에서 주목된다.

그런데 다섯 명의 여성 작가들이 각각 맡은 부분은 각 소설가의 특
징과 연관된다는 점에서 흥미롭다. 특히 최정희가 쓴 3부는 다른 네 작
가와 비교해 볼 때 사랑 이야기, 즉 여성의 성적 욕망이 가장 강하게
노출되어 있다. 우희가 민상의 사랑고백을 듣게 되는 것도 3부에서이
며, 그 사랑은 다소 충동적이고 열정적으로 묘사된다. 사랑 감정과 열
정이 가장 큰 폭으로 제시된 부분이 바로 이 3부이다. 전체적으로 볼

---

19) 김복순, 「여성의 신여성 기획에 나타난 내부 식민담론과 타자성의 주체: 나혜석의 「경
희」」, 『페미니즘 미학과 보편성의 문제』, 앞의 책, 75-102쪽 참조.

때 굳이 민상의 고백과 우희의 갈등을 이렇게까지 제시할 이유가 있나 하는 의문이 들 정도이다. 이무영도 "벌서 박화성씨가 건실한 일꾼으로 만들어 놓은 '민상'을 그는 자기 작품 속에 소화시키지 못하고 따로 최씨가 만든 '민상'을 하나 만들어 놓았다"[20]고 비판한 바 있다. 최정희가 따로 만들었다는 민상은 프로소설의 공식을 따르지 않은, 즉 계급의식과 애정 욕망을 공유하는 '개성적인' 인물이란 뜻으로 해석된다. 여기서도 애정 욕망은 계급의식의 매개로서, 계급투쟁을 일상과 연결시키는 문학적 장치이다.[21]

여성의 연애 욕망을 가장 확실하게 제시해 주는 소설은 「성좌」[22]이다. 이 소설에서는 여성이 조직 또는 계급사상과 연관되는 방식을 적나라하게 보여 준다. '나'(은하)가 조직에 가담하게 된 것은 운동을 하는 허훈을 좋아해서이다. 계급성 때문이 아니라 애정 때문에 자신에게 접근했다는 사실을 알게 된 허훈은 은하와 교제를 끊는다. 허훈은 달동네 같은 빈촌에 들어가 그 마을을 마치 '태양이 없는 거리'와 같다고 안타까워 하지만, 은하는 그들의 구체적 빈곤을 목도하고는 그 동네를 빠져 나오면서 '하늘에 전좌한 별들을 소란케 하는 혜성이 성좌를 빠져서 달아나는 것 같다'고 느낀다. 일종의 전향의 변 같기도 하지만, 자신을 '궤도의 별들을 소란케 하는 혜성'으로 비유하고 있다는 점에서 프로소설 내에 젠더 범주 우선성을 기획하는 최정희의 '이단자성'을 확인시켜 주며, 허훈의 애정 없는 거리는 '태양이 없는 거리'로 묘사되고 있다는 점에서 허훈 역시 성적 욕망을 아주 부정한 것은 아님을 일러 준다. 다른 소설보다 젠더 우선성이 강하게 반영된 작품이다.[23]

---

20) 이무영, 「여류작가개평」, 『신가정』, 1934. 2, 66쪽.

21) 김연숙은 현우희의 변모를 계급적 각성이라기보다 '어머니 역할의 변모'로 본다. 김연숙, 앞의 글, 341쪽.

22) 『형상』, 1934. 2. 앞부분에 '장편 『貧群』의 한 토막을 外輪的으로 축소'한 것이라는 주석이 제시되어 있다. 장편 『貧群』은 당대 및 현 단계 연구자들의 목록에 없는 것으로 보아 계획만 있었고 발표되지는 않은 것으로 짐작된다.

23) 「흉가」 이전의 작품들 중에도 「흉가」 이후의 성향이 그대로 드러난 소설이 여러 편

266

위에서 살펴본 바, 계급 층위에서의 젠더 범주 우선성은 여성의 성
적(연애) 욕망의 긍정적 발현으로 형상화 되었고 계급 운동의 매개로
작용하였다. 이는 도식성에서 벗어나게 하는 바, 다른 프로소설 작가의
작품과 아주 다른 지점이다. 즉 박화성의 도식성을 탈피하며 임순득의
판타지성을 극복한다. 최정희는 계급 층위에서도 젠더 범주 우선성을
작동시켜 계급해방과 여성해방을 분리시키지 않고 동시적인 것으로 보
았다. 또 계급성과 여성성이 서로 전유하지 않는 관계를 제시하였다.
이것이 최정희의 소설에서 계급성과 여성성이 결합하는 방식이다.

따라서 여성의 성적 욕망의 발현은 임순득이 평론에서 지적한 바,
감상적이며 소부르근성이라기보다 관념성 및 도식성을 제거하고 구체
성을 확보케 하는 요인으로 보는 것이 타당하다. 오히려 임순득은 인식
은 민족중심주의적, 계급중심적이다.[24]

프로소설이 대개 두 주체의 동지적 결합을 강조하면서 사랑보다 일
에 주요임무를 두고 계급투쟁에 헌신하는 게니아식 연애관[25]을 보여주
었다면(이기영의 『고향』에서 갑숙과 희준), 최정희는 이와 다른 서사를

있다. 「질투」, 「가버린 미례」, 「여인」은 모두 여성의 성적 욕망 및 애욕의 문제, 애정 문
제로 인한 시기, 질투, 갈등으로 인해 죽음에 이르는 과정 등이 상세하게 그려져 있다.
자신의 남자를 친구에게 빼앗길까봐 전긍긍하는 모습이 그려져 있는 「질투」, 착하고
정 많지만 절름발이여서 마음을 준 남성들에게 모두 사랑의 배신을 겪고 자살한다는
하층민 여성을 그린 「가버린 미례」, 유부남을 사랑하면서도 세상의 비난을 두려워하
지 않고 '두 사람만 행복하면 그만'이라는 「여인」의 보아는 여성의 성적 욕망과 애욕
이 넓은 의미의 여성해방의 차원에서 생동감 있게 그려지고 있다.

24) 김복순, 「만들어진 보편과 젠더화된 근대미학」, 『페미니즘 미학과 보편성의 문제』, 소
명출판, 2005, 15-25쪽 참조.

25) 게니아는 콜론타이의 소설 『삼대의 사랑』에 나오는 여주인공 중 하나이다. 이 소설에
는 3대의 여성이 나오는데 게니아는 3대에 속한다. 게니아식 연애란 사랑보다 일의 우
월성을 강조하고 이성적이고 냉정한 남녀관계를 추구하며, 남녀관계 이전에 연애와
결혼에서 완전히 자유로운 동지적 결합을 중요시한다. 좀 더 자율적인 삶을 살고자 했
던 콜론타이스트들의 상상의 산물로 볼 수 있다. 알렉산드라 콜론타이, 장지연 역, 「삼
대의 사랑」, 『월요일』, 일송정, 1994, 83-140쪽; 이상경, 「1930년대의 신여성과 여성작
가의 계보 연구」, 『여성문학연구』 12집, 2004, 243-249쪽.

보여 준다. 『고향』에서 갑숙과 희준의 동지적 관계는 성애의 관계를 배제[26]한다는 점에서 계급성이 여성성을 전유하고 있다면, 최정희의 소설은 이 둘을 배제하지 않는 가운데 애정 욕망과 계급운동이 양립되는 남녀관계를 제공하였다. 해방이냐 애욕이냐[27]를 이분법적, 대립적으로 보고, 가정관 남녀관계를 무조건 부정하는 프로소설의 방법을 지양하려는 발전된 인식이 엿보인다. 인간의 다양한 욕망 중 특정 부분을 거세하는 그 어떤 ‘방법’도 사이비이며, 거짓 문제제기이기 때문이다.

2) 가족 층위: 모성을 넘어서는 여성성의 ‘완전한 여성’

최정희 소설이 여성소설사에서 중요하게 언급되어야 하는 또 다른 이유는 ‘모성을 넘어서는 여성’을 제시하여 ‘완전한 여성’으로 기획하였다는 점이다. 최정희 소설에서 여성은 대부분 아이를 가진 여성이거나 아이가 없더라도 식민지 조선의 가부장적 억압과 모순에 시달리는 ‘기혼’여성이다. 1기의 주인공들이 「젊은 어머니」를 제외하고 모두 미혼여성이라면, 2기 가족 층위의 여성들은 거의 기혼여성이다. 이 역시 박화성, 강경애 또는 당대 남성 작가들과 다른 점이다. 또 가부장적 모순에 시달리는 여성이 통상적으로 구여성에 국한되어 형상화된데 비해 구여성과 신여성을 모두 제시하면서 신여성을 더욱 전경화 하고 있다는 점도 특이하다.

새로운 등단작 「흉가」 이후 쓰여진 맥시리즈와 「정적기」, 「가버린 미례」「여인」「산제」「곡상」 등은 식민지 조선의 가부장적 모순에 시달리는 여성의 고통을 심리적 묘사와 함께 리얼하게 형상화해 보여준다. 제2부인과 사생아 문제, 가난 때문에 팔려 가는 소녀, 가난 때문에

---

26) 『고향』에서도 하층민 농민인 인동과 방개는 건강한 성애의 관계로 그려지고 있다. 즉 이기영은 계급에 따라 성애관계를 다르게 배치함으로써 지식인 인텔리들의 계급운동에 대한 이념적 당위를 강조한 것으로 판단된다.

27) B기자, 「현대여성은 무엇에 고민하는가—해방이냐? 애욕이냐?」, 『중앙일보』, 1932. 1. 7.

첩이 될 수밖에 없었던 여자, 조혼으로 인해 고통 받아 자살하는 여자 등 식민지 사회의 모순 때문에 억압받고 신음하는 '여성'의 고통이 적나라하게 그려지고 있다.

최정희는 전주사건 이후 계급해방이 여성해방을 담보하지 않는다는 사실을 직시한 것으로 파악된다. 사회주의가 여성성을 거세하는 것이라면 오히려 식민지 조선의 '여성'문제에 천착하는 것이 여성 소설가의 의무라고 판단한 것으로 인식된다.

가족 층위의 소설에서 '여성'들은 욕망의 주체이지만, 가족 범주는 이들에게 고통을 주는, 가부장적 모순과 계급적 모순이 중층적으로 얽힌 현실이다. 애욕, 자립, 온전한 처, 어머니라는 코드와 연관되어 제시되며, 이 코드에서도 성적 욕망을 가진 살아 있는 여성으로 그려진다.

현재에도 기혼여성의 사랑은 불륜으로 징치되고, 여성성의 가장 중심적 범주는 모성으로 간주된다. 또 모성이 권리의 차원이 아니라 관리 통제의 차원으로 자리매김되어 있[28]음에 비추어 볼 때, 기혼여성의 욕망을 간단하게 불륜으로 단정해서는 안 된다고 항변하며, 모성이 여성성의 가장 위대한 국면은 아니라고 강조하는 최정희 소설은 좀더 적극적으로 평가될 필요가 있다. 가족 층위에서 젠더 범주 우선성은 여성성이 모성과 함께 반드시 고려되어야 하는 가치임을 설파하고, 여성성과 모성의 양립가능성을 넘어, 여성성을 우선적 가치로 제시한다.

이러한 양상을 가장 절실하게 드러내는 작품은 이른바 삼맥으로 일컬어지는 「지맥」, 「인맥」, 「천맥」이다. 「지맥」의 은영은 동경 M대학 출신으로서 남편이 죽은 후 살길이 막막하여 서울 기생 김연화의 집에 침모 겸 식모로 가게 된다. 소설의 서두는 아이들과 떨어져 서울로 가야

---

28) 근대에 들어 모성이 발명된 이후 남성젠더의 모성담론은 모성을 '여성의 권리'의 차원에서가 아니라 '관리 규제'의 대상으로 간주하였다. 이는 여성젠더의 모성담론 및 여성젠더의 교양담론과 차이가 있다. 자세한 것은 김복순, 「근대초기 모성담론의 형성과 젠더화 전략」, 『한국고전여성문학연구』, 14집, 한국고전여성문학회, 2007, 5-51쪽; 「근대초기 여성교양의 성립과 파트너십 문화론의 계보」, 『여성문학연구』 17집, 한국고전여성문학회, 2007, 177-223쪽 참조.

하는 은영의 안타깝고 서러운 마음을 절절하게 묘사한다. 기생 김연화의 집에서 전남 부호의 첩인 부용의 집으로 옮겨 가정교사를 하다가 옛날 자신의 집에서 도움 받은 바 있던 정하순을 만나면서 아이들을 데려와 함께 살게 되지만, 하순이 백화점 점원과 야반도주하는 바람에 실길이 다시 막막해진 은영은 옛날 사랑했던 남자 이상훈을 찾아가 도움을 요청하게 된다.

이 소설은 제2부인 문제, 사생아 문제, 기생 및 첩에 관한 문제 등 당대의 이슈였던 모순관계를 거의 망라하고 있다. 이상훈은 재혼을 요구하나 은영은 끝내 거절하고 해주 요양원에서 폐병 환자의 동무가 되어 봉사하기로 작정하고 떠난다.

은영이 제2부인이 되는 과정은, 앞에서 검토한 바, 1기의 여주인공의 경로와 유사하다. 평소 문학을 전공하려던 은영은 사회주의자 홍민규를 만나 사랑하게 되면서 인생관·가치관·세계관을 모두 바꾸게 된다. 그와의 만남을 가지려고 그가 제공하는 사회과학 서적을 읽는 것이 즐거웠고, 조직운동 또한 민규에게 커다란 기쁨을 선사하는 일이기에 기꺼이 실천해 갔다. 여기서도 은영과 민규는 ‘즐거운 당위’로서의 계급운동에 투신하여 있다. 고향에 처자가 있는 유부남이란 것을 알면서도 ‘등록없는 아내’인 제2부인이 되기를 마다하지 않은 것도 사랑 때문이었다. 은영이 계급운동에 참여하게 된 것은 성적 욕망의 발로로서 긍정적으로 그려져 있으며, 그것은 민규의 삶과 운동에 커다란 활력소이자 원동력이었다. 즉 여성의 성적 욕망이 「지맥」에서도 계급운동의 매개로 작동하고 있으며, 사랑－애욕은 거세되어야 할 것이 아니라 여성의 계급적 정체성을 위한 매개였다.

「지맥」은 여러 연구자들의 지적처럼 여성의 욕망을 포기하고 모성으로 회귀[29]하는 소설이 아니다. 이상훈과의 재혼을 거부하고 아이와

---

29) 거의 모든 연구자들의 결론이다. 다만 심진경은 ‘여성과 모성의 양립 가능성’을 보여준다고 하여 여성성의 긍정적 발현을 인정한다(심진경, 앞의 글, 112쪽). 심진경은 또한 「인맥」에서 ‘여성의 욕망이 포기되지 않는다’고 해석함으로써 필자와 동일한 견해

함께 해주로 가는 결말은 위와 같은 결론을 내리게 하기 쉽다. 더구나 해주로 가면서 '지상의 궤도를 벗어나지 않을 인내와 극기와 성실과 용기를 준비해야겠다'는 구절은 제도에 순응하는 모습으로 평가되기 쉽다. 해주 요양원에서 폐병환자들을 돌보는 선택도 모성의 사회적 확대로 볼 수 있다는 점에서 여성성 대신 모성을 선택한 것, 모성 회귀로 판단케 할 수 있다.

하지만 「지맥」을 섬세하게 읽어보면 결코 여성성을 포기하지 않고 있음을 알 수 있다. 이상훈과 결합하지 못하는 것은 모성 회귀 또는 여성성 포기가 아니라 이상훈과의 '사랑을 유지'하기 위해서이다. 즉 여성의 욕망(여성성)을 잃지 않기 위해서 유예할 뿐이다. 최정희의 소설에서는 의붓아버지의 사랑을 부정적으로 상정하는 경우가 빈번한데, 「천맥」에서는 진호와 허진영의 경우가, 「지맥」에서는 하순의 의붓아버지의 경우가 그러하다. 은영이 재혼을 포기한 이유는 의붓아버지―나―아이라는 예상되는 미래의 가족관계에서의 지금보다 '더 큰 비극'을 유예하기 위해서였다.[30]

를 보이는 듯도 하나, '남자의 욕망을 욕망함으로써 가능해진다'(113쪽)고 봄으로써 여성 욕망에 대한 남성 중심적 시각을 노출시킨다. 이는 최정희의 소설을 '남근에의 근원적 욕망'이라고 본 김동식과 일치하는 부분이다. 김동식, 「여성과 모성을 넘어」, 『수라도/흉가 외』, 한국소설문학대계 31, 동아출판사, 1995, 593-621쪽 참조.

한편 이호숙은 '모성의 회귀'로 보면서, 모성 회귀라는 결말구조에 초점을 맞추기보다 '윤리에 거역하는 여성의 욕망을 진술하는 갈등의 전개과정'에 주목할 것을 요구한다. 이호숙의 '윤리에 거역하는 여성 욕망 진술' '가부장제를 재생산하는 도구로서의 모성과는 거리가 멀다'는 지적은 필자와 견해가 같은 부분이나, 모성 회귀로 봄으로써 기본적으로 필자와 논지가 다르다. 이호숙, 「결백한 도전과 수용」, 『페미니즘과 소설비평』(근대편), 한길사, 1995, 321-354쪽 참조.

30) 내가 사랑하고 내가 좋아한다구 결혼할 수 없는 일이구 애들을 입적시키려구…… 그런 외부적 조건을 살리자구 큰 비극을 자아낼 순 없어…… 제 자식이 아닌 아이들, 아니 제 자식이 아니더래두 아무런 관련이 없는 남의 자식은 귀애할 수 있구 사랑해 줄 수 있는 경우가 있지만 사람의 심리란 것이 참으로 기묘한 거야 가만 보라구. 의붓자식을 미워 않는 사람이 별루 있는가. …… 사랑하는 사람의 자식인 때문에 더하다니까. 실례를 들라면 들 수도 있어! 하순이 어머니 말이야(「지맥」, 『문장』, 1939. 9, 70-72쪽;

그래서 재혼을 포기하고 신 앞에 자신의 마음 전부를 바치기로 맹세하지만, 그럴수록 불안이 커지고 전보다 한층 더 자신에 대한 환멸을 느낄 뿐이었다. 신부는 '애욕에서 발을 빼는 날이라야 완전히 신의 음성을 들을 수 있'다고 대답하지만, 그것은 어디까지나 신부의 음성[31]이었지 은영의 마음은 아니었다. 또 해주로 가는 것이 이상훈과 일단 떨어져 있어 보자는 것이었으나, 잊으려고 멀리 떠나면서도 이상훈과 사랑을 나누는 꿈을 꾸고, 떠난다는 말을 하지도 않았으면서 혹 플랫폼에 그가 나왔을까 수없이 찾고 있었던 것이다.

「지맥」은 여성의 구원 방식도 새롭게 제시한다. 은영을 통해 여성(인간)의 구원은 이념이나 신이 아닌 인간에게서 비롯될 수 있는 것이며, 더 구체적으로는 남성과의 사랑[32]이라고 말하고 있다.

친구의 남편을 사랑하게 된 「인맥」은 결혼제도의 인정(수용) 여부와 연관되어 있다. 둘도 없는 친구인 혜봉의 남편을 좋아하게 된 선영은 남편이 법학사요, 인물이나 재간이나 남에게 떨어지는 바가 없고 자신에 대한 애정도 이해도 깊건만, 아버지가 시킨 결혼이라 애틋한 마음이 없었다. 가장 절친한 친구의 남편을 사랑하면서도 선영에게는 죄의식이 거의 없는데, 그것은 어떤 희생이 생기든 온갖 행복을 버리고라도 오직 그이만을 위해서 살면 그만이라고 생각'[33]하기 때문이다.

이러한 작정이 가능했던 것은 선영이 운명 개척론자이기 때문이다. '운명이거니 하고 단념하려는 자는 자멸한다'는 문구를 되뇌며 선영은 '이 기회에 내 운명을 내 손으로 개척해 보리라'[34] '나는 내 운명에 반역할 것'[35]이라 결심한다.

　　이후 이 작품의 인용은 해당 쪽수만 밝히기로 한다).

31) 「지맥」, 76-80쪽.

32) 구원에 있어서도 여성/남성의 '차이'가 있음은 김복순, 「『시장과 전장』에 나타난 구원의 문제와 여성의 인식방법」, 『페미니즘 미학과 보편성의 문제』, 앞의 책, 207-250쪽 참조.

33) 「인맥」, 『문장』, 1940. 4, 10쪽. 이후 이 작품의 인용은 해당 쪽수만 밝히기로 한다.

34) 「인맥」, 28쪽.

272

여러 논자들은 최정희가 여성의 운명론, 숙명론적 틀 속에 갇혀 모성으로 돌아가는 귀결을 보인다고 언급하고 있지만 실제 선영은 오히려 운명에 반역하는 인물이다. 따라서 「인맥」의 서두는 자못 비장하다.

> 정숙하지 못한 여자라고 꾸짖어도 좋습니다. 윤리와 도덕에 벗어난 일인 줄 나 자신이 더 잘 알면서도 기인 세월을 한 사람의 정숙한 여성이 되고자 그이의 영원한 여성이 되고자 갈등과 모순 속에서 자신을 학대하며 슬프게 사노라고 더욱 더 정숙치 못했습니다.[36]

위 내용에 의하면 정숙/비정숙, 윤리/비윤리, 도덕/부도덕의 내포가 현실에서 말하는 것과 뒤바뀌어 있다. 정숙함이란 '영원히 사랑과 함께 하는 것'이다.[37] 선영은 정숙함을, 사랑 여부와 관계없이 부부관계를 유지하는 것으로 보지 않는다. 즉 통상적인 정숙함의 허구를 밝히는 동시에 이러한 정체성을 유지·유포시키는 현실 사회의 억압성을 폭로시킨다. 여기서 식민지 조선의 도덕률인 정숙/비정숙, 윤리/비윤리, 도덕/부도덕의 경계는 해체된다.

그렇다고 「인맥」이 일부일처제를 거부하고 그것을 파탄내는 것은 아니다. 오히려 '제도를 인정'하는 가운데 정숙한 여성, 완전한 여성의 정체성을 새롭게 구성한다. 남편과 형식적인 부부로 살면서 다른 남자를 사랑하는 것이 정숙한 여성, 완전한 여성이 되는 것인데, 허윤상이 말하듯 제도의 유지 안에서만 그들의 사랑이 온전히 유지되기 때문이다. 그것은 허윤상의 말대로 "제가 선영씰 생각하기 때문에 혜봉일 더

---

35) 「인맥」, 13쪽.

36) 「인맥」, 2쪽.

37) 이 점은 "어더한 結婚이던지 거긔 戀愛가 잇스면 그것은 도덕이다. 假令 어쩌한 法律上에 手續을 經한 結婚이라도 거긔 戀愛가 업스면 그것은 不道德[1]이라 하면서, '戀愛업는 結婚生活을 繼續하는 것은 다못 不快와 無意味할 뿐만 아니고 一步를 進하여 反히 一種의 罪惡이라는 것을 肯定할 수가 잇다. 조차서 自由離婚의 主張은 돌이어 現代結婚生活의 弊害를 矯正'한 엘렌케이의 연애의 자유론을 연상시킨다(노자영, 「여성운동의 제1인자 엘렌케이」(전호 속), 『개벽』, 1921. 3, 48쪽),

생각하는 거나 마찬가지로 선영씨두 그렇게 해주길 바랐던 겁니다. …
(중략)… 다시 말하면 선영씨가 제 마음에 영원히 새겨질 여성이 되길
바랐던 겁니다. 아름답다는 건 오오래 지키는데 있다고 저는 봐요.”라
는 말처럼, ‘가슴에 영원히 새겨지는 사랑’을 하는 사람은 정숙한 여성,
‘완전한 여성’이라는 역설에 도달한다.

> 내가 읽은 책들이 가르치듯이 모성애가 세상의 무엇보다 가장 강하고
> 고귀하고 또 그것처럼 참된 것이 없는 것을 알면서도 그 강한 것, 그 고귀
> 한 것, 그 참된 것 때문에 내가 가진 다른 감정을 버릴 수는 없었습니다.
> 내게는 모성애가 강하고 고귀하고 참된 것이나 마찬가지로 그이를 생각하
> 는 내 감정도 세상의 무엇보다 가장 강하고 고귀하고 참되다 생각했습니
> 다. 이 감정이 심할 때면 아이에게서 그이의 영상을 발견하는 일까지 있게
> 되었습니다.[38]

완전한 여성이란 이 인용문에서 드러난 바와 같이 성적 욕망을 버리
지 않는 여성이다. 여성의 욕망을 긍정하는, 여성의 시선에 의해 구축
되는 새로운 여성성으로, 김명순, 나혜석, 김원주 등의 1기 신여성의 소
설 및 2기의 박화성의 소설의 인물과 상당히 다르다. 제1기 소설들은
모성을 중점적으로 다루지 못했으며, 남성 작가 이기영의 『어머니』 등
은 여성성을 배제하고 모성으로 환원한다. 생명력·포용성·허여성 등
모성을 긍정적으로 그려냈지만, 여성의 성적 욕망을 저세하는 여성상
(무성적 여성)은 모성 신비화와 연결되며, 현실적 모성에 대한 천착과
도 일정한 거리가 있을 뿐 아니라 가부장제 이데올로기로 종속될 우려
도 높다. 남녀관계가 부정되고 성적 욕망을 배제된 채 금기시되기 때문
이다. 남성 작가의 여성인물들은 남성젠더 시선에 의해 그려진 반면,
최정희의 여성인물들은 식민지 시기 여성의 현실에 즉한, 여성젠더의
시선에 의해 구축되어 있다.

---

38) 「인맥」, 46쪽.

'완전한 여성'은 모성과 여성성이 갈등한다기보다 여성성 속에 모성을 포함한다. 여성성 속에 모성을 하위 범주 또는 동등 범주(양립 가능)로 자리매김하면서 여성성을 절대 포기하지 않는 것이다. 따라서 이를 '모성이란 미명 아래 은둔소를 만들었다'[39]거나 '여성이 처한 사회적 관계 속의 갈등을 무조건적으로 어린 자식의 뜻을 따르는 것으로 해결하는 최정희식의 모성'[40]이라 해석하는 것은 의도적 왜곡이다. 최정희의 완전한 여성 개념에서 폄하되는 것은 오히려 모성이지 여성성이 아니기 때문이다.

남성 작가의 소설이 여성성을 포기하고 모성을 권장하고, 콜론타이스트들이 여성성과 모성을 이분법적 대립관계로 파악하여 모성을 포기하고 자식을 방기하였다면, 최정희의 소설은 이 둘을 다 유지하거나 여성성을 우선적 가치로 설정한다. 따라서 최정희의 '완전한 여성'은 1920년대 뿐 아니라 1930년대의 여성성 규정에서 새롭게 나아가 새로운 여성성을 규정하는 방식이다. 이러한 새로운 여성성 규정이 가능했던 것은 최정희의 소설이 젠더 범주 우선성을 작동시킨 결과이다.

「천맥」에서도 여주인공 연이가 허진영과 재혼할 것을 허락하게 된 것은 여성 욕망의 발현과 관련되어 있다. 연이는 허진영이 마음에 들지는 않았지만, 아이도 잘 기를 수 있고, 경제적으로 아이의 장래 교육문제가 염려되지 않는 점도 있었으나, 무엇보다도 아늑하니 집안에 들앉아 살림할 것이 좋아서였다.

보육원에서 아이들의 어머니가 되리라 결심하고 '눈물없는 세상'이 건설되면 자기는 사명을 다하는 것이라고 생각하며 모성의 사회적 확대를 꾀하던 연이가, 그 눈물 없는 세상이 성우선생에 대한 자신의 사랑에 있음을 확인하는 장면도 마찬가지이다. 연이의 고백에 성우 선생은 간접적으로 거부 의사를 표현하지만, 기도를 계속 올리는 것으로 성

---

39) 임순득, 「불효기에 처한 조선여류작가론」, 『여성』, 1940. 9, 55쪽.

40) 이상경, 「임순득의 소설 「대모」와 일제 말기의 여성문학」, 『여성문학연구』 8집, 2002, 365쪽.

우선생에 대한 욕망이 포기되지 않고 있음을 확인시킨다.

허진영과 헤어진 원인도 모성 의무 때문이 아니었다. 허진영에게 ‘진정한 욕망’을 느낄 수 없기 때문이었다. “꿈은 잃었어도 욕망을 가진 얼굴은 자기에게 소름이 끼치도록 하지 않는다”고 말한 것처럼 연이를 비롯한 최정희 소설의 여주인공들에게 가장 중요한 삶의 가치는 자신의 성적 욕망이며, 그것에 충실한 삶이다.

「천맥」의 결말 장면에서도 모성은 여성과 갈등하거나 대립하지 않는다. 여성의 욕망은 모성을 넘어 존재하며, 존재할 수밖에 없고, 또 그렇게 인정되어야 함을 강조한다. 「지맥」이나 「인맥」에서보다 모성의 사회적 확대를 제시하는 「천맥」에서 오히려 여성/모성의 대립관계는 분명하게 해체된다.

성우선생이 아버지와 부인 및 아들이 있고, 소설 중간 부분에서 보육원으로 이사 와서 함께 살고 있는 유부남이라는 점에서 연이의 욕망의 우선성이 더욱 강조되고 있음을 알 수 있다. 성우선생에게 가족이 있다는 것은 연이에게 ‘슬픈 사실 하나를 더’ 추가하는 조항일 뿐이다. 이런 점에서 자신의 의지가 실천되는 「지맥」이나 「인맥」보다, 자신의 의지보다 아들 진호나 성우선생의 의지에 의해 연이의 욕망이 닫혀지는 구조의 「천맥」이 훨씬 더 비극적이다.

한편 「천맥」에서 성우선생으로 상징되는 ‘부성의 사회적 확대’의 발견과 수용은 모성 억압의 이완으로 제시된다. 진호는 의붓아버지 허진영을 계속 ‘더럽다’고 언급하면서 연이로 하여금 허진영과의 대화까지 금지시켰었다. 옥수정 보육원으로 오기 전의 「천맥」의 중반부까지 진호는 ‘더러워’를 수없이 반복한다. 하지만 옥수정에서 ‘선생님’이 아닌 ‘아부지’를 발견하면서부터 진호는 더러워라는 표현을 잊게 됨은 물론 성우선생과 엄마의 만남도 허락한다. 진호의 엄마에 대한 금기는 일종의 오이디푸스 컴플렉스인 동시에 가부장제 지배이데올로기의 확인 징표라 할 수 있다. 허진영에 대한 호칭이었던 ‘선생님’이 성우선생에 대한 ‘아부지’로 이행하면서 오히려 진호의 오이디푸스 콤플렉스가 해제

276

된다는 것은 참으로 역설적이다. 다시 말하자면 진호의 금기해제라는
모성 억압의 이완은 성우선생의 '부성의 확대'와 연관되어 여성성을 축
소 또는 배제(성우 선생의 애정 거부)시키기 때문이다. 모성이 여성성
과 갈등 대립하는 것이 아니라 모성과 여성성이 정비례 관계에 놓이는
것이며, 오히려 부성의 확대가 모성 억압의 이완 또는 여성성의 배제로
이어지는 역설적 결과에 이른다. 앞에서 검토한 바, 「지맥」 「인맥」 「천
맥」에서 여성의 사랑은 사적인 감정에 국한되는 것이 아니다. 유부남과
의 사랑은 조혼제도와 구도덕 및 인습과 연결되면서 공적 사회인 식민
지 조선과 충돌한다. 지극히 사적이고 개인적 차원으로 폄하되기 쉬운
사랑이 제2부인 문제, 사생아 문제, 미혼모 문제를 야기하는 것은 이
때문이다. 이들 문제는 당면한 조선의 중요한 현실문제로 당대 제2부인
또는 사생아들의 보편적 삶의 질곡이었다. 제2부인 문제는 각 잡지에서
앞다투어 다룰 정도로 당시의 화두 중 하나였고,[41] 사생아 문제 또한
사회적 문제로서 식민지 조선의 모순을 드러내는 중요한 요인이었다.
「지맥」에서도

　—사생아를 애호하자 사생아를 구출하자, 부모들의 비합법적 결합의 죄
(?)가 그자식에게 미치게되여있는것은 그릇된법이라는 론의가 분명하
나…… 전국적으로 적지않은 수ㅅ자에 달하고있는 그들사생아, 그들은 언
제까지 사회의 냉혹한 처벌을 받어야할것인가.
　나는, 내잘못을 뉘우치는 한편 이러한 사회에대한 불평 불만이 목구영까
지 치밀어올났다. 나는 세상의온갓규율, 풍속 인습 도덕의에 반발이 생기
고 증오가 생겼다. 이것은…… 분별없이…… 분위기에 휩싸여서 기분적행
동을 하든—그런때에가졌던 반발이나 증오가아니였다. …… 그쓰라린체험
에서 단련된 내 의지의 눈으로 정확히 보아서 하는 반발이였고 증오였다.[42]

---

41) 1933년 2월호는 '제2부인 문제 특집」으로 전희복의 「제2부인 문제 검토」, 이인 「법률
　　상으로 본 제2부인의 사회적 지위」 등 총 12편의 글을 싣고 있다.
42) 「지맥」, 72-73쪽.

이처럼 제2부인 문제, 사생아 문제는 당대 조선 여성 일반의 구체적 현실이었으며 강한 반발과 증오를 야기하는 사회적 모순의 핵심이었다. 따라서 최정희의 소설이 개인화되고 개별화된 좁은 시야의 사소한 일상을 그린다는 비판은 오히려 여성 억압의 현실을 폄하하려는 남성 중심적 리얼리티 개념43)과 조우한다. '현실에 대한 차별화 된 감각과 생활세계로의 복귀'로 재단하며, '전도된 방식으로 추인하는 일제 협력의 중침축이 된다'고 비판하는 것은 여성문제를 현실모순관계에서 배제하는 시선이며, 식민지−조선−신여성−제2부인−사생아라는 '차이'들을 사상하거나 '여성의 일상'으로 환원하는 것이다. 최정희에게 강한 대타의식을 보이며 최정희를 비판해 마지않았던 임순득도 "여자 혼자 살아가는데 따르는 정신과 물질의 양면의 생활에서 생기는 마찰−불안, 동요, 오뇌를 추구하려는 성실이 보"44)인다고 적극적으로 평가한 바 있다. 이는 여성해방 없는 계급해방·민족해방은 사이비 것이 최정희의 젠더 범주 우선성이 가족 층위에서 도출한 답변이다.

이런 점에서 볼 때 최정희의 소설이 자매애를 제시하는 것은 따라서 필연적 귀결이다. 특히 맥시리즈에는 여성간의 자매애가 폭넓게 제시되어 있다. 「지맥」에서 은영과 기생 첩 연화, 부용, 학순은 모두 자매애를 폭넓게 나눈다. 「인맥」에서도 선영과 혜봉은 한 남자를 두고 사랑하는 관계가 되지만 고백을 들은 후에도 서로를 지키는 아름다운 버팀목이 되어 준다. 「천맥」에서는 집주인 아주머니가 연이를 돌봐주는 '돌봄'을 실천한다. 이렇듯 맥시리즈에 자매애가 폭넓게 제시되는 것은 최정희가 여성의 고통에 대해 누구보다 공감하였다는 증좌이며 동시에 여성젠더 시선을 잃지 않고 반영하였음을 반증한다.

---

43) 김복순, 「페미니즘 미학의 기본 개념과 방법」, 『여성문학연구』 15집, 한국여성문학회, 2006, 167-200쪽 참조.

44) 임순득, 앞의 글, 55쪽. 임순득은 그 앞의 논의에서는 최정희의 맥시리즈가 '애틋한 하소연에 시종하는' '퇴색한 감상'이라고 꼬집은 바 있는데, 바로 뒤에 이어지는 부분에서는 이와 같은 찬사를 보낸다.

이처럼 최정희의 젠더 범주 우선성이 '가족' 층위에서 생산한 '완전한 여성'은 여성성/모성의 대립관계를 해체하며 여성의 성적 욕망을 포기하지 않는다. 완전한 여성은 1920년대 이래의 여성성 규정에서 벗어나 새로운 여성성을 규정하는 방식이다. 사회담론에서 젠더 범주 우선성을 배제하지 않고 작동시키고, 그럼으로써 여성성을 거세시키지 않고 포섭하여 자매애로까지 확대하였으며, 모성이 신비화 되거나 이상화 되지 않았다. 제2부인으로 고통받는 신여성을 형상화함으로써 신여성도 이상화 하지도 않았다. 이것이 최정희 소설의 젠더 범주 우선성이 가족 층위에서 산출해낸 의미망이다.

3) 민족·국가 층위: 식민지 남성성의 비도덕성 비판과 계몽 주체의 남녀 역전

최정희의 친일소설은 일본의 국책을 선전하는 도구로 쓰여졌지만[45] 친일논리를 내면화 하는 자기화의 방식이 있었다. 일본어로 쓰여진 최정희의 식민지 말기 친일소설은 민족 범주로만 분석될 경우 반민족적이라는 비난을 면키 어렵다. 하지만 젠더 범주 우선성에 입각하여 분석하면 친일, 반민족성 외의 풍부한 의미망을 제공한다. 즉 친일과 젠더와의 연관성은 단순히 민족/반민족의 대립으로 설명되지 않는 잉여를 함유한다.

최정희의 친일소설은 「환의 병사」(『국민총력』, 1941. 2), 「2월 15일 밤」((『신세대』, 1942. 4), 「여명」(『야담』, 1942. 5), 「장미의 집」(『대동아』, 1942. 7), 「야국-초」(『국민문학』, 1942. 11), 「징용열차」(『半島の光』,

---

45) 같은 식민지였으나 상황이 조선과 많이 달랐던 타이완의 여성소설과 비교할 필요가 있다. 周金波를 비롯한 남성작가의 친일소설도 이광수 등 우리의 남성작가와 다른 양상을 지닌 것으로 분석되었다. 임위정, 「일제 말기 한국과 타이완 친일문학의 비교연구」, 경남대 대학원, 2008. 1, 86쪽 참조. 조선/대만에서의 식민지 정책의 차이에 대해서는 고마고메 다케시, 앞의 책, 참조.

1945. 2)의 6편이다. 이들 친일소설에서 민족, 국가, 일본 등은 남성성의 상징으로 재현되며, 식민지 또한 남성성으로 규정된다. '민족 범주 우선성'으로 분석하면 이들 소설은 반민족적 친일소설에 불과하지만, '젠더 범주 우선성'으로 분석하면 이들은 식민지 조선(남성)의 가부장성과 허약성, 위선을 지적하며 식민주의와 제국주의에 대한 저항을 역설적으로 드러낸다.

6편 중 앞의 5편의 주인공은 모두 여성이다. 「2월 15일 밤」의 선주, 「환의 병사」의 영순, 「야국-초」의 나, 「여명」의 은영·경주·혜봉, 「장미의 집」의 성례는 무엇보다도 가부장적 모순에 둘러싸여 있다. 「2월 15일의 밤」은 아내 선주가 애국반 반장을 맡은 것을 남편인 남준이 못마땅해 하여 갈등을 빚고 있다. 남준은 '떠들썩한 일을 하는 여자는 싫어' '여자는 가정이 직업이니 각자 자신의 영역을 충실히 지키는 것이 좋다', '여자의 아름다움은 활발하고 강건한 것이 아니라 그 반대'라고 말하는 전형적인 가부장적 조선 남성이다.

남편의 말에 선주는 수동적으로 '하늘만 바라보는 여자'가 아니라 능동적으로 '저 하늘을 어떻게 지킬까 하는 여자가 더 아름다워 보'인다고 말한다. 선주의 말대로 애국반 반장은 여자의 아름다움이 스스로 무엇인가를 주체적으로 결정하고 행동하는 과정이다. 애국반 활동은 총후부인의 역할 중 가장 중시된 전시의 여성 역할 중 하나였다. 총후부인이란 남자들이 전쟁에 나가 싸우는 대신 후방을 지키는 일을 맡은 부인들을 뜻한다.

남편을 설득하는데 성공한 선주는 애국반 활동을 계속하게 되는데, 이는 여태까지 가부장의 의견을 무조건적으로 따라야 했던 가정내 권력관계가 변화했다는 것을 의미한다. 따라서 이 소설의 제목 「2월 15일의 밤」은, 표면서사에서는 싱가포르가 일본에 의해 함락되던 밤이지만, 하위서사에서는 식민지 조선 남성의 '가부장성을 뒤집는' 밤이다. 비록 제국 일본에서의 총후부인 역할이지만 전근대적 아내상과 분명 달라진 점을 제시하고 있으며, 여성 주체성을 확장하고 있다.

'방송소설'이란 타이틀이 붙어 있는 「장미의 집」(『대동아』, 1942. 7)은 「2월 15일 밤」의 확장판으로서 「2월 15일 밤」의 서사를 기본으로 하고 앞 뒤에 새로운 이야기를 부가하였다. 아내 성례가 애국반 반장을 맡은 것을 '싫다'면서 극력 반대하기 이전의 이들 부부의 애틋한 사랑 이야기는 아내 성례가 얼마나 근검절약하는 여성인지, 전통적 여성 역할에 충실한 희생적인 여자인지, 그리하여 총력전 시대에 얼마나 부합하는 인물인지를 극대화 하여 보여 준다.

후반에 추가된 서사는 남편의 친구 남식이 자기 아내를 감화시켜 달라고, 소위 신여성에 대한 혐오의 감정을 쏟아내면서 성례에게 계몽의 역할을 부탁하는 부분이다. 남식에 의하면 신여성 부류들은 시대에 맞지 않는 사치와 방종, 퇴폐, 타락한 여성들로서 당대가 요구하는 여성상과는 거리가 멀다.

이 문화촌이란 이 동네가 이름이 문화촌이지, 속엔 똥이 들어찼네. 다그러탄건 아니지만, 태반은 회칠한 무덤이야. 마당에 화초를 심은 문화주택에서 하인을 부리며, 잘 먹구 잘쓰구 손에 물한방울 안무쳐가며, 백화점으루 미용원으로 영화관으루 싸다니기만 하면 문환가. 책한자 신문한줄 안보구두 문화주택에서 살면 문환가, 세상이 어떠케 돌아가니, 어떠케 살어가야 하겠다는 생각이 실오리만침 없어두 그게 문화란 말인가. 아즈머니, 제발, 이 동네의있는 철없는 여자들만이라도 구원해 주십시오.[46]

「2월 15일 밤」이 아내에 의한 남편의 설득 구조를 취하고 있다면, 「장미의 집」은 남식의 부탁을 받은 성례의 행동, 즉 '여성에 의한 신여성 기획'의 구조를 취하고 있다.[47] 이 기획은 신여성에 대한 전면 개조

---

46) 『대동아』, 1942. 7, 154쪽.
47) 신여성들의 문화적 관습과 취미, 행동유형에 관한 일종의 풍속통제를 가하는 장면이다. 일제는 엘리트층이나 비엘리트층을 막론하고 식민지 조선의 풍속을 통제하고 검열하였는데, 재래의 문화 풍속을 건전/불건전으로 이분법화 하여 풍속을 통제하고 관리하고자 한 일제의 풍속 통제 정책이 식민지 남성 또는 가부장제와 공모관계에 있다.

의 함의를 띠면서, 총력전 시대의 여성의 정체성을 문제 삼는다. 남식은 여자의 힘이란 위대하므로 이 철없는 여자들을 구원해 달라고 부탁하는데, 이는 남식 자신으로서는 여성 계몽이 어렵기 때문이다. 즉 이제 식민지 조선 남성은 여성을 계몽할 수 있는 주체 위치에서 벗어나 있음을 확인시킨다. 「2월 15일 밤」과 「장미의 집」은 여성이 계몽 주체로 부상함과 동시에 남성이 계몽 주체의 자리에서 탈락되는, 계몽 주체의 남녀 역전 상황을 제시하고 있다.

젠더 범주 우선성이 가장 뛰어나게 드러난 소설은 「야국-초」이다. 「야국-초」는 자신과 아이를 버린 식민지 조선 남성(유부남)에 대한 복수의 서사이다. 소설의 첫 부분은 어머니-화자인 내가 복수하고자 하는 남자를 수신자로 설정하여 건네는 이야기의 형태를 취하고 있다. 화자는 지금 아들을 데리고 지원병 훈련소로 견학을 가는 중이다. 「야국-초」의 ‘나’는 사랑하는 남자가 유부남인 것을 알고 망설이지만 끝내 사랑을 포기하지 못하고 임신하게 된다. 지우라고 간단하게 말하는 남자에게 강한 배신감을 느끼며 그를 떠나 혼자 아이를 낳아 키운다. 어머니가 된 ‘나’는 아들의 이름을 승일이로 짓고, 그 아들을 아름다운 꽃, 강인한 꽃으로 키워 남자에게 복수하기로 작정한다. 그 남자보다 더 우월한 일본 제국의 병사로 만들어 복수하겠다는 것이다.

젠더 범주 우선성으로 읽으면 이 소설은 국가-민족-남성이 하나의 코드로 연쇄되어 있으며, 여성은 이 연쇄 코드에서 주변부, 피해자, 버려진 자, 살해된 자라고 알려 준다. 「야국-초」의 ‘나’는 아이를 지우라는 남편의 말과 함께 이미 식민지 현실에서 버려지고 살해되었다. 자기 땅에서 버려지고 살해된 자가 바로 여성들이었음을 「야국-초」는 생생하게 증언한다. 이런 점에서 볼 때 「야국-초」는 원초적 페미니스트 충동이 서린 일종의 원한 담론48)이며, ‘새로운 형태’의 ‘남편에 대한

---

48) 최경희, 「친일문학의 또 다른 층위-젠더와 「야국초」」, 『해방 전후사의 재인식』 1, 박지향 외 편, 책세상, 2006, 394쪽.

282

복수' '민족에 대한 복수' 담론이다.

배신감과 복수심은 모든 것을 이기는 '승일'로 상징되지만, 그렇다고 '나'의 그 후의 정체성이 아들과 더불어서야 존재가 확인되는 '어머니'인 것만은 아니다. 「지맥」 「인맥」 「천맥」에서도 드러났듯이 '나'는 어머니의 정체성과 함께 여성성을 배제하지 않는다. '인생의 실패를 반성하고 여자로서, 어머니로서 강하게 살 것을 결심'(176쪽)하는 장면에서 확인되듯 여기서도 모성보다 여성성이 우선성으로 제시된다. '인생의 실패를 반성하는' '여자'로서 승일의 아비와 같은 무책임한 남성을 거부하는 것이다. 바로 이 조선 남성에 대한 복수, 그런 남성을 만들어낸 사회를 향한 복수는 「야국-초」를 단순히 군국주의 모성으로 환원되지 못하게 한다.49)

친일로 환원되지 않는 균열지점은 이외에도 몇 군데 더 있다. 하라다 교관의 교시내용이나 '나'가 아들에게 계몽 당하는 장면이 바로 그 예이다. 훈련소에서 만난 하라다 교관은 '군국의 어머니상'을 내게 일방적으로 교시하듯이 전달한다. 하라다의 교시 내용은 조선의 어머니들이 황민정책에 철저하게 내면화되어 있지 못하다는 사실을 반증해준다. '나'는 잠자코 듣고 있을 뿐 그에 대해 맞장구를 치지 않음으로써 하라다의 교시가 완벽하게 내면화되어 있지 않은 균열을 드러낸다.

균열지점은 또 '어머니에 의한 아들의 교화 방식'을 취하지 않고 '아들에 의한 어머니의 교화방식'을 취하는 데서도 드러난다. 즉 '나'는 '친일'에 우선성이 있는 것이 아니라 '복수'에 우선성이 있음을 확인시키면서, 총동원 체제의 계몽의 우선순위는 청년(소년)이 우선이고, 어머니는 차선의 대상임도 지시한다.

「야국-초」는 식민지 조선 및 식민지 조선 남성의 가부장성, 이기주의, 모순성, 허약성을 고발하고 항의한다. 이는 '식민지 조선' 즉 '민

---

49) 따라서 이를 '순응적 여성성'이라 보기 어렵다. 서영인, 「순응적 여성성과 국가주의」, 『현대소설연구』 25집, 한국현대소설학회, 2006, 213-233쪽.

족'·'국가'의 환상을 해체하는데 기여한다. 제국의 군인 만들기는 제2 이등국민인 '식민지' '조선' '여성'이 주변부성을 탈출하고 극복하기 위한 일종의 수단으로, 「야국―초」가 민족·국가주의에 일방적으로 환원되지 않는 지점이다.

이처럼 「야국―초」는 식민지 조선 여성이 자기 정체성을 부정하고 일본 국민 또는 황민으로 자리바꿈 하는 단선적 과정만을 보여주지 않는다. 즉 민족/반민족이라는 정체성의 대립양상만 있는 것이 아니고, 조선/일본, 비도덕적/도덕적, 미개/문명, 타락/황민화, 여성/남성, 하위계층/지식인 등의 범주가 중층적으로 자리매김 되어 있으며, 민족 범주에서는 주변부 마이너리티에 불과했던 여성 정체성이 국가 범주의 국민으로 호명되고, 사회의 주체로 부상하는 계기를 보여준다. 즉 여성의 '제국 군인 만들기'는 남성의 '제국 군인 되기'와 근본적으로 다른 것이다. 즉 황민화라는 동일화 방식이 '젠더 분리'를 전제로 이루어지고 있다. 남성과 여성은 황민화 방식, 식민주의적 주체구성 방식이 달랐음을 최정희는 보여 준다. 이러한 읽기는 민족 범주 중심성이 아닌, 젠더 범주 우선성을 인정할 때 가능해진다.

따라서 「야국―초」의 기본 서사는 제국의 군인 만들기를 시도하는 '어머니의 서사'가 아니라 남성에게 복수하는 '아내의 서사'이다. 즉 이 서사의 기본 추동력은 '아내'이며, 어머니는 부차적이다. 그러므로 이 소설은 단순히 '군국의 어머니'를 형상화한 소설이 아니다. 「2월 15일 밤」이나 「장미의 집」 역시 어머니의 서사가 아니라 아내의 서사라는 점에서 최정희의 친일소설을 군국주의 모성, 군국의 어머니 서사로 보는 것은 문제가 있다. 박태원의 『군국의 어머니』 등 남성작가의 군국의 어머니 서사와 결정적으로 갈라지는 부분이 있기 때문이다. 즉 민족주의 국가주의에 포섭·전유된 남성 작가 친일소설의 '어머니의 서사'와 다르다.

「여명」은 총력전 시대의 여성계몽과 관련하여, 엘리트 여성에 의한 엘리트 여성의 계몽을 다룬다. 애국반이 하위여성에 대한 계몽이라면,

284

이 소설은 엘리트 여성에 대한 계몽을 문제 삼는다. 여학교 동창인 은영과 경자가 동창인 혜봉을 계몽하여 대동아공영권에 동참케 한다는 내용으로, 아세아 십억 종족이 다 일어나 황군전쟁에 동참해야 한다고 강조한다. 이 소설에서 특징적인 것은 서양에 대한 비판과 일본(동양)의 우월성이 강조되는 부분이다. 서양의 근대화는 요술 또는 마술로 언명되면서 유린·약탈로 규정되고, 서양인의 키 크고 코 큰 신체적 특징은 신체적 열등성으로 조소된다.

> 그게 그들의 마술이라는거다. 왼손엔 십자가, 바른손엔 칼을 잡았구, 성서와 아편을 한품에 품구서 우리들이 사는 동양인이 사는 언덕 구석 구석을 찾아 다니며, 속히구, 유린을 하구 강탈을 했는데, 우리는 그들이 부리는 요술, 마술에 걸려서 그것을 몰랐단 말이야. …… 이러나야해. 아세아 십억 종족이 다 이러나는데……
> 뭐가 쥔이야. 양코백이지…… 양코백이가 지니까 분해서 우는거야 히고 모노…… 히고 모노, 그러니까 홍콩 마테 다 뺏겼지. 우리 닛뽕은 당하지 못해 양코백이 키나 크구 코나 컷지 별수 있나.50)

서양의 근대화를 약탈과 유린으로 규정하는 이러한 관점은 그동안 지배적인 담론으로 군림해온 담론의 억압성 및 서양의 우월성을 해체한다는 점에서 긍정적 기능을 담당한다. 식민지 조선에 팽배해 있던 서구담론의 해체 및 '오리엔탈리즘에 대한 조소'로 작동한다. 젠더 범주 우선성은 지배담론에 대한 혁명적 수정가능성을 우리에게 시사해 준다. 식민주의에 대항할 수 있는 인식적 토대를 제공하며, 담론적 주체구성의 가능성을 열어주는 것이다.

이 소설도 남성은 계몽 주체의 지위를 완전히 박탈당한다. 주체의 지위만 박탈당하는 것이 아니라 계몽의 동반자로서의 지위까지 박탈당한다. 초기의 프로소설에서 여성이 남성의 계몽 대상이었다면 친일소

---

50) 『야담』, 1942. 5, 80쪽, 85쪽.

설에서는 오히려 이 관계가 역전되는 것이다. 「장미의 집」에서는 남성이 아직 계몽의 동반자 역할이라는 정체성을 지니고 있다. 하지만 「여명」에서는 그 지위마저 완전히 박탈당한다. 이제 남성은 여성을 지도할 위치에 있지도, 계몽의 동반자의 위치에 있지도 않다는 것을 최정희의 친일소설은 강변한다. 식민지 남성성의 무력증과 왜소성이 확인되는 지점이다. 여성들이 완결무결한 투지의 아이들에게 감화를 입고 계몽의 전선에 동참하면서 '총후부인과 소국민의 연합'은 이루어지는 반면, 남성은 계몽 주체의 지위에서 완전히 물러난다.

여성의 계몽 주체로의 부상은 최정희의 소설이 가부장제에 대한 종속을 강화하는 것이 아니라는 것을 보여 준다. 계몽 주체의 남녀 역전은 가부장적 권력관계를 뒤집는 최정희의 문학적 장치이다. 이 소설은 이전의 아내상과 다른 아내의 서사를 통해 기존의 가부장제 논리로 결코 환원되지 않는 가족관계(가정)를 제시한다. 가부장제 논리의 거부는 여성해방과 직접적으로 연결된다는 점에서, 이는 최정희의 친일소설이 오히려 식민주의에 저항하고 있다는 역설적 결론에 이르게 한다. 따라서 친일 여성 지식인의 논리를 '평등에 대한 유혹'이라 야유하는 것은 지나친 단순화이다.

이 세 소설은 계층별, 대상별 계몽방식의 차이를 다양하게 제시한다는 측면에서도 의미가 있다. 총력전 체제에서도 계급적·지역적·젠더적 차이가 존재하였는데,51) 최정희 소설은 이러한 다양한 차이와 신민 창출과정에서의 젠더와의 연관성을 드러낸다. 즉 지식인 여성/비지식인(대중) 여성이라는 여성 간의 위계화를 드러내면서, 국민을 위계화 하여 카테고리화 하고 있다. 근대 국가는 여성을 기본적으로 비국민으로 카테고리화 하였는데, 이때의 신민화, 황민화는 여성이 국민으로 카테고리화 될 수 있는 최대의 방법이었다.

그런데 위 세 소설에서 여성의 황민되기 방식은 단순히 조선인으로

---

51) 권명아, 「제국의 판타지와 젠더정치」, 『역사적 파시즘』, 책세상, 2005, 157-204쪽.

서의 정체성을 부정하는 방식이 아니었다.[52] 식민지 여성인 제2 이등 국민 또는 비국민의 황민되기 방식은 조선인으로서의 정체성을 부정함으로써가 아니라, 식민지 조선 남성의 정체성을 부정하는 방식을 통해서였다. 즉 최정희 소설은 남성 작가의 친일소설의 황민되기 방식이 조선인으로서의 정체성을 배제하는 방식과 달랐다.

최정희의 친일소설에서 오히려 문제되는 것은 '친일'이라는 포괄적 잣대가 아니라 총후부인으로서의 여성 정체성이 일부 엘리트 여성 또는 지식인 여성의 자질로 전유된다는 점이다. 앞서 살펴본 바, 위 소설들은 여성의 정체성 자질을 '부인'과 '아내'로 고정시키면서 '아내의 서사'를 수립하는데, 이때 계몽적 주체로 부상한 여성의 자질은 지식인 여성의 자질, 엘리트 여성의 자질로 전유되었다. '친일-지식인-엘리트'의 연합이 이루어진 것이다. 이러한 연합은 해방후·전후에도 지속된다는 점에서 깊이 있게 천착될 필요가 있다.

또 일제 말기 지배담론에서 문제가 되는 것은 신여성을 사치·퇴폐 논리로 몰아가면서 신여성을 적극적으로 배제한다. 최정희의 소설은 엘리트 여성에 의한 여성 대중 계몽을 형상화하면서, 신여성에 대한 전면 배제의 논리를 취하지 않고 오히려 포섭하고 있다는 점에서 문제적이다. 「장미의 집」은 신여성에 대한 배제의 논리를 현저하게 작동시키지만 좀더 후기에 쓰여진 「여명」은 그렇지 않다.

신여성을 퇴폐 또는 사치의 상징으로 배제할 때 집단적으로 폐기되는 것은 신여성의 정체성이라 할 수 있는 성적 해방, 지적 개인 등의 진보성 자질들이다. 사치·퇴폐는 단순히 물자 절약 차원을 넘어 사회의 각종 부정적 양상을 '신여성문제' '유한부인 문제'로 환원하는 남성 담론과 연결된다. 최정희의 소설은 여성 집단 사이(차이)의 헤게모니의 급속한 재배치를 통해 '계급' 범주에 부정적으로 고정되었던 맑스걸 또

---

52) 권명아, 앞의 책. 따라서 최정희의 친일소설이 '가정의 영역 내에 머문'다고 할 수 없다. 김재용, 「최정희—모성과 국가주의의 결합」, 『협력과 저항』, 소명출판, 2004, 147쪽.

는 콜론타이스트에 대한 담론적 삭제를 가하면서, 지배담론 내의 주체 위치에서 신여성을 배제한 남성 담론과 달리 신여성을 배제하지 않았다. 이는 최정희의 소설이 남성작가의 친일소설과 차이나는 지점이며, 논쟁을 벌였던 송계월 뿐 아니라 박화성, 강경애, 임순득 등과도 다른 지점이다. 남성 중심적 담론에서 삭제되는 신여성의 진보성 자질들은 전후의 자유주의적 보수주의 또는 반공주의와 결합할 수 있는 지점을 제공한다는 측면에서 좀더 섬세하게 검토될 필요가 있다.

젠더 범주 우선성과 관련하여 검토할 때, 「여명」「장미의 집」「2월 15일 밤」은 여성의 계몽 주체로의 확고한 수립, 남성의 계몽 주체 박탈, 여성의 황민되기 방식, 서구적 근대화에 대한 새로운 인식 가능성을 제공한다는 측면에서 여성해방에의 긍정성을 확보한다. 이처럼 젠더 범주 우선성은 비록 친일적 색체를 노골적으로 드러낸 경우라도 여성젠더의 근대성 또는 여성해방에 기여하는 잉여를 산출한다. 민족·국가 층위에서의 젠더 범주 우선성은 여성성의 재규정을 통하여 공적 영역과 사적 영역의 경계를 해체하고 여성의 공적 영역으로의 진출 및 사회적 주체로의 부각을 일구어냈다.

3. 맺는말

‘범주 중심성’은 명쾌한 해석을 제공한다는 점에서 매력적인 ‘방법’이다. 하지만 모든 중심적 사고가 그러하듯이 범주 중심성 역시 온당한 설명방법이 되기 어려운 여러 가지 의도적 배제를 전제로 한다.

최정희는 이러한 범주 중심적 분석의 피해자 중 하나였다. 최정희에 대한 오해 중 최대는 기존의 권위 있는 담론에 기대어 안이하게 그것을 추종한 소설가라는 낙인이기 때문이다. 이러한 오해는 특정 범주 중심성에 입각할 때 야기되는 필연적 결과이다. ‘범주 우선성’의 관점에서 최정희의 소설에 접근하면 기존의 논의에서 검토하지 못한 중층적 함의를 도출해 낼 수 있다.

본고에서는 범주 우선성이라는 개념을 동원하여 최정희 소설의 '젠더 범주 우선성'이 계급, 가족, 민족·국가 층위와 연관되는 방식을 천착하면서, 범주 우선성의 연관이 최정희 소설에서 어떻게 내적 연속성을 형성하고 전개되는지 검토해 보았다.

최정희는 특정 범주 중심성을 부정하고 젠더 범주의 우선성에 입각한 소설쓰기를 보여 주었다. 계급 층위에서는 여성의 성적 욕망을 배제하지 않았으며, 계급투쟁이라는 대의에 개인의 연애를 종속시키거나 말살시키는 관점에서 벗어나 계급운동과 남녀의 애정 문제, 특히 여성의 욕망을 연결시켜 '해방'의 문제를 천착하려 하였다. 즉 계급해방과 여성해방을 분리시키지 않고 동시적으로 모색하고자 하였으며, 여성성이 계급성에 전유되지 않는 방식을 보여 주었다. 이로써 애정에 있어서의 계급성 및 프로소설의 이분법적 도식성이 극복되었다. 이것이 최정희의 계급성과 여성성의 결합방식이다.

여성의 연애 욕망은 계급운동 및 조직운동의 중요한 매개가 되며, 구체성 및 현실성을 확보하는 수단이었다. '즐거운 당위' 개념은 최정희 소설의 최대의 인식적 발견이자, 최대의 강점이다. 이 개념 속에는 자발성과 주체성이 역사적 필연성과 함께 녹아 있기 때문이다. 이성적으로 이념성에 제약되지 않고 감성까지 포섭하여 '운동'에 대한 인식적 질곡을 해체한다는 점에서도 새롭게 평가해야 한다.

가족 층위에서는 모성과 여성성의 대립이 극복되면서 애욕의 긍정적 발현으로서의 '완전한 여성'이 창출되었다. 완전한 여성에서는 모성도 여성성도 포기되지 않았으며, 여성성이 더 우선적인 가치로 강조되었다. 이는 기존의 어느 소설에서도 볼 수 없었던 여성 정체성의 새로운 규정이다. 특히 이 층위에서는 여성들이 식민지 조선 사회에서 겪는 제2부인, 사생아, 기생 및 첩의 문제 등 여성 억압적 모순 관계의 다양한 고통이 섬세한 심리묘사와 더불어 구체성을 확보하였다. 새로운 여성성 규정이 가능했던 것은 최정희의 소설이 젠더 범주 우선성을 작동시킨 결과이다.

민족·국가 층위에서는 식민지(남성)성의 비도덕성에 대한 비판과 계몽 주체로 부상하는 여성 정체성을 제시하였다. 젠더 범주 우선성에 입각하여 단순히 민족/반민족 범주로 환원되지 않는 풍부한 잉여를 갖고 있음을 확인시켜 주었다. 가부장적 현실, 남성중심적 현실에 대한 거부, 비판, 복수의 의미를 강하게 노출하여 오히려 식민주의 또는 가부장제에 대한 저항적 의미까지 산출하였다. 여성이 계몽 주체로 부상하면서 식민지 조선 남성의 가부장성은 뒤집혀졌으며, 식민지 남성의 비도덕성과 무책임성을 거부하고 그에 복수함으로써 식민지 조선(민족·국가)의 정당성 및 민족에 대한 환상을 해체하는데 기여하였다.

젠더 범주 우선성에 입각하면 친일소설 역시 제2 이등국민인 '식민지' '조선' '여성'이 주변부성을 탈출하고 극복하기 위한 하나의 방법이었다. 이러한 해석 역시 민족·국가주의에 일방적으로 환원되지 않는 지점을 확인시킨다. 친일소설은 제2 이등국민인 여성이 국민으로 호명되고 사회의 주체로 부상하는, 정체성 획득 과정이라는 여성의 황민되기 방식(차이)을 웅변적으로 보여 준다. 최정희의 소설은 기존의 논자들이 지적한바 '어머니의 서사'가 아니라 '아내의 서사'였으며, 이전의 아내상과 다른 정체성의 여성을 통해 기존의 가부장제 논리로 전부 환원되지 않는 가족관계(가정)를 제시하였다. 따라서 가부장제에 대한 종속을 강화하지 않았다.

이상에서 살펴본 바, 최정희는 여성의 성적 욕망의 긍정, 완전한 여성의 창출, 여성의 계몽 주체의 수립, 여성의 황민되기 방식, 서구적 근대화에 대한 새로운 인식 가능성을 제공하는 등 여성해방에의 긍정성을 확보해 주었다. 이처럼 젠더 범주 우선성은 비록 친일적 색체를 드러낸 경우라도 여성젠더의 근대성 또는 여성해방에 기여하는 잉여를 도출하는 방법적 틀로서 그 유효성이 입증된다.

범주 우선성은 범주들의 연관을 중층적으로 분석함으로써 현실의 구체적 연관을 포괄적으로 제시하는 '방법'이며, 젠더 범주 우선성은 '여성'이라는 차이의 작동 범주 및 대응양상을 우선적으로 검토함으로써 여성성을 재규정하고 여성해방을 기획하는 '방법'이다.

주제어 : 범주 우선성, 범주 중심성, 여인문예가 크럽 논쟁, 즐거운 당위, 완전한 여성, 아내의 서사, 여성 계몽 주체, 총후부인, 황민화 방식, 젠더 정치

◆ 참고문헌

1. 기본자료

「정당한 스파이」(『삼천리』, 1931. 10); 「니나의 세 토막 이야기」(『신여성』, 1931.
12); 「룸펜의 신경선」(『영화시대』, 1932. 3); 「푸른 지평의 쌍곡」(『삼천리』, 1932. 5);
「비정도시」(『만국부인』, 1932. 10); 「젊은 어머니」(『신가정』, 1933. 3); 「토마토철학」
(『동아일보』, 1933. 7. 23); 「다난보」(『매일신보』, 1933. 10. 10~11. 23); 「가버린 미
례」(『중앙』, 1934. 2); 「성좌」(『형상』, 1934. 2); 「지맥」(『문장』, 1939. 9); 「인맥」(『문
장』, 1940. 4); 「천맥」(『삼천리』, 1941. 1~4); 「여명」(『야담』, 1942. 5); 「군국의 어
머니」(산문)(『대동아』, 1942. 5); 「장미의 집」(『대동아』, 1942. 7); 『최정희선집』(어
문각, 1977); 「환영 속의 병사」(「幻の兵士」, 『국민총력』, 1941. 2(일문)-김재용 외
편역, 『식민주의와 협력』, 역락, 2003, 41-48쪽); 「2월 15일의 밤」(「2月15日の夜」,
『녹기』, 1942. 4(일문)-김재용 외 편역, 『식민주의와 협력』, 역락, 2003, 49-54쪽);
「야국-초」(「野菊抄」, 『국민문학』, 1941. 11(일문)-김병걸 외, 『친일문학작품선집
2』, 실천문학사, 1986, 172-187쪽); 「징용열차」(『半島の光』, 1945. 2-김재용 발굴,
『실천문학』, 2004. 봄; 『젊은 날의 증언』(육민사, 1963); 『강물은 또 몇 천리』(『현대
문학』, 1964. 5~1966. 8).

2. 연구논문

권명아, 「제국의 판타지와 젠더정치」, 『역사적 파시즘』, 책세상, 2005.
김복순, 「만들어진 보편과 젠더화된 근대미학」, 『페미니즘 미학과 보편성의 문제』,
    소명출판, 2005.
──── , 「페미니즘 미학의 기본 개념과 방법」, 『여성문학연구』 15집, 한국여성문학
    회, 2006.
──── , 「근대초기 모성담론의 형성과 젠더화 전략」, 『한국고전여성문학연구』 14
    집, 한국고전여성문학회, 2007.
김연숙, 「사회주의 사상의 수용과 여성작가의 정체성」, 『어문연구』 128집, 한국어
    문교육연구회, 2005. 가을.
김재용, 「최정희—모성과 국가주의의 결합」, 『협력과 저항』, 소명출판, 2004.
박정애, 「최정희 소설에 나타난 '여성적 글쓰기'의 특성 연구」, 서울대 석사논문,
    2003.
서정자, 「최정희 소설 연구」 1, 『한국 여성소설과 비평』, 푸른사상, 2001.

심진경, 「여성작가 친일소설 연구」, 『배달말』 32집, 배달말학회, 2003.
―――, 「최정희 문학의 여성성―여성작가로 산다는 것」, 『한국근대문학연구』 제7권 1호, 한국근대문학회, 2006.
이상경, 「일제 말기의 여성 동원과 '군국의 어머니'」, 『페미니즘연구』 2호, 2002.
―――, 「식민지에서의 여성과 민족의 문제」, 『실천문학』, 2003. 봄.
이선옥, 「평등에 대한 유혹과 민족의 부재」, 『한국소설과 페미니즘』, 예림기획, 2002.
이호숙, 「결백한 도전과 수용」, 『페미니즘과 소설비평』(근대편), 한길사, 1995.
임순득, 「불효기에 처한 조선여류작가론」, 『여성』, 1940. 9.
임위정, 「일제 말기 한국과 타이완 친일문학의 비교연구」, 경남대 대학원, 2008. 1.
최경희, 「친일문학의 또 다른 층위―젠더와 「야국초」」, 『해방 전후사의 재인식』 1, 박지향 외 편, 책세상, 2006.
가와 가오루, 김미란 역, 「총력전 아래의 여성」, 『실천문학』 67호, 2002. 가을.
가와모토 아야, 「일본 현모양처 사상과 '부인개방론'」, 『역사비평』, 2000. 가을.

3. 단행본

서영은, 『최정희 자전소설 강물의 끝』, 문학사상사, 1984.
서정자, 『한국근대여성소설연구』, 국학자료원, 1999.
안태윤, 『식민정치와 모성』, 한국학술정보, 2006.
고마고메 다케시, 오성철 외 역, 『식민지제국 일본의 문화통합』, 역사비평사, 2008.
우에노 치즈코, 이선이 역, 『내셔널리즘과 젠더』, 박종철출판사, 1999.
挂秀實, 『帝國」の文學』, 以文社, 2001.
荻野美穗, 「ジェンダー論, その軌跡と射程」, 『歴史を問う』, 岩波書店, 2004.
石井洋二郎, 『差異と慾望』, 藤原書店, 1993, 2005.
J. W. Scott, "Gender: A Useful Category of Historical Analysis", Feminism & History, Oxford, 1996(2003).

◆ 국문초록

최정희의 소설은 범주 중심적 분석의 피해자 중 하나이다. 최정희에 대한 오해 중 최대는 기존의 권위 있는 담론에 기대어 안이하게 그것을 추종한 소설가라는 낙인이다. 이는 특정 '범주 중심성'에 입각할 때 야기되는 필연적 결과이다. 본고에서는 '범주 우선성'이라는 개념을 동원하여 최정희 소설의 '젠더 범주 우선성'이 계급, 가족, 민족·국가 층위와 연관되는 방식을 천착하였다.

계급 층위에서는 여성의 성적 욕망을 배제하지 않았으며, 계급투쟁이라는 대의에 개인의 연애를 종속시키거나 말살시키는 관점에서 벗어나 계급운동과 여성의 욕망을 연결시켜 '해방'의 문제를 천착하려 하였다. 즉 계급해방과 여성해방을 분리시키지 않고 동시적으로 모색하려 하였고, 여성성을 계급성에 일방적으로 종속시키거나 전유하지 않았다.

가족 층위에서는 모성과 여성성의 대립이 극복되면서 애욕의 긍정적 발현으로서의 '완전한 여성'이 창출되었다. 완전한 여성에서는 모성도 여성성도 포기되지 않으며, 여성성이 더 우선적인 가치로 강조되었다. 이 층위에서는 여성들이 식민지 조선 사회에서 겪는 제2부인 문제, 사생아 문제, 기생 및 첩의 문제 등 여성 억압적 모순 관계의 다양한 고통이 섬세한 심리묘사와 더불어 구체성을 확보하였다.

민족·국가 층위에서는 식민지(남성)성의 비도덕성에 대한 비판과 계몽 주체로 부상하는 여성 정체성을 제시하였다. 가부장적 현실, 남성중심적 현실에 대한 거부, 비판, 복수의 의미를 강하게 노출하여 오히려 식민주의 또는 가부장성에 대한 저항적 의미까지 산출하였다. 또한 식민지 남성의 비도덕성과 무책임성을 거부함으로써 식민지 조선(민족·국가)의 정당성 및 민족에 대한 환상을 해체하는 데 기여하였다.

젠더 범주 우선성에 입각하면 친일소설 역시 제2 이등국민인 '식민지' '조선' '여성'이 주변부성을 탈출하고 극복하기 위한 하나의 방법이었음을 확인시킨다. 이는 민족·국가주의에 일방적으로 환원되지 않는 지점이다. '어머니의 서사'가 아닌 '아내의 서사'를 통해 기존의 가부장제 논리로 전부 환원되지 않는 가족관계(가정)를 제시하였으며, 따라서 가부장제에 대한 종속을 강화하지 않았다.

이처럼 범주 우선성은 범주들의 연관을 중층적으로 분석함으로써 현실의 구체적 연관을 포괄적으로 제시하는 '방법'이며, 젠더 범주 우선성은 '여성'이라는 차이의 작동 범주 및 대응양상을 우선적으로 검토함으로써 여성성을 재규정하고 여성해방을 기획하는 '방법'이다.

294

◆ SUMMARY

Problems on 'Category Priority' and
Choi Joeng Hee's Novels Written in the Colonial Period

Kim, Bok-Soon

In this essay, I used 'category priority' to find out how 'Gender Category Priority' is related to class, family, peoples and nation in Choi Joeng Hee's novels. In case of class level, she do not exclude womens' sexual desire and tried to emancipate class liberation and women liberation at the same time. This is Choi Joeng Hee's way of getting tendency of proletariate literature and feminity together.

In family level, motherhood and women's conflict was overcome and 'Perfect Woman' was created. Both motherhood and feminity remained, and feminity was the priority than motherhood.

In peoples and nation level, criticism on immorality of masculine colonialism and feminine identity, a new enlightening subject, was suggested. Denying, criticising, revenging on patriarchy set defiance at colonialism. By using 'narrative of Wives' not 'narrative of motherhood', she suggested feminity which does nothing with patriarchy.

Summarizing, gender category priority contributed to women's liberation through reconstruction on feminity.

Keyword : category priority, category centricity, argument on women writers club, jouissant Sollen, perfect woman, narrative of wives, woman's subject of enlightenment, women-out-War, way of japanesation, gender politics.

─이 논문은 2008년 3월 31일에 접수되어, 소정의 심사를 거쳐 2008년 5월 31일에 최종적으로 게재가 확정되었음.

유항림과 절망의 존재론

신 형 기*

목 차

1. 절망의 존재론
2. 타자화의 시선과 절망의 의지
3. '열쇠'는 없다
4. '현대의 비극', 혹은 속물의 나르시즘
5. 개변(改變)의 이야기, 양심 그리고 절망
6. 분열의 의미

1. 절망의 존재론

1937년에 발표된 단편소설 「마권(馬券)」을 비롯하여 그 이후 몇 년 래 쓴 단편들에서 유항림(兪恒林)[1]은 이상과 열정을 잃은 젊은이의 모 습을 그렸다. 바쁜 일이 있는 척 하지만 실제로는 '어디로 갈까' 망설이

---

* 연세대 국어국문학과 교수.

1) 1914. 1. 19~1980. 11. 15. 평양 출신. 광성중학 졸업. 고서점에서 일하며 사회주의 사 상을 접하였다고 함. 『단층(斷層)』 동인으로 「마권(馬券)」(1937), 「구구(區區)」(1937), 「부 호(符號)」(1940), 「농담」(1941) 등을 발표하였다. 1945년 해방직후 최명익 등과 평양문 화예술협회 결성. 이후 북조선교육국 국어편찬위원회와 북조선문학예술총동맹 출판국 에서 일했다고 함. 해방 후에는 단편소설 「개」(1946), 「직맹반장」(1954), 중편소설 「성 실성에 관한 이야기」(1958), 중편소설 「대오에 서서」(1961) 등을 발표했다.

296

는 유한청년 '만성'(「마권」)의 모습이라든가 그의 이런저런 친구들을 비추는 에피소드들은 그들이 무력하고 그런 만큼 절망에 빠져 있음을 말하고 있다.

그들의 절망은 전향(轉向)과 관련된 것으로 제시되었다. 예컨대 「마권」은 '중학교 4학년 때 독서회 사건으로 검사국으로 넘어갔다가 요행히 기소유예로 석방된'(85쪽)[2] 만성의 전력을 언급함으로써, 그가 나태한 잉여인간의 생활을 하는 원인이 거기에 있음을 암시했다. 정치적 사건에서 기소유예나 보석, 집행유예 등은 해당자가 전향을 표명한 이후에 결정되는 경우가 많았다[3]고 하거니와, 만성은 그러한 전력을 이미 끝난 과거의 일로 여김으로써 자신이 전향자임을 드러낸다. 그가 '독서회'에 참여함으로써 무엇인가를 해 보려 했다면 그의 기도는 좌절된 것이다. 「마권」에 이어 발표된 「구구」(1937)에서도 '면우'는 몇몇 친구들과 함께 '학생운동이라는 선을 뛰어넘어 지하(地下; 지하운동 세력—인용자)의 손을 잡았'고 그 일로 피체되어 '이년 역(징역—인용자)에 사년 집행유예'를 언도 받고 풀려났다는 것인데, 소설은 그들이 당국에 의해 유린되었고 또 지하에 의해서는 이용당하고 버림받았음을 알린다.[4]

---

2) 식민지 시대 유항림이 발표한 소설의 출전은 다음과 같다. 「마권」(『단층』, 1937. 4); 「구구」(『단층』, 1937. 10); 「부호」(『인문평론』, 1940. 10); 「농담」(『문장』, 1941. 2). 각 소설의 인용은 출전의 쪽수로 표시한다.

3) 伊藤 晃, 『轉向と天皇制—日本共産主義運動の1930年代』, 勁草書房, 2003, p. 169.

4) "사바 [娑婆]에 돌아오는 그들을, 그 셋 가운데 그 사건을 판 놈이 있다는 풍문이 마지했든 것이다. 그리고 그 풍문 뒤에는 한 개의 손이 언제나 움즉이고 있어 때로는 근조나 P를, 때로는 자기를 의심케 만들고 있는 것이었다. 장래를 보장할 수 없는 이 년 동안 세상과 격리식이는이보다 그런 혐의를 씨움으로 자연 세상과 절연되도록 그들의 행동을 영영 봉쇄할려는 전략임은 면우 자신만은 어렵지 않게 알엇지만 보이지 않는 지하를 향하여 성명하는 수도 없었다. 혹은 P나 근조가 사실 그 즛을 햇는지도 몰으고 그렇기 때문에 의혹의 범위를 넓혓다고도 할 수 있으나, 그들이 리용한 후에 그런 아량을 보일 것 갖지 않았다. 그러나 그들 셋이 모두 학생이란 점을 보아 학생 인텔리 일반에 대한 불신임을 암시함으로 학생일반의 운동을 고립화식일려는 리간책으로는 볼 수 있었다. 사실 그들은 학생으로서는 과감하게 학생운동이란 선을 뛰어 넘어 지하의 손을 잡엇든 것이나, 그 일이 있은 뒤에는 정치론문, 사회평론, 심지어 소설에까지

전향은 그들이 당국의 압박을 포함한 제반 상황의 결정성에 굴복했음을 뜻한다. 그들은 무엇인가 해 보려 했고 그것이 진정한 자신이려 하는 '정신'의 요구였다면 전향은 정신의 죽음을 의미했다. 정신을 잃은 그들은 아무 것도 아닌 존재로 전락하고 말았다.[5] 「마권」은 낮잠으로 세월을 보내거나 밥벌이에 매달려야 하는 그들의 현실을 그려 보인다. 그들의 절망은 현재의 처지를 의식하는 한 불가피한 것이었다. 일상에 무력하게 던져져 숨 막혀 하는 자신이 진정한 자신은 아니라고 생각한다면 그들의 절망은 (정신의 요구를 실천하는) 진정한 자신이 되지 못한 절망이다. 다른 선택을 찾지 못하는 한 그들은 자신이 아닌 자신으로 살아야 한다. 거꾸로 일상 속의 자신이 실제 자신이고 그들이 상상적인 자신으로 실제의 자신을 대체하려 했다고 보면 그들의 절망은 내가 아닌 내가 되려는 데 기인하는 것이다. 따라서 절망이란 내가 아닌 내가 될 수 없는 데 대한 절망이다. 두 경우에서 절망은 진정한 자신이든 상상된 자신이든 자신이 되지 못한 절망이다. 그렇다면 절망 안에는 자신이 되려는 의지가 있다는 역설도 가능하다. 이 절망의 의지에 의해 자신이라는 것은 공급된다.[6] 유항림의 소설에서 절망의 의미와 역할을 읽으려는 것이 이 글의 목적이다.

소시민에 대한 경멸이(그의 선입감인지는 몰라도) 전보다 심해진 것 같았다."(85-86쪽) 이 진술에 의하면 당국은 집행유예를 선고해 그들에게 변절자의 낙인을 찍은 뒤 또 그들을 서로 의심케 만들어 더 이상 활동을 하지 못하게 했다는 것이다. 게다가 지하와의 연락은 끊어졌고 학생운동을 고립시키려는 당국의 이간책대로 오히려 인텔리와 소시민을 경멸하는 분위기가 더 심해졌다는 이야기이다. 그들은 당국의 상대가 못되었으며 운동의 현실도 잘 알지 못했다. 그들은 너무 순진했던 데다가 어리석었다.

5) 이 진술은 정신성(spirituality)이 인간을 주체이게끔 하는 조건이라는 견해를 따른 것이다. 까간은 정신을 잃은 인간은 주체성을 잃은 것이고 결국 아무 것도 아닌 것으로 전락한다고 말하고 있다. M. S. Kagan, "On the Spirit and Spirituality", *Marxism and Spirituality; An International Anthology*, edited by Benjamin B. Page, Bergin & Garvey, 1993, p. 122.

6) '절망'에 대한 분석과 성찰은 키에르케고르의 『절망에 이르는 병』(1849)을 참고했다. 『절망에 이르는 병』을 독해하는 데서는 다음 책의 도움을 받았다. Michael Theunissen, *Kierkegaard's Concept of Despair*, Princeton University Press, 2005, pp. 12-14.

유항림의 소설이 그린 절망은 '기성품'임이 지적되기도 했다.[7] '이미 절망의 분위기가 주어져 있었'기 때문에 그것은 실천의 좌절을 통해서가 아니라 실천하려는 기도 자체의 좌절로 나타난다는 설명이었다. '절망의 분위기'가 조성된 이유는 무엇보다 전형기(轉形期)라는 상황에서 찾아야 할 것이다. 전향과 관련해서 본다면 전향이 대세가 되었고 사회적 현상으로 수용된 결과이다. 유항림 소설의 인물들은 이 시점에 놓여 있는데, 특별히 반추할 실천의 기억도 없는 그들로선 이 절망적 현재를 타개할 어떤 방향이나 대책을 찾기 어렵다.

전형기의 상황을 목도하면서 김남천은 자기고발을 통해 '모랄'(세계관이 된 이념)의 체화를 꾀했다. 「처를 때리고」(1937)에서와 같이 실제의 자신과 이념적 주체가 괴리되었음을 보여줌으로써 그에 대한 반성적 성찰을 요구했고, 자신의 말에 충실한 자신이 되는 내면적 실천의 가능성을 모색했던 것이다. 모럴의 체화를 기대한 김남천의 모색은 자신의 실제 모습일 수 있는 부정적 이면을 드러내어 자기소통을 하려는 것이었다고 보이기도 한다. 모럴을 체화하지 못한 자신을 숨기지 않고 드러내어 반성하는 자기소통을 통해 자신이 생각한 자신이 되려는 의지는 구체화될 수 있었기 때문이다. 즉 자기소통은 자신의 통합을 목표로 했고 그 과정은 곧 모럴의 체화 과정이어야 했다.

그런데 유항림의 소설이 그려낸 인물들의 경우, 되어야 하는 '진정한' 자신의 모습은 모호하다. 과거 일에 대해서도 그들은 자신이 무엇을 하려고 한 것인지 의문을 갖는다. 독서회에 가담했던 만성은 그 일로 얼결에 전향자가 되어버렸고 학생운동의 선을 넘으려 한 면우는 당국에 의해 여지없이 유린당하고 '지하'로부터는 버림받았다. 그들은 무엇인가 하려 했지만 이제 더 이상 무엇이 되어야 할지 모르고 있다. 되어야 하는 자신에 대한 확신이 없는 탓에 반성적인 자기소통은 불가능

---

7) 김한식, 「유항림 소설에 나타난 '절망'의 의미」, 『1930년대 후반 문학의 근대성과 자기성찰』, 깊은샘, 1998, 332쪽.

하며 자신이 되려는 의지는 구체화되지 못한다. 소통이 안 되는 자신이란 속내를 알 수 없고 어떻게 해 볼 수 없는 점에서 타자와 같다. 그러나 그들이 자신을 문제 삼는 한 그들은 타자인 자신을, 혹은 자신을 타자로 상대해야 한다. 자신을 내던지지 않고 자신에게 다가서려면 그들은 자신을 향해 말을 걸어야 하는데, 소통이 차단된 상황이어서 그 내용은 공허하거나 과녁을 갖지 않은 것일 뿐이다. 그들의 절망이 깊은 이유는 여기에 있다. 그들의 절망감은 타자로서의 자신과 소통한다는 것이 쉽지 않다는 절망감이기도 하다.

이러한 상황에서 할 수 있는 것은 무엇인가? 그것은 절망을 멈추지 않는 것이다. 절망 안에는 자신이 되려는 의지가 있고 이 절망의 의지를 통해서만 자신이라는 것에 대해 생각할 수 있기 때문이다. 그들은 상황의 결정성에 굴복했고 그에 갇혀 있다. 그들은 얼결에 전향자가 될 만큼 약하고 어리석었다. 그리고 무엇보다 그들은 현재의 처지를 타개할 방법을 찾지 못한 상태이다. 그렇지만 그들은 이 현실에 머무를 수 없다는 의사를 표하고 있다. 타자로서의 자신을 상대하여 무엇인가 말을 해 보려는 기도는 유항림의 인물들을 존재하게 하는 이유가 된다. 설령 무망해 보인다 하더라도 이 노력 없이는 정신성에 대한 지향조차 잃고 말 것이기 때문이다.

유항림의 소설에서 인물과 사건들은 자신을 타자로 드러내고 바라보는 시선에 의해 그려진다. 타자로 드러내기/바라보기는 자신을 향해 직접적으로 무엇인가를 말할 수 없는 상황의 불가피한 선택이면서, 동시에 자기소통의 가능성을 포기하지 않으려는 노력의 한 방식이다. 이 타자화의 시선은 자신이라는 것을 성찰하고 문제화하는 소설적 장치로 기능한다. 이를 검토함으로써 절망의 존재론에 대해 논의해 볼 수 있을 것이다.

2. 타자화의 시선과 절망의 의지

　시계를 딜여다 보는 척 하면서 딱 하는 소리와 함께 굴러 가는 꼴프 알을 보고 동시에 무사히 넘어선 코—스를 다시 한 번 훑어보며 회심의 웃음을 지여웃는 상대자의 표정까지 곁눈질하고 그가 자기편을 보기 전에 얼핏 시선을 시계 우로 떨어뜨렸다. 이것으로 삐삐 꼴프 한 번 치는 사이에 세 번째 시간을 보는 셈이다.

　「저 미안하게 되었습니다. 시간이 밧버서 껨 중도지만 실례하야겠는데 용서하십시오」 …(중략)…

　그사이 료금을 치르고 말을 끝까지 맞추기 전에 종종걸음으로 달리듯이 골프장을 나왔다. —그런즉 어데로 갈까. 萬成이는 아직도 밧분 걸음을 늦잡지 않은 채 갈 곳을 적어도 가도 좋을 곳을 찾노라기에 발보다도 머리가 분주히 돌아감을 늣겼다. 인제는 찾어갈 곳은 한 박휘 돈 셈이고…… 옳지 도서관이 있지 않는가.

　열람표를 사 쥐고 신깐으로 가는 동안 베베 꼴프장의 일이 생각났다. 껨은 그렇지 않어도 이미 졋든 것이닛가 미련이 있을 리 없고 시계를 두세번 끄내 보다가 밧버서 미안타고 중도에 나오고 보니 자기를 한가해서 견디지 못해 하는 사람으로는 보지 않을 것이다. 그만하면 거기서는 성공이다. (73-74쪽)

　만성이 게임 상대의 눈치를 살피며 분초를 따져 계산된 행동을 하는 긴박한 연극을 벌이는 목적은 남들이 '자기를 한가해서 견디지 못해 하는 사람으로 보지 않'도록 하려는 것이다. 소설이 공개하는 그의 일기는 특별히 쓸 거리 없이 반복해서 이어지는 하루하루의 내용을 '또 그렇게, 또, 또……'로 적고 있다. 그 자신 역시 낮잠으로 세월을 보내며 빈둥거리는 '무위의 생활'이 '자기의 일'이 되었음을 시인했다. 그렇다면 그는 자신의 실상과는 다른 모습을 꾸며 보이려는 것이다. 그는 분주한 일상인으로 가장하는 이유를 자신에게 묻지 않는다. 그저 남의 눈에 자신이 어떻게 비칠 것인가를 갖고 부심하고 있을 뿐이다. 남에게 보이는 모습에만 신경을 씀으로써 그는 자신을 향한 자신의 시선을 피하고 있다. 그러나 그가 바쁜 사람으로 보인다고 해서 바쁜 사람이 될 수 있는 것은 아니다. 이 연극을 통해서 그가 얻는 실제적인 이득은 없다. 사실 분주한 일상인이라는 가상(假像)은 그의 것이 아니다. 그는 자신에 의해서 남으로 보여지고 있다. 이 연극은 이미 자신을 배제한 것이었다.

그는 변명을 하듯 자신의 연기가 남을 속이는 것은 아니라고 외친다. "분주한 척한다고 남을 속이는 짓은 결코 아니다. 나를 특별히 한가한 인종으로 차별하기를 중지함은 공평한 일이고 또 나의 당연한 요구다."(77쪽) 과연 그의 연기는 스쳐가는 남들에게 비쳐지는 순간의 모습을 위해 일회적으로 행해진다. 그는 다만 남들 가운데 하나로 보이기를 원하고 있다. 다시 말해 바쁜 것은 남들처럼 보이기 위한 조건이어서 차별을 받지 않기 위해 연기를 한다는 이야기다. 그런데 그가 '공평하고 당연한' 것으로 요구하는 차별의 중지는 오직 남에 의해서 결정되는 것이다. 그가 남에 의해 바쁜 사람으로 보여지는 한 그는 차별받지 않을 수 있다. 그러나 정작 연기를 하는 그 자신은 바쁜 일상인으로서의 삶을 기대하고 있지 않다.

분주함은 부르주아적 일상의 덕목이자 환상이다. 분주함이 지향하는 속도의 초과는 더 많은 생산이나 더 큰 성과를 약속한다. 흔히 바쁘다고 외치는 사람들 가운데는 노역의 고통을 호소하기보다 자신이 매우 활동적이며 그러한 지위를 갖거나 역할을 하고 있음을 과시하는 경우가 더 많을 것이다. 일상이란 작고 큰 성공의 꿈들을 향한 투기가 이루어지는 장소가 아니던가. 바쁜 체 하는 연극은 이러한 투기를 흉내 내는 행위가 된다. 그러나 만성은 바쁜 사람이 될 궁리를 하는 것이 아니라 그렇게 보이려 할 뿐이다. 잠시의 연기로 그의 처지가 바뀌지는 않는다. 게다가 그가 연기한 바쁜 사람은 혐오스러운 속물일 수 있었다. 소설에는 친구의 애인과 약혼하게 되는 속물이 잠시 등장하여 "식산(식산은행—인용자)의 초급이 얼마고 사택료와 보너스가 얼마고, 누구누구는 판임관 몇 급인데 월급이 얼마라는"(80쪽) 이야기를 떠벌리는 장면이 희화적으로 그려져 있기도 하다.

만성은 아버지를 졸라 양복 값으로 90원을 타낸 뒤, 은행과 우편소를 들락거리며 공연히 그 돈을 맡기고 찾느라 분주하게 하루를 보내기도 한다. 그러나 그렇다고 해서 그가 일상에 합류할 마음을 갖는 것은 아니다. 아버지에게서 양복 값으로 받은 돈을 공연히 저금하고 찾는 행위 또한 오로지 하루해를 보내기 위한 것이었다("그 이튿날은 금융조합과 우편소에서 십 원씩 꺼내다 은행에 저금한다. 또 그 이튿날은 은행에서 육십 원을 찾아내다 우편소와 금융조합에 저금한다. 늦잠을 자고 나서 그 세 곳을 당겨 오면 비용 드는 일도 없이 하루해가 곧잘 지나갔다."(86-87쪽)). 바쁜 체 하는 것도 그에겐 무위의 방식이었다. 결국 그는 이 연극을 통해 자신의 무력을 시위한 셈이다.

애써 바쁜 사람을 연기하지만 실제로는 무위의 잉여인간일 뿐인 인물의 제시는 풍자적이다. 여기서 풍자는 분주한 일상의 삶을 희화화하는 데 그치지 않고 바쁜 사람을 연기하는 '한가한 인종'을 향해서도 작용한다. 풍자의 대상이 되는 상황을 부정하지 못하면서 받아들일 수도 없는 이 '한가한 인종'의 형상 역시 풍자적인 것이다. 풍자는 바쁜 사람을 흉내 내려는 노력과 나태한 생활 묘사의 대비가 내는 아이러니한 효과이다. 그런데 만성뿐 아니라 소설의 서술자도 이 대비의 필연성과 이유를 해명하지 않기 때문에 그것은 더욱 이상한(eccentric) 것이 된다. 바쁜 사람으로 보이려 한 연기가 자신을 가장함으로써 자신을 외면하기 위한 것이었다면 그 기도는 이미 실패했다. 바쁜 체 하는 연극을 통해 오히려 무위의 생활과 무력한 상태는 더욱 부각되었기 때문이다.

바쁜 체 하는 잉여인간의 풍자적 제시는 자기소통이 차단된 타자로서의 자신을 드러내는 방법이었다고 여겨진다. 자신이 연기해내려는 가상이 결코 되고자 하는 자신의 모습이 아닌 상황은 역시 절망적이다. 그러나 소설 말미에 이르면 만성은 친구에게 동경으로 가겠다는 결심을 드러낸 뒤 "절망의 힘"(97쪽)을 역설하고 있다. 절망을 피할 수 없는 절박한 국면에서 '비로소' 절망의 힘은 생겨난다는 것이다.

> 「나는 주관이 섞이지 않은 객관적 입장으로 현실을 봤다. 思惟의 결과
> 는 절망이다. 거기 비로소 맹렬한 주관의 활동이 시작된다. 절망의 힘이 생
> 기는 것이다. 무소유자의 힘이 생기는 것이다. 너는 절망적 현실에서 눈을
> 가리우고 이론이란 장님의 집행이만을 의지하고 걷고 있다. 어째서 눈을
> 뜨고 다름질칠려고는 하지 않나.」(97쪽)

절망은 자신의 '형해(形骸)'를 털어버리게 함으로써 오히려 다시금
'주관'이 '활동'할(자신이 될) 수 있게 하는 전환의 계기가 될 것이었다.
타자인 자신을, 혹은 자신을 타자로 바라보는 과정을 통해 그는 역설적
이게도 스스로 책임지며 무엇인가를 붙잡아야 한다는 결론에 도달했다.
적어도 그에게 자신이기 위한 기투는 사상이나 이론에 의해 인도되는
것이 아니었다. 오히려 그의 눈을 뜨게 하고 그를 인도한 것은 그의 절
망이었다. 그는 진정한 자신일 수 없는 절망, 혹은 자신이 아닌 자신이
될 수 없는 절망을 통해 자신이 되려는 의지를 되살렸다. 그에게 절망
은 소통의 방식이었던 셈이다. 절망을 통해 자신이라는 존재에 다시 다
가섰다는 점에서다.

「마권」은 발표된 직후 '영화적 수법으로 구성된 참신한 우수작'이라
는 평가8)를 받았다. 아마도 영화적 수법이란 자신이란 것을 타자화하
는 시선이 풍자적 거리를 유지하고 이로써 장면을 객관화한 효과를 가
리킨 것인 듯하다. 장면들이 병풍 첩처럼 이어지는 가운데 때로 의도적
인 롱테이크가 구사되었고 또 속도감 있는 전환이 시도되기도 했다. 그

---

8) 최재서는 「마권」에 대해 다음과 같이 짧게 언급하고 있다. "나는 일전에 대단히 흥미
  잇는 소설을 읽엇다. 그것은 나에겐 전연 미지인 유항림씨의 작 「마권」이엿다. 그것은
  각각 인테리의 일면을 대표하는 5개의 인물들이 맨들어 내는 대화와 사건을 영화적
  수법으로써 구성하야 노흔 참신한 작품이엿다. 당연히 문제 삼을 만한 우수작이라고
  생각하나……"(최재서, 「현대적 지성에 관하야」, 『조선일보』, 1937. 5. 15)

러나 무엇보다 이 소설이 영화적인 것으로 보일 수 있었던 이유는 흔들리는 내면의 '심리적' 상태를 서술자가 정리(report)하려 하기보다 외면을 통해 제시(render)한 데 있었다. 절망의 역설이 내면에 대한 정리나 규정을 통해 제시될 수 있는 것이 아니라면 이러한 영화적 수법은 불가피했다.

3. '열쇠'는 없다

유항림의 소설에서 절망은 역사적인 원인을 갖는다. 주인공들은 1930년대 중반을 넘어서며 속출한 전향자들 가운데 하나이고 그들의 절망은 이 상황에서 비롯된 것이었기 때문이다. 전향자가 되었다는 사실은 무엇인가 해 보려 했던 기도의 좌절을 뜻했다. 그런데 이 인물들의 문제는 기도가 좌절된 사정을 자신에게 스스로 해명할 수 없다는 데 있었다. 전향이란 대개 '개심(改心)'이나 '이탈(離脫)'[9]을 의미했지만 실제로 전향이 항상 개인적 선택이나 결단의 결과였다고 말하기는 힘들다. 전향은 집단적으로 일어났고 이 '대량전향'의 원인은 상황의 변화였다. 이른바 사회주의 사상이 시대적 조류로 번졌듯이 상황이 여의치 않게 되자 전향자들이 쏟아졌던 것이다. 전향은 변화된 상황에 '적응'하려는 현상이었다.[10] 무릇 집단적인 현상이란 이런저런 숨겨진

---

9) '개심'은 개인의 선택과 결단에 의한 사상변화를 의미하며 '이탈'은 당파를 벗어나려는 개인의 자발적인 행동변화를 가리킨다. 쓰루미 슌스케(鶴見俊輔), 최영호 역, 『전향』, 논형, 2005, 34쪽.

10) 일본의 경우 1920년대 공산주의 운동의 기본목표는 천황제의 폐지였는데 그것이 실패하자 대량전향이 일어났다는 것이다(伊藤 晃, 『轉向と天皇制—日本共産主義運動の1930年代』, p. 2). 한편 전향은 세간(世間)의 산물인 '일본적 공감'이라는 것이 확대, 재생산되는 과정에서 일어났다는 지적도 있다. 이른바 '국민적 자각'이 전향의 이유가 되었다는 것이다. 藤田省三, 『轉向の思想史的 研究』(藤田省三 全集 2), みすず書房, 1997, pp. 27-28. 전향의 양상은 대개의 경우 수동적이었다고 하겠으나 처자를 부양해야 한다는 의무감이나 가족공동체에 대한 애착 또한 전향의 중요한 이유가 되었다.

원인들을 갖는 법이거니와, 당국의 강제가 전향의 직접적 이유가 되었다고 해도 과연 그것이 전향을 초래한 근본적이고 결정적인 요인이었던가는 의심해 보아야 할 문제이다.

유항림 소설의 인물들 역시 당국의 강제에 어쩔 수 없이 굴복한 것은 아니다. 그들은 강제에 저항하거나 전향을 두고 고뇌한 기억을 갖고 있지 않다. 이야기는 그들이 전향자가 되어버린 시점에서 시작하며 그 경위에 대한 설명은 불충분하다. 그들은 자신의 전향을 자신에게조차 이해시키지 못하고 있다. 전향의 필연성을 찾을 수 없다면 전향은 얼결에 일어난 것이다. 전향으로 사상을 버렸는데 그 사정을 스스로도 납득하기 어려운 가운데서 자신에게 사상이 무엇이었던가 하는 의혹은 불가피해진다. 이 의혹은 자신에 대한 의혹으로 확대될 수 있었다. 절망은 이 의혹들이 풀리지 않는 절박한 지경을 알린다.

얼결에 전향자가 되어버린 그들은 이미 자신이 아니었다. 그렇기에 절망은 자신이 되지 못하는 절망이었다. 거꾸로 전향을 통해 그들이 비로소 자신의 정체(正體)와 대면해야 했다면 절망은 자신이 아닌 자신이 될 수 없는 절망이었다. 그러나 그들이 자신을 일방적인 수난자나 희생자로만 여길 수 없는 한 그들은 절망의 원인을 자신에게서 찾아야 했다. 어떤 절망이든 절망은 '약함'에서 비롯된 것이었다. 그것은 자신이 되지 못하는 약함, 그와 동시에 자신이 아닌 자신도 될 수 없는 약함이었다. 이 약함 때문에 얼결에 전향자가 되고 말았다고 할 때 그들은 약함에 주목해야 했다. 그렇게 함으로써만 절망을 멈추지 않고 나아가 '절망의 힘'을 기대할 수 있었기 때문이다. 전향에 대한 탐색을 벌이지 못하는 유항림의 인물들이 자신의 약한 모습을 드러내고 죄책감을 표하거나 위악적인 포즈를 취하는 것은 한편으로 불가피했다.

유항림의 인물들에게 일상은 절망의 공간이다. 어떤 변화도 쉽지 않고 잡다한 일들('區區細節'11))만이 연속되는 일상은 쉼 없이 자신의 나약함을 확인시켜주는 벗어날 수 없는 감옥이기 때문이다. 「구구」 앞머리의, '연애'와 '결혼'을 냉소하는 면우의 위악적인 포즈는 일상의 압박에 숨막혀하면서도 그것을 떨치지 못하는 자신에 대해 반발하는 데서 비롯된다. 냉소는 이내 자조로 바뀐다. '거리로 나오면 의례히 책사에 들리어 신간을 찾'는 자신의 '타성적인 독서벽' 역시 커피를 마시는 습관 같은 것이라고 그는 내뱉는다. 실천이 따르지 않는 사유나 이론은 한낱 기호품일 뿐이라는 탄식이다. 그렇다면 그는 여전히 (정치적) 실천을 통해 진정한 자신이 될 수 있다고 생각하는 것일까?

사상이 없이는 주체의 수립 자체가 불가능하다고 여기는 입장에서 사상은 그 자체가 이미 주체였다. 사상 곧 주체에의 귀속은 흔히 실천을 통해 확인되리라 여겨졌다. 면우 등이 '학생운동이라는 선을 뛰어넘'은 것은 아마도 이 때문이었을 것이다. 그러나 그들의 기대는 좌절되었다. 소설은 그들이 지하에 의해 이용되었고 당국에 의해 유린되었으며 얼결에 전향자가 되었음을 밝혔다. 이 현실적 결과가 주체(사상)에의 귀속이 애당초 모호하고 불확실했다는 데서 비롯되었다면 그것은 그들이 겨우 학생이었기 때문이 아니라 그들이 생각한 주체가 손에 잡히지 않은 추상적인 것이었기 때문이다. 그들이 사상을 신념으로 지킬 수 없었던 것도 그 때문이었다. 추상적 주체는 다시금 멀리 사라지고 말았다. 면우가 제기하는 의혹은 어느덧 몸을 숨긴 이 주체를 향한 것일 수도 있었다. 즉 자신은 귀속의 의지를 가졌지만 결국 귀속이 확인되지 않을 것이었다면 그에게 사상이란 무엇이었던가 하는 의혹이다.

이 의혹은 사상의 '종주국' 소련 체제에 대한 논란을 언급하는 장면에서도 표현되었다. 서점에서 '훤훤(喧喧)한 물의를 일으키고 있는 지드의 『소련 여행기』'를 읽고 있는 면우의 생각은 잠시 분방하다. 그는 지드가 소련 사회를 목도하고 '개성의 몰각'과 '성격의 일원화'에 '낙망'했다고 정리한다. 그러면서도 지드에 대한 로맹 롤랑의 반박을 언급한 뒤, '고리키가 살았으면 무어라고 했을 것인가 상상'하기까지 한

---

11) 소설 「구구」의 제목은 '區區細節'에서 따온 것으로 보인다.

다.(84쪽) 이 논란을 통해 사회주의 사상을 실현한다는 국가체제의 폭력성은 문제시되었다. 그러나 자신의 입장을 표명하기보다 죽은 고리키의 입을 쳐다보는 면우의 모호한 태도는 사회주의의 이상에 대한 기대와 그것을 앞세운 정치적 현실이 동떨어지거나 모순될 수 있는 가능성에 대한 판단을 유보하고 있는 듯하다. 이 논란은 흔히 사회주의 사상의 유효성을 기대하는가 아니면 그것의 부정적 결과에 주목하는가를 묻는 것으로 읽혔다. 후자도 전자도 아닌 그의 입장은 어중간하다.

면우가 보여주듯 유항림의 인물에게 사상에의 귀속은 문제를 해결하는 가능한 답이 아니다. 왜냐하면 자신의 전향을 스스로 해명할 수 없는 만큼 자신에게 사상이란 무엇이었던가 하는 의혹을 피할 수 없었기 때문이다. 이 의혹이 해결되지 않는 절망적 상태에서 그가 할 수 있는 것은 자신의 '약함'을 드러내는 것이었다. 그것은 자신이 되지 못하는 약함, 자신이 아닌 자신이 될 수 없는 약함이었다. 약함에 주목함으로써 그는 무엇인가 해 보려 했던(자신이 혹은 자신 아닌 자신이 되려 했던) 정신을 소환할 수 있었는데, 그 정신을 놓지 않기 위해서는 역설적이게도 절망을 멈추지 않아야 했다. 절망함으로써 정신을 되새길 수 있었기 때문이다. 이 동력학(動力學)은 사상에의 귀속을 위한 것이 아니었다. 오히려 그것을 거부하는 것이었다. 그는 자신에게 이미 타자였으며 자신을 타자로 바라보았다. 자신에 대한 의혹을 끊임없이 일깨우는 한 그는 어디에도 귀속될 수 없었다. 그에겐 혼란과 불안, 그리고 절망이 불가피했다.

임화는 전향소설들에서 "화려한 과거"를 가진 주인공들이 이제 "비속하고 추악한 시정인"12)으로 나타난다고 언급하며 소조한 감회를 표했다. '비속하고 추악한' 시정인으로의 전락이 사상을 버린 결과라고 했을 때 이 문제는 다시 사상을 획득함으로써 해결될 것이 된다. 사상

---

12) 임화, 「현대소설의 주인공」, 『문학과 논리』, 학예사, 1940, 421쪽.

의 회복을 촉구하는, 그러나 그렇지 못한 상황을 탄식하는 이 독법은 문제와 해결책을 단순화했다. 모든 문제가 사상을 버린 데서 비롯되었 다면 사상은 그 문제들을 풀 열쇠였기 때문이다.

그러나 얼결에 전향자가 되어버린 결과를 두고 절망하고 있는 유항 림의 인물들에게 그들의 절망을 해결할 열쇠는 없었다. 사상 또한 의혹 의 대상이었다. 따라서 그들은 사상이 버려지는 것을 탄식하거나 막연 히 그것의 도래를 기다리는 태도를 취하지 않았다. 그들이 절망을 떨칠 수 없었다면 그것을 탐구해야 했다. 유항림의 인물들은 비관적이지만 문제가 단순하지 않고 따라서 그 해결책 역시 단순하지 않음을 일깨운 다. 절망하기는 어떤 결론에도 이르기 어려운 것이었으나 그렇기에 탐 구되어야 할 과제였다.

4. '현대의 비극', 혹은 속물의 나르시즘

「부호」(1940)에서는 '현대의 비극'이 거론된다. 현대의 비극이란 이 상에의 지향을 불합리한 방식으로 초극하려는 반동적인 선택에서 비롯 된다는 설명이다. 소설가 '동규'를 사랑하지만 상과 출신 사업가의 아 내가 된 '혜은'에 의하면, "이상에 피곤해 졌을 땐 그것과 정반대로 하 고 싶어지는 충동"(121쪽)이 있게 마련인데, '불행한 줄 뻔히 알면서도 그리로 들어가는 것'이 현대의 비극이라는 것이다. 이 패러독스의 비극 은 파탄을 스스로 연출하는 것이었던 셈이다.

소설은 역사적 우화로서 5세기 서로마제국의 '호노리야' 공주 이야 기를 액자 안에 그리고 있다. '최고의 교육을 받았지만 공허와 고독과 무위를 이기지 못'(124쪽)한 호노리야는 '본능적인 정열의 강렬한 자극' 을 위하여 '만왕 앗치라'를 택함으로써 국가의 패망을 앞당긴다. 이 이 야기대로 라면 그녀는 공허의 긴장을 감당하지 못할 만큼 약했기 때문 에 자신을 한낱 육체로 내던지는 허망한 투기를 감행한 것이다. '최고

의 교육'을 받았음에도 불구하고 자신을 내던진 그녀의 부조리한 행동
은 적어도 이상을 외면하거나 그 허구를 폭로한 것으로 해석될 수 있
다. 그러나 그녀의 약함이 이 선택의 원인이었던 한 그녀는 약함에 굴
복한 것이다. 약함은 그녀를 파탄으로 이끄는 운명적 질곡 그 자체가
된다. 어떻게 읽든 호노리야는 알레고리적 형상이다. 즉 절망적 혼돈
속에 빠져 있는 동규에게 호노리야는, 허영을 좇아 자신을 배신한 혜은
의 존재가 그러하듯 어떤 이상도 이미 가능하지 않음을 말하고 있고,
동시에 자포자기의 유혹 앞에 자신을 내던지는 상상을 구현하고 있다.

대개의 경우 비극적 주인공들이 자신의 잘못을 확인하기까지는 상
당한 이야기의 시간을 필요로 하는 데 반해, 애당초 자의로 그릇된 선
택을 하는 호노리야는 일찍이 자신의 결함13)을 인지한 경우라고 말할
수 있다. 일반적으로 비극의 주인공에게 닥치는 재앙은 의외의 것이 아
니다. 예를 들어 오이디푸스의 경우 그를 공교로운 운명의 일방적인 희
생자로 보기는 어렵다. 그가 아버지인 라이오스를 죽인 것부터 우연한
사고는 아니었다. 훌륭한 인물임에도 불구하고 오이디푸스가 갖는 성
격적 결함(흔히 조포함이 지적됨)은 이 사고의 명백한 원인이었다. 그
는 자신이 저지른 일 때문에 이후 어머니와 결혼하고 자식이자 동생을
낳은 무서운 결과에 이르고 만다. 주인공의 성격적 결함이 이러한 결과
를 빚는 과정에서 중요한 인과적 고리로 작용했다면 그는 결코 무죄
(innocent)하지 않은 것이다.14) 이 점은 운명의 가혹함을 이성적으로 해
석할 수 있는 여지를 제공한다. 비극의 주인공은, 전적으로 그의 잘못
때문은 아니라 하더라도 자신 역시 재앙의 원인이었음을 보여줌으로써
그것에 대한 책임의 문제를 일깨운다.

호노리야가 이런 비극의 주인공과 다른 점은 '불행'을 스스로 선택

---

13) 비극의 주인공이 갖는 성격적 결함(tragic flaw)의 개념을 참고하기 바람.
14) 비극에서의 재앙은 주인공의 성격적 결함과 운명의 가지적 연쇄(intelligible chain)로
    다가오는 것이다. 이러한 방식으로 비극은 인간사의 '질서'가 있음을 말하고 있다.
    Henry A. Myers, *Tragedy; A View of Life*, Cornell University Press, 1956, pp. 154-155.

함으로써 자신이란 것을 소멸시키고 만다는 것이다. 오이디푸스는 테베에 재앙이 든 원인이 자신에 있음을 알아차리자 스스로 자신의 두 눈을 찌르는 징벌을 가함으로써 자신의 책임을 회피하지 않았다. 그러나 호노리야의 경우는 자신을 정욕으로 태워버렸기 때문에 자신의 행동과 그 결과에 대한 책임을 느끼지 않는다. 그녀에겐 고뇌도 있을 수 없다. 그녀는 자포자기의 마음으로 유혹 앞에 자신을 내던짐으로써 그 결과에 대한 책임 역시 흩뜨리고 만 것이다. 아무리 그녀의 상황이 절박했다 하더라도 자신의 책임에 대한 고뇌가 없는 이야기를 비극적인 것으로 읽기는 어렵다. 호노리야의 선택은 절망에서 비롯된 것이었다. 그러나 그녀는 절망을 탐구하기보다 절망에 함몰되고 말았다. 과연 이 자기 파괴적이고 자학적인 형상은 이상을 부정하고, 대신 파괴와 소멸의 열정에 탐닉하는 현대적인 안티히어로를 연상케 한다. 소설은 '앗치라'를 택한 호노리야를 통해 파시즘의 위협과 유혹 앞에 선 현대 지식인의 모습을 비춰낸다("호노리야가 자기의 불안을 청산코저 바바리즘에 위탁하던 선철을 그대로 밟고 있는 망령들을, 5세기가 아닌 20세기의 망령들을 볼 수 있는 것이니……"(139-140쪽)). 소설의 말미에서 동규가 위암을 선고받는 장면은 호노리야를 비판할 수도 좇을 수도 없는 절망감 속에 그대로 좌초되고 만 지식인의 정신상황을 알린다.

호노리야는 파탄을 자초함으로써 자신의 운명을 확인한다. 만약 약함이 그녀의 의지로선 감당할 수 없는 운명적인 제약조건이었다고 할 때 약함은 자신의 잘못이 아니며 그런 만큼 자기 파괴의 선택 역시 필연적인 것이 된다. 호노리야가 파탄의 길을 가는 것이 불가피했다면 책임의 문제는 모호해진다. 그러나 자신의 책임을 묻지 않는 한 절망에 대한 탐색은 불가능하다. 자기파괴가 과연 필연적인가 하는 의혹은 동규로 하여금 호노리야의 이야기를 쓰게 한 동기 가운데 하나였을 것이다. 자신이 되지 못하는 절망에 휘둘린 상황에서 자기파괴는 자폭의 방법이다. 그것은 자신이 되려는 의지를 전도시킨다. 그럼으로써 자기파괴는 자신이라는 것에 대한 지향 자체를 없앤다. 자신이 되려는 (절망적) 의지에 의해 자신이라는 것이 공급된다면 의지의 전도는 결국 자신이란 것을 사라지게 할 것이다. 이 소설은 호노리야의 이야기를 통해 자신의 소멸을 상상적으로 시도했다. 그것은 자신이 될 수 없는 상황에서 다다른 니힐리즘의 극단이었다.

자기파괴는 가장 나르시스틱한 선택이라고 할 수 있다. 자신을 스스로 소멸시키는 행위야말로 자기애의 극단이며 역설적이게도 자신의 자신에 대한 전적인 지배를 시도하는 것이다. 그러나 자기 파괴의 선택이 손쉬운 것은 아니다. 개연적인 세속적 나르시즘의 조건은 흔히 무지이다. 속물 나르시스트는 어떤 고뇌나 가책도 없이 자신의 행동을 합리화할 수 있다. 오직 자기애를 실현하려는 그에게 자신의 선택은 항상 옳고 필연적인 것이기 때문이다. 그에겐 과거의 어떤 기억도 문제되지 않는다. 그것은 세속적인 동기와 필요에 따라 얼마든지 지워지거나 변조될 수 있다. 무엇이든 받아들이고 어디에도 귀속될 수 있는(그것이 필요하고 '옳은' 행동이라고 생각하는 한) 속물 나르시스트들에게 자신이란 그 어떤 것일 수도 있고 따라서 결국 그 어떤 것도 아니다. 이 모든 것을 가능하게 하는 것은 무지와 무신경이다. 「농담」(1941)이 그려내고 있는 것은 속물 나르시스트에 대한 혐오와 두려움이다.

「농담」은 작가적 인물인 '영배'와 그 앞에 나타난 친구 '정일'을 대비하며 시작된다. 친구라고 하지만 영배에게 정일은 차별화를 위한 거울의 역할을 하는 인물이다. 영배는 정일을 보며 현기증을 느낀다. 그 현기증은 정일이 너무 쉽고 빠르게 자신의 신념과 생활태도를 바꾸어 온 데 놀라는 이질감의 표현이다("지난 뒤에 생각하면 본성이 그런 사람이니 그럴 만하다고 매양 수긍하면서도 정작 정일의 생활태도가 돌변함을 당할 적마다 별 수 없이 현기증이 일어나도록 아연해지고야마는 영배였다."(317쪽)). 정일이 망설이지 않고 변신을 거듭할 수 있는 것은 그가 손쉽게 자신이란 것을 바꾸어 낼 수 있기 때문이다. 매번 자신이 누구임을 단정하고 단언하는 그는 결코 약하지 않다. 물론 그에게 망설임과 고뇌는 무용한 낭비일 뿐이다. 자신이란 것을 정의하는 데 주저하지 않기에 그는 항상 충실하고 열성적일 수 있다. 그러나 언제든 자의적인 변신이 가능하다면 그의 충실함은 일종의 기만적 능력이다. 그에겐 자신이란 것 역시 주관적으로 소비되는 품목이었던 것이다. 이 편리한 무지와 무신경, 그리고 망각 증세는 실상 매우 '대중적인' 현상이었다.

> 열렬한 크리스챤으로서의 중학생, 향학열에 불타는 고학생으로서의 대학예과생, 종교 대신 무슨 주의를 신앙하는 무슨 사상의 대학 본과생—이런 경력을 거쳐 예배당에서 성극(聖劇)따위나 하던 솜씨로 동경 있는 어떤 조선인 극단에 관계하게 됨을 따라 그렇게도 동경하든 학교를 그만두었고, 뒤이어 표면의 연극운동 이상의 숨은 생활이 탄로되어 감옥살이 삼년 그 뒤에 동경과 고향에서 각기 반년쯤 무위의 생활을 보내다 만주로 밀려갔었다.(318쪽)

만주에서 '떳떳치 못한 장사'로 몇 만원의 거금을 벌어 온 정일에게 한때 주의자였던 전력은 아무런 문제가 되지 않는다. 사상은 그에게 어떤 흔적도 남기지 못한 것이다. 그 역시 전향자라고 할 수 있지만 정작 그는 자신을 전향자라고 생각한 적조차 없는 듯하다. 그가 언제든 과거를 잊을 수 있고 그의 생각이 무엇으로든 채워질 수 있다면 그는 근본적으로 텅 빈 존재인 셈이다. 스스로를 비워 어떤 자신으로든 변신할 수 있다는 것은 자기파괴와는 다른 경지이다. 그러나 자기파괴가 절망에 빠져 자신의 소멸을 기도하는 것이라면, 절망을 느끼지 않는 이 변신의 주인공은 그렇기 때문에 애당초 자신이 되려는 의지를 갖지 못한다는 차이를 보일 뿐이다. 절망을 통해 자신이란 것을 생각하는 진지함이 없다는 점에서 둘은 같다. 반면 영배를 거울로 하여 비춰지는 정일은 주저하고 혼란에 빠진 모습으로 드러난다.

> (영배가) 단지 지식의 한도 안에서 맑씨즘을 이해하든 때 자기의 그따위

빈약한 지식에 감동되어 맑씨즘 운동 속으로 뛰어드는 정일이를 보면서도 자신은 역시 일신의 문제를 어떻게도 할 수 없어 의혹의 눈으로 그 주위를 배회하고 동반자적 작가라는 심히 꺼림측한 존칭도 받아 보고, 정치문학이라는 데 일체 신임을 가질 수 없어지며 애욕과 불안의 세계를 거닐어 보기도 하고, 다시 요즘 와서는 주지적 경향이니 능동적 휴머니즘이니 하는 문학 태도가 수입되면서 자기를 그런 유행의 챔피언으로 끌어 낼려는 쩌날리즘을 비방할려는 게 아니라 결국 선두에 나서기 두려웁기도 하고 무엇보다 자기의 정신이 너무도 오탁해 있음을 느껴 흔히 절망적인 감상에 잠겨 있는 자신을 정일과 비교할사록 맴돌이를 하고 난 뒤같이 머리가 아찔아찔해지는 느낌이었으나 그런 성격의 대조를 고집할 게 아니라……(319쪽)

정일과 달리 영배는 자신이 무엇으로 불리고 규정되는 것을 용인할 수 없는 인물이다. 그가 어떤 명명에 대해서도 회의적인 이유는 그에 대한 자신의 귀속을 스스로 확신하지 못한다는 데서 찾아야 할 듯싶다. '자기의 정신이 너무도 오탁'함을 느끼는 '절망적인 감상'은 정일과 같이 텅 빈 존재의 무심함과 대조된다. 그의 '오탁한' 내면은 결코 말끔히 씻기거나 간단히 채워지기 어려운 것이었다. 따라서 영배에겐 사상으로 충만했던 적도 없었다. 그는 전향자조차 아닌 것이다. 어떤 입장도 갖지 못하는 영배의 형상은 자신이란 것 또한 알 수 없는 타자이고 그렇기 때문에 결코 자의적으로 소멸시키거나 규정해서는 안 되는 것임을 일깨운다. 자신과 남에 대한 이 조심스런 입장이 바로 양심이었다. 이 양심 때문에 영배는 어떤 명명에 대해서도 회의적이었던 것이다. 양심은 자신이 되지 못하는 절망을 내성(內省)의 경건함으로 이끌어 간다. 여기서 절망은 자신이란 것이 스스로 지워버릴 수도 함부로 규정하거나 채울 수도 없는 것임을 아는 양심의 발현이 된다. 절망은 양심에서 비롯된 것이었다. 따라서 양심을 좇는 한 절망을 멈출 수는 없었다. 자신이란 절망을 통해서만 생각할 수 있는 대상이라는 것—이것이 양심의 요구이자 명령이었다.

5. 개변(改變)의 이야기, 양심 그리고 절망

일본이 연합군에 패배한 결과 닥친 식민지 조선의 해방은 '국제 파
시즘의 궤멸과 민주주의의 승리'에 따른 것으로 해석되었다. 승전국 미
소는 흔히 민주주의 국가로 불렸지만 소련군이 진주한 38 이북에서 민
주주의란 해방자 소련의 선진한 제도를 한정적으로 가리키는 용어였다.
소련은 일찍이 혁명을 통해 사회주의 사상을 실현한 나라였으니, 민주
주의라는 제도의 수립은 사상을 구체화한 성과로 간주되었다. 따라서
민주주의의 승리는 곧 사상의 승리가 아닐 수 없었다. 그리고 민주주의
의 승리가 세계사적 사건이었던 만큼 사상의 세계화는 필연으로 여겨
졌다. 오랜 식민 압제에 시달려온 약소민족에게도 사상은 역사적 진실
로 나타나지 않았던가. 해방조선 역시 사상을 실현하는 민주주의의 길
로 나아가야 마땅했다. 새 국가의 건설은 식민지의 시간을 신속하게 청
산하고 새 시대를 여는 거룩한 사업으로 여겨졌는데, 38 이북에서 건국
은 처음부터 사상을 기축으로 해야 할 것이었다. 이 '건국의 사상'은 건
국이 민족의 염원이었던 만큼, 그리고 사상이 갖는 세계사적 의의 때문
에, 누구도 거슬러서는 안 될 거룩한 것이 되었다. 무위의 생활을 영위
해 온 잉여인간이라 할지라도 혼란한 내면을 떨치고 그 대열에 동참해
야 했다.

해방 이후 유항림은 「개」(『문화전선』 2집, 1946. 10)와 같은 단편소
설을 써 낸다. 평양에서 친일 경찰을 하던 인물이 해방을 맞아 성난 인
민들의 발길에 밟히고 만다는 풍자적인 소품이었다. '반역자'에 대한
인민의 심판을 그린 이 소품은 그 심판이 엄정하고 정당한 것임을 말함
으로써 새 시대가 인민의 시대이고 곧 도덕의 시대여야 한다는 기대를
표현했다. 이러한 기대는 막연하지만 숭엄한 역사의 존재를 상상케 하
는 것이었다. 이미 건국의 사상이 모두의 귀속을 요구하는 주체가 된
상황이었다. 이 주체의 명령이 진정한 자신이고자 하는 의지를 앞질러
대신한 것은 해방기라는 감격시대의 일반적 현상이다. 즉 역사의 흐름

을 좇고 인민의 바람에 부응해야 한다는 거창한 명제가 모두를 압도했던 것이다. 실천이 긴급한 가운데 절망은 부정적인 것으로 여겨졌다. 약함은 과감하게 척결되어야 했다. 전적인 귀속을 통해 주체의 명령을 충실히 따르는 것이 양심이었다. 절망의 존재론에 대한 탐색은 불가능진다. 모든 행위나 태도는 옳은 것과 그른 것, 바람직한 것과 그렇지 못한 것으로 나뉘어졌다. 이 소품이 보이는 풍자적인 단순화는 바야흐로 도덕적 이분법의 시대가 시작되었음을 알리고 있었다.

유항림 역시 다른 북한작가들과 마찬가지로 옳은 것과 새 것이 승리해 가는 쇄신의 과정을 그려내야 했다. 의식의 개변은 물론 사상의 힘과 필연적인 설득력에 의해 추동될 것이었다. 새 것의 승리, 곧 사상의 승리는 어떠한 회의도 남겨서는 안 되었으므로 완전하고 철저한 개변을 통해 확인되어야 했다. 전후복구시기에 유항림이 발표한 조금 긴 분량의 단편소설 「직맹반장」(1954)은 한 부정인물을 구체적으로 형상화했다. 이 소설의 주인공인 시멘트 공장의 직공장 '학선'은 결코 개변될 가능성이 없는 악당은 아니지만 낡은 생각과 태도를 버리지 못한 인물이다. 주어진 목표량에 쫓기고 마음만 급해 갈팡질팡해 하는 그의 내면은 언제든 초조하고 혼란스럽다. 그의 문제는 일단 자신을 제어하지 못하는 데 있는 것으로 그려졌다.

학선이는 언제나 초조한 마음에 쫓기우고 있었다. 생산 과제를 실행하지 못한다고 상부에서는 추궁하고, 일은 생각대로 안 되고 갈팡질팡했다. 4석회를 책임졌을 때 그는 문제없거니 생각했었다. 그러나 맡아 놓고 보니 전쟁 전과는 모두가 달랐다. 설비도 전 같지 못했지만 생산이 마음 같지 않은 데 초조해서 더욱 덤비기 시작했다. 설비를 갖추지 못했다는 걸 탄식도 하고 로동자들이 전과는 딴 판이라고 화도 냈다. 침착성을 잃고 혼자 몸이 달아서 이리 가보고 저리 가보고 일하는 본새가 마음에 안 든다고 투정도 하고 나무럼도 하고 그러다가는 결국 욕설이 나온다. 고함을 지르고 욕질을 하면 한 두 번이나 효과가 있다. 다음부터는 직공장은 버릇이 그런

316

사람이거니 생각하는 모양으로 고함도 욕설도 한 귀로 흘려버리는 듯 모
두 태연하다. 그러니까 위신을 세워보려고 더 초조해지고 고함과 욕질이
더 심해질바께 — 직공장의 위신은 말할나위없이 떨어져 있고 그의 사나운
언사는 헛되이 불평불만을 조장하고 신임 로동자들로 하여금 자기 직장에
애착심을 가지는 데 방해가 될 뿐이었다.[15]

노동 규율은 서두르고 다그친다고 세워지는 것이 아니었다. 직공장
학선은 자신이 개변되지 못했기 때문에 노동자들의 믿음을 얻지 못한
것이다. 잘못을 거듭하면서도 그것을 해결하지 못하는 것이 그의 한계
였다. 이 소설은 낡은 인물의 심리 상태를 생생하게 묘파해낸 점에서
일단 주목을 받았다. 물론 이야기는 그가 변신을 다짐하는 데 이른다.
그에게는 직공장이라는 직책이 주어져 있었고 그는 개변되어야 할 인
물이었기 때문이다. 그러나 학선의 혼란스러운 내면이 섬세하게 그려
진 것에 비하면 개변의 과정은 설득력 있게 제시되지 못했다. 결과적으
로 「직맹반장」은 부정인물을 지나치게 부각했다는 이유에서 비판을 받
았다.[16]

직공장과 같은 간부라면 자신의 문제를 간파하고 적극적으로 해결
해야 옳았다. 그러나 이 소설은 또 자신이란 쉽게 바뀔 수 있는 것이
아님을 말한 것으로 읽을 수 있다. 학선은 자신이 잘못하고 있음을 알
면서도 어떻게 하지 못하는 인물이다. 그래서 그는 절망하고 있다. 그
의 절망은 자신의 무능을 탓하는 것일 수 있지만 자신이 개변될 가능성
에 대한 절망일 수도 있었다. 아마도 그는 유능한 직공장이 되는 것이

---

15) 유항림, 「직맹반장」, 『건설의 길』, 작가동맹출판사, 1954, 42쪽.

16) 안함광은 직공장 학선뿐 아니라 지배인이나 당부위원장과 같은 간부들을 미덥지 못
한 인물들로 그린 점은 잘못되었다고 지적했다. 간부나 당 일꾼을 부정적으로 묘사한
것이 사회주의의 건설을 이끄는 당과 국가의 역할에 대한 회의의 표현일 수 있음을 경
계한 것이다. 개전의 가능성이 전혀 없는 부정인물이 아니라면 내면은 언제나 발전의
과정으로 나타나야 했다. 유항림의 학선 역시 변모하고 있지만 그가 개변되는 과정은
필연성이 떨어진다는 지적이 있었다. 안함광, 「문학의 사상적 기초」, 『조선문학』, 1955.
1(김재용 외 편, 『현대문학비평자료집』 3, 태학사, 1993, 321쪽).

진정한 자신이 되는 길이라고 확신할 수 없었는지도 모른다. 사실 되어야 하는 자신은 이미 규정되어 있었다. 전면적인 개변을 명령한 대 주체는 이로써 모두의 귀속을 또한 요구했고 개변, 곧 귀속이 진정한 자신이 되는 길이라고 강변했다. 그러나 그것은 자신이란 것이 사라지고 단지 무엇으로 불리게[呼名] 되는 길이었다. 절망이 불가능하고 절망을 통해 자신이란 것을 다시 생각해 볼 수 없는 상황은 그야말로 절망적이었다. 유항림의 무능한 부정인물은 이 절망을 에둘러 표현하고 있었던 것이 아닐까?

　유항림은 정전 직후의 한 탄광을 배경으로 한 중편소설 「성실성에 대한 이야기」(1∼3)(『조선문학』 127-129호, 1958. 1∼3)에서 개변되지 못한 인물을 다시 그렸다. 이 소설의 주인공인 나이 든 기사 '강순영'은 지주의 아들로서 공업학교 기계과를 나온 인텔리인데, 출신 때문인지 조용한 아웃사이더이다. 아무 욕심이 없어 초연하고 그렇기 때문에 차분할 뿐 아니라 때로 당당한 그는 그러나 끊임없이 의심을 사고 빈축의 대상이 된다. 항상 밖에 서 있는 국외자인데다가 '괴짜 영감'으로 불릴 만큼 평범하지 않기 때문이다. '달팽이 모양으로 껍데기 속에서 안식을 구하는' 개인적이고 소극적인 삶의 방식은 이질감을 주는 주된 원인인 듯하다. 소설은 공정한 판관이자 적극적인 관리자의 역할을 하는 초급당위원장을 등장시켜, 일변 그를 비판하게 하면서 동시에 그를 변호하고 또 그의 개변을 이끌게 한다. 초급당위원장의 판정은 강순영이 '사상적으로 낙후하지만 솔직하고 고지식한 사람'이어서, 교양을 주어야 할 대상이지 경계할 대상은 아니라는 것이다. 과연 강순영은 지속적으로 교양을 받은 덕분인지 탄광을 망치려는 간첩을 체포하는 데 기여한다. 초급당위원장 앞에서 암해분자로 의심이 가는 인물을 지목하며 그는 다음과 같이 말한다. "넌 의심스런 분자다 하는 구박을 내가 받았을 때는 내가 나 자신을 잘 알고 있는 터이므로 그리 두려워하지 두 않았는데, 내가 다른 사람을 가리키며 저 자는 간첩 같다 하는 무서운 말을 해야 할 차례가 되고 보니, 가슴이 떨려서 입을 벌릴 용기가

318

좀체로 나지 않더군요.……"17) 그는 자신이 자신의 의지와는 무관하게 규정되고 그에 따라 생사가 갈리는 상황에 대한 공포를 표현한 것이다. 그의 가슴이 떨린 이유는 남들이 자신에게 하던 짓을 자신이 남에게 해야 했기 때문이다. 자신에 대해 그리고 남에 대해 조심하는 것이 양심이라면 그의 가슴 떨림은 양심에서 비롯된 것이었다. 물론 그는 그럼에도 불구하고 '무서운 말'을 해야 했다. '간첩 같은' 사람에 대해서는 양심을 보류해야 한다는 것이 교양(사상)의 가르침이었다. 그는 교양(사상)의 가르침을 좇았고 그럼으로써 '의심스런 분자'라는 누명을 벗을 수 있었을지 모른다. 그러나 그는 자신의 양심을 완전히 억누르지 못했다. 그에게 양심이란 필요에 따라 보류될 수 있는 것이 아니었기 때문이다.

그의 국외자적 형상은 자신이 무엇으로 불리는 것에 대한 소극적인 저항의 의미를 담고 있는 것일 수 있다. '달팽이 모양으로 껍데기 속에서 안식을 구하는' 삶의 방식 또한 자신에 대한 규정을 피하려는 절망적인 기도로 보이기도 한다. 이러한 절망을 통해서 그는 자신이란 것을 매번 생각할 수 있었을 것이다. 그러나 소설에서와 같이 그의 '껍데기' 조차 지켜지기 힘든 상황이었다. 개변을 이야기하는 문법은 그만큼 강고하고 지배적이었다.

6. 분열의 의미

식민지 시대에 쓰인 유항림의 소설은 자신이란 것에 대한 의혹이 불가피하게 된 시대를 반영한다. 그의 인물들에게 자신이란 자신조차 어떻게 할 수 없는 타자이다. 그들은 (자신에게) 무력하며 따라서 절망하고 있다. 그러나 그들의 절망이 자신이 되지 못한 절망이라면 자신이

---

17) 「성실성에 대한 이야기 (3)」, 『조선문학』, 1958. 3, 38쪽.

되려는 의지는 절망을 통해서 북돋워질 수 있었다.

절망적 의지를 통해 자신이란 것을 문제 삼은 절망의 존재론은 전향의 한 양상으로 읽을 수 있다. 전향이라는 시대적 현상은 유항림 소설의 배경이자 출발점이었다. 그러나 그의 인물들은 사상을 잃은 자신을 어떻게 채울 것인가를 고민하기보다 자신에게 사상이란 과연 무엇이었던가 하는 의혹을 떨치지 못하고 있다. 그들의 의혹이 너나없이 사상에 이끌렸던 현상을 향한 것이라면, 이 의혹은 모든 귀속(제국의 신민이 되는 것은 물론 심지어 민족에 의해 호명되었던 현상을 포함하여)에 대한 의혹으로 확대될 수 있는 것이었다. 이렇게 볼 때 절망의 존재론은 전향론의 수준을 넘어선다. 오히려 그것을 통해 읽게 되는 것은 식민지 근대가 강요한 분열—이것저것으로 불리고 무엇이어야 했지만 그도 저도 아니었던 데 따른—이다. 실로 유항림 소설의 인물들이 보인 절망은 이 분열과 무관할 수 없다. 자신과 남에 대한 규정을 회피하는 양심은 이 분열을 분열로 바라볼 것을 요구하고 있었다.

자신이란 절망을 통해서만 생각할 수 있는 대상이었다. 그런 점에서 유항림에게 절망과 양심은 동의어였다. 유항림의 소설은 자신을 던져 버리는 파행적 선택과 더불어 자신을 무엇으로든 채우려 드는 주체의 나르시즘을 비판했다. 절망하는 인물의 분열된 시선은 주체에 의해 조망된 시공간을 해체하고 분절시켰다. 유항림의 소설이 보인 모더니즘적 면모는 이에 기인한다. 적어도 유항림 소설의 경우 모더니즘의 의미는 절망의 존재론을 통해서 해명되어야 할 것이 아닌가 싶다.

1945년의 해방 이후 38 이북에서 모두는 사상에 의해 하나가 되어야 했고 그럼으로써 주체로 소집되어야 했다. 내면에 어떤 타자도 숨겨 갖고 있어서는 안 되는 '완전한' 소통은 주체의 목표 가운데 하나였는데, 궁극적으로 다르지 않은 이야기를 끊임없이 반복, 확인하는 것은 그 결과였다. 주체의 과잉과 그에의 함몰 현상은 식민지 근대의 분열에 대한 극단적인 반발로 보이기도 한다. 그러나 이 분열이 주체에 의한 '완전한' 소통으로 극복될 수 있는 것은 아니었다. 유항림이 그려낸 개변되지 못한 인물들의 형상은 그런 점에서 매우 사실적이다.

주제어 : 절망, 자신, 전향, 약함, 양심, '현대의 비극', 나르시즘, 개변의 이야기, 분열

◆ 참고문헌

1. 기본자료

「마권」, 『단층』, 1937. 4; 「구구」, 『단층』, 1937. 10; 「부호」, 『인문평론』, 1940. 10;
「농담」, 『문장』, 1941. 2.
「개」, 『문화전선』, 2집, 1946. 10.
「직맹반장」, 『건설의 길』, 작가동맹출판사, 1954.
「성실성에 대한 이야기」(1~3), 『조선문학』 127~129호, 1958. 1~3.
「판자집 마을에서」, 『조선문학』 136, 1958. 12.
「대오에 서서」, 『조선문학』 170~172호, 1961. 10~12.

2. 연구논저

김윤식, 「전향의 논리와 모랄」, 『한국문학사논고』, 법문사, 1973.
쓰루미 슌스케(鶴見俊輔), 최영호 역, 『전향』, 논형, 2005.
伊藤 晃, 『轉向と天皇制―日本共産主義運動の1930年代』, 勁草書房, 2003.
藤田省三, 『轉向の思想史的 研究』(藤田省三 全集 2), みすず書房, 1997.
Michael Theunissen, *Kierkegaard's Concept of Despair*, Princeton University Press, 2005.

◆ **국문초록**

　이 글은 유항림의 소설에서 절망의 존재론을 읽으려는 것이다. 유항림 소설의 인물들은 절망하고 있다. 그 절망이 진정한 자신이 되지 못한 절망이거나 자신이 아닌 자신이 될 수 없는 절망이라면 절망은 자신이란 것을 문제시하는 방법이라고 말할 수 있다. 이 글은 유항림의 소설이 이러한 절망을 통해 자신이란 것에 대한 의혹에 찬 물음을 던지고 있다고 본다.

　절망의 존재론에서 자신이란 완전한 소통이나 일방적인 규정을 불허하는 타자이다. 유항림의 소설은 자신을 타자로 드러내고 바라본다. 「마권」은 바쁜 체 하는 잉여인간을 풍자적으로 제시했으며 「구구」의 전향자는 자신들의 절망을 해결할 어떤 열쇠도 없음을 일깨운다. 사상 또한 의혹의 대상이었다. 절망은 불가피했다.

　「부호」와 「농담」은 자신을 파괴하거나 던져버리는 파행적 선택과 더불어 자신을 무엇으로든 채우려 드는 주체의 나르시즘을 비판한 것으로 읽힌다. 특히 「농담」에서 무엇으로든 규정되고 불리는 것을 용인하지 못하는 주인공은 자신과 남에 대해 조심하는 양심을 일깨운다. 절망은 자신이란 스스로 지워버릴 수도 함부로 규정하거나 채울 수도 없는 것임을 아는 양심의 발현이었다. 자신은 절망을 통해서만 생각할 수 있는 대상이라는 것 — 이것이 양심의 요구이자 명령이었다.

　절망하는 인물의 분열된 시선은 주체에 의해 조망된 시공간을 해체하고 분절시켰다. 유항림의 소설이 보인 모더니즘적 면모는 이에 기인한다. 유항림 소설의 경우 모더니즘의 의미는 절망의 존재론을 통해서 해명되어야 할 것이다.

　북한에서 유항림은 다른 북한작가들과 마찬가지로 옳은 것과 새 것이 승리해가는 쇄신의 과정을 그려내야 했다. 그러나 그는 또 개변되지 못한 인물들의 혼란스러운 내면을 사실적으로 제시했다. 그 인물들은 대 주체에의 귀속이 과연 진정한 자신이 되는 길인가 하는 회의를 표현하고 있었다.

◆ SUMMARY

Yu Hang-Lim and the Ontology of Despair

Shin, Hyung-Ki

The aim of this paper is to read the ontology of despair in Yu Hang-Lim's short stories. The characters represented in Yu Hang-Lim's short stories are in despair. If the despair took hold of them is despair can not be oneself what they want or what they are not, it can be said that despair is the way to problematized the self. I think Yu Hang-Lim's short stories cast some doubtful questions about self through the despair.

In the ontology of despair, self regarded as the other not to be completely communicated or can not be defined from one side. The characters in Yu Hang-Lim's short stories were depicted as the other or they saw themselves as the other. *Maguen* described the surplus man act like a busy person ironically, and ideologically conversed character depicted in *Gugu* shows that there is no key to solve his despair. The socialist idea also seemed suspicious to him. The despair was inevitable.

Buho and *Nongdam* can be read as a criticism to the inclination apt to destroy the self or the selfish narcissism apt to disguise themselves easily. Specially in *Nongdam* the person who can not accept any appellation shows the conscience that demands be prudent to himself and other. The despair was an expression of conscience that knows the self can not be erased or filled with something and furthermore defined easily. The self is an object can be thought through the despair, that was a mandate of conscience.

The spilt sight of despairing person deconstructed and segmented the time and space viewed by the Subject. This caused the modernistic character of Yu Hang-Lim's short stories. In Yu Hang-Lim's case the meaning of Modernism can be explained by the ontology of despair.

In North Korea Yu Hang-Lim should describe the process of self transformation as a victory of the right and the new like other writers. But he represented confused inside of the person who could not renew himself realistically. That person was a shape to express the skepticism whether belonging to the Subject is the way to be self or not.

Keyword : Yu Hang-Lim, ontology of despair, conversion, narcissism, the tragedy of Modern

－이 논문은 2008년 3월 31일에 접수되어, 소정의 심사를 거쳐 2008년 5월 31일에 최종적으로 게재가 확정되었음.

'동아'라는 시뮬라크르 혹은 그 접속자들의 문화 이념

— 1930년대 후반 최재서·백철의 문화론을 중심으로

김 예 림*

목 차

1. 1930년대 후반 세계인식의 '문화론적 전환'과 그 변용
2. 유럽이라는 경유지와 '문화' 문제
3. '동아'라는 정착지와 탈근대적 문화—정치의 전망
4. 원거리 근대, 근거리 근대의 교착과 그 해소

1. 1930년대 후반 세계인식의 '문화론적 전환'과 그 변용

1937년에 발발한 중일전쟁이 장기화·전면화되는 과정에서 전시 일본의 지역주의 구상인 〈동아신질서성명〉(1938. 11)이 발표되었음은 주지의 사실이다. 동아신질서 성명은 '신질서의 건설'을 위해 "일만지 삼국이 정치 경제 문화 등 각 영역에 걸쳐 상호 연환(連環)의 관계를 수립함으로써", "동아에 국제정의의 확립, 공동방공의 달성, 신문화의 창조, 경제결합의 실현"[1]을 달성할 것을 제시하였다. 동아신질서 성명은

---

* 성공회대 동아시아연구소 연구교수.
** 이 논문은 한국현대문학회 주최, 2008년 제1차 전국학술발표대회(2008. 2. 15, 건국대

군사적 압력에 의해 중국을 굴복시키기 어렵다는 것을 파악한 일본의
전략적 방향전환을 언표화한 것으로, 그 핵심에는 바로 "문화공작"의
논리가 놓여 있었다.2) 이 시기에 강조된 "문화공작"은 대항하는 세력
중국을 향해 일본이 취한 교전/교섭의 복합적인 운용을 보여준다. 동아
신질서론은 장기화될 물리적 전쟁을 이념적으로 지탱하기 위한 것이었
을 뿐만 아니라 나아가 전쟁의 직접성을 은폐하면서 이를 '새로운 동
아의 건설'이라는 문화적 명분으로 치환하기 위한 것이기도 했다. 주목
할 것은 이 시점을 계기로 하여 일본의 지식집단이 본격적으로 국책추
종적 담론을 형성하기 시작했다는 점이다. 정부의 정치논리에 따라 언
론조작과 문화통제를 강화하는 움직임 그리고 이러한 문화공작에 문
학─문화주체들이 동원되는 현상에 관해 비판적인 견해가 없었던 것은
아니었으나3) 이는 잠시였을 뿐, 이후 태평양 전쟁기에 이르기까지 두
터운 제국주의 전쟁 철학의 흐름이 형성되어 간다.4)

　　이 논문은 동아 이데올로기가 형성되는 결정적인 시점인 중일전쟁
발발기를 논의의 대상으로 삼아, 전시 문화 이데올로기의 변전 및 그

　　학교) ≪임화·김기림·최재서·백철 탄생 100주년 기념≫에서 발표한 내용을 수정·
　　보완한 것이다.

1) 池田浩士, 「'大東亞共榮圈文化'とその担い手」, 『大東亞共榮圈文化の文化建設』, 池
　　田浩士 편, 人文書院, 2007 재인용. 동아신질서성명의 방송내용은 『조선일보』(1938.
　　11. 4)에 실린다. 육군대장 松井石根는 "東亞의 共同體는 政治的 共同體 經濟的 共同
　　體이기 전에 道義的 共同體 文化的 共同體가 아니여서는 안된다"고 강조한다. 인용
　　은 「사상·문화의 건설」, 『청색지』, 30쪽.

2) 동아신질서 성명이 의도한 문화공작 및 그 배경에 대해서는 米谷匡史, 「日中戰爭の
　　天皇制」, 『總力戰下の知と制度』, 小森陽一외 편, 岩波書店, 2002, 참고. 그에 따르면
　　동아신질서 성명은 '왕도'나 '황도'와 같은 복고적인 이념에 기반한 일본 제국주의, 내
　　셔널리즘과 국공합작으로 저항하는 중국의 항일 내셔널리즘이 대립하는 상황에서 일
　　중화해의 이념을 모색하는 계기가 되었다. 이것이 조선에서 지녔던 의미에 대해서는,
　　차승기, 「추상과 과잉」, 『상허학보』 21집, 2007, 참고.

3) 차승기, 위의 글, 참조.

4) 나카무라 미츠오·니시타니 게이지 외, 『태평양전쟁의 사상』, 이매진, 2007; 고야스
　　노부쿠니, 김석근 역, 『일본근대사상비판─국가·전쟁·지식인』, 역사비평사, 2007.

역사적 의미에 대한 논의를 시도하고자 한다. 이에 대한 분석을 통해 총력전 시스템에서 활성화된 식민지 지식인의 인식론적 재편을, 그 재편 자체를 가능하게 했던 이데올로기적 환경 속에서 점검할 수 있을 것이다. 보다 구체적으로는 (식민지) 지식인 집단이 지닌 문화에의 관심 즉 ‘문화’ 옹호의 논리나 (신)문화 구성의 전망이 제국이 취한 문화 전략과 절합하면서 어떤 길을 걷게 되는가 하는 점에 초점을 맞추게 될 것이다. ‘문화’라는 폭넓은 역장(力場)은 무엇보다도 조선의 문화예술계 지식인들의 관심과 전망이 복합적으로 투사되는 지평이었다. 바로 이러한 이유로, 전시 변동기에 식민본국에 의해 제안된 문화 진단이나 구상은 그것이 문명비판론의 형태이든, 문화위기론의 형태이든 혹은 문화건설의 형태이든 이들에게 강력한 유도력과 호소력을 발휘할 수 있었다. 따라서 우리는 중일전쟁기 지식인 집단의 내적 움직임을 전쟁과 지식인, 정치와 문화라는 관계항들을 중심으로 검토할 수 있을 것이다. 이 문제는 조선의 지식 집단이 식민주의의 문화지정학적 영토로 발을 들이게 되는 과정과 연관된 것으로, 이념적 투항/저항 또는 친일/반일과 같은 이분법적 틀로 환원될 수 없는 식민지 의식구조의 복잡성을 드러낸다.5)

제국주의적 전시 질서가 강고하게 형성되던 시기에 조선의 지식인들이 어떠한 사상적 변전을 보였는가에 관해서는 지금까지 많은 연구가 이루어졌다. 본고의 문제의식 역시 기존 연구를 통해 축적되어 온 1930년대 후반기의 사상사적 지형 탐구에 그 맥이 닿아 있다. 이 시기 근대주의적 발상의 파국을 보여주는 ‘오른쪽’ 측면은 주로 심미주의적 전통론이나 이광수로 대표될만한 일련의 ‘친일문학’을 통해 규명되어

---

5) 나가노 토시오(中野敏男)는 총력전 제체와 그 이데올로그의 문제를 온전히 이해하기 위해서는 ‘전향인가 비전향인가’라는 문제틀에서 벗어나야 함을 강조한다. 그가 역설하는 것은 총력전 시스템이 단순히 억압과 강제를 기조로 작동하는 것이 아니라 ‘조직’ ‘육성’ ‘동원’과 같은 자발성 유도의 기제를 통해 작동한다는 점이다. 전시 조선 지식인의 인식론적 전환을 이해하는 데 있어서도 이러한 관점은 유효하고 유의미하다. 中野敏男, 「總力戰体制と知識人」, 小森陽一 외 편, 앞의 책, 참고.

왔다. 그리고 반대편인 '왼쪽'의 정황은 임화, 김남천, 그리고 서인식과 같은 좌파 이론가들의 사유를 통해 검토되었다. 본고는 전시체제하 조선 지식인이 보여준 전반적인 방향전환의 장을 배경으로 삼아, 여기에 기록되어 있는 하나의 지적 나선을 최재서와 백철을 통해 검토하고자 한다. 이 시기 두 비평가의 입장은 1930년대 후반 조선의 전반적인 인식론적 전환의 자장에서 크게 벗어나지 않는다. 그러나 이들이 구체적으로 어떠한 이념적 연속성/불연속성을 가지고 이 전환의 자장에 등장하게 되는가, 그 과정에 매개되어 있던 중요한 인식론적 변수는 무엇이었는가에 대해서는 지금까지 충분한 논의가 이루어지지 않았다. 이와 관련하여 본고는 우선 ① 두 이데올로그의 위상이 1930년대 후반의 전체적인 지형도 내에 배치되어 고려되지 못했다는 점 ② 이들의 의식이 시기적으로 단절되어 다루어져서, 변모의 '과정'이 충분히 설명되지 못했다는 점을 지적하고자 한다.6)

1934~1935년에 걸친 카프의 해체가 이념적 충돌과 강압에 의한 인식론적 굴절을 상징한다면 중일전쟁기~태평양전쟁기에 일어난 또 한 번의 인식론적 굴절은 이와는 성격이 다른 것이었다. 제국 일본이 제시

---

6) 백철에 대한 연구는 주로 그의 '전향' 이전 시기 혹은 해방 이후 시기로 나누어져 있으며 상호 소통없이 진행되어 왔다. 최재서 연구도 마찬가지다. 주지주의에 기반한 논의에 초점을 맞추거나 국민문학론을 규명하는 데 집중해 왔는데, 두 지점 사이의 상관성은 논의되지 않고 있다. 참고한 기존 연구로는, 손종업, 「백철 후기 비평의 본질」, 『어문론집』 24집, 중앙어문학회, 1995; 임환모, 「1930년대 '지성'의 실체와 의미」, 『한국언어문학』 32집, 한국언어문학회, 1994; 박노현, 「內鮮人과 국민문학: 신민족에 의한 신문학 고안의 기획」, 『한국어문학연구』 42집, 한국어문학연구학회, 2004. 2; 田村勞章, 「國民文學の変容」, 『일본어문학』 32집, 일본어문학회, 2007; 윤대석, 『식민지 국민문학론』, 역락, 2006; 하수정, 「경성제대 출신의 두 영문학자와 매슈 아놀드: 김동석과 최재서를 중심으로」, 『영미어문학』 79집, 한국영미어문학회, 2006; 김윤식의 『백철연구』(소명출판, 2008)는 평전 형식으로 백철의 변화를 통시대적으로 다루고 있다. 그 외 최재서와 백철에 대한 최근의 논문으로는 고봉준, 「전형기 비평의 논리와 국민문학론」과 배개화, 「백철 신문학사조사의 재검토」를 참고(모두 『임화·김기림·최재서·백철 탄생 100주년 기념』(제1차 전국학술발표대회 자료집), 한국현대문학회, 2008. 2. 15에 실림).

한 광대한 지역적(regional) 전망, 세계사적 지평은 대부분의 지식인을 아제국주의(亞帝國主義)적 환상으로 혹은 탈근대적 자기 갱신의 원망(願望)으로 유도했다. 그리고 최재서와 백철은 이 환상을 적극적으로 내면화하여 종전기까지 가지고 간 대표적인 인물이라 할 수 있다. 전시 문화이념이라는 보다 상위의 문제틀 내에서 이 두 비평가의 인식론적 굴곡을 검토함으로써, 본고는 이 시기 사상 지형의 전반적인 변전 및 그 내부의 담론주체들이 드러내는 수행적 차이를 함께 고려하고자 한다.

이러한 맥락에서 최재서와 백철의 인식론적 위상을 일제 후반기 사상사적 지형도 안에 배치하되, 이를 좌파 이론가들과 심미주의적 전통론자들의 그것으로부터 차이화하여 이해하는 관점을 취하고자 한다. 우선 이러한 범주화와 관련하여 다소 설명이 필요한 부분은 백철의 카프 활동 경력일 것이다. 그는 카프 2차 검거에 해당하는 1934년 8월, "좌익문사"의 일원으로 검거되고[7] 1935년에 석방되는데, 이후 뚜렷한 자기 부정의 발언을 계속하면서 "좌익문사"라는 과거를 지워나간다. 당대에도 그러한 측면이 있었으나, 백철의 비평이 지속적으로 중간파적이거나 부박한 것으로 평가되어 왔다는 사실은[8] 그의 이론적 변모가 조급한 자기부정과 자기정당화의 과정으로 연속되어 왔다는 사실을 반영하고 있다. 1936년 이후의 백철의 입장은 당시 문학─문화 이론가들의 공통적인 의제였던 '문화' 문제를 많은 부분 공유하면서 개진된다. 이를 구성한 이론적 계기들로는 휴머니즘, 인간문제, 지성, 행동, 풍류성, 문학과 정치, 전쟁문학 등을 들 수 있겠다.

최재서가 취한 방향은 1930년대 후반 백철의 그것과 몇 가지 점에서 만난다. 좌파 문화인들과 뚜렷한 차이를 천명했다는 점, 전통론에 동의를 표하지 않았다는 점 따라서 이들과는 차별적인 방향에서 '문화'의

---

7) 기사는 『조선중앙일보』, 8. 27.
8) 손종업, 앞의 글.

330

문제에 접속해 들어갔다는 점 그리고 대동아공영의 환상 속에서 '신문화 건설'의 가능성에 적극적으로 화답했다는 점에서 그러하다. 문화의 문제는 최재서에게도 역시 결정적인 것이었다. 그는 애초 '이념문학'과는 다른 지점에서 출발하였고 주로 영미 아카데미즘에 기반한 주지주의 문학론에 기대어 문단활동을 시작하였다. 등단 직후인 1934년에 발표한 중요한 글들 「현대 주지주의 문학이론」, 「비평과 과학—현대 주지주의 문학이론 속편」, 「문학발견시대」 등이 말해주듯이, 이후 최재서의 활동은 이론비평(아카데미즘, 강단비평)과 실제비평(저널리즘, 현장비평)을 넘나들면서 이루어진다. 그가 문화, 지성, 교양, 모럴의 문제에 지속적으로 집중한 것은 주지의 사실인 바, 이후 그가 습득한 지(知), 현실적 환경, 시대적 아젠다가 서로 습합하면서 이 모든 이념어들은 대동아를 향한 미증유의 열기로 휩싸여 들어간다.

위와 같은 문제의식을 안고 본고는 1930년대 후반 비평의 전체적인 지형에서 최재서와 백철의 문화 이념 및 그 변화에 초점을 맞춰 다음과 같이 논의를 진행할 것이다. ① 1930년대 후반에 뚜렷하게 나타난, 세계—자기 인식의 '문화론적 전환' 현상 및 그 배경에 주목한다. 여기에는 거시적인 시야의 문화사적 인식틀이 깊숙이 개입되어 있고 이 틀 내에서 근대를 향한 역사철학적 진단과 의문이 생산되었다. ② 이 전환 현상과 관련하여 '교양' 이념에 기반한 문화주의의 이념과 그 변용과정을 구체적으로 살펴보고자 한다. 근대 자유주의적 개인을 단위로 한 자율적인 정신적 가치의 지향이 교양주의적 문화 이상의 핵심이다.9) 이에 기반한 문화이념이 제국주의적 심상지리 내에서 어떻게 형질 전환

---

9) 문화 혹은 문화주의 이념에 대해서는, Terry Eagleton, *The idea of culture*, Blackwell, 2000(방대원 역, 『미학사상』, 한신문화사, 1995). 사회적, 개인적 조화와 질서 그리고 내면의 교양이나 정신적 가치의 추구를 이상으로 삼는 근대 문화론으로부터 생활방식, 계급, 대중성에 입각한 문화 이해(Cultural studies의 전제)으로의 이동에 대해서는 존 스토리, 『문화연구와 문화이론』, 현실문화연구, 1994, 참고. 그리고 조선의 문화이데올로기와 교양주의에 대해서는, 김현주, 『이광수와 문화의 기획』, 태학사, 2005; 소영현 「근대인쇄매체와 수양론·교양론·입신출세주의」, 『상허학보』 18집, 상허학회, 2006.

되는지를 분석할 것이다. 이 작업은 일본발 정치 이데올로기 나아가 그
것의 문화적 치환에 적극적으로 응답한 지식인의 의식 구조를 분석하
는 일이며, 이 거대한 지각변동에 기록된 하나의 단층면을 추적하는 일
이다.10)

2. 유럽이라는 경유지와 '문화' 문제

　동아신질서와 대동아공영의 문화논리는 조선의 지식인들에게 새로
운 시대 고민을 던져주었다. 그 고민의 핵심에는 위기의식을 동반한 총
체적인 역사 전환에의 감각이 놓여 있다. 유럽의 전황, 나치즘의 득세,
일본발 위기론 등이 겹쳐지면서 1930년대 중후반부터 조선에도 위기의
전형기론11)이 지펴지고 있었다. 예를 들어 신남철은 1936년 "신문화건
설의 길"에 대해 언급하면서, "所謂 '國民革命의 社會學'이라는 독일
나치스의 精神主義的 文化理論은 그만못하지 않게(칸트의 철학—인용
자) 近代社會가 崩壞하야가는 꼴을 고대로 表現하고 있"다고 언급한
다. 이어 나치의 '국민혁명의 사회학'을 "近代社會가 老衰死滅에 頻한
때에 있어서의 文化理論"으로 설명하면서 이제는 더 이상 "市民制를
土臺로 한 近代主義的인 理論構成으로써는 새로운 事態에 適應할 수
가 없게 되었다"고 역설하였다. 그는 특히 독일 파시즘이 감행하고 있
는 문화 파괴에 주목하였다. "昨今의 資本主義的 西歐 諸國家의 文化
를 支配"하는 나치즘을 지적하면서 "이러한 傾向에 反하는 思想은 餘
地없이 排擊撲滅을 當하고 있는" 유럽의 상황을 "文化虐待" 상태로 규

---

10) 백철과 최재서의 경우를 중심으로 논의를 전개하되 시대 공통의 질문을 이들과는 다
　른 방식으로 전유했던 일련의 이론가들을 함께 언급하게 될 것이다.
11) 서인식은 전형기를 "우리의 일상생활을 지도하던 모든 상식과 도덕 전통과 관습이
　묽어지는 대신 새것, 이상한 것을 창조하기 위한 모든 정렬이 혼돈하게 육박하는 시
　기"로 규정한다. 이에 대해서는 서인식, 「현대의 과제」, 『조선일보』, 1939. 4.

332

정한다.12)

"나치스와 팟시스트"의 "문화학대"로 시들어가는 유럽, 유럽이 상징하는 근대문화의 위기, 이에 대한 저항의 표시인 유럽의 국제작가회의는 이곳 지식인의 초미의 관심사가 되고 있었다. 유럽의 현실적·담론적 상황을 진원지로 한 근대세계 붕괴론이나 문화위기론은 조선의 지식인에게는 한편으로는 절실한 것이기도 했지만 또 한편으로는 이동해 들어와 펼쳐진 압도적인 공포의 영상 같은 것이기도 했다. 이들은 유럽을 바라보면서 바바리즘에 의해 장악되어 가는 이 세계가 과연 어떻게 될 것인가라는 문제를 '자기의 문제'로 삼아 고민했지만 정작 아시아 지역에서 벌어지고 있던 상황의 본질에 대해서는 우리가 익히 확인하듯이 전혀 고려하지 못하고 있었다.13) 이와 같이 '외삽된' 그러나 그만큼 실감 있게 내면화된 (근대)세계 붕괴에의 우려는 1936년을 지나면서 문화—문명을 향한 역사철학적 문화진단들을 본격적으로 생산해 낸다. 문화의 재구축, 새로운 문화 건설에의 미망은 모두 이와 같은 문제틀에서 발생한 고민인 바, 이 시기의 담론적 상황을 대대적인 '문화론적 전환'으로 성격화할 수 있는 것은 이러한 까닭에서이다.

그런데 이 담론의 계속적인 배양 및 증식과 관련하여 주목해야 할 것은 1939년을 전후하여 전시 문화 구상이 표명되면서 근대세계의 붕괴와 질서재편의 문제가 드디어 '우리의 것'으로 화한다는 점이다. 이러한 흐름은 대동아공영이라는 보다 확장된 이념적 고리를 거치면서 더욱 가속화된다. 이렇게 볼 때 1930년대 후반 조선 지식계에 뚜렷하게 나타난 '문화론적 전환' 양상을 미시적으로 나누어보면, 그 내부적으로 인식론적 변화의 계기가 존재함을 알 수 있다. 앞 시기에 해당하는

---

12) 신남철, 「신문화 건설의 길」, 『사해공론』, 1936. 5.

13) 이러한 보편주의적이고 국제주의적인 시각의 공허함에 대해서는 류보선의 지적 역시 참고할 수 있다. 그는 이 시기 동양에의 관심이 "세계사적 세계중심부의 역사지리지"에 입각해 있는데 이러한 위치설정은 식민지 현실로부터의 거리화를 동반한 것이었음을 비판적으로 지적한다. 이에 대해서는 류보선, 「친일문학의 역사철학적 맥락」, 『한국근대문학연구』 7집, 한국근대문학회, 2003. 상반기. 참고.

1936~1938년 무렵만 해도 근대문화의 상징인 유럽은 불행한 문명사적 운명의 리트머스 시험지로 비춰졌고 그래서 근대의 몰락은 ‘암울한’ 가능성으로 점쳐졌다. 조선의 일군의 지식인들이 압박해 들어오는 정치로부터 문화를 구출해야 한다고 주장했던 것, 바바리즘과 비합리주의에 대항하는 지성과 모럴의 힘을 강조한 것은 모두 이런 상황에서였다.

그러나 ‘동아’―‘대동아’라는 보다 명료한 지정학적·심상적 지리가 강력한 구속력을 발휘하게 된 1939년 이후부터 서구 근대의 종언은 ‘사실’을 넘어선 ‘당위’로 인지되기 시작한다. 적어도 스러져가는 문화를 애도하는 대신 그것과는 다른 문화 단계를 전망하는 일이 가능해졌고, 이후 시간이 지날수록 이를 위해 투신하고자 하는 열망은 높아져 갔다. 1939~1940년경에는, 전형기 문화변전을 두고 끝까지 고민했던 서인식도 문화의 위기를 새로운 문화탄생의 계기로 바꾸어 인식하려는 입장을 보인다. 그리고 “모든 疑惑을 打開하고 日本民族이 그 어느날 어떤 方式으로던 이 問題를 解決하리라는 것을 우리는 確信하지 않을 수 없다”[14]고 언급한다. 임화 역시, 단지 ‘절망’이나 ‘환멸’로 환원되지 않을 질문을 던진다: “여태까지의 西歐文化를 形成했던 基礎인 人間的 合一의 樣式이 市民的 樣式에 不過하였다면 그 대신에 戰爭에 人間的 合一의 다른 樣式이 發見된다면 文化는 다시 救出될 수도 있지 않을까. 허나 그것이 엇더한 樣式일지? 그것은 오늘날 論하기에 尙早가 아닐까 한다.”[15] 이처럼 1930년대 후반에 전반적으로 진행된 ‘문화론으로의 전환’ 과정을 염두에 두고 우선 그 앞 시기의 양상 즉 ‘문화

---

14) 서인식, 앞의 책, 215쪽.

15) 이와 같은 변동의 시절에 서인식과 임화가 자본주의 시스템 그리고 국경이라는 한계선을 넘어 확장되어 가는 거대한 문화―정신―질서의 환영에 매혹될 수밖에 없었던 상황은 좌파의 방향전환을 이해하기 위해서 반드시 검토되어야 할 부분일 것이다. 임화의 인용은, 『매일신보』, 1940. 1. 6. 일제 말기 임화의 사상적 변화에 대해서는, 김예림, 「초월과 중력, 한 근대주의자의 초상」, 『한국근대문학연구』 9집, 한국근대문학회, 2004. 상반기. 참조.

에의 염려'가 문화옹호론의 모습으로 출현하여 조선의 담론장을 채우던 상황을 검토하도록 하자.

'세계'를 무대로 한 문명사적 지각변동이 현실적·상상적 층위에서 육박해 들어오고 근대세계가 휘청거린다는 묵시론적 진단이 일반화되는 시기에 일군의 조선 지식인은 사태를 〈바바리즘: 문화〉의 대립으로 파악하는 데 동의했다. 최재서와 백철은 문화론적 전환이 진행되는 시기 초반부터, 그 누구보다도 이 문제에 관해 적극적으로 발언하였다. 문화론적 전환의 와중에 이들이 문화문제의 중요성을 파악하는 데 결정적인 계기가 되었던 것은 1935년 2월 니스에서 열린 지적협력국제협회 담화회이다.16) 최재서와 백철은 나치즘으로부터의 문화 옹호를 외친 유럽 문화인들의 육성을 직간접적으로 전하면서 1930년대 후반 문화론적 전환의 무대로 들어선다. 백철과 최재서는 문화, 교양, 휴머니즘, 행동, 지성 등과 같은 인문주의적·인간주의적 이념어들을 선택적으로 전유하거나 공유하면서 야만이 문화를 억압하는 '가공할만한' 상황을 조선으로 번역해 날랐다. 백철은 1936년 "나치스의 政治的 바바리즘" 이라는 사건을 목도하면서 "문화의 옹호"를 외치기 시작한다. 그는 "暗澹한 天氣와 不安한 雰圍氣의 濃霧"를 반복적으로 언급하면서 "문화의 자유"를 구해내는 것이 전세계적으로 절박한 과제가 되었음을 강조한다.

> 그와 같은 切實한 疑問과 急迫한 危險 아래서 文化의 自由를 그 암담한 濃霧가운데서 救해내기 위하야 近年에 文化의 擁護問題가 一般 인테리群에 切實한 疑義를 *加하게 된 듯하다. 文化擁護의 문제! …… 그런 意味의 文化問題란 단순히 佛蘭西나 英國에서만 論議될 것이 아니라 今日의 어느 나라에 있으나 類似한 現實的 疑義 或은 더욱 切實한 問題로 提起 討論되여야할 問題인 때문이다. 또한 그 意味에서 이 文化擁護問題는

---

16) 반파시즘 인민전선에 관한 조선 문학인들의 수용 및 입장에 대해서는 김외곤, 「1930년대 후반 한국문학과 반파시즘 인민전선」, 『외국문학』 28호, 1991. 가을호를 참고할 것.

一般의 問題로서 追求하는 同時에 나가서는 自己가 處해 있는 國家와 現
實의 問題로서 究明해여야 할 問題가 아닐 수 없다![17]

이어 그는 개인주의, 자유주의 문화가 자본주의의 성쇠와 운명을 같
이하는 것임을 부연하면서, 오늘날 이 문화가 맞은 위기는 “그 危機 自
體가 어느듯 새롭은 것을 本質的으로 內包한 것이 아닐 수 없”으며
“危機에 처해있는 낡은 文化와 困難한 가운데서도 오히려 發芽 大起
의 成長의 길을 취하고 있는 새롭은 文化”가 있다고 진단한다. 그리고
낡은 문화가 “近代의 社會體制에 支持되어 있는 反面에”, 새로운 문화
는 “新興하는 社會層의 擁護 아래 存立되여있”다고 전망한다. 그가 지
적한 “새로운 문화”란 나치스 바바리즘이었다.[18] 그로서는 나치스 바
바리즘은 부정해야 할 항이지만 그렇다고 해서 이를 이겨낼 수 있는 다
른 문화세력을 구상할 수는 없는 상황이었다. ‘좌파적’ 비전은 이미 그
스스로 소거시켜버렸던 까닭에, 어떤 긍정적인 ‘탈근대’ 문화의 상은
분명하게 잡힐 수 없는 것이었다.

그가 휴머니즘―인간문제라는 ‘주체의 장소’로 들어온 것은 이와 같
은 맥락에서이다. 그에 따르면 문화옹호란 결국 “人間으로서 生存하려
는 意慾, 人間的 디그니티를 保持하는”것이고 이것이 바로 휴머니즘의
핵심이다. 1937년에 발표한 「웰컴! 휴먼이즘」과 「리얼리즘의 再考―그
앤티 휴먼의 傾向에 對하야」를 통해 우리는 그가 새로운 시대적 아젠
다로 제안한 휴머니즘의 실체를 다음과 같이 확인할 수 있다: 1) 살고
자 하는 욕망: “人間은 前進해서 政治를 論하고 文化를 論하는 것보다
먼저 어떻어면 사를 수 있을까하는 生의 可能性을 찾으려는 곳에 머무
러 있다. 말하면 人間은 本來에 있어 人間으로서 살고 人間답게 살어
보고 싶다는 本能的 意慾이 있다면 첫재로 今日의 휴먼이즘은 그 本能

---

17) 백철, 「문화의 옹호와 조선문화의 문제」, 『사해공론』, 1936. 12, 18쪽.
18) 인용은 모두 위의 글. 그러나 이 글은 제목과는 달리 ‘조선문화의 문제’에 대해서는
    전혀 언급하지 않는다.

的인 意慾, 元素的인 要求가 性格으로 되어 있다"[19]는 것. 2) 미래 탐구적인 욕구: "今日의 휴먼이즘은 決코 그러한 鄕愁적인 行動은 아니다. 그것은 過去의 어느 時代와 社會에 대한 追想과 鄕望이 아니고 未來에 대한 追求情神의 表現이다. 今日의 휴먼이즘의 文學에 있어 만일 人間을 探究하는 것이 한 重要한 課題라면 그것은 科學의 社會에서 그 어떤 人間形을 차저오는 것이 아니고 未來의 時代를 새롭은 人間타입을 探究하는 곧에 그 興味와 勞力이 있어야할 것이며 또 그런 것이 事實이다. 文藝復興期의 휴먼이즘과 今日의 휴먼이즘을 區別하는데는 무엇보다도 여기에 明確한 限界가 介在되여있다고 보혀진다"[20]는 것. 3) 리얼리즘의 과오와 갱신의 필요성:"今日의 現實에 대한 人間情熱과 人間意慾 人間權威 등의 온갖 '휴먼'의 條件을 벗어나서 다만 客觀的으로 純客觀的으로 現像을 그려가는 것이 今日에 있어 참된 리얼리즘이 될 수 없는 것."[21]

이렇게 백철은 문화가 위기에 처한 시기에 문제를 인간적 정열, 현실탐구에의 의지, 인간답게 살고자 하는 욕망과 같은 '활동성' 코드로 전유하는 한편,[22] 이를 지식인의 모럴의 문제로 끌어들여 지성의 중요성을 논하기도 한다. 동아 이데올로기와 접속하기 이전의 백철의 사고의 핵심은 위에서 살펴보았듯이 '바바리즘으로부터의 문화 옹호', 그리고 '문화 옹호를 위한 주체의 모럴=정열' 이렇게 두 항으로 정리될 수 있을 것이다. 그가 지켜야 할 것으로 상정하고 있는 '문화'의 내용은 명확하게 제시되어 있지 않지만 르네상스를 기원으로 하는 자유주의적이

---

19) 백철, 「웰컴! 휴먼이즘」, 『조광』, 1937. 1.

20) 백철, 앞의 글, 295쪽.

21) 백철, 「리얼리즘의 재고―그 앤티 휴먼의 경향에 대하야」, 『사해공론』, 1937. 1, 48쪽. 이후의 글로는 「순수문화의 입장―정치와 문화의 관계, 순수문학에 불순성 등」, 『조광』, 1938. 4.

22) 백철은 최재서의 '지성주의'를 비판하면서 열정과 행동을 강조했다. 그렇다고 해서 백철이 '지성'의 중요성을 인정하지 않은 것은 아니었다. 이에 대해서는 백철, 「지성의 고민」, 『사해공론』, 1937. 5, 참조.

고 인문주의적이며 인간주의적인, 근대 유럽이 꽃피워온 정신문화와 다르지 않은 것이었다. 속악하고 기계주의적인 물질문명과는 다른, 그것에 대항하거나 저항하는 인간 정신(혹은 그 정신의 산물)에 절대적인 가치를 부여하는 문화주의적·인문주의적 전망을 백철이 고스란히 반복하고 있음을 알 수 있다.[23)]

최재서의 논리 역시 크게 다르지 않다. 물론 최재서는 ‘행동’을 강조한 백철과 달리 ‘지성’의 옹호를 외쳤다. 그에 의하면 지성은 “行動과 對立되는 槪念”이며 특히 “機械的 行動”이나 “衝動的 行動”과는 전혀 다른 것이다. 지식인의 행동은 “思索의 發展이고 價値觀의 現實化”[24)]이며 이를 가능하게 하는 것이 바로 지성의 힘이다. 그가 파악하기에 문제는 비합리적 광기가 시대를 덮고 있고 그로 인해 지성의 빛이 점점 꺼져들어간다는 데 있다. 그에게 지식인의 자의식은 곧 지성의 다른 이름이었다. 이는 곧 자기자신에 대한 그리고 세계에 대한 “성실”과 “자율성”[25)]을 의미하는 바, 이것이 곧 근대적 주체의 진정한 모럴인 것이다. 그는 지적협력국제협회의를 야만의 시대에 피어난 지성과 모럴의 상징으로 이해했고 이들의 발제문을 길게 소개하는 글을 쓴다. 「知性擁護」가 그것으로, 여기에서 최재서는 “人間知性을 原始時代로 돌려보낸 이 現代의 威力에 對抗하야 이곳에 모인 理智人들은 무엇을 主張하였는가?”라고 물으면서 문화옹호의 휴머니즘 정신이 갖는 의의를 다음과 같이 설명한다.

現代를 風靡하는 非合理主義에 대하야 人間의 知性을 빛내게 하고 政

---

23) 문화주의자들의 기본적인 전제이긴 하지만, 이에 관한 백철의 직접적인 언급을 인용하면 다음과 같다: “그것은(휴머니즘―인용자) 一般的으로 近代의 機械文明이 人間을 一律化하고 機械化하고 人營化하는 그 너무나 物質的인 메카니즘에 대한 人間的 反抗이 아닐 수 없든 것이다.”(「순수문화의 입장」, 『조광』, 1938. 4)

24) 최재서, 앞의 책, 137쪽

25) 최재서, 『文學과 知性』, 인문사, 1938, 144쪽. 그의 지성론에 대한 논의로는 임환모, 앞의 글, 참고.

治的, 文化的 責任과 勞力을 集團으로부터 個人안으로 옴기고 國民主義
的 神話와 暗示에 盲動하는 民衆을 排斥하고 銳智의 蓄積인 文學 藝術
其他 모든 文化의 傳統을 擁護하려고 하엿다. 이것은 무엇보다도 雄辯한
휴-매니즘의 定義이다. 여기에 또한가지 빠진 것이 있다. 그것은 즉 人間
의 調和的 發達이다"26)

인간의 조화로운 발달은 교양이념의 이상이지만, 그 성취가 불가능
하다는 것 역시 현대 세계의 조건이기도 하다. 불변의 존재조건으로 인
해 시선을 자기자신으로 향하는 현대인("인테리")이 바로 인간적 모럴
을 상징하는 존재이다. 최재서는 철저하게 '개인'을 단위로 한 지성
론-모럴론을 전개하고 있는데, 왜 지성적 개인에게 기댈 수밖에 없는
가에 대해 다음과 같이 부연한다: "이 矛盾(구도덕은 무효화되었으나
그렇다고 "이에 대신할 새로운 도덕"은 "확립"되지 않은 상태-인용
자)을 肉彈的으로 부디치고 모랄의 問題를 이렇게 해결지키랴는 것은
舊時代의 個人主義의 殘骸라 할는지는 모르겠다. 그리고 모든 葛藤을
社會的으로 取扱할 것을 勸誘할는지도 모르겠다. 그러나 個人의 知性
을 不信任하기엔 우리 周圍엔 너무도 無知가 많고 道德의 集團的 處
理를 信仰하기엔 우리는 너무도 個人的 惡意와 不信義에 被害를 받고
있다."27) 자의식 과잉에 빠져버린 그러나 지성과 양심으로 자기를 응
시하는 '개인'은 『문학과 지성』과 이 시기 그의 비평을 관통하는 가치
론적 축이라 할 수 있는 바, 서구적 교양 이념에 기반한 이와 같은 휴
머니즘적, 문화주의적, 모더니즘적 사유는 매우 '정태적'이고 '안정적'
으로 반복해서 나타나고 있다.

---

26) 최재서, 앞의 책, 157쪽.
27) 위의 책, 144쪽.

3. '동아'라는 정착지와 탈근대적 문화 – 정치의 전망

앞에서 살펴본 바와 같이 백철과 최재서를 비롯한 조선의 지식인들은 문화위기 상태, 인간성 말살의 비극을 지극히 국제적인 시각에서 동시대적인 문제로 인식하였다. 이 시기에 진행된 역사철학적 근대 인식을 전체적으로 검토해볼 때, 서구 근대문화가 처한 불안은 거의 모든 담론 주체에 의해 기정사실로 받아들여지고 있음을 알 수 있다. 그러나 이 현상이 문제화되는 노선은 앞서 말했듯이 하나가 아니었다. 이 가운데 백철이나 최재서의 경우는 서구 자유주의 전통에 입각한 문화주의 이데올로그의 착종을 보여준다. 이들은 좌파의 근대주의와도 전통주의자의 역(逆)근대주의와도 경로를 달리했다. 그러나 1930년대 후반에는 그들과 마찬가지로 대동아공영의 문화 구상 내로 편입되어 들어갔고 또 가장 앞서서 신질서 건설의 주역으로 참여하고자 했다. 백철과 최재서가 1935년을 넘어서면서 제일의적 가치로 설정한 '문화옹호'론은 문화위기론에서 출발하여 문화쇄신론으로 연접해 넘어가면서 결국에는 신시대의 문화논리를 구상하는 단계로 나아간다.

이 연접 변화의 결정적인 시점이 된 것, 즉 무너져가는 문화를 딛고 새로운 문화를 건설하는 데에 지식인 – 문화인의 소명이 있다는 인식의 형성에 영향을 미친 것은 동아신질서 성명을 통해 제시된 광대한 문화적 비전이었다. 동아신질서 성명의 문화적 비전, 그리고 이것이 지식집단에 요구한 참여와 수행을 이들이 어떻게 받아들였는지 살펴볼 필요가 있을 것이다. 1938년의 신질서 선언은 전쟁이 파괴와 혼란의 단계를 벗어나 "건설"의 단계로 진입할 것임을 알리는 것이었다. 문화는 이처럼 새로운 환경에서 다시 문제화되었고 미래적 실천의 장으로 각색되었다. 중일전쟁 발발 3주년을 기념하여 인문평론이 마련한 「일지사변 3주년 기념」 코너에는 채만식, 임화, 김남천, 최재서, 유치진, 백철, 윤규섭, 이원조가 참여하여 개인적인 소회에서부터 다소 공적인 발언에 이르기까지 다양한 발언을 한다. 이 가운데 백철과 이원조, 윤규섭은 문화와 정치의 밀착을 전제로 문화인의 사명, 문화의 중요성 등에 관해 같은 목소리를 내고 있다. 이들에게 정치와 문화의 완벽한 통일을 가능하게 하는 "새로운 지표"로 1938년의 동아신질서 성명이 거론되고 있음은 쉽게 확인할 수 있다.

"군사적·정치적 방법"에 의한 '통합'이 아니라 '문화적 구축'에 의한 '통합'을 강조한 동아신질서의 이념은 구라파를 바라보면서 문화의 파괴를 유감스러워했던 일련의 문화주의자들에게 적어도 세 가지 환상을 제공한 것으로 보인다. 첫째, 파괴의 형국에서 문화가 구출될 수 있다는 것 둘째, 문화적 건설정치를 지향하고 문화의 심각한 불균형 상태를 극복함으로써 문화가 정치로부터의 소외상태에서 벗어나 건강한 참여와 결합의 길로 갈 수 있다는 것 셋째, 보다 지정학적인 정향이 강화된 의식으로, 유럽에서 스스로 파국을 맞은 문화와는 전혀 다른 성격의 '동아문명'을 건설하게 된다는 것.[28] '문화의 생존' 문제에 천착했던 지식인들이 동아의 문화적 사명이라는 지점으로 이동한 것은 이러한 맥락에서이다. 더구나 거의 절멸 상태에 도달한 '쇠약한' 문화에 더 이상 희망을 걸 수 없었던 이들에게, 새로 건설될 그 어떤 신생 문화를 향한 이념적, 실천적 이동은 지극히 자연스러운 것이었다. 시선은 '동아'로 귀환했고, 이 안에서는 그들을 괴롭혔던 모든 대립쌍들의 균열이 조화와 통합으로 대체될 수 있었다. 이제 백철과 최재서의 전환의 순간이 어떠했는지 보다 구체적으로 살펴보도록 하겠다.

백철은 일종의 자기고백이라 할 수 있을 창작 「전망」[29]을 통해 시대의 혼탁함에 괴로워하던 인물이 '밝은 미래'를 발견하기까지의 과정을 기록한다. 이 지극히 상투적이고 전형적인 작품에서 우리는 그가 불안과 절망의 단계를 어떻게, 왜 벗어나게 되었는가를 파악할 수 있다. 이 소설에는 시대의 불투명성이 완벽한 투명성으로, 모호함이 명료함으로,

---

28) 특히 백철, 「금후엔 문화적 사명이 중대」; 윤규섭, 「정치와 문화에 대한 소감」; 이원조, 「문화에 대한 소감」을 참조할 것. 『인문평론』, 1940. 7.

29) 백철, 「전망」, 『인문평론』, 1940. 1.

절망이 희망으로 변화하는 과정이 그대로 기록되어 있다. 인물은 “동양의 소년”이 전진하는 광경을 바라보면서 새롭게 열리는 세계에 눈을 뜬다. 그 장면은 이렇게 묘사되고 있다: “내 앞에는 아세아의 누런 흙빛의 地圖가 나타나고 다시 지도는 소년의 행열의 광경으로 덮이여버린다. 그것은 명랑한 광경이 아닐 수 없다. 그러기에 내가 이번 전쟁에 희망은 두는 것을 생각하면 이번 사변과 직접 내가 緣을 가진 것이 아니라 저 소년의 행렬을 통하여 간접으로 그것을 느낀다. 간접으로 영철군을 통하여 거기 참례하고 미래를 내다보는 것이다.”30) 이러한 내면 풍경은 이 시기 지식인의 이념적 이동을 ‘심정’의 차원에서 압축적으로 보여준다. 그러나 그가 지닌 나름의 이동의 ‘논리’를 파악하기 위해서는 백철이 그간 문화와 정치의 관계를 어떻게 설정해 왔는가에 좀더 주목할 필요가 있을 것이다. 따지고 보면 전향 선언을 한 1935년부터 그리고 본격적으로 ‘문화의 옹호’를 외치고 나온 1936년부터 이미 그는 문화와 정치의 관계를 줄곧 화제화하고 있었다. 이 관계쌍에 대한 논의는 해방기에도 출현하는데, 그 궤적을 따라 읽다보면 그가 오랜 문단 경력에서 보여온 변화무쌍한 움직임과는 다른 어떤 교묘한 ‘일관성’을 포착하게 된다.

문화와 정치의 관계를 다루고 있는 글 가운데 중요한 논점을 담고 있는 것은 우선 「순수문화의 입장」이다.31) 여기서 그는 “今日은 政治가 모든 文化를 手段化하고 있는 時節”이며 “이 時期에 하나의 文化擁護의 問題가 새롭게 提起되여야” 함을 지적하면서 “문화의 순수한 자유”라는 것을 주장한다. 즉, “過去의 우리 文化는 政治의 干涉에 拘束을 받어왔다는 것, 그러기에 무엇보다도 文化는 政治의 干涉을 떠나서 自己의 純粹한 自由의 立場을 가질 수 있을 뿐 아니라 그것이 必要하다는 것”32)이다. 이렇게 정치와 경제로부터 문화를 떼어내어 자율적

---

30) 앞의 책, 249쪽. 소년 영철은 주인공이 새시대의 정신으로 역설하는 과학자의 이성과 냉정을 가진 인물로 찬양되고 있다. 그는 “동양의 찬란한 미래”를 상징한다.

31) 백철, 「순수문학의 입장」, 『조광』, 1938. 4.

342

인 영역으로 분리시키면서, 조선의 문화가 그동안 계급운동의 "수단과 방편으로 화해온" 과정을 비판한다. 약 일 년 후인 1939년 4월에 백철은 「時局と文化問題の行き方」33)라는 제목으로 이 테마를 다시 본격적으로 다룬다. 그가 "時世的인 것의 受理"34)를 선언하고 더 나아가 시대적 비전과 조우할 즈음의 문화관을 이 글을 통해 확인할 수 있다. 입장 변경을 선언한 후에 쓴 가장 본격적인 수준의 문화―정치론인 이 글의 핵심을 요약하면 다음과 같다. 1) 전쟁은 정치의 연장이자 특수한 형태이며 정치가 격화되는 장면이다. 2) 지금은 보통 때보다 정치가 클로즈업되는 시대인데 이것은 동양의 특수한 현실이 아니라 세계적인 현대성에 해당한다. 3) 사변의 발발로 현재 정치는 앞선 시기와는 전적으로 다른 형태로, 강력하게 문화의 '위'에 존재한다. 4) 정치가 문화를 수단으로 삼는 것도 잘못이고 동시에 문화가 정치를 배제시킬 때만 성립하는 것이라는 생각도 잘못된 것이다. 5) 정치와 문화는 한편으로는 확실히 서로를 배제하지만 또 한편으로는 상호 접근하는 혈연관계를 맺고 있다. 6) 문화는 물론 독자적인 영역이지만, 모든 사회 현상에 있어서 일정한 등급과 차별을 따져봐야 한다. 7) 이렇게 볼 때 어느 정도의 우월성은 문화가 아니라 정치에 있다. 그러나 양자가 단순한 종복관계에 있는 것은 결코 아니다. 8) 정치가 어떤 방향으로 움직이든 문화

32) 백철, 앞의 글, 314쪽

33) 실린 곳은 『동양지광』, 1939. 4.

34) "春秋戰時年中에 우리 文壇의 一年도 느즈려고 한다. 소위 物質과 行爲의 時代, 오직 눈에 보이는 結果에만 價値를 두는 年間은 누구나 하는 말이지만 文化라든가 文學이라는 것이 行世를 할 歲月이 아니다. 이때에는 文化人이나 文壇인이라고 해서 特性한 地位가 許諾될 理 없고 다른 行爲人들과 같은 行動의 立場을 時世는 要求하는 것이다. …(중략)… 여기에 대하여선 나 亦是 누구보다도 그 時世的인것을 어떻게든지 受理해볼 姿勢를 取하고 있는 것이 事實이나 그것도 今日의 知識人으로서 時世에 대한 하나의 覺悟를 말하는 것이요 今日이 文學界에 盛運을 가저올 意味는 아니든 것이다."(백철, 「금년간의 창작계 개관」, 『조광』, 1938. 12, 46-47쪽) 1938년 12월 6일부터 5차례에 걸쳐 『조선일보』에 게재된 「시대적 우연의 수리」 역시 동일한 인식을 담고 있다.

인은 우선 자기의 의지를 자신의 입장과 기술력을 통해 유지해 나가야
한다. 9) 확실한 자기입장이 없다면 정치에 관해 행동하는 것은 공허하
다. 10) 지성을 가지고 냉정하게 판단하여 정치를 향한 행동을 결정한
다면 금일 문화인이 정치에 봉사하는 것은 금일의 문화를 끌어올리는
비약의 길을 열 것이다.

이 글의 기본적인 입장은 문화와 정치가 친밀한 관계를 맺을 때 상
호 발전의 길로 나아갈 수 있다는 것이며, 지식인은 이에 대한 신념을
가지고 자발적으로 실행해 나가야 한다는 데 있다. 그리고 금일의 동양
세계는 "사변"을 통해 문화의 새 길을 찾을 수 있을 것이라는 전망을
덧붙이고 있다. 여기에는 앞서 주장한 "자율적인 문화"의 논리를 한편
으로는 유지하고 또 한편으로는 약간 비틀어, 정치의 우위를 인정하면
서 문화의 자발적 참여(그의 논리를 따르자면 이것은 문화가 피동적으
로 정치의 수단으로 전락하는 것이 아니다)를 종용하는 적극성이 직접
적으로 드러난다. "사변"의 문화적 의의에 대한 사후적 재구성, 그리고
사변에 거는 기대는, 긴 설명이 필요없을 정도로 명료하게 표출되고 있
다. 이후 그는 "이번 사변을 통하야 새로 현대 일본문학상에 등장된 전
쟁문학"35)에 대한 관심을 표명하는 등, 동아신질서를 향한 '협동'에의
의지를 분명히 한다.36)

백철이 정치 "過濫"의 시절을 벗어나 정치−문화 통합의 이상을 발
견하고 그 실현을 위한 문화 참여를 도모했다면 최재서는 근대 세계의
분열상, 근대적 개인의 내적 균열의 가능성을 극복하는 방향으로 나아

---

35) 이후 그는 "이번 사변을 통하야 새로 현대 일본문학상에 등장된 전쟁문학"에 관심을
표명하며, 전장문학에서도 역시 휴머니즘이 주조가 되어야 함을 논한다. 백철, 「일본
문학상의 전쟁」, 『조광』, 1939. 2; 「전장문학일고」, 『인문평론』, 1939. 10.

36) 이와 관련해서는, 「東亞の新秩序と協同への意志」, 『총동원』, 1940. 2. 이 글에서 백
철은 "지나사변은 결코 근대에 행해졌던 식민지 획득의 침략행위가 아니라 동아의 새
로운 질서 건설을 목표로 한 것"이라고 강조한다. 이어 "서구에서 온 것이 아니라 동
양에서 생겨난 동아협동체"라는 '전체'를 형성하기 위해 사상적이고 문화적인 협조가
필요함을 논한다.

344

갔다. 영미 아카데미즘을 지적 기반으로 삼아 활동을 시작한 최재서에게, 문화적 가치와 그것의 개인화를 의미하는 '교양' 그리고 교양의 습득을 가능하게 하는 '지성'은 언제나 중심적인 테마로 지속되어 왔다. 앞서 살펴보았듯이 최재서 역시 유럽의 전황과 문화계의 움직임을 세밀하게 전하면서 자신의 문화론과 교양론, 지성론을 생산했으며 이를 다양한 현장비평과 이론비평을 통해 구체화했다. 문화-교양-지성의 위기는 이 시기 그의 관심이 머물러 있던 한결같은 장소이다. 그러나 흥미로운 것은, 1941년에 쓴 한 편의 글에서 유럽의 문화위기를 '절박하게' 받아들였던 자신의 과거를 다음과 같이 비판하고 있다는 점이다: "우리가 구라파에서 건너오는 危機의 소리를 처음으로 들었을 때 우리는 事態를 바로 認識하였고 할 수 없었다. 그것은 마치 晴天에 雨雷소리를 들은 어린애 模樣으로 그 精神的 效果를 받았을뿐이지 그 客觀的 實體에 대하여 明確한 認識을 가지지 못하였던 것이 사실이다. 즉 우리는 구라파의 文化가 1, 2의 獨裁者의 반다리즘에게서 威脅을 받고 있다는 至極히 單純한 解釋을 가졌을뿐이었다. 그것은 우리들의 귀에 文化危機를 들려준 사람들이 대부분 英弗系統의 評論家나 作家였음을 생각하면 그럴법도 한일이다 **에 있어서도 아니 事態가 絶頂에 到達한 現在에 있어서야말로 이런 類의 解釋은 英美의 저-나리즘에 指導的이 아닌가? 그러나 前後 10년 동안 몸소 겪어온 非常時體驗을 通하여 우리들은 별다른 解釋을 가질 수 있게 되었다."37)

그가 말하고 있는 별다른 해석이란 다음과 같은 것이다. 1) 유럽문화의 위기는 한두명의 개인 독재자에 의해 초래된 것이 아니라 역사의 회전에 따른 현대문명의 위기에 의한 것이다("합리주의정신의 부적합, 사회관에 있어서의 실증주의적 설명의 불가능, 민주주의의 무력화, 세계경제의 파탄, 개인주의문학의 窘塞") 2) 한 문화가 위기에 있다는 것은 그 문화의 정세가 절정에 도달했다는 것을 의미하는 바, 결정적인 전환

---

37) 최재서, 「문학정신의 전환」, 『인문평론』, 1941. 4. 5쪽.

이 필연적으로 일어나야 한다 3) 프랑스는 문화의 코스모폴리타니즘 때문에 문화의 국가성을 등한시하였고 그 결과 독일에 패배했다 4) 문화의 옹호와 국가의 옹호는 불리불가능한 한가지인 것이며 문화를 위해서라도 국가를 옹호해야 한다. 5) 국가의 羈絆을 벗어나서만 문화가 순수하게 발전할 수 있다는 문화주의적 사고형식은 이제 무효하다. 6) 그러므로 문화의 국민화만이 유일한 길이다.38)

　동일한 사태에 대해 완벽한 시선 교정이 가능했던 사정은 복합적으로 설명되어야 할 것이다. 이는 제국이 주도하는 현실의 변화와 이데올로기적 기반에서도 그 근거를 찾을 수 있지만 이에 계속적으로 대응해 나간 문화주의자, 교양주의자 최재서가 갖고 있던 논리 및 그것의 잠재적 변형 가능성 측면에서도 규명될 수 있을 것이다. 1939년 11월 『인문평론』은 권두언에서 '문화인의 책무'를 이슈화한다. 이 아젠다는 앞서 살펴보았듯이 중일전쟁의 '문화화'가 본격적으로 시작된 1938년 이래 조선의 지식인들을 '비판적' 회의주의자로부터 참여형 문화실천자로 바꾸어 낸 중요한 계기였다. 그들은 "事變에 대한 責任은 文化人의 어깨 우에도 매한가지로 놓여져 있지만 아모래도 文化人의 直接的인 活動이 期待되는 것은 事變處理에 있어서이다 …(중략)… 모든 反國體的인 思想를 물리치고 참으로 自主的인 文化를 建設한다는 積極的인 것임을 생각할 때 文化人으로서 重大한 責務를 느끼지 않을 수 없다"39) 고 선언하면서 전쟁의 정신적－문화적 처리를 떠맡았다. 그들의 임무는 기술적인 것이라기보다는 신문화 건설의 이념적 지반을 공고히 하기 위한, 고도로 정신적인 것이자 교육적인 것이었다. 문화협동체의 상이 이상태로 설정되고 거시적이고 장기적인 문화인의 역사적 안목이 요구되던 시점에서 이루어진 이 이데올로기적인 작업은 (동아)협동체 모델, 전체성의 원리에 기반한 전체－개인의 조화로운 결합이라는 당

---

38) 최재서, 앞의 글 참고.
39) 「문화인의 책무」(권두언), 『인문평론』, 1939. 11.

346

위를 거듭 강조하는 쪽으로 진행되었다.

잠시, 그가 자신의 '판단오류'를 인정하기 전의 시점으로 다시 돌아가 보자. 1939년 근대문명을 넘어서고 근대적 개인성을 넘어서야 한다는 논의가 이미 일반화된 상황에서 최재서는 다시 한번 교양에 관한 입장을 표명한다.[40] 그의 견해는 당시의 지식계의 전체적인 담론 상황에서 보자면 오히려 다소 예외적인 지향을 담고 있는 것이었다. 이 글은 여전히 문화적 가치, 교양 습득에 따른 개성의 확보, 고독한 개인적 사유와 사색을 통한 자기 계발, 교양의 포용성을 강조한다는 점에서 그의 앞선 시기의 관점과 크게 다르지 않다. 그러나 한가지 주목할 것은 그가 "이질적인 문화"의 과잉 섭취로 인해 "자아분열"을 겪는 현대인을 언급하면서, "동양 현대인"의 분열을 언급한다는 점이다. 그에 따르면 이질적인 것의 과잉 섭취에 따른 분열은 특히 "東洋에 앉어서 歐羅巴文化를 輸入하고 있는 우리들의 가장 큰 煩悶"[41]이다. 그가 간략하게 언급하고 넘어간 동양 번민의 내용과 근거는 1941년경에 다음과 같이 명백하게 지적된다: "過去의 朝鮮文化—적어도 文化가 朝鮮에 있어서 意識的으로 追求되여온 최근 十五六年동안의 朝鮮文化는 日本全體의 文化가 그러했듯이 分裂狀態에 놓여저 있었다 …(중략)… 大正末期 以

---

40) 1939년 11월 인문평론은 '교양론' 특집을 마련한다. 이 특집에는 이원조, 최재서, 임화, 박치우, 유진오가 참여한다. 당시 정치 이데올로기의 문화적 번역 정도와 관련해서 논자들은 차이를 보이면서 다양한 논의를 펼친다. 시기적으로 좀 앞서지만, 백철 역시 교양과 균형의 중요성에 대해 언급한 바 있다. "질서의 세기 뒤에 오는 정신의 결여에 대한 사실 過濫의 모순, 불균형의 세기"에 도달한 인간을 '개조'하기 위해서는 균형을 지향하는 교육이 중요하다는 것이 그 요지다. "먼저 말한바와 같이 현대의 휴머니즘은 현대인의 형성문제를 내놓고는 구체화될 기술적인 의미가 없으며 그 인간의 형성문제는 금일의 모순과 불균형에 대하야 조화를 구하는 일반적인 추구를 제하고는 가능할 수가 없다. 그리하야 현대의 휴머니즘이 금일의 불균형 모순의 인간에 대하야 새롭은 조화의 인간을 추구하고 형성하는 문제에 나가게 된 것은 그것이 금일에 와서 본격화된 경향이라고 나는 보고 있다."(인용은 「휴머니즘의 본격적 경향」, 『청색지』, 1938. 8, 15쪽)

41) 최재서, 「교양의 정신」, 『인문평론』, 1939. 11, 28쪽.

來 文化生活이라는 이름으로 通用되여온 生活形態는 대체 어떠한 것이였든가? 婦屋에는 瓦斯設備가 있고 應接室엔 라디오와 蓄音機가 있고 服裝은 적어도 全家族에 洋服이 原則이고 커피나 紅茶를 常用하고 夫婦同伴하여 映畵求景가는 것이 一週日 푸로그람에 들고 子女敎育에 對하얀 大體로 放任主義고 舊來의 慣習이나 傳統에 대하면 斷乎한 反逆子이고 그러나 그 生活全體를 規律하는 무슨 情神이나 信念이 있느냐하면 그렇지는 않다. 다만 安價한 享樂主義―이것이 唯一한 特徵이다. 따라서 文化生活이란 歐米流의 生活形式을 至極히 表面的으로 模倣하여 安價한 享樂에 提供하는 同時에 實生活이나 傳統의 좀더 重大한 半面에 對하연 全然無知하거나 그렇지 않으면 無關心主義를 假裝하는 것이 所謂 文化生活의 實體였다”[42] 1941년 최재서의 교양론은 동시기에 이루어진 유사한 테마의 논의 및 함께 실린 다른 논자들의 입장에 비해 상대적으로 ‘온건’한 편에 속하며 따라서 ‘시국’에의 밀착도는 그리 높지 않다. 하지만 근대인의 분열에 관한 지속적인 고민 그리고 그것의 확장태라 할 동양인의 번민에 대한 인식은 그가 ‘분열’에 대한 천착에 그치지 않고 지정학적 상상에 입각한 통합의 모색으로 나아가는 과정을 예시(豫示)하고 있다.

1940년의 파리 함락, 남경의 왕조명 정부 수립은 각각 근대 서구 문화의 종언 그리고 동아 질서의 공고화를 상징하는 사건으로 받아들여지고 있었다. 특히 후자의 경우는 동아신질서의 원활한 구축 가능성을 증명하는 표지로 인식되었고, 이에 따라 문화인의 국책 협조는 가속화된다.[43] 이러한 상황에서 조선의 이념적 상황 혹은 자기상상의 상황은 “국민―동양인―세계인”[44]이라는 동심원을 설정 가능하게 하는 방향으로 유도되었다. 최재서가 언급하고 있듯이, 현실 정치의 모든 사

---

42) 최재서, 「전형기의 문화이론」, 『인문평론』, 1941. 2, 18-19쪽.

43) 중일전쟁 발발과 관련하여 개인적인 소회를 적은 글로는 최재서, 「事變當初와 나」 (『인문평론』, 1940. 7)을 참조할 수 있다.

44) 최재서, 「신질서와 인간문제」, 『인문평론』, 1940. 3, 2쪽.

348

태는 근대의 종언과 동양의 부상을 약속하는 것으로 보였다.[45] 세계를
향해 확장하는, 하나이면서도 여럿인 정체성을 새로이 갖게 된다는 기
대는 역시 이와 동일한 층위의 고민들을 생산했다. 이와 관련하여 최
재서가 보여준 문화론의 가장 큰 특징은 그가 개인이라는 단위를 넘어
서 '국가'와 '동양'을 단위로 문화적 통합을 고민하게 되었다는 점일
것이다.

「전형기의 문화이론」에서 그는 과거의 "문화주의"를 비판하면서 이
를 완벽하게 넘어선 국민문화 이념을 제시한다. "合理主義의 嫡子로서
發達한 近代資本主義가 드디어 合理主義的 經理로선 統制할 수 없는
데까지 强大하여졌다는데서 現代의 危機를 본다"[46]고 논하면서 이 혼
란을 극복할 때 "갱생의 길을 발견할 수 있"음을 역설한다. 그리고 갱
생을 추진하기 위한 기저 이념으로 "국민문화의 이념"을 제시한다. 국
민문화는 개인의 내부에서 일어난 분열에 대응하는 이념이 아니라 보
다 상위의 차원에서 일어나는 분열("대중과 지식인", "문화의식과 생활
전통"의 결합, 조화)에 응답하는 이념이다. "대중"과 "지식인" 사이의
문화적 통합은 국가적 차원의 균열을 방지하기 위한 하나의 중요한 과
제이다("국민의 통일과 단결"). 이와 같은 문화 통합이 가능하기 위해서
는 통합을 가능하게 할 틀이 있어야 하는데 이를 최재서는 "국가이상",
"국가적인 가치체계"라 명명했다. 뚜렷한 윤곽선은 문화의 형질을 분
명하게 잡아주고 흔들리거나 망가지지 않게 해줄 것이다. 따라서 최재
서는 국가라는 최종적 형성틀을 넘어서는 '자율적 문화'라는 이념, 그
리고 명백한 거처 없이 떠돌아다니는 문화적 코스모폴리타니즘을 철저
하게 비판한다.[47] 최재서의 문화 이념의 변화를 통해 우리가 파악하게

---

45) 최재서는 「신체제와 문학」에서 1940년에 일어난 사건들을 요약하면서 구질서 타파의
　　기회가 오고 있다고 단언한다. 그 외, 「조선문학의 현단계」, 인용은 모두 노상래 역,
　　『전환기의 조선문학』, 영남대 출판부, 2006.
46) 최재서, 「전형기의 문화이론」, 『인문평론』, 1941. 2.
47) 그 외, 코스모폴리타니즘에 대한 비판은 「문학자와 세계관의 문제」, 최재서(노상래
　　역), 앞의 책, 참고.

되는 것은 앞서 살펴보았듯이, 유럽에 기댄 잘못된 판단을 거두고 근대의 문화주의적 이상을 폐기해 나가는 식민지 지식인의 탈문화주의적 전환이라 하겠다.[48)]

4. 원거리 근대, 근거리 근대의 교착과 그 해소

1930년대 후반 '동아'라는 시뮬라크르는 대부분의 지식층에게 강력한 흡입력을 발휘하였다. 이 환각의 스펙터클에 서로 다른 경로로 다양하게 접속해 들어가면서, 식민지 조선의 근대주의자들은 조선이 오래도록 벗어나지 못했던 문제를 해결할 수 있을 것이라 생각한 듯하다. 즉, 근대의 절정은 고사하고 완만한 전개도 수행해보지 못한 조선을 탈근대의 단계를 향해 비약적으로 순간이동 시킬 수 있다는 것이다. 여타 다른 문학자들이나 역사철학자들과 마찬가지로, 백철과 최재서 역시 이러한 인식틀에서 크게 벗어나지 않았다. 이들은 저 멀리 유럽에서 들려오는 근대문화의 단말마 즉 원거리 근대의 곤혹을 그 누구보다도 자신들의 문제로 받아들여 고민하였다. 그렇지 않다면, 당시 담론의 장에 근대 몰락의 목격기가 그토록 두텁게 작성될 수는 없었을 것이다.

세계적 차원에서는 근대의 종말을 환시(幻視)하고 근대의 초극을 주장하는 한편으로, 이들은—식민지의 근대주의자들이 대부분 공유하고 있는 자기의식이라 할 수 있겠지만—조선에 대해서는 늘 불완전한 근대라는 불만을 토로했다. 백철은 조선은 지성이 고갈될 만큼 지성적이었던 때가 없으며 근대의 위기를 논할 만큼 근대적이었던 때가 없었다고 단정적으로 말했다.[49)] 그리고 퇴영적 성격의 동양적(혹은 조선적인)

---

48) 최재서의 국민문화 구상에 대해서는 박노현, 앞의 글; 田村榮章, 앞의 글 참고. 매체 『국민문학』을 통해 진행된 논의에 대한 보다 본격적인 검토는 별도의 작업이 될 듯하여 본고에서는 생략한다. 이와 관련하여 최재서 및 김종한의 '신지방주의' 논리에 대해서는 윤대석, 앞의 책, 참고.

350

풍류성이 훨씬 깊고 원숙한 "西歐의 휴먼이즘的인 모든 人生觀과 思想을 맞어드리리야" 반듯이 "새롭은 積極的인 人間性"으로 성숙되어야 한다고도 했다.50) 최재서는 비평을 시작한 초기부터 "現代的으로 취하고 現代的 興奮을 갖이고 싶다"는 바람은 "나무에 올라 물고기를 구하는 사람과 같이 어리석"은 것이라고 했다. 이유는 "朝鮮에는 그런 作品을 쓸 作家가 없는 것이 아니라 그런 生活의 實體가 없"다는 데 있다.51) 그리고 후에 조선 문화의 빈곤과 교양 충족의 지난함에 대해서도 지적했다.52) 더불어 조선어가 "現代的 感性과 知性을 表現함에 있어 朝鮮말의 貧困을 느낀다는 것은 너무도 當然한 일"이라고 하면서 "母語의 不備와 未熟"을 언급하기도 했다.53) '번역'이 조선어 계발의 자극제가 될 것이라는 발상은 바로 조선어의 불완전성에 연관된 것이었다.54) 결과적으로 이들은 원거리 근대를 보면서는 근대의 종말을 실감하고 근거리 근대를 보면서는 근대의 미달을 절감하는, 일종의 지각의 혼란과 의식의 중첩을 반복하고 있었던 것이다.

이처럼 서로 충돌하고 양립하는 근대주의적 기준과 탈근대주의적 예감(혹은 욕망)은 '동아' 이데올로기와 접속하면서 동시적인 해소의 계기를 얻는 것으로 보인다. 대동아라는 권역적(regional), 세계적 질서

---

49) 이에 대해서는 백철, 「문화의 조선적 한계성」, 『사해공론』, 1937. 3. 그는 이런 이유로 조선문화를 '위기'가 아닌 '한계성'의 국면에서 다뤄야 함을 명시한다.

50) 인용은 백철, 「풍류인간의 문학」, 『조광』, 1937. 6, 280쪽. 동일한 문제를 논한 다른 글로는, 「동양인간과 풍류성」, 『조광』, 1937. 5, 참고.

51) 최재서, 「문학발견시대」, 『문학과 지성』, 1938, 인문사, 43쪽.

52) 최재서, 위의 책, 129쪽.

53) 최재서, 「번역문학 관견」, 『청색지』, 1938. 12.

54) 한 가지 흥미로운 것은, 임화 역시 번역에 동일한 의미를 부여했다는 점이다. 그는 "번역된다는 것은 다시 말하면 조선어도 조선인적인 좁은 사상에만이 아니라 좀더 일반적인 사고와 건강한 사상이 들어갈 수 있다"(「矢鍋永三郎·林和 對談」, 『조광』, 1941. 3, 150-152쪽)는 것으로 인식했다. 조선어 창작/일본어 창작과 관련하여 기능주의적인 판단을 했던 임화도 한편으로는 조선어의 레벨업을 염두에 두고 있었던 것이다. 식민지 언어문제와 반복/차이의 문제에 대해서는 윤대석, 앞의 책, 참고.

내에서 하나의 지방으로 존재하면서, 전체에 귀속되지만 그렇다고 다른 지방이나 중심으로 환원될 수는 없는 특수성을 인정받는다는 ‘협동체’적 전망을 통해 이 양가적 의식은 적어도 ‘논리적으로는’ 통합될 수 있는 것이었다. 이러한 맥락에서 백철은 조선문화의 뚜렷한 한계성과 특수성을 직시하고 이를 무시하지 않을 때 새로운 문화로의 확장(“전통의 회복”, “현대화”, “자기것을 살리고 풍부화하기”)이 가능하다고 보았다.55) 최재서는 지방문학으로서 조선문학이 가지는 위상을 논하면서 조선문학의 성장―자기 확대와 특수성을 모두 구제하려 했다. 그에 따르면 조선문학은 국민문학 시스템에 편입됨으로써 언어상으로도, 창작 주체상으로도, 독자상으로도 엄청난 확충을 기할 수 있다. 이것은 언문으로, 조선인만을 상대로, 조선인만이 쓰던 기존의 조선문학의 획기적인 “확대”인 것이다. 동시에 그는 조선문학이 큐슈문학이나 동북문학이나 대만 문학과는 “풍토적, 기질적”으로 다른 “지방적 특이성”을 가지며 내지와도 다른 문제와 요구를 가지고 있기 때문에 일본이 이를 적극 인정해주어야 함을 강조했다.56) 이는 물론 ‘보편―특수’의 틀을 벗어나는 모델이 아니다.57) ‘동아’의 문화이념은 실제적인 현실의 균열과 문화적 차별을 봉인하는 강력한 이데올로기적 작용을 했으며, ‘근대로의 접근’과 ‘탈근대로의 초극’이라는 이중적 욕망을 가졌던 식민지의 문화옹호론자들은 그 가능성을 한번에 해결해주는 비약의 서사를 따라 급속하게 이주해 갔다. 최재서와 백철 역시 식민지 근대주의자의 인식

---

55) 백철, 「문화의 조선적 한계성」, 『사해공론』, 1937. 3, 참고(인용은 이 글의 18-19쪽).

56) 최재서(노상래 역), 앞의 책, 71-72쪽. 『국민문학』의 지방주의론에 대해서는 윤대석, 앞의 책, 참고.

57) 서인식 역시 이와 동일한 모델을 상상하고 있었다. 그는 이를 ‘다중심세계’로 전망하고 있다. 즉 “어대서든 세계의 중심으로 발견할 수 있는”, “도처가 중심이 될 수 있는” 세계이다. 물론 그의 다중심론이 미키 키요시 등으로 대표되는 전체주의 철학, 협동체의 철학을 전제로 한 것임은 당연하다. 서인식의 글은, 서인식, 앞의 책, 213쪽. 미키 키요시의 협동체론은 미키 키요시, 「신일본의 사상원리」, 『동아시아인의 ‘동양’ 인식』, 문학과지성사, 1997, 참고.

론적 미망을 여실히 보여준다.

한 가지 남은 문제는 해방과 함께 진행된 냉전적 세계재편과 국민국가 건설 과정에서 식민지 체험 세대가 그들의 논리를 어떤 식으로 재구성했는가에 관한 것이다. 이들은 해방을 맞아 어떠한 논리적 연속/불연속을 노정하면서 과거를 봉합하고 현재적 '동시대인'으로 행위했는가. 갑작스럽게 찾아온 해방을 맞아, 그간 대동아의 환상에 젖어있던 문화인들은 속죄든, 침묵이든, 자기변명이든 어떤 방식으로든 과거처리를 해야 했다. 백철은 제국주의 시절의 자기 논리 즉 문학과 정치의 관계, 지식인의 참여 문제 등을 요령 있게 반복하면서 국민국가 건설기라는 새로운 환경에 금방 '적응'하였다.58) 그는 각종 매체에 비평론, 문학(원)론, 문단론을 꾸준히 실으면서 식민지 체험 세대의 전후적 재구성을 시도하였다. 또 문학사 서술이나 회고록 출간에 골몰하면서 역사(문학사)의 선택적 기록 작업을 계속했다. 이러한 작업은 지적 차원에서, 심정적 차원에서 자신의 과거를 재구성하는 일이었다.59)

백철과 달리 최재서는 해방기에는 현장비평의 장에 모습을 드러내지 않는다. 그러나 한국전쟁 발발 후인 1951~1952년에 걸쳐 그는 피난처였던 대구에서 냉전기 지식인의 미국환상을 전형적으로 보여주는 두 개의 저역서 작업을 한다. 1951년에 그는 맥아더 장군에게 "감사의 뜻을 표시"하려는 뜻에서 『매카-더 旋風』(향학사)을 쓴다. 이 책에는 맥아더를 향한 노골적인 찬양과 찬사가 직접적으로 나타난다. 그리고 일년 후인 1952년, 프랑크 케리의 맥아더전을 번역하여 『매카-더 장군전』(일성당서점)을 출판한다. 이후의 그의 어떤 이력을 열어봐도 전혀 기록되어 있지 않은 이 두 권의 책은 식민지-해방-한국전쟁으로 이어지는 급경사의 시절을 거치면서 생존해야 했던 한 인물의 의식의

---

58) 해방기 자료로는 「과도기와 문학건설의 방향」, 『개벽』, 1946. 1; 「정치와 문학의 우정에 대하야」, 1946. 3; 「문학운동의 재출발기」, 『개벽』, 1948. 1. 및 『신문학사조사』, 수선사, 1947, 참고.

59) 해방 이후 백철의 비평에 대한 비판적인 연구로는, 손종업, 앞의 글, 참고.

난반사를 고스란히 보여주고 있다. 한국전쟁 이후 최재서는 그간의 문화정치적인 발언을 거두면서 비평가로서의 발언을 다시 시작하고 문학원론, 영문법책, 영문학사, 교양론 앤솔로지 등으로 대표되는 개론적인 차원의 학술 작업을 계속한다. 매튜 아놀드, 엘리옷 등의 문화론을 묶어 1963년에 편한 『교양론』(동아출판사)은 그의 초기 관심사들이 1960년대에 큰 변화없이 고스란히 부활하고 있음을 보여준다.[60] 영문학자로서 아카데미즘의 장에 다시 조용히 안착하기까지 과거의 소거와 재구성 작업이 어떤 식으로 이루어졌는가는, 백철과 마찬가지로 별도의 주제로 논의되어야 할 것이다.

　해방 이후에 이루어진 이들의 활동에 대한 논의는 식민지 체험을 축적한 세대가 해방과 한국전쟁을 거치면서 남한 학술계 및 문단 형성에 어떤 식으로 재개입하는가라는 세대론적이고 역사적인 질문에 답하기 위해 이루어져야 할 것이다. 더불어, ‘대중문화의 승리’가 선언된 1990년대를 거쳐 지금까지 그 형태와 질감을 달리하면서 유지되어온 교양주의적 문화론의 구성과 변화 추이를 보다 통시적인 관점에서 계보화하는 작업 역시 필요할 것으로 보인다. 백철과 최재서는 그 이념적 계통수에 하나의 문제적인 징후로 기록될 수 있을 것이다.

주제어 : 중일전쟁, 동아신질서 성명, 전쟁의 문화적 처리, 문화론적 전환, 문화이념, 교양주의, 문화주의, 문화옹호, 정치/문화, 백철, 최재서, 동아문화권, 국민문화, 전쟁과 지식인

---

60) 1961년 최재서는 『문학과 지성』에 실렸던 글들과 그외 비평문들을 모아 『최재서 평론집』(청운출판사)을 출판한다. 일반적으로 그의 비평적 본령이라 여겨지는 교양론, 문학원론, 소설론, 시인론 등으로 구성되어 있다. 『문학과 지성』에 실렸던, 「문학발견 시대」나 「빈곤과 문학」은 1961년 판본에는 빠져 있다.

◆ 참고문헌

1. 기본자료

『개벽』『동양지광』『사해공론』『인문평론』『조광』『청색지』『총동원』『조선중앙일보』『조선일보』.

백 철, 『신문학사조사』, 수선사, 1947.

최재서, 『문학과 지성』, 인문사, 1938.

———, 『매카-더 旋風』, 향학사, 1951.

———, 『최재서 평론집』, 청운출판사, 1961.

———, 『교양론』, 동아출판사, 1963.

———, 노상래 역, 『전환기의 조선문학』, 영남대 출판부, 2006.

최재서 역, 『매카-더 장군전』, 일성당서점, 1952.

2. 논문

고봉준, 「전형기 비평의 논리와 국민문학론」, 『임화·김기림·최재서·백철 탄생 100주년 기념』(제1차 전국학술발표대회 자료집), 한국현대문학회, 2008. 2. 15.

김외곤, 「1930년대 후반 한국문학과 반파시즘 인민전선」, 『외국문학』 28호, 1991. 가을호.

류보선, 「친일문학의 역사철학적 맥락」, 『한국근대문학연구』 7집, 한국근대문학회, 2003. 상반기.

박노현, 「內鮮人과 국민문학: 신민족에 의한 신문학 고안의 기획」, 『한국어문학연구』 42집, 한국어문학연구학회, 2004.

배개화, 「백철 신문학사조사의 재검토」, 『임화·김기림·최재서·백철 탄생 100주면 기념』(제1차 전국학술발표대회 자료집), 한국현대문학회, 2008. 2. 15.

소영현 「근대인쇄매체와 수양론·교양론·입신출세주의」, 『상허학보』 18집, 상허학회, 2006.

손종업, 「백철 후기 비평의 본질」, 『어문론집』 24집, 중앙어문학회, 1995.

임환모, 「1930년대 '지성'의 실체와 의미」, 『한국언어문학』 32집, 한국언어문학회, 1994.

차승기, 「추상과 과잉」, 『상허학보』 21집, 상허학회, 2007.

하수정, 「경성제대 출신의 두 영문학자와 매슈 아놀드: 김동석과 최재서를 중심으로」, 『영미어문학』 79집, 한국영미어문학회, 2006.
田村勞章, 「國民文學の変容」, 『일본어문학』 32집, 일본어문학회, 2007.
中野敏男, 「總力戰体制と知識人」, 『總力戰下の知と制度』, 小森陽一 외 편, 岩波
    書店, 2002.
米谷匡史, 「日中戰爭の天皇制」, 『總力戰下の知と制度』, 小森陽一 외 편, 岩波書
    店, 2002.
池田浩士, 「'大東亞共榮圈文化'とその担い手」, 『大東亞共榮圈文化の文化建設』,
    池田浩士 편, 人文書院, 2007.

3. 단행본

김예림, 『1930년대 후반 근대인식의 틀과 미의식』, 소명출판, 2004.
김윤식, 『백철연구』, 소명출판, 2008.
김현주, 『이광수와 문화의 기획』, 태학사, 2005.
윤대석, 『식민지 국민문학론』, 역락, 2006.
고야스 노부쿠니, 김석근 역, 『일본근대사상비판—국가·전쟁·지식인』, 역사비평
    사, 2007.
나카무라 미츠오·니시타니 게이지 외, 『태평양전쟁의 사상』, 이매진, 2007.
Terry Eagleton, *The idea of culture*, Blackwell, 2000.
존 스토리, 『문화연구와 문화이론』, 현실문화연구, 1994.

◆ **국문초록**

　이 논문은 중일전쟁기 조선 지식인의 '문화' 이념 변화 및 그 변화가 지닌 의미를 백철과 최재서를 중심으로 분석하였다. 이 시기에 조선의 지식인은 나치즘 하의 유럽을 바라보며 '바바리즘에 의한 문화 학대'에 우려를 드러냈는데 이러한 현실적, 인식론적 계기는 그들로 하여금 '근대문화 위기론' 못지 않게 '문화옹호론'을 펼치도록 이끈다. '문화'는 일종의 시대적 아젠다로 급부상했는데, 이를 이 논문에서는 세계인식의 '문화론적 전환'이라 명명하였다. 이 때 '문화'란 유럽의 자유주의적 근대문화를 그 모델로 한 것이었다. 백철과 최재서는 유럽의 지적 동향을 전하면서 문화의 옹호를 주장했으나 중일전쟁과 동아신질서 성명의 발표를 계기로 하여 점차 자신들의 문화이념과 근대문화에 대한 입장을 재구성하기 시작한다. 이들에게서 공통적으로 나타나는 논리적 전환은 인문주의나 교양주의로부터의 탈각, '동아 문화권'이라는 상상적 공통문화의 구상, 탈근대적 '국민문화' 형성 등으로 요약될 수 있을 것이다. 전쟁기 이들이 보여준 문화 이념의 변전은 유럽 근대 문화를 향해 있던 지식인의 시선이 제국 일본이 제공한 탈근대적 신문화 건설이라는 상상적 영토 안에서 굴절, 변형되는 과정을 보여준다.

◆ SUMMARY

'The Greater East Asia' as Simulacres and the 'Culture' Ideology in the End of 1930s

— Focusing on Paik chŏl and Choi Jaesŏ'

Kim, Ye-Rim

This paper analyzes the cultural aspect of 'the Greater East Asia Co-Prosperity Choi Sphere' ideology especially focusing on two critics Paik chŏl(백철) and Choi Jaesŏ(최재서). Considering historical situation in which Chosŏn's intellectual groups were deeply engaged in Japan's political-ideological projects, it's needed to pay attention to the problem of 'cultural level' or 'cultural turn' of Sino-Japan War. Paik chŏl and Choi Jaesŏ's ideological positions show differences in details but they share common interest in 'cultural' arrangement of 'violent' situation brought about by the war and 'cultural' reconstruction of East Asian region. To undertake these meaningful tasks was conceived as responsibility of intellectuals. Their empire- oriented cultural visions imply the distorted desirefor 'overcoming modernity' which is paradoxically twisted with the pursuit of 'becoming modern'. By analyzing these two critics, this paper attempts to allocate their cultural-political positions and performative differences in the horizon of 'the Great East Asia sphere' which was so realistic-and- illusory simulacres.

Keyword : 'East Asia' as simulacres, Sino-Japan War, statement of 'A new order in East Asia', culturism, crisis of culture, national culture

—이 논문은 2008년 3월 31일에 접수되어, 소정의 심사를 거쳐 2008년 5월 31일에 최종적으로 게재가 확정되었음.

일제 말기의 미디어와 문화정치

2008년 6월 25일 인쇄
2008년 6월 30일 발행

지은이　　상 허 학 회
펴낸이　　박 현 숙
찍은곳　　신화인쇄공사

110-320 서울시 종로구 낙원동 58-1 종로오피스텔 606호
TEL : 02-764-3018, 764-3019　　　FAX : 02-764-3011
E-mail : kpsm80@hanmail.net

펴낸곳 도서출판 **깊 은 샘**

등록번호/제2-69. 등록년월일/1980년 2월 6일

ISBN　978-89-7416-201-6

※ 잘못된 책은 교환해 드립니다.

값 15,000원